【香山文库】

陈君葆全集

诗歌集

上册

陈君葆 著
刘秀莲 谢荣滚 主编

SPM
南方出版传媒
广东人民出版社
·广州·

图书在版编目（CIP）数据

陈君葆全集·诗歌集 / 陈君葆著，刘秀莲、谢荣滚主编．—广州：广东人民出版社，2018．7
ISBN 978－7－218－13080－4

Ⅰ．①陈…　Ⅱ．①陈…②刘…③谢…　Ⅲ．①陈君葆（1898—1982）—全集②诗集—中国—当代　Ⅳ．①I217．2

中国版本图书馆 CIP 数据核字（2018）第 157440 号

CHENJUNBAO QUANJI ·SHIGE JI
陈君葆全集·诗歌集
陈君葆　著　刘秀莲　谢荣滚　主编

出 版 人：肖风华

出版统筹：柏　峰　张贤明
责任编辑：张贤明
装帧设计：彭　力
责任技编：周　杰　易志华　吴彦斌

出版发行：广东人民出版社
地　　址：广州市大沙头四马路 10 号（邮政编码：510102）
电　　话：（020）83798714（总编室）
传　　真：（020）83780199
网　　址：http：//www.gdpph.com
印　　刷：广州市浩诚印刷有限公司
开　　本：787mm×1092mm　1/16
印　　张：55.5　　插　页：12　　字　数：750 千
版　　次：2018 年 7 月第 1 版　2018 年 7 月第 1 次印刷
定　　价：198.00 元（上下册）

陈君葆先生像

陈君葆及夫人郑云卿

一九二五年陈君葆（左后站立者）与家人、友人合影（摄于吉隆坡家居花园）

一九三六年陈君葆、许地山与孩子们郊游时合影。右起：陈君葆、许燕吉（许地山小女）、周苓仲（许地山二子）、陈文达（陈君葆三子）、许地山

一九三六年陈君葆与友人合影。前排左起：许敦谷、许敦谷公子、陈直夫；后排左起：李金爱（许敦谷夫人）、许地山、许樊新（许地山长女）、陈君葆（摄于武昌许敦谷寓所庭院）

一九五二年陈君葆及夫人（第三排右二、三）偕香港大学同学郊游时合影

一九五六年陈君葆全家福。前坐者：陈君葆及夫人；后排右起：长女云玉、次子文蔚、三子文达、四女云湘（摄于北京）

一九五七年陈君葆在《大公报》《文汇报》等联合举行的宴会上与宴会人员合影。左起：李子诵、关学林、费彝民、李宗瀛、马鉴、马廷栋、陈君葆、陈丕士、廖恩德、李崧

一九五九年印尼柬埔寨巴基斯坦华侨暨港同胞新中国十周年国庆观礼第十五队西南线旅行团合影

国庆十周年在天安门观礼留影。
左起：陈君葆、马万祺、费彝民

与香港文化界人士郊游。左起：任真汉（一）、李凡夫（二）、源克平（三）、郑家镇（四）、陈君葆（五）、叶中敏（十）、叶灵凤（十一）、何广华（十二）、郑社辉（十三）、陆无涯（十四）、黄般若（十五）、高学逵（十六）、曹聚仁（十七）、黄兆均（十八）

 叶灵凤（右）与陈君葆（左）在香港佛堂门考研摩崖石刻后留影

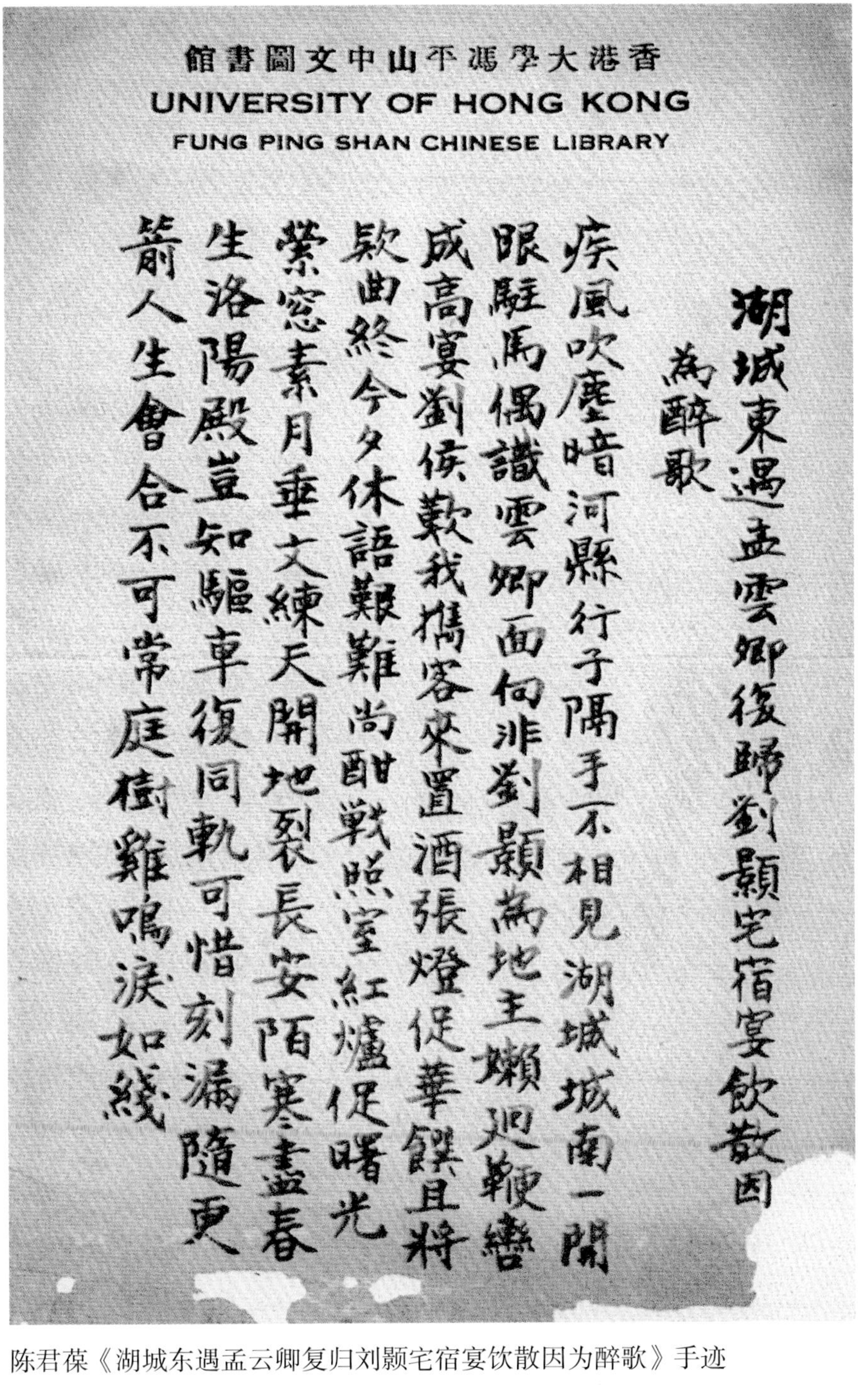
香港大學馮平山中文圖書館
UNIVERSITY OF HONG KONG
FUNG PING SHAN CHINESE LIBRARY

湖城東遇孟雲卿復歸劉顥宅宿宴飲散因
為醉歌
疾風吹塵暗河縣行子隔手不相見湖城城南一開
眼驅馬偶識雲卿面何非劉顥為地主懶迴鞭轡
成高宴劉侯歎我攜客來置酒張燈促華饌且將
欵曲終今夕休語艱難尚酣戰照室紅爐促曙光
縈窗素月垂文練天開地裂長安陌寒盡春
生洛陽殿豈知驅車復同軌可惜刻漏隨更
箭人生會合不可常庭樹雞鳴淚如綫

陈君葆《湖城东遇孟云卿复归刘颢宅宿宴饮散因为醉歌》手迹

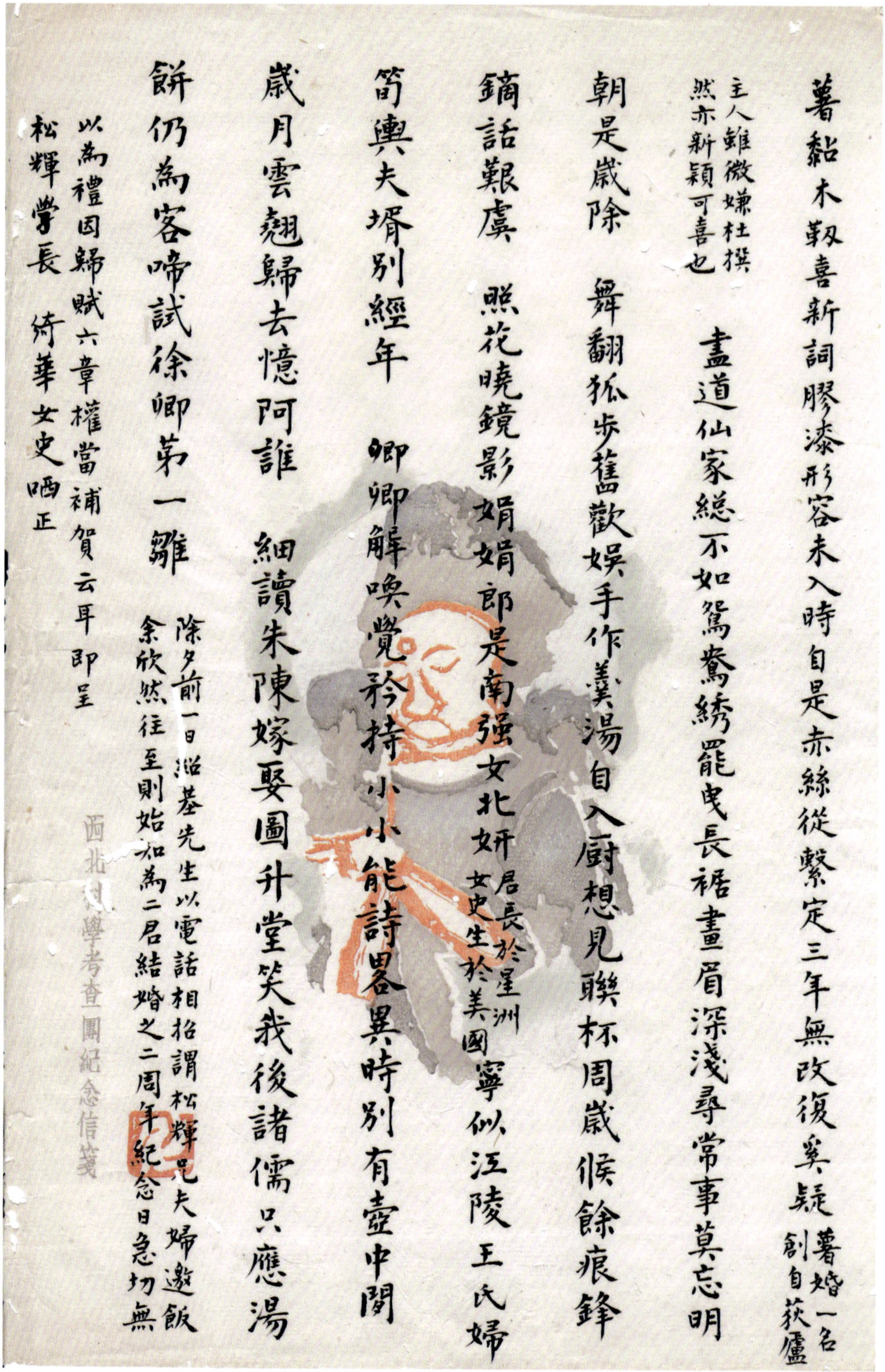

薯黏木叙喜新詞膠漆形容未入時自是赤絲從繫定三年無改復奚疑（薯婚一名創自荻盧）

（主人雖微嫌杜撰然亦新穎可喜也）

盡道仙家總不如鴛鴦綉罷曳長裾畫眉深淺尋常事莫忘明朝是歲除

舞翻狐步舊歡娛手作羹湯自入厨想見聯杯周歲候餘痕鋒鏑話艱虞

照花曉鏡影娟娟郎是南强女北妍（居長於星洲 女史生於美國）寧似江陵王氏婦節輿夫壻別經年

卿卿解喚覺矜持小小能詩畧異時別有壺中閬歲月雲翹歸去憶阿誰

細讀朱陳嫁娶圖升堂笑我後諸儒只應湯餅仍為客啼試徐卿第一雛

除夕前一日溢基先生以電話相招謂松輝兄夫婦邀飯余欣然往至則始知為二君結婚之二周年紀念日急切無以為禮因歸賦六章權當補賀云耳 即呈

松輝學長 綺華女史 哂正

西北[illegible]學考查團紀念信箋

八　陈君葆《贺松辉绮华结婚二周年六首》手迹

叶恭绰书赠陈君葆扇面

胡适题书、陈树人绘画扇面

马季明（鉴）书赠陈君葆扇面

许地山书赠陈君葆扇面

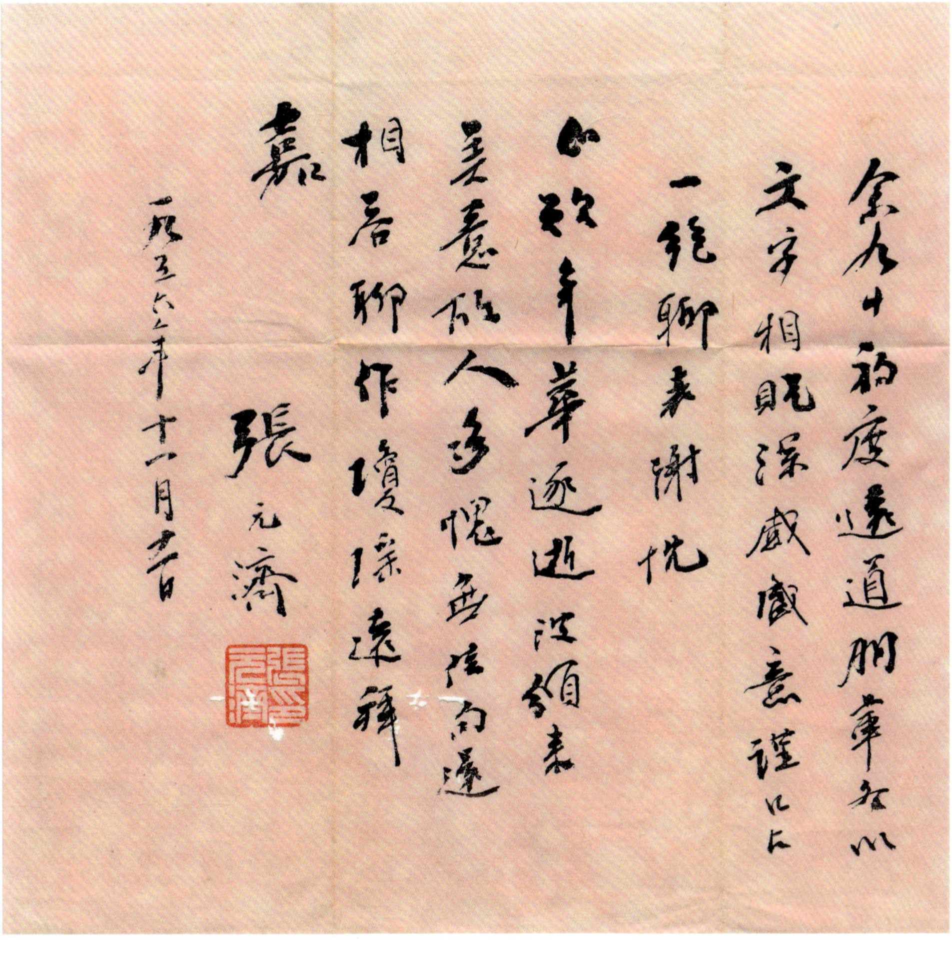
余於廿稍度遠道朋華知以
文字相貺深感盛意謹以[illegible]
一絶聊表謝忱
[illegible]年華逝[illegible]須來
[illegible]旅人多愧無佳句還
相居聊作[illegible]遠[illegible]
嘉[illegible]
張元濟
一九五六年十一月吉日

张元济致诗香港良朋

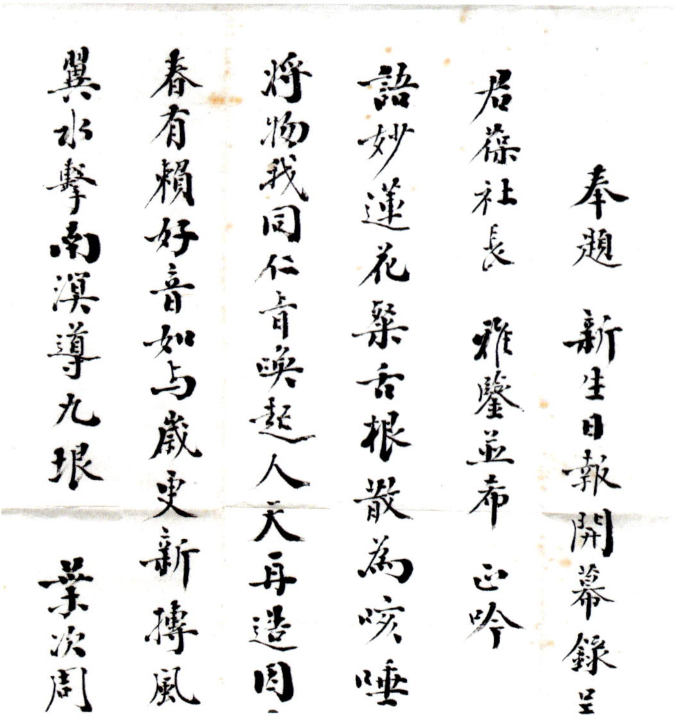

奉題 新生日報開幕錄呈
君葆社長 雅鑒並希 正吟
語妙蓮花粲舌根散為咳唾
將物我同仁音喚起人天再造因
春有賴好音如与歲更新搏風
翼水擊南溟導九根 葉次周

叶次周赠陈君葆诗

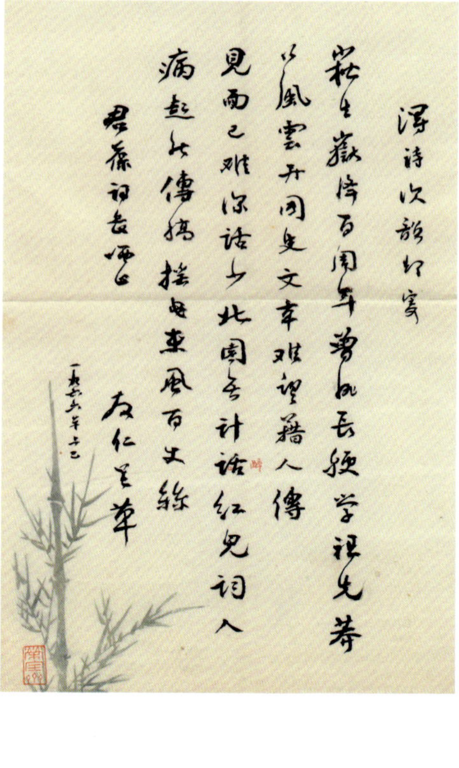

[illegible]詩次韻[illegible]
崧生嶽降百周年[illegible]長[illegible]學[illegible]
[illegible]風雲[illegible]同[illegible]文章难望藉人傳
見面已难[illegible]話[illegible]北[illegible]計話紅兒詞人
病起[illegible]傳[illegible][illegible]東風百丈絲
君葆詞長[illegible]正 友仁呈草 一九五六年十二

张友仁赠陈君葆诗

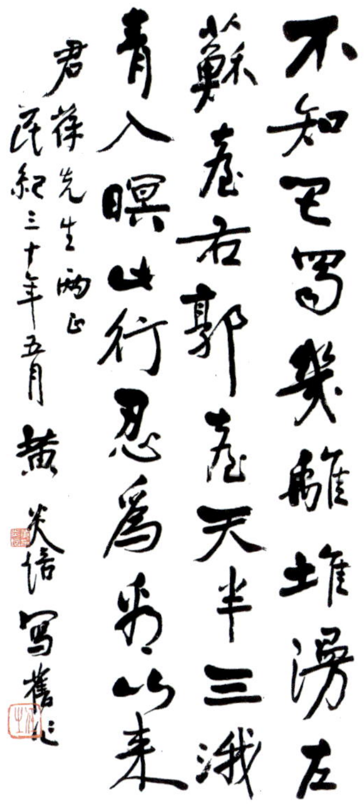
不知已寫幾離堆湯左
蘇庵右郭庵天半三峨
青入暝山行忍爲雨以來
君葆先生兩正
民紀三十年五月 黃炎培寫舊作

黄炎培赠陈君葆诗

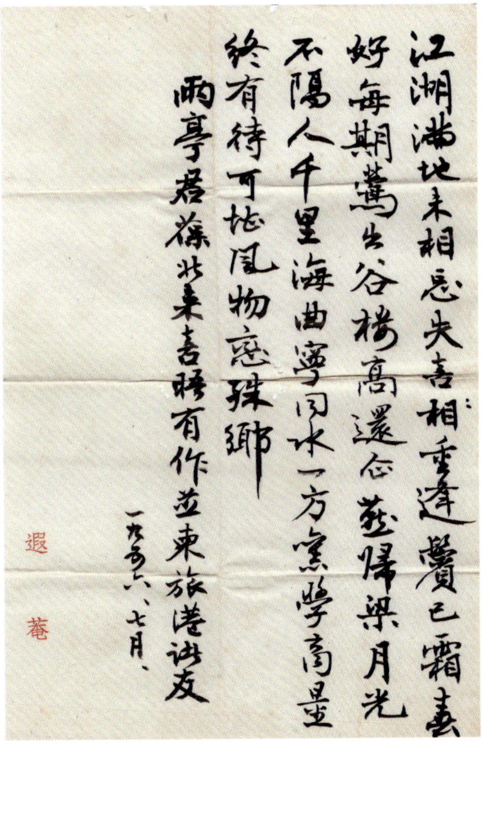
江湖滿地未相忘失喜相逢鬢已霜春
好每期鶯出谷樓高還念燕歸梁月光
不隔人千里海曲寧同水一方宗學高量
終有待可能風物總殊鄉
兩亭君葆北來喜晤有作並柬旅港諸友
一九五六、七月、
遐庵

叶恭绰赠陈君葆等人诗

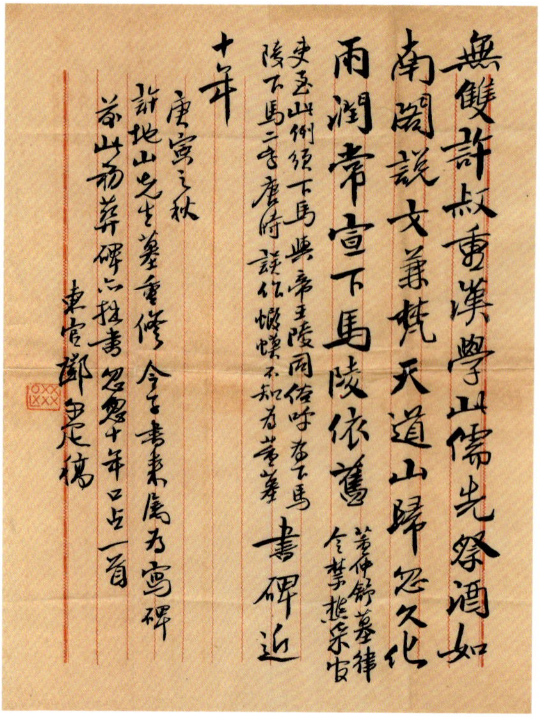
无双许叔重汉学山儒先祭酒如
南阁说文兼梵天道山归忽久化
雨润常宣下马陵依旧 董仲舒墓俗称下马陵
书碑近
十年 史丞山例须下马汉帝王陵同俗呼下马陵下马二字唐诗读作蛤蟆不知为董墓
庚寅之秋
许地山先生墓重修今年书来属为写碑
前此为葬碑亦担书忽忽十年口占一首
东官邓尔雅稿

邓尔雅赠陈君葆诗

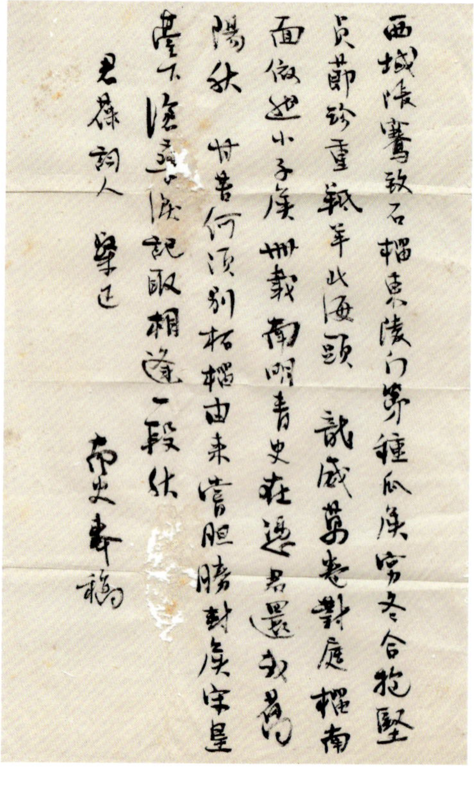
西域张骞致石榴东陵门第种瓜侯穷冬合抱坚
贞节珍重残年此海头 识成万卷对庭榴南
面傲迎小子侯卅载南明青史在遥君还我旧
阳秋 昔者何须别柘榴由来肝胆胜封侯宋皇
台下流亡泪犹记相逢一段秋
君葆词人 笔正 南史亚子稿

柳亚子赠陈君葆词（一）

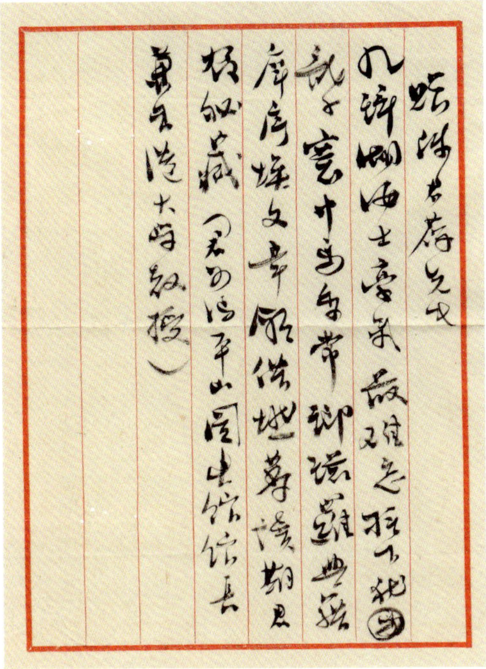

柳亚子赠陈君葆诗（二）

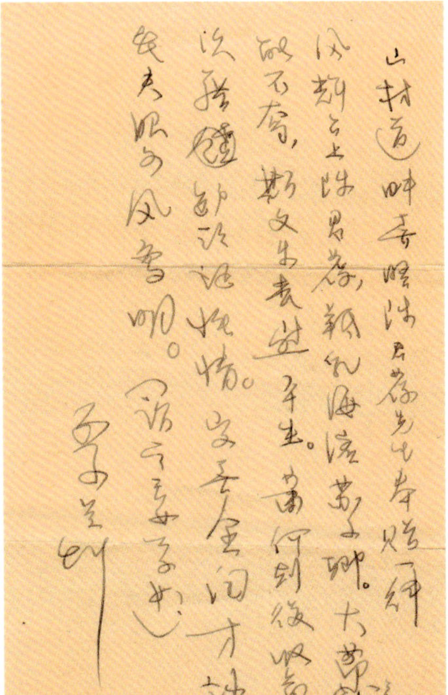

柳亚子赠陈君葆诗（三）

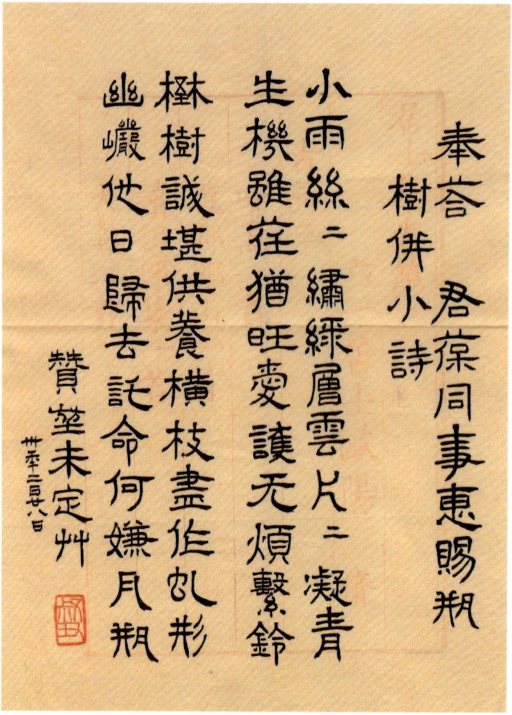

奉答 君葆同事惠賜瓶
樹併小詩
小雨絲絲繡綠，層雲片片凝青。
生機雖在猶旺，燮護无煩繫鈴。
椕樹識堪供養，橫枝盡作虬形。
幽巖他日歸去，託命何嫌凡瓶。
贊堃未定艸
卅年二月廿八日

许地山赠陈君葆诗

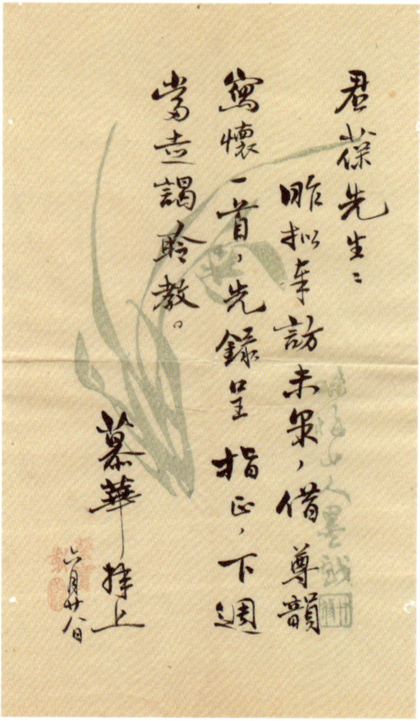

君葆先生：
昨擬來訪未果，借尊韻
寫懷一首，先錄呈指正，下週
當走謁聆教。
慕華拜上
六月廿八日

罗慕华致函陈君葆

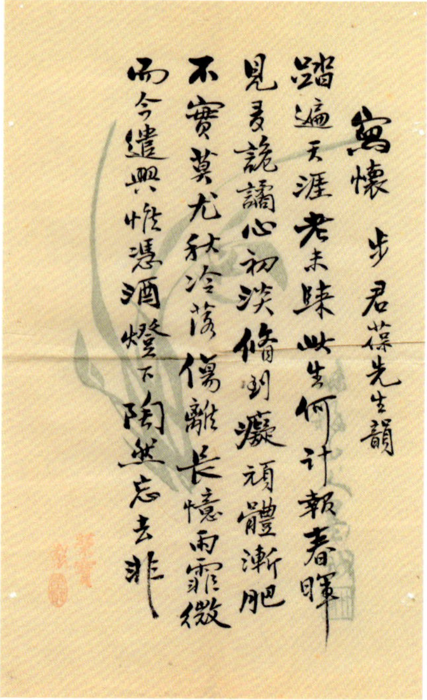

寫懷 步君葆先生韻
踏遍天涯老未昧，此生何計報春暉。
見多詭譎心初淡，慣到癡頑體漸肥。
不實莫尤秋冷落，傷離長憶雨霏微。
而今遣興惟憑酒，燈下陶然忘去非。

罗慕华赠陈君葆诗

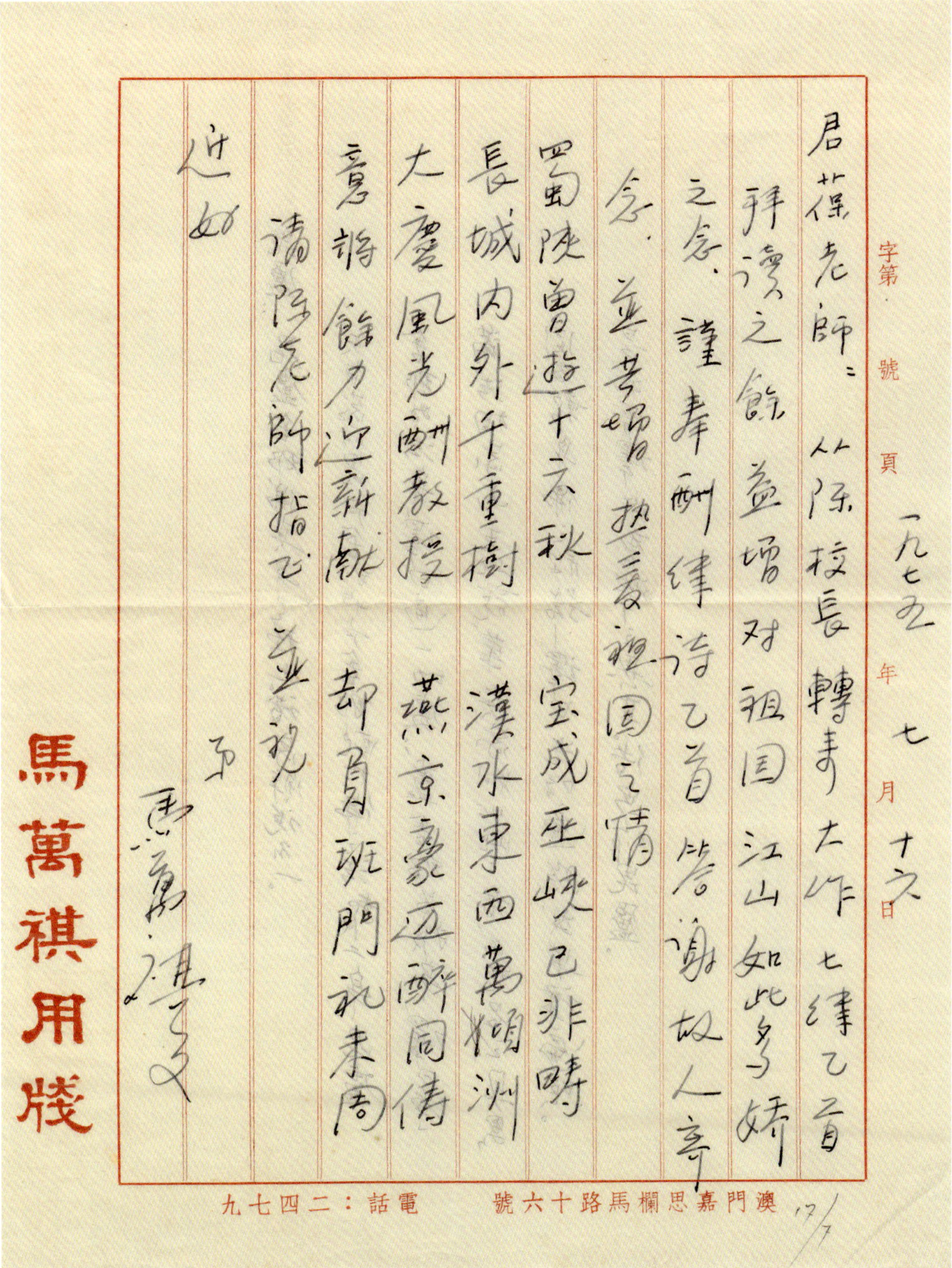
字第　號　頁　一九七五年七月十六日

君葆老師：从陈校長轉来大作七律乙首
拜讀之餘，益增对祖国江山如此多娇
之念。謹奉酬律詩乙首，答謝故人亭
念，並寄增热爱祖国之情：

蜀陝曾遊十六秋，宝成巫峽已非畴。
長城內外千重樹，漢水東西萬頃洲。
大慶風光酬教授，燕京豪邁醉同儔。
意游餘力迎新献，却負班門執未周。

請陈老師指正，並祝
近好

弟 馬萬祺

馬萬祺用箋

澳門嘉思欄馬路十六號　電話：二四七九

17/7

马万祺赠陈君葆诗

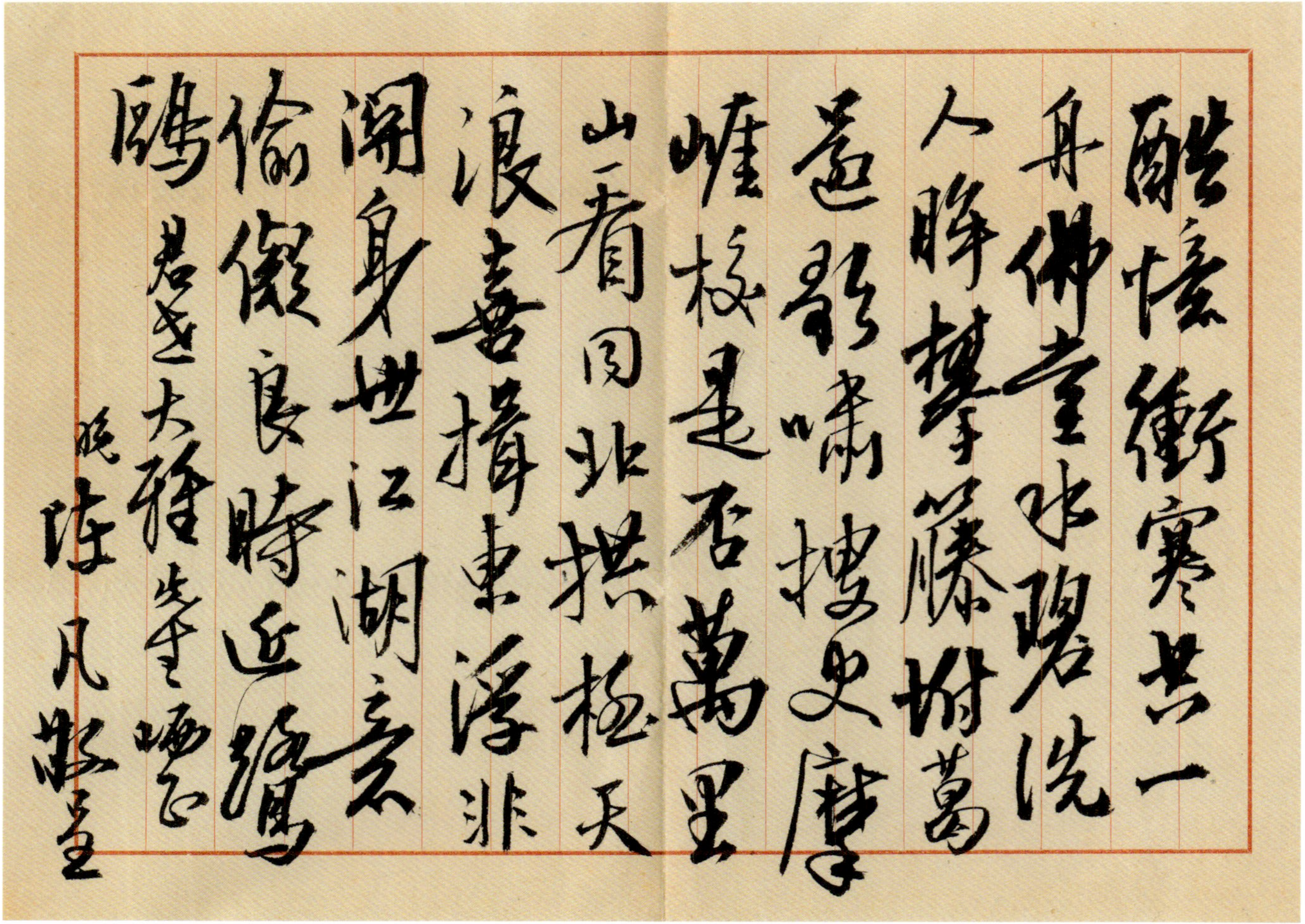

陈凡赠陈君葆诗

华文并茂　爱国光辉

——陈君葆著作整理回顾（代序）

谢荣滚[1]

引　言

“华文并茂　爱国光辉”，这八个闪烁的大字，是国家前领导人、全国政协副主席马万祺先生为《陈君葆日记全集》出版的题词。这个题词生动而形象、概括地表述了陈君葆著作的内涵，为我们追索、研究陈君葆遗著提供了一个纲领性提示，当我们回顾陈君葆的著作时，正好以其作为引子，沿着这个思路去探寻和发掘，以获个中真谛。

给社会贡献“双料财富”

陈君葆的一生，除献身教育工作以外，同样关心社会，积极参加有利于国家民族的各项活动，因而也写了不少与当时社会有关的文章、诗词，更耐心而认真地把相关的社会现象，用日记的形式记录下来，这些日记从一九二〇年起至一九八二年止，跨越半个世纪，共一百一十多本，写的多是蝇头小字，密密麻麻，六十多年如一日，不管是战乱年代，还是和平岁月，极少间断，其写作韧力和耐力可想而知。他既是教育工作者，又是酷爱文化的

[1] 谢荣滚，广东恩平人。一九五九年北京医学院毕业。曾任医生、医学教师等。一九七四年移居香港，现为香港注册中医师，香港中医研究院教授。一九九〇年起负责主编岳父陈君葆先生遗著。

学者，因而也收藏、研习不少古今中外名著，其藏书超过一万册，大多是线装善本古籍，还有成堆旧报纸杂志，所有这些文化瑰宝，是他留给社会的宝贵精神财富，同样也是物质财富。当中有不少是珍本、孤本，更有罕见的手稿本，以当今的文物水准衡量，其价值肯定不菲。我们作为陈君葆先生的亲人，对父辈留下的这份“双料财富”，应该好好珍惜和充分利用，以便为祖国文化宝库添珍藏，奉献社会，服务人群。自古至今，私有物质财富，都如浪花流水，过眼云烟，唯有蕴含民族文化精粹的精神财富才是永恒！这批陈君葆先生终生追求、一世节衣缩食积聚下来的宝藏，他的子女将之贡献给社会，完全符合他生前爱祖国、爱民族、爱中华文化的宏志伟愿！

岳父陈君葆逝世后，以云玉家姐为首的四个子女，为发扬父亲遗下的宝贵精神财富作出谋划，决定将一批线装善本古籍赠送给香港大学及澳门大学图书馆，余下的一千多册中西古籍，随后赠送给中山市桂山中学陈君葆伉俪纪念图书馆收藏。

顺便一提，中山市桂山中学的前身，是陈君葆幼时在乡间就读的母校，在一九八五年内地改革开放、香港爱国同胞积极支持家乡建设之际，云玉家姐毅然决定，将她退休时所得退休金港币二十多万元，捐给桂山中学建一间相称的图书馆，并以父亲名字命名，除作为永久纪念以外，亦为家乡发展教育作出贡献，此一慷慨义举得到广东省及中山市有关部门表彰，并颁发了纪念证书和纪念奖章，以兹鼓励。

为中华文化宝库奉献第一个成果

随后，云玉家姐及文蔚、文达、云湘姊弟们商议，希望出版一本陈君葆诗集——《水云楼诗草》（以下简称《诗草》）——

以作为爸爸遗作纪念。“水云楼”是陈君葆的书斋名，他生前常以此名发表诗作。从二十世纪二十年代侨居马来亚开始，陈君葆就经常在当地华文报章发表诗词，回到香港大学工作以后亦从未间断，六十年来写了数千首，此前并未进行编集，这些诗词散录于日记、报纸杂志、信件、草稿之中，要将之结集起来，殊不容易。

为了实现出版《诗草》的愿望，云玉家姐乃请教友好，希望寻求内行人士助其整理，但需要费用二十多万元，出版费另计。在此昂贵预算下，只好暂时却步。于是我太太陈云湘询问我能否试试。以我的所学和经历，与文学、历史完全沾不上边，要编出自己学识经验外的文字，肯定是个大难题。但当时觉得此举意义重大，亦义不容辞，责无旁贷，也就勇敢地答应了。说是勇敢，实在心中无数；但既然承诺了，就努力去完成，边做边学地去开展这项对我来说是全新而艰难的工作，等同俗语所谓“拉牛上树”，勉为其难。于是，从一九九〇年开始，开展漫长的文字抄录整理工程。花了一年多时间，终于完成初稿，当时在香港找不到愿意出版该书的机构，只好到广州出版。经过多番努力，《水云楼诗草》终于在一九九四年八月面世了，这是陈君葆亲属为中华文化宝库奉献的第一项成果，实在令人鼓舞！

由于初次尝试，不论编排、校对、印刷都不够理想。但由于《诗草》内容确实丰富，吸引了众多读者的兴趣。著名作家及资深报人罗孚先生，花了一番功夫才寻得该书，他在一篇文章中是这样描述的：“几经周折终于得到了陈君葆先生的《水云楼诗草》，实在欢喜。半年前在报上看到一篇文章，知道诗集出版了，我托书店的朋友寻找，许久没有下文。书是广州出的，于是又托人到广州去找，说是找不到；不死心，又托广州出版界的朋友找，还是没有消息；最后请报馆的朋友查文章的作者，和他联系，这回成功了……”随后还围绕《诗草》写了好几篇文章。

此外，还有作家张苍先生的《陈君葆南洋风物诗》，他写道：“陈老的这些诗，就像怀念自己家乡似的，怀着无限深情作极细致的描绘。举凡山川、草木、蔬果等南州风物，都在诗人的笔下呈现于读者前，令人为之低回、咏叹。”作家紫丁先生在《最是文章雨露濡——读〈水云楼诗草〉》中写道：“陈君葆先生诗、词、联俱胜，举凡日常所遇所见，甚至一景一事均可入题生发出独特的诗境。”桂山中学老师姚志伟先生在《咏史言志　神韵飘逸——〈水云楼诗草〉选析》中说：“陈君葆的咏史诗，多为近体诗，其纵论古今，或评历史人物，或咏历代古迹，用典极精，通俗如话，可谓深得唐诗真谛，而又神韵流畅，十分鲜明地表达出一个正直学者的审美情趣与史学观点，也反映了他的思想轨迹和精神风貌，确是一份宝贵的精神遗产。”作家、教育家吴康民先生的《水云楼诗草》、作家吴其敏先生的《得〈水云楼诗草〉联想君葆翁》等，都从不同角度对《水云楼诗草》作出评价和赞誉，这无疑是对我们工作的鼓励、督促和鞭策。

“陈君葆百岁有新书”

《水云楼诗草》面世后，很多学者、朋友纷纷提议，说陈君葆先生还有很多有历史价值的文章，应该结集出版。同时还发现，已出版的《水云楼诗草》收集得不齐全，应该补充。于是又萌发出版《陈君葆诗文集》的打算。

经过一段时间的收集和整理，又终于完成了初稿。这次幸得三联书店高级编辑胡从经博士的指导，使《陈君葆诗文集》于一九九八年四月在香港得以顺利出版。该书出版后，同样得到读者的欢迎，著名作家罗孚先生在《星岛日报》以《陈君葆百岁有新书》为题，介绍该书道："水云楼主人陈君葆先生，他出生于一八九八年，今年正好是他一百岁的诞辰。一本厚厚的《陈君葆诗文集》出版了，正好作为他的冥诞的献礼。"

"大时代的证言"

三联书店出版的《陈君葆诗文集》，担任责任编辑的是胡从经博士，在出版该书过程中，互相交往较多，他知道陈君葆有写日记的习惯，又留下完整而大量的日记，并从学术的角度断定该日记有巨大的文史价值，因此他建议应将陈君葆先生写下的日记排印出版，那样不但让更多的人看到往日的香港历史，而且也对发展香港文化有益。

对胡从经博士的倡议，我们一致赞成。有了前两次的出版经验，我们总算摸着点门路了，自然由我负起主要责任。刚好此时胡博士调入商务印书馆任职，于是提议由该馆出版，并继续由胡从经博士任责编。商务印书馆对《陈君葆日记》的出版十分重视，希望配合一九九九年五四运动八十周年，作为"新文化运动在香港回响与勃兴"的一种纪念。陈君葆写下的日记跨越六十年，且数量巨大，短短几个月时间无法提供所有稿件作出版之用；因日记内容又必须先抄录编排，然后交付打印编辑，又考虑经费及人力，特别是经费，不可能全部日记都出齐，故确定从一九三二年起至一九四九年止，分上、下两集先行出版。在时间如此紧逼、只有单人匹马加快手抄笔录的情况下，在较短时间送出稿件，总算在出版社预定出版时间内完成任务。这个被学者誉为"大时代的证言"的《陈君葆日记》上、下集，终于在一九九九年四月一日面世。

《陈君葆日记》上、下集的出版，由于其史料丰富，引起读者的广泛注意，周佳荣博士在他为本书写的序言中就有这样一段话：“说句老实话，我对于曾经长期担任冯平山图书馆馆长的陈君葆先生，所知实在很少，更没有留意他为香港以至中国的文教事业作过什么贡献。直至一九九九年初，我在商务印书馆与胡从经先生闲谈，才知道世间上竟有陈君葆日记的存在，并保留了大量我梦寐以求（不过连自己都以为不可能会有）的记录。胡先生的书桌上堆满日记的抄写稿，着实吸引了我。”

该书出版当日，商务印书馆又为该书出版召开了名为“《陈君葆日记》——新文化运动在香港回响与发展的实录座谈会”，座谈会由作家卢玮銮（小思）主持，出席座谈会的有各界学者及知名人士马临教授、陈万雄博士、蔡渭衡先生、李子诵先生、黄庆云女士、黄继持教授、马泰来先生、姚德怀先生、潘佐华教授、许礼平先生、曾德成先生、翁灵文先生、张永贤律师、周蜜蜜女士、王涛先生等。在座谈会上，各位学者纷纷赞誉《陈君葆日记》的文史价值，并希望尽快看到“陈君葆日记全集”的出版。

半个世纪香港珍贵文化纪录面世

形势迫人，不能不随。在众多的学者及读者的支持和鼓励下，只有继续奋斗，接着为出版“陈君葆日记全集”进行筹划和开展工作。从一九五〇年至一九八二年，这三十二年间日记分量更多，如果按此前的抄写方法，肯定十分缓慢而费时。好在广东省作家协会黄大德先生提议及协助，由该会文秘部门专职人员以电脑植字，另雇人校对，这样才快速完成所有稿件。

在稿件完成后，随之而来的是出版经费问题，当时的报价是三十七万多元，并非小数目。曾应一些人的提议，请某些基金会赞助，但都得不到回应。正在多方谋求协助之际，幸而蔡渭衡先生商得何铭思先生的铭源基金会慷慨赞助三十万元，这个大数解决后，小数由我们自己支付。

难关一一突破，坦途又现眼前。《陈君葆日记》七大册，重达五公斤的重量级全集，终于在二〇〇四年七月面世，不但我们欢喜，读者也非常高兴，报纸杂志也纷纷介绍和推荐，这无疑是给我们在整理陈君葆著作的长途奔波路上加油与打气，令我们更加信心满怀，继续向前。

友谊长青与家书万金

在整理和收集陈君葆著作材料的过程中，我们又发现，还有很多有分量的文章和名人信札尚未出版，这些有历史价值的文献都应该公之于众，以飨读者，以利社会。因此又有出版《陈君葆书信集》的打算。当我们一提出，首先大力鼓励和支持的是马万祺先生，他更先为该书题赐了书名，又重书他以前写给陈君葆的信件，方便出版——过去的书信因时间太久而破烂不堪，难以使用。来自各方的鼓励和支持，令我们信心十足，因而又投入新一轮的奋战。

考虑到这些信件都涉及很多史实，不容错漏，乃决定原件影印出版。在所有稿件准备就绪以后，又出现经费问题。在香港各方了解过，费用都要三十多万，最后在广东省立中山图书馆热心朋友的积极协助下，请广东人民出版社出版，费用大大减轻，一本精装的、重达三公斤的《陈君葆书信集》于二〇〇八年十一月，又展现在读者面前。

该书满载着朋友的情谊和极有价值的历史信息，还有抵万金的家书，大大地吸引读者的关注。“中国家书网”迅速作了转载和报道，当中的历史资料，也纷纷被学者引用，更有北京某机构打算将家书部分再版，这自然又给我们不少鼓励。

《陈君葆文集》出版

在多年整理陈君葆著作过程中，发现很多已在报章发表的文章未收集出版，以前出版的《陈君葆诗文集》并未涵盖陈君葆所有发表过的文章，因此决定再出一本《陈君葆文集》，以补充《陈君葆诗文集》之不全。这次仍获得三联书店的协助，使本书亦于二〇〇八年十一月出版，与《陈君葆书信集》一同诞生，这对我们、对读者都是喜讯。

“历史不会忘记陈君葆”

为整理岳父陈君葆的遗著，埋头于报纸杂志和各类书籍、录像带和稿纸之间，不知不觉已度过了二十个春秋，陈君葆著作已出了十三大册，本以为“大功告成”，可以伸伸懒腰，放下笔杆，休息休息。但就在此时，有热心的学者建议，以陈君葆的经历，应该写一本《陈君葆传》，为后人借鉴。但自觉对此一窍不通，而且也“江郎才尽”，难以为继，但对方表示有学者乐意执笔，并且陈君葆的家乡也大力支持，政协中山市委员会慷慨赞助全部出版经费，如此厚谊，我们当然完全赞成，还满以为成事在望。

就在我们满怀期待之际，事情又起了变化，原应允的执笔者因故退出，这对我们是个大难题，如就此放弃，我们会辜负中山市政协的期待和帮助，而且事前还郑重地签下协议，我们无论如何都不该失约。但要完成此一使命，又自觉无能为力。然而，事已至此，我们绝不可能也不应该放弃。在毫无思想准备、亦无任何把握的情况下，唯有勇敢地再扛起秃笔继续奋斗。

经过一年多的“爬格子”，终于将所需稿件完成，而《赤子情深——陈君葆传》也得以在二〇一二年七月出版。同时还得到李国强博士在百忙中为该书撰赐序言，题为《历史不会忘记陈君葆》，文中对陈君葆一生作了高度概括和赞誉，令本书倍添光彩。该书出版后，上海外国语大学教授、博士生导师、作家陈福康先生，又以题为《好人陈君葆　人们不该忘记》及《学者的义气》，在《大公报》《深圳特区报》《中山日报》分别发表。这些都给了我们无限鼓励。

轻舟未过万重山

二十多年来，已编著了有关陈君葆著作十六本，除上述十四本以外，二〇一四年又出版了《陈君葆藏书录》，为需要的读者提供资讯索引；重编了《水云楼诗草》。这些书籍堆叠起来，厚盈二尺，重达十公斤，也算分量十足。出版上述著作，除付出相当的人力以外，经费开支也大，除出版《陈君葆日记》上、下集由香港艺术发展局资助九万多元，《陈君葆日记全集》由铭源基金会资助三十万元，《赤子情深——陈君葆传》全部由中山市政协支付外，其余所有开支均由我们自己负担。虽然如此，我们能有机会尽自己一点微薄绵力，为中华民族文化宏厦添砖加瓦，服务社会、造福人群，也深感荣幸和自豪！

在上述陈君葆著作编写和出版期间，还得到很多热心朋友的指导和帮助，这让我们加强了工作信心，加快了工作进度，顺利克服各种困难，完成使命。回顾二十年的历程，基本工作差不多是“全包”，由缮写稿件到校对审阅，再到出版后的递送，都是我们自己进行。间中还碰到一些不尽如人意之事，重达几公斤的书籍，送上后还被拒收，更有被打回，当然这是极个别的现象，又属于其下级或秘书等所为，不必计较，我们还是满怀自信地完成了任务，因为绝大多数读者和朋友都是热情帮助和积极支持的，这也是我们历久不疲的动力所在。

在上述工作进行过程中，我们确实得到不少来自各方面的关怀和帮助，如马万祺先生、曾德成先生、李国强博士、陈万雄博士、王齐乐老师、蔡渭衡先生、何铭思先生、卢玮銮教授、马临教授、姚德怀先生、罗孚先生、周佳荣教授、尹耀全博士、上海外国语大学陈福康教授、广东省作家协会艺术史家黄大德先生以及广东省立中山图书馆副馆长倪俊明先生及该馆研究员蒋志华小姐、林子雄先生，中山市政协刘秀莲主任，中山市桂山中学梁添带校长、何斌主任、张海经校长……他们对我们的工作都给了不少帮助，我们非常感激！在此未能一一尽录。另外，还必须一提，每套重达五公斤的《陈君葆日记全集》，当时要分送国内学术机构，可是入境殊不方便，最后得到桂山中学何斌主任及中山市侨务办公室领导亲自来港，才顺利解决。

不能不在此一提，陈君葆著作出版后，特别是《陈君葆日记全集》出版后，引起学界广泛关注，并纷纷撰文介绍。如胡从经的《新文化运动在香港的回响与勃兴的实录——读〈陈君葆日记〉》、唐振常教授的《昔日香港文化大事——〈陈君葆日记〉提供的材料》、学者罗冠聪的《一个文化人的生命——〈陈君葆日记〉》、史家黄大德的《陈君葆日记——我们无法忘记》等；还有《亚洲周刊》以《追溯香港的文化风云》为题作了详细报道，《明报》以《风声雨声读书声——〈陈君葆日记摘录〉》整版连续刊出，马家辉博士也在《明报》的专栏文章中多次作了介绍，郑培凯教授、马家辉博士联同本人在香港电台以普通话作了专题报道和广播，香港翡翠电视台也专门采访和广播。此外还有著者誉《陈君葆日记》为“空前绝后的奇书”；同样《陈君葆日记》所载史料，也引起世界知名报章关注，如陈君葆参与组织及主持的“马可勃罗会”，美国《时代周刊》（*TIME*）曾在一九七二年一月报道，称该会是“全球独一无二的外交社团”。该会的相应活动，日记中均有详尽记载，可见其史料的独特和珍贵。同样，内地的报章、杂志也对陈君葆及《陈君葆日记》作了专题报道，如《人民日报》《中山文史》《中山日报》《广东党史》《红广角》《南方日报》《南方周末》《今日中国》《百年潮》等做了各种报道一百多篇。所有这些，都帮助我们提高和加深对陈君葆著作的认识，也是对我们的鞭策和鼓励。

陈君葆这么大量的著作，能在不算太长也不算短的二十年时间内完成整理出版，这无疑是得力于各界热心人士和学者、广大读者在物质上、精神上的支持，我们表示万分感激。

常言道，学然后知不足。回头看看，对比别的同类作品，我们的工作确有很多需要改进之处，同时还有出版界人士建议，陈君葆著作内容丰富，如要重版，应该出《陈君葆全集》，特别是《陈君葆日记》，很有必要再补充相关内容，例如注释不完全，错漏不少。因人力短缺，经费不足，当年初版时，只好“睇餸食饭”，量力而为，很多家事内容及英文部分都未列入，要将一百一十多本全部出齐，确非易事，作为历史性资料，当中很多人、事，都有必要作详细标注，以方便读者。

学海无涯。在茫茫文化汪洋中，我们宛似驾驭一叶小舟，仅仅从岸边起航，尚需要继续努力，才能穿越千重浪、万重山，到达成功彼岸。

本文原载《语文建设通讯》二〇一五年四月第一〇八期

整理说明

1．收录范围。收录目前所能见及确定为陈君葆创作的诗、词、曲、对联、赋等。断句零章及草草拟就而格律未叶的初稿，亦一并收录。

2．底本选择。陈君葆的诗作大多散见于报纸杂志、友朋往来函札、日记以及断缣零璧的遗稿中，鉴于《陈君葆日记》近年也会陆续出版，故一般选择发表或经修改寄给友朋的作品为底本。如底本与《陈君葆日记》不一致，则在“编者注”中出简略的校勘记。

3．诗歌排序。采取系年的方式对一九二一年至一九八二年共六十年间的诗作进行编排，具体日期不详者则排在有具体日期的诗作之后。能根据相关资料推断其日期者，则系在推断出的日期之下，并在“编者注”中说明。

4．诗歌标题。对没有诗题的作品，统一由编者根据诗歌内容拟定诗题；诗题之下有多首作品者，无论是否有小标题，均统一以“其一”“其二”“其三”等顺次标示，以清眉目。

5．整理者注。整理者采用诗题下加“编者注”的方式进行校勘、考订创作日期以及对一些作品的人名、地名、创作背景等进行说明。

6．陈君葆自己的注释。陈君葆自己的注释底本无而《陈君葆日记》有的，则据日记补入；底本与《陈君葆日记》不一致者，遵照底本，不作校勘。

目　　录

一九二三年

一九二四年

一九二五年

一九二七年

一九二八年

一九二九年

一九三〇年

一九三一年

一九四一年

一九四二年

一九四三年

一九五五年

一九五六年

一九五七年

一九五八年

一九五九年

一九六〇年

一九六一年

一九六二年

一九六四年

一九六五年

一九六七年

一九六八年

一九六九年

一九七〇年

一九七一年

一九七三年

一九七四年

一九七五年

一九七六年

一九七七年

一九七八年

一九七九年

一九八〇年

一九八一年

一九二一年

赠刘子卓赴苏门搭腊　十月

天涯沦落思无穷，更向鸾中别远公。
叻海未教分夜月，苏门谁与醉春风。
来从紫塞应多意，去隔蓬山又几重。
日喜故人双足健，不妨云外卧清钟。

一九二二年

送涂九衢公归湖南二首　十二月十一日

编者注：涂九衢先生是湖南籍旅马来亚华侨，任华侨中学校长。中华人民共和国成立后，曾任职湖南省文史馆。一九七六年陈君葆曾委托新华社香港分社向涂九衢先生赠送古籍《楚庭稗珠录》，其情谊可见。

其一

送君还北去，日暮倚狮城。
海气蒸南溟，湘波望洞庭。
愁添客里别，风带晚潮生。
太息秋江上，浮支薄世情。

其二

赤道从兹北，到家当岁寒。
门堆三尺雪，舟落几重滩。
去日犹秋扇，归来已豸冠。
风霜虞凛烈，佳处漫投竿。

送成利抚君　日期不详

万象皆宾客，人生重别离。
忍缘空闲杀，遂令离愁轻。
海浪兼江浪，长亭更短亭。
他年湘上会，为备百壶倾。

送李君春鸣回南通

君家在吴中，远游来峡下。
日夕大江流，梦里情何暇。
送君此归去，雪拥寒梅影疏处。
为寄江南一枝春，藉慰愁人故乡思。

为华侨中学旧生送涂（九衢）校长

狮城烟雨感高楼，万里湘云旧钓游。
昔日春风几回醉，明宵月好不胜愁。
文章可许康梁擅，道义嵯难秦越谋。
此去扁舟应有意，中原戎马未曾休。

送陈友古兄归长沙时陈长乐兄即由羊城适上海

编者注：诗似未完整，只有六句。

渡头轻雨洒轻舟，烟水茫茫送客愁。
已是登楼伤北望，独怜去国愧南游。
君山路远迷湘竹，梦泽波平拯楚秋。

计程

洞房银烛冷秋光，楚雨潇潇彩发凉。
千里天涯归梦远，计程今日到香江。

回粤舟中作　壬戌年冬

北风吹浪海云开，雪意鸿情又几回。
闻道故园花正发，月明乘兴一归来。

离广州　时滇桂军已陆续进城

隔江低树锁孤村，晚角寒吹入浦烟。
可惜画楼今夜月，卷帘灯火尽戈船。

西楼忆旧

一曲西楼和月时，秋风秋水上人衣。
可怜别馆繁英落，半入邻家半自飞。

妙高台春意寄香海双鹩楼

燕忙莺懒柳花香，九十春光紫复黄。
为问妙高台上月，可曾今夜倚明珰。

与崇高兄登加东云海楼小饮

碧栏杆外水连天，与客登临款盛筵。
红叶飘零三尺浪，夕阳明灭满城烟。
霸图谁与等狮踞，辇路依今看虎眠。
汉使不来明月在，衔杯歌罢欲潸然。

耶节后一日宝清宝偕两子偕予与胡陈两君往新街场六里碑游大星君之稼轩时宝楷方主树艺之政因赋四律且示诸子

其一

小楼一角夕阳红，更倚楼头望断鸿。
白道萦回天末去，赤栏无恙翠屏空。

石家歌舞谁曾识？谢傅风流自不同。
樽酒主人真好客，新街市味满筠笼。

其二

杜公昔筑浣花堂，远借烧瓷白胜霜。
濯锦分阴思萱木，栽桃觅种乞河阳。
岂闻梅雨来南海，曾见榴花近未央。
移植知君添别巧，竹烟低处有疏阳。

其三

草阁柴扉竹影深，淮王鸡犬足清阴。
新耕菜圃盈盈绿，旧忆松陵每每寻。
红豆几添他日泪，芭蕉不展到秋心。
炊烟起处犹村舍，莫认湘云误楚吟。

其四

夕阳西下见归牛，几处山歌带晚收。
门外樱桃初学笑，院中鸡犬不须忧。
侵云鸟道思龙阁，隔雨秋千忆凤楼。
遣意登临忘是客，只言天外有丹邱。

巴里文陀二首

小序：巴里文陀在霹雳与威尔士里省交界处，南望青黄相接，千里如云，东西亘二十里，南北达十二里，而以巴堪色内为中心点者，皆基连县稻田也。方英人未来经营此地时，其为榛荆为蛇蟒不可知已。但今则沃腴万顷，灌溉得宜，政府怵于米荒，曾拨帑数百万，开水道，筑蓄水塘，以为灌田备旱。水塘在县之东，面积约十方里，有铁闸洫，故农者无望云霓之苦。可惜土人性恶劳好逸，自播种至收获，一切工作皆须政府指定时期，订为律例，否则谷米狼藉，货弃于地，亦未见惜，其不振也如此。今岁三月有槟城之行，道出巴堪色内而宿于巴里文陀，问俗采风感而赋此。

其一

万顷黄云接海霞，萦回百道获青椰。
当年榛莽龙蛇地，几处烟村四五家。

其二

沟水东西往复流，田头打谷好秋收。
要知仓廪饶多少，端在农家懒不偷。

槟城西山

一角槟城望，千寻缆道悬。
登高西海尽，不见郑和船。

春病

春病恹恹懒欲眠，春愁缕缕细如烟。
也知春去无寻处，辜负年光剩酒钱。

闻子规鹧鸪啼

杜鹃声切鹧鸪啼，啼到春深血亦希。
无奈关山行未得，断肠归去不如归。

见绿草

草绿江南作客天，轻雷帘外落红棉。
杜鹃声里花如血，无赖东风到酒边。

晓蝶

欲饮枝头露，花间日已红。
夜来双睡稳，湿翅懒摇风。

飞燕

雨斜风细燕飞忙，才定新巢放画堂。
若识主人何处去，年时依旧好风光。

虞姬

盖世英雄绝代人，汉家天下楚亡秦。
大王已死歌犹在，长恨丁公是贰臣。

槟城行

翠袖殷勤挽绿杨，平桥落月照衣黄。
横塘烟雨还相问，多恐同乡在异乡。

赠妙庄女士回铁城

香海春帆接翠霞，铁城梅雨渥云车。
行程若问三乡过，为问青门欲种瓜。

与内子云卿送玉华妙庄女史回国

万里辞家返独迟，客中送客使人悲。
菊花时节初相识，梅雨声中又别离。
此去好寻妃子笑，重来休误大夫期。
关山即此艰难路，仔细珊瑚铁网枝。

咏史

魏武诗才自有真，陈思气象更缤纶。
可怜一代豪华尽，不赋青山赋洛神。

病中闲语

病床枕畔安眠药，傍置佳人近寄诗。
读到雪深花下句，起吟无奈骨支离。[1]

[1] 句云："三尺雪深花下立，更谁大外寄相思。"

附：　陆在山奉和君葆病中闲语之作

病非内热何须药，忙里偷闲好作诗。
岁晚天涯沦乐意，美人芳草总支离。

在山即以和余病中闲语之作见示因书此以答并用原韵

自非服食谁甘药，偏要无哉始做诗。
我亦天涯倦游客，望中烟雨总迷离。

病中即事

多病维摩还爱酒，茂陵消渴乃思茶。
短檐最好听春雨，病榻偏宜近木瓜。[1]

[1] 卧室窗外植木瓜一株，雨中滴叶声自夜达旦，颇慰岑寂。

病起　在山启华大池诸子先后到访

病起闻君叩野扉，自呼僮仆煮加非。
兼旬好雨邻鸡死，[1]没得开罇醉客晖。

[1] 池公（叶大池）告余谓月来霪雨为灾，各处鸡多病死，彼所畜数十头亦相继毙去云云。

池公喜饮茶闲便过访索饮因戏赠此

罇中有酒只不多，作书换酒君谓何？
有茶无酒君尚可，无酒无茶君至么？

与东木登太平山

已对青山更对君，暮霞云树共纷纷。
风光尚怕何以占，落照清凉与子分。

雪兰莪港驿舍望海寄凤坡

编者注：凤坡，李景康（一八九二—一九六〇），字凤坡，陈君葆香港大学同学。曾任香港视学官、汉文中学及汉文师范学校校长，香港大学历届考试委员。擅诗文，著有《披云楼诗草》等。

为避尘嚣到此来，山猿林鸟暂相陪。
爱看海镜沉红日，更对清江绕绿堆。
百里平林烟漠漠，十年为客意恢恢。
凭谁寄语披云子，独羡严光□□□。

江沙雨后

小舟倚棹呼乘客，野老簑烟垂钓纶。
一雨春江新涨绿，渡头争看笑冰鳞。

太平麦斯威尔峰蔷薇架下

偶然得静境，心与云俱开。
醉看日西没，临风歌落梅。
笑语蛮花鸟，时时能复来。

彭亨道中什次劳勿两登釜阜晚兴三首

其一

日落暮霞飞，登高望翠微。
炊烟依谷涌，独鸟带蝉归。
叠嶂愁心寄，浮云意愿违。
青苍暝色合，顾影月疑非。

其二

侧径寻幽去，山穹路转迷。
依然登釜阜，乘兴涉丕溪。
疏树笼虚雾，青山隔鸟啼。
遥看平野火，今日草萋萋。

其三

春草正堪眠，当头月半圆。
野花时弄影，栖鸟似相怜。
我已高寒甚，君应意冷先。
如何盈复缺，从许计光年。

羚江晚望

怕近清明节，啼鹃乱客心。
雨收看滴翠，日暮倚高岑。
绿水春田绕，青苔野砌侵。
故乡归未得，随处一登临。

催装

浅茶低饮玉杯烟，故故窥人晓镜前。
底事韦郎还未去，为耽山水画楼边。

与胡陈彭洪诸子并宝清大星云卿游光岩黑岩十首

其一

银毂朱帷耀画裙，春郊树色绿如烟。
松萝满径日初坠，蝉影衣香细语纷。

其二

晚凉天气似初秋，春意烂珊兴未休。
未到云头争鸟瞰，许多山水费淹游。

其三

椰绿蕉黄映暮霞，关山迢递望中赊。
行行更欲从何去，断壁悬崖日已斜。

其四

百级苍苔滑滑泥，登临应忆楚云西。
更谁软语岚光外，半入春风杜鸟啼。

其五

漫道金莲步步来，现时裙屐走趋该。
只愁踏破天涯月，不及凌波自绝埃。

其六

石溜千寻滴客意，洞天越女坐忘机。
雕题甚自敷泥粉，给得佳人赐锦绯。

其七

石燕新巢第几窠，呢喃黑洞怎无讹。
要知雀占人偏惯，不见萧墙禾止戈。

其八

石兰苔砌自由开，游计天涯几度来。
妒煞罗裙花怒放，何缘偏傍玉台栽。

其九

紫卉灵芝采撷难，丹砂入海共谁看。
可怜万里安敦使，不植榴花到石栏。

其十

沧江落日照飞鸦，翠巘新晴入彩霞。
记得旧时游钓地，几回清泪落悲笳。

即步原韵奉和菽园先生老前辈

编者注：邱菽园（一八七四—一九四一），名蘐娱，别号修原，福建海澄人。幼时往新加坡。华侨商界、新闻界、文化界知名人士。

好是天南却有君，江郎虽老老谁云。
即今名士风流在，不敢题诗诵子云。

附：　陪施君送陈君葆硕士吉隆之行即席题句

施君举酒祝陈君，万里鹏程我亦云。
四欢观声腾似沸，最难胜友到如云。

游光岩诗又一绝

小序：予既成游光岩诗十绝，徐绍苏先生以旧作见示，中有句云“且喜一红题翰墨，寿星从此驻天南”。并谓光岩黑岩昔卢维庆太史游此曾题“寿星岩”三字，因此得名，为广其意而赋一绝。

寻幽来倚寿星霞，南极从兹望尚赊。
不是仙翁贪此驻，可怜天外更无家。

咏史一首

匕首空劳遣入关，始皇旋已葬骊山。
阿房宫女如花貌，望断东巡壮士还。

槟城极乐寺二首

其一

东风吹雨过江城，十里青椰分外明。
隔水断烟红日外，云房高处暮钟声。

其二

寒支啼鸟五更风，古寺云深第几重。
断壁有人留绝句，浮屠何日听晨钟。[1]

[1] 寺中浮屠尚在筹划建筑中。

笼鸟

琼浆玉粟漆金笼，翠羽清喉晓日红。
帘外春风啼鸟乱，旧时花貌可重逢。

晓由杜新杜亚温治至吉隆坡道中口占

茅店鸡声晓月凉，轻车油壁似龙骧。
春风十里帘初卷，一路看花到洛阳。

次杜新杜亚别舍赠郭慧馨女史并柬心谷君

夜深花睡露凄凄，帘幕垂垂月正低。
最是梦魂飞不到，板桥西畔隔岛啼。

杜新杜亚别舍晓起即景

朝暾水透晓窗帘，远翠犹含欲起烟。
啼鸟亦知春恨否，夜来风雨落红棉。

宝清兄谓卧榻之侧久不许他人鼾睡忽昨夜不知何自来一青蛙不怒亦不言及早始发觉云云因为赋此二绝戏赠且请寄示妙庄女史以博一粲

其一

烟帐久亏眠芍药，银床奚事有青蛙。
嫦娥莫是嫌宫冷，密遣蟾蜍报月华。

其二

一怒超登子反床，无言偏对楚襄王。
纵然一夜香衾梦，依旧笙歌水部郎。

怡保龙须岩题壁

我来问顽石，如何不点头？
顽石为我道，君立缥缈之飞楼。
本来面目已不留，斧斤空凿增君羞。

次太平望湖上诸山寄东木

风开亭畔白莲残，点水蜻蜓意自闲。
欲洗清尘挹朝露，暂停征棹撷春兰。
湖边野竹青于染，楼上层山不厌看。
只恐使君应未惯，桂华高处不胜寒。

九日三首

其一

风雨重阳独倚楼，不堪回首故山秋。
青衫湿透他年泪，黄菊开时两段愁。

其二

夕阳西下几时回，落絮游丝已化灰。
今日黄花休笑瘦，月明还与忆江楼。

其三

醉把茱萸仔细看，百年几日强能欢。
三秋争似一春好，至露凋残独倚寒。

咏史二首

其一

眼中既已无刘表，天下唯操与使君。
赤壁不教移汉鼎，铜台空自委胡尘。

其二

邺中词赋谁先数，晋代衣冠几旧臣。
凄绝陈思归国后，洛神赋罢益沾巾。

一九二三年

读书有感一绝　十二月十四日

偏安无恙小朝廷，歌管梁台旧典型。
二十五年尊汉相，平时巡幸数青山。

一九二四年

致和宝清兄　一月二日

镜湖香海旧经过，曾向花前惜绮罗。
惆怅横塘风雨路，谁家庭院落红多。

牙痛漫吟一首　一月十四日

时云卿劝就教牙医，赋此谢之。

圣哲难为忍，巫医尽失灵。
友颐嘘大赤，含泪落星青。
百草谁尝遍，金钳太不情。
非关日脚轧，断送辅车倾。
漱石坚何补，镶金炫不宁。
自缘多舌败，守德慰余龄。

即景漫成二首　一月二十四日

其一

草堂山下有人家，日暮看云绮彩霞。
多少五陵年少客，驱车来去玉波斜。

其二

隔水松荫竹院西，黄莺叶底尽情啼。
闻愁不付清溪去，来往花前看斗鸡。

端节 六月六日

故园佳节事，今日几题糕。
白发添蒲酒，青葱擘蟹螯。
涎垂丹荔熟，帘卷绿云高。
归梦愁中断，何堪读楚骚。

重过古毛有感 日期不详

去年行路此艰难，今日来过步已安。
林外新晴仍滴翠，万山云起不停看。

咏史二首

其一

渔阳鼙鼓马嵬尘，汉殿归来记太真。
为报君王宁一死，此心千古向谁论。

其二

椎秦已自非韩计，灭楚何因为汉谋。
且使功成归统一，高皇谁与始皇俦。

频年

频年浪迹足南州，何计乘槎玉宇游。
闻道素娥偏耐冷，人间今更冷于秋。

月夜闻巫人弦歌

瘴雨蛮烟谒水轩，只今歌舞月华圆。
何当呜咽哀弦上，重诉青天碧海年。

偶吟

零落春心迹不留，淡烟和柳记维舟。
多情还有双随月，不与闲花逐水流。

有感二首

其一

树顶云头隔几寻，更从云外俯高岑。
郎今到得天关去，为报人间疾苦深。

其二

我欲乘风诣广寒，登天容易问天难。
凭谁痛哭回天意，一念苍生力已殚。

偶成五首

其一

点滴蛮笺恨欲烟，可堪重认思华年。
年时在目悲谣诼，肠断襄王梦里人。

其二

玉女窗前夜话残，思量重遍别应难。
可怜黄埔滩头月，犹自清辉照曲阑。

其三

宋玉才华寄绮思，楚天凉雨未全疑。
不知零落秋江路，更有何人解色丝。

其四

断荤疏面半缘贫，乞食同怜复几人。
薄酒岂能千日醉，葡萄架下一怆神。

其五

不求仙去住人间，自是仙家识面难。

天上相思应更苦，碧霄何处倚阑杆。

池公卜居赋此奉呈二首

其一

犹似罗含编芒草，曾闻宋玉卜江头。
扁舟好载鸱夷月，只少凭栏水一瓯。

其二

门对终南竹绕篱，春来窗外日迟迟。
风情老去梅花笑，曾是南枝冷北枝。

昨日下午过访池公新居值兰花开为赋此应索

曾是兰花为我开，主人有酒可频来。
不须索赋从金谷，一缕幽香抵绿醅。

巴里大院待车看人送别月下口占

斜月犹依望疏星，已入空归视正秦。
猿啸那堪闻待得，轻车至清聊与分。

登高

登高望天海，美人何时来。
倏忽大梦中，死生安用哀。
愿浮大鹏翼，追光绝微埃。
一去亿万年，日月得安催。
笑彼临流叹，徒然扬死灰。

隔水

隔水闻猿啸，凭栏待月斜。
几回清泪落，犹有屋梁嗟。
倒影澄江树，无依橹背鸦。
清辉如有意，为照故园花。

昨夜

昨夜月如镜，忽为浮云遮。
侵晨雨以风，匣中鸣莫耶。
起持莫耶舞，直颂荡烟雾。
明月已沉西，风回断肠处。

雨后新月

湿云初卷月如钩，灯火城烟正晚秋。
记得玉箫人独立，等闲吹彻倚江楼。

偶成

啼鸟隔叶深深见，画鼓哀弦隐隐闻。
最是月高花欲睡，蔷薇架下一思君。

小诗

淡烟和月小楼西，问字香添红袖低。
却怪侍儿偏解意，并须花剪得初齐。

四绝句

小序：四绝句诗为东木赋也。东木游槟城，归来语余，谓十一月十五夜正寓居于兰妮美底旅馆，海滨对月，听跳歌声，揽江山色，待伊人兮不来，横秋波兮欲滴，盖难君其消此良夜也。余闻之，悯其情之美，而嘉其意之真，用为赋此，以宣其结辗。

其一

碧海晴沙浪拍天，相思迢递恨如烟。
多情唯有当头月，应照闺人醉里眠。

其二

隔江烟景画图看，留取佳人玉指寒。
好把貂披图薄袖，江山点染入毫端。

其三

小红低唱更无人，忽忆松陵屡怆神。
如此烟波如此月，贪欢遗恨醉时身。

其四

荷花解语谓如何，菩萨低眉厌绮罗。
怎得生公翻说法，教他从不识东坡。

山头见示在山六首

其一

蛮妆护得好腰支，暮倚修篁有所思。
最是郎来却惊走，顾郎呼姊姊争知。

其二

离宫低槛护花通，斜月归人未得逢。
我有飞仙化凫鸟，怜君何事夸匆匆。

其三

才过山腰是妾家，短篱茅舍护黄花。

好教博得周郎顾，一曲哀弦倚暮霞。

其四

满城烟雨满炉香，帘卷残阳倚晚妆。
烧得好香端为佛，佛心争似细如郎。

其五

信是临风弱不支，更堪秋水起幽思。
只言姊妹皆花貌，独有关情君不知。

其六

永巷无人早闭门，灯光背影泣清尊。
不知奚事山头见，凄绝天涯两断魂。

忆西楼

小记：此似是去年底作的，时东木初至，其后一首是年底往白沙路道中完成。

其一

忆西楼，月斜烟重冷如秋，寂寞阑杆风欲起，万重波浪大江流，心头恨未休。

其二

忆西楼，春时同醉雨同留，斜别银灯听竹浪，安敲金碗唱英讴，歌人字英愁。

其三

忆西楼，花时买酒月时舟，载枕西间真几许，折来东阁寄将愁，年光度暗偷。

其四

忆西楼，碧桃春恨可曾休，留得樽前残月在，管他飞絮着金秋，青衫泪暗流。

其五

忆西楼，黄蕉丹荔紫金篓，八月桃花诗句好，九龙烟雨入孤舟，湖山点点愁。

其六

忆西楼，问伊弊病几时休，郎似江心初月白，妾如春半柳条柔，伊言记得否。

其七

忆西楼，晚风欲颤玉搔头，细雨紧偎贪景好，脸红初泛畏郎羞，低声且罢休。

其八

忆西楼，金波淡荡海西头，斜月几回歌玉笛，十年依旧梦扬州，多情不自由。

其九

忆西楼，离离蓑草入近愁，如许秋江如许泪，一重烟嶂一重忧，人间不可留。

和东木金宝驿题句

春至雁当北，拖泥叶怎浮。
暗香疑是梦，白酒度残秋。

附：　金宝驿题句

南雁北飞去，余生一叶浮。
新梅花未著，风雨可怜秋。

梦游神山日本天皇陵寝四首

小记：阅《明星周刊》上刻日本明治天皇桃山陵寝摄影一小幅，下有壁禅君附识数语，为之神游者久之。夜就枕梦至其地，凭吊之余成诗数章，醒来只忆第二首落句云云，因援笔续成四律。

其一

夷韩破露异功开，尚恨蓬瀛少铁材。

挟数应思梅特涅，陈书谁似福埃台。
伊藤有志今何在，乃木孤忠竟不回。
若使九原逢彼得，那堪从问故宫哀。

其二

霸业成时震海寰，当年决策艰难西。
联秦使徒观壁北，拒齐兵怯叩关图。
治纵教逢贾董事，边端不遇张班班。
可怜汗马功劳在，樽俎犹希上国颜。

其三

掀天澎湃太平潮，富士山头第几朝。
物竞谁倡黄祸烈，论交终虑美人骄。
眼看亡虢难全郑，肯与连金共灭辽。
千古松楸王气在，不堪寒水雨潇潇。

其四

桃花流水暖潺潺，御苑归来武士环。
宫女如春闲列屋，将军去竟遭艰难。
更谁与说亲齐话，不解连兵急赵难。
最是茂陵凭吊客，尚余孤愤对神山。

菩萨蛮 实吊远十字路旅次晓雨

晓来一阵风兼雨，愁人解得愁滋味。和雨出沙堤，斜风压帽低。　　长堤沙似雪，不见如霜月。怀想当年人，临江一怆神。[1]

[1] 去年来实吊远，每于月夜，辄独步长途对之怀想，或听人唱歌，清夜泪下。今来无月，怅也何如！

浪淘沙

早自林勿泛舟颠丁江，因游邦阁岛，岛有荷人旧筑炮垒遗址，后英人东来，继荷而霸东方，即于此地与霹雳订立条约，受为保护国，派驻监，事在一八七四年，归途作。

峡外海连天，邦阁苍然，青山两岸怅当年。炮垒依稀留一纸，捷足谁先？　　人事渺如烟，恨海难填。且休求药想成仙，如此江山斜日里，红土堪眠。

菩萨蛮　偶忆

月斜楼外疏疏树，东西沟水分流去，倒影入微波，伊人有待么？　　背花花影颤，顾月因窥面，记是那时伊，那时应较颐。

西江月

门外红莲三尺，柳边银盏千檠，淡烟残照雨初晴，人立小桥窥影。　　冰贮玉浆寒透，枣醅嘉酿新成，莫将官树数归程，昨夜归来更定。[1]

[1] 银盏花，实不知名。生水中，途过巴里文陀尼堪色内等处，见沟洼中多植之。状如盏，色白，瓣类菊，叶似莲而小，无以呼之，因号之曰云云耳。

南歌子

细草凝新绿，林花谢晚红。莫愁湖畔画桥东，长记曾携手处月明中。　　好梦回春雨，关山度晓风。燕辞花落太匆匆，那更闲庭深院水溶溶。

高溪梅

浮云事散逐香尘，可怜春，杨柳低垂，走马绿堤痕，红桥碧涨新。　　梦回酒醒泪缤纷，又黄昏，独上高城，江月暗花魂，归来不见君。

贺新郎　杜新杜亚温泉别所寄俊卿女史

记是凌波处。怎伊时、秋风正好，斜阳草树。瞥眼垂杨三月暮，烟雨楼头春去。算几度、离愁难住。比似长河三万里，更人间、天上蓬莱路。风与雨，花飞絮。　　青山依旧周郎顾。绮窗寒、珠帘慢卷，鹧鸪声数。翠辇长门佳期误，难为相如买赋。千古事、都无凭据。江令才华今歇了，想难凭、彩笔深深诉。容与语，采芳杜。

疏影　槟榔屿西峰

凭高目极，正隔江烟雨，和客愁织。峭壁垂梦，松啸猿哀，翠峰个个如滴。斜阳山外孤帆远，曾记得、洞庭波色。问登临、如许秋江，为谁茫茫流碧。　　三百年来旧事，只今都付与，沉沙戈镝。漫检青衫，对此西风，吹起浪花云墨。还将浅酒扁舟去，便与载清风明月。怎耐看、歌舞豪华，转眼都成陈迹。

鹧鸪天　寄涂九衢君

春草无端入望中，一番愁思一番风。江边野柳垂垂绿，向晚斜阳冉冉红。　　人北去，水流东，更无人肯惜芳丛。兰汀岸芷千般好，盟与闲鸥事总空。

一九二五年

偶感四绝句　三月十二日

其一

晚雨初晴月未升，流萤几处乱疏星。
独携藜杖寻谁去，要算巴江最有情。

其二

湿云无意竟黏天，蛮树依依欲断烟。
为问梵王宫外月，年时谁解惜哀弦。

其三

短篱三尺护黄花，日暮琴台倚绛霞。
奈我独来人去后，曲江无语对栖鸦。

其四

谁家丝管月明中，半夜歌声乱壁虫。
我爱虫声幽自语，可怜歌舞转成空。

寄答凤坡

走马看花迹未殊，可怜春事两相余。
近来诗思非关拙，独有诗情总不如。

吉隆坡太平山半山亭偶吟二首　三月二十六日

其一

休教山过随光尽，会拥寒衾听夜涛。
有兴不须携酒至，烹泉煮月最相宜。

其二

单衣酿酒晚凉天，草绿天涯到槛前。
谁识使君险水意，轻依倒树压湖眠。

步登太平山归至旅舍夜雨赋寄东木并示同游诸子　三月二十九日

天公不为不厚我，我登山时雨不俶。
我欲下山雨已收，刚道归来雨如注。
为爱名山薄暮回，虎啸云迷都不顾。
可怜张子雨履穿，捷径攀登屡嗟苦。
忆昔同登与林子，山中半夜待月起。
读书齿击寒彻骨，万木猿啼怨不已。
须臾月出岭云开，远近山花皆竞美。
欲醒林逋教作诗，看他咳落暗香句。
岂知山公醉似泥，梦呓犹云广寒去。
遂令群芳意寥寂，夜深相对甚情绪。
我怀此景难再得，拥衾卧听空阶滴。
正是羊城三月时，黄花岗上春草碧。

断句

一雨清河水蔚蓝，凫鹭争得似江南。[1]
平畴偶见孤帆去，忘却身居辽浑间。

[1] 关外沿途均少见田畴，沟洫间有鸭凫之类。

梦中忆五弟 九月二十五日

人生若大梦，去住安足论。
感旧未能已，安知非我身。
忆始为兄弟，原思共报恩。
焉知二十载，相思长断魂。
父母两不在，安怀泪辛酸。
顾我零落后，依然作远人。
远游既未遂，弟妹忍相分。
若更阅岁月，潦倒又何闻。
深叹南来雁，北归犹有心。

槟城感怀 日期不详

昔闻槟城好，今作槟城游。
揽裙西小石，停车春海楼。
登临千里目，怅望故乡愁。
心情谁知道，深情托去鸥。

槟城留语

偶来天外小蓬莱，住近群仙梦不开。
三尺银桃春尚好，重来应与上瑶台。
便从北海过江来，回首帆烟逐浪开。
风景未饶裙带路，水光山色碧楼台。
当年省识瑯琊树，此日初当关外心。[1]
铁水有情关建设，钢都无恙贱黄金。
登临岂少凭栏意，落日凉风拂短襟。

［1］用前人句。

可芦温泉

为贪山水负深情，更买芒鞋上玉京。
最爱城东晚出浴，温泉水滑宿脂凝。

可芦湖上待雨

百顷湖光照眼明，风来水殿海云生。
今宵好雨谁同梦，挑起残灯听不成。

可芦观雨

明湖三面映楼台，暮雨奔腾漫海来。
三百里雷云脚起，六千尺电岭头开。
不曾隔岸看奇景，只许孤城忆雪梅。
今夜槟江知有梦，苦无心力遣愁堆。[1]

[1] 可芦东去仁丹只十里，南望奔腾峰，暮色苍茫，隐约可见。峰高六千余尺，朝云暮雨，郁为奇景焉。然闻诸友人言，观奔腾夜雨，莫若登槟屿西山，作隔岸观火之概。可惜留槟城不久，不克一宿西山，殊为憾事耳。

银灯

斜剔银灯坐到明，别离滋味几曾经。
今番应笑多情误，偏向天涯窃药灵。

可芦官舍雨晴

风雨楼头暗淡天，明湖春水碧于烟。
离魂最是清明近，万叠青山一杜鹃。

无题四首

其一

贾客传灯迹未湮，伏波横海始椎轮。
援儒入墨非关变，用夏容回岂乱真。

其二

思想不归民族义，斗争时与战功浑。
抱残十诫辞埃及，曾是今人愈昔人。

其三

汗简书编亦作尘，能源未解静妖氛。
且看塔影摇光处，犹记舟人望海门。

其四

青箱白骨何足论，胚胎出自玻璃管。
汉家天马耻屠城，七海沉舟笑纱浣。

一九二七年

鹧鸪天[1]　四月二十四

一棹寒江夕照边，水晶盘里数峰烟。樵已后，疏枝鸟，远客还扪挂杖钱。　　歌欸乃，醉嫣然，渔人野客一尧天。桥边独有垂纶处，肯与更潮待月眠。

[1] 日者会集恬园雪峰，告以正从事制假小石山，一丘一堑，口讲指查，毕肖尽态，流连脑际。昨夜若梦在其地，因填此以简雪峰。

记怀东木三首　十二月十四日

其一

三年问得君何在？夕照清凉记与分。
擘懈只今怜独咏，海西尽处是苏门。

其二

闽江楼外暮烟苍，不见罗星塔上光。
何日刘郎台一至，好移佛经到南乡。

其三

青山招我日云间，我爱青山集日闲。
落日放船陪鹭主，雨余还共燕翩跹。

又寄赠东木

不学东坡咏梅格，翻从道士种桃花。
沙田纵有烟千顷，谁与风光主物华。

有感 十二月十五日

我家村舍依烟宿，七十襄翁卖菜回。
一望绿云三万顷，红莲低向晓风开。

客至

帘外谁来呼姓氏，教人错认书中美。
玲珑顿见紫霞飞，未补故衣迎客起。

对已砍橡树望夕阳红

大树如今尘土中，主人斤斧不相容。
纵然换得金千菜，碍我明窗夕照红。

一九二八年

到巡亚日昆宁华侨学校校长钟君暨副总理许君因编校刊邀为题词因赋七字句六　二月二十九日

亚日昆宁弹丸地，而有志士生其间。
我来手此一篇读，顿觉鄙懦皆涣然。
为语编者钟君子，仁者后获而难先。

金马士道中

夕照依微薄林际，野禽似冷光景逝。
谁能解得悲歌声，古木寒荫蛇相噬。

寄东木凤坡

夜月照故人，何时见颜色。
晓看东海云，漫漫最朝日。
霖雨应有心，春风素相识。

清平乐一首　三月二十日

别来半月，姹紫嫣红歇。缭乱春条思颂结，正是去年时节。旧愁新恨如潮，路遥归梦迢迢。不信思君肠断，东风一夜香销。

杂句　三月二十六日

篱落黄花似杜鹃，日斜风定带轻烟。
思君最是梨吞路，春入愁边意惘然。

次金宝寄东山重山　四月二十日

当年此处记留题，曾惹骚人逸兴飞。
颇怪近来诗思拙，一般斜月海云西。

重过坝罗青城东木故居

红树春山日欲斜，玉窗依样护层纱。
不知花落何人扫，寂寞青城叫万鸦。

寄美罗张君二首　四月二十一日

其一

狮城一别六千里，小住龙坡不及春。
岂意岭南归梦远，荔丹时节却逢君。

其二

笑我已乖湘水约，怜君来认劫羊灰。
何时张翰扁舟至，樽酒同登帝子台。

寄云卿　四月二十四日

湖边细草皆春色，野火篱烟近自然。
莫向竹间风过处，林花落尽和香眠？

一九二九年

杨子佳请宴有诗 日期不详

梦回依约横塘路，酒醉人间未了情。
憔怀五更风顿起，月明何处更书声。

金宝之行滞于雨勾留两天因得与埠主陈君暨中华学校教席畅叙于酒家至夜深始归至官舍因对兰成七绝九首寄呈达初雁槎在山三君并示中华教员诸子

其一

细雨始留踏落花，酒旗飞处一停车。
游人不管芳菲事，好是春风兰未斜。

其二

巫格山头过雨痕，锡田灯火照江村。
飞关夜识金银气，自有机声彻上界。

其三

人生天地如行客，我更飘零无定身。
有酒且拼今夕醉，纵教重会恐伤神。

其四

每笑平生为口忙，兴来亦颂学痴狂。
兰前黄蝶千杯酒，醉后残经一炷香。

其五

蜩螗国事亦堪笑，二十年还势益分。
否识马生离意后，几回清泪望都门。

其六

羊石风流旧布衣，京尘裘马自轻肥。

达公为道当年事，青锁朱门叹落晖。

其七

含杯欲别又依依，敢说新交胜故知。
同是天涯沦落客，且凭意气励清时。

其八

竹篱官舍景凄凄，金宝桥头兰正西。
我醉欲乘风去也，道旁烟梦绿低迷。

其九

梦影摇风兰隐云，长沟流水暗黄昏。
明朝又发怡城路，何日重来酒论文。

有感一首

只缘身在此山中，迷却西流涧水东。
莫教郎心真似水，出山应与在山同。

大星兄有香港之行因宝清兄意赋五十六字以赠

送君北去风雪际，多少闲情欲语谁。
秋后无书传雁足，天涯有泪湿胭脂。
尽教玉海沉珠定，犹自金堂乳燕飞。
击马绿杨斜照里，为传一语报归期。

有感三首

其一

廿载尘寰一现身，忌才六道与谁论。
如君可是聪明误，凄绝难为后起人。

其二

萋萋芳草怨王孙，不道王孙正断魂。

群玉山头无限恨，绿杨枝外有啼痕。

其三

杨花轻薄柳花香，忙着东风过粉墙。
归燕有心留别院，秋千无语立斜阳。

和宝清君二十绝并呈令升大池前辈三首

其一

镜湖香海旧经过，曾向兰前惜绮罗。
惆怅横塘风雨路，谁家庭院落红多。

其二

杜牧寻春春未老，江头落日兴偏新。
只今散发来天外，湖海风流第一人。

其三

湖海风流几俊人，乌衣巷口旧朱轮。
年年归燕翩跹舞，弹指人间九十春。

有感九首

其一

犹似相逢在梦中，伯劳飞燕各西东。
一生春事知何许，南国樱桃也自红。

其二

一曲新词酒一杯，初秋天气冷玫瑰。
如何三月桃花浪，飘尽繁英化藕灰。

其三

云锁青山寺隐林，为寻绿萼共登临。
归时不耐东风冷，长记分衣一片心。

其四

曾乞春阴护晚英，绿章中夜奏通明。
谁言过尽秋鸿信，十二栏杆冷碧城。

其五

载酒题诗隔几年，豪怀今日冷午烟。
已成陈迹休相问，江草红花各惘然。

其六

三年为客两经春，忽漫相逢是故人。
且莫樽前论诗赋，此生终已误儒巾。

其七

是真文字有因缘，渭北江东日暮天。
谁似南欧三俊逸，题诗偏颂例前贤。

其八

旧游人地两茫然，怒海扬帆路几千。
青雀未知陵谷爱，西回犹自报张骞。

其九

世事依然一局棋，输赢黑白未堪知。
人间那有埋忧地，欲遣穷愁独赋诗。

奉陪叶绅大池宴巫相于叶氏园四首

其一

拂拂东风细雨来，华筵高对暮云开。
南塘绿水他年意，金谷樽罍此日陪。

其二

谁还金牛蜀道开，铜标无复贡洲来。
使君轩冕宁多意，未许榴花遍苑栽。

其三

玉盏金盘照醉颜，高烧银烛海棠看。
花前谱得新歌曲，为爱流莺不忍弹。

其四

露冷宫槐月影低，黄冠别院玉聪嘶。
笙歌隔水听吟细，楚舞蛮腰凤眼迷。

吉隆坡小游仙八首

其一

百金断送好姻缘，了梦春婆到案前。
为问檀郎今记否？动人怜处浅湖边。

其二

曾记华清赐浴时，梨花带露不胜姿。
如何放下珊瑚网，买尽长门总误期。

其三

家住蓬塘近水隈，金龟婿老隔红埃。
黄衫白马青楼下，日为临风一笑来。

其四

嫁得瞿塘伴药炉，春光负却冷流苏。
近来解得蓬池法，为借轻舟泛五湖。

其五

护花天使恨如丝，日数花须怕折枝。
最是燕忙春颂晚，红英蹴罢羽差池。

其六

阿侬生小活观音，作意章台偶一寻。
闻道莫愁经典熟，扁舟载去买千金。

其七

未悔当年窃药来，侬家姊妹自偎陪。
侯门脱后饶清福，一样风流别有媒。

其八

风驰电掣逐香尘，玉笋操持自转轮。
见语阿郎休见恼，落尘应为辇头人。

闻洛事寄怀凤坡二首

其一

六榕寺下一经过，岭峰风云变幻多。
十二月来心尚冷，八千里外意如何？

其二

凭谁洗甲天河挽，从古穷兵地轴磨。
独有鲁连仍志勇，洛阳凭轼对调戈。

春夜

池光花影压，香露草头轻。
可惜天涯月，都非故国情。
横云连海白，悬镜占秋明。
春思谁将托，高唐梦不成。

有感二首

其一

六街过尽出城隈，照水芙渠傍钩台。
笑指客车青雀好，不曾为弟捉将来。

其二

凌波不住步艰难，家住城南近药栏。
日日身轻来去惯，莲花高下耐君看。

人日寄崇高兄并呈仙洲女史

人日题诗寄，应怜去国吟。
相逢欣一笑，惜别恨谁深。

绿桥怀中冷，黄橙梦里寻。
加东烟水好，空忆共登临。

落叶

千山飞落叶，万里停归楫。
题叶寄君诗，诗成泪盈睫。

午阴

转午亭阴睡足时，落花深处步偏迟。
檀郎到此须回首，密语休教乳燕知。

实兆远读国民党健在者题语

编者注：实兆远，马来亚地名。

我来实兆远，不见当年人。
空有云烟迹，曾无秋水神。
沙堤白月下，江树西海滨。
寂寞时顾影，天涯还几春。

对旧布履有感

三年仍客履，染得旧征尘。
踏破天涯月，飘然物外身。
化凫从识你，改革不由人。
植杖无穷意，先生自在春。

实兆远十字路官舍对月并闻巫人口唱

对月不能寐，还起弄清辉。
海雾沉星暗，凉风入户微。
思家空泪落，忆弟看云飞。
莫止蛮歌放，征尘尚满衣。[1]

［1］时同行和君秉烛夜读，厌蛮歌之逆耳，正欲喝止之，故有结语。

一九三〇年

出校门遇雨狂奔诗以纪之　一月九日

三人行焉尽是师，发足狂奔雨逼之。
是谁夺得锦标者，想见当年辫直时。

浪淘沙

来去忒匆匆，幽梦无踪。红尘十丈笑相逢，一曲琴心关不住，付与西风。　　哀怨诉离衷，颂语无从。蓬山此去路千重，回首一声祝珍重，也满袖空。

和诗二首　一月十五日

其一

随处青山和画屏，莫教天步限门庭。
逍遥尚在鸿蒙外，奚事莎鸡说性灵。

其二

海月初生波欲烟，月中人要去羁圈。
潮来断岸声消失，要请阿谁去问天。

感事三首　一月二十九日

其一

痴心萦结十年中，历劫难参身色空。
拚把此身轻一掷，天涯旧侣又相逢。

其二

三生慧约记情天，鸿雁驱驱已十年。
今日同心绡双结，半生幽恨化云烟。

其三

青史青山信不虚，白云深处是吾庐。
相携耕钓浑忘俗，笑指红尘是旧居。

夕阳　二月五日

夕阳将要下去了，
向西一带红得可怜！
“家姑楼”的一派黄墙缭绕着民舍的炊烟，
在残照里双沟的水从黄墙流出，
何等殷然！
是春树的花呵？
是断肠人眼中之血？
是呼号无告者的啼痕养竭了在铁窗下的呜咽？

血般的太阳和山顶接吻了，
草坪上只铺着我的长影，
远远地好像要爬上东山去，
我只是向前不住地追着。
太阳落下去了，
暮色合起来了，
四顾苍茫，
东山也渐朦胧了，
只是我，
仍不住地向前追，
追着已经看不见的影。

观景有感三首　三月二十日

其一

竹枝低处有啼鸦，门外青山人倚霞。
可惜落花春去也，更无消息迓云车。

其二

玉笛当年倚画楼，水边篱落尽堪俦。
何期一别深惆怅，君已归来我客舟。

其三

荷塘无限藕花肥，正是游人杂沓时。
惆怅荔枝应未熟，倩谁先买最高枝？

巴双游有感　四月八日

炊烟起处树深青，望海楼中夕照明。
犹有欲归人独立，断霞修竹两凄清。

小诗三首

其一

午睡醒时思更纷，分茶揔酪慰诗魂。
不知隽语何时尽，检点青衫旧墨痕。

其二

不耐旁拽怕苦思，惊人句得病支离。
饶他杜宇啼痕在，哪管春风第几枝。

其三

满径黄花细履痕，可曾微月立黄昏。
疏林不见西飞雀，残照孤村一抹云。

答黄子问　十一月十七日

君问来期未有期，右平西子耐人思。
何当更向云间住，一卧情钟月落时。

病中简在山三首　十一月二十六日

其一

九十清新病几回，得闲空负手中杯。
巡檐尚有斜阳驻，肯教林花病眼开。

其二

客病萧疏怕到秋，百无聊赖一登楼。
东风织就千丝雨，不是新愁是旧愁。

其三

荷塘柳外冷烟低，照水人家竹影齐。
谁倚哀弦歌绝调，断肠声里草萋萋。

过文丹有感　十二月二日

凄风凄雨过文丹，浅泽芙渠冻叶翻。
苦忆青山寒食路，斗篷曾共访春还。

荔枝挂绿

敢是杨妃认未真，绿丝曾催逐香尘。
味甜孰比僧庐李，犹印西施指爪痕。

吊一个亡友

昔遇君居日，容颜若憔悴。

炯炯余目光，瘦骨唯神寄。
从知心力苦，未达删述志。
短烛风雨夜，究扪鸡虫字。
偶持直笔书，遂以触时忌。
谣诼憎蛾眉，谁肯存古谊。
君是云中鹤，一去浑无踪。
长泪惊鹭鹚，相望不相识。

异国

耻从异国思田里，闲向东风忆酒杯。
花径倘教存种药，刘郎犹及待春回。

遣愁

南楼佳处月凄凉，坐据胡床野兴长。
今日问花应有泪，等闲枝上度春光。

无题二首

其一

月笼池畔树含烟，碧箪无尘近水边。
最爱酒清波欲语，意迷三两落哀弦。

其二

莫问当年是与非，白头吟望典春衣。
阮生醉倒疏狂甚，争管当垆翠袖施。

南国酒家赠林子允保

八年不见林和靖，今日相逢便索诗。

否识暗香疏影句，可真要待月来时。

船中遇有到印度去推广商务者

锡兰西望可扬尘，千载谁教绝汉亲。
四十丈船从海道，郑和之后更无人。

回南洋后闲居作

得得听钟响，涓涓闻水声。
居原不寂寞，闲乃觉怡情。
活火时煎茗，园蔬自作羹。
近来希饮酒，不用访刘伶。

再寄在山

其一

愁到三分病，宁因酒一杯？
浅晴桃李闹，嫩绿鹧鸪回。

其二

学舌饶鹦鹉，医头馆病梅。
可能凭帝力，一护海棠开。

其三

却病非无药，长生忧亦长。
怜渠二竖子，能作几年殃？

其四

万日从兹过，双眸减旧光。
尚余肚胆在，应是畏强梁。

一九三一年

蝶恋花　和在山　七月十六日

春到天涯闲意绪，落絮游丝，竞向谁家住。百草千花莺乱语，清愁没个安排处。　　山外斜阳花外雨，柳外鹃啼，道不如归去。闲梦觉来谁燕舞，东风意懒花无主。

和在山七绝九首

其一

纤雨西园冷欲秋，天涯几度识归舟。
游丝系得香车住，定是垆边有美愁。

其二

张翰思归直为鱼，尊鲈味岂厌相如。
只愁滟潋钱塘水，尚有西施浣月无？

其三

曾共寻幽舴艋舟，断云残水足淹留。
疏狂独有寒蝉似，半带斜晖半带愁。

其四

是痴人解说风流，海国春残载酒游。
潮落沙边寻虎迹，信天翁对语闲愁。

其五

海国长如不计春，沙边鱼鸟解相亲。
越人自下千丝网，网得珊瑚别赠人。

其六

扶醉归来细问天，江头借草正堪眠。
无端软语雕梁燕，偏遣春愁到酒边。

其七

休道人间行路难，可怜天步亦蹒跚。
即今十二楼中月，知有阿谁伴药栏。

其八

恰是天凉好个秋，登临况有月当楼。
十年旧事重回首，直到今朝始识愁。

其九

一树幽香月欲昏，江南春色怯轻寒。
楚天凉雨如相忆，为报西泠梦尚温。

雪兰莪港口旅次杂咏五首

其一

黄槐半落柳初齐，废统仍然向海西。
十万雨声吹暗叶，东风又放画帘低。

其二

酒醒倦起被重翻，淡月疏林犬吠残。
谁道天南无好景，夜来风雨觉春寒。

其三

江碧新晴乳燕忙，海天愁思正茫茫。
狂潮一夜风兼雨，漠漠春云未散场。

其四

木棉花落又啼鹃，时节清明细雨天。
莫向东风怨春去，一春长费买花钱。

其五

漠漠春寒到酒边，潮平江静恨如烟。
多情只有天涯月，曾照愁人眸里眠。

波的中望月　七月二十八日

水远山重落照中，断鸿声里又西风。

更无人会登临意，拍遍栏杆倚遍松。

如梦令

红岩枝头春去，归燕来时低语。和泪倚栏杆，十日几番风雨。无绪，无绪，帘外落花飞絮。

秋雪庵看芦花　十月二十七日

好是题诗月满楼，西风暗叶正生愁。
飘然一片花如雪，赛过瞿塘九里秋。

无题　十月二十八日

绿杨枝外白蘋洲，走马曾来倚翠楼。
今日又教楼下过，日斜唯见一沙鸥。

蝶恋花　游杭州　十月二十九日

欲向西湖寻住处，湖水湖烟，见说秋无主。碧草斜阳花几树，归鞍不记来时路。　　浅病新愁添几许，买醉湖边，道解将愁去。满眼芦花轻似絮，酒醒疑有流莺语。

有感　十一月三日

拼作樽前醉里人，明朝管欲唤真真。
眼前此外都闲事，更恶浮名累此身。

游西湖词二首　十一月四日

其一　菩萨曼

画楼今夜谁家月，水晶帘卷明肌雪，湖水碧于天，玉人应未眠。　　寒塘秋色浅，忆照花如面。若道不关情，却教魂梦萦。

其二　采桑子

莫嫌秋尽西湖老，水碧山闲，几处荷残，廿四桥边冻叶翻。　　更无打乐歌莲曲，月好谁看？野寺僧还，犹带钟声懒叩关。

杭州游二首　十一月十日

其一

谁似渔洋疏放甚，笼灯着屐也题诗。
我却有诗题没处，系绕枫桥月堕时。

其二

虎邱山上塔歌斜，影落寒烟起暮鸦。
休学雷峰真塌掉，八千经卷委尘沙。

太湖赏菊　十一月十一日

采撷东篱忆冷残，十年归梦曲池栏。
那堪重对秋容淡，细雨黄昏又薄寒。

游太湖　十一月十二日

秋雨连绵转似春，试来湖上作诗人。
移舟欲入芦深处，又恐芦花为我颦。

梅园眺太湖　十一月十三日

却道天公肯放晴，依然湖面晓烟横。
不成坐待梅花发，一慰寻春未了情。

欲作湖游仍雨

料是天公未放晴，欲教湖上滞归程。
烟波一棹家何处？芦叶枫林尽有情。

又一首

残荷未尽秋先老，柳带斜晖菊已丛。
最爱晚枫红似锦，不曾憔悴怨西风。

望太湖绝句四首

其一

从来总说西湖好，此比西湖更可人。
若把西湖比西子，太真原是佢前身。

其二

罗浮约践料应难，暂借梅园作往还。
买得吴江田二顷，一生长愿伴湖山。

其三

落暮湖中作小游，兴来不顾雨淋头。
眼前好景无佳句，却恼芦花碍小舟。

其四

翠屏圆镜为谁开，我已无言意莫猜。
留得药炉经卷在，禅堂深处好安排。

游太湖阻雨因至项王庙　十一月十四日

一朝风雨任秋残，似此湖山驻马难。
犹有项王祠庙在，江东子弟莫偷安。

惠山游路上　十一月十五日

闭门觅句何其拙，对客挥毫或偶然。
始信杜陵三百韵，半由人力半由天。

登锡山

锡山西望漆湖东，一带疏垣隐绿丛。
我亦欲居邻子水，披衣风月听鱼龙。

登充山望太湖

晴空涵碧雨混茫，沙岛风帆日日忙。
七十二峰青未断，蓬莱应在水中央。

锡山戏成

休问山中锡有无，秦王汉帝总糊涂。
如今无锡多纱厂，水出惠泉鱼太湖。

闻太湖广福寺住持为粤僧访未见因赋　十一月十六日

闻道高僧是里仁，湖山管领代湖神。
昔年有友逃禅去，敢问其人莫是君。

南京漫句三首　十一月二十九日

其一

北风猎猎雨霏微，重到都门雪已飞。
极目江山无限意，不堪迟暮故人稀。

其二

塞上风云塌地来，关河萧索几人哀。
眼前不少倾城色，谁似昭君使紫台。

其三

椎秦救赵原非计，当代鲁连宁有人。
顾我从无皇帝梦，五龙何事更缠身。

游灵谷寺误入总司令府

一曲清溪出苑墙，新都事业总非常。
守陵不少边城卒，却要将军作墓旁。

游秦淮河六首　十一月三十日

其一

见说都门已禁娼，秦淮风月老荒凉。
如何教曲人犹在，日暮繁弦出院墙。

其二

残照西风白下门，更谁人约月黄昏。
几家艇子都闲却，犹唱当年白练裙。

其三

夫子门前旧摆摊，如今取缔去闲闲。
怪谁谒圣烧香案，职业从来指道难。

其四

秦淮新辟小公园，植柳栽桃半亩宽。

歌舞岂关民众乐，清漪一水足奇观。

其五

旧院风流事已非，梨园子弟半支离。
只今到处皆声片，谁耐樽前听竹枝？

其六

气象台边宅第新，螺旋路辟为财神。
行人要学趋而过，风景全归宋子文。

由南京南下火车途中二首　十二月一日

其一

飞鸦历乱夕阳天，入望江城断复连。
休怨冈陵遮远眼，人间何处不烽烟？

其二

爱把破闷数根烟，苦生真如度客年。
常州已过苏州到，检点行装又一天。

一九三二年

有感 八月二十六日

夜雨挟秋至，晨风初觉凉。
渐移山色浅，欲滴露荷香。
湖海情何恨，关山月正长。
何当横笛里，残醉尽余觞。

一九三三年

有感四首 二月七日

其一

惆怅寻春杜牧之，绿肥红瘦负芳时。
空教曲里知名姓，一本垂杨薄命丝。

其二

谢朓风流庾信年，春江明月不论钱。
横陈漫想犹怜小，烧字偷香各惘然。

其三

衣襟留得口脂香，彩发能教夜夜凉。
桃叶渡迷春水远，乱云何处是潇湘。

其四

沉醉萧郎客鬓轻，桃根风调也关情。
只愁已服安眠药，门外春潮打不醒。

覆毓腾函并示东木 二月十七日

昔日青城客，[1]今来大学堂。[2]
乌云仍拂树，苍海已扬汤。[3]
法院虚前席，[4]新衙傍剧场。
追怜吴学政，通告纸无张。

[1] 东木视学南郡时，居怡保之青城。

[2] 港人自上至下均称港大为“大学堂”，一若此三字惟此为得专用之名称，天地间亦只此一间大学堂者，然可怪也。

[3] 三五年来，国际变化急剧不可方物。

[4] 东木官南方，署设审厅楼上，和公长审厅即袭其地位，事可偶然。然自公去后，求贤欲渴已无其个人。

[5] 吴办事处在大会堂舞台左侧，有事时吴则须虚室回避。

看十字架的号一片有感四首　十月十四日

其一

罗浮践约料应难，云外孤鸿独往还。
憔悴合江楼上客，已无诗赋动江关。

其二

莫向东门识故侯，湖田应为鹤筹谋。
百花洲上人何在，秋雨秋风总满楼。

其三

读罢前贤五别诗，风流倜傥亦吾师。
如今明月空如洗，不照前身杜牧之。

其四

东风暗雨正魂消，江上谁家韵尔娇。
听到曲终声咽处，几人清泪付更潮。

游惠州西湖二绝　十月十五日

其一

明湖三十水铺云，双桨来时月二分。
一样江南好风景，梦中行遍又逢君。

其二

蓼花洲外雨微蒙，落尽红棉岸岸空。
正是怀人团扇冷，断肠杨柳泣西风。

孔子诞一绝　十月十六日

不迎佛骨迎佛像，世间乃有此和尚。
佛老俱来缺孔丘，夫子如何示色相。

岂无　为伊来访不相值赋也　十月十九日

岂无报李殷勤意，辜负投桃一片心。
想见凌波来去处，几回搔首费低吟。

谢子展寄岭南风月史　十一月十三日

编者注：子展，郑子展。

都非史馆知名姓，聊向江湖访钓竿。
岭海百年人寂寞，更从何处识荆韩。

寄怀老四四首　十一月二十日

编者注：老四，郑健庐。

其一

前年坭爪思朋客，今日驰诗慰别情。
莫道去时知己少，晚山秋水伴君行。

其二

闽海风云变幻多，书生戎马意如何？
山林纵有消闲处，休遣猿猴取次过。

其三

登治求贤未有台，一炉共冶亦奇哉。
诸公筑室难成议，盍碎当筵旧酒罍。

其四

只些棉麦便操戈，破碎山河奈若何。
四万万人分润了，一人只得四元多。

临江仙一首　寄在山

抛却闲情心未了，梦中行遍江南，远山含碧如拖蓝。玉箫人倦倚，兰桨湿征衫。　　长记惺忪搓睡眼，回身已弹双鬟，暗香残雨太阑珊。斜阳烟柳外，谁与载春还？

游惠州西湖杂诗五首　十一月二十一日

其一

漫道江南擅物妍，昔人曾此驻华年。
无边风日休论价，霉菜酥糖贱卖钱。[1]

其二

未许登楼望便穷，悠悠烟水接空蒙。
行人那识西湖好，直在斜风细雨中。[2]

其三

七级浮屠没晚烟，轻舟低系绿杨前。
劝君莫把凌波步，蹴破朝云眼底莲。[3]

其四

古寺无人叫暮鸦，风来如殿隐悲笳。
红鱼清磬偷闲易，若抵东门学种瓜。

其五

游人尽道百花洲，故尉曾居水上楼。
绕砌只今秋草遍，阑斑唯见长春愁。

[1] 予购霉菜十斤，同行者皆笑之。
[2] 红棉水榭阻雨约三十分钟。
[3] 泗洲塔正对朝云墓。

秋来一首　十一月二十二日

秋来无事足关心，日看浮云变古今。
最爱晓风嘘玉露，湿翚清唱度疏林。

为棣熙寄来山水松鹤二画题句　十一月二十三日

其一

远山复远水，澹荡入微无。
寥落高人意，秋来两不孤。

其二

月落松风静，乌啼三两声。
寒鹍竟何恨，无语到天明。

致老曹

莫羡阿瞒解话梅，儿孙画饼更佳哉。
一从去过西湖后，早午南园总不来。[1]

[1] 我们午食多在早午、南园两茶室。

再致老曹　十一月二十四日

画饼计已穷，葛仙亦想卖。
情急智乃生，甩须岂足介？
堪笑华容客，倒向将军拜。
当时横槊心，只付象牙筷。
读书少得闲，乞怜事宁坏。
送穷古有文，借债今可赖。

债台如太高，仍可典领带。
明月南国会，张冠莫李戴。
点心只一度，不用设酱芥。
油鸡一碟四角钱，见怪不怪，
总算还东且还债。

食蛇羹　十一月三十日

从来不识蛇滋味，应为屠龙未有人。
今日调羹相劝进，乐园之果奈曾吞。

坚尼地道裴氏故宅前留影题句

幽寻暗影径璟榴，寒砌虫应识故侯。
惆怅落花人独在，燕忙莺懒又穷秋。

寄子展三绝句　十二月四日

其一

生前许为编遗集，[1]死后从谁索版资？
我比板桥还刻属，糊窗覆瓿剥其皮。

其二

终古谁还赋子虚，三千珠海正愁余。
案头剩有闲风月，云散烟销总任渠。[2]

其三

憔悴江头孔仲南，鹧鸪声断泪痕斑。[3]
如何服食翻贻误，应是偷灵妙未参。

[1] 子展来书有“他日我兄羽化登仙之后，故人当收其遗稿付梓”云。
[2] 子展又来信云：“日者此间颇多际会，可惜子不来。今则已烟消云散

了，作此答之。”

[3] 读“酒中冯妇鹧鸪声”书后，冯妇又有《岭西风月史》之著。

晨行黄坭涌山有感　十二月七日

编者注：黄坭涌，香港地名。

黄坭涧底邻邻石，浅水湾头淡淡秋。
好景好山随处有，行人争不解淹留。

和东木游沙田慧业山堂　十二月十日

爱此山中草堂静，柴门临水菊绕径。
几时逸兴满东篱，来傍陶居隐名姓。

贺李崧三十九岁生辰四首

编者注：李崧，陈君葆同学、挚友，香港著名医生，曾任全国人大代表。

其一

卅九年非都作是，从今应识是非非。
我且后君生四岁，是非唯有总存疑。

其二

不及登堂献寿文，还依水曲赋停云。
遥知漫舞怜腰细，印得麻姑指爪痕。

其三

华胥一梦觉谁先，不饭胡麻学拍肩。
浮海路赊山远近，累他青雀紫书传。

其四

当日论交拟聚梁，未妨宋玉赋高唐。

青云不改情犹昨，岂直衔杯溅热肠。

答健庐见和二首　十二月十一日

其一

莫遣萧条意，翻成系物情。
风尘老怀抱，白发镜中行。

其二

世变未云多，汉家无萧何。
成名笑竖子，丰沛终未过。

浪淘沙　和健庐一首

风雨满南台，水国筵开，玉楼歌吹彻天台。九日黄花消瘦也，孤负樽罍。　　秋尽雁声哀，枉煞鸡媒，辽阳音信付蒿莱。白马青丝江上路，终日谁来？

岁暮闻日军欲进兵察哈尔　十二月三十一日

三年无梦到阴山，岁暮重闻敌叩关。
留得王师严斧钺，待听夺蔡凯歌还。

报子展来书道赴佛山所见

岭南四大镇，屈指首佛山。
胡乃十间铺，一半已门关。
到处不景气，做生意实难。
诚哉无足怪，如何找两餐。
所以官大人，碰和惯三番。
动必为主义，出洋则时艰。

小民锁双眉，有气没处叹。
也想佳山水，渔樵相往还。
夙约未能践，忽忽鬓已斑。
一年复一年，羊石苔斑斓。
殆缘荷包瘦，宁因没空闲。
出门总需钱，旧债且未摊。
一度西湖住，今犹梦绿鬟。
债台诗伯筑，得句胜投竿。
始悟拜金论，今宜另眼看。
佳丽满天南，笼开飞白鹇。
窈窕异时尚，摩登足小蛮。
倾尽消魂倡，争无约腕环。
定情徒落落，惜别亦讪讪。
意此同鸡肋，何食片刻欢。
默也真知趣，春来不折攀。
睇浴同夫子，无须药驻颜。
既不伤廉介，时仍腰半弯。
笑子应师法，休教蜡泪潸。

一九三四年

老吴信末写着黄花节字样因成一绝　四月五日

编者注：句四，《陈君葆日记》云："'尺五'，成诗后欲改'尺一'，未决。"

致宦归来遂服初，春回时荷带烟锄。
黄花节过清明近，雨湿天南尺五书。

在极沉闷无可伸气中愤而赋此　五月三日

五三惨案公时血，尽付塘沽一纸中。
千载后人谁肯死，黄邓方是济时功。

梦中得断句　七月三日

编者注：据《陈君葆日记》，此为其夜里梦见母亲早起后得句，"没有上截，似乎是在梦中将醒时感慨中作的，姑志在这里"。

当年豪气今何在，枕上缤纷有泪痕。

寄子展二首　七月三十日

其一

南来奚事疏芳讯，多恐床头费苦缠。
我亦欲逯逯未得，琼楼应是鹤孤眠。[1]

其二

桂游半月寄迟迟，已问唐陵托不知。[2]
何日海珠挂帆去，为携黄卷过安期。

[1] 闻宝彝言如此，因质子展。
[2] 同子展索《桂游》半月刊。

题照一绝

编者注：句三，《陈君葆日记》云："第三句初用'狱'字，后从'永结'改为'彀'字。"

非关叆叇境如斯，九彻光明期几时。
天下英雄多入彀，出入惘惘更何之。

记事一绝　九月四日

竹马青梅十年事，者番重见董娇娆。
丝毫未改书生态，独笑人间有二毛。

寄子展　九月二十七日

闻道天台路可通，桃花流水忆相逢。
如何荔紫蕉黄遍，不遣刘郎问桂丛。

和凤坡一律　十月八日

竹绕苑檐水绕村，草堂人静月侵门。
秋阴已散桐阶净，冷露初零桂叶繁。
明夜清辉应更好，十年春梦了无痕。
上方消息凭谁问，猿鹤空山共一尊。

一九三五年

登山有感　二月四日

编者注：据《陈君葆日记》，此为陈君葆独自到黄坭涌绝顶，“绕过山后望海而歌”，似未成完，今仍录出系此。

登高怅望南海云，烟耶云耶远莫分。
侧身北望泪缤纷，故垒著著野兴闻。
大地春阴来漠漠，年时秋草去闲闲。

赠子展　二月十六日

小病偷闲卅六时，忙来仍觉骨支离。
如何重过程门雪，不见横斜近水枝。

夜归途中观月四首

编者注：《陈君葆日记》谓在一九四二年三月二日发现此稿，说“似仍可诵”。

其一

冷入檐牙乌衣哀，清辉遥忆几涯隈。
曾同玩月人何在？疏影横斜托画梅。

其二

轻烟寒水怅前身，踯躅江头破衲尘。
直把游踪寄无处，此生谁分作诗人。

其三

水边篱落斗春寒，合是花醉时药栏。

惆怅明朝残酒醒，倩谁扶上锦雕鞍？

其四

罗縠轻衫曳臂纱，春郊好女貌如花。
何因识得蓬莱路，缭绕人间尽赤霞。

杜鹃开尽木棉初发有感　二月二十三日

杜鹃啼遍千山血，望帝魂归第几丛？
残梦潇湘追逸路，木棉花发又东风。

断句二则　四月二十一日

其一

月满横塘香满袖，教人怎不忆依稀。

其二

雪满栏干风满袖，烟依寒水月依人。

和健庐一首　五月二十五日

编者注：此为陈君葆收到健庐重抄寄来诗作的和作，后交高民铎邮寄，回家复作修改："'远浦'原作'聊赖'，'望应难'原作'十三阑'，似均更佳。"

江城五月怯春寒，远浦何人忆幼安？
别有断肠烟柳处，卷帘梳洗望应难。

致子展二首　五月三十一日

其一

偶一为之算甚么？天台长住又如何。[1]
荔湾可惜无连伯，输与沙田香粉多。

其二

藕花香处几人来？拾翠当年认劫灰。
应是天公妒尤物，故交红杏落春苔。

[1] 时子展住广州荔湾天台。

致健庐一首　六月十六日

多似韩公济物心，书城筑罢又沉吟。
冥顽纵有腾翻意，沧海谁教覆鹿寻？[1]

[1] 南洋一带潮闽人居多，然比年以来到处见拒，更百年后重寻黄帝之子孙，恐凌夷不可复识矣，予因之而重有感于心。

读瞿秋白梦回口占一首有感和一绝　七月九日

江城五月怯春寒[1]，积雨魂销梦不残。
谁奈空庭花落尽，独余秋思满关山。

[1] 仍用《和健庐鮀江见寄》之句。

感事一首

东风暗雨又纷纷，潮打空城隔岸闻。
缭乱春愁谁理得？夕阳怜也近黄昏。

感事一首　十二月二十八日

破碎山河浪说亲，包胥能哭已无秦。
可怜后主还祠庙，又见聪明绝顶人。

一九三六年

鹧鸪天　二月九日

编者注：据《陈君葆日记》，此为登山望南海于蓝塘路顶时仅得的下阕，“因打算填一首《鹧鸪天》，其结大约如下”。

思邈邈，意迟迟，菁葱佳气似当时。寒山几个能招隐？为觅垂垂迫水枝。

湖城东遇孟云卿复归刘颢宅宿宴饮散因为醉歌

日期不详

疾风吹尘暗河县，行子隔手不相见。
湖城城南一开眼，驻马偶识云卿面。
向非刘颢为地主，懒回鞭辔成高宴。
刘侯叹我携客来，置酒张灯促华馔。
且将款曲终今夕，休语艰难尚酣战。
照室红炉促曙光，萦窗素月垂文练。
天开地裂长安陌，寒尽春生洛阳殿。
岂知驱车复同轨，可惜刻漏随更箭。
人生会合不可常，庭树鸡鸣泪如线。

一九三七年

为港大同学会拟挽荔索垞师联　四月四日

编者注：据《陈君葆日记》，其二“后起”原作“后死”，据马先生意见改。

其一

早校石渠刘子政；
老传薪火郑康成。

其二

沂泗被流风，沆瀣他年难后起；
河汾归寂寞，涕零今日哭先生。

替港大拟挽荔垞师联　四月二十日

编者注：《陈君葆日记》：“依了许先生的批评，改订如下。”显然此为修改的定稿，其撰作当早于此时。

风雨感高楼，记学海功深，斯文未坠资耆硕；
死生悲逝水，叹石渠绪远，汗简犹青失导师。

挽徽五师联　八月十二日

编者注：据《陈君葆日记》，“丹诚”二字为许地生改定。

皓首著文章，字里行间，尽是忧时热泪；
丹诚传道术，体中用外，蔚然当代儒宗。

代港大校友会赠副监督欢送词 十月二十日

功成名归，教泽不固。
衣锦昼行，昔人所乐。
祝公寿康，永言矍铄。

一九三八年

集龚定庵句三首　九月一日

编者注：此三首集句，《陈君葆日记》录在一九四二年九月一日，而据《小记》“五年前的作品”语，可知诗应集于一九三八年。今依《小记》系此。

小记：无意中从旧书札中搜出五年前的作品，是几首龚定庵的诗，虽甚无聊，亦足纪一段鸿雪因缘也。

其一

文字缘同骨肉深，小屏红烛话冬心。
从兹礼佛烧香罢，安用冥鸿物外吟。

其二

独往人间竟独还，亲朋岁月各萧闲。
天花岂用铃旛护，又作山中老树看。

其三

悬崖撒手别卿时，暮气颓唐不自知。
今日不挥闲涕泪，回头还恐岁星疑。

清理来往书札得子展来信因广其意　十月十六日

一年容易又秋光，虏骑微闻寇海疆。
尚忆故人书寄日，披离草木怯骄阳。
龙城不少筹边将，庙略还赊借箸良。
北望黄图怅延伫，夷门之士今何乡。

一九三九年

有感四首　九月三日

编者注：此龚自珍诗集句。《陈君葆日记》一九四二年九月三日云："昨宵共读四年前的集前人句四首，现在无论如何是不忍重弹。"四年前，即一九三九年，故系在此。

其一

丹实琼花海岸旁，温柔不住住何乡。
百年心事归平淡，濯罢鲛绡镜槛凉。

其二

道韫谈锋不落诠，论诗论画复论禅。
勉求玉体长生诀，空损秋闱一夜眠。

其三

消息都防父老惊，西墙枯树态纵横。
新诗急记消魂事，喜你文无一笔平。

其四

银烛秋堂独听心，台宗古辙幸窥寻。
湖山旷劫三吴地，累汝千回带泪吟。

一九四〇年

敌在大亚湾登陆示子展并呈地山季明两先生正之

日期不详

经年抗战又秋光，虏骑微闻寇海疆。[1]
尚忆故人书寄日，[2]支离寒草怯骄阳。
龙城岂少筹边将，廊庙嗟无借箸良。[3]
北望黄图怅怀抱，夷门之士今何方。

[1] 敌登陆后，广州当局尚讳言其事。

[2] 南京陷后，子展来书述广州人心震动情形甚详。

[3] 外交部徐君适于前一日来，为言抗战以来国策尚在徘徊歧路中，是最可痛心之事。

一九四一年

咏云　一月二十三日

天边飘荡色霏微，阵阵随风四散飞。
日落洞庭浮雁过，月明庐岳伴僧归。

过小祇园见门张祝胜利年标语感赋二绝　一月二十九日

其一

佛也祝个年胜利，胜利当然是我的。
莫谓杀生非佛道，舍生取义亦慈悲。

其二

佛也祝个年胜利，胜利诚然是我的。
眼见渡河兵尚在，可怜煎豆又燃萁。

人日寄胡恒锦　二月二日

编者注：《陈君葆日记》云：“‘邻齐’句实未稳，且事亦不切。”

人日题诗寄，应怜去国吟。
徒闻操胜算，益兄启我心。
入蔡非裴度，邻齐其伯禽。
知君一樽酒，怀古定论今。[1]

[1] 张华《门有车马客行》：“语昔有故悲，论今无新喜。”

读丙子年六月四日记事书一绝寄星河　二月六日

当年愧负却萝身，弹指袈裟已着尘。
剩有罗浮孤梦在，云间招手更何人。

以瓶树一株赠许地山先生并赋一绝　二月二十一日

踯躅时怜小草心，晴阴消息费追寻。
茅檐短景无多日，聊寄春寒献曝吟。

为文抗拟悼许地山挽联　九月十九日

始于治物，终于治人，旷世谁为知己者？
不需无学，不学无术，先生真是济时心。

为中英文协拟悼许地山挽联

梦桑生井望前因，药石竟无灵，痛一代哲人今萎矣！
缀网劳蛛成往事，屋梁空落月，问九原长路子归来？

为香港大学拟悼许地山挽联　九月二十日

长沙作赋，擅一代文章，怎教天老忌才，雄辩惊筵犹昨日；
讲院传经，才六更寒暑，谁料秋霖罹疾，断肠分手自今年。

秋云一首　九月二十四日

小记：今日是中秋节。秋风来了，真是天高气清，精神为之一爽，闲坐在花园里，仰看天上的白云，深叹天下美丽的东西，大概无过于云了，因成一首。

秋来不用杖头钱，已醉秋云态万千。
颇笑丹青凡手笔，淡描浓抹总非缘。

风雨篇一首 十月十日

小记：这个期间，照理应是秋高气爽，干燥的气候，今乃整日下雨，在香港实属少见。不过我还记得那年我正是双十节那天乘加拿大“皇后号”到上海去，船开不久，在海外便遇大风，波浪大作。晚上写了几首诗，叫做风雨篇，只将较惬意的一首录于后。

经秋寒雨又清欢，照水芙蕖冻叶残。
读罢怀沙微有泪，湿翚翔舞料应难。

一九四二年

依梦中意成一绝　二月十五日

是真是妄是非耶？大梦谁先烛隐微。
惆怅欲归天际路，春来空忆故山薇。

送十升之越南　二月十九日

乱离休更责时贤，惜别终怜作客年。
君到铜崖问车骑，卉衣还几见珠船？

春日　二月二十日

莫怨东风倚断霞，薄游应悔滞天涯。
愁连塞北三边树，春到江南二月花。
羁客渐惊寒食近，归鸿犹带夕阳斜。
京华旧梦年年在，草长莺飞又几家。

奉和季明先生春日即事兼呈陈寅恪教授

山色遥看认未真，春阴寞漠雨侵旬。
长怀坐对秋江晚，疏柳犹堪赠故人。

雨　三月三十一日

漠漠春云晓梦残，故山花事通阑珊。
薄寒不耐丝丝雨，着面从教共泪干。

即景　四月五日

白鸟飞时倚暮霞，杨枝低拂柳丝斜。
愁人一霎清明雨，春在天涯何处家。

碧海亭

碧坡魂下断行魂，草色新添几处坟。
犹有旧时归燕否？夕阳云影共缤纷。

以陈寅恪他生未卜此生休语集义山句成四绝　五月十二日

编者注：其一句三“肠断句”《陈君葆日记》作“凄哽语”。其三句三“空教”《陈君葆日记》初作“只应”。其四句二“挽颓”《陈君葆日记》初作“挽狂”。

其一

高楼风雨送行舟，惜别伤春感旧游。
书至可堪肠断句，他生未卜此生休。

其二

他生未卜此生休，太息人间有莫愁。
江月山花浑漫与，长安西望几经秋。

其三

梦想明时笑许由，他生未卜此生休。
空教有地埋英骨，何处江田为鹤谋。

其四

朱节龙庭千载后，挽颓谁是捶钩手。
他生未卜此生休，剩水残山重回首。

送陈寅恪先生归桂林赋一绝　五月十四日

白云一片去悠悠，春色天涯独倚楼。
尚有欲归人未得，鹧鸪声里送行舟。

赠衍錡一首　六月四日

编者注：衍錡，李衍錡。

绿阴幽草谢繁枝，百计留春共笑痴。
且待秋来回雁讯，未须惆怅惜芳时。

送别季明先生　六月六日

君家江水水东头，此去渝州更益州。
恨我百爱身亦在，鹡原枯泪送行舟。

哭二弟

其一

寒雨宵来冷欲秋，晓传消息翳双眸。
非关药石无灵性，恐有冤魂泣楚囚。

其二

天不怜才竟忌才，一朝瑶树委胡埃。
蓍龟暗祝都无据，老去谁教泪眼开。

其三

病骨同怜两健儿，惊飙堕镜顿兴悲。
岂图散乱菱花日，正是哀鸾罢舞时。

其四

小谪人间四十春，更谁夭寿证前因。
萧然撒手浑难信，子尚牵衣女贫华。

其五

丹砂驻景射灵芝，遗恨年时苦自知。
一误喜容今又误，儒巾应悔昧师医。

其六

鹏鸟何从问吉凶，攫人魑魅古今同。
伤心握手重相见，来去分明有隐衷。

其七

枉计金台路阻修，断肠人去说乌头。
登高兄弟今零落，谁似当年孙仲谋。

其八

丁年矢志在勋名，艺术超然见性情。
巨业垂成付流水，知君此恨最难平。

其九

白璧缁尘事可哀，胼胝犹自筑燕台。
最怜少小诸儿女，柳眼青时忆郭隗。

其十

十年小劫叹人天，梦绕西堂屡惘然。
重遍思量卿慰藉，情知恨海石难填。

其十一

碧落疑无路可通，九关虎豹起悲风。
松楸怒草埋忧地，羽翼差池泣断鸿。

其十二

萧条庭院雨霏微，丧礼犹闻暮倚扉。
一树寒梅怜瘦影，故山魂梦可曾归。

其十三

苦忆儿时竹马迎，秦城越壁喜连兵。
窥园自是寻常事，老愧输君一局枰。

其十四

授选余闲爱放船，江头日暖柳含烟。
轻袍缓带应犹记，同视慈亲摄影年。

其十五

斗马春郊日欲西，衣初换额鬓初齐。
可堪三十年前事，风雨凄凄晓梦迷。

其十六

时危独抱苏卿节，息岂仍归广道场。
后死应难多难日，暮云修路鬓增霜。

其十七

上帝重阍闭鹤闻，千山无语又斜曛。
箧中孤愤篇犹在，重对思君恐断魂。

其十八

寥落兰畦与桂丛，紫薇开后尚东风。
乌衣小集成追忆，林外鹃啼几许红。

其十九

人间怕听别离声，乱后翻成隔世情。
泉路倘逢相问讯，艰危为报落华生。

其二十

干戈满地暗尘昏，千古谁招楚客魂。
憔悴鹡鸰原正草，余晖犹带照孤坟。

偶看稼轩寻芳草词有感一首　六月二十日

偶看稼轩《寻芳草》一阕，页内正示着“枕头儿放处都不是，旧家时怎生睡”一行，因书一绝。

轻薄封姨笑太嬉，故翻残卷乱琼思。
枕头放处都非是，正是辛翁忆内词。

谢贺惠琼小姐整理盆中竹枝叶赋二绝　七月一日

其一

不可居无剩断条，尚怜节在且凌霄。
多君一剪添疏落，弄碧含芬韵倍饶。

其二

玉盆经雨碧如新，翠袖天寒入梦频。
从此不挥闲翰墨，便依个个学书人。

得云玉信述文达读书事因忆杜诗而改此　七月九日

遥怜小儿女，初解事承允。
洒扫原庭训，攻研罢钓竿。
喜看名在榜，欣见影依兰。
画荻劳贤母，方知一怒难。

接云玉信有感漫成一绝

一水迢迢隔好音，去鸿来雁苦追寻。
不逢离乱居夷日，谁信家书抵万金。

酬继园一首　七月十九日

已羡诗才笔有神，更闻说论欲书绅。
名园雅集资提唱，君是尘中石季伦。

七绝一首答冼玉清　七月二十八日

短袖犹怀未报书，重劳征雁益愁余。
何当一字师长对，剩水残山话六如。

静思一首　七月三十一日

平生爱遐思，生事每疏懒。
妻儿苦淡食，摇首付长叹。

茉莉花赋示杜刘两女史

玉盆疏影淡仍匀，点雪浮香欲绝尘。
怪道近来花渐少，隔邻原是折花人。

海棠示伯益学兄

编者注：伯益，陈伯益。《陈君葆日记》尚有副题“见废宅海棠有感赋此”。

红萼无言睡觉初，移栽犹得及扶疏。
如何梁苑秋光至，雨打风吹总任渠。

泛舟赋示庆广

江波深黑雨丝斜，望里蓬山路尚赊。
莫遣蛟龙张千爪，错思乘兴即为家。

赠兆堃同学弟兼呈宾南先生教正　八月六日

著书不易读书难，橐笔怜君愿识韩。
旧约故人过震泽，为传一语报平安。

三姑娘以麦粉一瓯见贻赋一绝道谢　八月七日

倚剑难忘一饭恩，分饧喜得及秦人。
绝怜未解相如渴，欲饮琼浆已忆莼。

春日寄怀翰笙并示兆堃学弟

编者注：《陈君葆日记》八月七日云："春间一诗，久已忘却，兹检得旧稿，并录于后。"今暂系此。

伤春头白屡怆神，立马湖山尚几人。
自是欲归行未得，鹧鸪休道不思亲。

坠簪 八月二十日

编者注：句二"曲池南"《陈君葆日记》初作"忆松庵"。

枕畔分明有坠簪，夜来风雨曲池南。
此身岂意孤前约，无那桃花千尺潭。

菩萨蛮 八月二十四日

编者注：此词为陈君葆于凤辉台玩月回来后所填，并未完篇。《陈君葆日记》："要填一阕《菩萨蛮》，却只得几句。"

水晶帘卷明肌雪，当时携手团圞月，秋水恨如烟，玉人应未眠。　　云横山色远，黛敛双蛾浅，长忆别伊时，月移花影迟。

七绝一首寄焕平并示伯益 八月二十七日

编者注：焕平，林焕平。

不识何人纪太清，岿然鲁殿独关情。
遥知临水登山处，还与闺人重晚晴。

玉楼春一首寄婉仪　八月二十九日

别愁拚向灯前抱，软语轻颦意牵绕。打窗秋雨太无端，多病文园情味老。　　几时春梦教重到，当日相逢欣一笑。酒醒明待倚阑看，怕有愁黏天末草。

绝句一首　八月三十日

芳草欲迷行客路，斜阳空照合江楼。
殷勤青鸟西飞去，愁对西风又到秋。

题作忏一首　九月二日

悔却当时次听琴，去来消息总消沉。
抽残茧苦缠绵意，剥尽蕉伤婉转心。
造物忍教迟暮遇，使君偏解返珠吟。
个中幽怨谁能诉？泪是桃花醋样深。

见垂了昙花题三绝　九月五日

其一

夜阑待得月华生，露冷香寒泪睫盈。
准拟佳期重又误，慰情空对一花明。

其二

相思痴黯欠分明，侠骨柔情体自轻。
不是花中偏爱汝，华鬘消息最通灵。

其三

绮窗私语梦回时，月堕檐牙露渥枝。
惆怅晓风吹过处，背人偷整五铢衣。

集定庵句一首并示婉仪

天花拂袂着难消，影事休提白傅桥。
乞貌风鬟陪我坐，木樨风外等秋潮。

集龚定庵句成七绝一首　九月六日

小记：过海访玉老不遇，归来已暮雨，因集定庵句成七绝一首。

那向如花辨得明，西墙枯树态纵横。
十年松竹谁留守，来听西斋夜雨声。

秋云一绝示之论并示婉仪　九月十三日

愁肠不涤千杯酒，望里秋云取次飞。
今日对君情胜昨，短吟空忆故山薇。

又一首

强作无愁倍是愁，秋来何事尚淹留。
梅花不语荷花笑，同向西风泪未休。

苦闷中成无题七绝六首　九月十五日

其一

休问书生为底狂，水寒消息断人肠。
小园赋罢花零落，纵不逢君也自伤。

其二

秋来何事足关心？闲看浮云变古今。

独怪江波静如许，白鸥沙鸟定相寻。

其三

秋心不耐晚来风，柳外疏花滴滴红。
欲问会真前度事，寒潮呜咽暮烟中。

其四

解佩归来夕欲曛，卷帘记道月如君。
谁怜细雨新蒲绿，望断朝云更暮云。

其五

琼浆欲饮结成冰，悔教当时浪说情。
锦字暗抛闲岁月，定知谁得唤卿卿。

其六

不求仙去住人间，自是仙家识面难。
错写相思尘世字，碧霄何处倚栏杆？

二弟弃世一百零二日祭诗三首　九月十六日

其一

西风残照草离离，百二重来尚带悲。
知汝山花红有意，几时春色到天涯？

其二

散花天女哭灵均，掩面依稀见泪痕。
侧想疏松挂秋月，有谁来过吊秋魂？

其三

人生到此更何如？天问无言泪亦枯。
蝼蚁定知幽恨在，九原应教惜残躯。

赠匡中先生二首并呈陈寅恪先生　九月十七日

编者注：其二句二“愧”初作“恨”。其二句四“觅”初作“志”。据《陈君葆日记》一九四二年十月六日，陈君葆重读这两诗时，“改上几个字作赠许太太的别兼呈寅恪先生”，所改有数处：其一句三改作“挥手送君愁日暮”。其一句四“寄相思”改作“慰相思”。其二“帝城”改作“赤城”。

其一

萧萧草色被秋池，近识生儿错教迟。
三度送君挥手意，更将何语寄相思？

其二

万里烽烟又到秋，帝城遥望愧骅骝。
何时五管重开道，也与渔樵觅旧游。

日军印籍宪查搜屋后有句

我所思兮在桂林，欲往从之江水深。
失群孤雁愁清吟，天下谁非父母心，
侧身西望泪沾襟。

致老朱与德坚一首

编者注：诗未完全改定。《陈君葆日记》：“末句似未稳，然骤也不及改，姑置之。原作‘肯与江边浅草看’，抑更拙，故改此。”

种得情苗心力瘁，怜渠左右做人难。
柔丝系向谁家树？肯与沾泥絮等看。

有感一绝　九月十八日

小记：倚窗下望，见阿慧所植的一棵芒果树又正在发新芽，这时正看两只飞鸢互相追逐着到屋檐而过，倏忽之间已向山上密林中飞去了，因提笔书一绝。

梁园风疾见鸢飞，云树苍茫想蕨薇。
垂老益悲身是客，独余清泪对斜晖。

旧作一首　九月十九日

休傍琴台问四娘，凤凰一曲最凄凉。
佳人已属沙吒唎，憔悴萧郎鬓亦苍。

晚上天台看月亮口占　九月二十日

玉宇高寒不染尘，桃花流水属何人？
乘风我亦思归去，冷眼看他五百春。

晨过跑马地有句　九月二十二日

一抹晓云黏远梦，半池枫影入秋魂。
孤芳若为寻消息，愁对西风燕幕翻。

浣溪沙　九月二十三日

昨夜西池侍宴回，碧天如水浸瑶台，醉歌怨枕绿云堆。　记得晚妆临镂镜，黛痕曾费扫眉才，忍将心事付寒灰。

咏月一首　九月二十四日

已无窃药偷桃事，空有看山对酒情。
辛苦漫疑云上月，入河仍是最长程。

秋云

秋来不用杖头钱，已醉秋云态万千。
颇笑丹青凡手笔，淡描轻抹总非缘。

寄杜美莲四绝并序　十月四日

秋斋含颖，正思骨肉之缘；玉楮因风，乃贾文字之祸。疚心已极，追悔何从？聊成七字之诗，以续四愁之作耳。

其一

白璧无瑕不染埃，未妨臣朔拟桃栽。
金针解度嫌何事，文字终疑碧祸胎。

其二

悔落言诠语未安，报恩知己本来难。
休教黄绢留题意，又作抽刀断水看。

其三

已愧陈王八斗才，高唐无赋亦堪哀。
楚天自有潇潇意，疑雨疑云总不该。

其四

摊书闭户月来时，剑气琴心一例迟。
已托微波怜宋玉，重教坠绪忆鸳机。

生辰自述七首　十月八日

编者注：其四句三“故人天末去”《陈君葆日记》作“故园花事少”。

小记：昨天是我的阳历生日，本想写几首自寿诗，但后来又觉得这也未免太无聊，虽然结果也做了几首绝句，可是只能叫做自述而已。

其一

三十曾闻自寿篇，[1]知非今已过三年。[2]
逃缘避债怜何计，眼底功名感逝川。

其二

塞北天南若处家？枉抛诗胆付虫沙。
回头四十三年事，知我谁还似叔牙。

其三

笑共江边野老杯，百年能醉几多回。
犹闻海客谈瀛岛，消息人间总费猜。

其四

索居谁共挽颓波，渐老兰成奈岁何。
寂寞故人天末去，秋来清泪落偏多。

其五

花前空解惜离樽，醉折花枝笑语温。
何事踏歌人去后，江城风叶雨飞翻。

其六

世味年来苦渐谙，旧亲鱼鸟忆云庵。
风流独少秦淮海，山自青螺水自蓝。

其七

炎岛年时记郁蒸，薄游长夜解怀冰。
归来自笑仍无寐，怅望秋河拂玉绳。

[1] 康有为三十自寿诗。
[2] 先君在日，每自谓行年四十而知三十九之非。

偶感一首　十月九日

重阳已过犹疑雨，松菊虽存亦畏人。
不是故挥闲涕泪，近来山鸟最相亲。

风雨篇四首　十月十日

编者注：其一句二“剩血痕”《陈君葆日记》作“碧血痕”。其三句四“独嗟难”《陈君葆日记》作“料应难”。

其一

风风雨雨荡秋魂，检点河山剩血痕。

三十年间兴替事，几人名姓至今存？

其二

记得乘槎上玉京，怒潮九月射长鲸。
岂知十载天河净，倒挽无人洗甲兵。

其三

经秋寒雨又青欢，照水芙蕖冻叶残。
读罢怀沙微有泪，湿翚翔舞独嗟难。

其四

尚有邻家爆竹声，晚来风定旅魂惊。
凭谁料理牵珠络，景物他年记看灯。

花园道中见炮火后残迹成一绝

经过此地认残烧，乱后归魂若个招。
怅望千山惊落木，断垣犹自插青霄。

无题三首示婉仪　十月十六日

其一

野桥油壁景光新，载笔朱门事莫论。
惜貌风尘老怀抱，欲将幽怨寄何人。

其二

犹闻筑室思华年，两度曾烦寄薛笺。
忍抱琵琶歌别调，独令韩重倚秋烟。

其三

我感云翘顿忆浆，尚留暖语伴王昌。
如何玉杵擎来后，不使殷勤为捣霜。

重九有感二首　十月十八日

其一

重阳恼是风兼雨，抱病仍登庾亮楼。
忽忆故人歌哭日，薜萝烟冷又穷秋。

其二

艺菊滋兰计已捐，江皋寄傲又无缘。
思君却省窥园句，[1]故作秋声假一蝉。

[1]《窥园留草丁巳重九日漫兴》。

贺惠琼谈喝酒事戏寄二绝　十月二十日

其一

曾给玉人拚一醉，两瓶佳酿为君开。
如何尚问参茸事，不记加皮对举杯。

其二

秋风秋月却声闻，况是怀人未静氛。
赖有旧醅能共醉，只惭晕浪独输君。

谢荻庐主人赠茶　十月三十日

泛雪疑无蟹眼新，碧旗春半细于鳞。
何须更数眉同苑，已醉天南病渴人。

鸭巴甸水塘倚栏小影

锋镝余痕认渐稀，登临楼自托波薇。
野塘风日怜依旧，一笑人间甲子非。

步冰铁女史自题小照原韵　十一月十八日

揽镜漫夸尘世样，扫眉应有旧时痕。
可人风格依然在，知是花魂是月魂？

诗一绝寄杜美莲　十二月一日

一秋病酒梦难成，恨别新添又涕零。
掰荔染衣痕宛在，杜兰香去若为情。

忍惭挈眷归乡赋此相送四首　十二月二日

编者注：忍惭，颜世亮，陈君葆同学。

其一

陋病何年重写铭，待笺经卷负余生。
琵琶洲上纤纤月，记听天风狮子声。

其二

分蔬商略到耕烟，谁意南柯负郭田。
俯涧笑窥沉醉月，悔曾从问驻华年。

其三

散花火雨夜凄清，时去堪怜昨岁情。
此别应添各惆怅，金炉遗语梦丁宁。

其四

官寓山前杨柳枝，秋来惜别尚依依。
归时若向丰湖过，为觅湖东碧藕丝。

忍惭疏散归惠州谈养羊改耕事感赋二首

其一

生事稀薇计稻粱，栽松种竹费商量。
何当白石东门外，尽教仙人化作羊。

其二

百花洲畔理千丝，记读前人五别诗。
今日送君寻意绪，等闲风月菊开时。

补录四日一首诗 十二月二十日

秋山何处最萧条，拾翠人还认野烧。
独上高楼西北望，寒烟残垒夕阳潮。

在何绍基宴席酒后赋六首 十二月二十二日

其一

竖降城上月如霜，邂逅佳人锦瑟傍。
欲遣闲愁拼一醉，未妨惆怅为清狂。

其二

苍生涕泪古犹今，几个定忆别衾心。
莫讶酒边闲岁月，教人肠断是孤吟。

其三

楚江春色最娇娆，红紫樱桃绿暗蕉。
不道秋来胜意处，垂杨枝外咽更潮。

其四

空阶寒雨滴秋心，谁和秋虫壁下吟。
独怪去年鏖战地，更无人处举侵侵。

其五

迢递天南忆翠翘，月明何处立红绡。
芙蓉帐暖春宵短，辜负楼头碧玉箫。

其六

一庭花影去年时，踯躅低吟苦自知。
今夜酒醒谁伴语，残荷擎雨听秋池。

一九四三年

重读吴寄来书题二绝其上　三月十六日

其一

千重山隔万重山，记与游人下急滩。
今日寄书长不达，渐疑南雁亦空还。

其二

颇喜故人寄书至，眼明名姓越音存。
骑鲸共识他年事，独扫庭花暗断魂。

黄花岗纪念日赋一绝　三月三十日

东风不放鸟声喧，寒入红棉雨打轩。
绝似黄花岗下路，血痕深处掩苔痕。

杂感四首　五月十九日

其一

听雨看山电笑年，回眸疑梦复非烟。
兰成已薄封侯愿，沽酒惭无博士钱。

其二

不分繁英抵死开，吴头楚尾望千回。
春风管领都吹遍，闲处谁曾着眼来？

其三

不随凡响事铺陈，父字新来老益真。
惆怅年时因贾祸，笑仍迸力作诗人。

其四

休怨东风更作花，门前仍种广陵瓜。
平生结集繁经卷，付与何人读五车。

见喜鹊立樱花枝上有感成一绝　五月二十日

十二层城玉作楼，梦中遥识木兰舟。
回头欲问雕陵鹊，银汉波深更几秋。

晨看烟雨如画因赋　五月三十日

一夜雨声汤，何人下大荒。
晓看千涧落，云树郁苍茫。

无题　六月六日

编者注：句六“松桂”初作“兰蕙”。

中夜萧萧雨，愁心似海潮。
去年埋恨地，今日尚闻鸮。
宁惜箪瓢空，难忘松桂招。
起看云水隔，归梦楚天遥。

窃贼进中文学院被发现喝退后有感　六月八日

万卷楼前惜落花，天涯取次暂为家。
也知春色无多处，不似寻常玩物华。

忆衡岳偶成　六月十九日

浮海人来步紫尘，九疑山下静芙蕖。

如何青鸟归飞处，又道人间不可居。

耀华言我善诗感赋一绝　六月二十四日

编者注：耀华，黎耀华。

平生负却诗人事，瘦马驮风月到门。
过尽藕花江畔路，不知何处碧桃村。

庆广请宴并赠衣料赋此以谢二首　六月三十日

编者注：庆广，黄庆广。其二句三“犹暖尺”《陈君葆日记》作“非腹尺”。

其一

寥落江头一布衣，中年岸帻畏人知。
如何尚有绨袍赠，待被苍生问几时。

其二

广文犹是少年俦，听雨西斋廿四秋。
今日输君犹暖尺，敢言餔歠亦风流。

步草衣对鹭七律原韵并示荻芦　八月四日

编者注：草衣，刘草衣。

牛马犹然率便呼，[1]全非鹤事笑于湖。[2]
独依烟渚闲无迹，不羡寒梅尚有夫。
入望晚云迟意在，惯餐朝露更奚须。
银塘旧识伤心处，梨白风清影共臞。

［1］原诗起句云：“何意园丁当鹤呼。”
［2］张于湖句：“白鹤事全非。”

无题

乱离空想济时艰，一别经年廉让间。
问讯喜知诗格进，不须更惜砮毛斑。

寄珈珉一绝　八月六日

编者注：珈珉，林珈珉。句二“纸背”初作“小字”。

久惯书来迟作答，非关纸背欲留题。
闲翻箧底龙蛇草，劳意凭君谢李圭。

七夕诗一绝　八月十日

编者注：此诗作于八月七日，最终改定于八月十日。《陈君葆日记》八月七日云：“七夕，想写一首七绝，只得末二句，至首两句，未稳，容后细斟酌。”十日云：“七夕一诗，昨晚倚栏沉思时，足成二句如下：空劳乌鹊影蹁跹，窃药婵娟亦可怜。不，次句拟改为‘灵药偷来亦可怜’似较自然。”今系于八月十日。

空劳乌鹊影蹁跹，灵药偷来亦可怜。
天上只应无白发，隔河梳洗记何年。

忆昔游书一绝寄云玉　八月十八日

编者注：云玉，陈君葆长女。

鄂渚湘云意共宽，昆阆旧梦未应阑。
定缘书带秋风至，玉露初生觉薄寒。

寄荻庐主人 八月二十四日

居夷未至食无鱼，笑共连城一纸书。[1]
玉尺寄将何处去，[2]杖头欣有百钱余。[3]

［1］君得孙韵琴书，嘱为代译，因有此语。
［2］为购得计算尺一柄，云寄与其哲嗣志兄。
［3］谓零找也。

静中听雨赋一首 九月五日

编者注：句三“言在否”初作“人在否”。

听风听雨画堂东，闻道闺人忆洛中。
犹有玉箫言在否，夜深谁伴一灯红。

去图书馆途中口占一绝 九月十日

入秋烟雨似残春，渐老红莲态益新。
犹有旧时花貌否，横塘清露浥朝尘。

明伯来札要加租一倍因感而赋二绝 九月十九日

编者注：其一句一“原”初作“偏”。

其一

灌园息影计原纡，打叠穷愁苦著书。
却讶扣门非俗客，催租人至说增租。

其二

千金谁买解寒裘，卷袖人曾倚画楼。
到竟秋晴风格在，荻花萧瑟问牵牛。

喜道安为送橄榄油 九月二十二日

编者注：句四“教”初作“近”。

谁分酸苦遍炎州，时去伶难芋栗收。
赖有微生堪乞醋，教谙世味到盐油。

关于香港马棚火灾年时答友人四绝 十月二日

编者注：其一句二“流光”初作“时流”。其二句二、句三、句四初作“今古无端望眼中。观马台边人在否，记曾抬手堕巾红”。其三句四“容”初作“应”。其四句一“年时”《陈君葆日记》作“异年”。

其一

非关弹指有参差，应是流光异疾迟。
侧想当年逢劫处，梦耶非是到今疑。

其二

繁华事散忆春丛，走马犹然杂沓中。
头白故交逢几个，共怜身世转飘蓬。

其三

樽酒何须对菊开，等闲岁月付蒿莱。
荆妻理饭哺儿后，容与携琴访戴来。

其四

年时招饮寻常事，一饭今同漂母恩。
惆怅啼猇天下遍，解衣推食更何人。

又五律一首

近识饥餐易，宁嫌笑老馋。
喜君工饮啖，与俗殊酸咸。

食谱闺人续，茶经少弟缄。
未妨沽酒市，明日典春衫。

漫成一首 十一月二十九日

经卷微闻付酒徒，尚余楚呗隔啼乌。
画檐一角槟榔雨，洗得空阶碧血无？

题圣诞花一品红 十二月二十二日

篱落秋容淡亦工，剪裁征遍斗霜枫。
杜鹃甫蕾春先占，只有人间一品红。

得蔚儿书谓湘游后阮囊羞涩蛰居为涧底松因赋寄一绝并示志生 十二月二十四日

喜尔甘为涧底松，湘帆归后息游踪。
徂徕岂得无霜露，不遗长根到蛰龙。

寄蔚儿诗示志生观后谓余诗无俗气以为能知诗者因赋

当年蜡屐楚江边，望岳归来屡怃然。
君到祝融峰第几，可曾文字带芳鲜？[1]

[1] 东坡《送郑户曹》：“归来文字带芳鲜。”

托子展购澳门三百年史以诗代札 十二月二十五日

编者注：句八，《陈君葆日记》云：“末句改‘肯我佉蒲致算余’。”

负郭已无田二顷，慰贫空有五车书。
定关多病思田里，暂尔从人校鲁鱼。
蟹字旁求班史后，甲文重认朱墟初。
近探三百年间事，肯我残编觅算余。

是非一首

是非非是何从定，白马原非马岂知。
昨日所非今又是，是非也有尽非时。

寒柳四首

其一

斜照西风百感酸，海隅惊见柳荫寒。
朱楼自昔当筵舞，长陌于今带雨看。
往事灵知飞絮没，极边关塞阵云漫。
悠悠羌笛何须起，犹放金闺梦一宽。

其二

寂寞芳辰断客来，冻云残日过章台。
不多青眼骢曾系，尚有轻阴燕欲回。
旧侣王恭春濯濯，新愁张绪日哀哀。
扫除艳媚翻遗俗，莫为繁霜自折催。

其三

日暮清游向碧潭，髩丝愁共汝毵毵。
阳关有客方闻曲，官道当年忆并骖。
春纵将归客亦瘁，树犹如此世何堪。
风前杯酌还迟我，金缕歌残兴未酣。

其四

风雨中原弄影深，长条万缕意消沉。
殚残肢力魂犹在，沦替芳时岁并骎。

与雪往还行道苦，看人摇落暮年心。
萧萧何暇三眠起，词客相逢晚有吟。

寄居病足

白发天涯更苦兵，况逢衰疾百忧生。
新过朋众诗常废，旧贮参芩岁已更。
细雨帘深初梦觉，西风人老易心惊。
病慵无计拖行屐，日暮江乡句漫成。

登大坑山虎豹别墅

编者注：大坑，香港地名。

伤心无地不疮痍，踯躅天涯信所之。
两度登临山识面，百年名利虎谋皮。
转高微抱生逢乱，待卜严栖力不支。
涧瀑山云催暝急，投闲如我独归还。

夜对窗有怀

乱离人事已全疏，漫僝灵均赋卜居。
山水荡胸犹有兴，齑盐随分欲无余。
冬来骤冷难为客，午梦初回且著书。
天末亲知消息远，不多缄札问何如。

万国楼品茗

涕下中原心万里，浮云玉垒况逢秋。
分饈未雪江东败，梦寐常悬蓟北收。
茶熟尚堪浇俗虑，夜凉争得负清游。

明灯照座人如海，不分衰翁独有愁。

夜话香海茶楼

中原郁望意何深，楼茗催凉晚一临。
世事苍茫吾孰语，咏歌危苦日相寻。
欲从揽辔无宁已，未息征途遂至今。
吾土竟非人亦老，榛苓山泽不成吟。

哀广州

羽檄惊闻陷广州，虎门残垒不终留。
鬼谋曹社奸谁罪，客过新亭泪总流。
焦土有心存抗敌，思乡无地可登楼。
放歌纵酒轮工部，剑外何曾蓟北收。

九龙赠羊父

缟纻绵绵当日意，郁伊南望隔江天。
剩能尊酒同今夕，忽漫班荆更十年。
世事岂胜沧海痛，名山终著野夫贤。
九龙日薄诸峰暝，各有闲怀看逝川。

杨侯庙次韵草衣

断碑残碣冷苍落，落日吾来吊古祠。
两宋山河皆地裂，孤臣心力只天知。
谁凭壮志摧胡虏，不见新朝复汉仪。
犹有饩羊存庙祀，百年忠爱已陵夷。

一九四四年

杂诗　一月三日

娟娟秋水净无垠，凉月依人未觉贫。
更欲成诗三万首，与花瘗向海西滨。

倚阑望山有感　一月七日

编者注：此诗作于一月五日，一月七日做了较大的修改。今将一月五日诗附此：“碧潭澄误踏落花，旧径行处几桑麻。维王鸡犬几来瘦，又道葡萄入汉家。”

寒塘波细碧粼粼，秋后风光漫作春。
试上妙高台上望，夕凉分得竟何人。

与周先生谈诗成一首　一月十八日

编者注：句一“论诗”初作“携琴”。句四“虚来”初作“空来”。

论诗每到甾茶去，看剑仍教待酒开。
笑更累君挥翰墨，宝山回首不虚来。

夕阳下踏看二弟墓

秋山几处带余晖，薜谢苔稀忆蕨薇。
野蝶宁知人事改，独怀幽恨袭人衣。

谢国蓁送熟豆和鸡蛋　一月二十日

编者注：国蓁，刘国蓁，陈君葆香港大学冯平山图书馆同事。

刘郎岁暮岂忘饥，投我余粮德可知。
佐饭有珠怜薏苡，入盘无笋笑鹅儿。
陈王最忆燃萁日，海客宁思累卵危。
携向东篱还把酒，种苗为忝待清时。

谢韦达送米　一月二十二日

编者注：韦达，陈君葆皇仁书院同学。

忍饥曾遏妻孥籴，[1]剥啄何人送米来。
恰似渊明辞拙日，愧无韩信济时才。

[1] 黑市米价格日涨，妻儿辈恒一粥一饭，我个人十余年早废朝食，至是更辍午食。

有感

岭树不遮西望眼，布帆犹滞北归人。
欲寻幽梦知何处，重到家山恐棘榛。

答堀内寄书至二绝　一月二十三日

其一

归去蓬莱水清浅，君家何处食无鱼。
放艺青鸟西飞至，问讯还凭绘叶书。

其二

萧然我亦宦情阑，梅鹊归来定耐寒。
不识柳桥桥上客，花时肯放酒杯宽？

杂诗一首

酒杯事业久闻抛，尚欲楞严手自抄。
忽忆梦回残醉起，独迟凉月上花梢。

洗衣后诗成　一月二十四日

闲对孤云惜落晖，乱离生事壮心违。
已从稚子晨浇菜，还累荆妻夜浣衣。

客至

编者注：注释据《陈君葆日记》补。又作者自注中的阿月，陈君葆以前的佣工。

旧仆念情时致米，[1]故人周急每窥微。
犹闻剥啄欣谁至，门外应无驷马肥。

[1] 谓阿月也。

农历元旦　一月二十五日

绯桃却忆年前事，日暖惟闻白纻歌。
共道今年好岁首，问于何处得春多。

赠钟维新并示缫英达生诸同事七律　一月二十六日

编者注：句七“新”《陈君葆日记》作“秋”。

未能免俗吾犹尔，有不阴时似去年。

共惜买花成往事，可堪沽酒待余钱。
声随爆竹收箫鼓，梦入关河冷钓船。
闻道山中秋历日，与君风定注炉烟。[1]

[1] 维新来拜年句云：“犹未能免俗。”又首句：“今年禁燃爆竹，一切均不许可。”故舞狮等陋俗均取消了。

校读南史图南集逸稿补钞若干篇后题二绝

一月二十八日

其一

索居无意更搜奇，吟罢君诗读杜诗。
且喜书来征逸稿，蠹鱼闲箧未充饥。

其二

小胥钞罢北征诗，言皋时怜杜牧之。
奚事薄游归去后，置身尤隔凤凰池。

与弟子言诗　一月二十九日

性癖耽诗喜意真，侈言格律失清新。
才难鲁叟犹兴叹，宁尚雕虫学铸人。

梦伯益世亮两旧学侣二绝　一月三十一日

编者注：伯益，陈伯益。世亮，颜世亮。

其一

两度故人同入梦，十年窗下忆书淫。
只今经卷归何处，会有文心足碎琴。

其二

颜标未认作真卿，闻道陈亢识鲤庭。

可惜落花闲院院，梦中行遍若为情。

连日多梦有作　二月二十七日

梦里重逢君健在，联床夜话记当年。
共怜青剑抛闲处，热茗残灯欲曙天。
乱离今日各天涯，托子何人梦觉迟。
渐识世途艰险透，恩恩怨怨怕寻思。

春日岛上小集奉和震初先生兼呈神田岛田教授四首　三月五日

编者注：其二句三“无别久”《陈君葆日记》作“无久别”。其四句四“时疑”《陈君葆日记》作“时而”。

其一

小集示教随劫尽，客愁还与昔人同。
绝怜七百年来事，回首山河一梦中。

其二

酒边岁月改须鬓，春至犹难识柳榆。
已分余生无别久，何妨浮白醉须臾。

其三

浮海人来有盛名，千秋事业独关情。
如何文化交流日，鼙鼓犹闻战伐声。

其四

一夜东风怯溷尘，月明征遍百花神。
红芳纵借春阴护，连理时疑可养仁。

感旧三首　三月十五日

其一　斜阳

独怜春去太匆匆，小立禅房语未通。
惆怅东行白著作，梦回谁与忆崆峒？

其二　陋室

万首诗寻客野僧，双溪时度隔林声。
不知天地兵戈里，夜半云峰待月明。

其三　东涌

故垒萧萧芦荻秋，昔人曾此一淹留。
只今水落寒沙外，惟有饥乌共白头。

戏示达儿　三月十八日

编者注：达儿，陈君葆三儿文达。

枕边觅句朝闻鸭，楼上看山夜读书。
笑汝成诗日一首，他年能似放翁无？

记梦二首　三月二十七日

其一

愁入芳草情何奈，流水桃花空自由。
况是日斜风又起，霏微春雨冷于秋。

其二

试向溪桥问鸟鱼，飞仙俦肯借车舆。
在山尔水清如许，眼底浮云可任渠。

诗二首　四月四日

其一

霏微时节又清明，红褪山花似浮萍。
还似昔年松下路，一簑烟雨扣禅扃。

其二

万丈山前瀑映涛，野人仍唤小唠嘈。
旧游神甫怜何在，[1]记向村童问种桃。

[1] 港市民多误唤地山先生为神甫。

词一首　拜君超墓　四月五日

编者注：君超，陈君超，陈君葆二弟。

未到眼先含泪望，欲行无处抛愁。几回搔首两经秋，壮怀空逝水，宁待子封侯。　　也识当年张博定，可堪眼底曹刘。到头成败总俳优，是非谁管取，明月旦淹留。

拜君超墓

春阴漠漠雨霏微，百处坟头暮蝶飞。
嗟我此来无可荐，尚余腔血泪沾衣。

无聊　四月六日

真是无聊到作诗，古来曾见几能奇。
覃思岂足阿时好，新义仍虞薄俗移。

礼失

礼失谁当向野求，觚余望复记牺牛。
秦人想见升平世，适楚无妨笑沐猴。

傍晚图书馆候雨晴无以为慰因赋二十八字　四月二十七日

百里阴云欲断行，云来消息倍关情。
徒怜末世难霖雨，可识人间重晚晴。

赠中进英三二首　五月二十七日

其一

一曲高歌妙入神，坐中谁是赏音人。
南讴北律闲彻遍，可有归舟着墨新。

其二

阻风中酒事寻常，髀肉知君感热肠。
愁余亦有偷闲恨，一叠阳关两鬓霜。

寄绍田炳雄

蜃烟蛮雨旧珠尘，海月今怀挂席人。
欲遣玲珑通远意，空余诗胆惜轮囷。

和李蘅皋四绝　六月十一日

其一

两条轩槛待晴时，绿意天工岂有私？
商略苦心幽草遍，尚嫌风定辩雄雌。

其二

梦里关山感昔游，丰湖西畔百花洲。
悬知东阁重过候，解问谁君水上楼。

其三

小诗宁有波澜阔，多恐佳人为侧头。
倘起孟公应笑我，玉山相对懒登楼。

其四

俯仰犹堪例古今，射潮低去一沉吟。
忆从汉武横汾日，几识骑鲸万里心。

避雨一首　六月二十五日

雨余山色有无中，湿草低枝曲径通。
自是欲归人未得，晾鞋松下望崆峒。

晚饭后观彩虹听雷雨声有句两首　七月二十四日

其一

虹彩云光烂不收，疾风雷电共时流。
赤城西望三千里，日暮天涯人倚楼。

其二

待两年时忆可庐，水壶高略梦仍孤。
江山可惜归刘表，摇橹无人识寄奴。

天亮时又复风雨赋一首　七月二十五日

繁花落尽雨仍风，小语阴晴意未通。
除却高眠无一事，夜来留得幕灯红。

杂诗一首　八月七日

编者注：李蟠，此可能指李仙根，中山人，曾任孙中山秘书，陈君葆同乡朋友。

香雾瑶阶湿桂冠，归来夜树带余寒。
云中鸡犬堪回首，依约仙官识李蟠。

半夜狂风横雨中听邻鸡唱晓成两绝　八月十九日

其一

少日寻春爱景新，酒痕深负梦中身。
如今听雨孤眠处，犹是羁愁万里人。

其二

不分邻鸡唱晓声，断肠风雨别离情。
宁知寂寞秋山里，几个枯松落子听？

贺志生诞女弥月赋二绝句　八月二十六日

编者注：其一句三“我欲”初作“直拟”。其一句四“叔子笑顽痴”初作“叔老笑余痴”。

其一

杜陵小妹怜无梦，新妇参军喜得儿。
我欲为君删女论，不嫌叔子笑顽痴。[1]

其二

休讥薄俗殊轻重，旷代谁堪继史班？
试就女儿佳节问：听啼争得似阿环？

[1] 叔本有《论女人》一文见《悲观集》中，对于女性多贬词，论者谓为有所激而发。

绝句一首　九月十四日

应讶三年别，归来语燕稀。
青山不改色，迢递送斜晖。

致草衣　十月一日

乱离定想济时艰，一别经年廉瀼间。
问讯善知诗格进，不须更惜鬓添斑。

晓行路中偶占　十月十七日

秋心不耐雁来迟，小立残阳欲语谁。
微雨落花初梦破，隔帘消息总堪疑。

有感　十月二十三日

前度刘郎今病酒，重来崔护记簸钱。
桃花有种知谁种，闻道人居大散天。

感事五首　十月二十四日

其一

清欢十万八千场，才隔银河讯渺茫。
执手相看了无语，就中惟憬杜兰香。

其二

潮落潮来春复秋，薄游赢得望乡愁。
可逢渡酒登高会，斜照西风送客舟。

其三

荆云楚雨总堪疑，不信高唐梦觉迟。

神女错教怜宋玉，湘娥宁得赋陈思。

其四

江城秋雨绽新晴，徙倚阑杆日日情。

长记帘前双燕子，定巢软语最分明。

其五

广袖修眉并索居，谁怜金屋泪纷如。

紫箫人去花依旧，青鸟书来事却虚。

答神田教授 十月二十八日

耻弹长铗为无鱼，重调归来岂俟车。

我自故山劳远梦，独迟闲晒未收书。

寄冯公夏先生二首 十一月二十五日

其一

忘怀得失风尘际，搔首踌躇汨没时。

尚喜青山能坐对，转怜生事故人知。

其二

壁下吟丛书细字，炉边闲语记鮈鞆。

莫嫌秋尽江南老，拍手犹堪笑白头。

曾润燊女史赠风车草赋数章以谢 十一月三十日

其一

影疏恰受鱼浮沫，轮在翻嫌月竟圆。

不遗此心随轴转，疾风横雨态依然。

其二

秋来意兴竟如何，点雨苍苔夕照余。

闻道水边人语定，石凉蝴蝶梦蘧蘧。

其三

横看似梦青柳外，倒影犹依绿水湄。
记得分阴曾乞翠，长条今欲寄千思。

杂诗一首　十二月五日

是非成败尽由天，欲抱孤云傲世眠。
恰似落花时节近，江南重见李龟年。

对菊花吟二首　十二月十二日

其一

几日江头植杖回，清秋愁思正恢恢。
背人白鸟归何处？还喜黄花伴我开。

其二

去岁题糕意尚豪，分盆乞种笑儿曹。
今岁花开还似昨，问谁樽酒更持螯。

银婚纪念一首

放怀天地时嫌窄，缩手功名笑坎轲。
肯信看成儿女大，回头二十五年过。

与云卿谈萝卜仔成一首　十二月十五日

北风吹雨暗江村，萝卜生儿菊有孙。
莫讶邵平甘食力，瓜丘犹得傍青门。

米价日贵赋此示云卿二首[1]　十二月二十二日

其一

年丰谷贱仍无米，短后鸦头亦质钱。
悔不躬耕偕早隐，耻犹寄食受人怜。

其二

无鱼弹铗归何处？冬至思柑忆去年。
满眼溺饥谁禹稷，钓丝且放夕阳边。

[1] 今年秋熟，内地谷贱，然此间无米来，米价日来涨至三十月以上，冬至物价更贵，因赋此以示云卿。

冬至日一首

苦寒近十日，呵冻书不成。
顾影问明月，为传千里情。

对圣诞花作　十二月二十五日

去年圣诞花，拨雾山头见。
秋水倚长空，却忆春风面。
今年圣诞花，寂寞闲庭院。
小立又斜晖，依旧沉吟遍。

除夕夜　十二月三十一日

淡月微云此夜，华灯醁酒当年。
回首旧欢疑昨，觉来新梦谁先？
休叹流年似水，还愁春恨如烟。
肠断江南游子，洛阳花好依然。

贺松辉绮华结婚二周年六首

编者注：此诗陈君葆另有用信笺书赠松辉的信，内容与此有出入。具见插页中《陈君葆〈贺松辉绮华结婚二周年六首〉手迹》。此则不具录。

小序：松辉绮华结婚二周年纪念之日，绍基先生以电话招余谓松辉请饭，因欣然往，至始悉其端，由急切无以为贺，且喜所为制“薯婚”一名词之新颖，而不嫌杜撰用赋六章。

其一

薯黏木韧喜新词，胶漆形容未入时。
自是赤丝从系定，三年无改复奚疑。

其二

尽道仙家总不如，鸳鸯绣罢曳长裾。
画眉深浅君常事，莫忘明朝是岁除。

其三

舞翻狐步旧欢娱，手作羹汤自入厨。
想见联杯周岁候，余痕锋镝话艰虞。

其四　宁似

照花晓镜影娟娟，郎是南强女北妍。
不侣江陵王氏妇，笋舆夫婿别经年。

其五　解唤

卿卿解道觉矜持，小小能诗略异时。
别有壶中闲岁月，云翘归去忆阿谁。

其六

细读朱陈嫁娶图，升堂笑我后诸儒。
只应汤饼仍留客，啼试徐卿第一雏。

一九四五年

杂诗三首　一月六日

其一

镇日东风柳眼低，黄莺隔水尽情啼。
醉眠天地干戈里，一任醒来月向西。

其二

满山松树青何在，道士栽桃久索然。
我自浇花风日好，尚期歌枕太平年。

其三

竹篱随处长新芽，嫩绿园蔬未作花。
斜日度林明涧鸟，晚风吹雨湿晴沙。

过香港湾仔有感　一月七日

断瓦颓垣岁月更，铜驼荆棘竟何情。
故家门巷犹能记，除向楼头问月明。

忆君翘的信成一首　一月九日

时艰搔首问阿谁，日饮犹难负所知。
惆怅英雄迟暮日，尚余冥报欠蛾眉。

骑楼望海见雾锁烟横景象有感　一月二十七日

应是天公未喜晴，入帘疏雨益凄清。
那堪坐待春来晚，小草闲花逐恨生。

过皇仁书院见瓦砾堆忽忆三十年前往事　一月二十九日

昔日娱亲处，今成瓦砾场。
可堪双泪落，投老尚穷荒。

为佛教会撰对联　二月六日

只刹那间，地裂天崩，回眼烟起灰飞，问几个葬生瓦砾场中，几个断胆折胸，身首异处？最难堪觅子寻亲，号夫啼妇，近黄昏一片哭声，任是石头犹下泪；

算百千劫，今来古往，至竟龙争虎斗，便饶他画像凌烟阁上，饶他紫绶金章，官禄夸人，可曾念悯独哀孤，怜鳏恤寡，翻幽录尔多新鬼，谁凭巫祝为招魂？

无题三首　二月十八日

其一

执手生憎别意牵，关河萧索影蹁跹。
笑从胡越交欢日，逆数曹刘煮酒年。

其二

匹马西风去较迟，欲驮余帙入清时。
即看秋草黄沙外，绿意春风可待吹。

其三

漠漠闲愁付酒浇，百年几梦曲江潮。
欢吟剩有孤僧句，春雨楼头尺八箫。

见木棉花　四月一日

近寒食雨草萋萋，罨昼溪山水竹西。
自是梦归无着处，木棉花发子规啼。

和蘅公除夕韵三首　四月三日

其一

年年除夕思归客，翘首孤云第几回。
今日眼明江上路，桃花红傍战场开。

其二

桃花红傍战场开，血泪何因点染来。
别有伤心无语处，楚宫烟雨首重回。

其三

飒飒东风细雨来，桃花红傍战场开。
胡麻饭罢春余几，紫蝶黄蜂总费猜。

病中柬蘅公莘老三首　四月四日

其一

小病偷来半日闲，疾雷宁为报春还。
闭门欲觅安心法，歌枕墙头数远山。

其二

林塘缺处春来补，小草初花取次生。
此外关情更何事，无烦消息问君平。

其三

湖海风流两侈人，丹青难写玉精神。
会君夜话抛诗卷，一示维摩不病身。

寄辛盦健庐七律一首　四月十日

编者注：此诗原作于四月十日，《陈君葆日记》云："想做一首律诗却只得六句，结句未稳，姑出如下。"在四月十九日日记云：前日写的一篇《印度独立》，今日刊出，同时两首诗也刊出来。《忆荷塘》……

《寄辛盦健庐》："已过清明换袂衣，轻寒漠漠水浸扉。坐谈不觉花成雨，倚醉还看绿入肥。新涨碧添波淡荡，旧巢痕认燕依稀。更寻芳草归何处，闻道佳人住翠微。"发表时已将未稳之结句作了较大修改。今仍旧诗。

已过清明换夹衣，轻寒漠漠水浸扉。
坐来不觉花成雨，看去方知绿正肥。
新涨碧添波宛转，旧巢痕认燕依稀。
漫愁沽酒无凭据，尚有佳人住翠微。

忆荷塘　四月十九日

十里荷塘路，春风醉里人。
殷勤百年意，欲寄已无因。[1]

[1] 是吉隆之莲藕塘，昔客南中时所与同游者"两陆一黄"均居其地。

过香港上环看晴天风景口占　五月四日

晓起江楼望远晴，春帆千点意难胜。
宁知一夜东风恶，数尽松枝落子声。

漫成一绝聊以冠今日之记事　五月二十三日

夜来一阵风兼雨，晓起阑杆作薄寒。
空自低迷好烟景，更从谁觅一枝安。

为卢兼腾君题手册　五月二十六日

编者注：注释据《陈君葆日记》补。

纸背留题到落花，[1]竟教无处问桑麻。

墨痕污酒春如海，输与君家七碗茶。

［1］卢为湘父先生令侄，手册有湘父先生题序，故云。

雨后　六月五日

一雨成秋倦起迟，破明欹枕梦清时。
小亭独立听莺语，深巷人前擘荔枝。

寄华叔　六月九日

苦忆君论月，共嗟世路难。
马惊三折阪，风急九疑滩。
文岂能憎命？愁真欲琢肝。
归来此啼笑，吟兴未应阑。

忆惠州西湖

问讯西湖竹，重来可几竿？
雨余青箬笠，风定曲池栏。
旧事鹅能说，新盟鹭颁寒。
因思共蝉语，聊寄一枝安。

读史　七月十四日

杀公子纠非管仲，相齐桓公仍召忽。
五就汤时尧若在，托古宁有死人骨。

读赖茜娜纪念哈代诞生百周年之作

百年一瞬诚何事？招手繁星去底深。
地老天荒共谁语，未随埋没有斯心。

杂诗二首 七月三十一日

其一

抖擞徒劳论石交，人间岁月久闲抛。
隔墙软语商量定，剩把春泥理旧巢。

其二

紫气黄旗压上游，伏波横海乍回眸。
黄冠别院开新绿，不待檐间宿雨收。

过海军医院忽忆故人因赋 八月二日

积潦独怜人照水，待晴谁识客披云。
吟余莫讶疏生事，笑与孩儿薄饼分。

杂诗一首 八月四日

误却归期是此时，百年世事寸心知。
持螯不觉颤双手，日暮归来生酒悲。

秋日并集杜句四首

其一

燕子衔泥湿不妨，秋风此日晒衣裳。
久拚野鹤如霜鬓，漫卷诗书喜欲狂。

其二

闻道长安似弈棋，元戎肯赴野人期。
诸天合在藤萝外，未及前贤更勿疑。

其三

荏苒韶光十五年，归来谁赋大刀篇。
白山黑水应无恙，可有将军倚暮天？

其四

晓月烟萝总自怏，秋风何意尚廉纤。
直为张翰思归去，不道陶潜有顾瞻。

七夕即事二首　八月十五日

其一

天上佳期宁有误？人间瓜果自缤纷。
晴阴莫问春消息，且与闺人待细论。

其二

待得桥成羽欲偏，渐凉天气记时年。
何因乞得千丝巧，舍与人间六两棉。

吴淞放艇图咏二首　十月十七日

其一

剪得秋江影亦仙，风流儒雅识前贤。
披图想见承平日，共惜时艰暗记年。

其二

九峰三泖暗尘沙，海客犹谈梦落花。
尚有清诗能寿世，待寻陵谷问桑麻。

一九四六年

晚凉新浴余雨未消梦破停云辄成二绝　六月二十五日

其一

一雨成秋意未凉，待将离恨过潇湘。
君看十里春涛隔，消息何因到上方？

其二

梦破空嗟秋水生，断云飘绿益关情。
明知开落终无主，孤负檐间到晓声。

送刘国蓁赴美并简秉华七绝三首　八月二十六日

编者注：秉华，冯秉华，冯平山之子。

其一

独守书城势欲移，抱残心事语阿谁。
知君尚有图南策，聊写东行万里诗。

其二

此去蓬山路尚赊，遥怜后夜忆秦嘉。
沧波更在蓬莱外，百二层城倚暮霞。

其三

问字刘郎能载酒，[1]传经冯立久长征。
只应梅信归来日，共辇秦余鲁两生。

[1] 用张于湖句。

信寄赖宝勤顺题二十八字　十月十二日

六年挥手从君去，喜得云中寄尺书。
今日报君无别语，漫抛闲晷注虫鱼。

无题　十月十四日

百无聊赖处，秋至一长吟。
远水明于雪，空山不碍阴。
共难时序易，岂惜鬓毛侵。
寥落应如此，吾何愧古今。

有感又一首

泪断情难断，天长恨更长。
百年徒怅望，凄绝忆高堂。

一九四七年

偶得句四首　三月二十五日

编者注：此数诗为陈君葆郊游时所作。《陈君葆日记》云："能到郊外去逛逛倒也爽快，尤其是像今日的春和景明。偶得句。"又《陈君葆日记》云："'恋'字拟改'闹'字，待订。"诗稿似未改定，其三、其四亦未完整，格律似多有不协之处。

其一

木棉开遍枕寒流，叶底鸣禽带晚收。
渐拟清明时雨过，残春犹自恋枝头。

其二

不记南塘第几桥，觉来春半落红飘。
思君最是花时节，缭绕枝头酒未浇。

其三

几年杜鹃不见开，明媚独数江红棉。
今年吐艳迟春回，刈草为我理寒烟。
也知造物有深意，不放春阴寒食前。

其四

我欲携壶上杯渡，酌酒把月碧山前。
明月清风不时有，昔人已渺为凄然。
山高不遮北望眼，落日水上忆浮烟。

一九四八年

贺何香凝大寿　七月一日

一时冠盖斗光呈，卌载勋名照汗青。
不肯自由巾帼误，尚嫌耆德党碑赓。
骑鲸有策归谈笑，画虎裁缣见性情。
更喜左芬才气在，寿樽余沥慰苍生。

五十自寿　九月二十三日

自笑生于政变年，十三以长纪元前。
不知知命知非易，爱国应教爱己先。

一九四九年

读渭南文集后漫成一绝 一月十七日

绛云楼火放翁魂，十万吟笺可待薰。
细认书成孤愤字，西风暗雨又斜村。

断句 八月六日

编者注：此断句尚未拟定，故于格律多有不合。

何处更求元放杖，几人邀得庾公尘。
独惜化凫思解脱，空烦砖战籥参同。

散步有句二首 十二月十一日

其一

满眼烽烟扑面尘，欲停车盖问河津。
依稀尚辨民间路，认得儿时几个人？

其二

拍手高歌声入云，未应惆怅怨黄昏。
眼前丝管钧天奏，谱得谁家下界闻。

一九五〇年

沙田观醮小集枫林因至车公庙二首　十月

其一

得似西园雅集时，苦搜新句欲题诗。
青山惯看双瞳碧，白发宁辞一笑痴。
漫惜画沙仍佛事，倘凭春梦与心期。
停车细向花间语，千树霜林偃几枝。

其二

薄酒何妨共倒樽，笑谈不觉到郊原。
半山红树斜阳里，一曲清溪碧藓痕。
何处更寻秦碣字，几人来听夜潮喧。
黄淤亦欲分携袖，种秫犹堪净客魂。

一九五一年

与云卿合照题句　二月十六日

绕膝思黄发，相看笑白头。
登高望不极，春色乍疑秋。

重游西湖六桥烟柳　八月

六桥烟柳接康庄，天料台荒路转茫。
长记烛诗秋雪夜，�青芦白两相忘。

却扫（旧作）　日期不详

却扫霜阶落叶平，纸窗红日爱新晴。
诸天籁寐寒蝉噤，万劫堃翻野马轻。
老剩顽心犹赤子，向曾妄念到苍生。
窥垣堞影荒榛合，路带屯茔尽角声。

听侯仁之教授讲北京形势

白山幽州入裔皇，五朝人去剩金汤。
发端便揽雄都胜，左抱沧溟右太行。

题秦仲文画扇

龙柴大斧好山客，卧看苍茫爱北宗。
猛忆一杯村店酒，西风匹马过居庸。

北京陶然亭二首

其一

粉窗题江藻，黄泥彝彩云。
隔江山见影，落日鸟归群。
一自蒹葭尽，秋声不可闻。
忽然台榭焕，新政最精勤。

其二

新种柳无绵，新栽花欲然。
此中添客座，再远见人烟。
庙貌孤台竦，槐荫半亩圆。
读碑僧不解，上有契丹年。

北京北海（旧作）

于古有灵治，何年此御湃。
客来观止水，谁与问横流。
树色暗群殿，藕花红半洲。
鸥闻人语外，吾意共悠悠。

一九五二年

从图书馆出门有微雨因口占一绝　三月八日

蒙蒙小雨湿清尘，着意东风未当春。
数罢花须心欲枯，木棉初发柳初匀。

颂圣晚会漫成两绝　十二月二十一日

其一

卌年佳节滞江城，月暗斜川景独清。
今夜思乡共谁语，雪花飞处最关情。[1]

其二

仙乐风飘綷縩声，闲来小院斗轻盈。
何人解得黄姑恨，未忍停杯问酒星。

［1］今年中国北方均获大雪。

一九五三年

松花庵　二月十六日

十里松花落涧香，听泉洗耳道心凉。
梦回飘瓦非灵雨，一笑人间浇热肠。

断句

春来彳亍最萧然，輭步非烟细雨天。

和曾靖老一律　十月二十八日

一任飞花落祖筵，传来消息凯歌旋。
怀归对酒情何限，辩证谈经意独便。
海月有心悲汨没，清时无梦托戈船。
金台近识增新奂，好与高人踏步前。

附：曾老原作

瑞老喜得移家归国，再不劳两地相思，别后感怀因以奉寄。

接淅翻承乡别筵，君家此日喜言旋。
清辉玉臂无余念，珠海燕山尽任便。
俗薄每怀五子赋，月明空忆戴公船。
何当得许随鞭镫，老未甘心进不前。

挽何绍基先生　十一月十三日

廿载论交，一朝契阔，最忆虏骑来时，避祸逃兵，浮海雪中曾送炭；

四更山月，三要谈宗，谁料虎溪过后，寻消问息，望门影里独怆神。

金秋雅集曾伟君所摄海景题照寄靖老八首
十一月二十九日

编者注：此数首小诗，其一、其二作于一九五三年十一月二十九日晚，因“华革”诸友过访，并携柴湾旅行相片相赠，社友曾伟为摄海边石上一帧见赠，因题小诗其上。至一九五四年一月三十一日，寄给文达的信中说：“前次寄给你在柴湾摄的那照片上的几首诗……后来我看了一下，觉得有好些要修改的地方，于是乎推敲了好一会儿，在把稿抄给曾靖侯先生时，又添了两首，因此内容又扩充了一些。”由此可见，此数首诗并非作于此日，然具体日期不详，今暂系于此。

其一

细雨龙吟岸，斜风鸟过船。[1]
不知云水远，犹自问光年。

其二

水击何年裂，分明是剑痕。
披沙两愁绝，[2]无语又黄昏。

其三

泛泛乘槎客，还家着梦不？[3]
潮平向何许，端欲问浮鸥。

其四

棨戟森严地，怜非细柳营。
犹闻作胡语，宁识记秦名。[4]

其五

水落登临意，[5]云横徙倚情。[6]
何当戾长笛，清啸起群听。[7]

其六

解写凌云志，沧波发浩歌。[8]
栖迟仍颜影，诗力孰君多。

其七

浮世争名立，如君复几人。
烟波观浩荡，白首注斯恩。[9]

其八

实践寻群理，音声辩一真。[10]
踏歌高会处，也欲逐清尘。

[1] 杜甫诗："身轻一鸟过。"

[2] 唐李咸用诗："肯信披沙难见宝?"

[3] 不字读平声。

[4] 唐独孤及江州刺史厅壁记云：自"秦以后国化为郡，史官职废，简牍之事寝灭，记事者但用名氏岁月书于公堂，而春秋杌梼存乎屋壁，其来旧矣!"

[5] 唐孟浩然《登岘山亭诗》："江山留胜迹，我辈复登临。水落鱼梁浅，天寒梦泽深。"

[6] 韩愈《出蓝关》诗："云横秦岭家何在，雪拥蓝关马不前。"

[7] 唤起民族精神，在此仍为必要。

[8] 靖侯先生不能英文，但不但长于国画，还长于旧体诗。

[9] 靖老年来始研马列主义，然甚深入，尝观其《斯大林集》，多批语及注解。

[10]《首楞严经》卷第五："以音声轮教我发扬。"

漫成　十一月三十日

老去生涯万卷书，[1]肯将身世付闲居。
客来莫问知非岁，寂寞犹能待起予。

[1] 真西山跋陈正献公诗集引公诗句，此袭用。

乡居杂诗二首

其一

乡井违离二十年，归来庭院景依然。
情亲版筑渔樵侣，话到盘餐酤酒钱。
矮屋松毛添户限，晴窗日暖耻高眠。
还寻野老村西问，近读南华第几编？

其二

土改完成庆有田，翻身到处色欣然。
铲除封建开新局，整顿乾坤着早鞭。
地有温汤堪却病，道无豺虎得安眠。
不闻犬吠休疑问，待听邻鸡向晓天。

九龙城访颜圃　十二月二日

编者注：颜圃，颜世亮居士的园圃。

官富山前颜子居，半间僧屋一床书。
易求龙象心无碍，不学神仙道有余。
秋水侵扉伤病目，夕岚倒影失游鱼。
石头路滑重回首，谁与同归月满车。

一九五四年

达儿来书言研究历史题此示之　一月二十一日

编者注：《陈君葆日记》云一月三十一日寄给文达的信中抄此，并对句八修改云：“‘軥辀’应作‘钩辀’，是鹧鸪声。”

革命成功事本难，共同努力未应闲。
五千年史从新读，四万神州澈底翻。
烛短更思清漏永，雪深微怯早春寒。
犹闻托古称尧舜，堪笑軥辀学孔颜。

农历除夕寒雨霏微靖老以电话问作么生成一律寄答　二月二日

闻道干冬定湿年，最怜除夕雨含烟。
蒙蒙堆枕梦初白，冷冷巡檐花欲燃。
消息耐寻清浅外，景光应在绿阴前。
犹然十里春涛隔，为写人间第一笺。

和曾靖老五律一首　二月六日

来此身非客，松枝底记年。
哀鸿巡火徙，猛虎迫膏煎。
贫也宁为罪，自由真可怜。
君行百里路，忍此住吟鞭。

谢罗慕华见贻山鸡　二月二十四日

戈者何人影水清，华虫竟尔误鹊鹊。
得来忍道烦矰缴，将去仍教唤雨晴。
不入凤池甘晚啄，爱窥鸾镜损秋翎。[1]
闻调鼎鼐知谁喻，欲起钱铿问死生。

[1] 云卿指山鸡顾谓我说："山鸡难入凤凰池。"我觉得句颇有致，问出处何自，她说不复记忆了，可能是从南音一类木子记下来的。

题陈社华纪念手册　三月十一日

征求奖品得来难，肯作编蒲一例看。
怀袖欲留时彦语，笼纱且付俗人观。
摹成独立寒秋句，冷笑唯心论辩坛。
大道只今欣在望，未妨文字起波澜。

寄高雄一律　三月十二日

高雄来信，并提"压盒"之惯习，怀意久久不能自已，因寄一律表意。

压盒诚何据？时雄有任穷。
事原推食异，心与爱才通。
已慕元和体，还钦管鲍风。
君家弁七子，逸响记秋桐。[1]

[1] 秋桐，谓章秋桐也。

寄怀曾靖老广州　三月二十三日

老未甘心前不进，[1]者番输与着鞭先。
定知笔底收拳石，不废登临有酒钱。

[1] 借用靖公送邓瑞老北上句。

代云卿谢杨士端因融熙上人赠冬虫草　三月二十七日

蛰龙应不耐冬眠，欲语寒冰草半芊。
剩与闺人问供馔，伊蒲初熟定何年。

寄高雄七绝一首用李义山寄令狐郎中韵　四月四日

霜林寥落我闲居，青鸟来时阙寄书。
欲上赤栏桥上望，媚人春水绿奚如。

为黄振池同学题手册　四月十五日

沾泥未许逐香尘，雨润还疑自在身。
待上燕巢春欲晓，落花原自不关人。

颇自爱落花原自不关人之句因续成一律遣怀

湿尘无奈景奔轮，泥滑犹堪尺蠖伸。
剩与懵腾校蜗字，肯持鸿宝乱璘珣。
十年梦遍千山月，万里投荒一叶身。
欲就澄潭驻云影，落花原自不关人。

读友人来信有感辄成一绝　四月二十五日

天上人间总碧深，妙年思绝费孤吟。
殷勤绿叶成荫后，犹自诗书养道心。

谢曾靖侯赠长白山砚　五月二十日

谁遣龙岩凿晓昏？独令长啸得璵璠。[1]
紫云割断含青脉，黄卷书成剩墨痕。
岂有烟霞供笑傲，待看花雨洗澜翻。
遥思绣匣题封寄，池上风清净客魂。

[1] 杜甫："长啸得石砚。"

奉酬循陔模糊之什　五月二十九日

编者注：注释据《陈君葆日记》补。

来此身非客，松枝底记年。[1]
首回春骀荡，风至鸟蹁跹。
入耳声仍碎，黏天绿可怜。
肯教行百里，中道住吟鞭。

[1] 松枝记年，刘肃《大唐新语》："玄奘法师西域取经，手摩灵岩寺松曰：'吾西去汝可西长，吾若归即东向，使弟子知之。及去，其枝年年西向，一年忽向东，弟子曰：'吾师归矣。'果然。号摩顶松。"上诗借用其事。

再和循陔模糊之什四首 五月三十一日

其一

漫怼模糊境，终编越绝年。
山川色不改，萁豆岂相煎。
拔帜心犹壮，沉沙迹可怜。
已知勤庙略，及腹有长鞭。

其二

高馆闲吟夜，华灯腊鼓迟。
岂缘鲈脍炙，翻致马肝疑。
铜狄摩仍在，金轮望欲移。
深知子不语，为有党人碑。

其三

破额山前水，杨侯驻马台。
昔人秋唱地，今日鸟飞回。
广厦成虚愿，烟村认劫灰。
石头愁路滑，珍重首重回。

其四

尚有楼堪倚，宁无长者过。
路从人踏去，生乃动之和。
当户锄厘蔓，临风发浩歌。
思君正春日，一雨梦婆娑。

又漫成绝句一首

编者注：《陈君葆日记》：“‘应为’呢‘不为’呢？孰较佳。”

不为知鱼去，移家近玉除。
随缘谈起倒，得雨艺园蔬。

断句 六月三日

肯与露赓夕唱，时教蛮鸟报新晴。

题林清和君手册

炎岛归来始识君，十年今又感离群。
看成竹影过儿迈，商到梅魂书练裙。
词赋闲愁春欲老，关山寻梦路仍分。
他时招隐知谁赋，饶舌犹能且论文。

港大中文系毕业班同学置酒云华酒家见招赋赠两律 六月八日

编者注：《陈君葆日记》：“‘廉纤语’原拟作‘廉纤雨’，以上句已指出雨意，故改此。然亦似未稳也。”

其一

新简招邀笑语倾，樽前宁复要时名。
鹿鸣宴集原余事，雕化沧溟不世情。
会有长材工细律，定知中圣叩苍生。
座中酹饮推苏晋，索酒翻经意未平。

其二

林下风清韵亦清，妙年几个以诗鸣。
千丝珊网吞舟漏，五月榴花照眼明。
春事已从樱笋荐，酡颜未办柳鸦晴。
酒边剩有廉纤语，肯作江头恨别声。

独饮一律　六月十九日

编者注：《陈君葆日记》："粤谚有'独食难肥'之语。'便'字改'赋'。"

不因泽竭便思归，对影衔杯惜落晖。
稍信耽诗能致瘦，何妨独食倘教肥。
过门一饮身仍健，下笔千言智效微。
商略豚鱼参五味，宁迟濡首始知非。

清水湾海浴赋示港大中文学会诸同学　六月二十四日

并序：一九五四年六月二十四日，港大中文学会邀作清水湾游泳旅行，于时道路传闻，已知美帝舰队已纵横南海，集东京湾，伺机介入印度支那战争，我等舟发向鲤门，回首西顾，港内正停泊法美空母各一艘，然斯时日内瓦会议，樽俎折冲，方在顺利进行中，而狼子野心，竟猖獗至此，实有识者所共愤！

海滨舒歙不同风，喜见骅骝道复东。
唇市鲛绡千斛泪，石鲸鳞甲九秋蓬。
衣冠剧孟犹供笑，楼舰卢循况势穷。
极目烟涛三万里，固应南望有渔翁。

游广州南岸一首　九月四日

竹阴深处好维舟，十里荷田碧欲流。
怪底健儿双桨疾，泮塘西去即红楼。

偶成　十月二十八日

安得诗囊多在手，便写吟笺吮素毫。
光景百年须记取，兰成词赋雅兼骚。

诗题绝缘二字　十月二十九日

泾渭分流早绝缘，滔滔入海历长川。
不无感慨平生意，来问年华自在天。

集定庵句（二集三十五首）　十一月十二日

编者注：此集句原为应曾靖侯与沛根约而用来塞责之作。陈君葆已整理出二十二首，出外回来后又续上八首，共得三十首。因想着是他人之作，搁笔后，忆及“送我情如岭上云”，因而又写成寄叶启芳等的五首。

小序：余酷爱龚定庵诗，虽素不主张集句之作，倒是对于定庵，自己也前后不知集了多少，大抵偏好使然。去年秋间，从广州回来，即写了五首寄给中山大学叶启芳、林悠如两教授，跟着又成《无题》三十首。这些原也只是小孩子砌木似的玩艺儿，无补家国的制作；可是今天读到周瘦鹃先生的《花前琐记》，开头也有几首集龚定庵句，不觉笔痕起来，适《新野》编者向我索稿，便不顾一切而把它先钞了寄去塞塞篇幅了。

其一　寄启芳悠如教席羊石兼柬瑞人靖老五首

一

无分同探阆苑花，又来萧寺问年华。
恍逢月下骑鸾客，作赋曾闻纸贵夸。

二

昔年诗卷驻精魂，骨肉荆榛不可论。

观理自难观世易，烦君他日定吾文。

三

团扇才人踞上游，三生花草梦苏州。
一番心上温馨过，但折藜花照暮愁。

四

绛蜡床前款一尊，阻风无酒倍销魂。
先生宦后雄谭减，送我情如岭上云。

五

救得人间薄命花，恍如庾岭对横斜。
瓶花帖妥炉香定，从此青山共鹿车。

其二　无题三十首

一

朴学奇才张一军，亦狂亦侠亦温文。
百年心事归平淡，灵鹫高华夜吐云。

二

长天飞过又遗音，安用冥鸿物外吟。
我替樽前深惋惜，颓波难挽挽颓心。

三

少年哀艳杂雄奇，秀出天南笔一枝。
偿得三生幽怨否，天将何福予娥眉。

四

银烛秋堂独听心，苍生气类古犹今。
不留后约将人误，累汝千回带泪吟。

五

臣朔家原有细君，美人胸有北山文。
扪心半夜清无寐，此是平生未报恩。

六

空损秋闺一夜眠，论诗论画复论禅。
梅魂菊影商重遍，小语精微沥耳圆。

七

词锋落月互纵横，玉女窗中梳洗成。

何处复求龙象力，东山妓即是苍生。

八

文字缘同骨肉深，小屏银烛话冬心。
一箫一剑平生意，同志徐王仗续君。

九

一秋十日九湖山，山影低回黛影间。
词流百辈花间尽，慧妇商量赠指环。

十

过目云烟浩不收，人皆无地署无愁。
槎通碧汉无多路，拟策孤筇避冶游。

十一

偶落吟鞭便驻车，谁令此纸遍京华。
野棠花落城隅晚，泪泼春帘一饼茶。

十二

莫抛心力贸才名，难遣当筵迟暮情。
烈士暮年宜学道，九流触手绪纵横。

十三

异书奇石小崚嶒，交与鸳鸯诉不平。
吟到恩仇心事涌，非将此骨媚公卿。

十四

文人珠玉女儿喉，忍说桃灯为应酬。
不是瓶笙花影夕，万重恩怨属名流。

十五

茶花凝想吐芳馨，露重风多不敢停。
送我摇鞭竟东去，回肠荡气感精灵。

十六

红日柴门一丈开，布衣三十上书回。
萧萧黄叶空村里，却有江涛动地来。

十七

避卿先上木兰船，为溯黄农浩渺前。

一种春色忘不得，梦回清泪一潸然。

十八

侧身天地我蹉跎，俭岁高人厌薜萝。
侥幸梁清一私语，江湖侠骨恐无多。

十九

重话京华送我情，月明报有大珠生。
书生挟策成何济，终买年华气不平。

二十

屠牛那不胜栽禾，光景犹存急网罗。
莫信诗人竟平淡，陶潜诗喜说荆轲。

二十一

独往人间竟独还，亲朋岁月各萧闲。
新知触眼春云过，意思精微窈窕间。

二十二

笑指河阳镜里丝，蠹鱼零落我归时。
安排写集三千卷，怕听花间惜别词。

二十三

鹤背天风堕片言，离披秋霰委黄昏。
难忘细雨红坭寺，强续狂游拭涕痕。

二十四

羽琌安稳贮云英，那向如花辨得明。
设想英雄迟暮日，更何方法遣今生？

二十五

东南幽恨满词笺，枉负才名三十年。
别有樽前挥涕语，生还如证第三禅。

二十六

木樨风外等秋潮，江上骚魂亦可招。
谁分苍凉归擢后，天花着袂拂难消。

二十七

长洲重到忽思君，马后谭诗世罕闻。

翻是桃花心不死，商量出处到红裙。

二十八

删尽峨眉惜誓文，一钗一佩断知闻。

征衫不渍寻常泪，身世闲商酒半醺。

二十九

偶然闲慕遂初衣，肯骂无情燕子飞。

忽闻海水茫茫绿，悔极堂堂岁月违。

三十

隔帘谁报雨沉沉，次第寒花掐到今。

今日不挥闲涕泪，台宗古辙幸追寻。

半山观月有萧索之感因成一绝 十二月九日

关河萧索慕云深，寥落乡心百不禁。

书剑倘存身外事，月高无寐且孤吟。

题吴曼芳寄为摄照片四张五首 十二月十一日

其一

野竹千竿傍钓矶，桃花潭影照人衣。

更谁解得严光意，一抹斜晖坐翠微。

其二

台砌疏篱手自编，十分秋色晚风前。

此来不为鲈鱼炙，曾有人居大梵天。[1]

其三

墙西旧是浣沙溪，十亩青阴柳眼低。

好是月时花弄影，万条寒玉隔乌啼。

其四

隔水钟声起暮鸦，铁栏桥上望晴沙。

当年伫看扶摇客[2]，今日鸢飞稚子夸。

其五

山下人家晒蜀葵，豁眸披老读残碑。
竹西倘得留翩影，后夜听潮欲与谁。[3]

[1] 末句借用定庵句。
[2] 少年时曾到沙田看谭根放飞机表演。
[3] 时靖老将有穗垣之行。

游沙田小桃源二首　十二月二十日

其一

青山佳处最宜秋，肯向桃源更种愁。
叱起四山重抖擞，为迟云影挹浮丘。

其二

濯足何妨就浊流，故怜清浅兴偏幽。
分携冷月听涛去，谁伴秋魂踞上游。

一九五五年

春天的絮语　一月一日

一

春天到来了，
冰雪在融消，
黑暗在彷徨悲悄；
百花含葩待开放，
好鸟儿在枝头歌唱。

二

对温暖的气流，
冰雪点头说：
你老人家！
让我们再歇些儿吧。
我们终会把事情搞好。
我们会把这世界装成
一座美丽的王宫，
玉一般的洁白，
水晶般的透明，
在那里尽是珠光宝气，
在那里到处都看见——
“琼楼玉宇”，
画栋雕梁。

三

对灿烂的阳光，
黑暗带着缩瑟地说：
再给我一点机缘吧！

我定要把地狱的火烧毁掉人类的心灵。
我将燃点起黑漆漆的死光，
照耀着整个阴森森的人寰，
冷酷，残忍，无情，沉湎，
让人们啊，
再也不会也不能对光明有什么丝毫留恋。

四

春之神只是微微笑，
她不共没心肝的心要好。
她一步一步地向前移动，
任黑暗和冰雪在那里发抖；
她知道：
等到红日当空，
冰雪皆融的时候，
黑影儿也就淡得几乎没有！

答融熙法师寄来篇什系五绝一首　二月二十六日

得句风云外，扶摇万里情。
殷勤灿莲舌，莫遣东南倾。

得杨宗瀚无题集玉谿句因即集义山句四首奉答并广其意仍用其起句原句　三月十五日

其一

万里南云滞所思，非关宋玉有微辞。
玉郎会此通仙籍，天意何尝忌崄巇。

其二

不踏金莲不肯来，廊深阁迥此徘徊。
如何肯到清秋日，黄竹歌声动此哀。

其三

项羽何曾在故乡？翠华无不到东方。
丹丘万里无消息，但惜流尘暗烛房。

其四

江上晴云杂雨云，折腰争舞郁金裙。
人生岂得轻离别，背阙归藩路欲分。

附：　无题集玉谿句

万里南云滞所思，团漆投胶不可开。
他生未卜此生休，一寸相思一寸灰。

蝶恋花　和曾靖老　三月十六日

曲曲栏杆偎碧树，镇海楼边，旧是径行处。开遍红棉身着雨，多情燕子春归去。　今日重来花解语，眼底河山，留得春如许。小草轻烟江上路，归帆点点君能数？

和草衣木棉诗二律　三月十九日

其一

高标谁得似红妆，浪说桃花欲擅场。
杜宇未归三月暮，芙蓉光着九秋霜。
待扶余子思乔木，不与凡花送夕阳。
平世可无千尺干，移根应是向炎方。

其二

横柯张盖胜棠阴，照眼难为猿鹤吟。
已惜荔支殊绝世，尚迟榴火烛春心。
岸颜不畏东风恶，傲骨宁辞大道任。
余事苍生宜有意，欲同霖雨涤尘襟。

蝶恋花　三月二十一日

翠羽明珠愁日暮，往事何堪，细听渔樵诉。百五年间龙战地，登临洒遍英雄泪。　　温海夷氛今靖否？古寺云封，欲唤仙羊起。抖擞莫教仙丹误，气吞万里应如虎。

集玉谿生句寄答杨宗瀚十首之第五至第十首

三月三十一日

其一

玉垒高桐拂玉绳，昔人因梦到青冥。
刘郎已恨蓬山远，始信逃尧不为名。

其二

白璧堪裁且作环，可能全是为荆山。
江鱼朔雁长相忆，犹自驱车更向南。[1]

其三

一寸相思一寸灰，年华忧共水相催。
汉廷急诏谁先入？江令当年只费才。

其四

子孙相约事耕耘，世路干戈惜暂分。
莫讶韩凭为蛱蝶，高楼风雨感斯文。

其五

莫遣佳期更后期，鬓丝休叹雪霜垂。
可怜庾信寻荒径，自有仙才不自知。

其六

不是花迷客自迷，曹司今在殿东西。
桂花香处同高第，鸾鹊天书湿紫泥。

[1] 谓简子也。

有感

我思教我存，存岂有终极。
生生之谓易，易则无止息。
宇宙疑无穷，功成名不立。
鸿鹄能高飞，物自有羽翼。
如何功告成，剪除不费力。
黑白不分明，扬步路岐泣。

有感一首

梦里青春可得追？卅年前事景支离。
当时检点分明在，回首重看已略迟。

菩萨蛮

尺书欲寄天涯近，梦回别恨谁相问。杨柳昔依依，月明花满枝。　　廿年诗影瘦，霜鬓时怜幼。空道最关情，袖痕清泪盈。

词一首

回首月明中，水远山重，当年一别太匆匆。刚道沈郎腰瘦，又诉离衷。消息总成空，此恨无穷。　　织就乱云仍是梦，寒雨寒风，秋色已长空。春恨无穷，楚宫吴苑半枯桐。

题黄永玉李流丹劳军图　五月十七日

一九四九年四月，红军渡江趋楚越。
红旗重插遍江南，电扫邪氛蛇窜窟。

一朝克复五羊城，反动群丑势穷竭。
长征万里庆归骑，共看狐兔随旧没。
井冈山上望朝暾，红光灿烂气蓬勃。
廿年建军多苦辛，解放功成几颠蹶。
义士还家问疮痍，白头野老悲存殁。
翻身儿女记牵衣，塔字留题藏断碣。
狱中枯骨倩谁收？强寇蹄痕犹怒发！
此时契阔重相见，离合悲欢杂滂浡。
正好关河圆梦魂，奚尚战士严斧钺？
箪食壶浆百里迎，携扶未许壮心歇。
更向边陲急进军，不留后患张挞伐。
豕突狼奔何处逃，残余入海连胡羯。
呼嗟乎红军不畏远征难，击楫中流咸奋发。
健儿百万待枕戈，进行革命同锐轧。
可歌可泣事无数，我欲披图效剞劂。

悼瑞人七律一首　五月二十八日

编者注：瑞人，邓瑞人。

去年相送黄垆酒，[1]今日携来孺子刍。
有泪不教濡薤露，无言安更设雕胡？
重寻紫陌翻疑梦，省识龙驹记护雏。
已见太平新乐府，九原应得慰司徒。[2]

［1］去秋余至穗垣，瑞老设宴于泮溪酒家相饮，翌日又浮棹珠流，酒至半夜，备极欢洽。

［2］谓司徒美棠公也。第六句，去岁秋余与内子送云湘返京复课，瑞老亦送燊世兄晋京就学，互值于大沙头火车站，相视而笑，莫逆于心，此情历历如在目。

次融熙法师乙未三月廿九怡保道中口占韵二首[1]

五月二十九日

其一

望礼南云欲出尘，化城畴住等闲身。
最怜卓锡经行处，回首青山是故人。

其二

须陀蛮触两何干，八部天龙睆局残。
说与山花费长舌，[2]糊涂容易一言难。[3]

[1] 怡保槟城大小霹雳皆三十年前旧游之地。
[2]《世说》："卫玠嘲宣子曰：'一言可辟，何假于三？'宣子曰：'苟是天下之望，亦可无言而辟，复何假一？"
[3]"糊涂容易"一语，原本士端来札意所启示。

读刘子平哀瑞人诗辄成两律　六月十五日

小序：桐薪老人既已有恸哭瑞人之什，旋覆盖一韵，谓别有感触。余以为挽近思想变迁，得诸外来影响至巨，然移风易俗之具若者可行，若者当拒，则诚为负领道之责者一大问题，读"转烛衰歇"之句觉重有感，爰依韵并广其意待正。

其一

薄俗尊夷用，群居趣拜金。
已同歌下里，终复惜焦琴。
化鹤千年事，屠鲸百里浔。
斯人志沉寂，泪泫忍非今？

其二

亦有横戈事，曾闻空谷音。
转输疑汉相，草檄记陈琳。

东阁燃犀录，南台鼓栅吟。
不堪怜汗马，低首岁寒心。

偶成答问　七月八日

若问尘中迹有无，近人鱼鸟类相呼。
等身著作浑闲事，偶写新诗入画图。

感事一律　七月二十九日

拜佛何堪转拜金，子期应会伯牙琴。
横眉冷对天魔舞，握腕聊为梁父吟。
曲突竟辜邻叟意，焦头记取老婆心。
驱车又上隆坡道，桃李千株月满林。

次怡保道中韵集澹归句寄怀融熙上人二首　八月二日

其一

海鱼吹梦忽生尘，谁是虚舟不系身？
自放青山难着眼，兼葭秋水间中人。

其二

犹记昔时沉醉地，几家梦向月中残。
冠成十地金方艳，路滑三登起后难。

闻融熙上人将有隆坡之行因再次前韵仍集澹归句寄奉并柬欧阳雪峰二首

其一

万里同心不隔尘，云间更现大家身。
天花散落才成雨，鷗水将迎忆故人。

其二

花雨观空钓月竿，斋厨稳载钵中残。
霞皱沸海潮全赤，路合行时不计难。

感事　集澹归句五律一首

编者注：《陈君葆日记》有小注："旧作。"

花雨浮金地，空筵冷覆瓯。
晨风凉透腋，夜壑竟移舟。
白贼徒饕餮，青山得自由。
获麟终绝笔，都不涉春秋。

细看云玉寄回富士山巅风景明信片忽忆五十年间事并及安重根其人若有所感辄题一绝其上　八月十六日

编者注：句一"感兴废"《陈君葆日记》作"兴废事"。

五十年间感废兴，[1]夷门何处觅侯嬴。
依稀富士山头雪，猛忆还军灞上情。

[1] 日俄战争前后，父亲均在日本。

咏云玉在神户加拿大学院图书馆拾获蝴蝶二首

八月二十日

其一

翩翩风外独关情，粉翅余香晓露清。
奚事蝶泉花正发，[1]尚迟蓬岛傍书城。

其二

芳草斜晖接远天，云情缥缈定飞仙。

故园不是花无主，聊赖春心阿那边。

[1] 蝴蝶泉在云南苍山云弄峰山麓，其上有嘉树，春夏间开花，群蝶来集，漫山遍野，顿成蝴蝶世界，彩色缤纷，令人不知若者为蝶，若者为花，洵奇观也。

访黄居素于东山台感赋　九月三日

已观十地庄严相，还喜高台有妙音。
移榻松阴过月影，可能无梦到秋心。

译哈代诗[1]　十一月三十日

其一

传来青鸟影翩跹，欲就寒光读薛笺。
偷眼笑看尘世字，损眠虚忆乱离年。
江关才调空文藻，箫剑平生感逝川。
惆怅尺书重到手，映霜何日共婵娟。

其二

太息人间总别筵，至缄遥寄月中仙。[2]
蠹鱼未喋千丝网，[3]翠鸟还惊百道泉。
江令苇花寻晓梦，杜郎词调付胶弦。
当时岂解闲滋味，意对寒梅欲雪天。

[1] 此诗连译意也谈不上，姑存之，谓借意改作似亦可耳。
[2] 月下读来书 Read by Moonlight
[3] “喋”宜作“唼”。

住北京饭店四二七房见房中悬画两帧其一为敦煌壁画散花天女余一幅为徐悲鸿画水牛感而有作三首

十二月十四日

其一

曾从鸦背煦寒日，偷解云间爱碧丝。
不是此生偏乐水，个中深浅有谁知？

其二

韩幹画马穷奇相，君亦毫端尽态妍。
春水欲浮牛鼻去，马蹄长忆晚风前。[1]

其三

一肩风日稻花香，十里畦町傲骕骦。
肯共凫鹭争小荇，欲从松竹办新凉。

[1] 悲鸿曾为余画马两幅，故有末句也。

官厅水库道中二十三绝　十二月十八日

一九五五年十二月十四日，我重到都门，十六日参观中央民族学院，十八日偕对外文化协会赵玉麟君、中国新闻社诸桦女士往踏看官厅水库。是日北京初下雪，晨起趋西直门车站，天气寒甚。沿途或晴或雪，比抵拦河坝，则已日中矣。参观水库，前后凡历三小时。下午仍乘火车回京。至京郊则又已纷纷下雪，简直欲改前人句读作"归时高照烛灯红，踏遍马蹄郊外雪"了。车中既成诗若干首，其后复广为二十五绝，殆亦雪泥鸿爪，聊以记吾曹之意云耳。

其一

路滑何妨更凿冰，石头终要使铺平。
不愁瀚海三千里，行见黄河水亦清。[1]

其二

无烦蜀道五丁开，绝壁危磴履险回。
此是太行山石地，接天高处有烽台。[2]

其三

桑干河水隔洪涛，流至卢沟气尚豪。
今日已无奔马势，晴川百里静容舠。[3]

其四

我来已后雨翻盆，想见秋涛拍岸喧。
怪道君疑天上坐，百寻山下俯方辕。[4]

其五

九曲萦回鸟道霞，门前种枣野人家。
依山垒石偏成瓮，借壤临流未作花。[5]

其六

江南自是佳山水，不见崚嶒古断层。
到此直疑荆浩笔，渍崖独树向云生。[6]

其七

军都山中夜飞雪，军都山前结冰柱。
不知何处山中人，一曲短箫日亭午。[7]

其八

探首悬崖转毂前，溪桥才过洞相连。
削瓜回望经行处，五洞蝉联拱列仙。[8]

其九

荒谷寒烟绝羽翰，奔泉啮石画来难。
雪飘雁翅君回首，好种桃花十亩宽。[9]

其十

休訾岁暮费幽探，垂溜成冰作玉簪。
六十二峰都过尽，豁蒙天际碧泓涵。[10]

其十一

柬得西山理钓纶，桃花岩下浪浮银。
秦关汉月浑闲事，第一功高属兆民。[11]

其十二

东来妫水入清溟，欲问沙城旧得名。
胜似太湖三万顷，凌波微步已溜冰。[12]

其十三

平沙西望碧涛喧，莽莽今来虎气蹲。
莫问历山山下路，绿云稠处是新村。[13]

其十四

东望居庸直北门，古来胡马若云屯。
如今四海为家日，朔漠燕云共载坤。[14]

其十五

千里庐沟出保安，何曾庙略恤民艰？
非关土木争车驾，自是君王阙肺肝。[15]

其十六

禹迹夙传疏凿事，阪泉今见毂轮通。
始知帝力矜尧舜，未抵劳民半岁功。[16]

其十七

怀来旧是宁都地，自弃燕云屡蹙疆。
今代徙民过万户，耕烟非复昔沧桑。[17]

其十八

清河沙碛委高原，寒入青帘冻不翻。
惆怅射雕人去后，白波谁个识鹏鲲。[18]

其十九

一线东川万仞山，奚王夜猎到沙南。
汉家博望勋名在，定远何烦用马班。[19]

其二十

月时见说君曾至，雪后今看试引擎。
发电厂增三万瓦，层冰湖滑九千棱。[20]

其二十一

百级危梯下界通，冯夷复壁俯幽宫。
欲探禹穴窥江底，识有机关制毒龙。[21]

其二十二

侧想浮黄月正低，轻飙吹过玉川西。
归来海燕闲抛尽，独许衔香到紫泥。[22]

其二十三

澄碧凝焜照雪衣，新蒲疏柳故交稀。
明朝草绿湖边树，还与严光共钓矶。[23]

［1］一九五二年我到北京，曾打算去一看官厅水库工程的进行情况，以工作方在开始，并且交通运输亦未臻便利，卒未能成行。此次抵京未久，即往参观“治理黄河展览”。这个展览给人们一个很明确的观念，就是中国人民治理黄河的最终目的，是要下决心彻底征服黄河，把这一条害河变成有利于国计民生的水道，这一点是毫无疑问的。治理黄河的伟大工程，现在还不过在第一期计划的着手阶段，自然还是等待一个时间才能看到一些成就，可是从看到官厅水库以及铺设丰沙铁路的艰巨工程，我们也就不难推想出治理黄河规划的项背了。又，地理学家有以为官厅水库所在的桑干盆地，或许是以前黄河的调节湖，然则从这一点讲，官厅水库工程又应该可以说是治理黄河综合计划的一部分了。

［2］太行一脉，自南而北，隔绝东西，界河北、山西两省，地理上成为古今之大防，也就是书上所称“州军镇戍，沿山错列，凭高据险，互恃以为固者也”，烽燧堡寨，残存遗址，举目遥指，随处都可以看到。前几年，我曾取道南口，出居庸，登八达岭，望过长城的险要，这一次则溯永定河谷，径西山，看到人工湖的巨浸，这样，对于蜒蜒蜿蜿、回环着在首都北面的太行山的支峰余脉，虽然不能尽得其形胜，可是也领略到了一二了。

［3］桑干河源出山西马邑县之洪涛山，上游称漯水，经大同、蔚县、涿鹿，出西山至三家店始有卢沟河之名。每年夏秋之时，上游诸地下雨，山洪暴发，京畿附近低地便容易泛滥成灾。这次我们来，已是山中的清流绝涧，仍然静足以容舠，可以想见夏秋时的气象了。水库的控制作用的重要亦由此可见。

［4］火车过了三家店，逐渐走进山区转动。在车厢中凭窗外望，左手边是陡绝的危陂削壁，右手边就在我们脚下数百尺的悬崖底下，永定河水还挟一股怒气似地冲刷着两岸旁的凝冰和砾石，而在靠近我们这一边的河岸上，却另外还有一条铁路线，通到河谷里的别一部分。诸桦女

士对我说：“前些时，有一位瑞典的外宾从这里经过，他眺望着下界的景物，不觉叫道：这倒像是在坐飞机了，那里是坐火车呢！”真的，我们往下望，倒有点仿佛在香港坐山顶缆车的模样。

[5] 河北省地虽广而人稠，所以有些地方的农民，每每感到土壤不足，妨碍农业生产进行。我们坐丰沙铁路的火车，沿峡谷所见，这种情况更为显明。每每一家人家，依山筑舍，门前仅有十来尺余地，种几棵枣树或柿树，可是那一点子土壤却真的稀少得可怜。内务部副部长陈其瑗先生告诉我说：“北方的农民因此有所谓借壤之举，这大概由来已久，有借有还，并且还是按时的。”从这话也可以看出“农业合作化”在现阶段的农业发展上的重要了。不过西山这一带地区，有些河谷倒郁郁苍苍，不像完全是硗瘠之地，这一点我在下篇“荒谷寒烟”一绝提到。

[6] 自入西山，一路奇峰峭壁，断岩绝阪，随处都可以看到，而又皆堪入画，就一个丹青妙手来说，真是一幅很好的北宋山水，俯拾即是。地理环境所给予人们艺术观点的影响，实在不可量计。北人到南方来，固然神往于“桂林山水甲天下”，而南边人到北方去，又谁不景仰太行与恒岳之“巃嵸崔巍”呢？所以徐霞客去五台，经大同倒马、紫荆两关的大道，便写过这样的几句：“两岸壁立，一涧中流，透罅而入，逼仄如无所向，曲折上下，俱成窈窕，伊阙双峙，武彝九曲，俱不足以拟之。”可见奇境妙观，随地异形，不拘一格。

[7] 山中闻箫，本极寻常一事，不过在风雪中，而且又在晌午时分，便引起一些异样的感觉了。同时，我忽又忆起一个旧朋友，也是同学，他蛮喜欢在日当午的时候，站在楼头横笛歌一曲，不论晚秋初夏，很少间断，这和“长安城中百万家，不知何人夜吹笛”显然又是另一种境界了。触景怀人，感而赋此一绝。

[8] 丰沙路是隧道密度最大的铁路，全线虽仅一百零六公里，可是从三家店到官厅村这仅仅六十多公里的一段中，据说就有大小隧道六十五道。此次我们在拦河坝地点下车，所以只看到六十二道。除了隧道的艰巨工程以外，丰沙路线还要八次跨过永定河，更不知多少次越过它的支流和山涧，那大小桥梁和涵洞的数目就简直无法去统计了。九时四十五分穿过了第十号隧道。由此时间始，一隧道刚过，接着便进入第二道隧道，几于数也数不清，目不暇给。就我所记忆到的，第十六号和第十八号隧道最长，俱历时五分多钟。十时廿五分过珠窝站，跟着从第十九号到第廿八号隧道，一连串地通过，回望一下通过了洞口，排

成一个半圆形的行列，有时候排列着在前头，洞洞相连，前后顾望，这景致好看得很。在进入第廿九和第三十号隧道时，前后顾望，诸峰插天，如玉笋，如锯齿，其上间又隐约可以看到一些像堡垒或烽燧的东西，显然在古代这一带都是控险拒守的所在。此时望涧底，水已结冰，天又飞着雪，有些地方像堆起盐来，白蒙蒙一片。

[9] 车抵雁翅站时，雪下得最盛，当时倘得丹青妙手，真要绘一幅山中瑞雪图。自入山以来，一路都只见屹屼的山头，岩巉的山脉，很少泥土。但是过了第三十四号隧洞以后，壤土渐多，碛沙也渐聚，而路亦较趋平坦。一会儿，车跨越了一道颇长的桥梁，然后又屈屈曲曲地拐了好几个弯，突然间当前又发见了“从人面起”的峭壁。沿着涧谷往上一望，两边的山相距仅一箭地，较远的山则呈淡灰色，重重叠叠，像多折的屏风，给人的印象是很好的一幅马远的画。近处悬着一条数百级的石径，仿佛从山顶直下，穿过林麓，趋向涧底，像是新近砌成的，这样看来，山上显然有人结庐在居住了。无疑地那是个好所在。

[10] 十一时二十五分左右，火车从幽州站开出，紧接着第四十一、四十二以至四十五号的隧道都过了，隔了一会儿，第五十号到六十二号这十多条隧道也很迅速地次第穿过了，山渐开朗起来，我们发现已在走出了河谷伸展向着平沙万里的蒙古高原地带来了。车上已有些骚动，人们正议论着堤坝下的新水力发电厂已在眼前了。

[11] 官厅水库拦河坝于永定河峡谷西山入口处把上游的水束住了，利用盆地的地形做成一个人工的大湖，有着二十二亿七千万立方公尺的蓄水量，这不但起了河流流量很大的调节作用，对于下游诸地更给予了莫大的灌溉的利益，同时沿着人工湖的周围，将来逐渐绿化了，便会把沙漠地带变成江南鱼米之乡一样的风景。这样，我们那以前“秦时明月汉时关，万里长征人未还”的旧历史观念，便得完全改变过来了。从水力发电厂附近往上望，拦河坝一字横空，气势是足够伟大的。我们抵拦河坝车站下车后，由官厅水库的管理机构刘熙平主任接待，引导我们参观。刘主任告诉我，管理整部堤坝水闸的工作，现在由职员几十名负责，但在进行建筑工程时，曾动员了一个整三十万人的劳动大队。这是因为荆州分洪是抢修的性质。全部工程仅在五个月的时间完成，而官厅水库的工程则前后历时两年多，配合实际情况也有很大的分别。不过两项伟大的工程都说明了这一点，就是结合到群众的利益，才能发挥他们的伟大的力量，只有得到人民的绝对优越的信赖，才能启发他们的智慧，和发展他们的工作积极性。有人指摘这种成就

是强迫征工，是奴役，那如果不是没有打破旧思想的结果，就是自己故意闭着眼睛，怕给事实吓倒了。

[12] 十二月十八日那天是星期日。内地每逢星期日或假期，到郊外或近地去旅行和野餐的真是人山人海，络绎不绝于道，这在近几年来已经不是新奇的事。不过那天到官厅水库去的倒那样挤拥，并且又在雨雪霏霏中，大家都觉得诧异。到了目的地下车后，这秘密才被发现。原来许多到官厅水库去的自然是为了要看这伟大的工程，其中还有不少是由各省各地到北京来开会的代表和专家，特地去观察和找寻参考资料的，但更大部分，在我看来，仍为要到那里结了冰的一望无际的广大湖面去溜冰。他们一到站便一溜烟似地奔向湖里去，不一下子，从堤坝上望去，像镜子般的湖面已是寒鸦万点那样布满着他们的影子，作出燕飞鸢舞的种种姿势了。水库的蓄水总量是二十二亿立方公尺，但是现在所贮存的只达到这容量的三分之一，因此从高度八十五公尺的堤坝下望，湖水还没有真正达到它的"涵虚混太清"的极致呢！至于沙城则远隔在"清秋望不极"的彼岸，此时仍笼罩在朦朦胧胧的一片淡灰色当中，暂时也不去说它了。

[13] 历山或历阳山在延庆西北，而延庆则在妫水上游，去官厅水库所在地之怀来县尚二十余公里。史书上说："后魏主珪神瑞二年如广宁，登历山，祀舜庙。"又说："后魏主嗣秦常七年至广宁，登历山，使使祀舜。"这大概以为"舜耕于历山"就是那个地方。究竟舜当年耕稼的陶渔的地方在哪一个角落，那只好等待考古家去发掘、去证明了。不过这一带的地域，像妫川，据传说即轩辕黄帝与炎帝在那里打过仗的阪泉，又像相传黄帝曾在那里击破过蚩尤的涿鹿，都是属于所谓禹贡冀州之城，在古代无疑地更是部落民族间互相角逐、战事频仍的地方了。但是人民现在所要做的，是要把荒碛的地方绿化，翻出一页历史的新页。

[14] 居庸关的险要，那是尽人皆知了，它有着"北门锁钥"的称号。攀登八达岭的人们，踏上了"望京石"，从山峦的关口远远可以望得见北京城的宫阙，恰好成一直线。可是沿永定河峡谷西上，逾燕山余脉出怀来，则居庸关已在怀来的东面了。这样怀来密迩居庸，所以一向都认定它是关门的外卫。不过现在已经是四海一家了，许多居住着少数民族的边疆远塞都成了内地，更何况这些密迩首善之区的地方！

[15] 从前谈国防的，有屯军宣府以巩卫京师之说，意思是要搞好运输交通，积粮聚兵于张家口一带据点，以备不虞，所以说"陆运由居庸抵

镇城，舟运从卢沟出保安”。可是谈尽管谈，形势未变，而明英宗即已遭到了“土木堡的事件”。那里去京师还不过百数十里，地利究竟靠得住吗？大抵一切不是结合到广大人民的利益的计划，无论计虑得怎样周详，都是很难得彻底的。便是那一向我们十分耳熟的“守在四夷”的理论，也不过是没办法当中的消极办法罢了。

［16］阪泉据说即今之妫川。年湮代远，现在自然也难于考定“黄帝与炎帝战于阪泉之野”的所在地点。不过官厅水库筑成了，丰沙铁路也和京包线联接起来了，往后的发展，无论在变沙漠为膏腴方面，都是要有一日千里的进程的。记得我们刚到北京卸下了行装的当儿，人们还正在热烈地讨论着业已着手的黄河流域三门峡的伟大工程，可是过了仅不过十天，到我们正要打叠行装南下的时候，长江巴山三峡的水利计划也已公布，并且也开始测量工作了。进展的速度如此。荆江分洪的工程以四个月的时间完成，黎湛铁路以七个月的时间修好，而工程艰巨的丰沙线亦提前半年筑成，这些和其他许多事实说明了一点，即民智提高了的国人，不但彻底了解到自己在当家作主，还到处都积极地发挥着他们的无比的力量。十二月底，我们在北京南郊鹿园乡所看到的农业合作化的情况，便印证了这一点。

［17］官厅水库是由于拦河坝所在地官厅村得名。水库建成了，自然那以前的桑干盆地就变成了“波流浸灌，与海相若”的大湖，而官厅村的故址也就随而淹没了。官厅村这条村子是否迁移到别的地点去建立起来而把它的名仍旧保存着，关于这一点我忘记了问当地的人民，不过那些村民，如同怀来县这一带的许多其他居民一样，是一定要搬家的，那就用不着说了。刘熙平主任告诉我，由于水库这一项伟大工程，怀来人民要迁居的达到六万多人。从这一数字我们就可以想像所牵涉到的是怎样困难的一个问题了。因为处理这个问题，首先要照顾到他们的利益关系，注意到他们安土重迁的心理，和设法解除他们的种种顾虑，此外还要帮忙他们建筑新房舍。可是这一切都给胜利地解决了，所以不能不承认它是个莫大的成就。

［18］清河指洋河上游的一条支流清水河而言。洋河发源于长城外，流经怀安、宣化、保安、涿鹿，合桑干河向东南注为永定河，其上游诸流若能建设防洪、拦沙和综合性的水库，亦足资灌溉，这样要使“新桑偏冀州”，究非难事。

［19］妫川一名东川，发源于永宁缙阳山，流经延庆、怀来入于桑干河。辽志：五代时，“奚王去诸以数千帐屯妫州（即怀来），自别为西奚，号

可汗州。"《后汉书》："建武二十一年，冬十月，遣伏波将军马援出塞击乌桓，不克。"回想到这些事实，很难使人不"发思古之幽情"。这也并不是说"我思古人，实获我心"的意思。不，全不是这样！其实，我们一涉想到过去，一些问题便浮现于脑际。像为什么生活方式不同的民族就不能够和平共处呢？这已是个老问题，与人类历史同其久远。而人类在他的悠久历史当中，又为什么总不能够发明一种行得通的和平共处的原则呢？其后，有人提出了一些可行的与唯一合理的和平共处的原则了，可是有些人却对它惧怕起来，像怕自己的影子那样要避开它而不肯去接近。这就使人有点迷惘了。对于自己发见的真理，不敢去正视，至于害怕起来或表示厌恶，这自属可笑，不过纵使是应付影子的办法也有两途：一是前人所说的"就阴而止，影灭迹绝"的办法；但这办法要注意到一点，就是你的影子虽然不见了，可是你自己却笼罩着在一个更大的阴影底下而不察觉。另一途径是让自己也就浑然无间地融合在一起了。对于这两种办法，应该何去何从，难道人们真的昧昧然无所知吗！

[20] 诸桦女士告诉我说，十一月下旬，她曾到官厅水库来过一次，那时水电厂正忙着在安装机器，可是这一次再来，月未一圆，他们已在试用电机发电了。那天，北京市长彭真在发电站开幕致词上说："官厅水力发电站是由我国自己设计，自己施工，自己制造和自己安装机器的自动化水电站，这在我国历史上还是第一次。"这话是十分使人兴奋的。根据水利部既定计划，永定河流域在最近的将来还要建立两个规模较小的水库，一个在桑干河上游，一个在宛平县三家店附近。可想见的，这两个新的人工湖建成了之后，加上新的水力发电站，整个河北省电气化的远景又将迈进一步了。

[21] 离开了官厅水力发电厂回到拦河坝的堤顶上去，许多游客们还在水闸控制塔附近一带盘桓着，有的在浏览风景或眺望在湖面滑冰的群众，有的则大概刚参观过水闸内部在咀嚼着观察之所得。我们参观水闸时，也是由刘熙平主任替我们讲解内部各部的构造，详细地介绍它的作用。他引道我们从控制塔的塔顶下去，走着螺旋式的铁梯，笔直似地历二百多级到湖底部分距离堤顶约四十五公尺的地方，去看八个出水孔道的控制设备。这八个控制水闸通门的机器像八个长罐子分上下两列排列着，分别管制着上下两列的八个放水孔道。我们站在铁梯脚环绕着刘主任听他介绍我国在上海自己制造的机器，那地方刚好在水面之下二十三公尺，隔了一层复壁便是汪洋浸灌的湖水了。从第一排

转到第二排水道控制的机器，还要走高度达十五公尺以上的螺旋铁梯，再往下才是控制塔的最低部分。踏着湖底的水从堤坝的下方斜坡走，我们还看了出水孔道口的折洪池。这池的深度约九公尺，它把水势刹住了，免得它损害河床，所以也是水库的一个重要的设置。

[22] 这一首是为杨洁瑗同学而写的。杨洁瑗本是香港大学的同学，一九五一年七月，她跟我一块儿到北京观光，遍游青岛、济南、南京、杭州等地方才回港。一九五二年，她离开港大转到广州中山大学去。当她在那里时，我看到过一篇以"向杨洁瑗同学学习"为题的文章在中大校刊登出。一九五三年，她毕业了，到北京工作，担任了英文月刊《中国建设》十二个编辑之一。这一次我到北京，她到北京饭店来看了我两次，谈了好些问题，包括了新中国的结婚生活的问题在内。十二月十八日，我去参观官厅水库，她没有来得及跟我一块儿去；可是到了十二月廿七日水力发电站开幕那天，她却去了。正如许多其他青年们一样，洁瑗对于她的工作非常起劲。一九五一年，她告诉我要争取到北京去工作，她的希望终于达到了。

[23] 陈丕士先生对周恩来总理说："我要准备作归隐之计了！我打算在北京找几亩地盖一所房子，院子里种两棵树，一棵给自己读书下棋；一棵留给陈君葆，大家坐着谈天过日子。"我笑着告诉他说："让我补充一点意见，我以为您最好也到官厅水库垂柳毵毵的岸边去盖一所房子，并且也把您的游艇划到那边去。春秋佳日，理理钓丝，晒晒太阳，那才写意呢！"丕士先生对于这倒好像全无异议。目前，站在堤坝上往两边山上望，许多新房子、工人疗养院一类的建筑物正在急剧地建筑起来。不难想象，再过一年，这里都是桃红柳绿，水榭渔村，另是一种新景象了。

录官厅水库道中诸作既毕缀二十八字于后

风沙猎猎记游踪，剑气犹存小语中。
欲貌河山归卷帙，重来知更与谁同？

续丰沙道中作二首　十二月十九日

其一

山前山后郁嵯峨，车走雷声过落坡。
不记缤纷风雪苦，爱他湖面夕阳多。

其二

丰沙路短胜关沟，扶策书生记夙筹。
五十年间兴废尽，照人肝胆姓名留。

何子贞书东坡雪后和北台壁韵　十二月二十日

已分酒杯欺浅懦，敢将诗力斗岩深。
芦蓑句好真堪画，柳絮才高不道盐。
败履尚存东郭迹，飞花又舞谪仙檐。
书生事业真堪笑，忍冻孤吟笔退尖。[1]

[1] 昨酒间才想起东坡“酒杯欺浅”的句末，今乃见之北京图书馆壁间，真奇遇也！

酒会感赋一绝　十二月二十五日

出席楚图南在北京饭店欢迎香港大学英籍教授鸡尾酒会，周总理出席了酒会，还有钱学森、章汉夫、卫立煌、冯友兰、吴祖光、曹禺等，感而有作。

庙略真堪共纬经，眼前冠盖尽豪英。
风流欲与征前代，不教凌烟入汗青。

又酒会感赋二绝　十二月二十六日

新华社、中新社、大公报设宴丰泽园，席上值张铁生，因赋。

其一

大业丰功被九州，重来阙下豁双眸。
定知玉宇尘清日，许我樽开北海秋。

其二

百瓶今识酒杯深，浅醉微吟去住心。
正是晚来天欲雪，海滨曾记与幽寻。

迎新年二首　十二月三十一日

由开封乘专机至武昌，转乘火车返穗，午夜十二时在武昌火车站候车室，大家喝葡萄酒庆祝一九五六年的到来，有感两首。

其一

不堪岁暮仍为客，已分黄河共索居。
携酒欲寻庾亮月，送年空忆武昌鱼。

其二

欲问南湖水，烟波更几重。
昔人云梦地，今日我凌空。

北京行有感三首

其一

大河以北是君家，十里尘沙叫暮鸦。
剩忆晚来天欲雪，浅斟微晕道桑麻。

其二

千里关山度欲飞，飘然寒草共离披。

过门烧得黄河鲤，一任芦茭雪满衣。

其二

闻道黄河未解冰，欲寻寒水问专城。
即今汴水经流处，回首千年泪欲倾。

失题 日期不详

编者注：据《陈君葆日记》，此诗原系在一九五六年六月三十日，但陈君葆于诗后注云："失题。一九五五年夏作。"故今系在一九五五年之后。

北海南浔风马牛，可怜裴度算虚筹。
直教颠覆师谁智，不遣横戈累九州。
摇橹尚思裙带泽，奋槌应教铁光流。
沧波此去宁无意，安得乘桴事便休。

一九五六年

乘火车经湖南长沙衡阳有感而作　一月一日

酒醒梦回湘水路，火车厢里话吴音。
如何猎猎寒沙外，踏雪佳人韵最清。

除夕寄怀曾靖老四首　二月十一日

其一

转眼韶光事物新，最愁孤负百年身。
侵寻岁月浑无赖，抖擞精神未后人。

其二

乍寒天气欲高眠，笑听妻谈压岁钱。
恰似当年除夕雨，闲窗呵冻寄吟笺。

其三

去年除夕止君家，尚记寒梅未作花。
今日海珠桥下过，定知千树斗春华。

其四

春风何事滞林梢，不放层阴燕定巢。
寒入江余泥欲滑，水明烟外竹方苞。

贺大公报创刊五十四周年　三月十一日

《大公报》创刊五十四周年暨香港《大公报》复刊八周年纪念，四十字致祝。

百秩过半日，回首欲披沙。
谠论持非易，排流意有加。

晨钟发深省，夜雨茁春华。
直道今如矢，闻风起几家？

谢清漪园主人邀往穗观捷（克）展一律

三月十二日

已教羲和添日脚，更逢寒食耸吟肩。
寻春好是看云后，伏枕争如对酒年。
肯任东风嚧暮齿，且凭诗句饯华颠。
不成扶病来观展，药鼎茶铛共客船。

春日王通明医师置酒高会见招畅谈穗游观感二律

三月二十日

其一

春风拂槛动乡思，况值华灯对酒时。
人似妙高台上月，事同医学会中期。
座谈萧艾求灵药，入梦关河话郑陂。[1]
回首独矜新气象，故家重睹汉威仪。

其二

隔水青山无数重，[2]蓬莱清浅可能通。
从胜史迹残罇在，烂漫春愁载酒逢。
横海欲归云漠漠，暮岑吹梦恨匆匆。
当年岂识华胥限，今日翻成此道穷。[3]

［1］王通明医生所居半山楼，前瞰港湾，左挹翠巘，风景绝佳，右邻妙高台不远。是夕与会，除我一人外，均为艺术界硕彦，就中以廖恩德、李崧、黄大卫尤为健谈，所谈自兴陂开田、讲求水利，以至于医药针灸等问题，范围所涉至广，而庄兆祥医生则以专门研究生草药物见称，故有诗中第五句之意。

［2］用林和靖句。

[3] 此间感觉到应恢复到通车通航，已成为一般的公论，大抵人为的阻隔，于事于理均无一是处，亦众所共见的事实。

赠华革赴穗参观捷（克）展观光团团长潘范庵

三月二十五日

编者注：华革，是香港华人革新协会简称，于一九四八年五月在香港成立的一个爱国社团，陈君葆历任该会顾问、副主席、主席等职，积极推进会务发展和爱国团结。

君是耆英最少年，杖藜冲雨独当先。
还家梦绕千门树，浮海人来二月天。
岂谓胜情无胜具？定教团结更团圆。
怀归我亦同王粲，趣异登楼感赋篇。

悼念全国人代会常委民革副主席谭平山先生　四月十日

八载违离欣觌面，岂知重会竟无缘，[1]
剧秦海客谈瀛日，平世苍生反帝年。[2]
尽有文章供革运，[3]未妨农协砺青联，[4]
鞠躬尽瘁如公是，北望低回泪泫然。

[1] 去年年底入京，以十二月廿五日往访先生。时先生罹病已久，不良于行动，只坐在车椅上接见，而谈句钟略无倦容。当询以是日拟作何活动。他说："正准备到近郊视察农合状况。"言词间殆全不以为意。此种精神令人折服。既而与握手道别，我告诉他今年暑期如能重履京华，当再图良会，诚不料别仅三月余，而斯人竟溘尔长逝也。

[2] 一九四七年，英国工党内阁殖民部大臣理斯德和勋爵到香港，港大副校长设筵招待，并邀我、当时在港民主人士领袖李任潮、章伯钧、马叙伦、沈雁冰等与他相见，而公亦与焉。席间有以英国对美国政策为问者，勋爵答谓："英国自经大战，创痍满目，恢复匪易，摆脱经济羁绊真正独立的自主外交，恐须期诸七年以后。"当时叨陪末座，故亦得

闻其语。

[3] 斯大林《论中国革命的前途》:“关于中国问题,我手头有彼得罗夫的提纲,米夫的提纲,谭平山的两份报告和腊费斯的意见书。”

[4] 当时本有农委与农协问题之争辩。同上一篇文章又写道:“把中国农民阶级愈是迅速和愈是基本地拖进革命,中国的反帝战线也愈加有力和愈加强大。(谭平山)他们断定说,立刻满足若干比较成熟的农民要求是中国革命胜利最必要的条件。”又谓:“关于青年问题,现在在中国有着非常重要的意义,谭平山的报告里说到这个问题。”

集澹归句寄荫普　四月十九日

香炉茗盌未生尘,虚室仍衔片月新。
报国有心堪任怨,道流何得暂安贫。
海滨寥廓归无相,风雅升堂得主人。
双眼自能冰雪净,更思买棹复逡巡。

喜闻黄荫普先生献书　五月四日

邺侯插架已荒凉,坐拥书城待发扬。
叁代而还名则尚,九州之外盗能彊。[1]
好书岂仅留儿读?瑰宝还应为国藏。
充栋汗牛欣得所,蠹鱼未蚀有莲香。[2]

[1] 比年以来,由于卖国者之行为,或者由于无心肝者之有意盗卖,如北京人骸骨,如故宫博物院所藏之许多铜瓷书画,以及民间私藏之善本书籍,辗转散失,流入于异国人之手者,盖不可以指数计,有爱国思想者,无不为之痛恨。然而不有以启之,孰得而盗之,不有以庇之,孰得而私之,是又罪有攸归者矣。

[2] 荫普既以珍藏数千册献诸国家,日者靖漪老人以书来盛道其事,并谓广州文人为张二乔作三百四十一周生日之会上,曾陈列荫公所献之《莲香集》,当时罗翼群先生见之,以为比已所藏之乾隆重刻本更觉精雅云。漪老并以其在雅集中所赋七律一首寄示,合志于此。

步清漪老人张二乔三百四十一周年生日穗文史馆雅集韵七律二首 五月十五日

其一

谁意人间世后名，况渠真个可怜生。
秦嘉书字原同病，韩翃攀条岂共荣。
纵有莲香留翰墨，已无芳冢吊凄清。
流花桥畔重回首，多少风华未了情。

其二

让他红粉有诗名，肯向氍毹了此生。
歌扇舞衫闲岁月，柳眉桃脸任枯荣。
出山泉水从涟淤，入梦梅魂与月清。
拨尽琵琶千古恨，凄凉何处最关情。

题黄承燊校长沙田艺园雅集见招胡春冰为撮小影二首 五月二十日

编者注：沙田，香港新界沙田。

其一

平生不着鹿皮冠，浅醉犹堪耐薄寒。
春服拟从沂水咏，乱山犹似越中看。[1]

其二

水榭风来棹影孤，黄芦苦竹共清癯。
自怜小病还能饭，笑子思寻范蠡图。[2]

[1] 闻艺园主人吕建康君为浙江人。

[2] 时余方因拔齿后误用盘尼西林患过敏病，不良于行，但仍强步登临漫游竟日。

五四后二日香岛中学黄承燊校长沙田艺园游湖雅集见招八首

其一

海滨寂寞意多宽，行处时犹一据鞍。[1]
临水隔花缘底急，十分春色在栏杆。

其二

林下今来见几人？[2] 只应肝胆识轮圆。
茸茸细草新蒲绿，又及江头渔鸟亲。

其三

狮子峰前夕照边，望夫石上碧萝烟。
游人指点沧波阔，几识沧波变稻田？

其四

带锄休更梦蘧蘧，归去人间好结庐。
已报隔林闻鸟语，不应濠上始知鱼。[3]

其五

得似微波过洞庭，停桡时见影伶俜。
又逢北海樽开日，来对南山眼共青。[4]

其六

已对青山更对君[5]，啼鹃疑是隔溪闻。
自临钓石虚舟系，尚欲春醅拨瓮云。

其七

野思悠悠春水生，暮潮听去若为情。
可堪百五重回首，两见闲鸥换姓名。

其八

世间何物是丹邱？要与狂流作铁牛。
好水好山看不尽，得淹留处且淹留。

[1] 杜诗《送杨六判官使西蕃》：“垂泪方投笔，伤时即据鞍。”《汉书》：

“援据鞍顾盼，以示可用。”

[2]《云溪友议》僧灵澈诗：“相逢尽道休官去，林下何曾见一人。”首句借用其意。

[3] 用后山句。陈后山《寄李学士》：“说与杜郎须着便，不应濠上始知鱼。”诗末句并用其意。

[4] 宋范讽诗：“只有南山与君眼，相逢不改旧时青。”

[5] 用旧句。时余新病方愈，医者命须戒酒。

索古湾待雨二绝句　五月二十七日

编者注：索古湾，香港南面南鸦岛一个湾头，是郊游的好去处。

其一

直须呼酒破天悭，岂必归时载月还？
与我为霖过十日，从他云影压千山。

其二

风鬟雾鬓觉娉婷，潋水凌波意更胜。
倘得鲛人泪成雨，肯辞泥首报倾城。[1]

[1] 时香港正苦旱，水塘均告涸。

得靖老来书有感而赋一律奉报　六月四日

脱手新诗语未删，也思沽酒一开颜。
讳穷不免遑言送，[1]因病贪眠未觉闲。[2]
垂老襟期随俯仰，移怀萧散作疏顽。[3]
从知归梦仍难到，我本家居廉让间。[4]

[1]《庄子》：“孔子曰：我讳穷久矣，而不能免，命也。”韩愈有《送穷文》。

[2] 苏轼：“因病得闲殊不恶。”

[3] 柳诗：“萧散作疏顽。”

［4］粤东莞县亦有廉泉。又大父于壮年时经营茶业，曾久居陕鄂，频来往西安武汉间，故有是语。

百庸来信问腕痛报以二十八字　六月八日

形容知与世非宜，换骨维摩觉后疑。
尚有故人怜未疾，[1]敢辞腕痛为笺诗？

［1］《左传》：“风淫末疾。”

喜闻蔚儿调京石油部设计局工作　六月十五日

编者注：蔚儿，陈君葆二儿陈文蔚，高级机械工程师。

六年关外思悠悠，长白松江路阻修。
喜见公车来阙下，儿时清梦到螭头。
玉门望极祁连树，春水时生杜若洲。
遥想棣华辉萼遍，埙篪同奏足优游。[1]

［1］蔚、达两儿均爱好音乐，尤擅长口琴。

沙田艺园游湖雅集香岛校董陈惠泉为留影以诗报　六月十六日

湖树能教荫钓徒？故山归思与云俱。
多君快手临流意，短櫂清波入画图。

欢迎中国民间艺术团到港演出[1]　六月二十一日

百花齐放万人欢，争看民间艺术团。
蛱蝶舞深千嶂碧，芙蓉歌彻九霄寒。

愿言文化交流重，肯信和平共处难。
艺海波澜惊壮阔，几曾眼界一分宽。

［1］民间艺术团终得到港演出，此间人士眼福可谓的确不浅了。这是百分之百的中国艺术，然而识者都不会以为碔砆之足以乱真，而龟兹之不足以登大雅罢！写上了寄与陈凡。并把赵叔雍的词也寄给他。愿言句依陈凡意改："犹闻声教宏敷重。"

周末报创刊七周年纪念赋绝句二首致祝

其一

七载经营岭海陬，三千毛瑟肯同俦。[1]
采风果得资隆治，易俗尤应择细流。

其二

白笔动摇山岳易，[2]朱离协调雅歌难。[3]
好凭掷地埋轮手，[4]一纸澜翻周末看。

［1］拿破仑称报纸为"三千毛瑟"，其意并非誉词。
［2］唐韦思谦擢监察御史，常曰："御史出使，不能摇动山岳，震慑州县，是为不任职。"李白《赠钱侍御诗》："绣衣柱史何昂藏，铁冠白笔横秋霸。"又白笔，古时服官随身携带之笔，以便书笏。
［3］朱离，西夷乐名。
［4］后汉张纲，遣使循行风俗，纲独埋车轮于洛阳都亭，曰："豺狼当道，安问狐狸。"

五月十四夜月　六月二十二日

才过重午涨春池，一雨疑同梦觉迟。
可是吴刚斤斧钝？清辉竟似入秋时。

题黄祝焜为摄放船图

赤栏桥外碧漪涟，笑与何人共拍肩。
双桨来时春寂寞，桃花开后燕蹁跹。

听中国艺术团谭富英唱空城计集定庵句成一绝　六月二十三日

三绝门风海内传，耳根何福受清圆。
扪心半夜清无寐，苦费西邻买笋钱。

又谭富英演除三害唱太守之王濬感赋二绝

其一

三害驱除事岂难？多因包袱重如山。
屠龙伏己谁轻重，记有题诗郑所南。[1]

其二

南山猛虎水中蛟，未敌豪门恶霸敲。
到底男儿羡周处，一声闻过径须抛。

[1] 郑所南题《周处除三害图》云：“一朝周处奋英豪，三害皆除岂惮劳，纵屠龙虎不为高。”此诗亦极有教育意义。

中国民间艺术团到港演出杂咏三首　六月三十日

其一

山山相对野花开，来听清歌近水隈。
唱到为情甘一死，梁山伯与祝英台。[1]

其二

锄奸未许到承明，盗马犹能进御营。

岂谓绿林无好客，满怀孤愤望神京。

其三

又是歌声响遏云，绕梁三日几回闻。

草原千里翻身后，满地黄金烁马群。[2]

[1] 黄虹唱“弥渡山歌”唱到“蜜蜂本为采花死，梁山伯为祝英台”这两句，人们立刻联想到“化蝶”的一幕。

[2] 千里草原一歌，我特别喜爱“秋风吹来白云散，糜子谷子金闪闪。拉来机器修工厂，拖拉机遍草原”这几句。

题谭干的疏木寒鸦图片　七月三日

残照西风倒影低，平郊草色最凄迷。

寒枝不碍鸦颜色，隔叶犹听哑哑啼。

荷花曲六首　七月四日

其一

洛神殊貌弄晴晖，十里荷香碧四围。

休作采莲秋唱看，凌波罗袜水仙衣。

其二

一曲清歌妙入云，人间天上总难分。

听来九陌声声慢，梦去湘江六幅裙。

其三

摇风翠盖田田绿，照水朱华冉冉红。

正是太平新景象，世间何处似天东。

其四

云鬟修鬓濯新凉，雾縠轻绡淡淡妆。

绝似霓裳羽衣舞，长天晓月水云乡。

其五

翠羽明珰照汉滨，凌波微步迴生尘。

水仙欲上菱花语，[1]应有移舟系缆人。[2]

其六

是仙是梦是诗篇？[3]飘若惊鸿婉若烟。
不侣彩云容易散，瑶池千顷飐风眠。

［1］菱花语，诚斋诗："幸自江湖可避人，怀珠蕴玉净无尘。何须抵死露头角，荇叶荷花老此身。"意极蕴藉。

［2］玉溪生句："水仙欲上鲤鱼去，一夜芙蓉红泪多。"又渔洋句："行人系缆月初坠，门外野风开白莲。"

［3］有说荷花舞是一首诗，真是先得我心。

狮子曲四首

其一

吐舌真堪发噱羞，奋髯当复谢兜鍪。[1]
腾翻羡尔醒能健，一跃居然在上头。

其二

休嘲腹蔽赤毛空，意气犹能托至公[2]
尚有滚球心事在，当年搏兔为谁雄。

其三

浪说南强胜北强，舞来姿采各当行。
似麟岂意头无角，[3]慑虎还应额作王。

其四

不随虎豹啮双鐶，[4]耻学讥诃下九关。
定是文殊花睡去，故教君得到人间。

［1］后山句："貂蝉当复自兜鍪。"

［2］后山诗《东山谒外大公墓》："一代功名托至公。"

［3］汉章帝元年，"安息国献狮子，形似麟而无角"。

［4］东坡："古鼎只耳兽啮镮。"

中国民间艺术团到港演出杂咏四首　七月六日

其一　草桥关看裘盛戎

草桥关外老臣心，鸟尽弓藏带泪吟。
不见韩彭犹俎醢，微怜马武亦临深。[1]

其二　庆顶珠中之谭富英

早分江湖老此生，谁知豺虎独纵横。
豪奴已遣征渔税，尚受官家板不轻。
无家不复须扃户，晒网终当绝跳鳞。
父女横刀向何处？伤心岂独一萧恩。[2]

其三　黄元庆之“打店”

狮子楼中血未凉，锄奸除暴尚刚肠。
何来十字坡前打，月黑天高孙二娘。[3]

[1] 在《草桥关》一剧里，饰姚期的裘盛戎，做工与表情的深刻，真是到了无以复加的地步了。当我们听他垂头叹气低声地说出“伴君如伴虎”那句话时，怎不叫人一面寒了半截身，一面又烧起无明三尺火呢！

[2] 当萧恩说着：“傻孩子呀！门都不关了，要家具则甚！”我想人们的眼泪都会夺眶而出的。可是像萧恩父女这样情境的人，世界上还多着呢！

[3] 十字坡前的武松与孙二娘，真是不打不相识。

奉酬桐薪先生和荷花舞三首　七月十三日

其一

吟鞭东指又天涯，谁把诗筒斗舞肢？
斜月晓烟怜梦破，荷花慵倚柳眠时。

其二

菡萏香飘逐月华，芙蓉城外醉流霞。
当年只惜韶光老，今日真逢解语花。

其三

野塘花发记初逢，难向波神识旧纵。
沉碧藕丝连拔刺，浮黄露冷滴疏桐。

广州北园小饮偕陈芦荻二绝　七月二十日

其一

白首归来费短吟，满园春色入帘深。
从教野竹迷幽径，一雨犹堪着屐寻。

其二

渐欲停杯未放杯，只应花底醉千回。
君看菡萏娇无语，滴沥偏宜带雨开。

在由穗至北京火车上至湖南境题王燕屏手册

七月二十一日

楚水湘云路正长，又来湖上看朝阳。
多情得似三更月，曾照狮城彩发凉。[1]

[1] 燕屏出手册索题时，刚过洞庭，车上震动，不能作书，至信阳时才写上。燕屏生于新加坡，自五岁时便回国内来，故有末句之意。

偶成句　八月七日

此行不为耽山水，别有登楼故国情。

辽河道中

不堪新月照行舟，又见横江古渡头。
千古出关人去后，辽阳音信几曾收。

游玄武湖　八月十二日

玄武湖边草渐黄，残荷犹记傲秋霜。
重来今日看垂柳，拂拂长条照夕凉。

断句

荷花已作娇人语，秋水何缘借夕凉。

补记偶得　八月十三日

扫叶门前景最清，几家临水去来情。
行人折尽官堤柳，绾得人间几送迎。

杭州西湖　八月十九日

编者注：《陈君葆日记》云："末句亦拟作'梦里'。五、六句亦欲作'泥欲滑''意俱迟'。"

好是西湖绝似诗，我来吟兴颇成痴。
吴山北走初分碧，越鸟南飞未有枝。
入棹波微泥滑滑，到栏云起意迟迟。
临流稍解飞鱼乐，清浅还从梦里知。

鹧鸪天一阕　与君重上最高楼　八月二十日

于杭州西湖楼外楼港大师生宴杭州民主青年联合会及学生联合会诸同志席上，盖甚盛事，因成鹧鸪天一阕。

一雨西湖冷似秋，依然归梦滞迟留，白堤垂柳仍能绿，苏墓斜阳几段愁。　　山欲语，水平流，与君重上最高楼，何年解得闲滋味，还与韶光烂漫收。

绝句

其一

湖面风来暮雨收，平桥疏柳影飕飕。
水深不碍双峰在，相对无言各自由。

其二

鱼跃鱼沉各有情，衔花喋影两轻清。
无人会得观鱼意，濠上争如济上名。

鹧鸪天二阕

编者注："晓风斜日"原作"浅斟低棹"。《陈君葆日记》云："拟改'犹怜'。次句拟改'晓风斜日足清欢'。"其二，《陈君葆日记》云："'宿雨'仍改'暮雨'较宜。"

其一

借得湖光十亩宽，晓风斜日足清欢。罗裙记湿青菱小，绿菊应怜玉指寒。　寻旧梦，料应难，水边篱落意阑珊。莫愁艇子当年事，载得横江小阿蛮。

其二

湖面风来宿雨收，平桥疏柳影飕飕。水深不碍双峰在，相对无言各自由。　沽美酒，送吴钩，几翻沉醉倚红楼。明朝酒醒留题处，拍遍栏杆泪记收。

如梦令一首

编者注：《陈君葆日记》云："呼美酒，他们酒醒留题处。'往日'改'犹似'。更想全句也改作'犹似（惆怅）落花时候'。"

楼外湖光如酒，柳色着人依旧。浅醉未全消，渐觉晚凉新透。搔首，搔首，往日泪痕双袖。

无题偶成句　八月二十一日

红尽樱桃黄透杏，故国春色依然，柳荫微漏聚人天，落花风淡荡，斜日燕蹁跹。

西湖月

夜由杭州至穗火车途中，午夜一时，月出东山，照耀如同白昼，如此良夜，真有点舍不得西湖，有感成五律一首。

今夜西湖月，何人放棹看。
影怜千里共，高识十分寒。
玉宇尘纤绝，波心荡欲翻。
早知才小住，应乞效微官。

鹧鸪天奉和易剑泉先生　八月二十二日

杭—穗火车途中，易剑泉先生赠鹧鸪天一首，中有“过江裙屐欢犹昔，入彀英雄老未成”之句，因即奉和原韵如下。

投老犹能荡守轻，湖云池树与持平。入帘冷月秋先到，听雨残荷梦不成。　江水曲，柳塘盈，南山君眼逊常青。年来几件称心事，最数河梁识马卿。

杭—穗火车中路过粤北坪石有作四首

其一

半夜起看斜月落，四山云起石粼粼。
一峰才过一峰回，百转千湾滟滪堆。

其二

自是粤中山水异，何人为教五丁开？
海气沉沉漫远山，直教飞鸟度重关。

其三

恰是路回千百转，那边端见半开门。
道旁千树犹如此，何人写得画中来？

其四

云峰一角涌冰轮，缺处犹如近海滨。
倒影若教千里白，浮槎玉宇净无尘。

食杭州水蜜桃用百庸百亩大桃韵　八月二十六日

登盘水蜜灿流露，归去何当载五车？
商略图书予方便，重来还拟咏桃花。

杭州西湖滨望戚继光纪念塔三首

其一

倒影游鱼欲上梯，石栏苔碧压湖泥。
雷峰塌后增南望，突兀孤悬水竹西。

其二

浙东飞雨又纷纷，塔影澄波向夕曛。
惆怅海疆氛未靖，教人时忆戚家军。

其三

当年博览会宏开，铁网珊瑚惜铁材。
尽有新书能纪效，盈庭今见不凡才。

挽瑞星先生联　八月二十八日

子足以克家，横海浮航，自有陶公规宛在；

情胡能自已，道山归辙，可堪徐孺涕先零。

西湖观白莲花寄桐薪三首　九月六日

八月十九日，重到西湖，与内子云卿，同学郭正文、何临汾、阳天游、胡韫玉同游西山公园，过花港，见白莲花，忽忆桐薪荷花舞诗“真如月白吹香夜，共在风薰解愠时”之句，感而赋寄三首。

其一

晓露垂垂绝点埃，清香犹自压湖来。
孤芳不肯随摇落，应是名花待我开。[1]

其二

解愠风薰语欲膺，玉簪斜坠斗轻盈。
如何月白飘香夜，更隔瑶台十二层。

其三

湖海风流几俊人？亭亭真欲唤真真。
共同南浦窥莲步，来向西湖貌洛神。[2]

[1] 我们北行至长春时，已闻台风猛袭东海岸地区，杭州当其首冲，受害最甚，老树乔木被吹折拔起者达三分之二，比至其地，则唯见曲池湖岸多为败荷，而花港所见白莲，亭亭独秀，殆其残存仅有者，然清香一脉，触人鼻观，于是天游不禁叫道：此花直待我们开者！当时为芬芳所感，几至忘形如此！

[2] 桐薪诗第二首有“令向瑶台观妙舞，与君同此爱莲花”之语，余以七月十四日离港北上，不克偕往重观民间艺术团最后数日之演出故云。

和雪琼楼游惠州西湖诗　九月十七日

读雪琼楼诗，清新可喜，尤爱其惠州西湖闲望一韵，因忆廿年前曾至其地，笔痒辄依作和，并寄李东荣以示曲庵。

看尽西湖数点山，杖藜归处碧桃闲。

百花洲畔人何在？依旧孤鸿独往还。

浅水湾看月 九月十八日

八月十五前夜，偕逸如、幼文、云卿、云玉到浅水湾看月到中夜才回来，有句。

迢递山河待月圆，澎湖东望朱瓯全。
何当一棹中流楫，回首渠魁缚九天。

贺新晚报六周年志庆 十月三日

五年片语重连城，一纸风行最有声。
笔傲秋霜殊俗调，望凭高眼识新晴。
移谈入夜思茶座，纪庆联欢到酒盟。
自是百花齐放日，权舆端复赖争鸣。

张菊先生九十寿诗 十月十二日

耆德由来重九州，称觞白发几平头。
传经心事思秦胜，橐笔风流类孔丘。
喜见书成赓四部，定知兰发足千秋。
何须更结香山社，灵杖时携到上游。

感事 十月十六日

汉家依旧霍嫖姚，瘦马胡沙气尚骄。
犹有制鲸身手在，西风落日又萧萧。

悼彭泽民先生 十月十九日

壮岁图南识郭隗，暮年谈笑到盐梅。[1]

駚音早记开言路，灵药宁教秘外台。
共伫河清耆宿在，岂迟花发雪霜摧。
何堪更向西州过，一恸犹为天下哀。[2]

[1] 余从一九二四年始识彭泽民先生于吉隆坡，时先生正主持雪兰峨《益群日报》事。

[2] 又先生力倡中医不可偏废之说，主张创设中医研究，盖数十年如一日。

次遐翁喜晤韵一律　十月二十二日

百载陵夷肯便忘？潜锋今见砺秋霜。
犹劳南望归迟燕，应是楼高月满梁。
怀璧路迷江欲雪，断金心在类能方。
最怜蓬岛新传语，头白征人尽望乡。

致廖恩德　十月二十三日

冰雪聪明两异姿，斜行小字入清时。
束脩且未尝无诲，况得英才教育之。

题玫瑰岩本事绝句六首　十月二十五日

编者注：香港有电影《玫瑰岩》。渔家女玫瑰与青年阿李青梅竹马，玫瑰被渔商阿六迫嫁，最后，玫瑰、阿李于黑石岩投海，此后渔民于此地遍植玫瑰以纪念。

其一

生长渔村寂寞滨，承平鱼鸟最相亲。
岂知竹马青梅好，潮打偏成失意人。

其二

世事原多说不平，堪嗟老父太无能。

如何贪恋杯中物，误许娇儿作小星。

其三

含冤多见只呼天，王法何曾弱者怜？
一错铸成千古恨，分明作恶是金钱。

其四

新筏编成适那方，移家暂拟避强梁。
不图尚有衣冠兽，一意人间好事伤。

其五

江干凄绝古今情，几个萧恩泪暗倾？
不敢横刀单手汉，却思自尽了残生。

其六

杂沓歌声月在衫，来帆去棹口三缄。
何从更问渔家傲，千古伤心玫瑰岩。

祝培侨中学十周年校庆 十月二十六日

百亩之间看殖荒，当门锄莠未全忘。
能严定是情无类，不屑宁知教有方？
岂为稻粱亲翰墨，直思幽眇致张皇。
十年树木逢新运，喜见材成作栋梁。

九龙暴乱事件愤而有作 十月三十日

锄奸耻用奇文字，疾恶犹嫌唠素心。
直欲提刀身上马，犁庭扫穴破阴森。

送颜世亮天竺之行 十一月六日

此去西天住，宁殊王子期？
石头仍道滑，云意肯教迟。

大块长噫气，吾生未绝知。
送君无别语，归梦及清时。

得靖老书有诗并问对时局意见因赋二绝以报

十一月七日

其一

西海波掀白日昏，玄黄龙战义何存？
已知反殖腾群动，待看翻身一转坤。

其二

翘首𬨎轩下德音，如何狐鼠制陵侵。
只应北望开新霁，颂语南辕凛水深。

次荫普闻以埃战事爆发英法进兵埃及感赋韵

十一月八日

编者注：荫普，黄荫普。

甘为戎首独何心，强夺邗沟肆迫侵。
谁信约盟言足恃，竟教戈室衅相寻。
残民以逞疑时异，与日偕亡惧陆沉。
重省奠边应记取，同仇疾恶并忧深。

咏埃及事四首　十一月九日

其一

西海东头漠漠云，戎车飞箭又纷纷。
能强自是翻身后，得道终成不世勋。
金字塔边神共愤，尼罗河畔吼应闻。
必争寸土豪雄语，举世何人不仰君。[1]

其二

才画鸿沟未绝秦，沉舟射火竟何因？
反侵抗暴知多助，联压声援大有民。[2]
不信金元能独霸，只愁钱路可通神。
凭栏又见潇潇雨，怒发思看气一伸。

其三

沉沙锋镝认前朝，可有拿皇小字雕？
易代恩仇谁更论，扶危消息总飘萧。
犹传樽俎能冲折，已见干戈罢协调。
千古安敦如起问，只应幽恨不曾销。[3]

其四

阿布湾头纳耳孙，居然一胜肆鲸吞。[4]
霸图直欲囊寰宇，捭阖焉知启祸门。
百载经营巢燕幕，两场欧战失雄藩。
可怜日暮悲泥足，累汝邱翁虎气蹲。

[1] 闻纳塞尔勗其国人抗敌，有“寸土必争”之语，壮哉！

[2] 苏彝士运河问题初闹出国际间纠纷的时候，那时上海市民在文化广场开大会支持埃及的正义斗争，参加开会的达二万余人，情况至为热烈。文化广场即从前法租界跑狗场地点。

[3] 百五十年余前，英法互争霸权，作战于埃及；今则联合以谋一个“还没有足够的自卫能力的”联合国会员国，这恩恩怨怨，将如何说？安敦是指罗马时代的安敦尼，说者谓彼遭尼大维排挤后，本拟复兴古埃及帝国。

[4] 阿布基尔湾在埃，英国纳耳孙海军大将曾率舰队于其地一战胜法。时一七九八年事也。

深水湾晒太阳望海　十一月二十五日

远水波微天与邻，侧身西望浪鳞皴。
沙边拾贝诚何意，不见当年蹈海人。

贺陈海鹰雷耐梅结婚　十一月二十七日

陈海鹰、雷耐梅二君旅行结婚，返港后置酒金陵酒家，欢宴友好，诗以贺之。

其一

行尽江南数千里，可曾真个倒骑驴？
定知去日先占凤，已教归来共鹿车。

其二

琪树珠儿耐折攀，十分春色到人间。
好凭驰誉丹青手，描入双眉斗远山。

周恩来访问高棉渔镇五首　十一月二十九日

其一

岂比如棠访钓纶？炎方群仰汉仪新。
贝昂小艇听渔唱，西哈亲王作译人。[1]

其二

汉越原来是一家，宁分稻麦与桑麻？
二征祠庙輶轩过，喜见君来独献花。

其三

嘉果尝新荐玉盘，郊迎十里万人欢。[2]
湄公河上清秋月，几照行人獬豸冠。

其四

唇齿邦交见夙情，至今犹记吕嘉名。[3]
伏波横海诚何事，樽俎还应愧陆生。

其五

双鲤冰盘赤玉鳞，遥岑远浦亦天民。[4]
风流人物谁今数？笑与渔家指北辰。

[1] 渔镇在金边贝昂希腊累地方，周总理到时向民众讲话，西哈努克亲王为传译。
[2] 周恩来每至一地，民众郊迎数十里，真是万人空巷，当中尤以抵河内时情况至为热烈，欢迎者逾十万群众。
[3] 吕嘉抗汉廷之暴，曾议西连交阯，其后败逃入海，恐仍为投奔日南。
[4] 报载，渔镇的渔民送给周总理的两条鲤鱼，每条重逾三十公斤。

悼九龙暴乱事件死难工友同胞 十一月三十日

忍说危邦白日昏，壁观豺虎曷心存。
焚书只道唯秦政，阶乱今知有美援。
万目共瞻谁雪恨？千年化碧草含冤。
最怜铁钺捐躯地，潮打湾头尚血痕。

和靖老韵并柬毛云龙伉俪三首

其一

四海升平正右文，喜公诗句诵声闻。
又来酒热酣歌地，定有嘉音净俗氛。

其二

湖水涟漪韵独清，湖云池树每关情。
何时越秀楼同上，一唱人间醉太平。

其三

漫道归来步不前，那边人自杞忧天。
何曾一水能终隔，白首犹谈越绝年。

寄万人绝句十三首并系二十八字代札

其一

岂独怜君也自怜，从来文士爱高眠。
宁知零落干戈后，惟有清风不费钱。

其二

尺书迢递隔风烟，一别松枝不记年。
剩有居夷篇什在，月时犹得伴孤眠。

其三

每忆天南一面缘，空留翰墨苦无毡。[1]
游人共道榴梿好，不解流连愧百钱。

其四

客衣初识季方贤，国事蜩螗语万千。
疾首生灵涂炭日，避秦何敢思斜川。

其五

亦拟穷陬借一庐，分花乞竹事耕烟。
不禁天际归舟望，梦绕池南草木妍。

其六

归来一度效微涓，虏骑来时惧鼎迁。
赤帜飘扬人渐老，白头初见太平年。

其七

艰难禹稷为民先，土改功成迹迈前。
此是翻身千古事，未应得意忘蹄筌。

其八

也曾拓笔抚陈编，枉就佉卢学计然。
北走幽燕南走越，几回将恨载归船。

其九

江南景物故依然，岭海风光未让妍。
远挹西来千叠巘，平吞南溟九秋烟。

其十

秋山落日正堪眠，未办蒲芦买酒钱。
梦里欲寻彭泽问，问渠何处足调弦。

其十一

霜落时疑晚节坚，早衰蒲柳致便便。
年光最是情无奈，写尽人间百幅笺。

其十二

踯躅江头月正圆，江花抚赖草芊芊。
更谁识得蓬山路，闲对秋云一耸肩。

其十三

思君又到菊花天，用少何当换黑颠。
经国已知须老手，且凭诗酒送余年。

其十四

诗成未寄待来书，升斗宁论活辙鱼。
已叩司阍从点检，欲迟消息报春嘘。

[1] 余与万人在南中仅一面缘，尔后便天各一方，未再会面。

广州雨中参观商展　十二月十四日

珠海云山共物妍，千家商品馆云连。
曾观捷展还苏展，不觉申年又酉年。
第一汽车开纪录，十三行考付陈编。
莫嫌小雨肩摩至，已识霜颜礼少先。[1]

[1]“少先”谓少年先锋队也。

雨中过越秀湖寄叶启芳教授兼柬靖老香港

细雨斜风作薄寒，秀湖云树共谁看？[1]
课农近识轻工重，艺谷仍嫌水利难。[2]
一雨未云天下足，万方时见水云宽。
好凭谠论支时彦，广厦千间庇士欢。[3]

[1] 此次来穗，靖老赴香港未返，以是仍不克践互游越秀湖之约。
[2] 闻诸自三水抵穗旅客言，那边蓄水灌溉工程仍做得不够，今年又特别旱，所以晚造仍恐受到影响。

［3］叶启芳先生最近在广州市人代会关于照顾知识分子之发言，颇引起时彦称道及共鸣，亦百家争鸣之一好例子也。

海陆丰公学建校十周年纪念特刊题句　十二月十五日

千里钧深启后贤，何妨牌筑究陈编。
十年看到莲花发，犹是丰湖一脉传。[1]

［1］“莲花”谓海丰县莲花峰也。海陆丰旧属惠州，而惠州西湖有丰湖书院，故云。

西海归来客三律　十二月十八日

其一

西海归来客，翩然又上台。
如何谈浴日，竟尔颂侵埃。[1]
割席怜希墨，连兵侫莫莱。
若逢张伯老，[2]奚语对泉台？[3]

其二

千古伤心事，穷兵是祸胎。
犹闻收战犯，岂不戒殉财？
反轴盟犹在，临崖念未灰。
好凭新五项，一静釜鸣雷。[4]

其三

牙买湾头月，谁来酹一杯？
浪花淘欲尽，终古白鸥回。
折节哥伦布，浮槎博望才。
漫寻红印迹，犹有后人哀。[5]

［1］报载：艾登自牙买加晒了太阳回英国来，告诉人说，进兵埃及之举，实至为得计，否则联合国警察队伍便无从插足中东。细心一想，的确

有道理，天才政治家的创作，自亦不同凡响，世界的细人何从测其高深呢。

[2] 张伯老，谓张伯伦也。

[3] 似闻狄托说："法国参加侵埃，大足为社会民主党耻，而总理莫莱不得辞其咎也。"

[4] 艾登囊在张伯伦内阁时，固以反对轴心国家让步政策愤而辞职者也，当时曾大义薄天，今日岂利令智昏，铸成大错耶！目前翻然改辙，重整协商，殆舍五项原则没由也。

[5] 牙买加，红印第安人所称为"水国"者也，一四九四年为哥伦布所发现，然哥伦布固非以开疆拓土为素志者。牙买加一五零九年为西班牙占领，一六七零年转让于英，然至其时印第安人已绝迹矣。

早梅　十二月十九日

下午望窗外景物，斜阳草树，又刚经过霍氏花园见早梅开了，因有感书一绝。

红树青山日欲斜，愁肠不为酒杯赊。
横云冻合黄芽短，[1]又见寒梅着早花。

[1] 张佖《赠韩道士》诗："还似世人生白发，定知仙骨变黄芽。"

读菊老诗兼忆故乡梅花

年华逝水老犹难，况对芙蕖泪未干。
最忆故山清夜月，梅花一树北窗寒。

圣诞节的回忆　见圣诞贺年片有怀何永佶星洲兼柬佘雪曼伉俪罗志仁连士升暨南中诸友并序　十二月二十日

连日圣诞卡贺年柬，如雪片飞来。余素性疏懒，略于酬应，既愧琼琚之报，弥殷云树之思。昨读洪膺君谈圣诞节寄简一文，颇得"浊醪妙理"之意，欣然会心，因握管有作。聊成八韵，非关玩月之词；远寄一笺，犹是怀人之什。

腰缠百万君笑穷，[1]百石于今号富翁。[2]
好汲江清归钓月，[3]漫寻飞弹学追风。[4]
南枝绕尽头应白，北国飘来雪正红。[5]
回首故山清梦远，雪深时寄几征鸿。

[1] 何永佶先生《乘风纪游》上写道："十年前出国时，我是个百万穷汉，那时一百万元买不到一件大衣。"

[2] 余今年所得圣诞卡，何文静寄来的是一帧齐白石的画，上题着"大寿多利三百石印富翁白石"数字。是他八十八岁写的。

[3] 余雪曼先生好以己作画入圣诞卡片，今年所得为《钓月》一幅。

[4] 报载：泰国政府以明年为佛涅槃二千五百周年，决定禁止东南亚集团举行各种陆空演习。而罗马教皇最近亦致信"广岛原子弹牺牲者组织理事会"支持反对原子弹运动。看来一九五七年应该是和平年了。目前幸尚无以原子弹等凶器入圣诞卡者。

[5] 谓谢雪红也。北国固所谓"千里冰封，万里雪飘"之地，然红雪时亦见于西藏喜马拉雅山区中。

忆寄李春鸣先生　十二月二十三日

海国香浮梦正遥，[1]最难幽韵忆桐焦。[2]
笑仍白发三千丈，待濯横江午夜潮。

[1] 时梅花初发。

[2] 余初闻春鸣弹古琴《平沙落雁》一调系在甫抵星洲履华侨中学任后的一个学生晚会上。

读听雨楼笔谈记李越缦买妾自嘲一事因成诗三首伯雨进一解　十二月二十八日

编者注：伯雨，高伯雨，又名贞白。

其一

无钱偏爱学风流，君意宁堪问孔周？
自是孝三无后大，何妨帆力借轻舟。[1]

其二

谁是虚舟不系身？[2]江流濯足未嫌尘。
回头偶向花微笑，瓶钵生涯亦可人。

其三

坡老风怀肯自安？放翁应对佛灯宽。
人前白发簪花易，老去诗情入韵难。

其四

却扇岂无王氏女？道情偏有碧城鸾。
琴台日暮飙风至，尚爱残春一晌欢。

[1] 第一首非提倡“暖脚”论之意，伯雨休得误会，盖谓既云李越缦年逾知命，而膝下犹虚，则似不宜更以“偏爱风流”责之，至“无钱”则不得风流，恐月下老人亦无此规定也。

[2] 用澹归句。

偶成　十二月二十九日

太平宰相犹非易，想见和平总统难。
帝国人民终对立，和平资本岂相干。
侵朝败后余凶在，反赤逢艰隔岸看。
骂到无神观念论，当年底事复盟寒？[1]

[1] 杜勒斯骂共产主义为无神论。

元日书感　十二月三十一日

和平年定卜今年，[1]玉宇无尘冷战蠲。
已见秋河风浪静，[2]更欣鲛室水云连。

坛坫讵夺三军帅，樽俎仍虚一步前。
自是运均心未至，教人谈话忆炉边。[3]

[1] 尼赫鲁在巴黎语人云：“一九五七年应是和平年。”

[2] 杜甫诗：“牛女年年渡，何曾风浪生。”

[3] 尼赫鲁到华盛顿与艾森豪会谈，希望美国更踏前一步，然何时能降心相从，实仍一问题。平心而论，艾森豪虽非无旋乾转坤之干才，然晓然于时代转轮之趋向，揣摩历史变迁之大势，与曩时“炉边谈话”之罗斯福相较，似尚相去一间耳。

瓶菊一绝

迎此春光大地来，今年盛比去年开。
琼枝展尽黄金缕，曾记江头和露栽。

除夕一首

大地回春指顾间，且教杯酒驻颓颜。
拈花更向花微笑，明镜明朝看绿鬓。

一九五七年

经济导报创刊十周年贺诗　一月二日

大赂南金久拜嘉，岂同货殖话桑麻。
文章蔚起干戈后，欲数权威第一家。

咏事七律四首　一月十一日

其一

法西斯恐是前向，侵略今看面目真。
竟有艾森豪主义，岂无纳塞尔精神。
图穷匕见宁三户，虎拒狼前总一人。
凄绝安公纱帽冷，尚来严谴责西邻。

其二

真空侈道要填空，四海谁怜此困穷。
只为石油争垄断，不辞氢弹载艨艟。
门罗递向中东进，厚黑应难直北同。
竟是殖民新主义，枉教反殖慕宗风。

其三

听来恍到战边缘，一语翻疑闪电年。
挟弹记曾哀重水，帝盟奚事付轻烟。
愁仍西奈山前月，梦绕尼罗海上船。
以色列亡千载事，可堪兴灭又兵连。

其四

太息干戈动玉墀，盈盈一水沸秋池。
犹难巨象穿针眼，又见回民隔网丝。
瑶碧历程天路冷，低回朝圣大明迟。

是谁鹊波翻波浪，费尽梅郎乞巧思。

书途中所见　一月十二日

编者注：《陈君葆日记》一月十二日云："下午于大同六人茶座初次碰杯。陈文同（应为陈文统）主席谈至五时始散。"此诗显系写散席后归途所见。次日，陈君葆至璇宫观看《搜书院》演出时，应请"便写了几首"，其中第二首诗与此诗基本相同，"略更换了"，首句"忘"作"无"，第三句作"却怜忍死须臾待"。

生长谁忘父母恩，梦中何处碧桃村？
回眸欲语还含泪，脸上依稀有血痕。

至旋宫观工人业余粤剧团搜书院演出　一月十三日

编者注：《陈君葆日记》一月十二日所录共五首，第二首实非本日所作，具见《书途中所见》编者注。其二句三《陈君葆日记》作"却怜忍死须臾待"。

其一

富贵骄人自古然，同情心写入诗篇。
谁知五字飘蓬意，累却红颜苦命煎。

其二

生长谁忘父母恩，梦中何处碧桃村？
回眸欲语还含泪，脸上依稀有血痕。

其三

逃奔岂得作淫奔？火海红莲白日昏。
直是吃人豺虎地，何堪哭诉更无门。

其四

不信生来该命蹇，便鞭笞下作牺牲。
骨头稍硬终天见，要与人间正义争。

其五

戏假情真有重名，曲中红豆是新声。[1]
最令观众观摩处，带雨梨花绝续情。

[1] 周总理曾誉《搜书院》一剧为“南国红豆”。剧中做作最好，要推《柴房》与《私奔》两幕最动人。第二首即以昨《书所见》一绝略更换了第三句写上，并凑够的意思，而是途中所见一似舞台上今所见者的预告，故即沿用，且志偶合之迹。然世事固有甚离奇至不可思议者也。

观李铁夫画展　一月十七日

编者注：此诗未完。《陈君葆日记》云：“中午到历山大厦参观高谪生的书展……展览的还有李铁夫的画和字……画写的三棵树是有事实背景的，拟写一首诗……长歌只开端几句，未完也。”

铁夫三树树奇绝，烟霞啸傲凌霜雪。
同根励节寒无枝，疑伴幽人隐岩穴。

高谪生画展

不见君画且十年，[1]淋漓落笔何云烟。
山川奇气岂足宣，妙手偶得俗虑蠲。
刮目细看心欣然，使我归思动林泉。
丹青不知老两肩，着色欲无淡秋鸢。
象物趣易神难传，艺精笔老追前贤。
毕加索意芬奇妍。

[1] 忆上次画展，我看到的是在旧胜斯酒店为南方学院开的一次。

记梦　一月二十一日

入梦千秋业，图成未易知。

好凭新雨露，润泽及春时。

题张建南手册　一月二十五日

张君湖海士，寥廓几钦迟。
闲共蘋花语，还搜沧浪诗。
德宣资翰墨，道在及清时。
亦有逢春意，何当寄远思！

除夕晚会后诗未成置之补拟此书寄漪老

道别子高徒抗手，[1]西行李白更闻歌。
南来几个逢征雁，解得春风添绿波。

［1］《孔丛子》："子高游赵，平原君客有邹文李节者与相友善。临别，文节流涕交颐，子高徒抗手而已。"

四川艺人龚玉章制糍竹编扇

镜湖看海楚江分，百里春涛拍岸闻。
行处定云思濯白，月时休讶水成文。

读大公报刊马某中国游记有西安大鹅塔小鹅塔字样成一绝句　一月二十七日

直教雁塔成鹅塔，肯笑吾翁即若翁。
怪道吾儿是吾子，几曾通判半能通。[1]

［1］后二句盖指港督金文泰译招子庸《粤讴》序中"为吾子解之"，"吾子"翻作"我的儿子"也。

元日给廖氏伉俪补此一首

编者注：廖氏伉俪，即廖恩德夫妇。《陈君葆日记》所云“元日给廖氏伉俪一诗，加上一首”，未见元日所作诗。

明远楼边春日迟，清都草色上阶墀。
林园及健宜归置，莫待桐阴转午时。

东兴楼晚饭席间刘粤生等索诗赋此 二月八日

倚天放眼太平潮，尚有闲愁待酒浇。
便与屠鲸翻浊浪，风流人物看今朝！

春日雅集二首 春日文汇报雅集论毛主席十八首诗词李子诵金尧如刘士伟招饮东兴楼赋赠日本朝日新闻社驻港特派员大久保泰兼呈马鉴教授南潮涌温企鹰刘粤生诸彦 二月九日

编者注：其一句四“蚁”《陈君葆日记》作“绿”。其二句四“导”《陈君葆日记》作“说”。

其一

春到天南冷似秋，鸿篇清话思悠悠。
怀添蜜橘凝霜白，杯许茅台泛蚁稠。[1]
起陆龙蛇看斗转，[2]凌云健笔自兜牟。
酒边剩有闲风日，休与鲸鲵说自由。

其二

君到滇南向缅边，叮曾片马驻吟鞭。
仍收电笑归圆镜，[3]肯导慈航借铁鸢。
史迹未忘新战火，沉沙应识旧戈船。
百年重会知谁健，惆怅西风欲暮天。

［1］第四句谓以茅台所成之鸡尾酒。
［2］辛稼轩《沁园春》词：“看纵横斗转，龙蛇起陆；崩腾决去，雪练倾河。”
［3］“仍收电笑”句指大久保先生为周恩来总理留影，连摄三次，均忘却启塞门一事。

闻何永佶留京工作　二月十一日

归去乘风读纪游，喜君留下赞嘉猷。
犹谈变俗思胡适，应是崇资黜冉求。
挟策未妨陈战国，怀言终恚滞壶头。
莫愁抱负无投递，自有高人在上游。

得靖老诗并转雨亭札因系二十八字　二月十五日

春雪尚飘南北路，早寒应是雁来迟。
又从漪叟听新制，云锦裁成有远思。

和谈四首兼呈章行严先生　三月二十三日

其一

和战谁堪为国谋？但知乡里胜壶头。[1]
只应回望前修路，宁复西皇事远游。[2]

其二

饮水犹能冷暖知，寒冰初判语初迟。
群言已道和为贵，物极终看必反时。

其三

道尽人间款款情，无端歌哭亦苍生。
蓬莱隔岸临清浅，输与胡儿把臂行。

其四

归来云水一身宽，天地埋忧欲据鞍。

六万万人齐举手，可能无意更栖鸾。

［1］用王荆公句。
［2］次章行严先生史韵。

浣溪沙三阕　和陈凡先生韵　二月二十六日

编者注：其一下阕句一“梦”《陈君葆日记》作“望”；句三“红”作“梦”。其三上阕句三“篣”《陈君葆日记》作“篱”。

其一

地是炎黄七省通，洪涛羞见制艟艨，宁忘父老在江东？　半壁河山千里梦，车书今见九州同，更教何事泣残红。

其二

东海长鲸浪拍空，西山寇盗气犹雄，年时转变太匆匆。　十载人犹怀往事，一樽我欲酹江风，万重恩怨付漂蓬。

其三

王气金陵眼底收，岂尝岁月与人留，傍篣何处足优游。　插鬓欲嗟头已白，沐猴应笑耻同流，时危休更狎江鸥。

次和谈四绝韵　二月二十七日

编者注：其四句二“解征鞍”，《陈君葆日记》在旁标注修改云“也解驻”。

其一

耻为身谋为国谋，临危勒马好回头。
从知横海楼船日，最忆平生马少游。

其二

去国逃名似有知，何当西海复栖迟。
华亭鹤唳人犹在，况对风清月白时。

其三

多情莫似总无情，肯向闲中了一生。
犹是昔年携手处，弓鞋初着忆同行。

其四

百亩中庭地自宽，秋胡也道解征鞍。
琼台果是严霜雪，肠断当年吴彩鸾。

三八对联　三月三日

编者注：《陈君葆日记》云：“三八联改定如下，再寄与林泽圃。”据此，此联似应为陈君葆所作。

革命是吾有，岂更明时矜粉黛？
平权斯特立，且从模范论英雄。

郊行偶得　三月十日

翩翩蝴蝶影仍双，露榭云阶最忆凉。
伏地可曾听草长？抛家怜汝又昏黄。

大公报复刊九周年纪念贺诗　三月十二日

舆诵西流复到东，也凭疏鑿与齐同。
胼胝手足支援日，奔走堤防止塞中。
未必鼠狐看且尽，只应邹鲁望仍通！
九年禹迹欣回首，渐见渠成道大公！

题三河坝寄笺

编者注：三河坝，地名，在广东大埔。陈君葆友名万人，马来亚华侨，归国后定居三河坝，常与陈君葆诗词往还，此为附于信后的题句，故“寄笺”云云。

喋水凫鹥隔岸闻，遥看绝处陇头云。
绿章曾奏通明殿，乞借春阴没下文。

晨于床中得句思融熙因寄　三月十四日

六十知非尚隔秋，闭门思过岂无由。
偶同时世留名姓，肯与狙公作马牛。
发落未教随布袋，舌耕奚事更鞫韧。
回眸欲向人间笑，不是冤家亦聚头。

闻道明湖已解冰一语成诗寄云湘　三月十九日

闻道明湖已解冰，六年几看玉壶凝。
悬知白塔涟漪望，一卷芸窗倦欲登。

闻道明湖已解冰一语成诗未暇寄叠一章

今日何我更饮冰，春来南国尚寒凝。
犹然两地怀兄嫂，谁与层城一再登？

天将晓枕畔作　四月一日

病后夜深思往过，泪痕依旧枕斑然。
此身一似婆泥燕，回首沧溟四十年。

为赋南京凤凰台下杏花村杜牧沽酒处

时节近清明，东风恶如故。
江南最相忆，小杜曾游处。

十人画展不能观礼因写二十八字寄新晚报刊出以为贺礼　四月三日

十人画展三梁陈，[1]黄李伍吴并世珍。[2]
不是天机能独到，肯来海上认前身？

［1］梁荫本、梁道平、梁风、陈福善、陈藻泽、陈海鹰。
［2］黄潮宽、李流丹、伍步云、吴烈。

寒食节　四月四日

已近清明未破寒，棉衣换夹觉仍单。
此身岂便同枯木，咫尺蓬山梦到难。

山吊钟花二首　四月五日

其一

一枝开放到清明，十万金铃若有声。
留得落花心事在，唧泥双燕底知情。

其二

折来才是过年时，[1]曾见桃梅斗晓枝。
今日木棉花共发，未嫌寒尽独开迟。

［1］花云玉过年时折来。

清明偶成　四月六日

时节又清明，思家到松菊。[1]
思家可奈何，不得依骨肉。
岂伊我落后，暮齿念茕独。
云出有本心，老牛尚舐犊。
壮夫事四方，司农宁仰屋。
也知聚首欢，未抵天下禄。

[1] 乡间家中玫瑰、四月黄等花卉满庭园。

加拿大驻埃大使诺尔曼跳楼自杀二首　四月十日

其一

秦法何能便破觚，可怜续命不须臾。
望门投止谁张俭？一死身犹惜绿珠。[1]

其二

堪嗟敌气最凭陵，羽翼曾难避缴矰。
犹似临江王自杀，雁门无处射苍鹰。

[1] 诺尔曼到瑞典公使的寓所去跳楼，其始宁非“望门投止”之意？又论者或谓绿珠坠楼，仍不过妾妇之义，未能从高一处着想，仍为可惜。

春雨楼头十年事答方九楼一稿托金总编取回有感辄题一绝　四月十一日

衣冠不整访将军，[1]未道人前别解纷。
春雨楼头十年事，何曾短语拨疑云。

[1] 用方九楼原文标题语。

李凡夫画佛像张建南嘱题为书二十字归之

此心即佛心，此性是佛性。
解得凡夫旨，是超凡入圣。

高谪生追悼会因道路难行赋此诗挽之并托初俊带去 四月十三日

图南才道欲穷年，尚拟杨枝遍大千。
一病岂知成契阔，丹青零落泪潸然。

约旦政潮感赋六首 四月十八日

其一

初闻西海又扬波，议论兵疑已渡河。
十日雨飘风若定，杜郎春梦总蹉跎。

其二

倾国巡回一笑中，金牛蜀道远能通。
政潮本是家常事，山叔跟前便不同。

其三

风尘仆仆里查兹，争似张仪使魏时。
自是楚宫非郑袖，连横终未被秦欺。

其四

一篇挟策震人寰，欲遣诸侯尽入关。
谁料经援成怨黩，紧箍留着阿沙湾。

其五

蹈海曾闻耻帝秦，如公才是不凡人。

填空心事如悬镜，争奈胡王认未真。

其六

埃叙阿盟好看齐，只应长揖谢修鲵。
年来民族思潮盛，谁肯低头更向西。

百慕达会议绝句四首 四月十九日

其一

单刀赴会说来真，共识陪臣旧幕宾。
岂料石油浓胜酒，杯分不肯到思亲。

其二

中道胡能便弃捐，可怜异梦惜同眠。
血浓于酒殷勤语，第一难言是借钱。

其三

傍人门户又凄清，百载终输一局枰。
眼见中东狼入室，问渠何处最关情。

其四

缩军又道试氢丸，底事文成食马肝。[1]
已拙牵箩补茅屋，尚矜风急下危滩。

[1]《史记·封禅书》："上曰：文成食马肝死耳。"《汉书·辕固列传》："景帝曰：食肉毋得食马肝，未为不知味也。"此借用其意，言英国纵不试验氢弹，亦未见得因此就不是一个大强国。

题吊钟花 四月二十三日

疏枝不碍梦仍通，叶底洪声仰古铜。
已过清明春欲老，几回挥手送归鸿。

贺陈文统林萃如新婚　四月二十五日

不夸金屋住神仙，玉镜台前尔汝年。
占凤已教陈敬仲，入怀犹记梦梅边。

忆江南　五月二十一日

读谢松山著《血海》与《赤雅轩忆语》。不禁潸然，因题其上。

南回雁，系足有传书。一片降幡余血海，十年“忆语”痛池鱼。谁与问居诸？

次雨亭政协会议席上韵　五月二十二日

薄有闲情说道心，几回弹指到如今。
夜长梦怕无寻处，绠短时疑欲汲深。
从猎谏书防触突，似倾浮议恶蹄岑。
年来渐比湖云懒，能对汹溶更作霖。

读谢松山血海与赤雅轩忆语二著书二十八字以谢
五月三十日

读罢君诗泪数行，可堪血海话殊乡。
悠悠廿五年前地，又见含章忆楚狂。

读廖文毅在东京就台北示威事件发表声明愤而书此
五月三十一日

不识延平有郑词，宁忘廖二亦须眉？[1]

亏他汉字书姓名，竟直胡儿杀汉儿。[2]

［1］谓元末廖永安、廖永忠兄弟。

［2］廖氏声明称，美国军事法庭对于诺尔杀人事件的判决，系适当而公道的。这简直以美国殖民地视台湾了，岂复得称为中国人？“屏诸四夷”可也！

悼念盛家伦兄三首

其一

丝竹中年民遽伤，茗炉烟斗识刚肠。
可堪白玉楼中去，剩忆天街踏月凉。

其二

读报初疑事误收，田诗今已见穷陬，[1]
林峦顿觉追随尽，肯信人间尚黑头？[2]

其三

前年萧寺俯神京，记问琵琶怒目横。
绿绮不归春寂寞，凤楼应有断肠声。[3]

［1］田汉的悼章见《人民日报》。

［2］家伦头无白发，乃亦早逝，岂真所谓“过于俊发，恐必无年”者耶！

［3］绿绮台琴迄在南中，去年至京，家伦又复以为问，盖终不忘此也。

题文汇报一幅图片　六月一日

编者注：《陈君葆日记》：“在《文汇报》上看到一幅图片，是圣赫连拿岛上拿破仑曾住过的政府大广院里的五色‘约纳赛’，因题一绝其上。”末句“多少”初作“几个”。

万里波深日浴边，咸池无地葬庞涓。
凄凉百四年间事，多少英雄付眼前。

达儿来书道近以新观点重研中国历史题此示之

革命成功事本难，共同努力未应闲。
五千年史从新读，四百神州彻底翻。
烛短更思清漏永，雪深微怯早春寒。
犹闻托古称尧舜，堪笑驹鞠学孔颜。

鸡鸽鸠同笼鸠啄死鸽子二食其尸三只鸡袖手陈某某因判罚百元辄题二首 六月十五日

其一

鹊巢鸠占非新事，犬乳狻猊已旧闻。
奚意羽毛都啄尽，尚残骨肉更尸分。

其二

非关物竞理难安，慕义何曾到羽翰。
君自一鸣天下白，竟教袖手亦旁观。

给靖老信仅书绝句一首 六月十六日

小住从公十日谈，归来对月影仍三。
定知丹荔黄蕉熟，不废江头手一篮。

和曾靖老韵一首

珠海谁闻风月谈，琼楼高处鹿鸣三。
知公十日宾酬后，食野苹余尚一篮。

晨大雨得杂诗五首　六月十七日

编者注：陈君葆曾住香港跑马地凤辉台四号二楼，故有凤台句。《陈君葆日记》第一首后有注："舍东南，棕、枇杷、龙眼树。"第三首后有注："门前树菊艺兰他人事。"第四首后有注："一麻雀入户，纵之去。"

其一

东南一角绿荫丛，山雨来时细语中。
割取红泉声半树，漫将团扇扑飞虫。

其二

飒飒东风又雨来，芙蓉应伴菜花开。
如今手得攀龙眼，[1]当日人曾住凤台。

其三

尘嚣何处避余生，城市山林懒送迎。
补竹独思前日事，带锄归去若为情。

其四

颇闻四害驱除易，粒食思增事却难。
入户岂尝成鹏赋，[2]超生聊复为君宽。

其五

积雨檐声断复闻，晓昏漠漠割难分。
凭谁更与天公说，辐射尘教一治棼。[3]

[1] 龙眼树，凭窗可撷果实。
[2] 一麻雀入户，纵之去。
[3] 雨多疑为辐射影响。

应长城公司黄墅先生邀看白雪仙演帝女花后成绝诗五首 六月十八日

其一

散花天女幻前身，犹有维摩劫后尘。
三百年间回首处，文殊师利又何人？

其二

花貌倾城别有情，更从艺海萃豪英。
只应后浪推前浪，雏凤清于老凤声。

其三

一曲新歌取次闻，汉皋环佩着缤纷。
不观红豆生南国，犹带燕云馥共熏。[1]

其四

剑气琴心是故知，岂能无梦及清时。
闻韶未肯居夷陋，幼妇犹堪说色丝。

其五

花发春江感岁华，梨园弦管旧曾夸。
如何白雪歌成后，雨细风斜望尚赊。

[1] 周恩来总理誉《搜书院》一剧为南国红豆。

得靖老二十四日信附诗数首和韵 六月二十八日

珠海谁关风月谈，琼楼高处鹿鸣三。
知公十日宾酬后，食野草余尚一篮。

又次雨亭政协会议席上韵

闲情都付赏奇心，时彦文章独古今。

争晓山光浮黛浅，醉人花气入帘深。
却怜鹦鹉难为舌，且觉莓苔竟异岑。
江上柳烟笼雨意，潮声风动似成霖。

感事四首兼寄彬老东京　六月三十日

其一

法立奚尝异重轻，共存今道不平鸣。
如何休戚同关尽，尚有谁应领导争？

其二

鸣放翻教见肺肝，八年反侧未云安。
脱胎换骨谈容易，思想根源到底难。

其三

共企雄风致大同，坦途岂复梦能通。
自由已谢唯心论，犹恐污泥碍郅隆。

其四

上智还教利令昏，薄嫌政出尚多门。
何当细雨和风后，矛盾深深更挖根。

悼陈国泉先生二绝　七月一日

编者注：注释［2］据《陈君葆日记》补。

其一

执手相看两惘然，岂期三月竟风烟。[1]
海山归处添垂涕，[2]莫似人间爱酒泉。[3]

其二

慕义高怀国有光，照人肝胆砺殊乡。
去年烧券书仍在，几个如公具热肠？[4]

［1］国老初得病于香港，进养和医院调治，曾与执手相谈甚久，其后移归

穗垣就医，复于华侨大厦与晤一次。据医者诊断，其病仅能延时至三个月，不谓果然。

［2］白乐天诗：“海山不是吾归处，归即应归兜率天。”

［3］又国老颇嗜杯中物，友好每于宴席间以是为言，余亦曾劝以应为国家惜躯，然不能禁也。

［4］去年捷展时国老对华英会曾有奖券退欠之举。

竹园村访友兼忆李仙根先生五首 七月四日

编者注：竹园村，香港九龙地名。李仙根，孙中山秘书，曾居九龙。

其一

故宅都成瓦砾场，百年人事几沧桑？
又逢迁拆鸢飞地，执手无家泪两行。

其二

篷篷没个瓦遮头，屋漏千行雨暂收。
浪说大楼堪徙置，我闻徙置更担愁。

其三

相看无语立黄昏，寒入沙边尚几村。
云水故乡成梦到，竹西明定有啼痕。

其四

梅花村坞绝嚣尘，息影时还故老亲。
惆怅九龙山下过，独来秋唱更何人？[1]

其五

一望平沙到水隈，记曾带月弄潮来。
海心怕说当年事，何处于今有宋台。[2]

［1］李仙根先生有诗言九龙山下之梅花村，其收句云：“将军逐鹿归来后，山老能谈邓仲元。”邓仲元，邓铿也。

［2］隔宋王台对开海边不远有小岛，岛上有庙曰海心庙，为听潮佳处。现在岛还在与否，不可知也。第一次世界大战时，本有拆毁宋王台之议，

赖赖际熙先生致电伦敦，劝止其事。

英国蛙人克拉布　七月六日

断头非为燕丹报，敢死何尝是楚蛙。
潜水一从窥秘去，更谁重问故侯瓜。

读戴望舒诗有感三首　七月七日

编者注：其二句一“颓”《陈君葆日记》作“溃”。其二句三“愁”《陈君葆日记》作“秋”。

其一

芒鞋趋阙及清时，抱病携扶向玉墀。
曾是七年分手地，那堪重读望舒诗。[1]

其二

灾难来时岁月颓，悼情遗恨念灰灰。
诗家自解愁心苦，枫叶江云总费猜。[2]

其三

锦里西山事略齐，栖迟心事转凄迷。
闻谣记堕忠灵塔，橐笔犹传塞万提。[3]

[1] 灵凤有《重读望舒诗》一作，见《文汇》文艺。
[2] 望舒有《灾难的岁月》一作。
[3] 日治时期建忠灵塔于金马伦山上，童谣云：“忠灵塔，今年建，明年拆!”说者谓系戴望舒所制之。

重过萧红墓二首　七月九日

其一

看尽鱼龙恨未消，乱余无处问秦焦。

是谁此为埋香骨？潮打从沙慰寂寥。[1]

其二

白山黑水是君家，魂梦应难忘永嘉。[2]
记否土边闲岁月，有人曾放束山茶。

［1］戴望舒先生《萧红墓畔口占》云：“走六小时寂寞的长途，到你头边放一束红山茶。我等待着，长夜漫漫，你却卧听着海涛闲话。”

［2］庾信《哀江南赋》：“逮永嘉之艰虞，始中原之乏主。民枕倚于墙壁，路交横于豺虎。”

送袁随善成莹犀伉俪北上　七月十一日

编者注：句一“处”《陈君葆日记》作“地”。

犹是去年相送处，今看携手若登仙。[1]
好凭大辂椎轮手，欲与扬帆济巨川。[2]

［1］去年与成莹犀女士组织旅行团北上参观，袁随善先生到车站来送行，今次则贤伉俪联袂偕行，归去参加建设，可贺也。

［2］袁随善先生精研造船术，故有末句之话。

再寄曾靖老叠前韵一首

时平岂复事清谈？学社今闻重九三。
已见铁冠横白笔，独惭野老尚提篮。

忆一九二一年放洋时作三首　七月十七日

编者注：注释［2］据《陈君葆日记》补。

其一

听雨楼头春晚，拈花云外秋残。

留眼年时绿意，那堪回首阑珊。

其二

卅六年前此际，扬帆南海毡拿。[1]
今日望洋兴叹，不知春在谁家。

其三

挥手罗巾映雪，迎头白浪翻山。
消息人间已换，悔曾绮语征蛮。[2]

［1］当时搭中国邮船公司第一艘轮船“毡拿号”往新加坡。
［2］当时颇抢“声教暨南方”的见解。

飓风过后作三首　七月十八日

编者注：其三句三“道”《陈君葆日记》作“遣”。

其一

一夜惊飙雨似麻，[1]晨添千百叹无家。
怜渠小字呼云黛，折我临江百幅花。

其二

大雨来时似决河，宁关辐射致滂沱。[2]
年来屡见山洪发，恐是锄泥落已多。

其三

船头浪打石尤风，梦里闺人百处同。
莫道无鱼难下箸，待收菜甲慰兰丛。[3]

［1］据报载，飓风“云黛小姐”过香港，新界元朗、荃湾、沙田一带不少地区遭水淹，有一千五百余人无家可归。杜甫诗：“雨脚如麻未断绝。”
［2］有人证明说，今年雨量特多，亦与辐射尘未必有关系。
［3］在飓风影响下，鱼菜均告涨价。然渔家舟子之生活，实最苦者。

报载粤中今年早造丰收因喜极赋二首　七月二十一日

其一

农事忙来遍九州，粤中早稻报丰收。
已教留眼千斤县，还拟身登百尺楼。
春色木棉红胜颊，秋畦菜地绿如油。
何时招手东山月，好与同归醉跨牛。

其二

增产鸡豚亿万头，从兹食肉定无忧。
携来社酒添新户，喜见平沙作绿畴。
客梦纵虚云水计，鹤闲犹有稻粱谋。
营巢好趁花时节，休更晴阴问两鸠。

报茶座主编索散文稿兼柬霜厓

一纵分合话茶余，六相重寻百不如。
说与霜厓重抖擞，且将寒雨试耕锄。

深夜有风至　八月九日

凉意先秋至，何缘送雨来。
疏帘仍透月，已见暮云开。

萧红同志迁葬悼念仪式挽联　八月十一日

南海待招魂，回头十六年间，听尽劫后风涛，剩有余灰征浩劫；

故山能到梦，极目三千里路，归来生死场地，好依云水慰平生。

以诗代札　八月十三日

谢松山赠给张建南《血海》和《忆语》两书，托为转送，顺媵一绝。谢松山两著寄来已多日，以有远行未及即为走送，书此并致歉意。

南海蛮笺十样装，诗成寄我滞闲箱。
蠹鱼莫讶穿花尽，犹带秋光适莽苍。

致靖老咏罗帐绝句一首　八月十八日

昨夜秋风透帘幕，月明倦起罗衾薄。
已教缀就碧纱幮，待看晓烟笼芍药。

过广州五眼桥　八月二十四日

五眼桥边过，摩挲石记年。
水流分四至，里择重三迁。[1]

[1] 时三妹有迁居之议，曾嘱其细加考虑。

游六榕寺诗　八月二十八日

七级浮屠认未真，千年史迹亦成尘。
六榕不见他年树，一塔能留不坏身。[1]

[1] 六榕寺花塔，建于萧梁时，实九级，远望如七级。寺门有联云：“一塔有碑留博士；六榕无树记东坡。”寺塔屡经修建是实。

曾府（曾靖侯府上）居停

编者注：《陈君葆日记》题作“文明路一一九号曾公居停”。

疏枝不隔读书声，接叶巢莺压凤鸣。
一角白云欣入望，小楼低处夕阳明。

过流花桥　八月二十九日

草色春光入梦频，绿杨低舞旧腰身。
流花桥水纤纤月，曾照昌华苑里人。

从越秀山西北望苏展馆一带地

郁葱佳气壮山河，千古佗城阅历多。
碧瓦朱栏新建设，春山秋月旧烟萝。
楼台已改浮珠碧，疏凿思翻浴日波。[1]
回首昆明池水远，楼船曾记下牂牁。

［1］闻拟凿湖自北秀至荔枝湾。

纪游诗二首寄靖老　八月三十一日

其一

不识西来路几千，明湖草色绿云连。
又来树下临风语，寂寞人间已百年。

其二

倒影垂垂树作花，绿荷深处又秋华。
高枝漫学寒蝉唱，还与凫鸥喋浅沙。

珠江泛棹

行尽龙津路，还寻荔子湾。
扁舟江岸阔，流水白鹅闲。

拟泛浮生宅，来过社会关。
停桡问新俗，非复旧香鬟。[1]

[1] 水上人家生活经过一巨大转变，已非复旧制度下之不合理可怜状况。旧时代之所谓“珠江风月”，亦一去不复返了。目前沙面一带，靠江边便可看到水上人民的小学和业余补助学校等机构，鳞比栉次，迥非向所能梦见者，谓非“成绩是首要的”，可乎？

广州江行杂诗三首 九月一日

其一

折枝不识森林大，观海时忘涓滴微。
还与细人勤细事，莫轻毛羽倦翚飞。

其二

日暮临江立，奇峰看远云。
疑从残照里，细教水天分。
缺月仍秦镜，江风动楚云。
欲将前席语，低首问灵均。[1]

其三

息影江皋别有情，蕙兰休笑我无能。
秋风已自窥人意，明月宁辞伴独行？

[1] 时赠一屈原像与云湘纪其北行。

致靖老 九月二日

风雨对床思夜话，眼前挥汗迫炎氛。
且期后约凉秋至，菊影鲈鱼细论文。

偶书 九月三日

心事真成絮一堆，劳劳亭畔几开怀。
明知南雁都飞尽，犹向长天望几回。

送人北上四首 九月四日

编者注：此诗是陈君葆于一九五七年暑假，到广州与小女云湘欢聚后作，在广州大沙头火车站送她返京。

其一

执手扬巾无一语，回头重省有千言。
当时底事说不出，只道梅花休断魂。

其二

千里迢迢上玉京，跨江逾岭看河清。[1]
前年别处重挥手，应笑今来白发增。

其三

也知此别更依依，看竹成森映翠微。
记绕井栏添个个，江风吹月上人衣。

其四

粤江水碧粤山晴，万木森森照眼明。
路转峰回经过处，残蝉应是带秋声。[2]

[1] 三门峡水坝筑成后，河清可计日而待也。

[2] 粤北山水，清秀绝伦，林木深菁，娱心悦目，铁路蜿蜒群山中，有时真有“山穷水尽疑无路，柳暗花明又一村”的境界，而此时车过粤北，又应是秋高气爽的季候了。

珠江畔看月

潮去潮来几个秋？滔滔江水又西流。
不知今夜孤舟月，谁与同登海上楼。

谢颜洁龄赠馈月饼二首　九月六日

其一

笑你犹存旧作风，秋来未忘问园菘。[1]
可能化饼疗饿众，眼底箪瓢几个空。

其二

朗月清风海国情，莲花灿舌负时名。
如何步入蟾宫去，犹向人间理讼声。

[1]《南史》："周颙清贫，文惠太子问颙菜何味胜，颙曰：'春初早韭，秋末晚菘。'"

寄刘仲英七律　九月七日

编者注：注释据《陈君葆日记》补。

不识何人有热肠，怜君贫病耐秋霜。[1]
似难计谷思刘恕，尚想推贤慰子长。[2]
拭目寄书惊断语，喻怀移柳自含章。
蝇头又见歪斜字，知是持毫脑太伤。[3]

[1] 已为他写了一封信给李崧，请他酌量减收诊费，不晓能否发生效力！
[2] 宋刘道原笃好史学，司马光编《资治通鉴》，遇纷错难治者，辄以委恕。王安石欲引三司条例，恕以不习金谷为辞。

[3] 君第一封书语多脱字，至不成句，第二封书较好，然字仍歪斜，似病已深矣。

贺文汇报九周年纪念

海内文章称汇泽，江山时见不凡才。
好凭领导开风气，结集群思静九垓。

浅水湾迎月（八月十四日）二绝

编者注：浅水湾，香港南面一个著名海滩，风景优美。

其一

沙边短影断人行，风至微闻惯听声。
隔水烟花看又尽，独留明月待潮生。

其二

应是凉初梦不成，夜深休恨露华清。
明来可有今宵月？未必圆时最有情。[1]

[1] 时浅水湾海景酒店正高放烟花，自中湾隔水远望，别饶佳致。

从越秀山西北望苏展馆一带地

编者注：越秀山，广州名山，现为越秀公园。

郁葱佳气壮山河，千古佗城阅历多。
碧瓦朱栏新建设，春山秋月旧烟萝。
楼台已改浮珠碧，疏凿思翻浴日波。
回首昆明池水远，楼船曾记下牂牁。[1]

[1] 穗苏联展览馆右侧为陆军医院，从越秀山上远望，碧琉璃瓦映入眼帘，苍翠间更觉悦目，然后知广州市绿化程度之深也。闻城市建设计划，

将由此开凿一湖，接连北秀，远通荔湾，想见湖完成时，直一昆明池也！

过竹园村　九月九日

编者注：竹园村，香港九龙地名。

白道萦回日欲斜，拆迁声里又驱车。
仍为寇盗逋逃薮，不见龙城守吏衙。[1]

[1] 黄遵宪《人境庐诗草》香港感怀十首："盗喜逋逃薮，兵夸曳浇河。"目前九龙城寨已不见，只余"衙前围道"之名了。鉴于去年暴乱事件谓为盗之逋逃薮，不为过也。

八月十七夜月　九月十日

减却清辉未碍明，盈虚消息每关情。
嫦娥岂必思灵药，一样人间着别声。

寄靖老附偶成一律　九月十二日

打叠闲愁向晚多，真疑无地可包罗。
源泉滚滚时流语，身世悠悠醉里歌。
重检旧诗怀旧雨，望穷秋水落秋河。
思君岂似君思我，载酒连峰得再过。

六十初度　九月十四日

白发齐头数，应知昨日非。
放怀千古事，入手寸心违。
履薄寒冰至，惊秋落木稀。
共谁思绝调，弦细一探微。

光孝寺观诃子林与菩提树　九月十九日

一叶轻纱欲写真，[1]半林诃子未成尘。
如何留得千年树，尚有菩提自在身。

[1] 陈恭尹《菩提树》诗云："落叶为轻纱，虚明复堪写。"

游光孝寺访任嚣墓遗迹

断碣难从问海滨，桃花流水失秦人。
不知何处任君墓，犹是虞翻苑囿春。[1]

[1] 光孝寺本尉佗元孙建德故宅，三国时吴虞翻谪南海居此，废其宅为苑囿，时人称之为虞苑。翻卒，妻子还吴，始施其宅为寺。记载谓秦南海尉任嚣墓，在南海县治西北二里，又谓光孝寺后旧有楚冢，宋时有发之者，得宝玉剑佩之属，因有疑楚冢即任嚣冢者，盖以南海县治西北二里，光孝寺正其地也。《元和郡县志》亦称墓在法性寺东南四十步，然近人则有谓任墓在净慧寺东，即今广州市解放北路省交际处地点，疑证据不足，未可遽定耳。

登越秀山远望光孝寺大殿后木棉树

独树临风见秃柯，[1]翘翘几度影婆娑。
蹑衣遥望千林碧，喜汝新来得日多。

[1] 光孝寺后一木棉，远望如孤标高迥，疑是市区中最高之一棵。

越秀山最高处小亭闲望同循陔老

俯仰之间鬓各霜，涤愁应不到刚肠。

闲花小草商量遍，还与茅亭倚夕凉。

集山谷句三章

得达儿四日自大连寄书，中有“今天把事办完了，慢步踱至老虎滩”一语，时余适读山谷诗，顿忆“痴儿了却公家事，快阁东西倚晚晴”之句，因集山谷句成三章。

其一

寻遍渔翁野老家，[1]山明松雪水明沙。[2]
痴儿了却公家事，[3]秋入园林着晚花。[4]

其二

橘摘金苞随驿使，[5]竹林风与日俱斜。[6]
秋毫得失关何事，[7]三径还寻二仲家。[8]

其三

寄远如开水墨图，[9]千金求买市中无。[10]
声名本不关人事，[11]我适临渊不羡鱼。[12]

[1]《以虎臂杖送李任道二首》。
[2]《上萧家峡》。
[3]《登快阁》。
[4]《同刘景文游郭氏西园因留宿》。
[5]《戏咏江南十风》。此时江南也应是橙橘熟的季候了。
[6]《同谢公定携书浴室院汶师置饭作此》。
[7]《思亲汝州作》。
[8]《暮到张氏园和壁间旧题》。
[9]《次韵寅庵四首》。
[10]《谢送宣城笔》。
[11]《次韵谢公定王世弼二绝句》。
[12]《池口风雨留三日》。

罪酒

浪说芙蓉能却病，何曾鲁酒得忘忧。
始知浅醉文思滞，迟我新诗十二楼。

为华革会撰三联　九月二十日

其一

八载抵得一百年，成绩首要；
十月腾允六亿众，计划称先。

其二

待三个五年计划成功，繁荣在望；
又一次六亿人民胜利，国庆当前。

其三

拥护世界和平，看人民团结一条心，宁甘落伍；
建设社会主义，为后代幸福千年计，欲着先鞭。

戏问台风小姐　九月二十四日

才道姬罗求去也，如何菲尔又西来。
岂真有个朝云在，竟要先生杖履陪。[1]

[1] 报载：在香港肆虐之台风“姬罗莉亚”小姐刚离开香港一百三十余里，但另一股台风“菲尔小姐”即自台湾小吕宋间向西移动，作威胁香港姿态。

登越秀山遥望三元里书所遇　九月二十五

忘却西来客几千，狼烽曾见扰炊烟。
游人遥指三元里，谈笑英雄事记年。[1]

[1] 登越秀山之日，本拟顺道一往踏访三元里，因事未果行。镇海楼最高层悬一联写着：“万千劫危楼尚存，问谁摘斗摩霄，目空今古，五百年故侯安在？使我倚栏看剑，泪洒英雄！”我以为像三元里当年的抗暴义士，才是真英雄呢。前人词句云：“古今多少事，都在笑谈中！”这“笑谈”两字下得妙，不禁悠然以思。

凭窗远望

且赚劳生半日闲，长条拂牖暂开颜。
甫能遮得山群玉，尚想临流月一弯。
寒夜雨声思笕溜，[1]余年倦足厌趋班。
何因结茆松间去，独伴书眠早闭关。

[1] 寓所暂留，亦非可久居之地。山谷句：“清如接笕通春溜。”

夜起一首 九月二十六日

编者注：句二“月上”初作“月落”。

夜半思潮涌，非关月上迟。
吟成七字句，翻觉不成诗。
短袖微笼麝，长眉入鬓丝。
如何情缱绻，不教远人知。

重过九龙普庆戏院 九月三十日

编者注：注释据《陈君葆日记》补。

还从点缀话升平，地转胡麻作绿城。
四十年前球马意，繁台歌管又新声。[1]

[1] 四十年前，普庆戏院，后为足球场，为拔萃女书院，其旁有马厩，此外则不复能记忆当时景物矣。

闻长江大桥建成

编者注：注释据《陈君葆日记》补。

去岁经过尚断虹，今看九省广衢通。
水分南北仍天堑，桥架龟蛇仰卧龙。
横槊几回闻战伐？临流万里赋长空。
英雄事业谁当数，独与斯人进大同。[1]

[1] 去年夏秋之间，经武汉北上，渡江时远望铁桥建筑工事，自北而南仅至第五桥墩，合梁疑尚有待，不待一年时光，桥已告成，工程迅速，实所未见。昔人咏长江有“孤帆远影碧空尽，唯见长江天际流”之名，读今日报载《毛主席信步过长江》，不难想象，当九月初的一个傍晚，毛主席走到大桥的中央，凭着向下游的栏杆眺望时那种境界，比诸李白所能见到的，更不知壮阔了多少。“仰”改为“起”字。

黄新彦询汉人学得胡人语却上城头骂汉人因补充其意成此

学得胡人语，居然骂汉人。
可怜胡博士，希圣复迷津。

渭衡转曾公诗因成三绝奉报

其一

国庆新联字字珠，句圆词丽更清腴。
文章华革标殊致，遥想欢腾万岁呼。

其二

金陵国庆据高楼，彩缀三层未满求。
华革喜随家国大，明春红月九周悠。[1]

其三

艰虞岁月验生平，苦斗由来起共鸣。
帆稳风高任波折，否应作念纪途程。

[1] 明年五月为华革创立九周年。

广州文德路逛旧书铺取道城隍庙至动物园五首

其一

绝意观书四十年，双门记抚蠹余编。
只今车走雷声过，尚忆铜壶淡晓天。

其二

城隍庙后扶栏过，纪念堂前脱帽行。
故旧凋零人老矣，董秋斯语又秋声。

其三　熊猫

万类思温独抱冰，鸡鸣应是惑苍蝇。
千山已绝看飞雪，隔叶何当寄梦凭。

其四　鳄鱼

浅水鱼龙事略齐，只怜鳞甲异云泥。
当年赚得文公去，南海归来可觉迷？

其五　狮

如君终亦在樊笼，浅水平沙梦岂通？
不见飞潜风雨后，也来篱落老英雄。

新晚报七周岁纪念三首　十月一日

其一

景光流转意常新，尚少危微作舌人。

秉笔倘书诛伐事，三千毛瑟恐言陈。

其二

旧时代去终难返，平世谁嗟生也晚。
喜看七岁已神童，任重莫辞行道远。

其三

薄海欢声春又到，裁云笑尚阿时好。
好将消息遍人间，肯作一张烂朝报。

观搜书院后走笔寄红线女马师曾二首　十月七日

圣人门户见重重，[1]琼岛风光得再逢。[2]
折柳半迎归塞外，[3]闻歌还似在墙东。
金章色枉思延寿，玉镜台犹话马红。
最是纸鸢丝断后，柴房一曲月明中！

[1] 用山谷《次韵元日句》。
[2]《搜书院》一片，开关一景为琼台书院。
[3] 李商隐《离亭赋得折杨柳二首》：“为报行人休折断，半留相送半迎归。”

苏联人造卫星成功　十月九日

巧夺天工旷古无，飞升今识语非虚。
后来居上惊先进，前路迎头孰并驱？
喜见姮娥添去处，定教牛斗有通衢。
大楼五角观星象，休更人间作浅呼。[1]

[1] 人造卫星到今晨国际时间三时为止，已绕行地球四十六周，而据科学家计算，它将在它的轨道上继续进行环绕至一年。

西风吹至有感

编者注：句三“暗”《陈君葆日记》作“圆”。

昨夜吹了一些西风，今日有些黄叶了，感而赋此。

一夜西风叶变黄，窗前曾对共流光。
纵然两度团暗影，值得鸣商尔许忙？[1]

[1] 昨为闰八月十五。

寄锡根兼代赠草衣北游杂诗一帙三首　十月十二日

编者注：锡根，陈锡根。

其一

风清月白思元亮，水碧沙明欲泛槎。
倒挽银河三万里，问渠何处有仙家？

其二

草衣诗句最清新，千里归来觅解人。
寄汝一篇闲在手，酒边休误薜萝身。

其三

秋来书至问陈遵，尚道关河入梦频。
不是缅茄能愈目，[1]西风谁障庾公尘？

[1] 锡根曾久居茂名，携回缅茄多颗。

覆友人附和诗两首　十月十三日

编者注：据《陈君葆日记》，友人指邓止庵。注释据《陈君葆日记》补。

其一

齿冷尘沙暗，[1]心怀秩序更。
事难思抱璞，书欲寄专城。
建设资青干，安危赖老成。
薄嫌专用少，未遂洽群生。

其二

启运支新命，犹多白发人。
未应疑抱赤，肝胆惜轮囷。

[1] 内部矛盾自然存在，否则也用不着言整风了，然批评与反批评两方均有过分地方，不容否认，而倾轧之迹又随处多有，似亦未可漠视。

日本野崎贞雄先生远道以维新志士遗芳帖二巨册寄赠书此道谢

四海升平兄弟亲，多君贻我帙纷纶。
维新朝士流芳在，解道攘夷复几人？[1]

[1] 末句，因卷末有川濑定《边海筑长城议》一帖，故云。川濑定在议中写道："援夷之议既决矣，宁御之设不可不备也。"又谓："夫我之守既严矣，海外之诸蕃闻我风者，皆谓日本蕞尔小岛，犹能捍御强寇，吾辈大国却受外夷之凌辱何耶？如满清，如印度，欲泄愤于洋夷而力不足者，各自感奋，将图恢复，犹元弘之新田足利辈闻楠氏风而起者。夫既我武是扬，义旗四起，则丑虏之寇我者，岂唯不得逞志于我哉！其既入彼版图者亦将失之，彼其狼狈惊走，自救之不暇，尚何有妄造大举为边陲之患乎？"此其言盖甚辨，然而情移势迁，曾日月之几何，而江山不可复识矣！余因是而有感焉。川濑定以日本庆应二年系狱死。

丁酉八月闰自寿诗律　十月十五日

编者注：据《陈君葆日记》，诗原作于曹聚仁给陈君葆的信后，抄写时觉仍有许多未稳，遂改正。后并云"平头"拟改"秋风"。句一

“寥落”初作“肯作”，句三“解写”初作“为写”，句五“非作是”初作“非宛识”，句六“老宜愚”初作“道仍思”，并有注云：“开句初拟作‘识我无’。后改，但仍未惬意也。”

寥落乾坤一腐儒，酒边岁月客心孤。
更谁解写南飞曲？此日重开范蠡图。[1]
五十九年非作是，万三千日老宜愚。
平头岂独思鲈脍，招手松筠倘识吾。

[1] 东坡生日，置酒赤壁下，酒醉，笛声起江上，则进士李委作《鹤南飞曲》以献。又宋陈恭公再罢政，判亳州，年六十九，遇生日，其侄世修献《范蠡游五湖图》，且赞曰：“贤哉陶朱，霸越平吴，名遂身退，扁舟五湖。”恭公即日致仕。

寄叶启芳

六十知非孰后先？同庚心事漫疑年。
繁花无语秋来晚，隔雨红楼水竹边。

中东叹

中东局势日趋严重，最近消息，阿拉伯国家纷纷表示支援叙利亚或其他阿拉伯国家的任何侵略，就是对整个阿拉伯联盟国家的侵略，词意明显大概无过于此者了。

去年以侵埃，今年土迫叙。
中东干净土，烽火连年睹。
小国竟何罪，至不遑启处。
毋乃因石油，宝藏召强虏。
象以齿危身，齿则何关汝。
见货起盗心，怀刃思夺取。
虎狼忒无厌，辇金滋害贾。
非无奸佞人，蠹国植徒侣。

挪威奎士宁，法兰赖伐尔。
颠覆隐祸机，城社有狐鼠。
栖皇韩德逊，掉舌口尚乳。
伏轼下齐城，觊觎见肺腑。
倾覆计不售，图穷背樽俎。
火中为取栗，恫吓继军旅。
突厥尔何心，灭虢岂智举。
觉醒阿民族，群起固吾圉。
谁友谁敌人，截然辨酖酭。
缔盟抗侵略，团结御外侮。
同室肯操戈，守望若晋鲁。
不观摩诃末，中世亦孔武。
往迹尚可寻，反殖气宁沮。
历史转巨轮，前进不可阻。
正义著人心，和平赖支柱。
美徒矜实力，基地遍寰宇。
雷神不起飞，势且尽强弩。
众叛而亲离，倏成怨黩府。
本非霸者姿，骄横启群怒。
强暴胡足恃，亡秦实三户。[1]

[1] 说者谓“土耳其对阿拉伯民族梦想重建旧日的土耳其帝国”，此谴责未尝无根据。

中国志愿军出国抗美援朝七周年纪念七首

十月二十三日

编者注：注释据《陈君葆日记》补。

其一

抗暴扶危奋渡江，当年大义史无双。

最怜美帝伤心处，三八驱回始忘降。[1]

其二

箕封肯教过黄魂，[2]鸭绿投鞭雪浪翻。
犹似昔时城濮战，楚强低首屈中原。[3]

其三

戳穿纸虎事非奇，颇笑崇夷媚外思。
不解为何参军去，少爷兵败复奚疑。

其四

蕞尔三韩解自强，美人战后益荒唐。
将军不得称元首，总为朝鲜败一场。[4]

其五

万里西来胆欲寒，几回圣诞泪辛酸。
上甘岭与丁骨岭，未到开城话已难。[5]

其六

文化由来重海东，况教千里忆同风。
鹡鸰原上殷南望，应恚扶余尚仆从。[6]

其七

出师正气薄云天，唇齿相依急难年。
志愿军名彪史册，河山无恙思悠然。

［1］三八谓北纬三八线也。
［2］周武王克商，封箕子于朝鲜，即平壤其地，是为朝鲜文化之始。
［3］春秋城濮一战，楚为晋屈，此后遂不复有进窥中原图霸诸侯之可能了。
［4］二次世界大战刚结束的几年中，美国麦克阿瑟将军极负盛名，声势喧赫，当日若非因朝鲜的侵略战争一败涂地，很可能他早已被举为美国总统而轮不到艾森豪威尔这个家伙了。
［5］韩战和谈在开城之板门店举行。自五零年起，美国便以回去圣诞号召士兵。
［6］李承晚领导的仍一仆从国家！

南州杂忆十首　十月二十五日

编者注：注释［4］据《陈君葆日记》补。

其一

十年曾作狮城客，回首狮城廿六年。
劫数东南灰烬后，椰林风月可依然?[1]

其二

海天一线露青垠，望里疑无半点尘。
待雨扣舷歌记歇，船头忽见卖花人。[2]

其三

横沙十里几烟村，贾客船来日浴盆。
一水何年分大陆，海西尽处是苏门。[3]

其四

加东东望望仍空，水榭人家百处同。
月上林梢歌踏踏，绿浔无处不纱笼。[4]

其五

嘉树佳名独锡金，移从西海寄瑶琛。
千山万木叶黄落，不待秋风已满岑。[5]

其六

玉液琼浆不羡仙，肯将丹荔比榴梿。
更谁解得流连意，待晓迎风尚刺天。[6]

其七

椰绿蕉黄土自饶，黄蕉曾见比人高。
疗饿果得能成粉，异代应教尽种蕉。[7]

其八

只应一雨便成秋，徙倚江楼景最幽。
独羡马来山下水，彭亨江水解东流。[8]

其九

渡海虚随万里船，离家人是百年前。
狉榛谁识屠龙手，掘地千寻玉化烟。[9]

其十

才流砥柱思南武，声教余风仰北强。
若道个中数翘楚，未应粤海逊潇湘。[10]

［1］从马来半岛回来已二十六年了。
［2］船驶进星港时船上发现卖海花石者。
［3］巴斯班让望海。
［4］加东。
［5］看橡胶树落叶。
［6］榴梿实熟，于天亮前自落，不待撷摘。
［7］叶大池先生曾发明制造香蕉面粉。
［8］北干晚眺待雨。
［9］林明。
［10］忆何剑吾、宋木林两先生。

步行绕过跑马厅口占一绝　十月二十九日

春秋佳日爱山行，一夜西风忆上京。[1]
梦里榆关三尺雪，独依南岛望新晴。

［1］昨接到达儿与湘儿两人自京来信。

狂想一绝

每到秋来喜独行，横山徒旅在山情。
何当炙得灯儿热，也欲凌霄到上清。

杂诗三首

其一

有约溪山莫后期，罗浮归梦及清时。
文章果遗能传世，千古徒增屈宋悲。[1]

其二

正是风清月白时，衔杯远水欲生悲。
秋山未老秋容淡，留与人间写作诗。

其三

秋山斜日最堪眠，藉草松荫对远天。
寥廓未须空四大，尚余天地作孤廛。

[1] 日丽风和，反生悲感也。

十月革命四十周年　十月三十一日

其一

唯物从来领众流，只应革命迈前修。
宗风马列开门户，形胜中苏踞上游。[1]

其二

平世共欢红十月，齐民今有铁千牛。[2]
卫星又道凌空去，[3]回首人间四十秋。

[1] 历史学家终将会承认，二次世界大战后的一个期间，全世界局势，至极险恶，而在此危险局面下，《中苏友好条约》的缔结，实为稳定和平的一个最重要因素。
[2] 铁千牛，借以喻农业机械化。
[3] 苏联于革命纪念日前已发射第二颗环绕地球卫星到太空中去。这是又一成就。

缅甸赵宣杨兄万里归来晤于海上

翻腾舒卷比云忙，袖得雄文第几章？
一爱堂堂悬祖国。重来细细看家乡。
清秋如绣江南路，赤蟹偏违酒后肠。
今日交游羞对客，痴顽依旧属刘郎。

重九日过竹园村

黄花无语又重阳，立尽颓垣打谷场。

怕向竹园村里过，明朝何处问祠堂？[1]

[1] 九龙竹园村农民的祠堂为该村农民福利组公所所在祠堂将遭拆毁事，农民曾三次往访港府华民政务司，祠堂历史悠久，举凡人民婚姻丧祭、摆酒做寿，均在其地举行，故倍感关切。重阳偶遇，不觉同情，“丞相祠堂何处寻”，倒恐真成问题了！

赤柱海滩　十一月三日

蒙鸿海气欲沉山，万古寒潮自往还。
也就石头窥滢漩，可能人似白鸥闲？

读放翁诗有感　十一月五日

闭门重读放翁诗，爱写梅花首首奇。
我亦孤芳曾解赏，北窗幽梦总离披。

十月革命卌周年　十一月六日

十月革命卌周年，卫星第二飞上天。
凌云已为和平颂，载犬还将信号传。
摘斗摩霄今细事，航时穷宇又先鞭。
正逢社会升华日，喜见人间得作仙。

闻某领导指示寄意二首　十一月十一日

其一

南中已有千斤县，北地终难两造禾。
民食侈谈增产易，正疑何处得天多。

其二

休遣临渊独羡鱼，八山一水一畚畲。

移山也有愚公意，科学何当作起予？

路中得句　十一月十二日

颇笑从来太认真，宁知世味剩酸辛。
十年事那堪回首，聊赖还重作译人。

华革周年大会联

谋福利，建医疗，治病求人，深入到群众中去；
正目标，严手段，革新除旧，力量从团结上来。

看罗汉钱有感五首　十一月十五日

其一

有情不得嫁情哥，藕断丝连可奈何。
看到女儿成长大，廿年虚度小飞蛾。[1]

其二

恶姻缘也作姻缘，匣里伤心罗汉钱。
忍见一生都断送，又来往事到跟前。[2]

其三

船头情话意绵绵，玩月同窥水底天。
谁分曲中人又是，也从钱眼照方圆。

其四

时代偏留易代人，岂知事物已翻新。
自同婚媾成虚语，村长犹存旧脑筋。

其五

肯说人间薄命丝，不堪和泪忆当时。
嘶声诉尽当年事，罪戾宁传到女儿。[3]

[1]《罗汉钱》一影片，写的可以说是小飞蛾嫁不到她的心爱的人，以致抑郁受尽苦辱，而于二十年后，却发现了自己的女儿艾艾也是上了自己的一条路这样的故事。

[2] 小飞蛾嫁张木匠原非出她本人愿意。

[3] 影片末段写小飞蛾诉说她半世的苦楚生活，听她唱道："糟践我半生倒还罢，不应该又糟蹋艾艾小姑娘。"真是一字一泪！

食哈密瓜三首　十一月十九日

其一

碧玉冰清透齿凉，朱陵味忆胜琼浆。[1]
削皮细认秋纹好，曾是邵平为理筐。

其二

传来佳种识何年，哈密兰州各异妍。[2]
定是黄台堪再摘，已教峤岭得尝鲜。

其三

露蜜浆寒竞品题，镂金浮翠转低迷。
可曾嘉蔬来回纥，蔓引东南也号西。[3]

[1] 哈密瓜形体大小圆长不一，皮纹茂密有理致。昨友人某君送来一颗，重十余斤，剖开一视，肉作翡翠色，尤觉可爱。味甘如蜜，沁齿历久犹香，其近皮部分，亦味如甘蔗。实瓜中所少见者，宜为之颂！

[2] 兰州瓜熟时皮略带柔软；若哈密瓜熟，则皮反觉坚实，扣之铿然有声。

[3] 昔人谓西瓜出自回纥，意者哈密一种，为稍后期始传入者耶？

偶成一首

闭门觅句情何已，对客开怀能几回？
惆怅秋山梦中路，酒边时复上心来。

又南州杂忆十首　十一月二十六日

其一

回首真同梦里过，柔肠剑气转消磨。
最怜十字街头立，云雀身疑坠网罗。

其二

风风雨雨路南箕，宛似乘桴从我师。[1]
携酒薄为三日醉，[2]扬帆千里渡天池。

其三

西洋重下变夷华，顾我宁无五月花？
浮海喜乘中国号，船名犹记写毡拿。

其四

养花天气惜芳尘，渡海时疑尚及春。
五百石知何处是，曾陪杖履访诗人。[3]

其五

人情未似秋云薄，工未翻于赵酒浓。
不是宾朋樽俎事，热肠真有古人风。

其六

长记天南初识君，[4]北来冠盖影缤纷。
平沙落雁犹弦柱，古调重弹可得闻？

其七

新客寻经到草莱，三年两度寺中来。
青林着雨宁多露，聊赖珠璎莫浪猜。

其八

重到双林语未参，梦中何处白云庵。
甫能解得西来意，蕨衲名山又忆南。[5]

其九

藤树交柯太古初，经过身忘傍芙蕖。
疑蛇更怕教锄去，欲拨寒烟学草书。[6]

其十

讲学河汾重自由，不闻登记到尼丘。
一从注册须条例，黉舍都归第十流。[7]

［1］一九二一年秋，赖焕文师亦有南洋之行，因与同舟。
［2］师极嗜白兰地酒。
［3］抵星洲后即陪同荔垞师往访邱菽园。荔垞师南洋之行，实为港大中国文史两科筹款而去，原出于非得已，当时曾有诗纪其事云："水击三千里，图南为底谋？一官仍去鲁，半席笑依刘。岛上人犹在，墙间祭未收。乞余思继绝，兴学苦咨诹！"
［4］忆李春鸣先生。
［5］融熙法师现在吉隆坡。
［6］星洲植物园。
［7］一九二零年颁学校注册条例。

闻白宫主人不豫　十一月二十九日

其一

漫道东西事略同，东风今压倒西风。
一从天狗腾空去，头痛于今叹艾公。

其二

杜老无言恼老尼，[1]只应实力悟途迷。
已怜科学居人后，难道先锋忍更提？

其三

制度新型占上风，军刀岂尚砺余锋？
从今已觉寰区小，竞赛应教向太空。

［1］杜老谓杜勒斯。老尼指尼克松。

苏加诺总统遇刺无恙　十二月一日

河山宜整况藩垣，伊里安原是故园。

政敌奈教忘自主，善邻终复弃前言。
伊藤岂比苏加诺？豫让尤非安重根。
直与虎狼同寝处，怜渠壮士亦居裈。[1]

［1］正当印尼全国奋起高呼，进行收复西伊里安领土之际，而苏加诺总统以遇刺闻，此中消息耐人索味。暗杀凶犯自以为是安重根炸伊藤博文一故事之重演了，实则受帝国主义者所愚弄，与处裈何异！壮士云乎哉！

悼王统照先生　十二月二日

历下经过日，援朝抗暴年。
记曾杯酒共，重话旧诗篇。
文运资提唱，风流异代迁。
故人怀许子，闲语到夷坚。
讵意修文误，还惊彩笔传。
悲君才耳顺，双泪益潸然。[1]

［1］一九五一年八月，余北游至历城，济南统战部长设宴招待，得晤先生于席上，谈次及许地山先生，以正当有为之年，而天遽夺其岁，互为之唏嘘者久之。五七年十二月二日识。

谢蔡锦华送英雄牌墨水笔

金管能容珠百斛，玉堂空教梦千回。
却怜老去投竿处，曾共严光照影来。[1]

［1］余在吉隆坡时，曾有人赠我一联云："本是玉堂挥翰手；却为淮月照闺人。"

谢杜荣和送榴梿糕　十二月四日

杜荣和从槟城寄来了一罐榴梿和一盒豆蔻，因书二十八字以谢。

齿颊留芬忆玉浆，南州方物岂相忘？
多君重写流连意，豆蔻开时鬓已霜。

小星叹叠闻白宫主人不豫前韵三首　十二月六日

其一

万目睽睽一笑同，先锋何日始乘风。
绝怜破壁龙飞去，犹似传奇说叶公。

其二

片铁曾讥史泼尼，[1]天骄武力早沉迷。
者番应戒前车误，班察希拉好共提。

其三

小星弱已不禁风，尚要含羞强露锋。
想是醍醐须灌顶，发凉休使梦成空。[2]

[1] 苏联发射第一颗人造卫星成功时，美国一个少将曾说过这样的话，说苏联发射的那颗卫星，是一片人人都可以发射得上去的破铁，轻蔑的语气，得未曾有，可是现在美国却连一块重仅四磅的破铁也飞不出去，就在架上爆炸了！然则贤不肖之相去又何远哉！

[2] 美国统治集团，是应该头脑清醒一点了，所有独霸世界的迷梦是作不得的！

祝香港中华中学卅二年校庆三首　十二月七日

其一

国家建设赖长材，桃李宁论晋楚栽？

自是海滨皆子弟，校门今更为侬开。

其二

黑头士子发眉斑，当日同嗟国步艰。
首思树人资远略，卅年仍一短期间。

其三

率土之滨尽所思，江行岂复陋居夷？
年时犹记三迁后，曾傍门墙自课儿。[1]

[1] 蔚儿曾负笈中华中学。

送别 十二月二十六日

百里谁教旧哭新，可堪门巷又蒲轮。
不须更按邯郸步，临去秋波尚恼人。[1]

[1] 此亦送人之作也。

海坞除人事

树倒猢狲事可怜，骈胝生死忆当年。
可无卖履分香意，犹及华胥未散筵。[1]

[1] 海军船坞除工人，工人代表分别往见罗文绵、周先生等巨绅，要求仗义执言。周先生说，曾对港督葛量洪讲过，以为两个星期的薪津、工积金，实在太少，并谓将准备再向港督陈言。且拭目观之。

读修正教育条例新规定

编者注：注释据《陈君葆日记》补。

取缔如今到舌耕，十八以上不容情。
不知浴咏临沂日，孔二曾教递课程。

[1] 依新规定，一切学校文件，由课程、教材以至于函授课讲义、歌章乐谱、传单通知书、账目单据、张贴布告，不论有关教学与无关教学用途的，都一律在检查考核之列。统制之严，几逾法西斯的统治。

过旧宅偶感二首　十二月二十八日

其一

是酉何当作亥年，岂真意已在言先?
兴来欲恳江山助，留我花时树半边。

其二

十八年来恋旧居，也同陶叟爱吾庐。
何曾窗下耽安逸，要写人间没字书。

迎一九五八年七律　十二月二十九日

大地和平有正声，今年切比去年情。
舞催腰鼓迎新岁，潘察希拉替旧盟。
寒水破冰舟荡漾，小星绕月梦凄清。
君看冠盖开罗会，一语经援异重轻。

一九五八年

次韵和清漪贺年七律一首　一月五日

编者注：注释据《陈君葆日记》补。

企望今年胜去年，和平佳气涌云笺。
东风吹处花如海，白璧归时梦若边？
对酒欲留帘底月，[1]怀人空摘杖头钱。
吟余尚怯严霜意，负尽先生笑腹便。

[1] 诗到时刚十一月十五日当头月前夜。

南州杂忆十一首　一月九日

编者注：陈君葆乘船赴马来西亚，他的同学李崧医生送行，并书赠“文化南行”扇一把。

其一

立法何心要病民，用明非不见舆薪。
炎荒未尽斯文丧，苜蓿青毡亦可人。

其二

意气犹存两大间，秦觚欲转破为圜。
不辞万里西行路，请愿曾闻叩九关。

其三

学海涛阔事日非，偶来端的欲观微。
从知冲缓盈庭议，正义思伸愿总违。

其四

设教施方有故常，岂宜乡国异衡量。

分明种族存歧视，枉说人权载宪章。

其五

早识梯航孰与俦？暨南声教为居留。
卅年逐客无消息，言论徒矜尚自由。

其六

战火才收昨夜灾，[1]殖民施策又新裁。
自由民主传都遍，一语何曾兑现来。

其七

学馆黉园化雨敷，自筹经费自规模。
不观到处中华校，爱国思潮遍海隅。

其八

文化南行语愧真，[2]极知海外有新民。
犹闻革命华侨母，鴃舌应多热血人。

其九

几回风雨感斯文，孤愤余蜗续楚焞。
搔首南天无别语，最令狂忆是桑枌。

其十

局蹐仍多禹甸人，春风绛帐复谁论。
殷勤说与花知道，泪眼空枝待后身。

其十一

一片春愁起暮潮，长春何国岁何朝？
百年一梦低回尽，春到人间恨未消。

[1]《华校注册条例》颁布时，欧战结束仅不过四年。
[2] 南行时李崧书团扇赠语。

教育新条例通过因忆一九二一年星洲反对颁布华校注册条例事感而赋此二律　一月十一日

其一

立法原非为便民，匆匆通过诮犹新。

宁容考虑争旋踵，早厌咨询颖绝伦。
此后道尊谁共说？眼前威胁事偏真。
恫瘝已不关时彦，含血何心更喷人？[1]

其二

讲学何尝重自由？顿教往事忆炎洲。
徒闻注册徇华校，想见封条胁孔丘。[2]
北櫓记怜秦逐客，南冠曾识楚羁囚。
犹余请愿西行意，代表归来怨未休。[3]

[1] 教育新例刚刚通过，尚未实施，有一志强中学之私立学校便立即受到打击。新法案在立法局付二读时，非官守议员泰利作解释发言，把广大居民众口一词之反对意见，诬为“有组织、无礼、恶意之谎言”，为具有政治宣传之目的。

[2] 新加坡发生反对“一九二零年华校注册条例”事件后，侨众曾举派两名代表到伦敦去力争撤销，无效。当浪潮最高时，新加坡南洋女学校长余佩皋，华侨巨子庄希泉，吉隆坡尊孔学校校长宋木林，均先后被勒令离境。

[3] 南冠句系指青年湘籍教员韩国祥事。

次陈汝锐先生一九五七年除夕留念韵四首

一月十二日

岁首得陈汝锐先生自澳门来函并诗一章。函对于争取撤销教育新条例事，表示极力支持。其诗云：“一岁却从今夕尽，明朝相与再欢呼。”闲窗无事，谨依两意寄和。并序。

其一

艾翁已老益糊涂，杜更昏庸小丈夫。
路走下坡仍死硬，美人哀吁向谁呼？

其二

直是涂污更附途，悠悠戟指詈千夫。
东西会议支吾对，不顾和平一再呼。[1]

其三

小星奚事在泥途？世纪威名丧一夫。
迎接新年快心事，会谈寰宇尽腾呼。[2]

其四

力争道义有殊途，肝胆犹能砺士夫。
已悉殖民新体态，喜闻君起共声呼。

[1] 英国比维布鲁克勋爵在《星期日快报》著论说：“在杜勒斯嘲笑首脑级会谈的建议时，究竟他以为他是替谁说话呢？他应该懂得他决不是替英国说话。”很明显，在大多数英国人心日中，杜勒斯是谈判的大障碍物，他那种“惨淡的否定态度”是令人讨厌的。

[2] 不久以前，“美国的世纪”的噪声尚聒聒不休，令人作呕，然自人造卫星飞入太空后，“世纪霸主”则已降为二等国家了，说者谓杜卿的“实力地位”外交政策实尸其咎，亦非无故。

题马家宝画三首　一月十三日

编者注：其二句一初作“两间正气自吁嘘”。

其一　断瓦颓垣

颓垣断瓦厌言兵，白骨寒烟莽莽情。
写尽战魂千古恨，可真无梦到和平？

其二　劳动者

一

汗污血渍几铢尘，剩有双肩共苦辛。
我自食贫君掩鼻，不知谁是较完人？

二

两间寄足每知厨，顾已无家懒卜居。
独惜绮罗香满袖，换来都带血腥余。[1]

[1] 马家宝先生作画，以气为主，如天马行空，不受羁勒，力量直欲透过纸背。是幅非其作品中最得意之作，然特以意胜，故喜而出之。

美国北卡罗来纳州印第安人反抗武装三 K 党徒迫害

一月二十日

嗟嗟汝印第安人，史烈重翻是迩亲。
继绝料非民主事，自由平等更何论。[1]

何心灭种恨方平？近事君看小石城。
罄竹已难书血泪，又寻红印作牺牲。[2]

夺主居然入幕宾，原民无地可容身。
三 K 海上鱼龙横，五角楼中梦魇频。[3]

当年误解降天诛，束手归藩总受愚。
十字架前经劫后，可堪陵迫为殊肤。[4]

[1] 人种学家均承认印第安人为美洲原住民，其先世盖自亚洲东北部移入，自与欧洲人接触后，始日见陵夷，其中尤以西班牙人对之最残暴，惨无人道。目前恢复如古时之玛耶文化，不但不易言，恐亦言之非其人矣。

[2] 美国如三 K 党徒之一类人士，其仇视印第安人虽或不如仇视黑人与亚洲民族之甚，然此则仍为近十余年始改变过来之态度，识者类能言之。种族主义者之面目如是！

[3] 本来是美洲主人的印第安人，自欧洲人来后被压缩徙置于若干指定地域，事之不平有如此者，而印第安族在美国获得公民权利，尚是一九二四年事。

[4] 初，印第安人视抵新大陆之白种人为天人，对所施之残杀暴行，还以为是“天诛”，毫不加抵抗。

绝句一首　一月二十二日

念此谁家子，无衣底御寒？
殷勤唯一语，聊作慰愁看。

又续赋一首

缩瑟何年意，艰难此日情。
惟留双鬓白，风雪共凄清。[1]

[1] 几日来寒流南下，一时曾破五十度大关，缩瑟不可禁，何况人子耶！

木屋区叠见火灾重过竹园村有感四首　一月二十五日

其一

木屋区灾事太奇，祝融原有信来期。
东头村兆焚如后，知是谁真活命司？

其二

恐是人为作祸殃，也知人亦有天良。
如何万目睽睽下，一炬俄成瓦砾场。

其三

竹园西去闲啾啾，月黑风高怕到秋。
十日九灾惊纵火，尚余灰烬话东头。

其四

平畴矮屋接川原，一径斜开暮霭村。
犹似晋唐书宛在，十家今有几家存？

华革会第一平民医疗所建设成功　一月二十六日

却病医疗久在呼，喜今见有已从无。
百花春酿初成蜜，[1]片羽秋阴自护雏。
未许刮龙权子母，好教怜鹤到清臞。
还期寿世求方易，视色群居傍扁卢。

[1] 第三句“初成蜜”指英文 Mixture 之义。

阿尔及利亚四爱国女青年被处死刑 一月二十七日

法国当局判决四个阿尔及利亚爱国女青年，处以死刑，印度总理尼赫鲁及甘地夫人英迪拉均义声谴责，促法当局撤销判决。尼赫鲁并说：“处决四个女青年是吓不倒阿尔及利亚民族的，只足以激起他们更激烈的愤慨。”

我思阿尔及利亚，憔悴虐政心弥哀。
沦没异族五百载，引领云霓何时来？
志士呼号竞奔走，四女青年算壮哉。
刀锯鼎镬不足畏，富贵利禄皆尘埃。
民族思想如潮涌，解放独立声春雷。
东北西非惊浪立，帝国主义车轮摧。
远溯蒙茸中世纪，兹邦祸乱萧墙起。
强邻攘夺迭纷更，英荷西法肆封豕。
烽烟不熄田庐墟，满地萑苻忧未已。
法人喜诩自由原，博爱平等举世喧。
乃今凌虐迈前古，联合国会何无言？
坐令秦苛肆荼毒，印度抗论徒声援。
哀汝斗争者，　　血继之以泪。
自由何代价？　　此是平生志。
汤汤扬波地中海，巍巍天柱戛拉山。
古人法有圣贞德，阿岂无人师报韩？
萧萧易水寒如故，宁问壮士还不还。[1]

[1] 史称十九世纪初及以前的一个很长时期，阿尔及利亚一带地常为海盗出没之区，然迹其远因，则殆由当时土耳其统治者之介入所引起，尔后则英、荷、法、西甚至美国都相继对之用兵，可见即在石油争夺战发生以前，早已有觊觎其地者在矣。

闻土耳其让美国在土境内设飞弹基地二首

其一

孤注倾家世罕闻，如何国运赌裁军？
一朝基地供人用，多恐燎原先自焚。

其二

飞弹迎来底有情？弹丸小国亦穷兵。
徒贻后祸悲流徙，宁逐当年水草生。

华革第一平民医疗所成立喜赋二绝　一月二十九日

其一

抱病时闻唤奈何，从今有地起沉疴。
已成第一医疗所，甘露思看洒更多。

其二

小阁楼开局面新，药成丹熟欲回春。
岂无种橘仙家井，贫病尤怜槛外人。

南州杂忆再续十首　二月三日

其一

学府风光烂续收，望晴时也一登楼。
暨南声数当年意，解道涵濡独忆刘。[1]

其二

沥耳精圆小社年，江山曾识济时贤。
难忘最是谈兴学，立尽骄阳语万千。

其三

竹脚桥头掩绿莎，暮云遥忆旧烟萝。
尚嫌微月初三夜，不似秋光故国多。

其四

偶过新山梓泽园，主人笑语若澜翻。
非关避世耽泉石，自凿方池涤耳烦。

其五

亦拟遐陬借一廛，结邻依水钓矶连。
还呼过我三杯醉，濯影明湖二月天。

其六

柔佛行宫翠鸟边，一泓野竹媚清涟。
断肠帘卷人何在，深锁重门又暮烟。

其七

漳宜春涨水拖蓝，水绕孤村月在参。
谁料戈船才小劫，艟艨十万葬征南。

其八

短短扶栏曲曲塘，钓竿斜插傍青箱。
游人哪管闲风月，一任秋萤扑纸窗。

其九

大王楼对二王楼，楼外青山数点愁。
莫更西风怨啼鸟，落花如雨记凝眸。

其十

看山涉水马蹄遥，未厌跻攀风雨朝。
见说西峰词句在，可堪孤梦益萧萧。

[1] 第一首“独忆刘”谓刘士骥也。

悼海坞老工人曾棠　二月七日

曾棠是一个年逾五十岁的老工人，在海军船坞已工作了三十年，满以为再过些时候，退休领“长粮”金，便可以较平稳地过日子了；谁想就在这个时候，海坞宣布闭厂除人，官方又不负责安置职业，曾棠接到“白咭”，惨遭失业的痛苦，于是一病而死于神经病院，遗下妻儿零丁孤苦，茫茫人海中，此又是恐为无数例子中之一个!

怜君一死最心伤，闭坞才闻便绝粮。
三项要求听藐藐，卅龄就业事茫茫。
黄泉哭去疑无泪，白咭收来已断肠。
血汗早枯情未了，眼前还几个曾棠?

长江大桥三首　二月八日

其一

白发催人老未凋，又来洲渚话渔樵。
千年武汉雄三镇，万里长江跨一桥。
黄鹤几时归远浦，晴川依旧俯秋潮。
尚能酌酒歌新咏，端的谁家韵最娇。[1]

其二

九省衢凭复道通，[2]轮烟高处挂长虹。
直疑天上星辰换，渐见人间轨辙同。
入望烟波帆数点，凌霄梯阁碧千重。
登临不觉跻攀苦，一任狂风与怒风。

其三

自是千锤百炼成，鞍山钢铁楚江情。
凭栏欲揽川原净，到海从看日月生。
管柱钻圆双阙耸，[3]彩虹方轨并车行。
朔南联毂三千里，多少英雄未识名。

[1] 近来歌咏长江大桥之诗看了不少，真有琳琅满目、美不胜收之感。

[2] 桥分上下两层，上层为公路桥，宽七十六英尺，下层为铁路桥，铺设双轨，故事实上是复道。

[3] 大桥两边有两个桥头堡，远望之如双阙。以长江大桥这样的伟大建筑，而能在短短的两年时间完成，“管柱钻孔法”之采用实为重要关键。

夜不能寐有句　二月九日

早冬候暖事无凭，错倚黄牛作老兵。
拥被不教成短梦，又听寒雨到天明。

看春城秋色五首　二月十日

其一

残照西风百尺楼，去帆婀娜暮云收。
此身疑是徐霞客，也作西南万里游。

其二

见说长年不改春，却怜秋色更宜人。
龙门已上增闲望，何处寒汀有钓纶？

其三

百里滇池映翠微，十分春色斗芳菲。
也同领略烟波事，白鸟时随望眼飞。

其四

古刹云封第几重，长松落子又飘风。
仍招沉醉西山月，来听圆通寺里钟。

其五

隔座微闻笑语传，碧鸡金马是何年？
卧游不续轩渠录，还向蓬瀛作散仙。[1]

[1] 录谓林译《海外轩渠录》也。

有感六首　二月十七日

其一

耻为身谋为国谋，临崖勒马好回头。

从知横海楼船日，最忆平生马少游。

其二

不入危邦似有知，何当西海复栖迟。
华亭鹤唳人犹在，况对风清月白时。

其三

多情莫似总无情，见佢时怜太瘦生。
犹是昔年携手处，弓鞋初着忆同行。

其四

百亩中庭地自宽，秋胡也道解征鞍。
琼台莫遣严霜白，肠断当年吴彩鸾。

其五

知他似剪似并刀，隔岸风来思郁陶。
帘外尚余千里月，梦中犹记九秋涛。

其六

后思鲈脍读楚骚，输他秋菊与青桃。
也知天意怜幽草，不敢人前话二毛。

闻侄女云展下放粤北连山县林场诗以壮其行并示乾侄

其一

汝弟书来报岁闲，欣闻下放到连山。
十年树木非余事，百里储材岂畏艰？
待看天梯成绿化，好凭湟水载春还。
迎头赶上怜霜鬓，我亦同过社会关。[1]

其二

岂尝归梦废幽寻，桂北郴南有旅吟。
行处定疑云漠漠，重来应见柏森森。
六千里路繁征战，七百年间变古今。
林木千章经画意，莫教辜负岁寒心。[2]

[1] 连山县北境有天梯山，高险而无草木。湟水上游有双溪水，其一源出连山县境。

[2] 一九三四年夏，余曾至广西，漫游桂林钟山、富川、贺县诸地，过望高，履湖南境，望萌渚岭。地均在连山县西。连州历史上为咽喉要地，汉武帝对南越用兵，一军出湟水而下，宋代潘美攻南汉，则自连州进兵韶州，可见。今代不言兵事，然地理上之形势自在。

春节日寄怀杜荣和太平二首

其一

元日题诗寄太平，定知小杜发春荣。
东风吹处湖莲好，和露何因得再擎？

其二

瑶笺颁至报新年，想见炎方二月天。[1]
犹似当时英气否？驰车沉碧晓风前。

[1] 南中二月天气最热，而又雨量最少。

丁酉除夕杂诗九首

其一

六十年来堕世间，几回清梦碧桃闲。
明朝戊戌重回数，变政何人念夙艰。

其二

爆竹声喧更雨声，可凭寒雨报新晴。
年来已绝看花事，拥被高眠次第听。

其三

也插梅花便过年，梅花换几副春联？
书生计拙输商税，冻墨研余绝可怜。[1]

其四

浅紫深红新菊谱，冰姿玉骨水仙王。

未妨篱落思元亮，还似灵均惜国香。[2]

其五

家家电视转音机，对影闻声异昔时。
六十年间多幻变，独令狂忆马可尼。[3]

其六

花经我插应殊韵，酒待君来慰热肠。
时世共谁怜犊鼻？醉吟端不负清狂。

其七

百本水仙消永昼，无言相对待春回。
故园见道花如海，犹带清霜宴露开。

其八

习静无妨爆竹喧，要从声外着无言。
却嫌缦舞原多事，蓬拆难招楚客魂。

其九

送却丁年接戊年，淮南难犬递飞仙。
江皋解佩人犹在，谁写新诗百一篇？

[1] 此间街头设档挥着书春联者，也一律须缴纳商业牌照税。
[2] 近年此间菊花，又多了好几种外国新种，颇易蕃植。
[3] 马可尼一八九七年发明无线电报，至今刚好六十年。

大潭笃水塘一首　二月二十三日

编者注：大潭笃水塘是香港岛南面一个历史悠久的水塘，风景颇佳。

似秋天气助春晴，未透疏林落涧声。
静爱曲池风日好，满山红叶不知名。

和黄雨亭春节下乡之作并步原韵　二月二十七日

雨亭先生哲嗣祖永世兄，卒业长春拖拉机学院后，留校任助教之职，甚为学校当局所器重。今春全国各地热烈展开干部下放参加农业生产运动，祖永兄亦下乡到长春郊区参加菜蔬合作社工作，雨亭先生既诗以勗之，并以佳作见示，读之至再，不觉依韵以作和声。

陇亩耕烟得再临，如今常业重儒林。[1]
窥园自是闲中事，荷蓧宁无关外心？
韭白剪来怜夜雨，海棠开后识春阴。
重游记与邻翁约，[2]未必元修不解吟。[3]

[1] 陶渊明诗："开春理常业，岁功聊可欢。"
[2] 雨亭先生一九二六年与一九二七年均有东北之行。
[3] 苏东坡有《元修菜》诗。

和虞文灼先生假日偶成之什仍用春城秋色前韵五首

二月二十八日

其一

莫放轻寒入小楼，棉衣才褪未全收。
犹嫌冷雨偏多事，频泥春装作远游。

其二

碧桃花发报初春，忘却当筵角技人。
忽地怪渠仍挟弹，星眸高处笑纷纶。

其三

探手晴阴细入微，故园桃杏自芬菲。
凄绝几番春梦破，岁星犹插羽书飞。[1]

其四

鲸波横海隔千重，觉听罡风是惠风。
今日绿陂欣昼永，小桥流水不闻钟。

其五

两周休道蔽宣传，晋室犹疑小腆年。[2]
笑煞腰缠人去后，淮南鸡犬欲皆仙。

[1] 岁星，木星也。
[2]《史记·周本纪》云："赧王时东西周分治。"非也。

附：偶成步君葆先生春城秋色原韵

其一

镇日闲居倦倚楼，烟波浩渺阵云收。
冲霄兴盏趋沧海，幻化鲲鹏汗漫游。

其二

踏破芒鞋迓早春，柳丝芳草正迎人。
鸱鸮巢树争枝寄，锦鲤凌波逐钓纶。

其三

悄向骄阳一笑微，又从南国斗芳菲。
最怜日暮东风冷，蜂自飘零蝶自飞。

其四

高坐浑疑位九重，射雕身手逞英风。
如何冷战称戎首，晨暮心惊怯鼓钟。

其五

黩武遗风莫再传，寰球翘待太平年。
烽烟净扫山川阔，未履蓬莱已半仙。

咏水仙花

岁朝供水仙一本，其中一箭稍晚出，预计须元夜时始绽，因赋五十六字。

凌波微步不生尘，临水姗姗尚及春。
未肯后来居上座，始终仍要出头人。
咽残晓露邻芳草，带得寒香趋汉滨。
却怪陈思能作赋，独迟冰雪写精神。

再咏水仙一首

编者注：注释据《陈君葆日记》补。

金盏银壶殊绝世，冰清玉骨是真仙。[1]
还同月白思元亮，独抱寒香照水眠。

[1] 杨诚斋云："世以水仙为金银台，盖单叶者其一酒深黄而金色，至于叶水仙，其中花片卷绉密蹙，一片之中下轻黄而上淡白，与酒杯之装殊不相似，此乃真水仙也。今人则谓此为双托水仙，以与前者号单托水仙别，要之双托者香似更浓郁，而韵态则各有胜处，未可轩轾也。"

忆伍藻池

拂面西风酒半酣，百年人物未全谙。
记停荔子湾头楫，斜日谈诗到节庵。

狗年戏题

怪道今年是狗年，巴黎结社狗称先。[1]
孟尝门下鸡同列，孔二庭中马不前。[2]
嗾赵盾时君豢养，[3]过唐宁后警收编。[4]
守门逐猎诚何事？[5]不及莱伊卡尔贤。[6]

[1] 报载，在法京巴黎，叭儿狗也已有他们的俱乐部，要名贵的狗才能加入。

[2] 王安石读孟尝君传："鸡鸣狗盗之出其门。"《论语》：至于犬马，皆能有养。举狗在先。

[3] 赵盾谓"弃人用犬，虽猛何为？"

[4] 英国内务大臣巴特勒否认警察在唐宁街十号麦美伦首相官邸前放出警犬，驱逐示威群众。

［5］第一次世界大战后，英国不赓续一九〇二年之《英国同盟约》，据谓因日本已失去在东方为“守门口”之作用。

［6］据报章：曾有示威者救人被咬伤。

有感

世事何尝算洞明？番薯斜插未分清。
况论禹稷思平世，已见劳资剧斗争。

干部下放三首　三月七日

其一

击鼓敲锣庆下乡，雄狮相送最欢场。
宁辞负耒非春事，且喜田间是课堂。[1]
要与老农支建设，还凭党领促耕桑。
年时青干功谁纪？自有群情玉尺量。

其二

光荣榜上有题名，爱听争先下放声。
机转拖拉宁守拙，水平文化欲持衡。
整风过后良苗长，反运当前事实明。
八十万人齐动手，黄河水可待澄清。

其三

稼穑艰难挂口头，从来菽麦本儒羞。
力勤南亩仍基建，压倒西风是壮猷。
工业赖成农合化，齐民应有稻粱谋。
东陵瓜美犹堪羡，况值桃林牧马牛。

［1］林啸白《新中国干部下放漫笔》有“田间是课堂”之语。

大公报港版复刊十周年志庆　三月十日

一纸风行日，遐陬启迪先。

事犹嗟坠绪，功欲勒燕然。
复育逢三月，回看忽十年。
定知能致远，祝语寄巴笺。

美国人造卫星次虞文灼先生春景原韵 三月十一日

的的萤光入户庭，未妨飞箭试雏型。
却怜一去云间鹤，尚忆长沉海底星。[1]
憔悴杜卿仍探险，支离夸父欲延龄。
临邛道上如逢客，应问回头梦可醒？

[1] 月之五日，美为陆军部用“木星”火箭发射人造卫星“探险者第二”，入云后突告失踪，六日白宫发言人承认该颗星“迄仍没有安然进入它的轨道的消息”。此亦不可不纪之一大事也。美国的卫星专家布劳恩说：“美国需要五年时间才有希望在火箭和道弹技术方面赶上苏联”。

附：

春景

熵火阳光已径庭，效颦犹自诩新型。
未偷灵药空奔月，枉断痴魂陨落星。
踌躇舞台终惹笑，婆娑倚树怅超龄。
剧怜迟暮临歧路，春梦模糊唤不醒。

谢满勤余月婵结婚贺诗 三月十二日

解羡鸳鸯意味真，相逢况值武陵春。
谢家玉树余家子，还许针神绣洛神。[1]

[1] 清初，扬州女子余韫珠曾为王士祯绣《神女洛神浣纱图》，皆极工。余、谢均为“华革”会员，深盼其婚后仍继续为会努力不懈。

大公报复刊十周年酒会赋二首　三月十四日

其一

看朱成碧作花飞，坐对黄封诗力微。
莫似留宾后阁走，[1]秦青前已不言归。

其二

玉食冰盆错杂陈，酒边况忆故山春。
去年花底懵腾醉，曾折花枝寄远人。

[1]《大公报》酒会设告罗士打酒店九楼，大客厅后有一别室，得间道通电梯，宾客也不觉也。先是余曾与霜崖、蒙田约定，即于其处借酒会余闲，略谈艺展事，然后亦不果行。故有“留宾后阁走”之语。

香岛中学十二周年校庆三首　三月十五日

其一

一纪周星历历功，披图考绩颂齐同。
业勤差喜材无弃，已值时清道日隆。

其二

扣尔铿然试有声，栋梁榱桷异才情。[1]
何妨先后丹青染，[2]且听撞钟小大鸣。[3]

其三

若道前贤畏后生，剧知华实待相成。
他时话到文章事，门外峰峦最不平。

[1] 王荆公：“先收先生作栋梁，次第收拾桷与榱。”
[2] 晋虞溥学之染人，甚于丹青。
[3]《学记》：“善待问者如撞钟。”

喜闻第一座干馏炉建成因寄伍锦文夫妇兼示蔚儿茂名三首 三月十八日、二十六日

编者注：据《陈君葆日记》，其一、其二作于三月十七日，并于三月十八日寄出，故日记系在三月十八日。其三收于二十六日。据日记："茂名成了南边的石油城了，我把寄给了文蔚和伍锦文那两首诗（见三月十八日），又补上下面的一首，写了给《文汇报》。"其一句一"来从"《陈君葆日记》作"移从"；句二"去住"《陈君葆日记》作"来往"；"怜雪爪"《陈君葆日记》作"惊雪爪"。句四"硕画"《陈君葆日记》作"石画"。日记注释作："信写在一张吉林松花江岸雪景的明信片上。"其二句一"瑶峒"《陈君葆日记》作"瑶洞"。若三"若向"《陈君葆日记》作"倘向"。句四"何处"《陈君葆日记》作"若处"。

其一

来从北地冰封日，去住南陲石作油。
且莫披图怜雪爪，[1]喜看硕画展新猷。

其二

瑶峒云封历几春？桃花流水汉前人。
他时若向潘山过，为问飞升何处真。[2]

其三

百万吨藏映绿波，游人宁识旧烟萝。
侧闻水库新成后，还比流溪大得多。[3]

[1] 三人均于去年从东北石油九厂调到茂名参加建设石油工业工作，诗写在一幅吉林松花江雪景的照片上，故第三句云云。

[2] 茂名东有潘山，山之麓为潘山坡，相传晋永嘉道士潘茂名得仙于此。又茂名城西有升真山，相传为潘茂名飞升处。

[3] 广州友人语余，谓供茂名石油城工业用水之水库建成后，将比从化流溪河水库还要大。投入生产后，茂名每年将产石油一百万吨。

谢桂贞以华革会一九五七年除夕联欢晚会照片一帧寄赠报之以诗　三月十八日

四海情同兄弟亲，况逢除夕喜知春。
剧谈犹及评新律，[1]留影谁教第五伦？

[1] 时群言方反对教育修订新例。

读书吟三首　三月十九日

读书吟三首，戏为美国总统艾森豪解嘲而作也。据报载：艾氏平居生活，除爱打高尔夫球而外，就是嗜读西部小说，因是招来参议员摩斯氏之责言，以为艾氏身为总统，“日理万机”，应该阅读“西部故事以外的另一些东西”，而不宜徒作“太平天子事”，言外之意殆别有所指也。故为之解嘲云。

其一

颇笑摩卿识见迂，白宫阶下说三余。
不知汗马功劳在，西点当年可读书？

其二

高尔夫球乐有余，西边说部外无书。
到头孰与前贤愈？未肯如棠学羡鱼。[1]

其三

球经马典亦皆书，大小罗公传不如。[2]
直恐诸君无健者，儒冠身误尚蘧蘧。

[1] 美国已故前任总统柯烈芝雅爱钓鱼。

[2] 威恩·摩斯推荐与艾森豪之头一本书，为《罗斯福传》，但未指明为老罗斯福，抑为二次大战时期民主党之罗斯福。谈高尔夫球的书，最早的一本恐为一八九五年出版赫脱戈申著的《高尔夫球》。《马典》指

《马努法典》，以美国有红印度人，故云。说者每谓高尔夫球与军事学问有关。

题英国工人日报漫画英国的面貌改变了四首并序

画左边作一哥特式建筑的礼拜寺，静穆庄严，令人起敬；右手边则为于原处改建了美国火箭基地，塔貌依然，惟已非复礼拜上帝祈祷之场所，而又外加铁丝网，禁止通行，望之生畏，今昔之异，有如是焉！因感而赋此。

其一

影落长衫压帽檐，惊心辐射更尘纤。
可堪火箭成基地，犹似干云仰塔尖。

其二

本是传经说道场，如何高踞引天狼？
从兹玉宇施甘露，大抵都为核子浆。

其三

息影人曾解就阴，巍峨千载漫追寻。
最怜庙貌疑哥特，无复穹苍向上心。[1]

其四

三岛由来重右文，莎翁乐府驻诗魂。
不知玉石俱焚后，更与何人拭泪痕。

[1] 哥特式礼拜寺建筑，其特色在所有寺塔均作尖峰形，隆崇嵂崒，最为虔诚向上心的有力表现。

旺角艇屋区火灾二首　三月二十一日

其一

木屋遭殃事不新，如今艇屋亦灰尘。
原非风急天高候，又见流离失所人。[1]

其二

本已无家聚水滨，一船十户付燔沦。
天公有雨难成济，水火依然是比邻。[2]

[1] 此次火灾，流离失所者达千二百余人。
[2] 大火之日，本为下雨天，但亦无济于事。

伊朗废后苏娜雅一律

长恨歌残岂望尘？杨家姊妹尚输辛。[1]
者番无后仍为大，终是江山胜美人。
未必爱情真绝对，依然权位最相亲。
陈思不欲为天子，正是甘心赋洛神。

[1] “辛”谓辛博森夫人也。

有感

一任飞花落绮筵，喜传消息凯歌旋。
怀归对酒情何恨？辩证谈经意独便。
海月有心悲汨没，清时无梦托戈船。
金台近识增新奂，好与高人踏步前。

春日郊行二首次虞文灼并柬雨汀

其一

不关春至愧诗才，力与支春后院栽。
隔水晓烟沉海月，黏天芳草接燕台。
望穷县圃思乔木，梦入临江有弃材。
谁遣到栏惊坠絮，又随微雨涸阶苔。

其二

暂拒秋霜短鬓侵，不辞寒水醉时临。
极知断岸难呼日，[1]尚拟清樽与酌今。
鹤背天风从缱绻，渡头垂柳滞沉吟。
修途况是花时节，闲检青衫绛渍深。

[1] 苏轼：“独临断岸呼出日。”

近事杂诗二首　三月二十七日

编者注：其三及注释据《陈君葆日记》补。

其一

挟飞火箭犹遗失，氢弹云端竟自投。
民命直同儿戏耳，怎教不作杞人忧？[1]

其二

经济今番重出超，南支叛党北侵朝。
美援到底真援美，武器源源向外销。[2]

其三

来时带得冰箱至，归去还能换美元。
总是外交能手事，教君颠覆向谁言？[3]

[1] 罗素谓：“当美国单独拥有原子弹时，对俄国施压力，甚至必要时在使用原子武器国际化这个问题上扬言进行战争，都是值得的。但是，由于西方政治家所深信的西方的假定的技术上优势，现在证明是不存在的了，那么，就不应继续鼓吹这种政策了。现在已经出现了‘一种新的形势’，它意味着不能再用战争作为政策的工具了。”

[2] 杜勒斯对国会说：“减援外的款项，将会减少国内的就业人数，并增加经济衰退。”

[3] 美国享有外交特权的国际合作署人员在巴基斯坦走私漏税，做黑市买卖的行为，使得巴的国库在外汇方面也遭受到损失，这是“伐人国”的一个方式。

写在前面　五月六日

编者注：《陈君葆日记》云："一九五八年三月二十九日至五月七日赴湛江旅游途中综合记述。"据此似当作于三月二十九日。今暂系在五月六日。

体会交心事认真，批评自我涤污尘。
独闻三省吾身语，赤裸还他第一人。

由阳江赴湛江途中二首

其一

晓发阳江露未干，薄欣疏雨湿栏杆。
兆民争取千斤白，旱魃偏延二月顽。

其二

抗旱心情似老农，春阴遥望海云东。
回车到处渠流水，社社能专更解红。

在湛江参加挑土劳动有感　五月九日

劳动胡为步不前，只缘观点未全蠲。
不教大众同挑土，宁识生来五种肩。

在湛江参观农村

景光到处看逢春，欲剪阳江塔影新。
得句径须书便面，更烦余本为留真。

由返穗途中于开平长沙尝荔枝

荔枝才上得尝新，驻马长沙绛欲匀。

多谢分甘王应老，玉浆和雨浥轻尘。

参观茂名石油城炼油干馏炉二律　五月十二日

其一

地骨龙穿历几秋？夏岩鳞甲满青邱。
犹难垩纪征皇古，想见共工触不周。
爝火寒光氢湛露，洪炉干馏酒如油。[1]
巍峨三百幢幢影，待与明来望眼收。

其二

鉴水南流到海回，石油工业看花开。
可堪绝峤烧丹烁，曾累专城筑债台。
志士苦心图报国，庙谟何意弃长材。
将军抚髀谈当日，抖擞时还数举杯。

[1] 出茂名县城东南行，一抵金塘、公馆等地，即发见一种褐色岩石，漫山遍野皆是，状如鳞甲。产油工作分四大部分：一蒸馏，二裂化，三焦炭化，四加氢；而“冷却”亦为其中一重要过程。由原油炼取航空汽油须得加氢。石油矿的伍工程师告诉我们说：矿现采用两种干馏炉，一为抚顺式，一为德国制之鲁奇式，两者各有长处。现在干馏炉已建成一座，其高度约等于广州市之爱群大厦。将来全部投入生产时，将须建成同样大小之高炉三百二十座云。说“酒如油”，实则油似葡萄酒也。

过袂花河　五月十四日

编者注：袂花河在广东电白。

莲头沙尾并津通，更拟邗沟写水东。
摆渡袂花河上过，一泓深碧待分洪。

湛江港次秦元邦韵

滨海鱼盐地，南陲岂固穷？
限门吞吐口，[1]沙碛霭烟中。
港汊吴川绕，舟车百越通。
特呈连晓雾，灯塔耀长空。[2]
岛峙浮山脉，[3]珠还合浦风。
渐臻三世治，非独九州同。
混一车书事，从应语放翁。

[1] 志称：吴川县南三十里有限门港。
[2] 特呈、灯塔均为广州湾外海岛。
[3] 浮山在电白县境，说者谓吴川东部诸岛几立海中，地脉均自浮山来。

茂名观山侧看缅茄树同余本卢子枢因寄叶灵凤香港二首　五月二十四日

编者注：缅茄树生于广东高州，是稀有物种，据说全球仅有两棵，另一棵在缅甸。

其一

高枝青来两清新，一树婆娑绿嫩匀。
买得子茄思寄远，眼前羞对折花人。[1]

其二

移植滇南重有名，流传故事泪思倾。
近闻已解能繁种，聊寄江头片叶青。

[1] 时余本折得缅茄花一枝，携回作标本。缅茄花形如串，每朵分四瓣，其中一瓣略短而稍圆，上长出一红瓣略突出以覆之如叠古然。花须六七根。红瓣凋谢后，茎上留着一小颗粒，青色如豆形，疑即茄之初结成状也。

石油咏题寄周斯铭兼柬杨作甫二首　五月二十七日

编者注：其一句一“酌海”《陈君葆日记》初作“探勘”。

余既以《参观茂名石油城干馏炉》七律两首寄《大公报》发表。刊出后，杨作甫先生即以电话至，谓彼于月前曾就卅年前茂名开发油矿旧事，发表过一次谈话，见于报端。跟着，他即以谈话剪报寄示，并附一手札，嘱一并为转周斯铭先生。余读其书，有引用王荆公“三十年前此地，今日重来白首”之语，一时别有所感触，辄题一绝于封面寄去。事后，复觉意有未尽，因又续成一首兼寄作甫先生。至于此次到湛江专区参观，同行者尚有中山大学丘琳教授，此则电话中所未及语作甫先生者矣。

其一

卅年酌海经过地，白首重来慰石油。
定怪水滨杨德祖，独迟归计抱边筹。

其二

万丈霞光映石城，[1] 山花犹是昔年情。
何堪隔水思乔木，尚有嘤鸣恨别声。

[1] 作甫先生来书又云：“昔时其地一片荒凉，今日霞光万丈。”故援用其意。油母页岩分布区域很广，不限于茂名一县，廉江、电白各地均有。廉江一名石城。

南州杂忆十一首　五月二十九日

其一

长春何国世何年？又道湖山劫外天。
时节落花曾小立，短篱疏雨意萧然。

其二

也爱溪山绝处行，椰阴系艇听涛声。

不知鳄背春春满，赚得宵来载月明。

其三

住向莲塘西复西，门前流水暮烟低。
如何一枕逾三纪，秋菊春兰望总迷。

其四

吉灵庙前鼍鼓声，吉灵庙后暮江清。
朝暾额粉涂鸦字，顶礼还从事远行。

其五

危磴光岩又黑岩，凭高目极挹浮岚。
寿星自向天南驻，忙煞春泥燕燕衔。

其六

一宿山中特地寒，佛来沙上怯衣单。
塔韩更在千峰外，云树苍茫最耐看。

其七

空山宜雨复宜晴，携碗来寻万木声。
最是晓霜秋月白，左江右海汲深清。

其八

一纸书盟地轴回，雪兰莪港夹江开。
危梯塔顶窥西海，曾听潇潇夜雨来。

其九

落日青林月上迟，海滨无处着千思。
食风袅尽钗头凤，油壁车来觑阿姨。

其十

月夜千村梵哑铃，榴梿花发韵偏清。
犹嫌夜半飞狐过，惊起枪声梦又醒。

其十一

君到巴双倚暮霞，锡兰移影尽栖鸦。
非矜椰子堪供糈，别解临风事呕哑。

为华革会拟悼飞雁摩洛两商船死难海员挽联　六月一日

轰商船，沉飞雁，造成九死十伤，丧尽良心，实旷古弥天罪行；

惩祸首，制毒龙，暂且含悲认泪，共伸义愤，肯饶他不世深仇。

拟悼飞雁摩洛两商船死难海员挽联

横行公海，滥炸商船，试问国际法墨渖犹新，威权何在？

破坏和平，行依寇盗，悯兹死难者精神不泯，义愤同伸。

悼飞雁摩洛两轮死难海员　六月三日

编者注：句六“真归”《陈君葆日记》作“真疑”。

星条千岛马牛风，月黑横刀道亦穷。
直为石油争垄断，竟寻商旅肆顽凶。
约盟早负生灵望，暴行真归海盗同。
碧血已教埋怨府，欲挥双泪洗长空。

关于教育司干涉中国学校悬挂国旗事　六月十一日

编者注：据《陈君葆日记》，此诗为改旧作而成。“是略改旧作所成，原作‘又萧萧’。”

大旗依旧霍嫖姚，病马胡天作气骄。
犹有射鲸身手在，西风残照漫萧萧。

香港教育司干涉中国学校悬挂国旗四首

其一

聚五星光耀九天，伏波宁更筑居延？[1]
悬旗自是吾民事，问鼎怜渠已忘年。[2]

其二

政治从来总为民，东西贤哲不殊伦。
若非动物能言政，帅正何从去教人？[3]

其三

近识穿墉鼠有牙，仍教起陆看龙蛇。
何曾此辈昌言说：不许人们爱国家。

其四

射月声来气激昂，[4]欲凭身手护金汤。
百年势异要盟日，长记荠青过汶阳。

[1] 汉武帝遣伏波将军路博德筑遮虏障于居延城，然今日中国外交政策力主和平共处，信守五项原则，夫岂复有此种需要？而一切“铁幕”“竹幕”之谬说，则更觉其无聊。

[2] “忘年”谓已忘却今日非复为鸦片战争之时代，那些日子已一去不复返。

[3]《论语》：季康子问政于孔子，孔子告诉他说：“政者正也，子帅以正，孰敢不正？”如果自己还不知道什么是“正”，什么是“不正”，又如何去“为人师”而教人呢？人类是政治的动物，这一说还出诸西洋哲学家，然实为不刊之论。

[4] 首句指日本岸信介政府纵容暴徒毁辱我国旗事。

读人民日报引洮工程开工消息喜而赋三首

六月十六日

其一

激水穿山岭上行，驯龙千里出西倾。[1]

河神想未甘低首，剩作临洮夜雨声。

其二

济渭徒闻有庙谋，秦中自昔帝王州。
万雷今走黄沙外，北地渠成看绿稠。[2]

其三

陇右群材意气豪，健儿心更比天高。
引陵引鉴新行遍，欲上滙台看引洮。[3]

[1] 干渠长一一三〇公里。
[2] 庆阳，秦置北地郡。
[3] 滙台，西倾山别名。

杜勒斯谈黎巴嫩独立二首

美国国务卿杜勒斯说，美国为保护黎巴嫩的独立，将在某些条件下，采取军事行动，其目的殆在根据艾森豪主义出兵中东。

其一

百里艟艨又向东，杜卿倾国事兴戎。
扶危倘教谈纲纪，乔治何如比夏蒙？[1]

其二

分明内政黎巴嫩，偏道危机待守邻。
识否十三州独立，可曾干预任他人。[2]

[1] 乔治谓英国国王乔治三世也。
[2] 杜勒斯又说，驻地中海的美国第六舰队正在密切注意被危机磨折的黎巴嫩局势。杜勒斯大概已经把他的祖宗怎样血战八年，才争取到独立那一段历史，忘记得一干二净了。他大概忘记了一七七七年沙拉多加一战之后，甚至波罗的海的国家也守起中立来，那才对于美国十三州的独立作了一些贡献！

戏和靖老同鞋诗次韵四首　六月十九日

其一

青鞋布袜料非新，越水穿林尚守真。
最忆骂曹听浅唱，田头麦浪步生春。

其二

丁曾异曲不同工，却喜生来足下同。
想见兄弟难得共，未妨履守待虚中。

其三

更拟从公事远游，平生几两屐曾修?
算来只有同谐好，白首终归第一流。

其四

凌波罗袜久生尘，楚客三千步调新。
颇复欲完东郭履，便烦为买洞庭春。

惊闻柳亚子病逝北京感赋二首　六月二十二日

编者注:“更无因”初作“已无因”。

其一

此生重见更无因，一恸何堪在远身。
偏到端阳微有泪，悠悠千载两诗人。

其二

飘逸诗才更史才，江山曾助走风雷。[1]
暮年词赋关情甚，三复时当首重回。

[1] 龚“高吟肺腑走风雷。”

挽柳亚子先生（二十二韵）　六月二十五日

前年至都门，闻公常病脑。

构思苦不继，掀髯未云老。
戚戚悯重听，达语每凭嫂。
谓是宣劳久，暮齿宜善保。
岂伊再历秋，竟尔伤宿草。
订交二十载，[1]最忆闭孤岛。
沈沈两待旦，东方日始杲。
回首悲乱离，转述心若捣。
麻鞋神甫诗，[2]间道辱寄稿。
弱雏屡劳念，[3]片楮秘鸿宝。
冥报疑可期，览鬓首若皓。
怀旧抚遗编，刻意奋翰藻。
羿楼既经劫，南史痛残抱。
问字钞妙文，[4]校雠费探讨。
结习谈旧诗，癖好心仍懆。
制作关大计，新思晚更好。
开国叙元勋，修史事梨枣。
今古感代谢，鸿均尚䙰褓。
深省发洪钟，和平恃坚堡。
东风吹以劲，淑气缦浩浩。
两大垂文章，社建日进道。
公诗在天地，绝响胡太早。

[1] 抗日军兴后，柳亚子先生南来避居香港，余始与相识于张一麐先生座谈会座上。

[2] 香港沦陷后，先生走避桂林，间道遣人以诗来，有“麻鞋臣甫”之句。

[3] 时长女云玉离开香港，避读粤北仙人庙，先生屡遣人往致慰问，有一次并特托张铁生先生枉道往探访，实平生最感激没齿不忘之一事。

[4] 港九沦陷，先生所藏南明史料若干种，已荡然无存，其中有幸获保存之剩稿若干篇，则于日治时期曾属图书馆馆员为誊钞，然公书蚓秋蛇，大不易辨识，故亦每为所苦。

无题一首　六月二十九日

新诗八首纪腾欢，此岂无题便主观。[1]
绝似田头遮烈日，暂持丁履作曾冠。

[1]《大公报》大公园版发表靖老纪游诗，以上一首注误移作题，甚可笑，令人有一头雾水之感。

东营待渡次靖老韵[1]

编者注：注释据《陈君葆日记》补。东营，现湛江市霞山区，法国侵占时，曾称东营。

到此仍看浪拍天，肯忘瓯缺百年前。
回头车走雷声过，欲拂征尘便跃先。

[1] 东营为现湛江市霞山。

宿水东县府行馆

编者注：水东，原是广东电白县人民政府所在地。新垌茶为高州新垌所产，在当地很有名。

非关爱月夜眠迟，起看明河落海湄。
一碗茗烟新垌瀹，听君吟遍梦中诗。

致罗慕华　六月三十日

莽莽苍苍变九州，索居何事更夷犹。
春风十里花千树，知有高人在倚楼。

南州杂忆十首 七月六日

编者注：陈子实是香港大学毕业生，一九五一年曾随陈君葆回国观光。

其一

祭鳄文宁类解嘲，冥顽南徙尚南巢。
到门最有观潮兴，周处原曾学射蛟。

其二

炭出声嘘去国吟，凿开烟瘴变夷音。
尚怀子弟思亲授，未瘁乌金铁石心。[1]

其三

巴生港口绿波深，横海楼船载誉临。[2]
举国若狂观盛日，孰怜鱼腹信沉沉？

其四

海峡旧经马六甲，舟人遥指浪千层。
残碑阙字无穷事，七百年间几废兴。

其五

肤黑独教留姓字，能言偏不解乡音。
垂垂辫发编霜鬓，至竟仍存故国心。

其六

草没蹊深虎迹残，藤萝谁吐气如兰。[3]
幽香古木闻清妙，日午垂阴滴溜寒。

其七

太平湖水忆清涟，照水疑无解语莲。
湖畔倘教藏小艇，月斜容我醉时眠。

其八

倒影横云列五峰，峰峰欲上与君同。
何当半枕茶园梦，落照清凉一笑空[4]

其九

南国风流自昔云，沈沈史迹异传闻。
过江名士谁当数？藉甚谈文每忆君。[5]

其十

故人满眼尚南东，几个裁成处士风？
刻意伤春春又是，横山微雨夕阳红。

[1] 煤炭山集群学校。

[2] 一九二三年英国战舰“马来亚”号到半岛来访问，泊巴双港口，开放予群众登舰参观。

[3] 霹雳打巴原始森林中闻寄生兰花妙香。

[4] 此首为忆林东木作。

[5] 谓陈子实也。

哈马舍尔德调查黎巴嫩三首　七月十日

编者注：哈马舍尔德时任联合国秘书长。

其一

师出无名力亦殚，安全自卫说来难。
哈生毕竟存朝气，不肯同流欲弃官。[1]

其二

失望居然诟鲁连，是非颠倒史无前。
调查非为令公喜，鹿马何由说得圆？[2]

其三

正谊差能气一扬，独怜狐鼠色仓皇。
问联合国谁当主？跋扈专横尔许狂。[3]

[1] 美国《新闻周刊》报道：如果联合国投票赞成武装干涉黎巴嫩，联合国秘书长哈马尔德就准备辞职。

[2] 对于哈马舍尔德所领导的联合国调查团的报告，夏蒙与杜勒斯固然均感到“失望”，而英国首相麦克米伦亦为之不愉快。然则“指鹿为

马”，则能“令公喜”矣。

[3]《真理报》谓联合国观察团的报告，已在干涉黎巴嫩的组织者的阵营中散播了纷扰和混乱。

日本军国主义祸心未死一律

编者注：句二“事仇”《陈君葆日记》作“事伊”。句四“岸犯”《陈君葆日记》作“岸信”。注释［2］据《陈君葆日记》补。

已见东西起反侵，事仇怜汝让君临。
夏蒙自为资铺路，岸犯何曾水洗心？[1]
广岛劫余灰未灭，金陵血海辙重寻。
奴颜便尔忘吴沼，又听希魔远足音。[2]

[1] 全印度和平理事会指摘说：目前黎巴嫩夏蒙政府正为美国及其他西方国家进行军事干涉铺平道路。

[2] 岸信介当时获选为日本内阁首相。

香港美专六周年纪念两首　七月十四日

其一

肯与丹青学画工，六年回首见肤公。
还从现实真生活，一洗临摹旧作风。

其二

点染人生入画图，依然气类竞相呼。
闲中别有新天地，未许秋山淡欲无。

伊拉克政变一律　七月十六日

一朝政变去元凶，燃腹焚尸事略同。
拱手石油资寇盗，系身战毂岂英雄？

伊城走马成虚会，安曼升机仰碧空。
苦煞艾森豪主义，覆车南美又中东。[1]

[1] 伊拉克发生政变，国王费萨尔下落不明，首相赛义德与王储伊拉为民众击毙，尸首被焚烧，足见人民怨愤之深。赛义德就是《巴格达条约》的缔造者之一，这简直系身于北大西洋条约组织的战车而已。政变发生之日，费萨尔、伊拉与赛义德正准备飞往伊士坦布城出席巴格达条约国之会议。伊拉克政变发生后，约旦国王侯赛因便常备一架直升机王宫屋顶上，“以防万一”。

参观国产文教用品展览杂咏四首

其一　英雄墨水笔

四宝中书有重名，英雄新识褚先生。
不烦更作研磨事，春蚓秋蛇笔下成。

其二　钢琴

风前铿尔调钢琴，奚必孤桐城外寻？
犹似七弦明月夜，广陵散后忆清音。

其三　显微镜

一

芥子纤尘欲镜机，力能破小世方希。
如今我亦窥玄秘，宁待西来始显微。[1]

二

蹴踘流风道自东，精研发展有殊同。
君看世运挑能手，岂独能专更要红。

[1] 展览品中有放大力千二百倍之显微镜。往时显微镜这类制作，惟仰舶来品，今则大异于是，岂特仅望其项背。

关于颜居士的书有感而诗　七月十九日

一段尘缘终未了，百城依旧梦清芬。
何当偕得天书枕，不落言诠绝异闻。

张子宏先生任职商务印书馆五十年赋二十八字纪盛

七月二十五日

万卷曾翻秘阁传，一车刊辑蠹余编。
从知脱障窥经论，已笑虫鱼五十年。

中东近事次胡希明韵三首　七月二十八日

其一

上甘岭上血犹腥，又见侵黎鸡犬惊。
七海骷髅张黑帜，白山杉树几能青？[1]

其二

覆车南美更中东，十字军怜道已穷。[2]
奚事缔盟千载后，又吹暗雨扇西风。

其三

倾翻一夜殿前军，几个王朝付野燐？
寄语大楼郎特里，两河休谓已无人。[3]

[1] 美国进兵黎巴嫩，派第六舰队陆战队万余人登陆，以扶植一已尽失人心之腐朽政权，来维持自己的石油利益，这简直为海盗行径。黎巴嫩本为一山名，义即“白山”之谓，山高七千余英尺，其上有杉树林，历史上很有名。

[2] 艾森豪与杜勒斯，承希特勒的衣钵，倡“十字军”以进行其反共产主义战争，揭穿来说，赤裸裸的侵略而已。目前已分崩离析的巴格达条约组织，盖又去当年的十字军，已千载矣。

[3] 两河（幼发拉底河和底格里斯河）流域，为古代文明发生地，从古以来，不知历几个王朝，阅几多兴废。然根据最近开罗《金字塔报》公布了的，一封由美国助理国务卿郎特里签名，发给美国驻巴格达大使馆的密电，则所谓“艾森豪主义”，其为颠覆人国家的阴谋，豺狼成性的暴戾，违反时代精神，不顾一切信义，竟有人难于置信者。险狠下流，乃一至于此，蔑以加矣！

中东近事杂诗十首　八月二日

编者注：注释［2］［4］［5］［6］据《陈君葆日记》补。

其一

中东怒火烈朝天，民族高潮万马前。
奋起殖民枷锁断，伊人不让祖鞭先。

其二

一夜完成革命功，旌旗变色飏东风。[1]
敌来已是干戈定，独立群中又一雄。

其三

横海楼船万马喑，护侨借口肆陵侵。
却愁钢铸凭棺日，[2]何处西州父母心。

其四

兵出仓皇打扮迟，宵衣狼窟议戎机。
如何溃旅收残卒，重遣当年廿四师。[3]

其五

仰首群峰望却回，少爷宁忘运尸灰？
滩头登陆黎巴嫩，犹道伊拉克已来。[4]

其六

壮士能留到几时？夏蒙心事墨菲知。
谁相末路怜同病？侯赛因犹感自危。

其七

草木皆兵笑此曹，无名师出一团糟。
两军徽识犹看错，卜卜机枪射一遭。[5]

其八

五国缔盟巴格达，浊醪笑阙马提尼。
集团重数余巴土，不返魂招杜勒斯。[6]

其九

抵死猩狂忘掩羞，盗宁有道异薰莸？
居然纵火烧油库，[7]拟盗犹嫌最下流。

其十

转眼中东顿改观，白宫应是觉心寒。
死胡同里悲泥足，进退今知已两难。

[1] 伊拉克政变，推翻了费萨尔王朝，转为共和国，实际上前后仅历两小时耳。

[2] 据报载：苏联海军拥有一种强有力武器，能毁灭整个第六舰队于地中海，使它成为“钢铸”的棺材。

[3] 伊拉克政变发生，白宫彻夜会议，决定立刻出兵，于是不到四十八小时，遂有登陆黎巴嫩之妄举，而登陆部队又系当年侵朝而惨遭击败之第二十四师。

[4] 美国海军陆战队在贝鲁特登陆，许多士兵却问道：“这就是伊拉克了么?”然则五角大楼发出的是甚么命令，也就可以想象了。

[5] 登陆的美国兵竟不能辨识黎巴嫩军徽识，却向政府军和黎国警察以机关枪乱扫射，说者谓此等少爷兵大概患的又是精神病了。

[6]《英国新闻纪事报》著论讥在伦敦开会的巴格达条约国会议说：“没有巴格达的《巴格达条约》，就像没有掺进有马提尼的马提尼鸡尾酒一样。”又《人民日报》社论，题目为《招不回来的魂》。

[7] 连日巴格达油库叠二连三以遭纵火焚烧闻。

拟影剧家的序曲

编者注：这是作者应影剧界著名人士鲍方先生邀请所写序曲。

合唱：时间爬虫般在转进，沉重的负担仍压在身上，像春老时的蚕蛹，干劲头鼓不动，咬破蚕丝冲出去，到自由的天地！时间啊！这怎能不怪你，缺乏了勇气？

女独唱：黑沉沉的大地，草木摇落而变衰，听寒风萧索，一片苍凉景色。是天老爷昏愦？是恶魔在逞凶横？是我自己软弱无能 只落得个苦愁悲悸？啊！真是人间何世！

合唱：世界是个舞台，难道到这里来。只为了做一场春梦？我们要生活，我们要活下去，我们要活下去，我们要活下去，我们要勇敢地活下去，要痛快地活下去，要永远地活下去，谁愿意做祭坛上的牺牲？谁愿意过鞭笞下的生活？

女独唱：隐隐地雷声，分明从远处送，夹着谁的脚步儿，来看我这泪如泉水涌？

合唱：打断千古旧的枷锁，粉碎千年的桎梏，冲决一切藩篱，踏破那万重障碍，我们要活，挤着汗，拼着血和泪，要自由自在地活。

女独唱：我们要活，且揩着泪，勇往地向前！

合唱：揩着泪勇往直前，我们要直正地活！

顺德参观次李子诵凤城游韵 八月二十九日

编者注：注释据《陈君葆日记》补。

今年华革会第一次回乡观光团参观新会顺德两县建设，于八月六日抵大良，即晚县人委会开会欢迎，翌日又设宴招待，县长陈燕山、副县长李本立、统战部长钟德均出席参加，备极欢洽。襄曾见陈县长和子诵诗，颇惊其倚马之才，今复聚首一堂，杯酒言欢，益觉闻名不如觌面。

何分苦李与蒙庄？[1]到处家园稻正香。
沼气照明云路社，[2]红旗招展九洲洋。
蝉鸣叶底知秋实，电影田头夺日光。[3]

跃进岂惟升斗计，太仓余粟陋成康。

[1] 此次回乡参观，初本拟也到中山县一行，以时间关系卒不果。然到处家园都一样，宁分苦中顺彼此。故有首句意。
[2] 云路社已建有大小两个沼气发电站。
[3] 白昼露天电影我们在顺德县府内看过。

凤城食堂县委人委联合招待宴席上用李子诵访云路社韵兼呈陈燕山县长

过日龙江绿涨高，凤城西去换萧骚。
来逢朗月思鲈脍，闻道诗仙亦酒豪。
县长农忙时跣足，老兵翰墨著勋劳。
酒边读罢耕桑句，欲倚晴窗尽和陶。[1]

[1] 县长陈燕山不特能诗，且豪于饮。在宴席上，团员某对我说："陈县长，他就是昨天我们在街上碰见担着个锄头赤着脚与路过人讲话那个同志咯！啧啧！"

听潮水发电站负责同志介绍情况次吴廷槐韵

革新技术破难关，肯让狂潮自往还？
倒挽回澜教发电，弄潮今过十三湾。[1]

[1] 十三湾，当时听讲解员讲述潮水进退经过水道情况，所得印象如此。

留别凤城用吴槐庭凤城游韵

凤城西望叶藏藏，双塔悬空夕照黄。[1]
后夜雨声清梦破，几人银烛忆高堂？

［1］凤城食堂全部用光管，照耀如同白昼。

追记十六夜月亮二首　八月三十一日

编者注：海陵，广东阳江的一个大岛。

其一

一生月见几回圆？千二晴阴强半鬭。
昨夜书成寄海上，[1] 婵娟怜已隐山前。[2]

其二

海陵曾记十分圆，万派潮头四月天。
转眼不知人事改，入河蟾影又秋烟。[3]

［1］李白："青鸟海上来，今朝发何处？"
［2］孟郊《婵娟篇》："月婵娟，真可怜。"
［3］四月底抵海陵，适遇十五夜月，忽忽四阅月了。

咏史二首并简示罗慕华　九月二日

其一

公子侯生枉爱才，梁园无地筑金台。
借非海上逢朱亥，四十斤椎怎袖来？

其二

湖沙万里旧家装，嫁得单于胜窈娘。
说尽琵琶千古事，归来知否识中郎？

祝文汇报十周年纪念　九月三日

编者注：注释据《陈君葆日记》。

听尽鱼龙待旦天，横霜毛瑟凛三千。[1]
十年赖汝司喉舌，斗转还同跃马前。

[1] 为丕公题字的是："十年奋斗，三千毛瑟。"

读香港教育司规定采用中国历史课本五首 九月五日

迩者国人对于香港英国政府所规定各学校采用之中文教科书，颇发其秘奥，指批谬误，然尚未多及历史课本一门。昨偶一翻阅，觉使人为之瞠目伸舌者，盖不一而足。兹就所发见，掇拾一二，敷以韵语，聊成"集锦"之章，未尽钩深之事。

其一

历代帝王无郑姓，竟教玩笑意随开。
郑和不是芝龙子，三保何从赐姓来？[1]

其二

三案分明识未真，张冠李戴泰成秦。
移宫竟到乾清去，选侍何来郑贵嫔。[2]

其三

纤纬翻同谶纬论，和珅一去作和坤。
搜神干宝称于室，禹锡何妨号万钧。[3]

其四

夷人犯法归谁审？唐律分明不费寻。
领事判裁原有自，教猱升木更何心？[4]

其五

史家原也多发明，马戛尼来为和平。
且未登场成旦末，于长岂非关汉卿？[5]

[1] 历史科教书第八册写郑和："后为宦官，赐姓郑。"我们只知明末唐王赐郑成功姓朱，号国姓爷，不闻郑和亦赐国姓，更不闻郑亦为国姓也。此非替永乐帝开玩笑而何？

[2] 第八册载述移宫案，竟把那个选侍写成要移到乾清宫去，而不是要把她从乾清宫移出来，一异也。选侍，郑氏而不是李氏，二异也。

[3] 第五册"谶纬"作"纤纬"；传为作《搜神记》的干宝变了"于室"；

第六册刘禹锡作“刘万钧”；至于第九册“和珅”变做了“和坤”，大概因为他后来被“赐自尽”了，“珅”字上面丧元似地删掉第一横，“一”去不复返，那岂不成了“坤”字？这也聪明之至。不过最聪明的还在后头。

［4］第九册上面写道：“在中国的外国人犯了罪，由他们自己的官长审判，这是中国历代便如此的。”呵！我的上帝啊！却原来如此！怪不得杜勒斯在叫嚣不已咯！可是那书上注解所引的《唐例疏义》卷六名例的话，便揭穿了这种歪曲事实的用意。名例规定：“诸化外人同类自犯者，各依本俗法；异类相犯者，以法律论。”还有比这更明白的么？换句话说，就是如果有两个同一国族的外国人在中国犯了法，如互相攻斗，危害治安之类，便按据他们本国的习惯法去处理事件，但是如果犯法的是两个不同国族的外国人，便得以我们本国的法律来审判了。什么“由他们自己的官长来审判”，那岂不是胡说！试问“他们自己的官长”又怎样会在中国？哀莫大于心死，而“心死”的话，殆莫过于此了。

［5］书称马戛尼为“和平使臣”，不知何所见而云然。第五册“且末”变作了“旦末”，难道历史学家在编剧？

看家乡新貌摄影联展陈迹求文题此　九月十三日

跃进声中待寄书，故罗归梦滞花都。
凭君摄取新风貌，指点河山入画图。

看家乡新貌摄影联展四首　九月十四日

编者注：注释［3］据《陈君葆日记》补。

其一

锣鼓潭边早稻香，[1]圭峰山下暮云黄。[2]
何曾住得乡园梦，葵扇熏风共晚凉。

其二

遍地开花妙绝伦，村村办厂斗芳辰。
归来莫更寻陈迹，[3]镜里分明事事新。

其三

太艮山前一径斜，绿云遥指尽桑麻。
伏波桥下潮来去，何处桥西问吕嘉。[4]

其四

艺术吾华踞上游，石湾陶器世无俦。
君看祖庙翻新貌，[5]更显人间第一流。

[1] 锣鼓潭在会城西四十里。
[2] 圭峰山一名黄云山。
[3] 联中有陈迹作品，但此非指人言。
[4] 传桥西南五里石涌乡为南越相吕嘉故乡。
[5] 祖庙谓佛山祖庙也。

题梁德珍女士纪念手册　十月四日

秘鲁茵迦史迭更，千年陈迹待谁评。
多君文化低潮日，曾涉重波万里行。

寄新晚报二首　十月五日

顷自穗垣归来，适新晚报社折柬见招，征知为创刊八周年纪念志庆。比以行装甫卸，征尘未洗，不克躬与盛会，弥觉慊然。既而夜深不寐，搦管有怀，因成感事之篇，聊补贺章之作。

其一

新命时教域外寻，晚风初动曲池临。
报闻十上前朝事，八骏重来此日心。

其二

天意归周空问鼎，暮年怀楚惜张琴。
纪侯尚自依胡羯，宁念台民怨寇深。

次雨亭广州归来韵一律　十月七日

编者注：注释据《陈君葆日记》补。

欣睹天工物物开，千山红雨众情该。
仍凭细润以蒲柳，不废旁搜集短材。
策杖边庭输辇毂，投鞭弱水谕澎台。[1]
栏杆倚处秋光遍，容与春来听发雷。

［1］第五句指朱德副主席视察新疆，第六句谓国防部长彭德怀发表《告台湾同胞书》。

参加鲁迅先生逝世二十二周年纪念会归后作六首
十月十九日

其一

廿二年间岁月迁，光芒今益耀遥天。
横眉理合含微笑，薪火能将革命传。

其二

好是临江水竹居，晴窗风日木扶疏。
肯教毒草仍滋蔓？生不当门也要锄。[1]

其三

三十年前经过处，先生接淅说无声。[2]
如今四表光华被，耻尚鸡鸣惑曙蝇。

其四

川白山青气尚寒，东城瓜熟怯衣单。
胡叉在手休闲放，明月时还刺狗獾。[3]

其五

四百神州庆景从，河山何处不尧封？
先生倘得今还在，忍见台澎又敌踪。

其六

哲人永远属吾民，敌我仍教判怨亲。
若道爱憎无界线，普罗文学为谁陈？[4]

[1] 我在座谈会上讲话中，曾因有所感而改定庵句作“草不当门也要锄”，故末句云。

[2] 一九二七年，鲁迅先生过香港时，曾作过“无声的中国”一演讲。

[3] 狗獾，即猪獾。

[4] 有谓鲁迅先生是属于中国人民全体的，当然。

重九日过二弟君超墓三首　十月二十一日

其一

水曲山重去路遥，碣林无处问渔樵。
更谁与语秋容淡，百岸松荫伴寂寥。

其二

风云才略付江烟，去住人间十六年。
今日看成儿女大，几回清泪落君前。

其三

亦知佳节强宽颜，聊慰秋魂俯仰间。
憔悴落花人独立，又随红雨湿秋山。

集定庵句寄劝台湾草山老人四首

其一

剩水残山意度深，小桥独立惨归心。
田横五百人安在？同志徐王仗续寻。

其二

万缘简尽罢心兵，此事人间有正声。
不是九州同急难，更何方法遣今生？

其三

冉冉修名独怆神，金门缥缈廿年身。[1]
自今两戒山河外，可有摊书闭户人？

其四

寒暄上界本来希，笑指河阳镜里丝。
我作新诗侑公笑，收帆好趁顺风时。

[1] 自“八一三”抗敌战争以至今日，二十有一年矣。当时蒋介石在全民族一致对外号召之下，盖亦修名几立了。

香港华人文员协会二十周年纪念贺诗　十月二十四日

君子以文会，辛勤二十秋。[1]
梦犹传彩笔，书或寄佉楼。
赞画多时彦，勾稽点伏流。
定知成众志，边翼有嘉猷。

[1] 韩诗：“我始来京师，只携一束书。辛勤三十年，始有此屋庐。”

过九龙城宋王台公园有感

机场轧轧听机来，别有廊坊面面开。
丈八只余驰道在，不知何处宋王台。

循陔老人来札有我写此信苦于作诗之语因题一截寄意

十月二十九日

展读君书语若丝，详于章奏苦于诗。
百花采后蜂成蜜，岂问辛勤究为谁。

为源克平题李凡夫为画佛像　十月三十日

到门弹指又而今，本自无言枉用心。
何处更寻龙象力，蒲团三尺落花深。

参观绸缎丝绣品展览题字聊书绮罗香并被苍生七字并写成七绝　十二月十二日

耕桑到处听歌声，丰产今年大有成。
直欲平原丝尽绣，绮罗香已被苍生。

雨亭以次韵陈乙峰筹建工人大会堂之什见示并索和因书以递一解

毶毶移柳濯青枝，初见东风解冻时。
帘外鹃啼花更发，酒边波逝日西驰。
怅怀阴雨思无逸，入梦郊坰赋有骓。
得意肯堂规法在，不须华屋慕条支。

附：雨亭原作

何用鹪鹩欢一枝，会堂终见矗天时。
百工不惮经营费，多士甘为挹注驰。
好与王风删葛藟，重教北调听虞骓。
座中我亦欢颜客，广厦宏开众力支。

响应筹建工人大会堂感赋六首　十二月十六日

其一

筹建工人大会堂，同群应解乐输将。

伫看广厦欢颜庇，肯把河山作异乡？

其二

海国春来阴复晴，江山无恙乱檐声。
凭栏侧想垂云雨，锥立何当寄远情。

其三

杰阁飞甍睹汉仪，千门开盖有宏规。
定知经管非凡响，科技文娱并入诗。

其四

劳力方知创造宽，连云宁为一枝安？
聿来启宇思寻尺，不向方兄说个难！

其五

星火方将向燎原，胼胝手足纪新元。
卅年工运重回首，笑共华堂燕雀喧。

其六

粤江江水派流长，到海潮头百丈狂。
赖有造时身手在，偶依高阁识梯航！

次石岐石德泰部长设宴招待席次寄霜厓香港用范石湖元日马上二绝原韵　十二月二十六日

其一

笑仍晓色辨霜髯，倚棹岐江醉未嫌。
来岁酒杯应觉浅，荼蘼斟后径须添。

其二

休论五十九俱非，[1]已见当头月浸矶。[2]
夜久海风吹梦破，故乡乘月几人归。

［1］石湖句：“浮生四十九俱非。”
［2］是夕为耶稣圣诞节，亦为农历十一月十五当头月。

十二月廿五夜石岐当头月下作

今夜岐江月，何方人倚楼？
高炉炼百钢，沃野水平流。
影息张家老，[1]裙牵孺子牛。[2]
移家此应向，归梦况宜秋。

[1] 张家边敬老院，为所见敬老院中办理得最臻理想的一个；现在住有老人二十六名，建筑尚在积极扩展中。
[2] “孺子牛”句写幼稚园中所见。

宋帝遗迹

马家犹自有祠堂，遗迹思寻辨莽苍。
日暮香炉山下过，更无人省寿星塘。[1]

[1] 沙涌有“宋帝遗迹”，日暮匆匆经过，来不及细访其所在处。

坟头冈

编者注：坟头冈，广东中山石岐地名。

坟头冈上几西风？流水梅花入海中。
欲问寿星塘在处，南台高对北台峰。[1]

[1] 记称宋端宗死于舟中，葬于寿星塘，陵迹五处，盖马南宝所筑疑冢。其地亦名坟头冈，在北台山之西，梅花水自此出，下流而入于海。惜时已暝色四合，不暇辨认。

中山参观公社建设因至翠亨张家边沙涌叠响应筹建工人大会堂前韵六首 十二月二十七日

其一

社社人民建礼堂，不伤处物自迎将。[1]
只应桑梓斯民主，宁信他乡胜故乡？

其二

烟墩朝上眺新晴，夜雨微闻润叶声。
曾是昔时攻守地，桂枝香处不胜情。

其三 谒中山先生故居并参观纪念中学

大同陈义每心仪，颇恨前贤未着规。
今日停车庑下过，弦歌来听五星诗。

其四

群众中来政令宽，全民办社益思安。
一番钢铁翻增产，谁道超英赛美难。

其五

河山万里望中原，异代人犹说宋元。
遗迹至今传帝炳，[2]海西千古碧涛喧。

其六

跃进休论道阻长，和平竞赛足清狂。
卫星又见凌霄去，回首人间陋短航。

[1]《庄子·知北游》："圣人处物不伤物，不伤物者，物亦不能伤也。惟无所伤者，为能与人相迎。"颇欲师其意，而拙于词，奈何！奈何！

[2] 沙涌村大街尽头处，有编竹为里门者，颜其上曰"宋帝遗迹"，日暮匆匆经过，未及巡礼也。

重过澳门走笔寄马万祺 十二月二十八日

绿阴过处一停骖，欲就君为十日谈。
行李老增风物感，故园新竹影毵毵。

题龟甲烟灰碟 日期不详

编者注：此诗系在一九七二年七月二日下，但作于一九五八年。《陈君葆日记》："清理书籍，发现五八年一个信封上写了这样一首诗……疑未抄录也，姑存之。"今移此。

龙马时还解负图，劫余灰载淡巴菇。
可曾甲胄犹存性，已见中空岁月无。

【香山文库】

陈君葆全集

诗歌集

下册

陈君葆 著
刘秀莲 谢荣滚 主编

SPM
南方出版传媒
广东人民出版社
·广州·

图书在版编目（CIP）数据

陈君葆全集·诗歌集／陈君葆著，刘秀莲、谢荣滚主编．—广州：广东人民出版社，2018.7
ISBN 978-7-218-13080-4

Ⅰ．①陈…　Ⅱ．①陈…　②刘…　③谢…　Ⅲ．①陈君葆（1898—1982）—全集　②诗集—中国—当代　Ⅳ．①I217.2

中国版本图书馆CIP数据核字（2018）第157440号

CHENJUNBAO QUANJI · SHIGE JI
陈君葆全集·诗歌集
陈君葆　著　刘秀莲　谢荣滚　主编

出 版 人：肖风华

出版统筹：柏　峰　张贤明
责任编辑：张贤明
装帧设计：彭　力
责任技编：周　杰　易志华　吴彦斌

出版发行：广东人民出版社
地　　址：广州市大沙头四马路10号（邮政编码：510102）
电　　话：（020）83798714（总编室）
传　　真：（020）83780199
网　　址：http：//www.gdpph.com
印　　刷：广州市浩诚印刷有限公司
开　　本：787mm×1092mm　1/16
印　　张：55.5　插　页：12　字　数：750千
版　　次：2018年7月第1版　2018年7月第1次印刷
定　　价：198.00元（上下册）

一九五九年

元旦试笔　一月一日

五九登新岁，仍书戊戌年。
知非情似我，顾影月如烟。
守夜何多事，吾生亦偶然。
时逢因变义，见善益思迁。

知梅枝要做棉衣戏寄两首　一月二十日

编者注：梅枝，陈君葆小女陈云湘乳名。

其一

一裁一剪一装棉，想是缝工未细研。
尽道女红原己事，如何本领让人先？

其二

刀尺寒衣赶过年，指寒缝匠教谁怜。
只应跃进烦针线，自己铺棉自己穿。

张家边敬老院同郑柏龄留影五首

编者注：郑柏龄，时任中山县侨委会主任。

其一

乌哺私情旧念蠲，丰衣美食胜当年。
何须更苦余生计，吃饭如今不要钱。[1]

其二

养老争如敬老贤，[2]宽怀不在减年钱。[3]
仍崇首义尊劳动，织屦编蒲志未涓。

其三

老去香山却病先，广文非复苦无毡。
身闲日暖重檐下，小语还疑竹马年。[4]

其四

林下风来竹影偏，棋枰着子耸诗肩。
灌园识得闲花草，不碍晴窗烂浸眠。

其五

张家边向海波连，留影来同细雨天。
亦拟移居亲水鸟，香炉山下足延年。[5]

[1] 郑柏龄先生语余等云："现在食品供给分为四等，第一等给老年人，第二等给婴儿们，其他分与其他的人。"

[2] 敬老院以前称幸福院，柏龄先生谓"敬老"一语更富于意义，而现在的养老办法，仍未得谓已达到幸福程度，故云。

[3] 范石湖诗："世境增年是减年。"一般地说，人生过半百，便觉得那一边较近了，但是现在的年老者很多都不肯作如是观了。

[4] 有了年纪的人最苦是生病而得不到照顾。有了敬老院，老年人住在一起，共同生活，这样如果安排得好，实在是他们莫大的幸福。自非身历其境，大概很难体会到这一点。

[5] 中山县原称香山县，因境内香炉山得名。

春节前夕参观顺德龙山排沙公社寄黎子流同志

二月八日

重过龙江旧雨逢，此来端的验年丰。
鱼翻十倍猪肥腯，春在专深红透中。[1]

[1] 参观团既过龙江，到渡头来欢迎的为钟德统战部长，是旧相识了。龙山公社不植稻谷，集中力量搞塘鱼、蚕桑、肉猪、菜蔬四种产品，塘

鱼指标为亩产万二千斤。

无题

蘋婆果树变天工，幼养耆尊道大同。
自是和平基社建，东风今稳压西风。

灵凤夫妇来拜年奉寄两首[1]

其一

不是逢人誉子贤，宵来最忆两飞泉。[2]
闲窗日午蒙头睡，客至翻忘已换年。

其二

登高能赋愧前贤，志物输君语涌泉。
何意摩崖才拓罢，[3]又飘寒雨话经年。[4]

[1] 这两首用龚定庵《己亥杂诗》第一首原韵。

[2] 除日下午抵港，遇大雨，把街道洗得干干净净，可是却苦了那些做花市生意的。经过一场豪雨也不免想到山中的飞泉了。

[3] 上月卅一日到佛堂门看过摩崖宋刻后，第二天便匆匆就道，有广州之行，回来已是戊戌除夕，又嚷“过年”了。

[4] 叶灵凤新著《香港方物志》出版了，寄来一本。

杂诗长洲晚望　二月十二日

编者注：长洲，香港一个大岛，也是渔港之一。

长洲渔市杂商廛，[1]水碧回环没岛烟。
几度来过西北望，凤凰山在绛云边。

[1]《新安县志》：“长洲，商贾多聚集于此。”

寿李凡夫五十三生日　二月十三日

卌九俱非又过三，一般世味喜同谙。
逢时早作营丘计，画像多应道子探。
定与醉吟图九老，不妨困睡学瞿昙。
忆观两现庄严相，[1]面壁何曾妙得参。

［1］余曾两题凡夫所画佛像，一为张建南，一为源克平所藏。

为华革春节晚会撰春联

好趁时光扩团结；
莫孤春色竞芳芬。

食水鱼歌　李凡夫置酒见招啖脚鱼席间般若伯郊命作　二月十四日

主人杀鸡置酒不下箸，更宰水鱼瀹干贝。
翅肚鲍参并粤珍，裙甲登盘此称最。
九肋味美乃瑞夸，背负蓬莱妄自大。
入馔徒供快朵颐，沈渊岂尚为民害？
延颈时还向东溟，跛足看似登陆艇。
嗟汝岩岸来奚骛？缩首泥途事窥诇。
曳尾何曾得笥藏，裹皮但有双目炯。
为问盘跚能几时？一朝染指尝沸鼎。
即今献处疑非泰，颇闻九州不言外。
北人往往嗜南烹，徐叶味亦异体会。[1]
徐子餔啜复窥厨，叶家腹尺讥曹郐。
我思域外识味少，洋绘乱真哕莫奈。

不须笑我老更馋，正尔怜渠类居蔡。
江湖焉得便相忘，尚欲屠鲸饱韩脍。

［1］徐叶，谓徐伯郊、叶灵凤也。

中山张家边看山洞养猪四首　二月十六日

其一

不记何方所发明，自然复返此行先声。
也同岩穴宜称士，万亩荒山拥列城。[1]

其二

移居大圂景光新，白蹢沾泥异昔邻。
陋室未嫌豬老戒，天堂犹有穴居人。[2]

其三

肥腯来风放卫星，千斤刚鬣创新型。
何须更羡长平愿，[3]不信天生只四灵。

其四

黄土曾闻可疗痧，穴居聊复胜栖霞。
已教荐食诃封豕，奚更垂簑牧艾豭。[4]

［1］张家边人语余，谓将辟“猪山”，划开山地数万亩，把猪放其内，任令自己生活，外则环以深沟，猪自然临深不敢越云。
［2］香港蓝塘道顶、赛西湖二处均有“穴居”人，真是不蔽风日的生活。
［3］卫青曾封长平侯，微时为牧猪奴。
［4］柳子厚句：“垂簑牧艾豭。”

诗一首　二月十八日

昆仑以外更无山，笑与何人说孔颜。
我欲扁舟下三峡，载将明月送春还。

诗覆冼玉清　二月十九日

书来南雁已西飞，矰缴空怀太液池。
泽畔倘教逢柳毅，未妨传语为君辞。

杂诗

耻言微力不从心，春在何妨梦里寻。
记得花间容小立，九天咳唾露痕深。

读湘儿由穗回京后来信有感　二月二十一日

迢递山河拥上京，书来带得几分晴。[1]
不关北地先知暖，一雨春犁润物情。

［1］入春以来，香港天气阴雨转寒，全无放晴意。

无月夜一首　二月二十二日

编者注：冼子，冼玉清。

今日元夜，漫天风雨，无月。因忆去年八月十五前夕在广州，冼子约余往文化宫观灯，因事未赴约，后颇为怅然。日前冼来书，中道及目前大家正忙于搞献礼，我则徒四壁立，外则一些故纸堆，有何可献呢？即提笔赋无月夜，因亦及之。

观灯每恨孤前约，献赋终嫌序后尘。
沧海笑无明月夜，漫天风雨属闲人。

成庆生先生挽词　三月六日

南来才士甘清苦，希迹陶吴韵绪赓。[1]

旧业不教随逝水，新机时得发春荣。
攫人魑魅看应惯，当道豺狼亦可惊。
最使情何能已日，怜君心有不平鸣。

[1] 陶吴，谓陶行知、吴涵真也。

集句一首为大公报复刊十一周年纪念　三月八日

一年又过一年春，舌有风雷笔有神。[1]
今日春光太漂荡，[2]羡他湖上十年人。[3]

[1] 苏东坡《和王斿二首》。
[2] 李义山《江东》。
[3] 陈后山《赠太素……轲律诗二首》。

为华革拟成庆生追悼会挽联　三月九日

会务著勋劳，考绩庋友，正深倚畀；
海滨惊噩耗，故交教界，同此伤怀。

为回教协会拟成庆生追悼会挽联　三月十一日

港九教育界失去了一颗明星，修途顿黯；
陶行知先生倘得与黄泉相见，后起何惭。

为谭锦洲拟成庆生追悼会挽联

药石竟无灵，空此临风陨泪；
死生关大计，凭谁立懦廉顽。

杂诗过九径山 三月十四日

编者注：九径山，在香港新界屯门。

九径山前路却回，屯门遥指海天开。
昔人此处曾歼寇，惟见寒潮去复来。[1]

［1］《新安县志》：九径山在县南四十里，下临屯门澳，明海道汪鋐帅土人歼佛朗机于此。按：汪鋐，明婺源人，字宣之，弘治进士，嘉靖间擢右副都御史，巡抚南赣汀漳诸府，累至吏部尚书兼兵部。

观地下宫殿影片五首 三月十八日

其一

骷髅应笑镂金冠，空闭千斤白玉门。
自古称皇称帝者，谁曾智及汉将军？

其二

定陵三次寿宫巡，忍说明亡系一人。[1]
四十八年天子事，廿年不见大臣询。

其三

张差已戮内珰经，[2]宫女如花满掖庭。
不似景皇陵上草，昌平回首得常青。

其四

金盘玉盏一身谋，下彻三泉亦闷幽。
奚事烧瓷徒灭役，侍臣犹有陆沉忧。[3]

其五

历历寝园犹在目，沉沉斜照欲衔山。
墓门指点留荒碣，不省榆关外有患。[4]

［1］万历十二年九月“作寿宫”；十三年九月“癸卯如天寿山阅寿宫”；十

六年九月“庚申，如天寿山阅寿宫”；又同年“八月乙未，诏取太仓银二十万元阅陵赏费”，其奢靡可知矣。史称：“论者谓明之亡，实亡于神宗。”

［2］万历四十三年梃击一案，卒以戮张差于市，毙内珰二人于禁中了事。明北廷十四帝，惟景帝葬西山。

［3］灭江西烧造瓷器，系万历十二年三月事。

［4］满洲清太祖努尔哈赤起兵攻尼堪外兰，事在万历十一年。

偶成　三月二十二日

其一

来日方思是大难，巡天胡尔遽云安？
近来略解生生义，虫豸犹然一例看。

其二

旧德寻思有耿光，回眸欲语失诸郎。
深心更向何人诉，未许春丝引恨长。

书巴格达近事四首　三月二十三日

编者注：注释［1］［3］据《陈君葆日记》补。

其一

沙瓦夫歼仇者恨，纳赛尔怒卡将军。[1]
千古是非谁会得？眼睛雪亮有人民。

其二

万众欢呼巴格达，将军不用一言宣。[2]
怜渠控制云由外，[3]试问谁真搞覆颠？

其三

铁托依然受豢怜，将军奚事复西连。
若非坐大图兼并，观望何来对阿联？[4]

其四

反殖时虞势易分，虎狼宁望恤羊群。
近来怕说天方事，多恐仇俦快欲闻。

［1］伊拉克北部莫索儿发生叛乱，领导者沙瓦夫被杀毙，乱事旋亦平定。

［2］报载：巴格达热情的群众高呼“打倒纳赛尔”等口号，拥挤成一大堆，致警卫无法维持秩序，逼得卡塞姆取消了演说。二十日《人民日报》社论，有一段指斥所谓“控制”的很重要的话语：“伊拉克的民主化事业虽然还在开始，但是已经在保卫民族独立的斗争中显示了多么大的力量。如真不是依靠民主，不是依靠人民，伊拉克共和国早就在国内外反动势力的再三夹攻中支持不住了。”伊拉克的例子向阿拉伯国家和一切亚非国家说明了什么，也就不言而喻了。

［3］阿联的发言人指责伊拉克受到甚么共产党的控制。

［4］埃叙组织联邦后，沙地、也门等国家均存观望态度，殆非无因。这里“将军”指纳赛尔将军。

西藏甘巴族变乱辄成两绝

其一

瞻望西南有隐忧，雪山高不隔阴谋。
可堪去杀残胜后，重话宵衣旰食秋。

其二

父老犹难谕汉唐，事功原也出非常。
极知西顾无遗策，禹拜昌言罪伐汤。

喜闻伊拉克退出巴格达条约六首　三月二十七日

编者注：注释［1］［3］据《陈君葆日记》补。

其一

五国要盟迹可怜，伊人退出理当然。[1]
堂皇总部埋青草，车马喧阗异昔年。

其二

帝国主义连根拔，[2]语壮河山敌气吞。
民主高潮翻浪起，自由端赖斗争存。

其三

安得中东杜觊觎，殖民侵略共驱除。
三年要建成强国，[3]豪语真堪愧鄙夫。

其四

伊土巴英各异谋，马前当卒总堪羞。
世间多少爬虫类，日向金元远叩头。

其五

条约早无巴格达，寻盟空复缔双边。
杜卿枉作千年计，首脑闻谈八月天。[4]

其六

亚非团结互支持，反帝摧封正此时。
大义当前民族事，肯教挑拨介阿伊？

[1] 伊拉克总理卡塞姆宣布退出《巴格达条约》时说："我们是一个中立国家，如果我们留在条约中，那么就是说的是一回事，做的又是一回事了。"废弃条约时他用"埋葬"字眼。

[2] 卡塞姆说："伊拉克正在把帝国主义连根拔起。"壮语真堪书诸座右。

[3] 卡塞姆表示相信，伊拉克在三年后成为中东最强大、最繁荣的国家。

[4] 三月廿六日《人民日报》社论说："《巴格达条约》早就没有了巴格达。"社论又说："已经参加了《巴格达条约》各种主要机构的美帝国主义，不久以前同土耳其、伊朗和巴基斯坦分别签订了双边军事协定。"

或谓我嫩人写老字岂其然耶戏书二绝

其一

断垣偶觇闲烟水，秃笔时孤旧墨笺。
白发皤皤吾老矣，剩书蜗字学青年。

其二

献赋生憎纸价高，画沙曾拟听秋涛。
近来稍解严霜意，何限锥尖忆紫毫。

彻底平定西藏叛乱二律　四月一日

其一

初惊叛乱扰边庭，涣汗旋观意转平。
藏局卒教三日定，红旗依旧五星横。
盗持达赖班禅代，虏结康巴噶厦倾。
且喜寰区严谴责，佛徒僧众有声明。[1]

其二

西瞻拉萨旆旌扬，六亿神州志激昂。
只为叛徒张挞伐，岂容忧患起萧墙。
反封彻底求民主，扎喜逢人道吉祥。[2]
侵略枉思寻跳板，已令团结倍加强。

［1］关于西藏叛乱事件的公报说：“三月二十日上午十时，中国人民解放军西藏军区部队奉命对罪大恶极的叛国集团进行讨伐；人民解放军在藏族人民的协助下，经过两天多的战斗，已经彻底地粉碎了拉萨市的叛乱。”自三月上旬以来，帝国主义与反动派报纸即不断宣传，谓西藏情况不稳，康巴族发生暴动，并已取得拉萨以南地区的实际控制。一切情况显示：这次叛乱是由于西藏代表农奴主的上层分子勾结帝国主义和反动派沆瀣一气所搞出来的。

［2］报载：拉萨市秩序正在迅速恢复，市民在街道上相遇或遇见藏、汉族干部时，都高兴地互道“扎喜德来”的吉祥语，表示从叛乱的灾难中解放出来的喜悦。

杂诗一首　四月二日

也旁春丛伴醉眠，年光容易付秋烟。
近来多少无题句，总向花前乞暂怜。

平定西藏叛乱五律一首　四月三日

叛国辜难蔽，崇仇怨足嗟。
劫持怜达赖，仗义有喇嘛。
卫教疑污佛，联夷只乱华。
休令转世者，翻从鲁康娃。

北大西洋公约组织十周年一律　四月四日

休怨西方处下风，十年横霸道终穷。
金元徒见真援美，导弹难凭久逞凶。
七海艨艟支黑约，五洲星火燎长空。
外围战略归高阁，会议闻须开极峰。[1]

[1]“五洲”谓欧、亚、非与中南美洲也。

北大西洋公约十周年七首　四月五日

其一

十年称霸愿难谐，美帝蓝图待葬埋。
北大西洋波浪阔，只今公约剩枯骸。

其二

存心侵略太猖狂，局面谁令此紧张？
冷战早疑成热战，和平力量倘非强。

其三

美军墓地满寰区，军火商沾利润余。
集体安全虚语耳，别人先死最无辜。

其四

希土加盟倍可怜，过河卒子肯当先。[1]
东南条约连环后，侵略居然又向前。

其五

强吞颠覆互相成，赢得殃民黑约名。
闻道退盟巴格达，羡伊人总较聪明。[2]

其六

分崩离析看西欧，群犬狺狺为骨头。
三国核心争领导，又来依赖有要求。[3]

其七

魂返希魔祸可知，约盟组织本支离。
蒙哥去后诚何意？[4]抨击还当挂印时。

[1] 希腊、土耳其并非大西洋国家，也加入北大西洋公约组织，当马前卒。

[2] 伊拉克正式宣布退出《巴格达条约》系三月二十四日事。

[3] 北大西洋集团，美国的盟国不愿意把自己的命运全付托给美国，于是英国提出“互相依赖”原则，法国则要求“三巨头核心”组织，真是各怀鬼胎了。

[4] 蒙哥，谓英国元帅蒙哥马利。

清明节偶成　四月六日

时节又清明，潮来带恨听。
鸟声三面柳，春色十分晴。
地有无家别，人怀去国情。
焉知四十载，依旧锦江行？[1]

[1] 时迁拆之风复炽，加租之声又起，士有无家之忧，人怀赶绝之惧，故

五六句云云。卖花人依旧叫“清明柳”，而今年“一霎清明雨”也没有，这里复“制水”，居民更苦了。

高尔夫球与失业　四月十日

报载：美国失业人数已超过政府所承认的五百万，事实上接近六百五十万。四月八日，五千多工人代表到华盛顿举行游行示威。美国劳工界建议，请美国总统艾森豪结束他的打高尔夫球的假期，亲自去失业情形最严重的地区视察一次，被白宫发言人简单一句话拒绝。

总统宁云乏热肠？最关心处异寻常。
和平恶见趋浓厚，局势偏宜使紧张。
缩手战争谈有限，藏头侵略转加强。
万千失业浑闲事，高尔夫球更几场。

贺新郎　闻国家南水北调十二条路线计划喜赋　四月十四日

编者注：下阕句三“输”《陈君葆日记》作“依”。

水道调南北。引金沙、拦河筑坝，四千公尺。碧泛丹江连三峡，影落征帆海舶。看远跨、方城桐柏。比似邗沟千万里，更洞庭、波接龙江黑。增绿野，变戈壁。　江南塞上春消息。凿通天、神工鬼斧，总输民力。过雀儿山重回首，曾记流沙积石。又还道、二郎山色。渭水故都秦汉月，笑前人枉解镮辕塞。凝望眼，意何极。[1]

[1] 报载，自国家提出了南水北调的任务以后，几年来，黄河水利委员会、长江流域水利规划办公室、中国科学院等有关单位，从长江上游通天河以下至下游扬州，在五千多公里的范围内进行了探测研究工作，共拟定十二条南水北调引水路，这十二条路线，经过研究后，认为有四条可以为基本调水线，即：（一）金沙江玉树至积石山线；（二）云南

中甸翁水至甘肃定西大营梁线；（三）三峡至桃花峪水库线；（四）大运河抽水线，自扬州经湖泊入黄河。

因下大雨未能往观看梁上佳人辄书一绝寄春冰

四月二十四日

编者注：春冰，胡春冰。

力疾怜非顾曲周，也思楚舞爱吴讴。
如何一雨云泥隔，梁上佳人不少留。

重过佛堂门登大庙观宋代石刻六首　五月九日

其一

笑语山前泛海槎，是谁曾到慰岩花？
残碑剔尽摩挲字，碧藓犹滋映断崖。

其二

一棹烟波到梦频，楼船横海思前人。
悠悠七百年间事，清浅何当问海神。

其三

绝忆轻飙堕片言，放怀天地爽诗魂。
浪花洒面成飞雨，载得娥眉过鲤门。

其四

窥残秘笈兰桡画，回首重波二十年。
入梦篷窗惊夜雨，樯身不见郑和船。[1]

其五

横山徒旅雨凄凄，浩荡风帆望眼迷。
还似佛堂门过日，[2]西风残照暮烟低。

其六

闲里江山付葛藤，且探禹穴暂微征。
六朝云树秦时月，早识明珠照楚庭。

［1］一九三八年顷，美国女富豪艾其波尔特在香港造船厂订造长达二百余尺之大帆船一艘，俾到南太平洋作考察科学研究之作。船名郑和，其图样则假冯平山图书馆所藏如《营造法式》等书抄制。船成，余曾参加试航，出鲤门外大洋面作竟日游。其后年余，船卒于新几内亚东南触礁沉没，后又以一元之代价售与美国海军部。

［2］一九三八年，舟过佛堂门往西贡海浴，同行者有美国女作家 Emily Hann 韩小姐。

杂诗　五月十六日

底事随人尚唱喁，不应濠上始知鱼。
近来岂是悲迟暮，热闹场中总淡如。

送马季明先生葬后归作四首　五月二十七日

其一

一代风流不返魂，竟教斯疾丧斯文。[1]
从兹帕薄凫林过，十里松荫落泪纷。

其二

屈指论交廿四年，中间消息两茫然。
何图重聚干戈后，执手翻闲老鄙虔。[2]

其三

蜀道秦关兴未穷，更寻伊阙杖藜中。
伤心最是初坟月，曾照罗浮涧底松。[3]

其四

抱病谈文陋俗儒，不堪此日痛黄垆。
只应地下修文事，作傅仍教首铁夫。[4]

［1］季老患的是癌症，蔓延肚、肺、胃、膀胱四部分，历时三月，终不治。

［2］季明以一九五零年自港大退休。

[3] 一九三六年初夏，季明先生与许地山夫妇游罗浮，我曾与偕行。去年季老北上参加国庆，则取道三峡入川转逾秦岭至陕，出潼关转洛阳，复于洛阳罹病，甫抵京则进协和医院。

[4] 南中佳士，季老最称道李铁夫，誉为耿介拔俗之标，一时无两。去年年底渠在病中尝语余谓一俟病况稍愈，便当执笔为铁夫写传，岂知稿未及属，便弃人间，悲夫！

诗人节届忽忆柳亚子先生去年以是日逝世因赋二绝

六月五日

其一

荷花端复忆灵均，[1]角黍堆盘意并新。
逢世怀沙生死异，悠悠千载两诗人。

其二

一主骚盟五十春，长洲时见不凡身。
绝忆掀髯乱离日，新词重话女诗人。[2]

[1] 亚子《乞顾青瑶女士篆“前身青兕”小印报谢诗》有句云：“誓师杀贼浑无计，愧负荷花桂子名。”

[2] 一九四四年纪念“诗人节”，亚子先生写过一篇《介绍一位现代的女诗人》，是为林北丽写的。

端午节三首　六月十日

其一

海山佳处足清欢，画舸朱旗拟昔观。
犹有采珠人在否？不教灵雨涤愁肝。

其二

家家张艾绿菖蒲，问俗翻从教战余。
寰海尚虚祛五毒，未妨长系赤灵符。

其三

荔子香时怀旧雨，榴花红遍益思乡。
凭君多解诗人事，樽酒还同酹夕凉。

柳亚子先生逝世周年诗两首　六月十八日

编者注：注［3］据《陈君葆日记》补。

其一

谁纪南明继紫阳，[1]钩沉补缺费商量。
羿楼经劫余残目，空忆龙威有秘藏。[2]

其二

揽辔澄清当日意，[3]春心镌句混茫前。
吴中第一奇男子，瘗向燕云又隔年。

［1］亚子在《还忆劫灰中的南明史料》一文里说："在香港时，曾写过八卷的《南明纪年史纲》，是用朱晦庵《通鉴纲目》体例的。"

［2］亚子有《羿楼旧藏南明史料书目提要》载《怀旧集》，又其追求羿楼旧藏之文章，两次引用了定庵"吴回一怒知天意，无复龙威禹穴心"之句。

［3］亚子挽蜕庵诗有句云："少年揽辔志澄清。"

记黑人歌王罗拔逊赴苏联演唱两首　六月二十三日

其一

十年遏密黑人歌，四海依然重一罗。
又听和平赓绝唱，天才毕竟让君多。

其二

知音偏是在殊乡，三日曾夸韵绕梁。
艺术岂容分种界，又来重听黑歌王。

纸笔墨砚四咏看书法文玩展览后作　七月六日

其一

欲把千思寄所知，百花开况值清时。
殷勤报与春归处，十样云笺写小诗。

其二

兔毫�管梦偏清，钢铦今时道大行。
毛颖有孙濡染异，不知谁更晚霜横。

其三

清烟已远扶风梦，迁海东坡忆李潘。
何处更求曹氏墨，囊金尚拟易莪山。[1]

其四

浅紫深青试马肝，下岩无眼气犹寒。
宁知风雨张公子，尚拨玄云砺莫干。

[1] 孙莪山句："我有曹氏墨，一金易一铢。"谓曹冠五父子所制墨也。

石鼓砚一绝

伐鼓声惊夜雨沱，割云分紫笑人磨。
摩挲枉用訾苔藓，缺画无烦辨隶科。

看塞外奇观后兼示唐人七首　七月二十九日

编者注：注释据《陈君葆日记》补。

其一

终古天山雪与沙，玉关西望路仍赊。
绝怜卫霍长兵事，不解车书共一家。

其二

瀚海阑干十丈冰，受降城外昔时情。
如今转毂驰荒徼，十万天龙走马声。

其三

魔鬼城头月向圆，深宵鬼哭自何年。
笑谈欲踏天山雪，胜续夷坚海外篇。

其四

影交空外幻湖光，[1]万里平沙落照凉。
浅草辙深愁绝处，镜头瞄准射黄羊。

其五

冰窟夜聆丝竹韵，火州地有玉泉封。
葡萄熟后俄成脯，旦暮之间借热风。[2]

其六

休道长征人未还，近来谁个放身闲？
准教西北成天府，无复当年火焰山。

其七

沉沉史迹阒谁窥？苜蓿榴花未擅奇。
肯与披图遗塞外，尚能发蕴与君期。[3]

[1] 在影片里，摄影师去寻爱伦湖，按图到了目的地，竟见不到湖，是涸了呢？还是湖搬了家？汽车队继续向前，过了不久，忽在离开不远的地方出现了一片湖光，水色空蒙，波澜壮阔。可是赶快开车前去，却愈走愈远，湖光永远在前面，可望而不可即。于是摄影师明白了，那里不是什么湖，而只是大戈壁沙漠的大气层受到了太阳的蒸晒所产生的印象，是就是人们所常说的海市蜃楼！奇景！

[2] 吐鲁番盆地非常炎热，古时候称为“火州”，可是中却有一片绿洲，非常肥美，有地下泉足资灌溉。地盛产葡萄，当地人民利用热风来吹制葡萄干，简便而不费。

[3] 庆澍兄曩在抗战期间曾漫游西北，远至皋兰以西酒泉、敦煌等地。

八一有感　八月一日

编者注：其二据《陈君葆日记》补。

其一

揭竿几见道能光？史迹沉埋敌武装。
自是建军而后事，人民今始气伸扬。

其二

武装革命类能谈，北辙南辕百不堪。
千古英雄推魏武，到头心事费钩探。

读报愤书

苏发努冯终系狱，李承晚杀曹奉岩。[1]
纷纷迫害何时已？又见江头新柳芟。

[1] 老挝王国政府逮捕前建设部长苏发努冯亲王与其他爱国战线领袖多人，事见七月卅一日法新社电。同日电复载：南朝鲜国民议会前副议长进步党人曹奉岩已惨被处绞刑。

拟题江启明油画木屋一角

板筑悬崖一木支，可堪夜雨涨秋池。
朝来又听邻翁道：迁拆时虞且忍饥。[1]

[1] 青年画家江启明作品最近展出一百余帧，余最爱其几幅油画与粉彩中第四十九号之《女童》一帧，与“八一”建军节。

新加坡政府对移民入口施严厉管制

此后星洲到更难，移民门户已严关。
吾侨海外三千万，重足当年向百蛮。

己亥七夕　八月七日

风浪年年百丈狂，隔河牛女迄相望。
不知天上秋期近，且视人间耕织忙。

日内瓦外长会议五日闭会　八月八日

柏林依旧要分开，两月亏他舌战才。
百字寥寥休会去，剩教和约待将来。[1]

［1］外长会议结束发表了公报，仅寥寥百余二百字，会议进行了六十五天，西方国家死抱住冷战政策不放。

豪雨中又写七夕一首　八月九日

依旧银河浪拍空，徒劳乌鹊费填功。
何因更乞天孙巧，为织机丝架彩虹？

老挝新战事两首　八月十日

编者注：注释［1］［2］［3］据《陈君葆日记》补。

其一

殖民主义发新硎，自坏长城梦可醒。[1]
内战又开谁幕后，旧时豺虎识中庭。

其二

纷纷武器输基地，[2]飞弹何须更越洲。[3]
文职尽为军顾问，[4]貂蝉原出自兜鍪。

［1］老挝王国萨纳尼空政府逮捕发努冯和其他爱国党领袖多人。

[2] 美国认寮国为前侵中国军事基地，毫不隐讳。

[3] 事实上，美国恐怕到现在仍未制造成越洲飞弹。

[4] 范文同给尼赫鲁的信，指出老挝当前的日益危险局势，由于“老挝政府已经决定要求美国文职专家进行技术合作，以便同法国代表团配合，训练老挝军队”，实在威胁和平。

永珍归客谈兵

编者注：注释据《陈君葆日记》补。

湄公河水静如银，军事能谈客永珍。[1]
跑道有机皆北指，荷包无口不西亲。
东南徒见书条约，醇酒仍教爱美人。
到处利并唯贾客，算盘谁个不随身。

[1] 老挝事，颜栻二月间自永珍回为余言。

广岛开禁止原子弹氢弹大会

长崎广岛瞬沉沦，一弹牺牲卅万人。
十四年间思痛定，大洋容有未招魂。

美苏首脑互访

首脑能谈我欲歌，秋高对酒话应多。
但闻互访增头痛，只有波恩与战魔。

看十号风球影片后三首　八月十四日

《十号风球》一片，写这里的木屋区人民的生活，相当感动人。

其一

绳枢瓮牖也星摩，夜雨来时唤奈何。
莫作天台刘阮看，此中木屋泪痕多。

其二

贫女生涯苦惯尝，吃人高利最心伤。[1]
风波不信菱枝弱，[2]拼与他争若个强。

其三

斗争不向恶低头，伴舞含悲更忍羞。
下海心情谁体谅，输他大叔几能俦。

[1] 剧中贵利忠垂涎女工阿珍，欲得之为妾。
[2] 借用李义山句。

挽张菊生先生诗　八月十九日

晚岁流风被，人归兜率天。
海滨兴大老，戊戌有遗镌。
名士时称号，南州夙仰贤。
平生一识欠，对简欲泫然。

寄怀曾靖老广州三首　八月二十日

其一

春江一雨水平流，已卜余光庆有秋。
绿浪又摇千里目，去年曾记从君游。[1]

其二

山崩川竭志夷坚，赤县犹惊水旱年。[2]
不是人民公社好，有谁终教力回天。

其三

驾得扁舟向海陵，漠阳江月共潮生。
年时绝忆高人意，独倚栏干写物情。[3]

[1] 去年夏初有湛江之游，途次并留阳江二日，参观冈列社之试验田。
[2] 今年世界各国均以灾害并至闻。
[3] 去年海陵岛之行，靖老独留阳江宾馆作画，一日成十余幅。

云湘北医毕业　九月四日

教育功劳在眼前，十年树德到燕然。
准教着手同医国，犹胜张骞学事边。

拳术家赵教生日诗以贺之

四年喜见过周甲，绿鬓酡颜未怯霜。
身手健儿强有术，称觞遥祝寿而康。

挽张菊老联　九月二十二日

耆旧传江南，妙年早掇巍科，偶登仕版。
海滨归大老，平世低回流韵，应在书林。

赴北京国庆观礼途中火车上次马万祺韵二首
九月二十五日

其一

八千里路仰同风，已卜明朝见大同。
定识似君能几个？最难嘉会喜相逢。

其二

十年成就抵千年，史迹今番定胜天。
跃进只应凭领导，即观人物亦空前。

京汉路中书夜中所见二首　九月二十六日

其一

霞皴夜幕展新图，远火星星近点朱。
耕织未容钢铁缓，且看遍地小高炉。

其二

郑州才过又新乡，稳缚苍龙再架梁。
天上水来从到海，清时休更学轻狂。

有感一首　九月二十八日

南苑秋光景日新，当年御马画何人？
却怜好古任真汉，剔尽残碑每出神。

在北京八面槽曹聚仁先生宴席上二首

其一

不识城东八面槽，紫云飞处鸽儿高。
来过况值持螯晚，欲醉千杯沼沚芼。

其二

煮酒难凭一再过，英雄端合住烟萝。
烦君莫话南侨事，瀛海梯航荆棘多。

浣溪沙　用任真汉韵　十月二日

建国观光庆十年，此行真个似登仙，天安门上集群贤。　七十万人歌颂地，十分春色艳阳天，东风骀荡百花前。

晓起望北京西山　十月三日

编者注：句四“接天根”《陈君葆日记》作“是绛云”。

西山紫气入朝暾，猎猎红旗虎豹蹲。
试上万春亭上望，远云飞上接天根。

定明日夜车赴洛阳赋一绝　十月四日

冠盖京华思味覃，抡材应是愧楩楠。
前年印象留东北，十载观成更向南。[1]

[1] 孙（中山）夫人有《东北印象记》。

游北京十三陵水库定陵地下宫殿有感三首
十月五日

其一

波光堤外似官厅，浸灌拦洪最典型。
莫羡昆明湖水暖，十三陵树也常青。

其二

走马长城更定陵，松楸岂覆感飘零？
饶他翁仲闲风月，石马犹堪管送迎。

其三

天寿山前榆水西，秋山未老鹁鸪啼。
游人指点径行处，依约明来柳覆堤。

由北京赴洛阳火车途中有句二首

十月六日

其一

已分秋装待怯凉，黄花九月未惊霜。
非关天气多时变，定是人间爱艳阳。

其二

野宿奇峰望太行，水寒犹记滞新乡。
如何此日秋容淡，仍换单衣入洛阳。

入洛

沉璧何年受洛书，风云平野入青徐。
穆王岂爱为天子，王母祠前夜步虚。

洛阳游龙门宾阳洞　十月七日

其一

自是仙家兴较浓，吹笙人懒学驯龙。
鸾川若教东南去，天阙应连少宝峰。

其二

恍似人天浩劫余，东崖西壁总穿窬。
摩挲斧凿痕犹在，不见皇皇礼佛图。

其三

隔水东山望眼赊，依然秀气欲栖霞。
千年碧玉晴光满，怪底高人早徙家。

游洛阳过偃师

伐纣回车号偃师，田横过忒此多疑。
不知未有夷齐日，谁向西山采蕨薇。

在洛阳发觉忘带北京买来的折扇有句三首

十月八日

其一

百折居然怅陆沉，易携偏也费追寻。
不关秋至先捐弃，畏日犹堪一假阴。

其二

换来白简堪题句，释去玄圭合礼河。
剪贴扇头秋欲老，未妨先泥一池荷。

其三

湖山未许秋容淡，因扇何缘肯弃捐。
只合更求书簏志，杖头多挂买春钱。

次洛杂诗十三首　十月九日

编者注：其一句一“黄”《陈君葆日记》作“胡”。其三句三“河”《陈君葆日记》作“湖”。其七句二“书”《陈君葆日记》作“云”；句三“愁”《陈君葆日记》作“恶”。其八句四“穷白”《陈君葆日记》作“白手”。其九句四“只应科技”《陈君葆日记》作“技科应是”。其十一句四“不”《陈君葆日记》作“岂”。其十二句一“岂”《陈君葆日记》作“未”。

今年国庆北京观礼后，于十月五日出都赴洛阳，留四日，因有是作。

其一

九朝宫观委黄尘，堰堨漕渠迹未湮。
设想天津桥上望，桥南四馆一时人。[1]

其二

嘉树清圆柳眼低，波摇绿暗魏王堤。
迢迢百里中州路，目极成周涧水西。[2]

其三

伊阙东西一水分，千年造象著声闻。
羯来已觉河山暗，留得龙门盗凿痕。

其四

身首何堪论绝吴，英雄本意在驱除。
尚余心在人中句，胜读春秋魏晋书。[3]

其五

狄泉苍鸟迹模糊，荆棘铜驼泪已枯。
鉴往宁知千载后，寇深空自说行都。[4]

其六

王城西去望门墙，展览人来问会场。
见说十年陈绩地，旧为军阀斗鸡坊。[5]

其七

车走城西涧水柔，拖拉机厂似书楼。[6]
不烦耒耜愁农事，红遍东方有铁牛。

其八

伊洛新兴工业城，何须更羡昔时荣。
车间十里连云起，穷白今能制轴承。

其九

矿山机更万能机，[7]到有从无曾几时？
侧想十年生聚后，只应科技我为师。

其十

南望三途北顾河，中州形胜史称多。
只今不复资天险，别有经纶事止戈。

其十一

兵家爱此称衢地，营洛宁同守汴梁。
今日民过十万户，不徒规划效隋唐。[8]

其十二

刘曜刘聪岂丈夫，徒令后世笑张苏。
王弥枉骂屠沽子，天下宁当付羯胡。

其十三

岂如河鲤荐园蔬，独剪鲵膏欲继余。
痴绝始皇愁永夜，九泉焉复有人鱼。[9]

[1] 洛阳天津桥，后魏孝明帝时于桥南作四馆，曰金陵馆，曰燕然馆，曰扶桑馆，曰崦嵫馆。

[2] 洛阳“中州路”，东起白马东，西至涧河以西，东西长六十余里，树荫夹道，其直如矢。

[3] 关林有一联，联语为“邙北当年郁圣陵，首回伊阙，魂回魏阙；洛南此地埋忠胥，地在天中，心在人中”。同行郭信坚医师谓仅此一联足观，余亦甚韪其语。

[4] 一九三二年，中日松沪战起，国民党政府曾把洛阳作“行都”。

[5] 十月七日参观洛阳十年成就展览会，地在“王城公园”旁，旧为吴佩孚练兵处。

[6] 拖拉机厂正门骤看似一所图书馆。

[7] 人们说，洛阳矿山机器厂是一个单件、小批、万能性生产的工厂，也是一个崭新的生产能力巨大的工厂。

[8] 解放前，洛阳人口仅五万，现在已超过五十万，还在剧增。

[9]《水经注》：“伊人……广志曰：鲵鱼声如小儿唬，有四足，形如鲮鳢，可以治牛，出伊水也。司马迁谓之人鱼，故其著《史记》曰：始皇之葬也，以人鱼膏为烛。徐广曰：人鱼似点而四足，艰险鲵鱼也。”

游洛阳金谷园故址

明珠十斛绮罗身，故苑荒台委洛尘。
不作绿萝村女伴，却为金谷坠楼人。[1]

[1]《博白县志》："绿萝山在县北平山堡，离城四十里，绿珠江水出焉，山下即绿萝村，系晋梁氏女绿珠故里。"

国庆观礼出都游西南诸省途次赋示马万祺团长二首

其一

京华连袂共欢呼，大庆参加礼数殊。
万国衣冠来阙下，九州絃䌷一车书。

其二

东风草偃河山外，北斗光临落照余。
跃进请看新事物，十年成就古今无。

龙门古阳洞观石刻　十月九日

编者注：据《陈君葆日记》，此诗初作于是日，十二月一日略作修改后寄高学达。现并将初稿录此。"龙门诸石窟，洞古首古阳。镌壁连龛殿，通身见背光。法容时补阙，莲瓣妙闻香。十地庄严相，硕狮气尚刚。"

龙门十万佛，洞窟首古阳。
镌壁联龛栋，通身见背光。
法容观自在，狮吼动毫芒。
璎珞垂珠宝，清凉界上方。
真如来去住，式启魏隋唐。
十地庄严相，莲华生妙香。

洛阳过王城公园

华林西苑失今宜，绿野平泉并属私。
今日王城花似锦，我来惜过牡丹时。

又过关林

城南十里望关林，古柏森森异昔今。
犹是汉侯埋骨地，却来稽古事钩沉。

参观洛阳十年发展展览会

重点来观细较量，十年成就自辉煌。
洛阳才子归来后，只道他乡胜故乡。[1]

[1] 同行有鲁籍巴基斯坦华侨刘学来，故有末句。

参观矿山机厂后口占

拖拉才听轧钢声，耳底玲珑又轴承。
百里奔驰林荫道，矿山机更隔西城。

三门峡水库

休道秦关百二重，车能双轨更拦洪。
三门回首湖光满，万里风帆陇海通。

去洛

去洛终当惜袂分，也怜今夜梦缤纷。
待招砥柱鼋头月，挥手缑山鹤背云。

灵宝县二首

其一

天险能资事属人，时平安问故关堙。
丸泥应笑封函谷，不见重瞳也入秦。[1]

其二

秦晋何人牧马留，二殽风雨到今愁。
岂疑夸父能追日，已识桃林可放牛。[2]

[1] 函谷故关在县南十里，灵宝本秦函谷关地。沛公入秦，或说沛公守函谷关无内诸侯兵，项羽欲入关，关门闭，羽怒攻破函谷关，遂至戏。

[2]《山海经·中山经》：“夸父之山，其木多棕柟，多竹箭，其北有林鸟，名曰桃林，是广员三百里，其中多马。”

首阳山

天山宁知几首阳？尧山壶口邈难详。[1]
独头亦有夷齐墓，大隐原来未出疆。

[1] 涑水出河北县雷首山，县北与蒲阪多山，有夷齐庙。《十三州志》曰：“山一名独头山，夷齐所隐也，山南有古冢，陵柏蔚然，俗谓之夷齐墓也。”《水经注》：“雷首山临大河，北去蒲阪三十里，尚书所谓壶口富首者也，俗亦谓之尧山。”

洛阳

客居寥绝少人寻，只有高僧共少林。
中岳气生朝日湿，黄河声应夜钟深。
瓜分地势蟠如腹，尺度天文界在心。
无限兴忘无可说，一春闲对牡丹吟。

洛阳又一首

四海于今共一家，樽前宁道负黄花。
灞桥别院清秋燕，九日来看帽影斜。

车过潼关三首　十月十日

编者注：其一与十月九日《三门峡水库》首二句相同。注释［1］据《陈君葆日记》补。

其一

休道秦关百二重，车通双轨水拦洪。
时平忽忆曹公垒，回首秋山落月中。

其二

想见明来倚翠屏，洪崖几度梦曾经。
湖光回首三门望，宁信河神是巨灵。[1]

其三

河水南流更向东，衔泥底事一丸封？
卧游不觉升黄巷，百二秦关夜济潼。[2]

［1］赵彦昭《登骊山诗》：“河看大禹凿，山见巨灵开。”
［2］《水经注》：“河水自潼关东北流，水侧有长阪，谓之黄巷阪。”

侵晓抵西安

寒烟才堕月西斜，秦地山河望尚赊。
晓色乍疑天欲雪，城头迎客见飞鸦。

登西安大雁塔

晨登大雁塔，遥望终南山。

平野分泾渭，凉云自往还。
渐疑霄汉近，岂畏蜀途难。
笑语曲江水，明来看小澜。

甫抵西安闻李任潮先生病逝

才从会上颂声聆，西顾旋惊落将星。
一别可堪人事改，春来谁与过孙陵。

游西安骊山　十月十一日

清浊终当别渭泾，笑渠学步履秦庭。
离宫三百民何苦，山半今余捉蒋亭。

又骊山二首

编者注：注释据《陈君葆日记》补。

其一

离宫飘雨怨三郎，绣岭何曾解怯霜？
犹似当年来讲武，[1]春寒二月试温汤。

其二

烽火台边未烬灰，朝元阁上梦初回。
犹怜戏水军前月，不逐周王八骏来。

[1] 开元初曾讲武骊山下。

骊山晚眺

编者注：注释据《陈君葆日记》补。

斜日照秦川，翘足穷远览。
不识骊山高，但看秋云淡。[1]

[1] 末句因黄建立曾谓骊山并不觉怎样高。故云。

雨后登西安宾馆天台晚望两首

其一

何处阿房与霸陵，今宵好共月同登。
莫教劫火东南望，误作慈恩塔上灯。[1]

其二

一雨晴空月淡明，秋葵移影自凄清。
明朝更向何人说，霸水桥东惜别情。

[1] 时印尼排华事件已日见紧张。洪北江诗：“一盏佛灯同劫火，慈恩塔上夜深红。”

游华清池一首

华清池水碧潺潺，浴罢窥人月一弯。
怪底甘泉宫不住，始皇终亦葬骊山。

离西安往宝鸡火车途中　十月十二日

昨梦骊山月，今披秦岭云。
天风吹欲下，寒色细思分。

口占一首

见说陈仓客，还曾惑曙鸡。
可怜归梦破，不复晓光啼。

又口占二绝

其一

摩挲缺字费钩沉，怀月思亲万古心。
独来此地秦川望，四百碑林有短吟。

其二

骊山昨已倦登临，驻马城西辨古今。
历史已翻新页看，余生仍拟读碑林。

始皇坟二首

其一

茂陵松柏萧萧雨，千古终南月色寒。
不是华清池水暖，始皇争肯葬骊山？

其二

地下何方可得鲶？坑儒谷口引清泉。
兰池亦有鲸千尺，不烛鱼膏不肯眠。

华清宫一首

仓皇下殿出华清，回首长生惜月明。
自是君王爱巡幸，不关倾国与倾城。

火车赴四川途中　十月十三日

晨兴细雨嘉陵江，蜀山嵯峨觉初凉。
昨夜春梦到何处，沧波千里浮潇湘。
九秋风高洞庭水，猿啸鹃啼应断肠。
为我勿道重庆雾，黄花对酒祝秋凉。

近水遥山有若无，晓烟笼处梦回初。
已渡阴平秋色满，挟将寒雨入成都。

抵石公坝车站

望满山云气，涧底白石粼粼，峭壁悬崖如画，万仞青城一鹭飞，是雨声，是潺潺的水声，滴破绿泓深。飞雨入窗来，湿我桃花十万笺，有鸟声喧，有雨声喧，蜀中秋梦到秦川。偶得一绝。

芙蓉如面水溶溶，被酒微嫌醉里红。
园蔬野竹连阡陌，不似江南似粤东。

游成都杜少陵草堂题少陵草堂纪念册

十月十五日

万里桥西一草堂，千秋诗史尚含光。
我来欲解骚人意，流水高风日月长。

参观八路军重庆办事处革命纪念馆红岩村馆后有感

十月十六日

雨过红岩映碧川，树头落日正堪眠。
徘徊村里分叉路，笑问君来走哪边？

在雾城重庆有感　十月十八日

历历江源感岁华，临流清兴欲移家。
却抛玉垒山头月，来看渝川雾里花。

游重庆南泉公园三首　十月十九日

编者注：据《陈君葆日记》，原有《花溪东路》一首，与其一近似，今并录此。“也应此处路流连，远听飞泉近带烟。竹影未随流水去，独含山色钓丝牵。”

其一

只应此处足流连，垂钓花溪水荇牵。
竹影未教随水去，远衔山色近衔烟。

其二

骊山山下柳含烟，得似蚕丛九月天。
且莫更寻仙洞去，建文笔下九飞泉。

其三

滚滚长江水，流光历几春？
山城更何有，晓雾与烟尘。

用李耘荒韵一首

杜陵野老秋来意，孰与涪驹与放翁。
今日芙蓉舒笑靥，桃花应亦爱深红。

嘉陵江晓望忽忆年前所见张大千写青城山四十帧

一雨朝暾雾未开，嘉陵江壁绣成堆。
问山那得青如许，应自青城笔底来。

计在长江南下轮上可观夜月得外一首　十月二十日

五日同城住，烟横雾锁开。
轻舟向三峡，明月逐人来。

和吴槐庭韵二首

其一

换了人间仅十年，不惟沧海变桑田。
乘风已道蟾宫去，直把银河也欲填。

其二

十分春色在人间，万紫千红启众颜。
尽道秋山如画里，别时应较见时难。

过长江大巫山　十月二十一日

何处高唐驿？阳台第几峰。[1]
鸟飞高不越，回望细腰宫。[2]

［1］县治北，高百丈，为阳台山。
［2］女观山西小山顶有楚故离宫遗址。

过重庆

不识雾重庆，来看近午天。
横舟人待发，沉璧日空悬。
遏笛灯如豆，闻声影忽前。
渐疑天欲曙，失语月笼烟。
不似秋容淡，仍思春日眠。
车行坡上下，影转燕翩跹。
人离分玉石，器岂辨胡连。
进退疑无据，跻攀孰后先。

题柬埔寨华侨廖金好画册二首　十月二十二日

其一

万里扶摇归海上，胜游连袂下渝州。
输他巾帼英雄气，曾到松花江倚楼。

其二

秋风送爽出西陵，别有临江惜别情。
后夜扁舟下江去，月明何处话秋声？[1]

[1] 时吴槐老伉俪、吴炳昌伉俪、周明先生定于抵武汉后即买棹东下，故第二处末二句之语。

次吴槐老过洞庭湖韵二首

其一

胜似鸱夷泛五湖，月明偏对楚山孤。
岳阳楼上长空望，可有南来雁识吾？

其二

未见河清未肯休，长江记下再来游。
停桡且说宵来事，水满瞿塘月满舟。

于武汉游东湖行吟阁听涛轩水云乡湖光阁九女墩风景甚好有感　十月二十三日

柳外湖光入梦长，八年犹记水云乡。
最怜浴罢听涛处，一棹烟波彩发凉。

离武昌南下火车中晚望东湖　十月二十五日

江山依旧昔人非，杨柳千条拂照微。
泽畔行吟何处是？长天秋老雁南飞。

武汉返穗火车途中

到此刚逢月一圆，洛尘秦险楚山川。
平生雅爱青春兴，万里归来更少年。

寄题十周年国庆观礼第十五队西南线旅行团重庆留影二首　十月二十九日

其一

五日山城住，临江待雾开。[1]
联翩下三峡，留影约重来。
识面真如故，谈心喜暂陪。[2]
极知沧海上，归思日千回。

其二

观礼渝州过，山城望上都。
地原巴子国，疏凿禹王余。
十载多新事，千村改敝庐。
红岩风日好，[3]低首记修途。

[1] 团以十月十六日晨抵渝，二十日下午二时离渝下江赴武汉，是日雾重，“民众号”轮延迟了四小时始开行。

[2] 时同行者印尼华侨五人、柬埔寨四人、巴基斯坦一人，途中力陈各地侨胞面向祖国心情之热烈。

[3] 抵渝之日，即参观红岩村之革命纪念馆。

看静静的顿河有感四首　十一月六日

其一

静静顿河水，悠悠万古情。
草原风欲动，阴雨鸟先惊。
革命关时会，诗篇著废兴。
迸将他日泪，一洒慰豪英。

其二

静静顿河水，晴波接混茫。
野花时带雨，秋月若为凉？
憎爱无凭据，悲欢暗自伤。
怜渠非侠骨，空有热肝肠。

其三

静静顿河水，离离望草原。
几时红泪尽？终古白云闲。
桎梏宁忘苦，沙皇打倒难。
不知天地改，翻在一朝间。

其四

静静顿河水，萧萧战马鸣。
可怜哥萨克，知为底牺牲？
暴雨翻江海，红旗耀日星。
解除奴隶性，方见国干城。

和雨亭重九感赋韵　十一月十六日

序：今年国庆观礼后，以十月五日出都洛阳，十月十日抵西安，适逢重九佳节，十月底回抵港寓，雨亭以诗见示，并索和章，因感洛川之游，更忆秦中之胜，辄依韵以和。

秋至看花到洛阳，思君最是驻新乡。
临河未羡书沉璧，稽古时疑史滥觞。
绝忆莽苍开地脉，来观錏鉛破天荒。
潼关西去秦川望，九日犹堪共尚羊。[1]

[1] 一九五六年秋，与雨亭北上观光，至新乡阻水，滞留塔冈一昼夜。此次国庆观礼，十月五日始出都赴洛阳，比至西安，适为重九。

附：　　离乡十载今秋返穗适逢重九感赋

十年海峤渡重阳，佳节能还父母乡。
寂寞松楸频揽涕，殷勤朋旧一传觞。
黄花不负香如旧，白发差欣业未荒。
自笑尚矜腰脚健，秋山嵘峭独徜徉。

小榄菊花会终不克践约因赋一绝寄酬郑柏龄莫芷馨伉俪　十一月十八日

好是时清爱胜寻，小柴桑每动归心。
何堪又负黄花约，浅紫深青怅昔今。[1]

[1] 忆前一次赏菊花会在无锡之梅园，时在“九一八”事变后两个月左右，真不胜今昔之感。

即事一律　十二月十五日

今岁风光胜昨年，豁眸应不惜陈编。
也知写入关河梦，曾与时添买酒钱。
横海燕飞天乍雪，隔林莺啭路多偏。
怀归颇复同王粲，况对东风曲槛前。

忽忆年前梦入关河冷钓船之句因书一绝

樽前犹忆步非烟，梦入关河月满船。
自笑白头无冶习，编诗应已到明年。

次陈一峰即事韵二首　十二月二十日

其一

寥落寒枝霜后乌，谯翛岂忘路盘纡。
还同越艳争颦效，到底难辞一斛珠。

其二

赚得会年驻首乌，满园春色思编纡。
怜渠十幅鲛绡泪，重许渔人目混珠。

听无线电广播讲述美国艾森豪总统十一国和平旅行后感赋　十二月二十三日

依然希杜死魂灵，重话朝秦暮楚行。
终要鼠年谈首脑，即从狼窟计和平。
足音岂为酬佳节？耳语微闻导弹程。
十一国劳躬访问，佛朗哥也预新盟。[1]

[1] 艾森豪访土耳其、伊朗后抵希腊，希腊统一民主左翼党领袖帕萧利德斯发表致艾氏公开信说：“希腊人民反对美国在希腊领土内设道弹基地，希腊人要求作东西之间桥梁，而不愿做美国‘策动战争一个桥头堡’。”

一九六〇年元旦六首　十二月二十六日

编者注：据《陈君葆日记》，十二月三十一日，陈君葆将其四略作修改当贺年柬诗寄廖金好先生。今并录改后诗如下："百二河山景物妍，欣逢新岁寄遥笺。称觞更献椒花颂，与海外侨胞贺年。"

其一

一转周年岁序更，时清草木竞春荣。
海滨别有关情处，午夜微惊爆竹声。[1]

其二

春到人间日脚长，今年还比去年强。
去年水旱施威胁，到底余粮谷满仓。

其三

满眼耕桑遍九州，梯田渠堰绿云稠。
年时颂谱宜春曲，好替泥牛击铁牛。

其四

大地河山景物妍，一元肇建众欢联。
称觞欲献椒花颂，与海外同胞贺年。

其五

故园花发尚天涯，醉眼开时月未斜。
长记辛盘登菜甲，几回归梦入春芽。[2]

其六

柳眼花须意转迷，山回水曲恶闻鸡。
东风又绿江南岸，明月何当负马蹄。

[1] 忆香港沦陷时，日人不许放爆竹，和平后许放鞭炮了，又每疑为枪炮的声音，而目前东西纵目一观，尚多火药气味也。

[2] 自吾祖以来，元旦必食素。

一九六〇年

新春有感　一月二十八日（庚子正月初一）

买花心事付年光，白发疑垂百丈长。
堪笑年来思习静，到头翻比昔时忙。

庚子岁春节试笔四绝

其一

献岁发春多古意，晴阴消息耐寻思。
未褫结习抒胸臆，除夕还从学祭诗。

其二

当道衙门欲绝嚣，隔邻争话逛年宵。
水仙漫市绯桃笑，商略清供到岁朝。[1]

其三

爆竹惊雷未擅场，东邻西里竞喧攘。
儿童拍手呵呵笑，火箭如今射大洋。

其四

酒入枯肠乡梦回，薄寒花近北枝开。
市廛声沸吾庐冷，赖有良朋向夕来。

[1] 今年花市，水仙蟹爪价奇昂，吊钟花几绝迹。

读罗铭教授国画四首看侨乡风光画展后作　二月二十六日

编者注：注释［4］［5］据《陈君葆日记》补。

其一

玉女峰前闻子规，舟人指点首回时。
东风欲借吹归梦，八曲清溪上武夷。[1]

其二

卓锡来寻第几峰？元和云树碧千重。
最怜梦破蓝关雪，留得灵山古寺钟。[2]

其三

写入毫端绝垢氛，多情孰似岭头云。
独教虚谷传天籁，欲与君从静外闻。[3]

其四

目极浮天尽九州，凭栏闲上五层楼。[4]
故园已是无兵马，尚有东南一段愁。[5]

[1] 展品有《武夷八曲》《玉女峰》。
[2] 潮阳灵山古寺，唐元和中僧大颠曾居其地。
[3] 展品中有《空谷传声》一帧，写武夷山景，余最爱。
[4] 展品六百余幅，中有《广州五层楼》一幅，颇欲推广其意。
[5] 简斋诗《送人归京师》句云："故园便是无兵马，犹有归时一段愁。"

灞上一首

将军老矣独贫忧，灞水无情尚怯秋。
六十万人葬何处？园池不为子孙谋。

陕西博物馆观昭陵六骏　三月二日

编者注：作者在一九五九年十月参加庆祝国庆十周年典礼后，赴西南旅游时，看到中国宝物被帝国主义盗去而感赋。

昭陵六骏亡其二，拳毛騧与飒露紫。
云是盗劫居然涉大洋，贿迁东去万余里。

奸商巨蠹诚可恨，汝国藏奸何无耻。
尚余四逸支解体不完，亦欲潜移远输美。
可怜神骏遭戕戮，艺术泥途堪发指。
龙门已失礼佛图，来此复嗟遗绿耳。
昔人言盗亦有道，贪戾乃一至于此！
强盗行为七海惊，明抢暗夺胡底止？
即今骅骝凋丧沦异邦，蹴踏烽烟鄙顾视。
目中黑阏乃尔骄，忍痛恍若昔着矢。
我来省识披画图，筋骨雕镌妙神理。
磊落丰姿意气雄，想见当年霜蹄斥八极。
也知赵璧终不使入秦，黩武穷兵宁足恃？
会见龙媒归故乡，卓立长嘶秋风里。
吁嗟乎，何日神物归来兮，为你刮垢磨光洗毛髓。

次王季友庚子春节回穗参观韵　三月四日

雨决河渠锸为云，[1]春回几处报希闻。
宁辞薄古违时儿，欲与红专张一军。
文采风流殷北望，丹青翰墨竞南芬。
百花开放归来日，喜识闲中别着勋。

[1]《汉书·沟洫志》：“民歌之曰：郑国在前，白渠起后。举臿为云，决渠为雨。”

过秦岭大散关一首　三月七日

昨梦褒斜谷，今来大散关。
悬泉秋懔冽，野燎路纡盘。
露缀林初白，云开月欲环。
不知试新险，凭轼度重山。

贺大公报复刊十五周年　三月十一日

不朽重刊万口传，星槎旋睹是尧年。
题糕又值春三月，欲写长生手一编。

庚子岁二月望夜对月不寐三首　三月十二日

编者注：当年香港水荒严重，曾试过三天只供水四小时，这是作者对当时制水的感叹。

其一

皎皎空中孤月圆，流光万里耀长天。
从来此夜无明月，多恐今秋遇旱年。

其二

待雨千村闹水荒，修渠几处制水忙。
何当倒挽天河水，一溉人间泽八方。

其三

制水容易靠天难，会向洪炉转几翻。
我笑姮娥应有恨，不舒广袖到人间。

抗议勒库贝尔号轮船被爆炸事件四首

三月二十二日

其一

哈瓦那湾毒焰腾，谁伸魔掌毁吴舲。
直将自卫訾威胁，便尔倡言讨不庭。[1]

其二

古巴民主未全功，军备宁同竞赛风。
试问十三州独立，购来武器又何从？[2]

其三

蔗田遭炸厂焚烧，防疫将军十足骄。
危地剧休教再演，且看汹涌太平潮。

其四

倘无祖国毋宁死，语壮河山义薄天。
七十二坟春草碧，自由声与姓名传。[3]

[1] 今年三月四日，法国轮船“勒库贝尔”号为古巴革命政府运载军火，在哈瓦那港突然发生爆炸，死七十二人，伤三百三十人。跟着，美国国务院发言人发表声明说：“在加勒比海进行任何种类的军备竞赛，将造成这个地区的更加紧张的局势。”言外之意是要为干涉找借口。

[2] 美总统艾森豪访问南美洲，目的之一在建立一道所谓“防疫线”，离间拉丁美洲其他国家与古巴的关系。他在巴西时说：“如果任何国家不管是用入侵、逼迫或颠覆的办法不让我们任何姊妹共和国的人民有选择的自由的话，我们将认为这是干涉一个美洲国家的内政。”这简直就是杜勒斯在推翻危地马拉的前夕，在卡拉卡斯会议上所说的一样的话。

[3] 古巴六十五个党派和团体发表谴责美国的联合声明称：“所有爱国的古巴人都挺身而起，响应没有祖国毋宁死的解放和革命的号召。”

艾森豪访问南美二首

其一

南美之行见肺肝，门罗主义版重翻。
自由争取诚何罪，直怕燎原火肇端。[1]

其二

杜卿大棒昧先几，尼克归来滓满衣。
清道却凭催泪弹，入城还赖直升机。[2]

[1] 十九世纪末，美国国务卿奥尔奈曾解释门罗主义说：“今天美国实际上统治着美洲这个大陆，凡是它所管辖着的人民应把它的命令视为法纪。”

[2] 报载：艾森豪抵阿根廷时，阿根廷首都人民不断举行示威，警察的催

泪弹也驱散不了群众，艾森豪只好坐直升机入城。

支援拉丁美洲人民周感赋二首

其一

后院如今异昔时，群雄奋起众支持。
古巴革命非孤立，会见专横有绝期。

其二

成败安危共一舟，大洋不隔汇时流。
斗争义更稠于血，好与支援拉美周。[1]

[1] 十九日，首都各界人民开会，支持古巴人民正义斗争，大会发出强烈的声音：中国人民永远同古巴人民站在一起，同拉丁美洲人民站在一起，拉丁美洲人民的斗争就是中国人民的斗争，拉丁美洲人民的胜利就是中国人民的胜利！

马嵬驿三首　三月二十四日

其一

云栈萦纡自畏途，艰难谁更引强胡。
来过此地无穷思，倾国偏能罢一姝。

其二

潼关不守奈时何，下殿仓皇一死多。
至竟玉环非弱者，马嵬终遣六龙过。

其三

骊山回首草青青，千古何人识圣明。
凄绝望京楼上望，夜深重听雨淋铃。

慈恩寺雁塔一首

编者注：注释据《陈君葆日记》补。

回梯暗踏净无尘，[1]秦地山河望里新。
尚有紫藤花照眼，[2]可无天半语惊人。

[1] 章诗："十层突瓦在虚空，四十门开面面风。却怪鸟飞平地直，自惊人语半天中。回梯暗踏如穿洞，绝顶初攀似出笼。落日凤城佳气合，满城春树雨蒙蒙。"

[2] 白诗："紫藤花下渐黄昏。"

喜闻中尼签订两国边界协定四首

三月二十五日

本年三月廿一日，中尼两国政府于北京签订了《中华人民共和国政府和尼泊尔国王陛下政府关于两国边界问题的协定》。这是一件大事，不可以不纪。

其一

边陲安谧颂声兴，中缅中尼划界成。
千五百年修旧好，交邻端不恃军盟。[1]

其二

求法当年圣教探，雪山高处礼瞿昙。
从今行旅频来往，喜见安西更睦南。

其三

守御何烦更计边，经援坦坦史无前。
和平共处纡长策，谗口怜他恶不悛。[2]

其四

四百神州地有余，共同奋斗识修途。
赤心推与邻邦见，团结方思道不孤。[3]

[1] 仰光《人民报》说："中尼两国协定，是继中缅边界协定后另一个令人高兴的事件。"《联合公报》说："双方在五项原则指导下，通过友好协商，顺利地解决了这一历史上遗留下来的问题，为两国友好关系的史册增添了新的一页。"

[2] 根据两国政府所签订的《经济援助协定》，中国政府同意在三年期间提

供尼泊尔政府总值一亿印度卢比的不附带任何政治条件的无偿援助，这项援助不包括一九五六年中尼经济援助协定规定而尼泊尔政府尚未动用的剩余的四千万印度卢比。中国政府还建议两国缔结一项和平友好条约。

[3] 尼泊尔首相柯伊拉尔在北京欢迎他的会上说：“我感到亚洲各国团结和民族主义的伟大高潮，在很大程度上是在贵大榜样的鼓舞之下所形成的。”话足深味。

题渔光恋二绝　三月二十九日

其一

南海明珠一笑逢，帆樯沉影碧千重。
绝怜多少渔家泪，尽在鱼龙曼衍中。

其二

一卷乌丝赎命辞，斓斑细字泪纷披。
可堪杯酒低回见，却话离魂父子悲。

斥南非当局屠杀黑人暴行　反抗通行证法的斗争
三月三十日

哀彼南非人，生命贱如蚁。
隔离缘肤黑，歧视惟嘘唏。
有恨莫或宣，死则随百卉。
法苛通行证，厥心侈蛇虺。
奚殊系囹圄，居或依草苇。
一朝起抗议，顿作枪下鬼。
形势反主客，屠戮类羊豨。
寰区动义愤，凶顽冒不韪。
长此肆压迫，人权其余几？
血腥以统治，岂不虑悱悱？
蜂虿犹能毒，城郭隳怨诽。

种族见已深，毋更履虎尾。[1]

[1] 三月廿一日，在南非联邦的德兰斯瓦尔州，不甘于忍受种族歧视和迫害的非洲人掀起了反抗“通行证法”的群众性斗争，南非当局竟使用喷气机、装甲车、机关枪，对于手无寸铁的非洲人民大肆屠杀，结果打死非洲人七十余名，伤二百五十名。现在一周已过，南非各地仍继续展开反抗斗争，昨三十日又发生新的镇压大肆捕人事件。在廿一日曾发生大屠杀的沙佩维尔地方，到处可闻非洲人说“我们要战斗”。

非洲一首

非洲原是黑人家，百五年来痛剖瓜。
李代桃僵新殖地，隔洋封豕又磨牙。[1]

[1] 南非的血腥事件，美国国务院虽发表声明，表示“遗憾”，但不能掩蔽支援老牌殖民国家对非洲人民的血腥镇压，而另一方面却打着“同情”非洲独立的幌子，以提供“援助”为名，从各方面渗入非洲大陆，企图代替老牌殖民主义者的地位。

关于黑人的隔离制度有感

鸣呼，黑人汝何辜？生来辱在泥途！
岂无家与宅？谁驱汝万里泛西海？
朝为野处客，暮作庄园奴。
岂无父母生？岂非属有情？
屠杀乃如宰鹿豕，世间竟有此不平！
我不知上帝何肤色，只为汝肤色异，便尔隔离加歧视。
上帝一切视平等，汝独不得处教堂之一隅。
岂不闻有教而无类？汝独不能与闻道于内，而须远摒诸户外！是岂基督徒之所为……

清明节踏看君超墓有绝句 四月五日

尚有松风拂桂丛，海陬埋骨岂初衷？
寻思十九年来事，尽在心香一瓣中。

天主教坟场外古松一株夭矫如龙为赋一绝

戏马台边百尺鳞，也知蠖屈一求伸。
迟迟破壁龙飞去，岂待樵苏斫作薪。

喜雨 次作甫宴集康乐楼韵 四月六日

编者注：作甫，杨作甫。

一雨真同泽吻膏，园蔬晨剪剔葱袍。
和羹忽忆江分月，入梦初惊夜听涛。
几处春犁泥滑滑，极思秋兴酒陶陶。
未妨短鬓知耕稼，珥笔犹堪作水曹。

母病疮决因书一绝 四月七日

苏坛空忆有仙桃，白发慈亲久苦劳。
咫尺关山悲疾痛，合疮何处寄灵膏。

观潮剧陈三五娘感赋 五月三十日

编者注：注释据《陈君葆日记》补。

其一

丽质天生最擅场，清歌缦舞足回肠。

又逢荔子枝头熟，恰以陈三遇五娘。

其二

蓦地相逢唤奈何，伶渠无计系丝萝。

借非破镜能教赎，争得妆楼伺眼波。

其三

优孟衣冠换岁华，笙歌艺苑夙曾夸。[1]

新翻五百年前事，开就倾城南国花。

其四

红豆开时春烂漫，绿杨低处景依稀。

新声欲与论听伎，[2]投老差欣未愿违。

［1］前年在穗曾看到姚璇秋演《苏六娘胎》，甚叹为观目，唱做俱工，迥异凡响 。今次更觉其艺术水平又进了一步。

［2］《世说新语》：“桓宣武尝问孟万年听伎：‘丝不如竹，竹不如肉，何也?’曰：‘渐近自然。’”

次韵和季友潮剧团在港演出喜赋二首

六月十六日

其一

试辨新声入细弦，翚飞坐看势联翩。

教成歌舞关时会，织就文章异浪传。

挡马欲圆归国梦，扫眉非独为情牵。

杨家八妹思兄甚，流落殊邦倍可怜。

其二

休道男儿此女流，自来巾帼著南州。

大娘心事苏娘节，许国风姿报国秋。

扇底优旃从别院，楼前丹荔管闲愁。

澄怀最是洲头月，一曲辞郎马上讴。[1]

［1］《挡马》一折，由谢素贞饰杨八姐，林二成饰焦光普，我已看过两次。

"大娘"谓"辞郎洲"的许大娘；"苏大娘"谓苏六娘，前年我在广州看到的一次，系由姚璇秋饰六娘。在"闹钗"中，蔡锦坤饰胡连，所表演的"扇子上"最妙。"辞郎洲"歌辞最得人喜爱，感动力极强。

观潮剧演出分咏四首　六月十七日

其一　姚璇秋辞郎

一曲辞郎古渡头，归来人艳说璇秋。
柔肠百转英雄泪，洒向西风落雁洲。

其二　范泽华芦林会

邂逅何堪首一昂，怜渠无地就回藏。
恩情十载从头诉，不待闻声已断肠。

其三　萧南黄刺梁冀

除奸巾帼最豪英，似海侯门独不惊。
忽忆当楼投荔手，[1]金簪无语总关情。

其四　林二成挡马

雁门关外惜离群，千里河山点寇氛。
呆煞马前焦氏子，女将军是汉将军。

[1] 在《陈三五娘》一剧，萧南英扮演益春。

南鸦岛索古湾海浴忽忆曾靖侯因赋示同行诸友暨华革会同事三首　七月十日

其一

沙边浴罢煮茶前，[1]蟹舍鱼村入暮烟。
最忆曩时曾靖老，湾头索罟又庚年。

其二

钓者负鱼谁负钓？青衣原不食红虫。[2]
借非真解渔家傲，吕望犹然是半通。

其三

海风吹送隔江声，味尽人间敌友情。
别有绸缪系怀抱，故山云水益分明。

[1] 七年前曾与靖老来此海浴。
[2] 青衣不食红虫，许多人恐全不知。

盆栽展览杂咏六首 七月十一日

引言：岛上书画盆栽展览，虽非创举，实具规模。集百数十盘寒松古木于一区，于兹为盛；附古今近代翰墨丹青而共尝，尤足称先。游心容有品评，快意可无题咏？

其一 双干

休问孤根大小年，凌霄志赛月中仙。
案头岂直宜双干，便是无枝也自然。

其二 石附榆山水

炉烟不碍小山重，打叠闲愁付晚风。
细雨栏杆纵拍遍，飞泉犹似对庐峰。

其三 石附山茶

维舟晒网人何在？晓汲清湍鸟道回。
一枝斜出疑无地，下有瞿唐滟滪堆。

其四 酸味古梅

世味似经酸味惯，古梅聊作病梅看。
方瓷瘦影无人到，绝忆岩阿月色寒。

其五 悬崖榆

夹道青青柳未眠，悬崖落影忽君前。
何因解得盆中意，况值疏烟小雨天。

其六 松

苔青不掩拒霜柯，郁郁苍苍奈岁何。
拳石时还动鳞甲，托根奚必泰山阿。

为某些报章诽谤姚旋秋事拟联　七月二十三日

出卖了灵魂，领来一袋英钞，试问华尔街头，容你踮有几尺地？
既生成奴相，将去大楼报数，且听三藩桥脚，点鬼唱是哪篇文！

观黄般若山水画　八月二十日

般若作画往往吐奇气，兴酣落笔世好异。
摆脱绳墨师自然，得窥玄秘时无二。
我思面壁见者稀，骇世矜俗岂所事。
叠巘偶写八仙岭，泼墨淋漓何幽深。
不知几日画一水，淡成秋山疑云林。
清浅蓬莱岁月晚，石老挂壁能怡情。
奔走龙蛇入怀抱，奚必祁连与蜀之青城。
始信江山万里到处呈异姿，妙手尺幅割取惊雄奇。

又读黄般若山水近作三首

其一

依旧禅房花木深，凤凰峰下记幽寻。
琉璃七海曾观处，可有当年息影阴？[1]

其二

愁绝西风扑面尘，近来诗病过知新。
天南亦有佳山水，剪取晴江十幅真。

其三

识山终恚烟非雾，写入毫端夫岂醉？
知君早已绝临摹，驱墨直发天地秘。

[1] 一九四〇年左右，曾屡居大屿山，望七宝琉璃景于昂坪山口。日寇来

时，林木被斩伐极多。

奉和拱辰先生返穗小住之作　九月一日

繁花细数情如昨，多景楼边日月新。
共忆曩时矜小隐，也曾同辈惜含珍。[1]
陶钧已转乾坤化，杯酒初凭意气真。[2]
学易笑迟三十载，[3]喜君先我挹庚辛。[4]

［1］《晋书·曹毗传》："夫宝以含珍为贵，士以藏器为俊，麟以绝迹标奇，松以负霜称隽。"

［2］杜甫诗："由来意气合，直取性情真。"

［3］《南史·张充传》："张充字延符，少好逸游，左臂鹰右牵狗，遇父绪船至，便放绁脱韝，拜于水次。绪曰：'一身两役，毋乃劳乎。'充跪曰：'充闻三十而立，今充年二十九矣，请至来岁。'及明年，便修改，多所该通，尤明老易。"

［4］《礼记·月令》："其日庚辛，其帝少皞。"注："庚之言更也，辛之言新也，言秋日万物肃然更改，秀实新成也。"洪迈《西山记》："滁之琅琊，九江之庚楼，皆延庚挹辛，宾夕阳而导新月。"易，借用，谓变的哲学也。

附：

返穗小住简君葆并索和

归来城郭都非旧，益觉神州气象新。
策杖郊原穿万绿，引杯里社试兼珍。
邦能有道人多助，功到无私乐最真。
可笑痴顽皮相论，不知举废历千辛。

曾公（靖侯）和作三首依其末一首韵成感赋一绝

九月六日

笑共闲愁学议边，寒衣秋至未装绵。
微闻岁早虞收歉，惭愧霜颜又境牵。[1]

[1] 今年河北各地苦旱，棉粮多恐均致歉收。

写林明港与其人一文开头诗一首　九月七日

连海潮平放棹轻，丛山无路访林明。
如何掘地三千尺，不教天南遁姓名。

闻刚果事初咏六首　九月八日

其一

美人刻意窥刚果，韩马何心踏落花。
直是诳人联合国，布公空望卢蒙巴。

其二

宁馨才听试新声，转眼灾殃集始生。[1]
事去百年滋祸首，却教前席坏长城。

其三

乞师万里到秦庭，不道招来是寇兵。[2]
一纸符颁安理会，豆分何以慰群情。

其四

冲伯早排分裂计，本奇偏是养虮人。[3]
从渠铀蕴伸魔掌，不惜金元贱卖身。

其五

自由伊始见翻身，谁料萧墙祸起新。
统一邦联关国运，合分肝肺两昆仑。[4]

其六

封锁机场占电台，是谁介入此风开？[5]
犹闻缩手诃干涉，已见桃僵李代媒。

[1] 刚果初独立，比利时尚未撤退，总统卡萨武布便与总理卢蒙巴政见发

生龃龉。

[2] 联合国军入刚果，不是为了助成统一，反而助长分立割据，谓为寇兵，实不为过。

[3] 联合国副秘书长本奇系生长于美国的黑人，其叛民族立场，盖昭然若揭，殆犹胡适之流服膺世界主义者乎！

[4]“两昆仑”谓卢蒙巴与卡萨武布。刚果未独立前，早有“自由邦”称号，然徒有其名耳！

[5] 报载：六日，联合国军接管了利波德维尔，并封闭了飞机场。在卢蒙巴正欲再在电台广播之前，又接收了电台。这是无有先例的行动。

索罟湾海浴舟上留影题照一绝寄宁夏湘儿　九月十日

编者注：索罟湾，香港南面南鸦岛的一个美丽海湾。

索罟湾头斜照里，留真寄我最娇儿。
不矜白发皤皤影，亦拟高吟塞上诗。

闻刚果近事漫成一首　九月十一日

比人吁嗟黑人歌，千里河山涕泪多。
休讶非原腾鼎沸，且看后院谇门罗。

再咏刚果事五首　九月十二日

其一

薄伐弯弓下大荒，[1]身兼使相即戎行。[2]
如何玉帐传平乱，矫命翻闻解武装。

其二

统治从头认血腥，又教内战苦生灵。
可堪虎旅旁观定，师出原非讨不庭。[3]

其三

卡丹加省富天藏，发蕴人怜是虎伥。

至竟经援缘底事，陈兵端不为安疆。[4]

其四

锄强非复官家事，破晓宁疑指顾中。
闻道义伸几内亚，撤兵犹胜作帮凶。

其五

昔日国联余覆辙，而今联合国重寻。
殖民牌老翻新版，李顿人亡有嗣音。

[1] 卢蒙巴的官方发言人透露：已有二千七百人交出了武器。非洲许多土人部落，仍用弓箭作守御。

[2]《曲洧旧闻》："凡以节度使兼中书令侍中同平章事，并谓之使相。"韩玛绍以联合国秘书长衔命领兵飞刚果，实地调查，发号施令，故云"身兼使相"。唐玄宗送张说巡边诗："三军临朔野，驷马即戎行。"

[3] 事实上联合国军在阻挠平乱。

[4] 西方国家极力宣传刚果经济脱节，经援如何重要，粮食如何缺乏，至于分裂割据的危险，总不谈。其着眼处，盖可想见。

中几互订友好条约五首　九月十五日

十三日在北京签订的中几友好条约，是我国和非洲国家签订的第一个友好条约，意义异常重大。

其一

一为东亚一西非，回首翻身几愿违？
势异豺狼变言语，[1]殊途今喜得同归。[2]

其二

自由争取振元元，应是和平不二门。
暗陆即今成破晓，伫看大地荡春魂。

其三

中非交好开新页，炸弹宁云又定时？[3]
条约书成团结力，古巴而后益多师。[4]

其四

瀛海波深地未平，大秦西去尚长庚。

汉家早识谈鸵鸟，中土如何说陌生。

其五

携手相期与道伸，极知天下总归仁。

美人已是经援惯，利合终非肺腑亲。

[1] 到中国来访问的几内亚总统塞吉·杜尔说：“帝国主义和豺狼一样，它可以改变它的外貌，可以改变它的语言，可以改变它的位置，但是改变不了它的本性。”

[2]《易经》：“殊途而同归，一致而百虑。”

[3] 前些时，古巴与中国建立国交后，美国《纽约时报》著论说：“这是古巴对美国的一颗定时炸弹的爆炸。”而美联社也说：尽管美国政府千方百计阻挠，但是中华人民共和国的大使馆已经“设立在一些政治、意识形态和宗教色彩非常不同的国家中”。

[4] 杜甫：“转益多师是汝师。”

观杨门女将影剧四解　九月二十一日

其一

唱做俱佳耀众星，难同旧尹说新邢。

汉庭用少胡专美，[1]曲艺新生有共青。[2]

其二

矫健能羞谢阿蛮，[3]不矜楚舞笑华鬘。

赏音岂识千金买，[4]识艺曾开羡古班。[5]

其三

一门女将出杨家，谁道军中气不扬？

和战总关兴废事，国仇私恨肯相忘？

其四

战马长嘶夜未阑，山高月小路漫漫。

葫芦谷口人何在？一曲高歌拨泪潸。

[1] 陈后山诗：“汉庭用少公何在。”

[2] 夏衍：参加《杨门女将》的演员，很多是共青团员。

[3] 罗虬比《红儿诗》：“红儿生在开元末，羞杀新丰谢阿蛮。”

[4] 李供奉《弹箜篌歌》：“不惜千金买一弄。”

[5] 据说，古巴总理卡斯特罗特别欣赏我国京剧。英语谓古巴人为 cuban，音如“古班”。

哈瓦那中古友好周四首　九月二十八日

编者注：注释[1][4][5][6][7]据《陈君葆日记》补。

报载：从九月廿六日到十月二日，哈瓦那举行古巴和中华人民共和国友好团结周，庄严的开幕仪式举行时，古巴各界人士和华侨代表向参加古巴独立战争的中国战士纪念碑献花，作了有意义的开始。中国战士纪念碑建于一九三六年，它是古巴和中国之间的友谊的象征。正当“友好周”期间，又欣值我国国庆，因感而有作。

其一

地限东西道不孤，斗争高谊迄相扶。
可堪龙战翻身后，重话楼船欲沼吴。[1]

其二

六十年前战友情，蔗园新盖益同倾。
流传青史殊勋在，认读佉书汉姓名。[2]

其三

带砺山河睨壮图，英雄宁惜掷头颅。
低回最是铜碑字，没个逃兵与叛徒。[3]

其四

寰宇争传友好周，东风又到海西头。
门罗已教能冲决，后院何当后自由。[4]

[1] 一八九八年古巴人民举行反抗西班牙政府独立战争，至今刚六十二年，而迄一九零九年四月，美军始自古巴撤退。

[2] 在古巴反对西班牙殖民统治的独立战争时期，参加马坦萨斯省甘蔗地区起义的领袖有关鄂上尉，参加全部古巴独立斗争有高塞武、谢安少

校、潘乔、莫雷诺等中国人。

［3］中国战士纪念碑上的铜字镂刻着说："在古巴的中国人，没有一个是逃兵，没有一个是叛徒。"

［4］《书》："奚我后，后来其苏。"

书近事杂诗五首　十月七日

编者注：注释［3］［4］［5］［6］［7］据《陈君葆日记》补。

其一

亲同手足唤胞波，[1]情海无边界已多。
一自约章签订后，又添词典贝多罗。

其二

招手楼头语乱鸦，中南且看发奇葩。
自由今有新园地，不住京华住古巴。[2]

其三

严刑峻法最无良，工党从来意气昂。[3]
何事倒行偏任彼，麦加锡主义重张。

其四

群伦领袖仰劳工，举世方讥核器凶。[4]
不信堂中延盖叟，[5]西倾犹复效文翁。[6]

其五

中古邦交始立标，海西又道发惊飙。[7]
豺狼终笑偏成性，撇下星条逐去潮。

［1］《中缅边界条约》在北京签订。缅语的"胞"和我汉语的"胞"字同音同义，"波"字意义是"伴"，两字合在一起，就等于说"同胞"了。

［2］拉丁美洲十五国代表团在北京签字的《关于拉丁美洲各国与中国之间的友好协会的声明》说："我们认为新的协会的会址应该在美洲自由的土地古巴。"这话很有深长的意义。

［3］澳洲人民反对孟席斯政府修改刑法的运动正日益高涨。澳洲联邦政府为镇压进步力量而拟订的《刑法修正案》规定：任何人对殖民地人民

给予任何形式的支援都可以被判处死刑；任何人支援那些同澳大利亚盟国作战的国家都可以被控告为犯“叛国罪”而处以十五年有期徒刑。对罢工的工人也将给以处罚。这项修正法案还有待议会审议。

[4] 英国工党大会五日不顾盖茨克尔的反对，通过了两个决议案，要求英国单方面废弃核子武器。

[5] 苏轼诗：“闻道堂中延盖叟。”此借用其语耳。

[6] 老挝在法国统治时期，本存在着几个王族，文翁是占巴塞王族的首领。此次老挝政变，文翁属于诺萨万叛国亲美集团，为其头目之一想凭借美帝的扶持，篡夺王位。此借以喻盖茨克尔之曲从美国，不惜危害英国人民耳。

[7] 古巴政府宣布：“包括有三名美国人的一队二十七人的侵略军，四日登陆古巴东部，并与古巴军队激战二十四小时。侵略军所持的一面美国旗在战斗中为古巴军队所缴获。魁首已被杀毙。”

闻美国停止援助老挝四首　十月九日

编者注：注释及其四据《陈君葆日记》补。

其一

富马终非富米伦，不徒中立解亲仁。
永珍自有和戎策，枉教停援作小人。[1]

其二

北汕风光一夜新，湄公河水浪粼粼。
可怜隔岸东南客，犹自磨刀话睦邻。[2]

其三

爱国不乖民族义，经援肯作卖身荣。
羡他贡勒奇男子，奋起扶危率伞兵。[3]

其四

又道艟艨入印洋，巡驱空母盗嫁妆。[4]
恰逢万象言欢日，恶见披猖若探汤。

[1] 老挝内阁决定十一日再与爱国战线党开始谈判。爱国战线党在九月三十日提出的谈判五项基本条件。

［2］富马首相八日说："如果美国援助仍然停止，老挝政府就得'采取步骤'了。"

［3］贡勒的伞兵营本为美帝所装备训练者。

［4］报载：美帝国主义打算在一年内在印度洋建立一支包括一艘空母、一艘或两艘巡洋舰和若干艘驱逐舰的作战舰队，作为在印度洋地区推行侵略政策的工具。

日社会党领袖浅沼稻次郎被刺五首　十月十五日

编者注：注释［4］据《陈君葆日记》补。其一句四"又"《陈君葆日记》作"更"。其四句一"群"《陈君葆日记》作"万"。

其一

浅沼身亡狄鼻辛，池田袖手亦佯嗔。
安全条约犹存在，阴遣鉏麑又几人？[1]

其二

罢工罢课起须臾，群党群情一步趋。
偏是逞凶临大选，法西斯为孰前驱？[2]

其三

小麦昨才遭斥骂，次郎今喋血台前。
是非且勿论公敌，杀害宁云事偶然。[3]

其四

群众游行臂黑纱，誓将悲愤碎连枷。
一人倒下千人起，血泊能开力量花。

［1］浅沼被狙击殒命，美国国务院副国务卿狄龙闻曾致唁电。浅沼稻次郎十二日在东京日比谷公园发表演说中，有谓："《美日安全条约》是日本最重要的问题。由于政府强行修改安全条约，十五年来备尝驻扎外国军队痛苦的日本，将不得不容许美军再使用它的领土十年。这是日本历史上未尝有过的不平常情况。这也就是说，日本还未完全独立。"

［2］十三日，日本一百四十多个政党和群众团体组成的"阻止修改安全条约的国民会议"，决定把预定在二十二日举行的第二十一次反对日美"安全条约"全国统一行动，提前在二十日举行，要求对杀害浅沼事件

负责的池田政府总辞职。

[3] 暗杀事件发生前不过数日，浅沼对合众社记者追述说，美驻日本大使麦克亚瑟曾几次要求他公开收回在北京所发表的联合公报声明中的“美帝国主义是中日两国人民的共同敌人”和“美帝国主义是亚洲人民的共同敌人”这两句话。

[4] 东京十二日晚已有群众示威，参加者达五万人。当晚，即从无线电广播听到消息。十三日，三万多名工会会员和学生在国会及池官邸举行示威。入夜，示威者手提灯笼与红旗（有的红旗挂黑纱），臂系黑纱，继续示威，并高呼“池田立即辞职”“肃清极右翼暴徒”等口号。

大同俱乐部晚饭听歌偶得句　十月十七日

零雨秋光滞半程，背人高处自凄清。
只应绕过窥全面，不信圆时最有情。

闻古巴几内亚签订文化协定

编者注：注释［1］据《陈君葆日记》补。

文化真堪托至公，交流又见古几同。
和平争取成连锁，[1]一任西方在下风。[2]

[1] 几内亚总统塞古·杜尔前些时应邀到中国来访问，现在正访问古巴，十五日和古巴总统多尔蒂科斯在哈瓦那签订两国文化合作协定，一如他在北京时也和我国签订友好合作条约。

[2] 西方，谓西方国家也。

美助理国务卿帕森斯访寮三首　十月十八日

其一

万里东来为底忙，旧游应是变沧桑。
老挝不复供刀俎，休遣邻家更祸藏。[1]

其二

军援谈复三条件，亲美迁都富米容。
犹道此非干内政，帕森斯原要东封。[2]

其三

万象街头群反美，和平星使独迎苏。
匆匆来去怜疯狗，[3]中立于今是远图。

[1] 前些时，美国助理国务卿前驻老挝大使帕森斯到老挝去活动，在帕森斯从曼谷赴万象晤富马的同时，泰国乃沙立政府则在加紧制造威胁老挝的紧张局势，以图进一步进行干涉老挝。

[2] 帕森斯在万象停留的三日，曾语人谓立即恢复美国给予老挝的援助，已无可能。他对富马政府提出恢复美援的一项条件为：（一）停止目前与老挝爱国战线党的谈判；（二）正式承认亲西方的诺萨万的军队和他在老挝南部成立的政府；（三）将行政首都从万象迁到王都琅勃拉邦。这条件表明美帝国主义要更深入、更粗暴地干涉老挝内政，阴图破坏老挝的独立与领土完整，真是司马昭之心，路人皆见。

[3] 帕森斯访寮之行，无疑地已遭到一次失败。寮国战斗部队电台十四日评论说：老挝人民深切了解美帝国主义的阴谋，他们把帕森斯到老挝看成是一条疯狗闯进了自己的家园。

伦敦明星晚报与伦敦新闻晚报合并有感二首

十月十九日

其一

百年赖作民喉舌，纪事时还测意资。
中道颇闻威武屈，到头应愧狄更斯。[1]

其二

多少年来说自由，如今翰墨畏贻羞。
最怜帜易偏多士，轭下谁堪作马牛？[2]

[1]《新闻纪事报》创立于一八四六年，初名为《新闻报》，狄更斯曾当过它的第一任总编辑。《明星晚报》则成立于一八八八年。两报均曾以自

由主义思想号召。《新闻纪事报》并以其“盖洛普民意测验”久见称当世。现在两家报纸都被合并到保守党的阵营里去，言者颇为之扼腕不置。《新闻纪事报》与《每日邮报》合并，《明星晚报》则归并入《伦敦新闻晚报》。

[2] 据闻，两家报纸合并后，遗下的三千七百余名员工的职业问题，一时尚无着落云。

甘乃迪提侵略古巴五点计划 十月二十一日

三条附件援寮国，五点阴谋覆古巴。
剩与刚戈谈托管，馋涎应在卡丹加。[1]

[1] 报载：美国民主党总统候选人甘乃迪作竞选演说，提出一个侵略古巴的“五点计划”，公开鼓吹进一步加强作为美国控制拉丁美洲国家工具的美洲国家组织的力量，加紧对古巴的侵略和颠覆活动，使古巴“受到限期，孤立和就地夭折”。狼子野心与尼克松实不相伯仲。

美国总统候选人竞选争辩三首

其一

首二双尼智略齐，一般厚黑各栖栖。
如何金马神州地，竟作君家竞选题。[1]

其二

林肯名难小石连，[2]放奴往事记当年。
君家自有庭中秽，内则应书第一篇。

其三

民意何须海外寻，更无人不恨陵侵。
一从旅伴云中去，零落声名直到今。[3]

[1] 双尼，谓尼克森与甘乃迪。美国总统竞选活动中，两党候选人竟牵到金门马祖问题上来大做文章，甘乃迪说金马已经被“美国最优秀的军事头脑”认为无法防守，而尼克森则认为不能放弃“一寸自由土”，

两方呶呶不已，真是咄咄怪事。

［2］林肯城在美国内布拉斯加州。小石城在阿肯色州。

［3］美国政府通过其海外民意测验，已发觉到美国的声望自一九五七年苏联发射“旅伴一”号人造卫星以来，即“毫无疑问地下降了”。甘乃迪并说，美国海外的地位，在艾森豪政权期间已大大地下跌。据报：《华盛顿邮报》关于民意测验这一消息，无疑将对美国目前在总统竞选中的海外声誉，发生影响。

四看杨门女将三首

编者注：注释［3］据《陈君葆日记》补。

其一

好书不厌百回读，好戏何妨再四听。
唱到报仇报不尽，杨家孤愤泪同倾。[1]

其二

一门忠烈出杨家，此是新生艺术花。
歌彻寒霄高拔子，宗师亲为按红牙。[2]

其三

忘我情怀气薄天，为民岂复念双全。
寿筵一折堪传世，国恨家仇义凛然。[3]

［1］我最近唱词中佘大君唱的“那一阵不伤我杨家将，那一阵不死我父子兵……杨家报仇我报不尽，那一阵不为江山不为人民！”这几句，那真是感动得令人每次都流泪。

［2］穆桂英唱的首句“风萧萧，雾漫漫，星光惨淡”，词未毕已经动摇心魄欲绝。

［3］爱国精神、爱国主义思想是《杨家女将》的基调。

美国对古巴严厉禁运 十月二十三日

又见磨刀敌伺窥，佛州危地并空基。

饶他覆雨翻云手，经锁图穷匕现时。[1]

[1] 美国在宣布对古巴禁运，施行严厉的经济封锁的同时，复以飞机舰艇运送反革命分子集中在危地马拉等地，准备于十月底，即美国竞选总统之前，进行侵略古巴，用心极险。苏联《理论报》廿一日发表的茹科夫题为《挑衅者正在玩火》一篇评论指出："危地马拉和美国的佛罗里达州已经成为对古巴的侵略主要基地。"

志愿军抗美援朝出国作战十周年四首

十月二十五日

编者注：注释据《陈君葆日记》补。

其一

出国初惊祸结连，千山万水跨清川。
上甘岭上残灰在，重认创痕已十年。

其二

虏骑来时战报闻，朔州飞雪正纷纷。
云山一役关全局，从此朝中谊不分。

其三

抗美援朝岁月更，和平争取记修程。
白旗自见开城后，强寇时疑解戢兵。

其四

保家卫国著殊勋，寰宇同钦志愿军。
佳话流传箕子国，情亲争道最超群。[1]

[1] 朝鲜《劳动新闻》廿三日著论说："朝中两国人民在朝鲜战争中发扬牢不可破的战斗友谊，成了社会主义阵营国家人民间的无产阶级国际主义有力团结的活生生的榜样，它将永远记载在进步人类的历史上，照耀千古。"这社论写在欢迎我国军事友发代表团访问朝鲜的时候，是具有深长意义的。

援朝篇 为纪念志愿军抗美援朝出国作战十周年写

十月二十六日

滔滔鸭绿江，郁郁上甘岭。
悠悠忽十年，每怀当时景。
玄黄内战久，燕都初定鼎。
美帝恃强暴，肆意求一逞。
不徒吞三韩，欲我东北并。
胡尘漫海来，烽火迫边境。
我疆感威胁，我旅亟重整。
革命功未完，汲深虑短绠。
伟哉志愿军，奋起长缨请。
扶倾冒万难，出国背乡井。
转战数千里，挞虏兄弟拯。
功业世绝伦，史册义彪炳。
当其张挞伐，低首敌宁肯？
云山一战后，敌始梦中醒。
上甘递伤心，冥顽昧深省。
侵略彼性成，图霸归泡影。
号令挟联国，举世为齿冷。
纠合非义师，终至陷绝境。
进退实维谷，绞索苦系颈。
阵前持白旗，谈和半咽哽。
可怜纸虎穿，犹自诩勇猛。
而我兴甲兵，旨在寇氛靖。
和平以建设，语若吐喉鲠。
血刃不足言，待挽天河静。
南北裂朝鲜，统一谁作梗？
树德宜务滋，除恶欲制梃。
史轮不逆转，中道常耿耿。

西德军队开进法国五首　十月二十八日

其一

鹅步喧阗法北疆，当年肉袒记牵羊。
如何廿载童成少，重睹瘢毁铁十章。[1]

其二

复仇主义任披倡，纵敌沦胥迹岂忘？
一夜莱因河进驻，巴黎旋踵失金汤。[2]

其三

百万雄师斗志违，马奇诺线坠维希。
何须导弹输西海，重水曾教秘挪威。[3]

其四

卷土重来信有征，百年屠翦益凭陵。
可堪两度盟城下，又见腾空纵铁鹰。

其五

辘辘车马尽客军，长期演习世稀闻。
法人不欲观之矣，暮雨潇潇早闭门。[4]

[1] 上月二十五日，法国和西德在巴黎签订一项协定，根据这项协定，西德军队一部分约二千四百人将在法国沿莱因河摩尔伦及锡桑尼两地借法国当地举行军事训练和演习，同时，西德军队大概每年将有三万五千人需要派赴法国受训。根据协定，不久还要在法国空军基地训练西德空军。

[2] 德国纳粹军进驻莱因河地区事发生在一九三五年。

[3] 自美国计划以“北极星”式核导弹装备北大西洋集团的武装来装备它的海军。希特勒曾在挪威制原子弹。

[4] 报载：西德军先行部队闯抵锡桑尼时，正在下雨，当地居民没有特地去看西德军队的抵达。

今天是重九诗以纪之

重阳独酌杯中酒，秋水时登八尺楼。
短鬓渐随知己少，纵无宋玉也悲秋。

艾森豪以最高勋章授前希特勒将领二首

编者注：注释［2］据《陈君葆日记》补。

其一

昔日阶囚今座客，将军恩怨费衡量。
授勋且复怜功狗，泉下何辞语贝当？[1]

其二

壁垒森严各有常，余谈败寇与成王。
是非功罪如相问，敌我分明看立场。[2]

［1］艾森豪以美国“功劳勋章”授给西德联邦国防军总监兼总参谋长前希特勒将官豪辛格，奖励他复兴西德军国主义的功劳。在二次世界大战期间，豪辛格任希特勒国防军最高司令部作战处处长。

［2］在资本主义制度底下，一切以利合，这就是他们的立场、他们的标准，遇到了矛盾便诉诸武力。

侠文以塘西集饮追月诗见示次韵四绝　十月三十一日

其一

岂谓骚人偏爱月？只应南国更宜秋。
云璈水调闲征遍，寥落西池记昔游。

其二

又从秋尽想轻盈，尚费残蝉断续声。

何物海云偏翳日，世间难得是聪明。

其三

休遣诗心滞酒边，万花如海竞春妍。
红红早黜闻歌舞，谁写新词付官弦

其四

争得情如遇玉真，近来檀板亦清新。
琵琶一曲低回尽，况复何戡是旧人。

附：庚子秋节后馨庐邀集塘西追月倡结庚子诗社

其一

漫将往事谈庚子，且作新词遣素秋。
追赏直须随月伴，[1]姮娥邀与共遨游。

其二

海隅徙倚看亏盈，人值良时有笑声。
光在襟怀杯在手，了知好月本长明。

其三

万里秋光到酒边，岂无歌吹发幽妍。
平生不作闲哀乐，莫遣琵琶有急弦。[2]

其四

神州文物更风会，海角招要意气新。
放眼江山一鼓舞，未妨余事作诗人。

[1] 射月火箭名月伴。
[2] 席间听弹琵琶。

报载柳亚子书毛主席长征诗有感赋一绝

十一月一日

千山万水纪长征，写入冰纨照眼明。
岂是人间闲笔墨，风雷旗鼓似闻声。

美国在苏格兰建北极星核潜艇基地纪其事以诗

小星缥缈又渝淮，北约终疑是祸阶。
苏格兰人非弱者，潜航基地任安排？[1]

[1] 英政府允许美国在苏格兰建核潜艇基地后，工党发言人说：北极星导弹潜艇大有可能引起的问题是：它们是否在苏联领海内巡逻，或靠近这些地区，因而构成了挑衅的行动。阿登纳则更表示完全支持美国变北大西洋军团为“第四核打击力量”的计划，以利便西德用核武器来武装它的国防军。一切都表示积极在备战。

阿尔及利亚抗战六周年五首　十一月二日

其一

莽莽平沙白日昏，西东摩突几家存？[1]
地中海自千年绿，不洗屠刀积血痕。

其二

六年星火已燎原，非陆今非帝乐园。
八十万人英气尽，和谈奚事不开门？[2]

其三

殖民主义美支持，才使穷凶觉祸迟。[3]
今日东风渐吹遍，扬眉应见阿巴斯。

其四

武装争斗出全民，破立方教局面新。
泥塑巨人宁足畏？会同纸虎委灰尘。[4]

其五

巾帼须眉赴义同，提枪杀贼女英雄。
圣贞德事从新说，革命原非一日功。[5]

[1] 阿尔及利亚国境，西邻摩洛哥，东连突尼斯。

[2] 阿尔及利亚临时政府总理阿巴斯说：“阿尔及利亚民族解放军抗击了八十五万现代装备的法国军队，用游击战术大大地牵制了敌人。”阿尔及利亚人口不过八九百万，而法国竟出动到八十多万军队来“戡乱”，结果战事反日益趋烈。法国政府不得已进行谈判，可是谈谈打打，谈判之门虽然敞开，事实上等于关闭。阿巴斯也谓：“法国政府企图以战胜者对战败者的姿态来进行谈判，因此两者之间没有共同的语言，这种谈判永远不可能进行。”

[3] 阿尔及利亚一个参谋部负责人说：“如果没有美国的支持，法国殖民主义就一天也不可能进行这种战争。”

[4] 在北京举行的“支援阿全民斗争大会”上，一个阿尔及利亚艺术团的负责团员说：“帝国主义只不过是一个泥塑巨人!”

[5] 前年在一首题作《阿尔及利亚四爱国女青年被处死刑》的诗上写过这样的句：“汤汤扬波地中海，巍巍天柱戛拉山。古人法有圣贞德，阿岂无人师报韩。”时光不过两年，而阿尔及利亚的抗战力量又更加壮大了。

日本自卫队举行大检阅

尽教锋镝起沉磨，原子余灰涕泪多。
何事昨仇今忽友，皇军奏尽美军歌。[1]

[1] 美联社电说：“好像特别表现日美密切的军事联系似的，‘自卫队’的乐队几奏齐了所有美国的乐曲。”二次大战后，日海军战舰全部沉于大洋。然事不十五年，日本又在重建海军了。狐猾狐埋，终见自祸耳。

西藏农业地区民主改革完成　十一月四日

千年史迹说姻亲，欲靖西陲奈牧民。
八十万人分得地，农奴今始见翻身。[1]

[1] 西藏土地改革，没收及赎买土地共计二百八十多万亩，已分给农业区八十多万农奴和奴隶，从而消灭了西藏封建农奴主的土地所有制，这是一件了不起的大事。

中国经济建设成就展览会在巴格达开幕　十一月七日

路绝东西岁月多，南车犹识吐呼罗。
近来何处无经展，难见交欢指两河。[1]

[1] 两河谓幼发拉底与底格里斯河流域，巴比仑文明所发生地。

看越剧追鱼二绝　十一月三日

其一

富贵骄人应见惯，包青天宁昧知鱼？
白蛇金鲤皆殊类，说到情真总不如。

其二

物情总以真为美，曲艺时翻旧作新。
梁祝而还应数此，后来居上可无人？

初闻西贡政变　十一月十二日

独裁统治人天厌，疾苦民间罔或念。
韩李土曼先后亡，[1]摇摇今看吴庭艳。
虎狼肆虐毒焰张，安得十万横磨剑。

[1] “韩李”谓南朝鲜李承晚。“土曼”谓土耳其曼德烈斯。

闻西贡政变失败二首　十一月十五日

其一

一夕惊兵变，扶南涕泪多。
甫闻虹贯日，旋讶豕冯河。
降伞空刑马，陈师忽倒戈。

自缘群众失，蛇鼠本同窝。

其二

沧海横流日，何心尚帝秦？
百年悲祸首，一致竞翻身。
稠密区徒广，娑罗迹可循。[1]
斗争时义在，终始赖吾民。[2]

[1] 娑罗树，随伐随长。

[2] 西贡政变，十一月十一凌晨爆发，不到两日便告失败。观察家批评说，失败的主要原因是由于不依靠人民。河内《人民报》著论指出，政变力量被吴庭艳军队的反攻击败，因为这些政变力量的首脑是亲美分子，而这次政变只是两个亲美势力之间的冲突。社论说：“两个亲美集团之间的冲突是决定不了越南南方的发展方向的。越南人民的命运和前途要由人民自己来决定。”

古巴经济代表团参观三门峡水利建设

十一月二十三日

编者注：注释据《陈君葆日记》补。

经援反帝主同探，万里东来抵掌谈。
君到三门更西望，黄河今已净浮蓝。[1]

[1] 由古巴国家银行行长格瓦拉少校率领的访华古巴政府经济代表团二十二日离北京往三门峡等地参观。中国过去说“俟河之清”，也就是说黄河永远澄清不了。但是，这次我在九月二十六日到三门峡参观大坝，看到水坝附近的水已经又蓝又净了。据说是在九月十四日开始变蓝的。

麦克米伦　十一月三十日

时去依存更莫论，傍人门户说姻亲。
可堪忍让终贻祸，曾笑当年张伯伦。

寿叶遐庵八十大庆二律 十二月一日

编者注：据《陈君葆日记》，其一初稿与终稿不一致。今并录初稿及注释如下。“八秩欣留眼，同观气象新。桓荣犹博古，少蕴夙怀珍。三绝诗书画，清时自在身。称觞祝长寿，正值万家春。”“注：蔡邕《陈太丘碑文》：‘于皇先生，抱宝怀珍。’白居易诗：‘高卧闲行自在身。’韩翃诗：‘江声六合暮，楚色万家春。’又杨巨源《圣寿无疆词》：‘天地一家春。’杜甫诗：‘留眼共登临。’陈后山《送王元均贬衡州兼寄元龙二首》：‘直须留眼送归鸿。’”

其一

八秩欣留眼，同公气象新。
桓荣能博古，叶适自怀珍。
三绝诗书画，清时见在身。
称觞遥祝嘏，更值万家春。

其二

镇海楼头月，时怀阙寄声。
十年三握手，一日辱知名。
旧德钟耆宿，新邦重老成。
献图开寿域，还与颂升平。

十人国画联展观后感十首 十二月十一日

编者注：其九据《陈君葆日记》补。东涌，在香港大屿山西端，著名渔港之一。

其一

十人画展寻常见，如此丹青妙却妙。
笔意辋川荆浩墨，豁蒙老眼忽惊乎。[1]

其二

远山如劈树苍苍，绝忆丰沙望太行。

得似小桥人独立，不烦搜句负诗囊。[2]

其三

怀人应在水之湄，眼底湖山是故知。[3]
七十二峰青未了，画中偷读草衣诗。

其四

点石苍崖入梦魂，临流也欲一凭轩。
招来飞瀑三千尺，疑是浮山白水门。[4]

其五

海内竞师齐白石，荔支卢橘错登盘。[5]
残荷听雨宁无盖，得失鸡虫作意难。

其六

去天三百绝幽探，积雪畴敖袖得岚。
十一洞天回首处，横云依旧锁山南。[6]

其七

夔府孤城落月时，去年君较我来迟。
如今解得瞿唐险，独有横江象马知。[7]

其八

十年不到东涌去，弥勒山花自在红。
一角琵琶洲上月，耐寒滋味是初冬。[8]

其九

大浪湾西石澳东，何人割取画图中。
停车记向山前问，蜃气朝来尚几峰。[9]

其十

来去闲云绝壑生，胸中奇气最难平。
是谁窃取宾虹笔，倒挂银河落太清。[10]

[1] 十人作品，以山水画占多数，而又最佳。

[2] 读草衣《高山仰止》一帧写此。草衣长于诗，其诗中有画诸作，兹不具论，只检出其画中有诗者言之。此帧极使余忆及丰沙铁路之行，望太行山所见。

[3] 余素爱草衣诗，味极隽永，而又淡如其人。展出作品中题作《袖笼岚

翠绕湖湄》一幅，我始终以他是在写太湖，故诗中如是云云。

[4] 廿余年前游罗浮，宿酥醪观，翌晨攀登白水门，观瀑布，飞泉溅衣，下临无地，此景梦寐不忘。今披郑家镇《观瀑图》，颇复重现当时情景，因赋此。

[5] 仿齐白石的有吴廷捷的天竹、残荷，李汛萍的鱼鸭，貌略似矣，而意不足。然廷捷近来作画实日见进步，可喜也。

[6] 太白山所谓“武功太白，去天三百”者，以距长安约三百里也。又太乙山为道家第十一洞天所在地。余所见任真汉写真实景二幅，以此幅实胜于《白帝城》一作，盖大气磅礴，吐纳风云，境界特异也。太白山实为终南山一部分。

[7] 去年余与真汉先后出赴川陕，余先期入川，抵渝奉节，留五日下江，过白帝城登赤甲山，适为“白帝城头月向西”时分，朝暾未出，晓风欲剪，此景不可多得也。解放后瞿唐滟滪堆，危滩险阻，多已除去，航行不复如往昔之难矣。

[8] 因观黄般基《从弥勒山下望东涌》一帧写此。般若用新法写山水画，此帧作于今年暮秋，因忆年前大屿山之游，每爱取道东涌，宿于地堂仔，夜则玩月，望琵琶洲渔火两三点。图中岛露一角，盖琵琶洲也。

[9] 此方言郑家镇写石澳东岸一帧。石澳一带，盖游踪时至，蟹舍渔村，鱼龙吟啸，几于无不惯熟，然亦互不以为嫌也。

[10] 展出作品中，有两幅《观瀑图》，一为家镇个人写，一为家镇与草衣、无涯数人合作，而家镇写瀑布一部分，笔法一样。两幅，我较喜爱合作一幅，以较有情致，几棵松亦用笔甚佳也。家镇画学宾虹，渠已自言之矣。其造诣亦自不俗。

一九六一年

观越剧红楼梦八首　一月三日

其一

家家艳说红楼梦，宝黛争看粉墨场。
一自歌成新艺曲，更无人不道徐王。[1]

其二

少小初逢进府年，芙蕖照水影蹁跹。
却怜还似曾相识，尽道蓬莱降玉仙。[2]

其三

除却巫山不是云，从来谁解醉红裙。
嗤她折桂蟾宫语，[3]不道西厢有妙文。

其四

身世琪宫剧可怜，罗巾不掩泪痕溅。
霍家小玉岐王宅，多少微衷得暗宣。

其五

满园春色怨芳时，岁岁春来自笑痴。
荒冢埋香人寂寞，只教留得葬花诗。

其六

一生心血付诗篇，流水高山事渺然。
最是稿焚恩已断，[4]凄凉残月伴啼鹃。

其七

潇湘魂断已来迟，[5]金玉因缘错铸时。
万种闲愁千种恨，一场欢梦最堪悲。

其八

去住人间唤奈何，西山残日已无多。
繁华富贵浑消歇，留与雍门听葬歌。

[1] 徐玉兰、王文娟演贾宝玉、林黛玉，真是风魔一时。
[2] 曲词中王熙凤唱："似这般美丽的人儿天下少，那像个老祖宗膝前外孙女，分明是玉天仙离了蓬莱岛。"
[3] 唱词中黛玉讥讽着道："咦，原来躲在这里用功，这一来呀，可'要蟾宫折桂'了吧?"
[4] 唱词中黛玉："一生心血结成字，如今是，记忆未死，墨迹犹新；这诗稿，不想玉堂金马登高第；只望它，高山流水遇知音；如今是，知音已绝，诗稿怎存？把断肠文章付火焚。"
[5] 唱词中，紫鹃道："只听她恨声呼宝玉，这辛酸的事儿我牢牢记。宝二爷，你来迟了！来迟了！人死黄泉难扶起。"

越剧团在港演出次李侠文韵二首

其一

浙东嘉树绿湄湄，春到天南逞异姿。
不羡黄台教歌舞，[1]巴渝犹自负芳时。

其二

雪飘艺海主新盟，荡涤诗魂战鼓声。
赚得玉簪鸾折泪，红楼休道最关情。[2]

[1]《穆天子传》："天子游黄台之丘，以观夏后启之所居，筮猎苹泽，有阴雨，日中大寒，北风雨雪，有冻人，天子乃作《黄竹之歌》。"
[2] 在《西厢记》袁雪芳饰演崔莺莺；徐玉兰、王文娟演《红楼梦》固佳，然金采风演《碧玉簪》亦正也不俗也。又巴渝舞：《晋书·乐志》：阆中俗喜舞，汉高祖既定三秦，乐其猛锐，数观其舞，后使乐人习之；阆中有渝水，因其所居，故名曰巴渝舞。此以喻台湾尚未隶版图，归大一统。

附：李侠文原诗二首

其一

妙舞清讴到海湄，酣酣弦管耀千姿。

江南旧曲寻常在，别有元音出盛时。

其二

还泪销魂木石盟，英雄儿女鼓鼙声。
悲欢未付红毹尽，此岂人间已了情。

观越剧金山战鼓感赋五首　一月十日

其一

莫夸天堑倚黎民，南渡犹能日月新。
奚事主和资敌寇，河山收拾岂无人。

其二

盖世英雄绝世姿，何曾巾帼逊须眉。
军中早识韩擒虎，船上初惊靡敌旗。

其三

敌忾同仇振义声，一朝众志喜成城。
八千子弟黄天荡，电扫胡儿十万兵。

其四

父老中原如望岁，君臣江左独忘危。
闯宫一折堪垂泪，不数朱云折槛时。

其五

家国兴亡重明耻，何心纵敌厌言兵？
一从胡马窥江去，千古惟留战鼓声。

观越剧碧玉簪金采风演出后六首　一月十二日

其一

洞房衾枕负春宵，情海波翻喜气销。
佳偶岂终成怨偶？不堪垂带瘦红腰。

其二

说尽郎恩忘却亲，黄连心苦向谁陈。
高堂拜母归宁日，犹是云英未嫁身。

其三

三盖罗衣夜欲阑，柔肠不耐五更寒。
谁知碎步凌波袜，换得金枝泪更酸。

其四

贾府堂前识未真，也曾丹陛仰金轮。
如何十地庄严相，竟作王家陌路人。[1]

其五

休向如花更辨明，自来心有不平鸣。
凤冠三送权收下，未抵婆婆待我情。

其六

玉簪留得泪痕新，剧假情真且莫论。[2]
终隔美人心一间，檀郎原异负心人。

[1] 在《红楼梦》里，金采风饰王熙凤。我在深圳看的《则天皇帝》，金采风饰武则天，十分威严，曾不住赞叹。武则天也称金轮皇帝。《碧玉簪》唱词，李秀英唱：我好意上前向他问，他把我秀英当作陌路人。

[2]《碧玉簪》是一部悲喜剧，以喜的结局完场；但收下了凤冠以后又怎样呢？看来悲剧是落幕了，可是悲剧的成分仍是言有尽而意不尽，这似乎是问题的所在了。

悼念杜守素先生五首　一月十五日

编者注：伟晴街与宝灵街均在香港九龙佐敦区。其一句三“已定”《陈君葆日记》作“未竟”。其二句三“顿”《陈君葆日记》作“忽”。其五句三“重”《陈君葆日记》作“更”。

其一

有泪应教到九原，杜陵人去菊松存。
盖棺已定三长论，[1]归翼时怀一饭恩。[2]

其二

识荆真足慰平生，晚岁论交座语倾。
瑰宝外流声讨日，电文宵凿记联名。[3]

其三

伟晴街隔宝灵西，二老过从史迹稽。[4]
今日顿思前日事，两番清泪话燃犀。

其四

使君家俱少于车，邺下无书阙报嘉。
藤葛断余归实践，著书闻已黜名家。[5]

其五

卌载才名识面迟，高风早仰众人师。
他时重向农林过，肯忘银河有岘碑。

[1]《唐书 · 刘知己传》："史有三长，才、学、识。"

[2] 杜诗："归翼会高风。" 杜老离升香港北返前，曾邀余共饭。

[3] 南京国民党政府把故宫博物馆和南京博物馆所藏珍品海运赴台湾时，杜老提议联名发出通电反对，曾邀与计议，其电文即拟定于其伟晴街寓所，当时我和马季明先生均签名加入。

[4] 二老谓与柳亚子先生，柳先生当时寓宝灵街，与先生相隔，直近在咫尺间。

[5] 先生居港时，屡向图书馆借书，然每不能足其所用。先生在《先秦诸子思想》里写道："名家者流，实际也不是专家"。

看上海越剧团为筹赈山谷道灾民演出西厢记一场感赋二首　一月二十七日

编者注：山谷道在香港九龙红磡。

其一

一本西厢绝妙词，有情皆欲寄千思。
新声越绝袁徐唱，恰是杨枝洒露时。[1]

其二

弄未成时意已通，墙东人在理丝桐。
求凰一曲真同喟，千古文章墨尚浓。

［1］粤中国人民救济总会汇来赈款人民币三万元，致函中总代为分发。

看越剧团西厢记演出续一首　一月三十一日

阅尽人间俗艳多，也同萧寺醉姮娥。
何当商略惊鸿影，长傍春台伺眼波。

观中国灯饰花瓶书画展题句　二月一日

编者注：注释［1］据《陈君葆日记》补。

月之一日，参观了在金陵酒家举行的“中国灯饰花瓶书画展览会”，对宫灯、六角灯、走马灯等特别感到兴趣；话别酒会时，主人要我在意见簿上题辞，我便把在会中偶得俚句写上，归来觉意有未尽，因广为一律。

春暖楼头看会灯，[1]天风吹下许飞琼。
犹闻走马夸时彦，[2]薄笑霓虹是后生。
目睭未全缘酒食，眼馋应已为花瓶。
闲窗夜展秋山读，知有韩公八尺檠。

［1］宫灯的绢画，是写《西厢记》及其他故事的。

［2］展览会开幕之前夜，适赴上海越剧团留别之宴会，席间得聆何贤先生于敬酒时为道述“睇走马灯”一语，说时音调悠扬，迥不同凡响，心颇异之，询之同席李子诵兄，始悟其中妙处，只可以耳受，不能以言传，弥足解颐，因有第三句之语。

展览会中看宫灯四咏　二月三日

其一

湘�为骨绛纱肤，红透清心耀九衢。
拍手儿童呼柿子，只愁无叶郑虔书。[1]

其二

汉宫秋色九光灯，王母来时韵最清。
不复兰膏消永夜，蟠螭今见体通明。[2]

其三

群动须教静里观，举头时讶月光寒。
笑君休学团团转，走马灯翻走马看。

其四

六曲屏风面面通，美人山水碧玲珑。
饶他七宝琉璃影，知是虹霓是禹功？[3]

[1] 郑虔好书，贫无纸，慈恩寺贮柿叶数屋，虔日取隶书，岁久殆遍。

[2]《西京杂记》：“汉高祖入咸阳宫，秦有青玉五枝灯，高七尺五寸，下作蟠螭，口衔灯，燃则鳞甲皆动。”

[3]《太真外传》：“玄宗时，一屏名虹霓屏，雕刻前代美人之形，精巧殆非人所制，乃隋文帝所造，赐义成公主，堕在北胡；贞观初灭胡，萧后奉归中国。”

云湘由宁夏南来广州会面有感　二月十二日

编者注：陈君葆小女云湘，时在宁夏任医生。贺兰山乃宁夏著名山脉。

满城烟雨酿春寒，百里关河雾锁间。
莫更倚栏西北望，梦中行遍贺兰山。

车中得句　二月十三日

其一

犹余若下樽中酒，春节归来道会亲。
天下苦荒惭食肉，饭蔬无奈忍饥人。

其二

健步笑难天步改，游谈思与侈谈移。
宁知琐虑消除尽，尚有三河邓氏儿。

为华革会拟三八妇女节联　二月二十七日

元夜才过，姊妹联欢三八节；
及春行乐，庚辛两庆革新年。

文娱广场联

文不在兹乎，非独娱心悦目；
学亦道广矣，宁同作兴逢场。

漫画展览观后漫成九首

其一

大笔淋漓小墨濡，从教染尽白髭须。
君家别有玲珑腕，写入毫端万态殊。[1]

其二

对境谁将决网罗？闷葫芦里奈渠何？
无多笔墨供谈笑，只此讥诃泪已多。

其三

万象人间耐析分，目无全象讼纷纭。
不须地狱穷形相，且向天堂著见闻。[2]

其四

细人原畏以身先，达者趦趄策万全。
终是此间环境异，顿教敛手欲无言。

其五

花港观鱼足断魂，大鱼张口细鱼吞。[3]
徒令祭鳄韩文在，弱肉强餐不二门。

其六

桥下行船亦快哉！几时桥上汽车开？
断桥指点经行处，恐是君从梦里来。

其七

一任推排趁好风，宁论南北与西东。
休訾四大皆空相，到底输他不倒翁。[3]

其八

淫盗飞哥打斗场，其人与酒甚心肠？[4]
象牙塔里歌仁义，狗骨涎边惹祸殃。

其九

一家八口一床眠，胜事天堂说不全。
总算和平能共处，叫人争不学沙甸。[5]

[1] 今次漫画展览，参加展出的作家三十余人，各具个别作风，真是千奇百艳，波谲云诡，而昨日为展出第一日，参观者众亦极一时之盛。

[2] 展出作品中有集体合作画两幅，一为《闷葫芦图》，一为《人间万象》，前者通过静物描画人间丑相，后者写“天堂”里的罪恶生活。

[3] 展出品中有郑家镇的《香港八景》，余最爱其《花港观鱼》与《断桥残雪》两帧。参观多爱其《双峰插云》一幅，我则以为《南屏晚钟》较以意胜。

[4] 看李凡夫《不倒翁》一作，尺幅中置一小“不倒翁”，四周空荡了无一物，如此构图，很有意思，因复忆吴梅村戏咏不倒翁句有云：“尽受

推排偏屈疆，敢烦扶策自支撑。”

［5］李凌翰作品有《阿飞舞》六七张，《沙甸鱼》亦为他的作品之一，诚如李凡夫所言，此幅“笔触少，而表现力强”。又，“桥下行船”一语，出此间小学教科书图文某册。

昨日风动还带点寒意今日转暖要换夹衣了因赋一绝

三月二日

东风昨夜褪红肥，褫下棉衣换夹衣。
才过元宵花欲语，等闲春色却安归。

印尼总统苏加诺禁止六个组织活动有感　三月三日

文化兵侵事略齐，衣披宗教亦栖栖。
扶轮旧是曾相识，[1]大雅何堪再复提。

［1］苏加诺禁止“扶轮会”，为的是它是一个由外国策动的团体，组织所倡导的是和苏加诺所主张相违背的思想。在中国，“扶轮社”的活动固被停止，便是英国文化委员会也不见容，也是为了同一的道理。

得杜定友书戏柬　三月七日

寺屋疑无柿叶储，南山竹罄又闲居。
独怜明察秋毫末，剩写蝇头小字书。

孙中山先生逝世三十六周年纪念　三月十二日

先生垂训世深铭，唤起全民梦觉醒。
三十六年真义在，共同奋斗颂交声。

卢蒙巴死后八首

编者注：卢蒙巴时任非洲刚果共和国总统。

其一

卢蒙巴死哀刚果，基赞加存系毁兴。
岂有活人韩大敏，不闻黄祖杀祢衡。

其二

悲愤仍宽壮士颜，化为力量挽狂澜。
一人倒下千人起，血泊终看没内奸。

其三

蛇鼠豺狼道不孤，诛锄争奈有城狐。
世人耳目终难掩，[1]休问心肝敌有无。

其四

飞机武器却输秦，袖手旁观别怨亲。
从此恶言联合国，机场封锁为何人？[2]

其五

萧墙祸起敌骄横，应悔当时召外兵。[3]
柙虎纵容蒙博托，新邦才立已牺牲。

其六

非陆风云竞自由，河山寸裂最贻羞。
如何功狗侔冲伯，侈道邦联是远猷。[4]

其七

和平部队如闻语，千里艟艨更向南。
绝岛召开圆桌会，[5]谁居幕后视眈眈？

其八

象齿堪虞地轴铀，卡丹加省括囊收。
稳教美帝操工具，[6]绍也宜居五角楼。

[1] 用丘哲先生句。

[2] 联大开会时，加纳总统恩克鲁玛谴责殖民主义者和他的代理人杀害卢蒙巴，追原祸始时说：“尽管已经明确指示秘书长丝毫不得干涉刚果合法政府使用它自己的力量恢复法律和秩序，可是，联合国当局却曾封锁刚果的机场，其目的是要阻挠卢蒙巴政府调动的军队去平乱，压止卡丹加省的叛军。”

[3] 恩克鲁玛又说：“刚果的悲惨事件是不能宽恕的，因为卢蒙巴是在应他的请求来到刚果的联合国军司令部目睹下被杀害的。”

[4] 卡萨武布倡刚果邦联之说，显为分裂计划，替帝国主义者作先驱，便利分而治之的进行。

[5] 基赞加指斥在玛尔加什首都召开的刚果“领袖”圆桌会议是别具用心召开的。

[6] 甘乃迪谓联合国组织为美国外交政策便利的工具。

读陈晓亚新会行之四记士专家邓炎棠并图辄题一绝其上　三月十六日

白蚁专家李始美，水稻有种周汉华。
邓炎棠培成嘉谷，[1]圭蜂山下多奇葩。

[1] 邓炎棠今年才廿六岁，现在是新会环城公社农业科学研究所选种小组的组长。他用杂交法培育成水稻良种，去年晚选获得很好收获，经鉴定后，今年这新良种已在新会和省内各地推广。

真空谣并序　三月十七日

新华社消息：美国驻联合国代表史蒂文荪诬社会主义国家打算在亚洲和非洲取代已失败的殖民主义帝国的地位。关于美国干涉别国，特别是刚刚得到独立的国家的目的，是不让社会主义国家填补真空的说法，已经不能欺骗任何人了，美国统治集团的帝国主义政策已太声名狼藉了。

前年艾克谈真空，真空道是在中东。
巡回特使忙奔走，横海楼船气何雄。

美人部队登陆黎巴嫩，两河以西腾愤怒。
千里馈粮掠石油，师出无名兆民困。
今日真空在何许？史蒂文荪云是刚果之东浒。
刚果河，血流漂杵泪何多，黑人夜哭白人歌。
水木明瑟原乐土，昔人何乐今何苦？
铀铜象齿货弃地，奴隶生活多折磨。
一从沦入比人手，长夜何时决网罗！
呼嗟乎刚果！真空果是谁在争填补？殖民主义如豺虎。
新牌老牌错杂陈，钩心斗争爪牙舞。
呜呼！杜卿大棒不折家园摧，和平部队接踵来，非洲之民真哀哉。

老挝日 三月二十一日

其一

中立经邦德不孤，和平仍待逆驱除。
亚非高唱老挝日，我道声援宜特书。[1]

其二

万人大会集桑怒，千里奔趋有众僧。[2]
不是佛门开杀戒，肯教元憝避膺惩。

其三

亲美真疑梦未醒，文翁负尽越山青。
日南早恶西风虐，终古朝阳北户庭。

[1] 苏发努冯在庆祝“老挝日”大会上说：“在目前，老挝人民的敌人是美帝国主义者及其仆从，如泰国、南越以及富米文翁叛乱集团，他们采用残暴的和背信弃义的阴谋手段来削弱我们的警惕性。敌人的这些阴谋都障碍，可能给我们造成更多的困难和复杂局面。”

[2] 三月十五日，老挝爱国战线党在桑怒城开会庆祝亚非人民声援“老挝日”，参加大会的达一万多人，占桑怒省人口十二分之一，其中有佛教僧侣代表多人。

闻沙拉富昆之捷

其一

将军一战定昆阳，万象城头日蹙疆。
乘与腊卿谈缩手，[1]寮人今不畏强梁。

其二

湄公河水漫投鞭，填补真空岁月迁。[2]
查尔平原回马日，夕阳还似奠边年。

其三

卷土重来半客军，[3]明朝何处吊荒坟。
十三公路篝灯看，许有庞涓树下文。

［1］美国国务卿腊斯克接见了苏联大使葛罗米柯，谈了五个小时，闻谈的有老挝问题在内。

［2］富马首相动身往缅甸、印度之际，印度驻泰大使闻有备忘录向新德里报告，内容虽不详，惟可能关于老挝战局，指出如果辽国战斗部队和贡勒的政府军饮马湄公河畔，这将引致美国出面干涉因而引起大战这一点。其实，纵使战事蔓延到湄公河，甚至泰国边境，这仍是辽国内战所应有的形势，又干美国甚事！史蒂文森应纽约市长的宴约，席间发表演说，谓日前“真空”有两处，一为刚果，一即老挝。

［3］越南《人民军队报》叙述“沙拉富昆战役”的成绩说：“在一九六〇年底和一九六一年初遭受巨大失败之后，美帝国主义及其仆从正在向老挝爱国力量进行反扑，首先向查尔平原和川圹省卷土重来。”文章结语说：“我们深信老挝军民一定会取得胜利，而‘通往查尔平原的道路，将是埋葬侵略集团和叛国集团的墓穴’。”

珠穆朗玛峰　看征服世界最高峰后作四首[1]

三月三十一日

其一

攀登世界最高峰，踏破冰封第一功。

集体共完新伟绩，个人主义岂英雄。

其二

一肩霄汉士开颜，抱尽寒冰事等闲。
到此直同天上住，万山如海是人间。

其三

高处能胜玉宇寒，振衣星斗乍齐观。
画图省识登天路，不复人间蜀道难。

其四

崚嶒崱屴几横磨，徙倚青冥一笑呵。
纵眼偶惊天地窄，侧身遥见印洋波。

[1] 从《征服世界最高峰》一片，看到珠穆朗玛这个喜马拉雅山最高峰的肃穆雍和形态，不禁为之神往者久之。这个有地球第三极之称的高峰，曾经多少次使到外国的登山健儿遭蒙失败，多少次望而却步，可望而不可即，可是却给中国自己的登山队，下着决心从北坡方向把它征服了。这部纪录片简直就是一篇史诗。

美总统聘法国厨师三首　四月九日

编者注：其一句二“岂”《陈君葆日记》作“宁”。

其一

嗜炙攘邻味众殊，秋风岂解思莼鲈？
借教关系能谈拢，夺爱真虞到御厨。[1]

其二

莫讶易牙希作相，已闻嵇绍亦堪丞。
从渠煮酒英雄论，未抵郇厨福尔登。

其三

内六何当外七融，好凭樽俎有无通。
笑君休更巴黎问：公社门前酒否浓？

[1] 美总统甘乃迪聘定了法国厨师福尔登，宴英国首相于白宫，饭后评语

说："再也没有像法国菜能促进英美的良好关系了。"

南越选举总统

张勉自知非物望，吴庭艳亦恐难安。[1]
又来选举排新剧，南越南韩一例看。

[1] 南越人民曾多次举行游行示威，高呼"打倒吴庭艳家族统治制度"的口号。接近"四月九日"，南越各地正展开反对这次选举的新斗争。美国也在加紧支持吴庭艳。

风雨舟中陈凡为诵其新作论黄宾虹画十四绝句

恶浪扁舟窄，座语倾一方。
君诗如青风，华发生新凉。
秘发真山水，非关偏好狂。
拈出概括妙，不爱时世妆。
高古九十翁，寄兴何心肠。
浩荡纳万境，几人望门墙？
彪炳足千秋，我亦瓣心香。

舟中论画赠陈凡一绝

风雨孤舟饱看山，以诗论画诗澜翻。
停桡尚及潇湘梦，家在江村世六湾。

题马家宝为黄初俊写和平独立图　四月十一日

刷翎逾雪白，赛血似鹃红。[1]
磊落凌云志，长啾戾碧空。

[1] 画写一和平鸽，立于木棉花枝上，故云。

欢呼第一个太空人八首　四月十四日

编者注：注释据《陈君葆日记》补。

其一

射太空人入太空，东风一举奏奇功。
问何能尔君应记：制度东西两不同。

其二

阊阖腾冲寄此身，玄玄众妙始窥真。
休惊漆黑天垂象，发秘浮蓝渺一尘。

其三

历史掀开一页新，逍遥大业肯逡巡。
九重天上看奇景，羡煞寰中第一人。

其四

倒景回车顾美非，周遥八极访支机。
从今不用君平问，织女黄姑欣笑微。

其五

突破天阍到九陔，归来晓雾未全开。
回头下望人寰处，痴汉墙西鼾似雷。[1]

其六

怪道嫦娥夜夜心，青天碧海几沈吟。
和平今好从头说，宇宙无垠为探深。

其七

飞升脱地梦曾经，笑掇仙人太一星。
失重悬空滋味在，了无边际步天庭。

其八

下方郁律尚雷声，蛮触纷争已不情。
看到地平弧一线，[2]此心明暗最分明。

[1] 太空船“东方号”是当地时间九时零七分发射，环绕地球一周后在当地时间十时五十五分回返着陆的。

[2] 地平线的景象是无比的和非常的美丽。

第二十六届世界乒乓球赛在北京胜利开幕 四月十五日

乒乓世赛在燕都，不见矜时仰美徒。
二百健儿怀绝技，五洲选手射明珠。
名登团体光荣榜，标夺簪缨对戏图。
闻道开弓难左右，削球瑜亮有传摹。

人类征服太空第一程四首 四月十六日

苏联太空人上天归来后，余既写绝句八首投大公报发表，兹更袭用其首句，成辘轳体四首，寄《新风》重志喜意

其一

八极周游真解放，苍螭泛驾任西东。
丰功史笔新来写，送太空人上太空。

其二

送太空人上太空，冲霄一举破鸿蒙。
岂徒科技苏联胜，政制西方见道穷。

其三

东风又压倒西风，送太空人上太空。
探奥浑忘身失重，加加林始是英雄。

其四

一转巡天回大地，航时欲遂平生志。
送太空人上太空，摩星摘斗明朝事。

第廿六届国际乒乓赛三项冠军喜讯二首

其一

五洲选手集燕都，球赛乒乓足起予。
奚争出场虚印美，健儿冠盖独教疏。

其二

锦标夺得耀堪夸，友谊花开更可嘉。
男女冠军团体首，满园春色闹中华。

华革会第三平民医疗所开幕酒会醉歌赋呈侯宝璋教授　四月十八日

编者注：该医疗所设在香港筲箕湾。世界乒乓球冠军容国团曾住筲箕湾。注释据《陈君葆日记》补。

平时断酒不入口，今日一杯欣在手。
一杯在手庆新成，扩建精神仍抖擞。
三所宏开傍烟屿，嘉会宾朋若溪酯。
休询鸡尾始何年，且喜燕巢新定处。
桃源人觅三年艾，千金方岂为物害?[1]
不信糟曲愈枣梨，[2]焉知贫病形骸外。
君作维摩示病身，安心是药语西邻。
宁疑翳眼空花落，[3]稍见针头内热驯。
治病救人胡不早? 民胞物与身怀抱。
即今为我为人人，学习端赖身体好。
日暮东风帘幙透，筲箕湾水波微皱。
酒边忽忆容国团，顿觉云严衣锦绣。[4]

[1]《千金要方》，唐孙思邈著。传说尝有仙人谓思邈著《千金方》，多以物命为药，以害物之故，不获上升，止于尸解，其后思邈乃取草木药

以代蝱虫水蛭，作《千金方翼》三十篇。

[2] 交梨棘，乃飞腾之药，十二日太空人初上天，故及之。

[3]《楞严经》："亦如翳人见空中花，翳病若除，花于空灭。"

[4] 酒会中，陈丕士讲话提到第廿六届国际地乒乓赛中国选手的成就，容国团闻生于筲箕湾，故有末二句之语。苏轼《临安三绝·锦溪》诗云："五百年间异人出，尽将锦乡裹山川。"

看广东汉剧杂咏七首　四月二十八日

其一　从台别

从台西去委胡尘，塞草祠前渍泪新。
至竟舍身崖下死，尚教台上望何人？

其二

忍道男儿负国恩，蛾眉终遣作和番。
贞元朝士曾无语？千古应悲陈杏元。

其三　百里奚认妻

富贵宁夸一妇人？鸾漂凤泊泪酸辛。
琵琶弦上声凄绝，凄绝相思道翳秦。

其四　红书宝剑

刎颈居官事愿违，红书宝剑祸胎机。
怜他太守糊涂甚，阃内曾难辨是非。

其五　审诰命

官小能教执法严，岂当权贵避疑嫌。
拚他丢掉乌纱帽，诰命夫人痛下砭。

其六

剧种探源说外江，审音犹得辨秦腔。
脉传岭海征余烈，徽汉原都是大邦。

其七

乐府繁声次第添，红英初绽斗新尖。
不徒南国奇葩发，喜见梨园四美兼。

读黄宾虹画六首　四月三十日

编者注：注释［2］［3］据《陈君葆日记》补。

其一

先生山水堪雄绝，远追北宋驾吴越。
晚年笔墨任自然，商略古今存守拙。[1]

其二

已师造化还师古，脱弃东缚外规矩。
应是前身老画师，风骚五百年新主。

其三

精极始能归简淡，荆关磅礴墨华滋。
从教俗眼窥浑厚，佳处往往不易知。

其四

神似休疑慕渐江，重峦笔减过清湘。
品评比拟终非易，李杜文章画齐黄。

其五

如画江山涵内美，发泄大笔何淋漓。[2]
也知班马殊骈散，浓淡倪黄各擅奇。

其六

意在笔先斯有画，丹青补墨笑非台。
更于何处求神品，尚费江山产逸才。[3]

［1］先生“画语”：“画不妨拙，拙则古厚之气常存。”

［2］第三句本作“何当元气淋漓致，总费江山产逸才。”稿送《新晚》后终与罗孚商量过，仍改回今句。

［3］《画语》：“北宋人作云中山顶，运实于虚，华滋浑厚，本民族性。”又：“画欲暗不欲明，分明在笔，融洽在墨，故能浑厚华滋，刚中有柔，圆而又曲，是为正轨。”又：“山川浑厚，草木华滋，董、巨、二米为一家法。”《论画书简》又云：“习画无论如何，当于用笔之法，求其能知能行。求而不得，再加努力。得有笔法，兼知用意。所以画

家题款，多云仿某某笔意，笔意二字，不可空空忽过。其法全在古人论书法之中，意则在北宋、元、明章法之内，熟观自能知之。”又谓：“用墨要见笔，犹作文用典要达意。着色是补墨色之不足。墨不掩笔，色用丹青，亦不掩墨。此用墨之法，即设色之法。”第六首第二句的“台”字，不作“明镜亦非台”的“台”字解，我的意思是取义于韩屋诗“异花何必更重台”一意，善用墨者，大概总以设色为多余的了。

五一劳动节感赋　五月二日

五一今年异昔畴，英雄已驾太空舟。[1]
两都共翼文章盛，八表欣添海屋筹。
冠盖渐看逾十国，壶浆早识辇三洲。
澜沧岂让他人渡，千里扬帆据上游。

[1] 捷克赠加加林以“太空英雄”荣誉称号。

日内瓦十四国会议寄望　五月十日

瑞士湖光能洗眼，老挝霾雾碍看花。[1]
何当寄语屠沽手，侵古全输莫漫夸。

[1] 日内瓦会议定于五月十二日召开，但人们仍怀疑美国政府对于和平解决老挝问题究有多少诚意。

题伍步云油画三个晕船者

三子乘船似骑马，浪打船头声顿哑。
方讶狂潮五丈高，醉眼横斜耐描写。
是醉是痴了莫知，妙手丹青已腕下。
须臾真真呼欲出，绝倒夫子胡为者。
回望画者亦辍笔，舟中茫茫顾四野。

风急浪恶谁独醒，酒边诗人与般若。

南朝鲜政变后闻张都瑛赴美四首 五月二十五日

编者注：注释据《陈君葆日记》补。

其一

一张撚走一张来，[1]鸡死鸡鸣戏几台？
幕后有人能扯线，法西斯锣鼓重开。

其二

武夫袍笏看登场，[2]法朗哥年记滥觞。
朝圣尚需华府去，美人宁惜破荷囊。

其三

民主橱窗笑改元，自由皮骨两无存。
三韩不少悲歌士，肯忘当年安重根。

其四

南越南韩盗不殊，[3]老挝刚果一蓝图。
朝鲜岂得长分裂，待看南强起逐胡。

[1] 张勉登台不到一年，终这疲撵走，现在全由军人来组阁，“自由”“民主”等名词也嫌多余的了。

[2] 张都暎的内阁，十四个部长均为军人。

[3] 余前曾有句“南越南韩一例看”。

日内瓦会议腊斯克早退归国

编者注：腊斯克是时任美国国务卿。杜卿，杜勒斯。

莱蒙回首七年前，依旧湖光五月天。
暖席未遑逃相使，杜卿衣钵腊卿传。

盆栽新咏三首　六月一日

今年盆栽艺展，陈设雅淡，内容精选，似比去年更胜，因择所尤喜者咏之。

其一　孔泰初雀梅

万里龙沙系远思，霜禽偷眼妒芳姿。
悬崖一树垂垂发，绝忆寒江月堕时。

其二　杨永麻三相思树

莫向疏枝辨柳榆，二陵风雨惜修途。
无端忽忆秦三子，奚必乔松是大夫。

其三　素仁法师双干九里香

九里峰前九里香，凌霄古干楚天凉。
父兄携我东西地，[1]谁与来看百尺强？

[1] 看时忽忆荆公“三十年前此地，父兄携我东西”的诗句，不禁有感。

维也纳之夜　为近事赋二首　六月二日

其一

天下纷纷恃力难，去年高会脸曾翻。
英雄操与使君耳，古调今人宁复弹。

其二

细腻风光未昔殊，鸿沟蓝水界名都。
如何重过巴黎夜，尚挟梅魂梦与俱。[1]

[1] 梅谓梅特涅也。

观广东杂技团演出分咏四首　六月四日

其一　空中飞人

百尺穿空恍有牵，奇观都在影翩翩。
身轻岂特如新燕，疑是飞人雁荡前。

其二　转碟贻笑

千旋万转一竿持，桌上杯盘觉险峨。
莫作天边飞碟看，世间仍爱太平时。

其三　双蹬技

大花缸举绣鞋尖，岁月闲抛两足纤。
最是两坛相对蹬，去来依恋意如黏。

其四　牧童与仙女

是真是幻舞仙姝，十里池荷润雨酥。
魂断淡云风骀荡，朱唇轻吻小飞蚨。

观广东杂技团续咏三首

编者注：注释据《陈君葆日记》补。

其一　狮舞

雄风赳赳见威仪，犹忆人前笑睡狮。
今日重来歌舞池，狻猊欣复已生儿。[1]

其二　钢丝舞剑

金鸡独立足称雄，夺取人头百万中。
干莫即今都在手，定知展翅欲凌空。

其三　龙舞

破壁云迷五色开，叶公真好亦凡胎。
不疑曼衍鱼龙戏，直是身从海上来。

[1] 五年前，中国艺术团到港在璇宫演出，亦有狮子舞。今次杂技团来，

多了一只小狮，故云。

观广东杂技艺术团演出咏七首　六月八日

编者注：注释据《陈君葆日记》补。

其一　长竿钻圈飞人合咏

长竿百戏最相推，吐火吞刀未擅奇。
冲狭黄公能骨缩，飞天娥女倩牙持。

其二　顶竿

翩翩上下倒投颅，跟絓旋虞绝复拘。
漫道身轻似飞燕，寻橦高见两都卢。

其三　走索

寒光凛凛雪霜姿，旧识仙车走钢丝。
想见大娘曾教剑，舞来翻恨映光迟。

其四　千面笑匠

臣朔疑从学正经，滑稽吐语脑为醒。
浑如无意兜人笑，允号东方卓别林。

其五　双爬杆

动魄惊心倒俯冲，爬竿才到最高峰。
侧飞宛似钗头凤，横跃疑同孙悟空。

其六　口技

百舌仅能为鸟语，五禽宁解效蝉鸣？[1]
商量更与呢喃燕，问讯寒檐夜雨声。

其七　结赞

绝技幽荒得几逢？妙谐南北海寰雄。
不夸曩玩稽秦上，喜被新风满粤中。

[1] 东汉华佗有“五禽戏”，为一种强身之术。

广东杂技艺术团演出续咏六首　六月十二日

其一　跳板

一

一跃能翻觔斗云，蹈腾原力出昆仑。
谁知玉帝轮流坐，全赖肩承却有君。

二

何须火箭借雷神，脚健居然也绝尘。
倘到佛罗州去试，定教能射太空人。

其二　魔术

手中有物视还空，变幻分形指法工。
刚道先生惊失足，收音机去已无踪。[1]

其三　高台定车

也知蠖屈总求伸，寸地何尝一转轮。
车到定时思驭气，高台翘首已三人。

其四　转台造型

一

不教倩影羡亭亭，点水蜻蜓爱造型。
才睹差池斜燕势，忽惊夭矫逸龙形。

二

健美柔肢不握盈，璇台妙舞足倾城。
何因乞得奢浮句，[2]闲写希坛韵共清？

[1] 那天看完戏过海时，还有人问王俊武那样大的一个收音机，究竟怎样消失的。

[2] 奢浮，古希腊女诗人。

观中国现代版画展览后感赋　六月十三日

其一　黄新波横断南海

不见新波又五年，刀风应是入长编。
临流最解图南意，横断沧溟跃马前。

其二　傅文淑孔雀舞

曾于银幕见开屏，戏马台前刷羽翎。
到底不如图画里，常青印象独娉婷。

其三　徐匡嘉陵江上

嘉陵江上昔年游，晓色苍茫古渡头。
今日曦舟人读报，颦痕初展笑星眸。

其四　正威踏山寻宝

踏山寻宝为何人？万木森森气象新。
最是画家刀法妙，板纹不掩树年轮。

其五　薛翊汉海上雄鹰

明末而还固海疆，何曾真个寇能防。
雄鹰破浪看今日，还与浮鸥入画忙。

版画展览中有杨讷维作品题折来带露轻裁剪者喜其句之美因辄成二绝句赋感

其一

折来带露轻裁剪，长记佳人插鬓时。
空谷只今闲草木，露华秾处又新枝。

其二

折来带露轻裁剪，未到秋光笑满头。
见说插瓶新艺术，朱门犹觉为花羞。

现代版画展览美不胜收追纪其二三事五首 六月十五日

编者注：注释［1］据《陈君葆日记》补。

其一 古元生产能力山歌能手

一

已夸生产更能歌，模范英雄巾帼多。
怪道拈须老农笑，田头新喜笛声和。

二

审韵疑闻笑语中，田间生活乐融融。
刻来笔下新人物，朴素时征古画风。

其二 周建夫果满树诗满园

一从公社建成年，无限春光到酒边。
嘉果满园诗思好，新声时奏晚风前。

其三 黄永玉全家送我上学堂

一

最爱天真小宝宝，读书岂为功名早？
全家送汝上学堂，定识放心无会考。[1]

二

采风时刻到灾黎，军劳还教小学题。[2]
又是海滨观赛日，龙船曾记话湘西。

［1］版画展览举行时，此间刚因小学会考事，闹得满城风雨，家长不宁，其实“会考”一制度本身无足深诟病者。
［2］永玉旧有《东头村》与《劳红军图》两刻。

中国女子登山创新纪录 六月二十日

六月十七日，中国女子登山队攀登帕米尔高原海拔七千五百九十五米之公格尔九别峰顶峰，这是继中国男子登山运动员登上珠穆朗玛峰后的又一大成就，喜极诗以纪之。

去年珠穆峰，今年帕米尔。
九别风雪中，慕士已卑视。
冰山跨八仙，屋脊踏四姊。
雄视而顾盼，去天不以咫。
七千五百米，巍峨创新纪。
巾帼多英雄，世畴与伦比？
登山羡健儿，今不数欧美。
中华好儿女，鸿业赞奋起。
气概非弱者，勇往迈前史。
矢志征太空，事指顾间耳！
登峰谁家儿，造诣曷致此？
西绕与潘多，彼皆工人子。
十年在就多，缀韵且志喜。

当年今日二首 六月二十一日

编者注：注释据《陈君葆日记》补。

一九四一年，希特拉德国突然于是日发动对苏侵略战争，跟着不久太平洋战争也爆发，忽忽二十年矣。是日为夏至，赋六言两首。

其一

至点北归昼短，枝头日午蝉鸣。
未睹西流大火，又闻东渡言兵。[1]

其二

二十年前此日，希魔东指麾军。
回首颓垣断瓦，可堪重煽妖氛。

[1] 又闻东渡谈兵时池田已赴华盛顿与肯尼迪会谈。

倚声咏近事两阕　寄调西江月　六月二十五日

其一

总统缘何伤背，豪门岂拒撑腰？白宫空度可怜宵。登陆古巴天晓。　　底事奥京谈后，依然核试招摇？池田高宴舌相饶。前席余情未了。

其二

日内瓦霜冷冷，湄公河浪粼粼。越城留得属车尘。无奈晚来春尽。　　絮絮边缘寄梦，离离宿怨拉亲。琵琶弦上说新恩。广岛肯忘星陨？[1]

[1] 美国务院近倡“新边绿”政策。

潮剧告亲夫　六月二十八日

律文不许告亲夫，国法焉能枉蔽辜？
大义私情难并立，且看观众叫当诛。

美国训练洲际入侵部队

古巴失足衅重寻，部队居然号入侵。
露尽虎狼出凶相，和平仍向缅边吟。[1]

[1] 仰光大学学生坚决反对美国“和平队”到校“服务”，说这是不怀好意的。

苏黎世会议以后二首

编者注：注释据《陈君葆日记》补。

其一

才闻修好苏黎世，忽道逃盟哈里曼。
终虑美人心不死，拒签故智齿仍寒。

其二

寮土东方一乐园，谁令恩怨雨云翻？
三王联合欣成议，八国何从保护言。[1]

[1] 继腊斯克之后，美国出席日内瓦会议代表团团长哈里曼昨又窜华盛顿去，无非想阻挠会议进行。老挝三亲王六月二十二日一致宣布不承认任何军事同盟或集团的保护。

伊拉克拒绝承认英国科威特新条约感赋

为问波斯湾头水，何时全变作石油。
宵旰免使卡将军，长有觊觎分裂忧。[1]

[1] 伊拉克总理卡塞姆宣称："科威特主权属伊拉克，它是伊拉克的一个省份。"

拖拉机阵歌　为法国农民抗议戴高乐政权农业政策大示威赋　七月三日

法人本爱田家乐，种豆南山恶剥削。
葡萄熟了酿新醅，过客时邀花底酌。
五十年来变幻多，战争过后法烦苛。
田园非复前时样，兼并岁月何蹉跎。
二百豪门气如虎，官家助虐增数罟。
十亩之间能几存？小户贫农日愁苦。[1]
人民何拙官何巧，吮血磨牙肆魔爪。
贱买贵卖将为谁？终岁勤劳不一饱。
揭竿制挺舍锄犁，西北南东起看齐。

路断拖拉机屹立，高呼冲到巴斯堤。
巴斯堤，坚似铁，未抵工农心联结。
自由争取非一时，汗消泪尽继以血。

[1] 在《法国农民的灾难和斗争》一文里，让 · 维达尔写道："戴高乐政府制订了一项旨在消灭小农、加速资本主义集中的法律，根据这个法律，政府已经在二十多个省规定，一个农场的最低限度'可以维持生活'的面积为十公顷至二十公顷，有些地方是三十公顷，依省份而异。"

法国农民以拖拉机阵进行示威

不为耕稼效驰驱，轧轧机声忽在途。
嘶哑冲泥非象舞，横陈当路为农呼。
花都岂用施行马？华府曾教换战俘。
更与推平巴士狱，阵云开处驭奔驹。[1]

[1] 让 · 维达尔在《法国农民的灾难和斗争》一文写道："最近一个抗议法国戴高乐政权农业政策的强大的农民示威浪潮席卷了整个法国。示威从法国西部布里塔尼地区开始不断扩大，蔓延到法国西南部、东部等约五十个省份。为了反对政府的反动的农业政策，农民纷纷用马车、拖拉机封锁了交通，阻止集市交易。在一些地方，示威者不顾警察干涉，占领了地方政府办公大楼，焚烧了德勃雷总理的假人，并且愤怒地高呼'冲到巴士底监狱去'等口号。"读之感而有作。

悼念陈汝锐先生　七月十三日

最忆陈夫子，高谈黜教鞭。
岂期书召日，方值古稀年。
意释行藏外，春归笑语边。
凄然一水隔，重会已无缘。

加加林访问英国三首

其一

力簸春魂畴与伦？归来群誉太空人。
东风又送西行色，橄榄青枝为报春。

其二

碧海青天改岁华，欲期银汉共浮槎。
须眉巾帼皆尧舜，奇迹巡天已不夸。

其三

豪语真堪喻启戎，翻砂人就最丰功。[1]
品题已觉陈言拙，第一应教识道隆。

[1] 加加林在接受工人联合会的金奖章与会籍时感动地说："我也是一个工人，曾经有一个时期是翻砂工人。虽然我现在干着不同的工作，在精神上我仍是一名翻砂工人。"闻其语如见其人。

留科威特 七月十四日

编者注：句二六"徒令"《陈君葆日记》作"使人"。

科威特，　　　　兵填塞。
掌蹠之地无耕织，两河文明古封域。
中世以还久寂寥，宝藏委弃人未识。
一朝石油如泉涌，满地黄金花顷刻。
石油蕴量问几何？千吨万吨计以亿。
转眼王公富甲方，中东舆图变颜色。
六十年间形势异，蛮夷大长新扶植。
主权拱手让他人，惨淡经营匪己力。
士夫挟策几辈出，搜括还矜今卜式。
拓疆启宇罗抡斯，横海楼船迭拉克。

眼看货宝辇入秦，累代赤贫伊谁德？
国家命脉操外资，霸主惟知增货殖。
利润百倍非我有，思之徒令泪沾臆。
前年埃及收运河，顿喜阿人生羽翼。
颇闻缔约结诸王，声气互通连胁逼。
钩心斗角无已时，捭阖纵横岂终极。
将军一语有借口，师出无名顾不得。
戈船云集指顾间，波斯湾头影沉黑。
千乘万骑边仍静，撤退何时耐猜测。
撤出仍教久驻军，李代旗张联合国。
我闻中古摩诃末，剑气冲霄两河侧。
一时团结耀威武，往事今犹书大食。
殖民时代不复返，伐国胡然尚亟亟？
擐甲照眼剑在胸，掠夺之风终未息。
呜呼，保护独立将谁欺？一纸新盟墨乌鲗。

罗慕华自澳携连士升春树集来诗以谢之

廿年不见连城璧，新著应随岁月增。
春树已移携老实，暮云何日寄陈登？
极知西笑能行健，可得南蒸待语冰。
漠漠嘉东烟水阔，薄游聊复记吾曾。[1]

[1]《明史》：太祖呼罗复仁为“老实罗”而不名，借喻。士升尚有《暮云集》疑尚未印就。连城璧，明崇祯人，曾知灵山，史称其“建社学，勤月课，士风丕变”。

法军不撤比塞大港　七月二十一日

编者注：句四“害”《陈君葆日记》作“夺”。

法军不撤比塞大，关港终为古巴害。[1]
帝国主义多祸心，明欺暗害最无赖。
锄强控诉闻义声，持平且看安理会。

[1] 关港，谓古巴为美国所据之关达那摩军港。

光荣的牺牲四首

我国女子登山队征服公格尔九别峰，创造登山高度世界新纪录后，登上顶峰队员之一，藏族登山运动员西绕，在返大本营途中遭暴风大雪，不幸遇难牺牲，书以志悼。[1]

其一

五岳归来不看山，矧登九别俯人寰。
雄心早撇牺牲念，万古冰封视等闲。

其二

勇士终教志一申，更依冰雪见精神。
长材可是遭天妒，故遣银蛇怒螫人？

其三

一纪才登解放年，齐奔万马独争先。
裙钗谱牒书名姓，薄恨班头玉化烟。

其四

摩霄云外月溶溶，踏破昆仑第几峰？
创得登巅新纪录，后来留与认初踪。

[1] 西绕系于六月十九日下山到达拔海七千米左右高度时，遭大风雪中牺牲。

题廿六届世界乒乓球锦标赛画册五首

七月二十八日

其一

世赛乒乓汇众流，别开生面聚神州。
象征多采梅花瓣，拍板新歌五大洲。[1]

其二

疾似流星划暮天，圆如晓月堕秋烟。
锦标夺得红双喜，弹指台前记八年。[2]

其三

同宜共贯集群英，交谊情亲最典型。
握手球坛逢敌手，并时小虎智多星。[3]

其四

健儿冠盖满京华，品种争看百样花。
技术水准添几线？夺标仍让友情夸。

其五

汗简流传第一编，乒球历历纪辛年。
披图想见新英秀，万国衣冠四月天。

［1］会徽为一枝五彩花朵，它是以五块不同颜色的乒乓球拍，代表着来自五大洲的不同肤色、不同民族的运动员，构成梅花形的五张花瓣。
［2］“红双喜”是中国自己制造的乒乓球。中国乒乓球队第一次出现于世界性的比赛，去今仅八年。
［3］日本选手荻村有“智多星”之号。

悼梅兰芳先生三首　八月八日

编者注：注释［1］［2］据《陈君葆日记》补。

其一

舞台五十年生活，总为苍生赋洛神。[1]

一代艺人安息去，太平乐府失伶伦。

其二

教成歌舞按红牙，心事忳忳顷刻花。
天女幻来千亿相，玉人长忆旧风华。

其三

国难当头记昔年，南来避地识高贤。
难忘面壁斋中话：[2]小语精微沥耳圆。[3]

[1]《洛神》为梅派正宗戏。

[2] 用定庵句。

[3] 抗日战争期间，梅先生避地南来，香港大学中文学会假许地山先生之“面壁斋”开会欢迎，宾主促膝而谈艺术，说者谓为在欢迎会中之别开生面者，而先生之言论丰采，尤最所难忘。

喜赋太空人第二　八月十日

其一

绕地飞行十七圈，东风又送太空船。
者番山叔宜低首，科技苏联远领先。

其二

追踪第一太空人，四月环天迹尚新。
时速周行三万里，凌霄休作太阳神。[1]

其三

百不如人势已分，何从象足比蝱蚊。
情知不设防城市，犹自哓哓说扩军。[2]

其四

和平事业启新途，形势于人昨所无。
今日风流数人物，加加林与季托夫。[3]

其五

八极周流载誉归，华胥一梦月齐飞。
史官他日书前夜，定说星频犯紫微。

其六

景色人间无此花，星辰日月灿光华。
豪情最是归来语，留待诗人与画家。

其七

迢迢银汉玉虬乘，几个尘中效上征？
百里直升时堕海，薄怜斥鷃笑鲲鹏。

其八

落后青春可得追？美人狂想豢苍螭。
只应薛伯惭形秽，[4]才向天窗罅一窥。

其九

原祸谁为天下先？我凭核力上青天。
君看广岛长崎事，回首灰尘十五年。[5]

[1] 美国以“太阳神”火箭发射太空人。
[2] 美国在此等劣势情况下犹侈言撤扩军，惟一的理由是借此为军火商制造多增利润机会。
[3] 李托夫着陆后指天空说：“这是好极了。你没法想象出更好的东西来。我曾经说过，太空正等待着诗人和画家。”
[4] 美国太空人薛伯特。
[5] 八月六日，为广岛被原子弹炸毁十六周年。

生死牌观后七首　八月十二日

《生死牌》彩色影片把歌剧改编成电影，初颇疑其是否成功，看后始讶其感动力量并不亚于舞台剧，就中尤以鲍方饰黄伯贤，石慧饰王玉环，陈娟娟饰黄秀兰，姜明饰海瑞更见功力，喜而赋此。

其一

遍地萑苻畏徒旅，豺狼当道更何言？
秀才不遇横刀客，胠箧宁余活命恩。

其二

回塘又见长新荷，十八年间变故多。
双桨看成儿女大，午风吹遍采莲歌。

其三

一天横雨涨秋池，蓦地罡风祸岂知？
叶底鸳鸯怜梦破，柔枝惊被雪霜欺。

其四

生当叔季恨成堆，死作冤魂事可哀。
当日若无海忠介，几人仍上断头台？

其五

时无周处除三害，朝有严嵩祸万民。
切齿权奸终蠹国，不徒外患召倭人。

其六

取义捐躯事愿谐，最难义侠出裙钗。
受恩岂肯将仇报，姊妹同争生死牌。

其七

新编故事足流传，要把人间恨海填。
话到词坛征剧力，雅言应未逊湘弦。

挽陈嘉庚先生二律　八月十五日

编者注：注释［1］［2］［4］据《陈君葆日记》补。

其一

公真天下士，豪气迈时流。
惠迪崇新序[1]，经邦翼远猷。
南东时病目，湖海迄多忧。
槃错方资倚，乔松乃有秋。[2]

其二

卌年欣识面，平世得同伦。
哀乐中年事，风雷见在身。

道南怀杖履，[3]厦大广陶甄。[4]
耆旧悲殂落，南洲第一人。

[1]《说文》："迪，道也。《书·大禹谟》：'惠迪吉，从逆凶。'" 惠，是顺从的意思。

[2]《书·盘庚》："乃亦有秋。"

[3] 一九二一年，余初至新加坡，执教于华侨中学，陈嘉庚先生是华中之董事长，同时也是闽属道南学校董事长。

[4] 今日报载：陈嘉庚灵柩专车运往厦门，将安葬在集美 。今日北京公祭在中山公园中山堂举行。

得靖老函有感赋一绝　八月十七日

长函恍读万古书，世味追寻一起予。
宁肯剧谈天下事，尚疑濠上子知鱼。

看三宝磨坊彩色影片六首[1]　八月二十三日

编者注：注释[2][3][4][5][6][7]据《陈君葆日记》补。

其一

依稀风景似芬兰，古柏长榆紫气间。
见道女巫曾杀士，可能红马得回鸾？[2]

其二

一水东西判浊清，自来邪正忒分明。
拜金劫美求三宝，[3]奴隶人生意气轻。

其三

自由换得阿它基，三宝输渠惜已迟。[4]
终是亚宁豪胆量，为群忘却已身危。

其四

一片丹诚救子回，排空浊浪去还来。
白桦借得飘然力，母家真能铁石开。[5]

其五

拜金人说是巫尪，群妖群奴绕磨坊。
偷得太阳仍失败，雅音歌彻日重光。[6]

其六

是歌是史是诗篇，仙草仙花近自然。
赚尽英雄多少泪，伏魔跨海话当年。[7]

[1]《三宝磨坊》影剧又名《跨海伏魔》，我仍以为“三宝磨坊”一名较可喜。剧中女主角名疑应作“阿它基”，而不是“阿尼基”。

[2] 妖巫洛乌想造出一座能磨出金子的三宝磨坊，用尽心机都没有造成。后来知道只有卡列瓦拉的铁匠伊尔马里宁才有此本领，于是就用妖术把他的妹妹阿它基劫到卜赫叶拉去。列明克亚宁和铁匠为了援救阿它基，渡海到了洛乌的魔窟，铁匠替女巫造了红色的宝马来为她耕“蛇田”。这还不算，终于替她造出一座三宝磨坊来换取阿它基的自由。

[3] 在大海这边是卡列瓦拉人民在自己的土地上过着和平快乐的生活，虽然他们有着勇士和精通法术的术士，但从不想去侵犯别人，只依靠辛勤劳动来为大家谋取幸福。反之，在大海那边的卜赫叶拉，住着一群恶魔，日夜想用魔法来炼出黄金。于是就有劫阿它基的强盗行为。

[4] 阿它基救出来后，在归途中她认为三宝磨坊应当为人民造福，于是列明克宁又折回去夺回三宝，不料竟遭老妖魔暗算。

[5] 列明克亚宁的母亲，借白桦树、大地和太阳的助力，凌波渡海救回自己的爱子。但勇士苏醒后又作第二次渡海，重入魔窟，虽不能移回全部磨坊，却带回了它的宝顶。

[6] 失去宝顶的磨坊再也磨不出金子，妖巫报复，偷走了太阳。于是卡列瓦拉顿成冰天雪地、阴沉黑暗的世界。但在老歌手维亚苗伊宁的领导下，卡列瓦拉人渡海向妖魔进军，终于正义的力量战胜了邪恶。太阳重光了，大地的人民又恢复了他们的和平生活。

[7]《卡列瓦拉》这本诗歌包括了许多卡列瓦拉人民的英雄事迹和冒险故事。这些神话传说，一代一代由民间歌手传下来。一八三五年，一位乡村医生伊里亚斯·邬诺达把这些神话传说收集起来，辑成了诗歌，现在已译成了许多国文字。《三宝磨坊》就是其中一个神话。

贺澳门镜湖医院九十周年纪念 九月四日

镜湖嘉誉满南东，岂尚丹砂愧葛洪。

治病救人能寿世，中西医药喜同功。
百年奋斗犹青汗，一纪宏规及道隆。
滨海蛰居埋姓字，经过时复忆方瞳。

拟陈嘉庚追悼会挽联　九月七日

四十年前倡兴学育才，曾手创集美厦大华中，南海著声闻，仍指某水某山，至竟息壤归故里；

八千里外念斩荆披棘，且漫数弦高陶朱卜式，西州遗爱泽，见道即家即国，几回低首悼斯人。

为华革会拟陈嘉庚追悼会挽联

爱国作人，明辨大是大非，海内称大老。
倾家兴学，痛失侨光侨领，遗泽在侨胞。

观南国粤剧团演出牡丹亭三首　九月十五日

其一

粤剧裁芜赖有人，新编旧曲喜存真。
临川四梦清词在，邹鲁宁嫌问海滨。

其二

千古伤心最女儿，牡丹亭畔梦回时。
满园春色韶光贱，[1]封建家庭事可悲。

其三

多应顾曲此中探，肯薄平喉要变南。
休怪退之唯见李，旧人难得似何戡。[2]

［1］梅芷唱“锦屏人忒看的这韶光贱”这一段，最为使人倾倒。
［2］说者谓李觉唱腔学何非凡，故有末句之意。韩愈诗：“不见桃花唯见李。”此借用其语耳。

寄马万祺奉七绝一首　九月十六日

扇头未贴任君剪，习习何当两腋生？
多恐秋风每先至，教余纨素昨年情。[1]

[1] 任真汉久未把扇画好寄来，诗以告知。

庆祝国庆诗四章　九月二十日

其一

家家庆祝爱秋光，薄海腾欢寿且康。
已见农工双并进，百花齐放引杯长。

其二

最忆扬鞭到海边，六师东指拯朝鲜。
艰难缔造书成就，解放今才十二年。

其三

奋兴东上时西顾，睡起雄狮看景从。
今日长鞭欣在手，嗤他美雨与欧风。

其四

人民历史页新翻，岂怕冥顽尚逞蛮。
万里河山归一统，金瓯终要凯歌还。

观马红演关汉卿影片三首

编者注：马红，马师曾、红线女。

其一

马卿演活关汉卿，阿女刻划宋帘秀。
七百年来绝妙词，窦娥冤写新红豆。

其二

望江亭骂梅衙内，拜月人曾是瑞兰。
名士倾城感知己，独留正气在人间。

其三

绝艺新来说马红，明时治道喜同功。
蝶飞一曲传佳话，气节声华最可风。

新闻界庆祝国庆大会宴席上五首　十月二日

其一

葡萄美酒引千杯，笔阵堂堂拔帜来。
又值普天同庆日，东方红遍百筵开。

其二

曹公引满对余翁，战地闲情说部雄。[1]
抚鬓相看谈隔世，输他拼却醉颜红。

其三

呖呖新声韵倍清，黄鹂百转短长情。
如何一曲重楼会，犹是明珠照楚庭。[2]

其四

舌战群儒自有真，秀才低首语非伦。
似曾相识刘三姐，抛却诗书对富人。[3]

其五

一时灭烛讶流星，点点寒光浪泼鲤。
莫与推篷问红鲤，追鱼人在蓼花汀。[4]

[1] 是日参加宴会，包天笑老先生与曹聚仁先生同坐一席，两人年纪相去几二十年。又曹聚仁在抗战期间任战地记者，出入枪林弹雨中。

[2] 听毛雪琴唱《梁祝》一折，有感而作。

[3] 是日游艺节目有《刘三姐对语》一折，当剧者为某书局之副总理。

[4] 精彩的游艺节目之一为叶灵凤太太母女唱《追鱼》《鱼灯舞》。演过后，林霭民力促灵凤太太继续追鱼，故有末句之语。

鹧鸪天　酬一峰先生步初曦楼韵　十月五日

编者注：一峰，陈一峰。

吐馥秋兰早被涯，东风吹雨待升曦。淹留岁月天行健，落拓花枝鸟度迟。　　光既旦，发初稀，松筠十载夙心期。情知物换星移日，绿暗红芳得并时。

题与辛亥革命有关的冷月栖篁盘照片并附旧诗作三首　十月六日

编者注："冷月栖篁盘"乃革命文物，抗日战争期间，潘达微太太交陈君葆保存。陈君葆于一九六一年送广东省博物馆收藏。

其一

冷月诗魂在，平安寄一枝。
都无文字相，聊复记当时。

其二

高人已去笔犹存，写入丹青壮士魂。
拼掷头颅当日事，寒枝立尽月黄昏。[1]

其三

想见萧萧易水寒，荆卿函首别燕丹。
黄花更与何人语，碧血曾疑着露盘。[2]

[1] 画作雀七，栖竹枝上，下系冰轮，作初上时状。
[2] 后两诗均作于香港沦陷于日寇之日，自潘达微太太避祸桂林，中道复病逝河池之后，黄花岗之役，欲再闻其详，补史实之不足，已不可得，故每为之感慨。

忽有感　十月十日

武昌城头半规月，武昌志士怒冲发。

忽惊夜半起枪声，新军营中第一发。

贺王季友女公子少琼小姐出阁　十月十六日

君家坦腹爱床东，选快谁传旧作风。
佳话只今笑温峤，孟光原自识梁鸿。

广东名画展览观后七首　十月二十四日

其一　林良秋树聚禽图

千山落木怨红稀，几处霜禽带夕晖。
昨夜双鹰思翮健，抚绁时复羡群飞。[1]

其二　苏六朋停琴听阮图

七弦冷冷绝孤桐，多恐知音不再逢。
忽道云山从此始，为君留眼送归鸿。[2]

其三　赵浩公白鹅图

鸥鹭沙边旧有盟，儿黄似酒剔修翎。
不知赚得笼开后，谁为黄庭再写经？

其四　招子庸兼葭郭索图

越王台上影横空，割得琅玕招子庸。
争似芙蓉沙上月，蟹儿肥候正秋风。[3]

其五　苏长春八仙图[4]

着墨无多各具型，一钩一撇总书形。
饶他八个仙人样，写尽千般人世情。

其六　梁蔼如夏日山居图

夏木森森好卜居，小桥流水傍精庐。
不知画里身谁是，立尽飞泉总不如。[5]

其七　高俨云深古寺图小轴

万木森森窅，云深古寺钟。
尚迷樵子径，何处旧游踪。[6]

[1] 此次广州借来展览诸品，林良《双鹰图》不在内。

[2] 岑参《秋夕听罗山人弹三峡流泉》句云："知音难再逢，昔君方老年。"李颀《琴歌》云："清淮奉使千余里，敢告云山从此始。"杜诗："留眼共登临。"

[3] 芙蓉沙属中山县境。

[4] 我以为《八仙图》比《五羊仙图》更胜。

[5] 这一幅题字甚多，均道光间人，颇为难得。

[6] 画仅一册页大小耳，然甚空灵缥缈。

贺许爱周九秩开一寿辰　十月二十七日

投老身弥健，[1]人言范蠡贤。
千艘连海运，九秩仰筹添。
济胜侔元度，上思继仲宣。
称觞祝眉寿，且醉菊花天。

[1] 首句借用苏东坡《送范景仁游洛中》诗句。

水彩画展杂咏六首　十月三十日

古元、周令剑、伍必端三人的水彩画展，可以说是一次别开生面的作品展览。不但风格清新，而且六十多张作品当中，有好多张还够得上称俊逸两字。至于富有民族风格的韵味，尤为这些作品逗人喜爱的地方，不禁喜而有作。

其一　古元嘉陵江

嘉陵江水日东流，万古人趋古渡头。
莫讶山城长锁雾，烟囱林立是渝州。[1]

其二　古元绍兴风景

珠流到海意难胜，家似江南住绍兴。
栗里纵非今作计，可无留眼故山青。[2]

其三　古元太湖岸边

碧波万顷怯秋光，土黑惟泥更底忙。
几处菜畦青未了，洞庭山在水中央。[3]

其四　周令钊螺丝山

倚樟回头夏水生，当年两过昧知名。
如今螺黛青如许，始识春风慰物情。[4]

其五　周令钊画山

直须水石尽开颜，泼墨淋漓顷刻间。
不是浅青深紫事，江南江北饱看山。[5]

其六　伍必端五月江南

平畴绿尽惠山青，第二泉清最有名。
却忆往年山下过，酌泉曾暗记山形。[6]

[1] 昔人谓重庆市"依山濒江，殊乖建置，不知何以久因，数千年唯汉曾徙于江北厅，因巴子之都似稍胜"，然重庆市区现已发展到包括了江北、北碚、南泉诸地，迥非前人讥其"地势侧险，重屋异居"时所能梦见了。因赞古元画，感而赋此。

[2] 闻诸晦庐言，古元为中山县张家边人，张家边风景殊胜，不亚于江南水乡，疑古元先生应有家乡新貌作品，故有此作。

[3] 这一幅使我顿忆起一九三一年居太湖时所见之景致。

[4] 一九三四年游桂林，看漓江风景，曾两过螺丝山，今忽忽二十有六年矣，记得当年峰峦耸翠，没有如今日之可爱者。其时移世异，换了人间，有以使然耶！

[5] 周令钊作画，着色浓厚，落笔具豪迈气，此帧与《螺丝山》《画童山》《梯田山》诸作，均使人有徘徊不忍遽去之感。

[6] 颇疑此幅所写为无锡惠山。

再观水彩写生画展续有作七章　十一月二日

其一　周令钊云中梯田

引水分泉此破蒙，梯田百级出葱茏。
层城不羡仙家住，依约云深有寺钟。[1]

其二　古元水乡

信道江南是水乡，春阴漠漠柳丝忙。
君看画里新描绘，系艇人多就绿杨。[2]

其三　古元陕北驮骡队

驮骡队更向何许？径历沙黄畏徒旅。
恍似平型关外山，敌骑来时百夫拒。[3]

其四　古元黄河渡口

浊浪非空怅水滨，如今欲渡始知津。
争喧多少前朝事，想见中流击楫人。

其五　伍必端雨后太湖

太湖三万顷，海若视浑茫。
洗掉铅华气，天然淡素妆。
断云依远水，雨后却斜阳。
莫讶金浮碧，蒹葭秋兴长。[4]

其六　伍必端菜花黄

儿时爱看菜花黄，解唱蜂忙为蜜糖。
老眼始知情味惯，饴甘不及菜根香。

其七　周令钊山村

山村真似旧曾经，檐压高枝影过庭。
亚字栏杆仍照水，砌寒苔色入疏棂。[5]

[1] 周令钊这一帧写得如入化境，极富中国画风味，我意其画面大抵割取《龙脊梯田》一脔所成，然两帧并佳，而此帧尤胜。

[2] 画家《水乡》这一幅与题作《太湖春雨》的一幅，实同一格调，而《水乡》似更觉别致。这次展览，古元所展出的三十多张作品，佳者甚多，就中我最爱《红树》一幅，凝视颇久，曾欲作诗以纪之，然只能念出前人“红树青山日欲斜”之句。默计诗不可强作，且亦不宜强作，幽赏未已，则惟有聊俟诸异日耳。

[3] 不知怎的，对此幅倒忽忆起平型关一战役来，大抵最近读《革命回忆录》诸作所留得的印象吧。

[4] 此次水彩画展，有不少幅是写太湖的作品，如古元的《太湖春雨》《水乡》《太湖岸边》《太湖边上》《湖边小河湾》以及伍和端的《雨后太

湖》和《太湖边的小工厂》均是。就中古元的《春雨》与伍必端的《雨后》均写雨景，而风格不同，各臻妙处。念画展不能久延，为开八句题此一作，以寄兴之所至。

[5] 此帧繁理密致中颇见简括，不斤斤于点染。所写景似在什么地方曾见过，因而感赋。

参观培侨中学实验室大楼落成　十一月十一日

三年未到履门庭，横舍新修又几增。
不羡齐云遮日起，待看嘉树与山平。
楼开实验声光化，学究精微数理名。
闲望莫疑看草浅，近栏杆处益菁菁。

答马万祺湛江见寄四首　十一月十六日

其一

门前剥啄欣谁至？午梦回时一问之。
谓是湛江来电报，恰当茶熟读君诗。

其二

梦里湖山取次寻，难忘阳朔昔登临。[1]
输君秋至诗囊满，八桂何当听醉吟。

其三

烟波东海接南三，[2]新事知应健足探。
若向湖光岩下过，好窥蟾影浴澄潭。

其四

忽已三年别洛阳，秦关蜀道毂轮忙。
曾从巴峡穿巫峡，剩与浮漓共涉湘。

[1] 万祺寄诗有句云：“桂林山水天下知，阳朔秋深正合时。”

[2] 东海，谓东海岛，与南三连岛东西相对。

附：马万祺原诗

桂林山水天下知，阳朔深秋正合时。
即景每思陈教授，漓江如画又如诗。

春晖草堂访菊三首　十一月十八日

其一

寻消问息过山前，不是篱边近水边。
欲与梅魂更商略，淡烟疏影夕阳天。

其二

爱此秋光淡淡妆，未嫌篱落惯秋霜。
红绸舞罢闲开落，犹绾春回绣带长。

其三

应是仙人萼绿华，幻身先至客君家。
菊中漫道偏钟爱，紫玉黄金未足夸。

次韵和张酴村从化温泉听泉诗　十一月三十日

编者注：当年广东省长陶铸在广东从化温泉召开座谈会，这是聚会后的雅兴。

聚会情殷岭上云，每依北斗望缤纷。
寒梅领雪春无奈，润水流溪梦有痕。
隔叶好音听鸟语，东风新劲簸诗魂。
又逢漉酒登高日，应是清吟到夜分。[1]

[1] 流溪河地方，深山绵亘，林木翳茂，明代万历以前居民以为润水山场，斧斤不入。故云。

附：　从化温泉听泉

朝迎红日暮看云，心旷情舒议不纷。

君为泉声诗有兴，我因汤沐梦无痕。
流溪远注农家乐，瀑布飞腾骚客魂。
最是清歌彻霄汉，人间天上两难分。

中国名酒会题句　十二月八日

竹叶青青老酒黄，茅台大曲自苏张。
樽中但教荼薇有，不待花时句已香。

木版浮水印画展览会漫成之作五首　十二月十日

其一　汤定之墨梅

一树山中月白，数枝临水横斜。
昨夜梦中行遍，不知春在谁家。

其二　徐悲鸿画马李可染画牛

短笛斜阳吹未已，年年芳草春风里。
悲鸿画马可染牛，两绝真堪娱暮齿。

其三　齐白石蜻蜓荷花轴二首

一

不写寒江独钓雪，不写城头向西月。
花鸟虫鱼物至微，能尽物性斯艺绝。

二

荷叶田田露未披，蜻蜓点水水涟漪。
尚能遮得鸳鸯住，想见风清月堕时。

其四　仇英江间行旅图

匹马西风去路遥，秋山行旅发萧萧。
江间波浪何年歇，欲与停鞭问暮潮。

李流丹个展看后作二首　十二月十三日

编者注：“二首”诗题原作“三首”，但末一首与《再看浮水印画展览四首》中《傅抱石太湖》相同，今删去。

其一

版画夙称黄永玉，如今兼识李流丹。
若寻疏密论风格，比似雄文见马班。

其二

风光南岛自年年，万里梯航说播迁。
瘴海胶烟棕叶雨，总凭君桨入诗篇。[1]

[1] 流丹的作品已见过多次，尤爱其版画诸作。与曩时居此之黄永玉相较，可谓一时无两了。君曾久居印尼，想是侨生吧，其作品亦以描写南岛生活为最引人入胜，用笔细致，不若永玉之大刀阔斧，以雄奇取势。故以“密”称之。

寄次韵和张老并附绝句一首　十二月十四日

座谈也复温汤忆，观俗谁赓连岛行。
和韵裁成寄张老，输他负剑有诗名。[1]

[1] 一九五四年，曾被邀参加温泉夜宴，聆叶剑英讲话，翌晨并参加陶省长主持之座谈会。

再看浮水印画展览四首　十二月十五日

其一　郑板桥兰花

一花一幻一飞天，来是空空去自然。
根叶本无休论性，更于何处辨凡仙。

其二　元赵穆澄江月夜

穿空乱石惜秋残，野渡无人月色寒。
剪得澄江净如练，夜深何处人倚栏。

其三　徐悲鸿漓江春雨

湿云疑雨复非烟，笔底春来野水连。

咫尺峰峦论万里，几番神往画图前。[1]

其四　傅抱石太湖

湿光照眼色还无，湖树湖云润若酥。
七十二峰青未断，柳边归棹认樵苏。

[1] 悲鸿此画系一九三七年三月游桂林时作。

参观浮水印画展览留言簿题诗

丹青妙墨笔存神，水印居然已乱真。
从此畏谈缣素事，看花老眼笑旁人。

寄杨作甫　十二月二十二日

日脚初长睡起迟，吟魂仍恐负芳时。
故园自是花无恙，犹寄东风第一枝。

观上青京剧团演白蛇传十首　十二月二十五日

编者注：注释据《陈君葆日记》补。又“江东子弟多才俊”句，陈君葆原注“用赵翼句”，当误，今径改正。其一句二“眉”《陈君葆日记》作“嵋”。其二句四“几”《陈君葆日记》作“尔”。

其一

休道仙家好别离，别离终胜住峨眉。
六桥烟柳凄迷意，不是君来哪得知？

其二

家住曹祠水竹幽，钱塘门外小红楼。
如今一霎西泠雨，惹得人间几许愁。

其三

太息移樽月在衫，双星记也解思凡。

可怜半盏雄黄酒，便教疑猜竟信谗。

其四

舍死忘生吐至诚，盗来仙草泪同倾。
佛门说尽慈悲话，不及仙家较有情。

其五

因妒生嗔杀戒开，嗤他法海竟胡来。
到来斗大黄金钵，服务为谁剧可哀。

其六

败阵归来涕一零，西湖路是旧曾经。
负心人纵饶刀下，忘却前情骂小青。

其七

情意真时义更深，苍生气类昔犹今。
断桥一折堪垂泪，谁是谁非且问心。

其八

翻尽吴歈与越吟，新编旧曲着母音。
尘埃已见雷峰倒，祭塔无烦许仕林。[1]

其九

唱做能矜集众长，蜚声岂特在皮黄。
江东子弟多才俊，[2]北地胭脂漫擅场。

其十

教成歌舞及清时，后浪还将前浪持。
岂与梅程争席地，新青转喜益多师。

［1］叶遐翁咏《白蛇传》有句云："我欲白蛇添后传，描摹祭塔极情文。新编白蛇传，不采取粤剧此一大段，实较合理。"

［2］用杜牧句。

观上海青年京剧团演出白蛇传后次侠文原韵六首

十二月二十七日

编者注：注释［2］［3］据《陈君葆日记》补。

其一

越工梁祝不如川,[1]女将争看户限穿。
怪底白蛇呈四相,[2]欲翻江浪更推前。

其二

池上凤栖依碧树，海中珊网得琼枝。
非夸优孟衣冠盛，偃武修文独擅奇。

其三

艺苑群芳郁玮奇，爱看绿叶与青枝。
齐王小白宜方驾,[3]重喜俞言作业师。[4]

其四

娟娟宜笑更宜颦，武打情文四化身。
最是断桥悲往事，伤心人数负心人。

其五

异类岂非情种子，空门偏有管闲僧。
腾翻艺海思青少，未许尘冠笑老成。

其六

台前观众几风魔，妙舞清歌已足多。
一本白蛇经念就，贪嗔痴枉说头陀。

[1] 叶遐翁谓《梁祝》一剧，做工细腻，越不如川，然《哭灵》一场，越为独胜。

[2] 上海京剧团演《白蛇传》白素贞一角由华文漪、王芝泉、王君惠、杨春霞按次分别饰演。

[3]《水漫金山》和《断桥》两场，由齐淑芳饰小青，白素贞则由王君惠与杨春霞分任。

[4] 此次青年京剧团南来，俞振飞与言慧珠作艺术顾问。故云。

闻史蒂文森呼吁联合国危机[1]　十二月二十八日

编者注：注释据《陈君葆日记》补。句七“呈”《陈君葆日记》作“号”。句八“等闲”《陈君葆日记》作“徒闻”。

前几天收听伦敦电台广播时事评论员对联合国面临危机所作的评述，讲话中并引用美国代表史蒂文森的意见，以为在今目前情势发展下去，联合国的命运不难为以前国际联盟之续，诚哉其言也非。然究其实际，追原祸始，联合国之所以弄到今日如此田地，声望扫地且尽，还不是美帝国主义把持操纵，视作工具的横蛮霸道的政策有以致之。对待刚果的政策便是一个最明显的例子。因感于最近史蒂文森指责印度以武力收复果阿的发言，为赋一律且以觇究竟。

国联联国迭相承，兔死狐悲感废兴。
弱小有心求解放，美人无意制侵凌。
途穷韩马恣鹰犬，势异卢蒙笑弋矰。
呈令只今华府事，等闲安理说膺惩。

[1] 美国驻联合国代表史蒂文苏呼吁支持联合国组织，应付当前所面临之危机，其实为联合国掘坟墓非别人，正是美帝。

一九六二年

集古斋藏画展杂咏八首　一月十日

编者注：其三句三“个中”《陈君葆日记》作“见时”。其六句一“窄”《陈君葆日记》作“广”，“肩”作“眉”；句三“如”《陈君葆日记》作“如”。

其一　引词

集古斋藏富清閟，饮醇时复一中之。
不徒艺苑思经眼，欲过屠门快朵颐。

其二　傅抱石士释谈道图

此中疑有广长舌，众说炎炎辨异同。
莫作东坡笑佛印，不知四大本来空。

其三　傅抱石秋山会话图

藤萝石上几何年，闲对西风笑拍肩。
应是个中无别语，听泉了了藉书眠。

其四　汤定之松

寥落横枝影拂床，秋风几度拒严霜。
不堪落子清声在，夭矫神龙失旧藏。[1]

其五　李可染秋风吹下红雨来

付与东风糕作泥，落红成雨日平西。
明朝定识秋心在，多在寒枝话故栖。

其六　黄胄少女牧驴

窄袖修肩牧雪民，丹青蕃息写来真。
传神如此新风格，肯薄今人泥古人。

其七　张善孖画虎

画虎张善孖，寻诗汤定之。

秋风俯绝涧，[2]一跃夫奚疑。
缅彼山中态，悠悠兴我思。

其八　李可染换鹅图

酒边嗜新炙，未必忘莼鲈。
便欲提笼去，黄庭写就无？

[1] 余旧藏汤定之画松一帧，日寇陷香港时失去，深为惋惜。
[2] 展品中有汤定之《秋涧寻诗》一帧，故云。

元旦宝安南头道中遥望大屿杯渡诸山偕聚仁祖芬伉俪五首　一月二十八日

编者注：其二句一“波”《陈君葆日记》作“浪”。

其一

梧桐深秀列三峰，回首河山气自雄。
争得车尘与填海，望中犹见浪排空。

其二

一水屯门波未平，断云残碣倚山青。
停车最忆汪鋐日，折戟沉沙海气腥。[1]

其三

可是干冬定湿年？[2]小寒前候艳阳天。
新憎海雾蒙蒙白，时带余晖锁木棉。

其四

废垒萧萧宿雨收，横山依旧枕寒流。
百年痛忍珠崖弃，至竟谁分旰食忧。

其五

南渡君臣曾驻马，西来风雨又宵衣。
寒潮龁石危滩入，黄叶时兼白鸟飞。

[1] 志称南头一寨，为虎门之外卫，亦即为省会之屏藩，全广之门户。正

德年间，番彝佛朗机入寇，占据屯门海道，汪鋐讨平之。足见南头守御之重要。

[2] 今年元旦后五日为小寒。宝安谚语："干冬湿年，禾谷满田。"

赠马凡处长　一月二十八日

编者注：马凡，时任中共广东省委统战部对外联络处处长。

少游有语笑清狂，投老逢君昼锦堂。
提剑尚非全盛日，弃繻应识少年装。
时来一夕跨黄海，用绌三冬饭褐鳇。
坐啸只今怀往事，官闲抚髀说家常。[1]

[1] 余初识马君，系在广州市解放北路交际处一次座谈会上。解放战争时期，马凡从天津假扮商人出发到大连，伺机夜渡黄海，在登州登陆，参加解放山东战役。又君蛰居牡丹江流域，待机出击时，受到封锁，粮食不继，数月不得米麦，仅恃鳇鱼作膳，然日久亦生厌。

石岐华侨大厦开幕观礼请柬转寄杨作甫呈附诗

一月三十日

递柬非红闹，因诗寄作翁。
已知春意重，应得与同风。

过宝安铁岗水库感作

编者注：《过宝安铁岗水库感作》《东莞太平道中问答赋示莫应溎二首》，据《陈君葆日记》："再抄了几首诗给子诵转《文汇报》去发表。"可知此二诗应非一月三十日所作，这两首以及系于二月三日、二月八日的数首有关太平、虎门的诗，当是陈君葆任广东省政协委员期间，到该地视察时所作。因具体时间不详，故依《陈君葆日记》出现的时间分别系于当日之下。

且共鱼盐说海桑，总凭自力制天强。
蠔田旧识夸沙井，[1]水库今来仰铁岗。
剩与稻孙谋晚溉，岂从耕父问余粮？
南头西望烟波阔，江水汤汤好发扬。

[1] 沙井出蠔最有名，制为蠔豉，畅销远近。铁岗水库，前年建成，灌溉沙田十余万亩。

东莞太平道中问答赋示莫应溎二首

其一

壮游三十祖生鞭，故地重来岁月迁。
莫问蔗田何处是，无烟糖厂话当年。[1]

其二

农隙仍忙好过年，田头甘蔗又增阡。
如今饴市君行遍，可有洋餳贱卖钱？

[1] 三十年前，莫应溎任香港糖商总会会长时，曾屡到东莞太平一带视察产糖情况，此次参观虎门公社，得与偕行，据其语人，谓换了人间，亦不无今昔之感。

次太平登鹅公山公园远眺　二月三日

编者注：太平，东莞太平镇。

郁郁鹅园树，孤亭倚碧霄。
平湖连海色，小虎卧秋潮。
港汊营新泊，山川破寂寥。
渐知陵谷换，生事改渔樵。

太平参观林则徐纪念馆因至焚烟池二首

其一

此地焚鸦片，当年惜漏卮。
如何经战后，空剩一污池。

其二

漫抆英雄泪，原非用少时。
珠崖岂终弃？低首莫生悲。

虎门寨

亦有长城筑，云公始御戎。[1]
蜿蜒牛背走，烟霭虎头笼。
秋树寒山外，沧波落照中。
未须愁圮堞，南望夙称雄。

[1] 虎门寨牛背山有一堵城墙，居民为言系鸦片战争时林文忠所筑以御寇者，然雉堞圮毁，疑早已存在，或不始于清代耳。

林则徐纪念碑

大义春秋著，摩挲纪念碑。
殖民群醒梦，吾道岂陵夷？
遗像瞻新立，风光异昔时。
莲花山在望，怀想共钦迟。

太平镇自由市场

已上鹅公岭，还寻虎子滩。

蟹肥朝上市，虾美夜挤摊。
三鸟增繁殖，金牛起蛰蟠。
老农经验重，谈笑足清欢。

题陈宫为敏兄画的一幅山水画　二月四日

编者注：《陈君葆日记》于诗后有“辛丑除夕”。

三年觅句留题处，多恐诗成发已皤。
云树不移青眼住，笑从岁月与研磨。

悼念李启辉学兄四首　二月八日

编者注：注释［2］据《陈君葆日记》补。

其一

贤圣犹然感逝川，委形休论觉谁先。
仍难玉树回飙折，回首情亲五十年。

其二

少年同学今余几？经济长材早见推。[1]
太息岿然怀鲁殿，何曾欢笑得颜开。

其三

一病宁知百不支，五年三见忆当时。
平湖剩有闲风月，惜已无由见戴逵。[2]

其四

策杖观光上国回，暮年扶病历京陔。
从知第一开怀事，爱国心苗带露栽。

［1］本世纪初期，余与李启辉、潘欣然、曹赓、胡治斋同学于育才书社，时中华会馆尚灵光岿然也。潘欣然以《送春诗》“为问衔泥双燕子，谁家庭院落红深”句见称于侪辈，然众虑其不寿，后果于二十岁时病

逝。曹赓亦早死。现惟治斋与余尚存。

［2］五年来，三次见到启辉，两次系在朴鼎查街一间维他奶餐室。

游太平杂诗三首

编者注：注释［2］据《陈君葆日记》补。

其一　岁夜太平海滨饭店座谈

海滨不是无归处，紫蟹黄鱼识味鲜。
已作太平人小住，更教来过太平年。

其二　草席工厂

缕细回风宛若雕，碧蒲编就短长条。
也知南国多前席，仍向西方远处销。[1]

其三　虎门公社

洛城忽作三年别，春水初生故旧逢。
马齿已增搓老眼，铁牛无恙夕阳红。[2]

［1］东莞草席，除畅销印尼、柬埔寨、泰国等南洋一带，很大部分销西德、荷兰。

［2］参观时，曾在东方红拖拉机前拍照。

观中国邮票展览诗以纪盛三咏　二月十日

编者注：其二句二“睹”《陈君葆日记》作“览”。其三句四“览”《陈君葆日记》作“读”。

其一

虽不事集邮，颇解集邮趣。
偶得一二瓣，便尔成追慕。
博古多识名，南金以大辂。
司方指南车，贸易通刀布。
排比何纷纭，如陈两都赋。

盛德思致远，邮传所先务。
区区不盈寸，知新且温故。

其二

煌煌开国史，披图睹历程。
协商奠基础，联工展斗争。
巍巍天安门，国徽耀五星。
革命崇十月，艰贞念长征。
经济主建设，相时谋洗兵。
寻出国作战，东海制长鲸。
裁军倡合作，世界保和平。
解放力不懈，西藏旋新生。
八方齐文化，友好结同盟。
愿言相共处，苟能制欺凌。
史迹五千年，九万里纵横。
工农兵团结，科技唯专精。
绍述马克思，诞生纪列宁。
事并书辛亥，五四同光荣。
彪炳足千秋，文物世所倾。
画像砖东汉，天文馆北京。
妇运尊三八，水库十三陵。
或全运比赛，或古代发明。
大桥通南北，公路接藏青。
壁画敦煌重，剧作关汉卿。
菊有二千种，金鱼不记名。
宇宙飞火箭，人民公社成。
典章即此见，伫看黄河清。

其三

史家建观点，图书良有以。
炜哉兹邮展，如览社会史。
国光待发扬，周道则如砥。

江南一枝春，会当逢驿使。
欲谢远方客，消息寄寸纸。

大公报港刊复刊十四周年二首　三月八日

其一

薄嫌时世调箜篌，观海何妨发一沤。
更十四年回首处，好留青眼晋阳秋。

其二

巷议能谈重艺林，大公园外有知音。
也应万象包罗尽，小说家言古与今。[1]

[1]《大公报》副刊，《小说林》外，有《大公园》《艺林》，近又增《古与今》。

和王季友观苏小小后寄意之作二首[1]　四月二十日

其一

湖树湖云玉作烟，同情微泪又千年。
不堪妙曲羞轻嚣，旧院歌残意惘然。

其二

秋月春花去不留，遗传佳话旧风流。
薛涛苏小张乔恨，写入哀弦几段愁。

[1]《苏小小》为友联公司之影片。

附：　观苏小小后绮恨萦怀率赋三律寄意

其一

西陵松柏旧青青，油碧香车此惯经。
红豆乍抛心一颗，芳蕤蝉叠意千层。
镜载月魄窗休琐，香篆心形阁自扃。

转觉湖边风露重，要从偎傍得温馨。

其二

蝴蝶原来入梦迷，分飞时节草萋萋。
金鞍自觉离愁重，采笔难从别恨题。
罗帕泪余红满袖，柳枝雨后缘平堤。
可怜瘦损腰围日，舞倦歌慵月未低。

其三

心魂相守两情真，却殒泥犁堕劫身。
临命尚持鸾带别，成尘还痛麝香焚。
无言绣闼湖心影，一曲瑶琴爨下薪。
镜阁斜阳苏小墓，只应肠断古今人。

观吴烈水彩画展　五月七日

其一　桂林山水十六幅

一

阳朔昔经曾倚棹，千峰万壑百回眸。
多君剪取归图卷，待与偷闲续卧游。

二

绝忆年时在桂林，[1]苦无健笔寄幽深。
如今迟我丹青意，搔首宁悭费短吟。

其二　暮色望澳门三巴寺

不见青洲水上浮，风光画里记淹留。
行人指点三巴寺，铜狄摩挲更几秋。

其三　南山围十二幅

湖面春云自往还，桃源原在竹篱间。
君来试与登楼看，依约丹青写故山。

［1］首句借用柳亚子诗。

观刘三姐电影后作五首　五月十三日

编者注：其三句二“崖”《陈君葆日记》作“厓”。

其一

生当叔世宁云隐？春到贫家欲与归。
事续史迁任侠传，人疑屈子薜萝衣。

其二

粤西山水多奇胜，闲气时钟产异才。
羽客缁流何与事？陈芳国里现身来。

其三

山歌如火复如泉，汗漫青崖不羡仙。
吐得胸中不平气，拍肩一笑富豪前。

其四

一心高唱刘三姐，要把人间恨海平。
堪笑秀才徒引吭，对歌惟听聚蝇声。

其五

山中多少藤缠树，[1]情种清声可忘餐。
唱到绣毬当拣取，凌霄青竹自千竿。

[1] 唱词中有句云：“青藤要是不缠树，妄过一春又一春。”年前，融熙法师语余，刘三姐山歌：“入山看见藤缠树，出山又见树缠藤。树老藤枯缠到死，藤枯树死死犹缠。”粤北一带，流行亦极普遍，自来言情之作，此殆为绝唱。其言甚是。

以印度芒果苗一株移植谢氏（陶庵）园賸以一绝

六月三日

爱情果是西来种，南海移根诃子林。
明日谢家池阁过，看齐桃核满山阴。

观苏小小后成四绝　六月二十六日

新编《苏小小》一片，其中苏小小不惜自我牺牲，抱病成全柳翠云好事，与重见鲍仁、听曲而死一节，一往情深，最足感人。

其一

西陵松柏雨潇潇，终古何人韵最娇？
惆怅钱塘江上月，年年心事逐秋潮。

其二

油壁青骢事有无，偶来香界耳相呼。
短坟护得湖光住，堤上花枝总姓苏。[1]

其三

是真侠骨自风流，燕婉能为女伴谋。
忍见翠云悲溷絮，量珠扶上木兰舟。

其四

报恩知己泪痕新，邀笛官归迹渐陈。
肠断阮郎缣带合，琴台空对草如茵。

[1] 末句借用厉樊榭诗句。

重看苏小小后赋寄王季友

西陵松柏影森森，油壁香车许再寻。
为问钱塘两苏小，较于何处泪痕深？

看雨中偶得句　七月二十二日

絪缊持续去来情，大地山河始未名。
万古最怜风雨夕，潇潇何以慰群生。

百货大楼工艺展览后作六首　七月三十一日

编者注：《珐琅鱼》，《陈君葆日记》作“珐琅鲤鱼”。《笔筒》，《陈君葆日记》作“竹笔筒”。《四川银丝织品》，《陈君葆日记》作“四川银丝织器”。《羽扇》，《陈君葆日记》作“羽毛扇”。

在中国百货公司举行的《中国特种工艺品展览》，展出的物品分玉、石、象牙、木、竹、榄、雕刻、景泰蓝、雕漆、屏风、银丝器、地毯工艺首饰等，品种之多，逾于往昔，琳琅满目，美不胜收，择尤为赋。

其一　珐琅鱼

在手真如获细鳞，珐琅肯信是腰身？
得兼且莫夸熊掌，付与厨娘入馔新。

其二　笔筒

合抱筼簹插画曾，湘山夜雨泣凄清。
只今坐对怀高节，岂独柯亭辨异声。

其三　玉器

匪唯玩好妙人寰，雕琢琳琅绝市阛。
畴说玉卮无当用，迭看金盌出人间。

其四　象牙球

齿纹作水粟为舟，载得东坡赤壁游。
得似乾坤千百转，玲珑剔透廿三球。

其五　四川银丝织品

橦华贝锦出三川，尚有银丝萃市廛。
不数金冠薄蝉翼，欲缄絺葛寄遥笺。

其六　羽扇

待扫云烟日月新，轻摇毛羽白鸥驯。
未能驱得炎蒸去，犹障西风扑面尘。

香港大公报新厦落成三首　八月八日

编者注：注释据《陈君葆日记》补。其三句一“盛”《陈君葆日记》作“具”；句八“欲”《陈君葆日记》作“谷”。

其一

舆论资公器，持平早见称。
好凭轮奂颂，一觇纸张增。
月旦无今古，权衡有爱憎。
漫疑瞻瞩远，重屋六三层。

其二

美此新成筑，应殊独乐园。[1]
渠渠营广厦，滚滚发泉源。
修备陈时用，游谈尽所言。
知为天下庇，就简欲删繁。

其三

规模堂构盛，邸阁典刑存。
檐护星河落，门腾驷马喧。
买邻钱不用，九译笔能翻。
且共衔杯意，因思退欲喧。

[1] 司马温公有《独乐园记》，见集中。

民间舞蹈分咏五首　八月十六日

华革会将在香港大会堂举行“歌舞剧艺大汇演”，彩排时得与预观，对于民间舞蹈，才有所感，卒成分咏五首。

其一　萨巴依舞

黄羊如织草儿肥，五月天山尚雪霏。
瓜果熟时春意闹，教人长忆萨巴依。

其二　草笠舞

南岛风光快饮醇，春阳踏尽醉花茵。
眼中哪有乘车客，行近须防戴笠嗔。

其三　剑舞

顿挫浏漓欲学书，项庄起舞类旁求。
不知几个万人敌，但见寒光射斗牛。

其四　牧人舞

万里平沙记枕戈，千年胡骑笑声呵。
如今草偃牛羊见，落日苍茫听牧歌。

其五　弓舞

奔月矜时入梦频，弓腰得似射雕身。
只应百步穿杨手，尽作辕门射戟人。

近诗四首　叔子自茂名以书至道农业生产情况甚详诗以报之

编者注：叔子，就是陈君葆三子文达，当时他由北京到茂名探望他哥哥文蔚后，写给父亲的家书所作报告。

其一

银汉初明得寄书，禹粮消息近何如？
微闻引鉴拦河后，新广高田万亩余。[1]

其二

高州城接石油城，干馏炉增又几层。
一树缅茄垂地绿，折枝怀子记吾曾。[2]

其三

茂南茂北莽苍苍，海外名传尚以姜。[3]
行遍潘州梦中路，高凉山好爱新凉。

其四

每思新事史无前，生产宁论雨露偏。
且待豁然心朗后，指分终识逊拳拳。[4]

[1] 信写道："南方因自然条件关系，过关的时间不会很长了，北方可能稍长一些，但也不会过久。茂名当然更好。"

[2] 一九五八年，余曾随广东省政协视察团参观石油厂，时石油城甫兴建耳。

[3] 高州产姜最有名，称高良姜，是以英语之 Golingale，法之 Golingal，以及阿拉伯语中之 Khalanjan 大抵皆源于此。

[4] 信又说："我总觉得摊子一下子铺得很大，未必是快，叉开五指，不如集中于一拳。"

风雨花一盆赠子诵以诗媵之　八月十九日

编者注：子诵，李子诵。

风雨草，遇飓风来袭时，辄先开花，数箭突然一夜迸发。去年台风数次侵袭岛上，每次花均先发，今年迄未遇风，亦无花，甚可异也。

风雨花，风雨草，花时风雨晴时槁。
海上风来渐向移，一朝迸发容颜好。
相对晴窗倏忽间，雨横风狂惊海倒。
颇闻蓂荚生尧阶，睹此悠然足喻老。
预感何当尽物情？明晦毋为被花恼。
一株分莳持赠君，置案谈天聊作宝。
不烦更叩风雨表，盈虚消息此知早。

文汇报创刊十四周年贺诗五首　八月二十四日

其一

风雨高楼感别裁，一时惊梦恍春雷。
如今庭树朝朝见，总带新风习习来。

其二

一纸曾教薪火传，回看坤转已乾旋。
真知灼见犹余事，管领文坛十四年。

其三

极知会友欲同文，尺一还从广见闻。
蜗壁但书余唾字，故园春色正欣欣。

其四

抗美能为天下先，当时群议尚纷然。
旧章偶检从头读，陈义分明在简编。[1]

其五

更无文字不崇时，取义求仁事可师。
半版红岩欣照眼，生能舍己羡男儿。[2]

[1] 一九五零年十一月五日《编者的话》：“援助朝鲜，就是保卫自己的国土。”

[2] 长篇小说《红岩》在《文汇》副刊连载登出。阎纲在《人民日报》为文介绍这篇小说时，开头便写道：“是七尺男儿，生能舍己；作千秋雄鬼，死不还家。”

听中国青年音乐家演奏四首　九月十五日

编者注：注释据《陈君葆日记》补。

中国青年音乐家演出团莅港，作首次演奏，直是风魔一时，赞美之声，洋溢宏耳，以为得未曾有，喜极赋此。

其一

是诗情打叠闲情，八度音成妙莫名。
我爱肖邦如剑气，疾风雷雨马蹄声。[1]

其二

流水高山若处寻，绵绵狂想醉花荫。
不须更听钧天奏，此是人间绝妙音。[2]

其三

化蝶柔情缕似烟，千年控诉恨绵绵。
饶他一曲楼台会，重谱幽思入小弦。[3]

其四

东西艺术喜交融，领略心声意益通。
恰是万花如海日，来听扑蝶满江红。[4]

[1] 肖邦《降A大调波洛涅兹舞曲》，是部歌颂波兰人民的光荣和伟大的钢琴交响诗。中间段落中的由右手奏出的均等的八度音，不难听出是骑兵渐近的马蹄声。这一节最动人心魄，莫可名状其奇妙处。强有力的音乐，杰出的演奏，至此叹观止矣。刘诗昆奏此一曲，直是余音绕梁三日，教人不知肉味也。

[2] 愿圣婴是日钢琴独奏有二，一为刘福编曲的《采茶扑蝶》，一为李斯特的《匈牙利狂想曲第十二首》。

[3] 俞丽娜小提琴独奏《梁山伯与祝英台》，其《楼台会》一节，直扣人心弦欲绝！

[4] 施鸿鄂男高音独唱《满江红》，不过我们去古日远，古曲大半已失其真传，重现实不易。而施之唱“嘎俄丽泰”实更佳妙。

闻印军向我边境进攻愤赋四首　十月十一日

编者注：梅农，时任印度国防部长。注释［1］［3］［5］据《陈君葆日记》补。

其一

问尼赫鲁是何心，背约称兵衅迭寻。
潘察希拉言在耳，和平乖义利多金。
长蛇竟遣胡僧弄，封豕重看上国临。
麦克马洪非法线，岂容更向境边侵。[1]

其二

雪山高处与天侔，地据长河最上游。
岂谓轘辕限南北，尝令文化绝交流。

难忘五印沦胥酷，犹是三洲拯溺忧。[2]
方对亚非群反殖，如何弃好独崇仇。

其三

自古骄兵定祸招，扩张侵略类狂飙。
拒谈沆瀣凭丘貉，取栗琅汤卧毯猫。
邻国只应谈抵掌，旁人休恃足撑腰。
不观中缅中尼约，悬案终能旦夕销。[3]

其四

从征刚果几帮凶，心事原难托至公。
逐猎岂知陵谷变，投机应耻步趋同。
百年反帝谁甘地，千里追风失泰翁。[4]
侈说国防迷敌友，奋张螳臂笑梅农。[5]

[1] 所谓麦克马洪线完全非法，毫无根据，仅由一个英国人在一张地图上随意画出一条弧形线，没有法律价值。在一九二 ·年在伦敦出版的一本卡锡尔世界新舆图，它仅是一条虚线，在线的两边，地图所作仍为同样淡黄颜色，表示地属西藏地区，毫无疑义。至一九三九年出版之约翰斯敦世界地图，则此一虚线亦无之矣，可见所谓麦克马洪线，全属虚构，其站不住脚如此。

[2] 三洲，谓亚洲、非洲、拉丁美洲也。

[3] 本月六日，为《中国与尼泊尔王国边界条约》签订一周年。

[4] 泰翁指泰戈尔。

[5] 尼赫鲁固为甘地所指定的继承者，但所作所为则实与甘地主义相违背。泰戈尔著《国家主义》一书，极力抨击凭强力组织，专事严密政治经济措施，而以侵略为目的之国家，实无有是处。故及之。

过滚木球场有感

编者注：滚木球场，在香港跑马地。

草色侵阶绿一坪，弄球人去若为情。
当秋不是无春事，隔叶黄鹂四五声。

近诗五首 十月十三日

编者注：注释［2］据《陈君葆日记》补。

其一 海南岛发现千岁荔枝树

交趾飞传记倚阑，南州今日尚流丹。[1]
不知佳果千年树，一骑来时可是孙。

其二 闻印机飞入领空窥西藏愤赋三首

一

印机侵到藏空来，[2]意向分明觅衅开。
狂妄岂忘U二事，悬崖勒马且头回。

二

尼巴接踵支谈判，身毒偏来杀伐音。[3]
潘察希拉虚在耳，入侵原已早存心。

三

尼翁耄矣益倡狂，枷锁才除事扩张。
中国从无侵略性，印人且问柬亲王。[4]

其四 美国策动禁运对付古巴

美与古巴非作战，问渠国际法存不？
竟言禁运承平日，公海宁还有自由。

［1］汉永元间，岭南献生荔枝，十里一置，五里一堠，昼夜传送。据报载：海南岛发现之千岁荔枝树，果青，核大，肉薄而味酸。南洋一带有一种果名红毛丹，说者谓为荔枝之别称。

［2］印度飞机十日侵入拉萨和当雄上空，侵入我国境最深处达二十五公里。

［3］日来印度报纸透露，印度政府在中印边界东段采取武装进攻行动，早在九月初尼赫鲁动身赴伦敦以前，就已经决定。一家叫《甘露市场报》的甚至露骨表示说，印度政府早就“决定不同中国就边界问题进行任何谈判。如果中国不接纳必不可少的先决条件的话”。

［4］柬埔寨元首西哈努克致电联合国说：“作为中国的邻国的柬埔寨从来不知道中国有侵略性。”

给蔡语邨信后忽有所感书二十八字系上

隋碑称四归其二，天下三分去就谁？
贩货当行今日事，不闻猛进恶言私。

观中国摄影艺术展览会初咏四首　十月十五日

编者注：其二句一“耐”《陈君葆日记》作“斗”；句二“苍”作“坚”。其三句二“两两”《陈君葆日记》作“三两”；句三“开”作“干”。

其一　江山如画

江山如画动豪情，放下枪杆事写生。
千里海疆来笔底，片帆应以伏波名。

其二　哨兵

耐寒宁恃黑貂裘，眉点苍冰雪满头。
瞄准敌来休放过，寸疆尺土亦神州。

其三　澜沧江之晨

江头何处浴新凉，两两渔舟路短长。
晓雾未开云欲乱，为他人也渡澜沧。

其四　四老图

说似龙钟语未安，仍同古柏耐霜寒。
眼前欢笑须眉动，莫作商山四老看。

观中国现代名画家作品展览三首　十月二十五日

其一　吴湖帆古树连云中轴

古树连云密，层峦拥翠浮。
何当御风去，与子此中游。

其二　徐悲鸿墨竹

凌霄劲直欲千寻，下有侵阶破寂阴。
已叹斯人不可见，独余霜节励清吟。

其三　徐燕荪天女奏乐图

写来天女品评难，况对笙歌缥缈间。
不信画家凭彩笔，似闻音自广寒弹。

悼欧阳予倩先生挽联　十一月七日

先生未陋居夷，长记道左相逢，倾盖遂谈民族义。
今日剧开新运，最忆堂中延客，衔杯犹话贾生年。

关山月先生新作三首[1]　十一月二十四日

编者注：注释据《陈君葆日记》补。

其一

红棉开后雨犹寒，榕荫盘根下土翻。
一自明堂观健笔，新姿都觉品评难。

其二

管领风光代有人，又从新事话椎轮。
岭南若论新风格，且看云山雨后真。

其三

北祖南宗辨异同，由来艺海几称雄。
源流别有新融汇，颇病辞贫道折衷。

[1] 北京人民大会堂大厅中张挂的《江山如此多娇》巨幅，为傅抱石与关山月两人合作画。是次关山月作品展出的有：《羊城春晓》《榕荫曲》《雨后云山》《林区狩猎》《长征第一桥》诸品。

致曾靖老　十二月五日

竟日游谈未到诗，偶来南国恨春迟。
宁疑雨细风和遍，犹远嫣红姹紫时。

依韵奉和循叟观彩排苏小小剧作三首

十二月八日

其一

等闲秋月又春风，生小秦楼楚馆中。
独羡钱塘苏小小，柔情侠骨有谁同？

其二

不事王侯迹岂疑？梦魂相会事堪悲。
布衣木白骄狐貉，薄笑梨园斗俗姿。

其三

旧事南朝漫剧秦，同情余泪寄酸辛。
尚留佳话添新韵，不独湖山爱美人。

赠何建章五首

编者注：其三句四“似”《陈君葆日记》作“自”。

其一

柳叶青青浅笑颦，惯看岁月老风尘。
非关独爱西湖好，知己从来有几人？

其二

西子湖边一曲歌，仍凭巨眼出横波。
琴台剩有调筝客，谁比英雄落泪多？

其三

独解怜才孰似君，尘尘巾帼迈诸伦。

此身已作沾泥絮，犹似坑莲拯翠云。

其四

弱者宁当粉黛羞，目无豪富况王侯。
南朝人物风流甚，不教男儿属女流。

其五

西陵松柏自萧萧，往事千年咽暮潮。
谱入哀弦播南国，教人余恨忆张乔。

观循叟咏苏小小一诗　十二月二十八日

安车过日同观剧，秋水浸扉漫苎萝。
欲起钱塘苏小小，问谁心比乱山多？

李铁夫为苏乾生画像题句　十二月三十日

铁夫妙笔唯传神，偶逢佳士亦写真。
得与艺术同寿永，天生异材能几人？

听人民日报陶里亚蒂同我们的分歧广播有感成五言四章　十二月三十一日

其一

君诗如匕首，度语剔五蠹。
匕首西入秦，始皇终不悟。

其二

君诗如长剑，冠带作德邻。
剑气冲牛斗，为德日以新。

其三

君诗如晴川，秋至一浸灌。
岸芷与汀兰，何当遇滋蔓。

其四

君诗如晨星，夜半托秉烛。
此时觇群动，玲珑待初旭。

贺雷澄镜三公子腾飞世兄与萧锦华女士结婚

新生一代际风雷，老去青年玉镜台。
佳妇佳儿最堪美，更为家国造人材。

一九六三年

花儿朵朵观后作八首　一月二十二日

编者注：注释据《陈君葆日记》补。

彩色影片《花儿朵朵》并不是单纯一部孩子们的戏，实觉是饶有意境、老少咸宜之作，看后若深有所感，因为赋八绝句。

其一

花儿朵朵庆新年，万紫千红竞物妍。
满眼儿孙满檐日，新生一代劲冲天。

其二

新生一代爱勤劳，乘客偏能礼二毛。
优孟衣冠凭记取，从今休教笑儿曹。[1]

其三

休笑儿曹学老孙，龙宫一闹动天尊。
神针玉座浑闲事，语法由来不二门。[2]

其四

少年喜爱猴王戏，变化毫端几得逢。
今日现身来说法，也翻筋斗到龙宫。

其五

东风春树影婆娑，艳说芭蕾韵最多。
已异寿陵余子日，来观学步小天鹅。[3]

其六

天鹅沉影步凌虚，唱龙渔舟兴有余。
最爱曲中闲物语，人如秋水静芙蕖。[4]

其七

朵朵鲜花向太阳，新枝新蕾茁严霜。
纵然一夜西风恶，依旧人间看擅场。[5]

其八

危机宁许一分差，忘我情怀羡小华。
合唱待他来领唱，花儿朵朵正含葩。

［1］片有中《乘客之家》节目。
［2］有《闹龙宫》节目。
［3］节目《四只小天鹅》。
［4］古筝《渔舟唱晚》，笛《林鸟》。
［5］游艺会本以大合唱为首节目。

无题　一月二十三日

编者注：《陈君葆日记》一月二十三日云："清理旧报纸，得一诗……似是要写给陈彦山而未抄寄的。"今暂系于此。

左思知有三都赋，庞统宁云百里才。
总是为民求治急，记曾赤足荷锄来

不能赴李凡夫桃酌赋此　二月一日

祝君寿且康，更祝君笔健。
君画脱略如其人，千载而后应识面。
称觞想象桃花开，咫尺又虚陪春宴。

中国刺绣品展览观后漫成四首　二月十四日

其一　刻丝天坛二首

一

万人瞻望祈年殿，杰构通天最结晶。

肯信刻丝竟臻此？只应画笔亦难成。

二

穆穆岧嶤欲造天，圜丘玉砌碧延连。
薄嫌撮镜夸新巧，未抵軨轩想陟巅。

其二　归伟华发绣长生殿

长生殿里想花容，刺出如丝夺化工。
应教白头宫女恨，不曾镊发绣玄宗。

其三　叶素珍丝绣黄鹤楼

诗人总爱题黄鹤，此地烟波压上游。
侧想针神倦停手，临江时拟一登楼。

再观中国刺绣品展览四首　二月十九日

其一　丝绣滕王阁

忆昔客南昌，眺望滕王阁。
暮春三月雨，意兴何萧索。
非眈宛洛游，志颇在云壑。
廿年逮新纪，喜见舜尧作。
百工竞异巧，丝绣迈畴昨。
豁蒙睹兹制，疑梦旧城郭。
芳洲形迹改，秋水仍绰约。
栋宇窥画图，歌舞思铜雀。
落霞映飞鹜，岂不惮矰缴？
怀想当时人，临风意寥廓。

其二　陆如慧绣唐寅秋风纨扇图

画手针神各逞奇，佳人名上共支持。
不愁纨扇秋风冷，已着春蚕为护丝。

其三　高玉珍双面绣芦雁二首

一

纤缕疑曾乞巧穿，轻纱蝉翼淡于烟。

华堂那得南飞雁，直是芦花浅水边。

二

小立屏风打点精，新成绣法不虚名。
眼前萧瑟知寒意，只少长空叫雁声。[1]

[1] 高玉珍等的“芦雁”，运用一种创新的打点透法，表现了长空无际，双雁在晨雾中飞翔、时隐时现的境界，给人以清新的美感。

观曲剧杨乃武与小白菜四首 二月二十二日

编者注：注释据《陈君葆日记》补。其四句一“著”《陈君葆日记》作“普”。

其一

忍死葛娘坚守口，狱中乃武苦难受。
贪官枉法何代无？杨案奇冤世稀有。

其二

官官相护诉无门，平反凭谁叩九阍。
不是两宫争政柄，何能乃武洗沉冤。

其三

深恩负尽报恩难，死后何从见肺肝。
听到隔垣殷吐实，教人无泪也心酸。

其四

南评北曲著新声，剧种平添百炼精。
已集众芳供乐府，繁弦端合短长情。[1]

[1] 电影《杨乃武与小白菜》是一部七彩歌唱片，它是一种新剧种，一般称它为“北京曲剧”，这曲剧的发展，全曲由单弦牌子而来，是流行北京的曲艺形式之一。这片编剧者之一关士杰先生，有《北京曲剧的形成及发展》一文，介绍此一新剧种，而曹聚仁先生《谈曲艺》一文则有谓“南方的评弹，便是北方的曲艺……它是结合民间歌曲，以戏形式百加以发展的剧曲。”所以第四首云云。

雪地吟兼呈李萍倩先生绝句六首　三月四日

编者注：其一句二“娇”《陈君葆日记》作“妖”。

其一

北地风光去路遥，雪飘时节景娇娆。
逢人爱说关河梦，对景翻疑丛桂招。

其二

耐冷青娥滑雪姿，平添说部一清奇。[1]
倚装记话晨风雨，犹恐冲寒去较迟。

其三

恩仇未判岂相饶？雪地冰天长爱苗。[2]
人似秋云情与淡，事如春雪恨初消。

其四

蓦地相逢在北林，萍踪谁辨雪初深。
不缘顾兔尘生网，争识青天碧海心。

其五

肯与仇家共戴天？漆身吞炭欲齐同。
修斋念佛王屯长，饮恨怀刀独臂翁。

其六

世上从无不解冤，百年仇恨孰开端？
祖孙父女论恩怨，情义真成并两难。[3]

[1] 前年春节期间，李萍倩先生北上赴关外拍片，相值于深圳车站，共道风雪泥泞之苦，其时固未知所摄制为《雪地情仇》也。

[2]《雪地情仇》写猎户的孙子小强与仇家王屯长的女儿银珠的恋爱故事，颇哀艳动人。

[3] 片中夏梦饰银珠，张铮饰小强，平凡饰老猎户，龚秋霞饰银珠母，姜明饰王屯长。

大公报在香港复刊十五周年纪念　三月十三日

大道之行天下公，待看寿域与跻同。
殷勤十五年宣命，谁似萧何第一功。

看扇面画展题李可染看山图二首

其一

奇峰横岭锁烟霞，不信仙人始作家。
日日看山看未厌，奈他牛背夕阳斜。

其二

横岭奇峰隐隐间，几人归梦碧桃闲。
不堪夜半闻吹笛，明日重来再看山。

电影越剧碧玉簪观后漫赋五首　三月二十九日

其一

糊涂宁复怨爹娘，封建家庭事足伤。
嫁得王郎心意满，谁知竟是负心郎。

其二

漫依弦管辨秾纤，三盖罗衣众妙兼。
终是班头夸隽永，李柔凤辣武庄严。[1]

其三

不记登堂拜舅姑，凤钗曾觇侍儿无。
借簪一折尤关键，颇耐商量到窃符。[2]

其四

浙东飞雨过江来，洒落如花带露开。
银幕即今增异彩，红楼梁祝并交推。[3]

其五

苦比莲心李秀英，到头谁个不卿卿。
凤冠三送仍长跪，天子门生此近情。

[1] 在《碧玉簪》中，《三盖衣》一折可称为戏肉中之戏肉，金采风演此，真是到了无以复加。余谓金采风演武则天皇帝，以雍容华贵胜，妙在庄严得体；饰王熙凤，够泼辣，然在《红楼》中出场地方不多，不足以展其骥足，宜作别论；至饰李秀英，则不但唱做俱佳，秾纤合度，如《三盖衣》一节，无一点呆滞，无一点雷同处，直是妙不可言。

[2] 在影剧中，原《借簪》一节改为媒婆偷簪，虽较简易，并然于情节上亦颇费商量。

[3] 越剧彩色电影，最先出为《梁山伯与祝英》，继之为《红楼梦》，并此《碧玉簪》，则鼎足而三矣。

寄题温哥华雷基磐萃园吟草二首　四月二十日

其一

绝域吟成五百篇，念劬劳献识君贤。
东风已绿江南岸，海外诗传重少年。

其二

故园西望海漫漫，想有旁人作远观。
行处莫辞书剑老，酒边终忆水云宽。

赠靖老三首　五月十日

其一

示病维摩原不病，散花大女着何身？
骨头欲比钱铿硬，肯让萧翁九十春。

其二

汉庭用少齿仍尊，娱老非惟事治园。
好与东风共相约，酒边应忆水云宽。

其三

人生七十古来稀，皓首时疑钓渭非。
已见太平思陇亩，幸携明月与同归。

看余本画口占一律　五月二十三日

风格清新代有人，我云余本最传神。
坐看气韵成飞动，肯信丹青作化身。

余本油画展八首　五月二十五日

编者注：注释［8］原作“《渔归》”，据《陈君葆日记》改。

余本油画预展时，余于观后既成诗一绝以纪实，归来觉意有未尽，因广为八首如次。

其一

容与春光历乱抛，数家庭院隐林梢。
分明一段霞成锦，却道羊城写近郊。[1]

其二

定为寻幽作画师，横看崀岃俯冯夷。
星湖似逊西湖媚，独写雄姿笔愈奇。[2]

其三

琼岛风光接日南，海陵西去水浮蓝。
何曾足迹坡翁遍，好共诗魂仔细探。[3]

其四

奇景狂收若处多，苍崖黑水白云歌。
如今关外心重建，岂特流连汤旺河。[4]

其五

镜泊湖边秋草黄，风吹独树碧波扬。
储材别有千山木，留眼来窥九月霜。[5]

其六

风雨崖门古渡头，海云压黑意悠悠。
兴酣落笔凭君写，故垒萧萧记舣舟。[6]

其七

远山重叠绕城村，云水依稀绿到门。
通什最鸣飞动意，海南风景一桃源。[7]

其八

晒网时留细眼开，打鱼人趁晚潮回。
明朝又道张帆去，捕得鱼归为底来。[8]

[1] 第五十七号《羊城近郊》一帧，彩色，在错杂缤纷中见和谐，自成理路，一佳作也。与之相较，如《小城一角》或《羊城新貌》便觉太整齐，而气韵不够飞动了。

[2] 展出中《七星岩》诸作，几于每幅必佳。

[3] 任真汉谓余本画中有诗而亟称之。

[4] 写黑龙江《汤旺河》一幅，用笔甚奇，大胆而欲脱去羁勒，盖奇异之境始有此奇异之笔锋也。祖国山河大地，其诲人之深也如此。

[5] 余本写镜泊湖之作品，有好几幅，如《湖上储木》《飞瀑》便是，此指《镜泊湖之秋》。

[6] 四十六号《风雨欲来》写新会崖门。

[7] 观余本此次展出一百幅作品中，一般大约最欣赏他《通什远眺》这一张，我亦云然。

[8] 展出中有第二号《鱼归》及《迎接秋汛》二幅，均佳。此亦“民亦劳只，迄可小康”之意乎！

北京剧团莅港演出喜赋六首　六月六日

编者注：注释据《陈君葆日记》补。

其一

京剧今来更擅场，海隅眼福不寻常。
品评比拟都非易，终恐随人说短长。

其二

程武不知屠岸贾，鉏麑死义触槐前。
最难易子存孤日，老泪纵横十五年。[1]

其三

贫困夫妻祸共当，招成驸马昧天良。
香莲不遇王丞相，谁问琵琶赵五娘。[2]

其四

苏三起解泪涟涟，会审犹闻我见怜。
堂上玉郎堂下妇，不堪重省旧因缘。[3]

其五

一语惊心负咎多，盛戎演活老廉颇。
强秦不敢东窥赵，只为邯郸将相和。

其六

春暖歌台四十场，新风新貌自清扬。
恰如醇酒枯肠润，袅袅余音尚绕梁。

[1] 在《赵氏孤儿》中，马连良饰程婴。
[2] 在《秦香莲》一剧中，张君秋饰秦香莲，马连良饰王丞相，裘盛戎饰包拯。
[3] 剧中赵燕侠饰玉堂春。

余贺香港周末报十四周年报庆二首　六月十一日

其一

纭纭刊物杂纷陈，喜汝思精格调新。
七百三周重记省，总难释手岂无因？

其二

睿智怡情别重轻，健康思想世同倾。
风流人物关时运，颇忆年前月旦评。

余沈钧儒先生挽词二首　六月十九日

其一

已逝风流在，江河万古情。
治方随日化，人遽闭佳城。
忧乐中年事，讴歌大老称。
泪应天下恸，简册焕勋名。

其二

救国呼号急，群思赖适从。
两间存正气，百世仰高风。
马列寻经纬，申韩别异同。
长怀初识面，扶日语兴戎。

观广东汉剧影片齐王求将四绝

其一

少年爱看钟无艳，不解齐宫半面妆。
今日剔除脂粉气，未须弱者笑宣王。[1]

其二

乡邦文物重梨园，四大都从旧曲翻。[2]
贰百年来谈剧种，皮黄端的好探源。

其三

离春挂帅相田婴，重色何如爱士轻。
四殆义陈功在国，不徒赳赳始干城。[3]

其四

剑气箫心黄桂珠，庄谐并茂具楷模。
会妻一折尤堪记，岂独高音漫海隅。[4]

[1] 此是讽刺剧，旨在揭出齐宣王的昏庸无能。

[2] 广东四大剧种：粤剧、潮剧、汉剧、琼剧。
[3] 史称钟离春自诣齐宣王，陈四殆之义。
[4] 黄桂珠《百里奚会妻》一剧在全国戏曲展览中获得一等奖和女高音奖，盖与杜近芳、红线女齐名，极噪一时。黄粦传则似老态龙钟矣。

中国名茶欣赏周五首　八月一日

编者注：其三句二“鲜”《陈君葆日记》作“解”；“菇”作“菰”。

其一

识味应归第一流，咖啡可可岂其俦？
诗人已道甘荼苦，雅集今开欣赏周。

其二

记饮琼浆总不如，尚疑濠上说知鱼。
龙团雀舌都尝遍，薄醉卢仝七碗余。

其三

对饮仍教隔座呼，鲜醒宁让淡巴菇。
情怀颇复訾王肃，气味何当号酪奴。

其四

时清玉宇净无尘，翠羽明珰雨露新。
七十二峰青欲滴，撩人深处碧螺春。

其五

不羡移家近酒泉，一瓯在手减宵眠。
难忘最是珠江水，无限清深晓汲煎。

观所作水彩画后赠方剑青六首　八月二十八日、三十一日

编者注：此六首诗，前二首于八月二十八日已寄《大公报》发表，后四首亦拟发表，终因迟疑而未发，故陈君葆是有看到发表后的两首再录在日记中的。

其一

江山胜绝雁回边，入手丹青近自然。
不废登临劳老眼，径须剪取学青年。

其二

羁旅穷愁几俊人，未妨抽象问知津。[1]
多君洒落添毫末，留眼明来看逸尘。

其三　风景

烟霞疑是写罗浮，云树何人独倚楼。
五岭北来源地脉，梅花村畔记曾游。

其四　村落

尚余深巷卖花声，一树垂垂荫过庭。
渐与邻翁观转变，清风明月昔时情。

其五　太平山下

大厦幢幢耀水湄，欲居难与虎谋皮。
尺金寸土浑闲事，枉笑旁人富立锥。

其六　墟集

负贩将奚适？公私竞敛征。
由来集散地，都赖小资营。
岂有群居乐？非关互市名。
凄然陵谷变，犹自诩繁荣。

［1］方剑青曾从陈福善先生学画，故有“抽象问知津”之语。

贺文汇报十五周年报庆二首　九月八日

其一

一纸风行十五年，正逢时节酿花天。
称觞只合为君寿，猛扫妖烟笔阵前。

其二

相对早教成莫逆，辩争时复志夷坚。

宁疑后世谁思我？已见风行十五年。

观现代石湾艺术陶器展览六首　九月十四日

编者注：注释［3］据《陈君葆日记》补。

其一

南海民间艺独精，石湾陶瓦世知名。
宁嫌公仔矜初写，[1]纯朴之风夙见称。

其二

艺术今喜为兆民，林林总总并希珍。
百千研钻通窑变，五色缤纷格调新。

其三

不事王侯旧献酬，民间艺海汇诸流。
且看无尽新姿态，肯薄今人品最优。

其四

矿工农妇入题材，苗女清歌踏地来。[2]
昔为楚庭供点缀，迄同瘖病奋风雷。

其五

案头屈子行吟像，天外虬髯作客心。
想见艺人心上语：英雄事业几沈吟。

其六

李逵打虎寻常事，诸葛联吴为汉家。
底事东风吹日劲，有人纸虎畏生牙。[3]

［1］石湾陶器，旧有“石湾公仔”之名。
［2］展品中有《苗女》《农妇》诸作，并佳皆妙。
［3］《屈原》《虬髯客》《李逵打虎》《诸葛孔明》并为展品中之最精彩者。

蔓萝花舞剧观后作六首　九月十五日

其一

蔓萝花发春光好，歌舞欢娱胡草草。
一曲芦笙月堕时，多情反被无情恼。

其二

绣就花巾笑语温，定情凤翠护诗魂。
谁知舞罢歌声歇，黑大狼来竟夺婚。

其三

邪正终须战一场，岂容恶道恃豪强。
爱憎早向人分辨，叱咤邻家尽侠肠。

其四

阿倒约原神箭手，敌强岂肯便低头。
竟遭暗算身先死，百丈悬崖骨待收。

其五

死生幻作一花开，并蒂年年照水隈。
殉义殉情共怀抱，教人肠断且低回。

其六

蔓萝花是一诗篇，拾翠人怜恨未填。
凄绝芦笙呜咽语，水沉烟袅动心弦。

中华人民共和国成立十四周年四首　九月十七日

其一

天安门上展红旗，万国衣冠意在斯。
又值普天同庆日，拱辰瞻望立多时。

其二

启运于今十四秋，共欢红日正当头。
降奴泰岱犹无见，有眼怜渠不识羞。

其三

多难兴邦勗昔贤，压平灾害史无前。
勤劳社建观成就，自力更生二七年。

其四

砥柱中流足自雄，反修反帝著丰功。
宁疑压倒西风力，看取车书道大同。

挽商衍鎏先生二首　九月二十六日

其一

九十能强健，诗书画自娱。
庥明劳动颂，[1]品节苇芦殊。[2]
二宋难兄弟，三苏并瑾瑜。
正当怀想日，胡遽致生刍。

其二

盛世无隐遁，公堪励士风。
蜀吟哀子美，朋党论文忠。[3]
老问崆峒道，[4]幽探涧壑松。
料应心事了，比见九州同。

[1] 公诗《送承祚儿往东莞虎门旁金州村劳动并参加人民公社运动》句云："凡百须锻炼，劳动为目标。"又《粤垣旧历年俗竹枝词》句云："本来劳动最光荣。"

[2] 又题《老竹》句云："品节坚苍异苇芦。"

[3] 公诗《感事六首日本降后作》云："文忠一论高千古，朋党非真祸国家。"

[4] 又《云兄九十寿作诗》云："我今年亦八十七，问道崆峒未入室。"故有第五句语。

挽黄雯医生一首

深悼黄雯死，因多白血球。

方将红欲透，奚事疾信瘳。
象寄诗才赡，佉芦翰墨留。
定数文字税，高处买青丘。

题香洲渔港图片　九月二十九日

编者注：注释据《陈君葆日记》补。

最爱香洲好，闾阎咫尺间。
蠔田风日美，渔港白鸥闲。
远挹浮山翠，平添黑海患。
向来迁棹处，曾几避沙关？[1]

［1］香洲埠去家乡三乡一带极近，民初邑人倡商埠。

重过沙涌感赋

编者注：《陈君葆日记》云：“此为去年春间由珠海县赴石岐重过沙涌时旧作。”据此，诗实应作于一九六二年，今仍系上。

宋帝行宫在哪边？沙涌清夜断肠天。
悠悠千载兴亡事，重听心潮忆昨年。[1]

［1］史称：“端宗自闽入广行宫三十余处。”黄佐《宋行宫诗》云：“沙涌清夜月，曾照宋行宫”，殆指马南宝故宅。马南宝哭祥兴帝诗：“目击崖门天地改，壮心难与海潮消”。

邑人雷澄镜先生以十一国庆日诗并中山沙涌侨乡月刊见寄依韵和诗并广其意为四绝句　十月九日、十一月三日

编者注：据《陈君葆日记》，前二首作于十月九日。

其一

克奏肤功在眼前，恶闻修正颂尧年。
嗤他共处投降愿，竟与仇雠共戴天。

其二

多难兴邦绝祸胎，完成革命耻言灾。
更生自力凭公社，旋转乾坤看岁来。

其三

生产今欣有转机，故乡翘首思依依。
自然制服知非易，正恃人民力发挥。

其四

亚非拉美竞攖攘，民族思潮气正昂。
放眼东南星火处，可堪新殖又倡狂。

顺路游维多利亚广场登升旗小山远眺　十月二十五日

帆樯起去连天末，临水谁来送夕阳？
铜狄摩挲微有泪，廿年前事一神伤。

加勒比危机一周年感赋四首　十月二十七日

其一

撤将导弹事非常，平等云何视小邦。
慄慄危机加勒比，遂令写表进新降。[1]

其二

古巴国小海中雄，别有良图未竟功。
奚事拍胸人借箸，偏教为德却无终。

其三

冒险投机两失之，最怜形胜昧先几。
从教信赖人民力，宁使狂徒得取威。

其四

拉美何当乱再戡？主权窥伺虎眈眈。
一年事岂堪回首，御寇非攻混一谈。

[1] 自加勒比海危机至莫斯科部分停止核试条约之签订，事态为逻辑的发展。

志愿军出国参战援朝十三周年

编者注：其一、其三据《陈君葆日记》补。

其一

太平洋水日滔滔，我武维扬意气豪。
岂为建牙思定远，解悬千里不辞劳。

其二

破敌当年鄙大邦，抗侵趋义世无双。
朝中情谊聊兄弟，一水宁分鸭绿江。

其三

跨江回首十三年，五载归来奏凯旋。
尚惜未教完始愿，撤销三八一朝鲜。

初闻中国艺术团来港演出消息[1] 十月三十一日

编者注：注释据《陈君葆日记》补。

饮誉归来未息肩，又看重上泛湖船。
犹余东海清声在，倾听南音入管弦。

[1] 中国艺术团赴日演出，历时月余，甫归国未几。

即事 调寄临江仙并序 十一月二日

陈一峰以鹧鸪天词见寄，感词意之深，因有是作。

寒雨西风原有约，香飘偏怨东风。草间青露泣秋空。一春余败绿，孤梦寄嫣红。　　燕语雕梁成往事，呢喃绕遍新丛。路遥云洞记崆峒。徘徊花影重，回首月明中。

入秋待雨不至感而赋此　十一月三日

编者注：句一“底事天公”《陈君葆日记》作“核试分明”。句二“竟”《陈君葆日记》作“是”。

底事天公贾祸淫，招来旱魃竟何心？
秋阴不散终无雨，欲吸珠流为作霖。[1]

[1] 此间自水荒以来，即有人建议设水管接东江水以求永久解决，然而久而久之，全无下文。

时事又感一首

漫道西行为庶黎，白宫前席语声低。
千夫所指百夫拥，终逊蛾眉与看齐。[1]

[1] 铁托访问美国，为的是要表明心迹，取得美援，可是却为嫌美国警察保护不周，致临时取消举行宴会悻悻而去。反之，陈丽春到美国作不速之客，痛诋美总统肯尼迪，而莫奈伊何，出入警卫至随身警察达百名，抑何厚此而薄彼耶！

忆旧游二首　十一月十二日

国庆日酒会上，罗孚先生语余，谓将发表《旧游杂诗》，借用拙作句意，余初不解所指，后读其《重庆杂诗》，始知为过渝所作“莫讶山城常锁雾，烟囱林立是渝州”之语，因书二绝奉答。

其一

蜀中旧识金蚕地，钢铁新都踞上游。
晚雾山城疑暮雨，涉江南望记维舟。[1]

其二

滟潋江波带月华，廿年往事付虫沙。
旧游重到堪题记，几树红岩桂着花。

[1] 一九五九年十月，参观重庆钢铁厂后，预定即往游南泉公园，维舟岸左而待雾散。

美国伯明翰城事件二首

其一

生作黑人宁罪戾，吁天惟有杜波依。
人权说尽风凉话，立法知他又几时。[1]

其二

禁地能来庆再生，万人会上不平鸣。
杜波依后威廉继，正义思伸赖斗争。[2]

[1] 伯明罕城种族歧视危机事件发生后，美国总统甘乃迪曾向国会提出五点民权法案，然而华尔街喉舌则已倡言谓，甘乃迪于减税与民权法案两者之间，只能择其一而不能有其二。资本主义者用心，于此概见。

[2] 十月十日北京各界在人民大会堂开会，支持美国黑人反对种族歧视斗争，罗伯特·威廉在会上讲话说："中国和古巴都是我的同胞的禁地，但是作为一个黑种人，我生平第一次发觉在这两个国家里，我才感受到自己属于人民这种愉快的感情。"

铁托陈丽春访美

编者注：铁托，时任南斯拉夫共产党总书记。又，《陈君葆日记》十一月十二日录有《铁托陈丽春访美》，诗意、注释大致相同，今两诗并录。

南美之行孰为谋？白宫前席又何求？
千夫戟指百夫拥，终较蛾眉逊一筹。[1]

[1] 铁托访美，以保护不周而临时取消宴会，愤愤而去。而陈丽春抵美，美国当局特派出员警百名，簇拥保卫，何上下床之异耶！

南丫岛留影　十一月十九日

编者注：南丫岛，在香港南面，是香港三大岛之一。

乱石穿空绿谢苔，秋深无雨点轻埃。
虬蹲虎踞听潮处，曾与渔童浴日来。

香港廿一届工展会四首　十二月二日

其一

携儿扶老色欣欣，毂击肩摩车马纷。
共道七门通水坝，年年工展抢新闻。

其二

工艺兴凭运巧思，中州人力与华资。
万商罗肆纤繁聚，奚止橦华贝锦奇。

其三

漫夸经济较锱铢，辨物居方举一隅。
都市恍窥横切面，私庭货殖几陶朱？

其四

门外徘徊爱景光，艺谈人具别心肠。
何当水到渠成日，万户家家免水荒。

一九六四年

华革筹建会所募捐运动授旗出发志感八首

一月十四日

其一

以文会友气声求，器异薰莸道异猷。
我自经纶殷北望，自是人物最风流。

其二

别有嵎嵎向治心，江头踯躅几沉吟。
年时聆曲知音处，曾记山阴道上寻。[1]

其三

风雨飘摇历几秋，定巢燕子费绸缪。
同行最有同心热，还与成城众志谋。

其四

墙隅画地筑金台，例会才从小组回。
最忆普天同庆日，盛筵都借月华开。[2]

其五

安得堂成集众贤，盈庭议论任纷然。
宝珠严足三千履，宁尚鸠居受一廛。

其六

十五年间事日新，更逢鸿运转陶钧。
回思缔造艰难日，肯便相忘辟莱人。[3]

其七

广厦欢颜庑共鸣，刍言不废起嘤嘤。
休将集腋成裘意，看作常谈笑老生。

其八

见说旗开看得胜，只应成就与心期。
仍凭努力扛艰巨，莫遣支持负所知。

[1]《淮南子 · 齐俗篇》：“不通于道者若迷惑，告以东西南北，所居聆聆，一曲而辟，然忽不得，复迷惑也。”

[2] 建会之初，一个颇长期间，开会集议，以至国庆日宴席，均假借副主席曾靖老的月华手电筒厂举行。

[3] 谓黄新彦、莫应溎、曾靖侯三人也。

癸卯除夕忽忆清漪老人因书二绝寄怀 二月十二日

编者注：清漪，即曾靖侯老先生。

其一

放歌笑语饯华颠，颇亦耽诗好自然。
最羡犹龙思老子，明朝况是甲辰年。

其二

已能维摩能却病，争教坡老不思闲。
犹闻绝域回征辔，樽俎应过第五关。

寄题香岛中学建校十八周年纪念特刊 三月十日

十年树木方成荫；
千里扬帆待济深。

大公报在港复刊十六周年出纪念特刊赠以诗 三月十一日

年年逢此日，颂祝将毋同。
好是春如海，群吹道复东。
佳人方二八，寿尔欲华嵩。

且喜心弦健，休论语未工。

寿包天笑先生九十 四月五日

早岁披云惊说部，已迟倾盖笑忘年。
每思海水添筹屋，独喜文星照客边。
三万日增眉介寿，八千里共月华圆。
醉吟落笔无余子，择地应为万斛泉。[1]

［1］初识荆在十年前告罗士打酒店。

挽陈沛根陈锡根母亲联 四月二十三日

一束致生刍，九日雨风，曾记升堂思拜母。
百年留懿范，满门诗礼，已知有子足传家。

俗佛节后一日寿叶灵凤六十 五月二十一日

欣欣六十遂平头，喜共心花照十洲。[1]
雾豹文章何落落，[2]蠹鱼箱箧自休休。
糕糜味识嗤先籍，樽俎相忘又历秋。
笑语耐霜遽伯玉，得于闲处且淹留。

［1］《圆觉经》：“世尊告普觉菩萨云：‘心花照发明，照十方刹。’”
［2］《列女传》：“陶答子妻曰：‘南山有玄豹，雾雨七日而不下食，欲以泽其毛而成文章也。’”

集山谷句一首示麻将战士 五月二十三日

百草千花莫比芳，[1]公方无事可开场。[2]
不知心向谁边切，[3]栏外溪风指面凉。[4]

[1]《观王主传家酴醾》
[2]《再次韵和吉老》。
[3]《太平州作二首》。
[4]《叔父钓亭》。

周末报十五周年纪念赋呈周明社长并柬总编辑黄承燊先生六首　六月三日

其一

得非妙现广长舌，政似山花红欲燃。
十五年来天下事，每曾容我一窥园。

其二

海滨久厌看椎埋，更向何方小住佳？
独喜近来周末至，精神粮食得安排。

其三

不徒海外有知音，藜藿中多恶木阴。[1]
顾我非无一日雅，爱君犹是百年心。[2]

其四

薄识毛瑟美欃枪，一纸深期解点黄。
纷尔杂陈珠玉在，不须字字挟风霜。

其五

穷海尚嫌腥臊恶，故山归梦月华圆。
总凭报春与消息，光景常新遍大千。[3]

[1]《庄子·徐无鬼》篇："夫逃虚空者，藜藿柱乎鼪鼬之径，踉位其空，闻人足音跫然而喜矣。"
[2] 睹曹聚仁谓黄承燊云："君昔为校长，今为社长，不知感想如何？"因广其意为"犹是百年心"之语。
[3]《周末报》的信说："报创刊于一九四九年，一向为海外华侨服务，宣传祖国建设成就……行销六大洲八十余埠……六月二十一日为十五周年报庆。"

观中国乒乓球队过港表演有感二首　六月十日、十一日

编者注：当时香港水荒严重，作者在观球时，也联想到此重要民生问题。据《陈君葆日记》，其一作于六月十日，看完乒乓球赛后，深感乒乓球所取得成就与国家科技尚落后，因而有赋。其二则作于六月十一日，晨起读报时有所感而作。注释［1］据《陈君葆日记》补。

其一

守偏固敝两非宜，可是当时昧自知。
奋发图强重抖擞，会当平视一横眉。

其二

万方无事谏书稀，球赛归来尚显威。[1]
昨夜微闻日供水，[2]固应新浴汗停挥。

［1］中国乒队过港，在伊利沙伯球场表演三日。
［2］昨夜听新闻广播，今天起改每日供水四小时。

陶里亚蒂病逝悼诗二首　八月二十七日

编者注：陶里亚蒂（Palmiro Togliatti），时任意大利共产党总书记。当年《人民日报》曾有一文《陶里亚蒂和我们的分歧》，述及相关评论。

其一

黑海波深去不还，书生挟策笑儒冠。[1]
犹闻山芋烧牛肉，[2]曾是文成食马肝。

其二

巴力门通宁夺政，梵蒂冈近得招魂。
可怜血战玄黄后，空费投鞭百万军。

［1］斯大林尝讥陶里亚蒂不失为一好教授，但不足以干革命大事业。
［2］说者谓赫鲁晓夫发明山芋烧牛肉的共产主义。

文汇报十六周年纪念二首　九月五日

其一

谁云管见非宏议？[1]最是文章雨露濡。
恰似佳人方二八，容光焕发耀寰区。

其二

翰墨从来为斗争，是非明辨洽舆情。
烽烟满眼东南望，好与燃犀焗妖精。

[1]《文汇报》社评，常题名作“管见子”。

宿东莞县城华侨大厦望可园　九月十八日

倒影池光树影连，夕阳红尽又秋烟。
不知明夜江头月，谁倚栏杆望可园？

踏看东江深圳供水工程五首　九月二十日

编者注：当年香港食水严重缺乏，曾四天只供水四小时，居民苦不堪言。有见及此，中央人民政府乃指示广东省当局，兴建东江输水工程供应香港同胞需要，从那时起，才彻底解决香港水荒。这是陈君葆参与当年工程视察时写下的诗句。

其一

石马回头水倒流，[1]东江清汲一泓收。
雁田明到须南望，可尚嗷嗷渴待愁。

其二

饮水思源我亦云，民胞物与未容分。
宁同活鲋西江决，犹系征偿附带文。

其三

四八工程卓赤旗，[2]年青一代实堪师。
即看工地支援者，多少莘莘学子嬉。

其四

不事他求自器材，齐奔万马奋风雷。
借非公社新生力，二万支援若处来？[3]

其五

引水翻山不日成，输将何止慰侨情？
已殊闻建芦苞日，自力更生愿倍宏。[4]

［1］石马疑原指山，石马河由此得名。

［2］整个东江输水工程计分四个主要项目，即：（一）兴建八个枢纽工程；（二）建八个抽水站；（三）扩建八十三公里的河道；（四）架设八十三公里长高压电线。因均与“八”字有关，故有“四八工程”的称号。

［3］在工地参加工作的，全部约一万九千余人。

［4］三水县芦苞水闸，建于一九一七年至一九二四年间，前后凡历七年始成。系外国工程师设计，用外国器材。

次韵奉和李子诵先生广州长堤咏二首　九月二十七日

其一

水西佳处爱留题，休问苏堤是白堤。
珠海月明波欲皱，玉栏移影树初齐。
花如有待春长在，草绿无边望转迷。
寄语隔江人未远，好听林表数声啼。

其二

最羡寻诗妙品题，东堤行尽又西堤。
柏油林荫多新建，地北天南竞看齐。
是处红酣催绿暗，当年纸醉笑金迷。
闲来指点成佳话，犹记青衫掩旧啼。

附：李子诵原诗

近返广州，曾信步长堤，自西徂东，见旧码头已拆，拖渡移泊二沙头，烦嚣顿减。沿堤边置铁栏杆，髹色如玉，殊整洁美观。偶凭栏闲眺，则拖渡中流徐行，越海珠桥东去，又别有画题。五仙门旧电厂，密迩民居，久拟废而不用，今亦如愿以偿，无复烟雾漫天、空气污浊。而堤畔、桥侧，且多花圃，景色尤觉迷人。小憩其间，至足乐也。诗以咏之。

珠海云山新画题，西堤信步又东堤。
闲看拖渡中流过，不尽栏杆沿岸齐。
且喜天空云雾散，何妨花径意神迷。
南堤小憩非前比，无复珠娘背客啼。[1]

[1] 旧日国民党“猛人”，有俱乐部曰“南堤小憩”。其所谓“小憩”，乃荒淫无耻之雅称，当与今之小憩有别，无复珠娘背客啼。旧日，广州称水上女子曰“珠娘”，对水上妓女，亦称之为“珠娘”。

港九新闻界国庆联欢席上用黄新彦博士韵六首

十月四日

其一

东风红遍气何雄，十五年成百代功。
恰似月明三五夜，流光万里照长空。

其二

换了人间看郅隆，红旗三面又秋风。
腾欢四海同歌颂，乐奏钧天宴未终。

其三

欢娱纪实可无诗？嘉会明年已预期。[1]
话到石油增大庆，嗤他眼浅见偏私。

其四

耻与崇仇背所亲，源流马列泽斯民。
称觞我为毛公寿，旋转乾坤第一人。

其五

直教闻语笑颜开，坏事翻成好事哉。
封锁十年全解决，困难能困得谁来？[2]

其六

儿女中华多异材，技科终灭自然灾。
即观水利频兴建，成就真令数举杯。

[1] 席间金尧如言："今夕盛会，不可无诗。"

[2] 是日庆祝大会上，孟秋江先生讲话，旨述毛主席的话说："封锁吧，封锁十年八年，中国的问题都全部解决了！"一时掌声如雷动。

和李子诵长堤咏　有序　十月八日

国庆第三日早上，适游罢归抵家门接奉见寄和子诵《长堤咏》两长律，快然立和录呈粲，并简子诵。

其一

归接新诗得好题，我刚游罢正东堤。
大沙头面翻新样，路阔回环树夹齐。

其二

公车站上得人欢，起点终同辗转宽。
况是绿荫凉浸水，候车亭里叹烟观。

其三

楼台林荫俯江滨，背枕东湖倚白云。
别来弹指时非久，羡煞居人净出尘。

其四

体院素著二沙头，长搞新筑北南收。
通行水陆随君意，如此江山更惹眸。

其五

前宵特自步西堤，为赏人行路整齐。
十里新兰江浸影，灯光凉月足人迷。

其六

咫尺关山堪笑侬，风光本地反朦胧。
红旗威力家常看，不有远人眼闪锋。

其七

君来总失奉陪行，语未及私展愫情。
同聚一堂惟说论，会心何必费经营。

其八

广东近不让江南，谁复疯痴重向醎。
苦斗二年无量值，家山胜处厌肥甘。

甫得苏京赫鲁晓夫下台消息漫书三绝句

十月十六日

其一

红场无复像高悬，南国归来事已迁。
不是宫车愁晚出，缘何邸报废宵眠？

其二

结集初惊震宇声，指挥今恨棒无灵。
飞天三杰归来日，不见翁前笑脸迎。

其三

应说新修忒到家，进降表上满涂鸦。
宁知前席开罗会，空遣侏儒唱反华。

神州四宝颂　十月二十五日

义正词严是壮夫，九评不悟非吾徒。
应教四宝重深究，好与人间说远图。

一九六五年

偶成　一月三日

睦南关外看鹰扬，袖手旁观岂故常。
十万兵从天上降，[1]好张挞伐渡澜沧。

［1］闻集兵十万广西。

贺大公报十七周年纪念二首　三月十日

其一

全输雨露未尝偏，楮白还将一脉传。
爱是年年三月半，祝春长在月长圆。

其二

岁月悠悠十七年，暨南声教费言宣。
深期道远肩逾铁，喉舌人民广为传。

致冼玉清教授三首　三月二十八日

其一

羡汝孤芳斗晚霜，独留半榻理零缃。
重劳邺架书频问，定识安心药有方。

其二

不缘诗瘦少凭栏，宁似真空步步难。
病室尚于天地阔，好挥八极入毫端。

其三

颇愧从疏省候诗，偶曾分韵到清漪。
近思多病维摩日，恰是诗人换骨时。[1]

[1] 前年曾靖老卧病旬月，曾以诗致候问，诗并引用东坡句，公疾稍愈，因改“维摩病叟”之号，故及之。

十一人画展歌　四月二日

编者注：相关画家姓名：草衣，刘草衣。潮宽，黄潮宽。般若，黄般若。汛萍，李汛萍。凡翁，李凡夫。区川，卢区川。真汉，任真汉。步云，伍步云。

年时喜读草衣诗，谓得后山去其涩。
晚年草衣诗兼画，益觉高风堪懦立。
画中倘得钓寒江，为借一蓑烟雨笠。
潮宽作画绝牵羁，景光人物称咸宜。
自是平生老画师，般若一幅庆云寺。
兴酣落笔犹余事，江山如此自多娇。
觊觎者多谁发閟？汛萍道平相伯仲。
百尺竿头联起凤，能事岂独新安江？
技未止此看迈众，万里长城气象多。
凡翁振笔摩嵯峨，吴耕烟雨含虚碧。
入手欲追齐白石，巨川快剪玄武湖。
并见民族新风格，真汉足迹破万里。
披图泼墨何淋漓？巫峡南山未轩轾。
曾睹太白高仙姿，东湖已惊飞夏雨。
浙江微待射潮低，[1]油画欲推步云老。
变化入墨弥可宝，独往独来规矩中。
描拟人生应更好，十一人谁似板桥？
欲抛绳墨立高标，岧峣写出金鸡岭。

我为新风一折腰。[2]

［1］真汉展品有其自觉得意之作：《东岳朝暾》《浙东壮潮》《东湖夏雨》《蜀道雷声》《巫峡春云》《南山瑞雪》。

［2］郑家镇作品：《金鸡岭》《北江林区》《英德清晨》。

雨后万年青　四月二十九日

今晨起来，雨已止了，看经过了一夜雨的盆里万年青，甚可爱，因赋。

一番雨洗万年青，相对浑忘物我形。
仿佛梦中曾过处，两三渔火照寒汀。[1]

［1］两三渔火，谓叶上凝滴也。

泰山南北观后作　五月三日

编者注：此数诗，除第一首为现作外，其余均为旧作。据《陈君葆日记》："华文公司赵一山为《泰山南北》一影片招待了一顿饭，只好写了一篇短短不到一千字的文章介绍，冠以一首题词，并附略修改的小诗数首于后作结。"《青岛海边踞石望崂山》，《陈君葆日记》作"五一年青岛海滨石上望崂山"。"登济南北极阁"，《陈君葆日记》作"登济南北极阁望大明湖"。《趵突泉》，《陈君葆日记》作"初抵济南趵突泉瀹茗"。《过泰山》，《陈君葆日记》作"五六年雨中过泰山"。

其一

泰山南北原沧海，平野青徐古战场。
文物旧邦今日盛，不观齐鲁被新装。[1]

其二　青岛海边踞石望崂山

东临观海对崂山，云彩潜飞自往还。
即此蓬莱胡更望，秦皇汉武枉跻攀。

其三　登济南北极阁

仿如身在摘星楼，山色湖光眼底收。
倒影浮岚千佛静，最宜明月更宜秋。[2]

其四　趵突泉

惠山虎跑味吾曾，甘洌时疑陆羽经。
七十二泉首趵突，珍珠金线第分庭。

其五　过泰山

望岱登峰岂易言，况教真个看朝暾。
昔人解道无苛政，今日宁忧纸虎蹲。

[1] 这是那天应赵一山先生的邀约，预观了《泰山南北》一部彩色风光纪录片回来后写成的几行诗句，略为表达一下当时的感想，如果指为是影片面的题记，倒觉得仍然是够不上这样说。好些年来，每当坐京沪车经过山东济南这一带地方的时候，就不免自己这样地想着：如果有人能够把这里的许许多多风景名胜、人物史迹尽量地收入活动的画图里边，让我们看的人不但如亲历其境、亲见其事，也就是像所谓“卧游”那样；不，不止这样，还要使你感觉到要和画图中的一切同其生活，同其呼吸也似的，像与青少年们一同参加青岛夏令营的海浴，像与人民大众一同在趵突泉旁边啜茗谈天，像与鉴古家们一同摩挲孔林的残碑断碣，要是能够这样，那应该可以说是蛮有意思，足以快心的事吧。看到了《泰山南北》这部片子，我禁不住说愿望已偿，需要差不多得到满足了。登泰山以观日出：这自然是一奇景。可是这奇景也不是时时可以遇到的。至于“东据海，南距淮，西接梁宋，北走燕赵”，这一形势，看来除了现在从飞机上下瞰而外，大概也以登泰山为领略得格外清楚的了。天下之美，不尽在山东，但是泰山南北这一带，说它美不胜收，实也不为过；自巨野梁山泊之余波，以至之罘刻石之观，滨海鱼盐之利，好的所在，大概是说不尽的。看了这一部片，仿佛自己置身于徐霞客的游记中，而且更富于亲切的感觉。这也就是说，它使你感觉到好像自己就是故事中的人物。多少旧游之地，重加记省，多少新的事物，又复似曾相识，怀念旧的，引证新的，且把几首旧作附录于后作个结尾吧。

[2] 千佛山为历山的别名。

喜闻我国再核爆成功四首　五月十五日

其一

核爆初听第一声，最怜修帝黯然惊。
从知降虏缘何事，撤退专家记背盟。

其二

科学尖端我亦通，岂容讹诈竟称雄。
止戈不用斯为武，思想无过毛泽东。

其三

正要消除垄断能，侵攻自卫两分清。
谁云输射仍无器，火箭原为我发明。

其四

去年初试已惊人，群犬狺狺辨敌亲。
一朵蕈云摇曳甚，即看局面自今新。

周末报创刊六周年纪念　六月十六日

一纸箴言周末报，不惟爱读妙文章。
旧邦民族增新命，试看谁多正义张。

挽黄省三先生二首　六月二十六日

其一

归里完成不朽书，文章寿世道如初。
知公治国同医意，惭愧曾思欲起予。

其二

前年倾盖恂谈笑，岁月抛人念老成。
不减辛勤翻学海，时平犹有断肠声。

中华中学特刊贺诗三首　六月二十七日

编者注：中华中学是由中山著名学者黄冷观先生在香港创办，一九三八年后由长子黄祖芬接办，为香港培养了不少人才，第一届香港特别行政区首长董建华、律政司司长梁爱诗都是该校学生。陈君葆亦长期担任该校校董。由于该校爱国立场分明，遭港英当局敌视，后遭强行封闭。

其一

喜得英才施教育，治疏爱国济时心。
黜夷用夏谈科技，平世应思有嗣音。

其二

缔造艰难肯便忘，莘莘学子富刚肠。
嚼根羞睨胡萝卜，谋道心仪照万方。

其三

横舍经营抒特刊，更生宁复畏疑难？
将军树下曾弹指，一饷微言宇宙宽。

悼孙寿康　七月二十六日

怆怀非独为君伤，头白青年几热肠。
荒岛倘教书学运，策群前事未应忘。

郑君佩病逝因病未参加追悼赋此以示悼忱[1]　八月九日

荔庵诗至若悬梭，[2]一恸宁堪唤奈何。
残缺尚存应自慰，故人零落已无多。[3]

[1] 云卿病殁时，佩实曾来吊丧，又致慰诗二绝。诚不意其辞世乃尔速也。

[2] 悬梭，《晋书》："陶侃少时渔于雷泽，网得一织梭，以挂于壁，有顷雷雨，自化为龙而去。"此用其语意。君佩诗至才四十日便物故。
[3] 用刘长卿句。

文艺世纪百期纪念五首　八月十四日

其一

青青草色日增新，江路仍虞障虏尘。
已见太平迟暮改，欲偕抖擞接班人。

其二

百草千花竞吐芳，秋光何处逊春光。
还教艺海翻新浪，宜有文章道远扬。

其三

谈文正要不凡才，尚有顽云待拨开。
笑语健儿身手好，人间移换恃风雷。

其四

撩我文思忽百期，拓开境界不为师。
波澜爱此新风格，纪念惟笺数首诗。

其五

小说家言异见闻，醰醰寻味论纷纷。
如今识得薰莸器，一洗淫词辨合分。

贺文汇报十七周年纪念三首　九月五日

其一

十七年来播好音，不因道远总言深。
时平秋至逢重九，[1]多少人怀望岁心。

其二

海客亟闻多正论，野人岂必识明珠？[2]
好凭毛瑟三千力，一洗胡尘净两隅。

其三

革命完成奏凯功，如今已庆九州同。
尚余笔伐收台岛，不费英雄事力攻。

［1］九月九日是《文汇报》报庆日。
［2］《春秋繁露》："野人取金而不取珠也。"

悼林霭民三首　九月十一日

其一

病革可堪灵失药，已难修短论推迁。
汉庭少老群飞日，益惋君才乃弃捐。

其二

论交三十年前事，长记襟怀八桂游。[1]
抗敌欲征途径在，侈谈工业奈多忧。[2]

其三

人才主义誉狮城，[3]兴复前修草昧初。
不废刍荛劳下问，忆曾风雨到吾庐。[4]

［1］一九三四年，霭民先生约同矿业家胡子春之哲嗣等作八桂之游，余亦偕行。
［2］霭民等目的在开发矿业，余乃考察桂省当局的所谓抗日救国精神。
［3］林在新加坡办报，颇倡道人才主义而以此见称于当时。
［4］"前修"指兴复《循环日报》事。

重阳节有感　十月三日

端阳过后又重阳，榴火黄花两段伤。
长记豫言收角黍，岂知无命拂秋霜。

挽冼玉清教授

自甘粗粝一蚕衣，扶病依然语入微。

已分等身才女事，尚疑七十古来稀。
笔花惆怅云中鹤，彩羽凋零岭外翚。
忆寄慰诗才半载，心期重见愿今违。[1]

[1] 今年三月曾以问疾诗三首寄冼子于广州医院，冼于自奉甚啬，极得勤俭建国勤俭持家之旨，而身体力行之，至足多也。

寄友人八首

编者注：依作者诗意推考，此诗应是寄给原籍湖南曾侨居马来亚的教育界同事。

其一

轻车昨日湘南路，回鹰峰前暮雨迷。
明发衡阳争望岳，祝融应在晓云西。

其二

维摩不比颜渊寿，文士词臣古代无。
千岁后人崇选学，当时定是绌佉卢。

其三

欣复怜君赞庙猷，窥江胡马未先忧。
如何风雨台城路，不遣楼船路上游。

其四

雨涨新流水几寻，杜鹃红遍又春深。
昔言战守龙兴地，若识西行翁是心。

其五

绿荫深处一停骖，竹映低移水映潭。
此地独余夫子庙，是谁曾欲寄湘南？

其六

烟波微月古今情，安得闲愁肺腑倾。
夜半洞庭湖上过，两三灯火岳阳城。

其七

君探岳麓我沿湘，回棹驱车出豫章。
楚客独寻贾谊宅，当年孰解谭浏阳。

其八

雨中笑指滕王阁，江上空思黄鹤楼。
莫道南归无足纪，杜鹃花发向韶州。

挽冼玉清联　十月十九日

编者注：据《陈君葆日记》，陈君葆所撰此联早已写定并寄给雨亭，觉文字未妥故重新改定。冼玉清于十月三日病逝，则当于拟此期间。

究史谈文，一代有几人，尚薄林风称道蕴；
居仁游艺，毕生唯此志，岂随乡愿许秋胡。

冼玉清追悼会联　十月二十日

箱箧有遗编，存亡定复关文运；
音容归宿莽，亲故何堪托苦心。

梦醒得句　十一月三日

其一

昨梦林书颜，今梦玛加烈。
思想异故交，此意同谁说？

其二

今梦玛加烈，昨梦林书颜。
恐非平生恨，何来鬓已斑。

云玉等晚回有感　十一月七日

生儿莱菔芥孙新，谁念秋江望眼频。
昔日凭窗曾笑你，如今我亦倚闾人。

啖榴梿果一律　十一月九日

编者注：幼文，谢幼文。时任香港政府官员。

幼文取道自曼谷回港，携有榴梿果见贻，顿忆云卿最喜此物，如在世当与共尝，不禁悲从中来，书以志感。

炎方嘉果辟寒香，曾记怀金剖嫩黄。
典饰未妨添酒债，盈筐倘得润诗肠。
求仁乍喜菠萝蜜，染指真如龙脑浆。
远馈直宜先贡佛，可怜无复与君尝。

三联书店经理黄秉桓联　十一月十九日

其一

君才十倍朋侪，有子求经，共意书林资汗简；
事业一编宁足，无方驻景，空悲学海致生刍。

其二

一病竟凋零，此后插架群书，凭谁指点津梁，新刊旧刻；
百花方竞放，苦忆秦灰剩简，曾共商量进展，楚水吴山。

其三

薤露益悲君，何处借观书万卷？
西州重过我，不堪低首泪千行。

其四

欲从铅椠辨诗疑，览秘安求李峤？
重就肆书观道妙，怆怀非独王充。

贺叶灵凤长女文绚小姐出阁之喜 十二月十六日

人似龙泉叶绍翁，断无消息隔床东。
曾闻招子声华好，且喜卢刘族望通。

贺友人二首

其一

喜君六十过平头，放眼湖烟画酒筹。
十日雨丝风云里，休将烟景当残秋。

其二

海山归处黜离思，奚必临流始赋诗。
今日天涯同调尽，相携两代暮春时。

一九六六年

元旦喜赋　一月一日

春回大地好阳光，万里晴空引兴长。
且听健儿歌踏踏，几人沽酒醉沙场。

读止庵信悲从中来因书二十八字　一月五日

六年求艾几仓皇，痛骨怜渠屡自伤。
惆怅故人书问讯，悼亡诗并及潘郎。

庆广遣人送酒和腊味来因感赋惘惘辞　一月十一日

编者注：庆广，黄庆广，陈君葆同学，经营酿酒业。注释据《陈君葆日记》补。

黉宇依然旧日情，十年师友惜豪英。
存亡岂必关文运，[1]庄缶犹堪论死生。

[1] 前此间冼玉清追悼会拟挽联，有句云："存亡定复关文运。"

报载印总理夏斯特里死讯其病逝情形一何似云卿感而赋此　一月十二日

命也徒嗟恨别离，返魂嘘气昧堪悲。
伤心人读伤心语，可有生还绝望时？

游赤柱有感　二月五日

元夜听春雨，人间喜立春。
晓来春梦破，已湿去年尘。

深夜风雨欲作起而作　二月六日

今夜滩头月最明，难凭梦里唤卿卿。
重来应是曾游地，可许河山认得清？

香岛中学二十周年纪念书二十八字志庆　二月九日

长材培育事应难，二十年间世大翻。
若问孰真能爱国，且从阶级斗争看。

浅水湾酒店饮下午茶有感　二月十三日

编者注：浅水湾，香港南岸游乐好去处。

菊影犹开二月花，梅魂飘梦落谁家。
海天依旧斜阳老，只少伊人到午华。

孙中山先生诞辰一百周年纪念筹备会散会寄呈张友仁委员二首　二月二十一日

其一

咫尺每嫌相见少，寻吟佳句忆张先。
百年纪念追前哲，知有文章胜事传。

其二

当时定从先行者，今日人谈老健儿。

闻道平英新史稿，可曾斟酌径纶丝？

寿任真汉六十　二月二十三日

尽道任真汉，诗文画并长。
平头宜耳顺，泼墨到诗狂。
帝鉴图能说，春秋义首攘。
识君三十载，最忆共华堂。[1]

[1] 抗日战争期间，余始识真汉于简琴斋精舍，时许地山先生为予亟称真汉作画成就甚大，前途未可限量，当时颇异真汉何以默默不作一语，后乃知其所以然。

忆一九五九年余与真汉均被邀参加国庆观礼观礼后先后分别赴洛阳西安漫游川陕[1]

编者注：注释据《陈君葆日记》补。

万里游堪快，蚕丛路惜分。
嘉陵江溅雪，太白岭堆云。
我欲寻诗纪，君都载画闻。
称觞为君寿，应有据鞍军。[2]

[1] 一九五九年，余与真汉均被邀参加国庆观礼，观礼后先后分别赴洛阳、西安，并漫游川陕。
[2] 白居易诗："酒军诗敌如相遇，临老犹能一据鞍。"

春词一首　为大公报复刊十八周年纪念

三月九日

编者注：注释据《陈君葆日记》补。

默默理春思，春来意岂迟？
晦冥知达旦，曲折有深期。[1]
整顿乾坤日，宁轻刍秣时。[2]
木棉花又发，待看逞雄姿。

［1］七日《人民日报》发表题为《曲折和前进》的文章说："世界人民革命道路出现曲折是不奇怪的，不论这样或那样的曲折，都不能改变革命前进的方向。"

［2］吴子"用兵之道，先明四轻二重一信，使地轻马，马轻车，车轻人，人轻战，明知险易则地轻马，刍秣以时则马轻车，膏锏有余则车轻人，锋锐毕，甲坚则人轻战"。今年是丙午，应可以说"马轻车"了。

患带状疱疹诗致靖老相问二首　三月十一日

其一

老去方知厌味辛，身多疾病故山亲。
缠腰痛定疑同患，笑愧扬州驾鹤人。

其二

多病焉知百不禁，覃覃岁月鬓霜侵。
近来解得维摩意，不废朝朝运动心。

采桑子两阕　答靖老　三月二十四日

编者注：注释据《陈君葆日记》补。

其一

循陔老叟何曾老？才喜秋晴，又报春晴，光被端思炳烛明。[1]　十尧九舜英豪在，[2]握手平生，劳此群生，爱看腰间剑气横。

其二

繁花着雨春无恙，犹记初晴，又到新晴，万紫千红仰性明。

冲霄怒气红旗展，奇正天生，分合机生，[3]欲取雕戈对霸横。[4]

[1]《说苑》："少而好学，如日出之阳；壮而好学，如日中之光；老而好学，如秉烛之明。"
[2] 又梁简文帝《南郊颂序》："四三六五之意，十尧九舜之明。"
[3]《孙子》："奇正相生。"
[4]《哀江南赋》："横雕戈而对霸主。"

附：循陔老原词

我登八十难为老，却喜晚晴，正爱晚晴，千载谁逢此盛明。　　东风鼓劲春开处，红遍苍生，企看苍生，四海争歌北斗横。

因要问一字忽思云卿有感一绝　三月三十一日

细味高吟百尺楼，象书新意未全细。
忽思问字人何在？惆怅伤春又白头。

华山之游误忆侯老作友老因成一绝解嘲　四月一日

二老并宜称大老，凌云健足笑应同。
如何玉女窗前语，误把侯翁作友翁。

清明雨二首　四月五日

其一

未了尘缘未忘情，林花着地又鹃声。
殷勤昨夜清明雨，洗得人间泪眼莹。

其二

小草春心绿荫边，繁花传语问尧年。

宵来一霎清明雨，抹得横山几树烟？[1]

[1] 越南横山，连我国大雪山脉，尽于南圻，为南越与老挝之分界岭。

偶成一首　四月六日

长恨歌残入蜀吟，琴台依旧暮云深。
当时赚得谁知己，惟有临邛解素心。

过体育路防卫军总部书所见　四月七日

总部站前报到嘈，戎装曾记睹军曹。
不知隔岸连烽火，犹自来观马早操。

读王季友广东四隋碑有所感赋　四月二十一日

隋碑云有四，海外一逍遥。
辨字非陈刻，[1]言前是后雕。
如何彪炳事，翻借杖匙挑？[2]
太息心归汉，魂兮可得招。

[1]《刘猛进碑》题为“前陈散骑传郎刘府君墓铭并序”。
[2]《五灯会元》：“三尺杖头挑日月。”又：“僧问智贤禅师，如何是佛。师曰：匙挑不上。”俱隽语。故借用其意。

寄谢靖老　四月二十二日

劳问真成一字师，豁蒙时易韵书资。
红棉爱是春三月，铸句仍输昨岁诗。

慰问何贤先生二首　五月十日

闻何贤先生在澳被歹徒狙击炸伤，幸无大碍。是显为政治暗杀动机，深致愤慨，诗以慰问。

其一

未豫怀刀狙许褚，初闻心悸损时豪。
黔驴技止能蹄虎，应笑灵公竟嗾獒。

其二

志士不忘在沟壑，丹心兼欲起蒙瘖。
也知顽懦难为理，且听遥深爱国吟。

夜雨　忆去年今日与云卿同过海赴宴一首　五月十五日

江天暮雨又潇潇，未信孤零爱泬寥。
长记去年今夕话，寿筵心事浙江潮。

回忆去年此日寻医求灵药终于无效不禁悲从中来书一绝　五月二十一日

编者注：此诗是忆夫人云卿逝世。

不堪清泪断孤蝉，中夜怀君自引愆。
泪眼怕寻灵药问，去年此日绝医缘。

风雨花

风雨花时折一枝，前年记得总披离。
如何顿失灵光意，欲就天阶问紫芝。

谢曾靖老为书云卿寃石匾题镌　六月八日

剩抚韩碑在，应堪汉阁连。[1]
感从书字日，忆与问尧年。

[1] 杜“羽翼商山起，蓬莱汉阁连”。此特借用其语耳。

黄端文先生到访有感　六月十一日

淋漓大雨中，黄端文到访，谈其疾病加重，希他儿子来港照顾事，心念念不忘，书二十八字。

力疾来求书证语，端文思子性情真。
怪天不与人方便，苦雨淋漓老病身。

毛主席和郭沫老看孙悟空三打白骨精一律静里重温深受启发因成此赋　六月二十七日

精生白骨有其然，明训昭昭早在篇。
妖气袭人因势变，神工弄鬼遇时迁。
阴森妄拟霾风日，阳烈岂任掩碧天。
金捧正传孙圣手，黑帮何处遁群鞭。

曾靖老诗附四十字为转子诵

曾公以诗至，唱打白骨精。
毒草胡能忍，荆舒自足惩。
直言毋纵敌，剿黑厉群声。
且看金刚棒，妖魔息影惊。

题明信片寄子健小孙儿　八月一日

问你家住在何乡？我家在世界屋顶。
万里东风吹此心，看放笔杆扛九鼎。

题画五首戏咏并序　八月九日

印度总理甘地夫人先后分别访问埃南苏美画片分别登载，就其所见者，尤以刊于美国新闻周刊一帧为最富于妙处，盖诗情画意兼而有之，为耐人寻味之作，因书数章略咏其事，亦非春秋之笔也！

其一

尚余父荫踏虚声，重鹜纷名不结盟。
奚事背人羞答答，柔荑低首独含情。

其二

文君新寡王孙死，暮雨琴台误李张。
宁与情怀埃后比，安敦犹得作檀郎。

其三

白宫重履又俄都，铁老龙钟赫老粗。
曾记秦庭偏弃屣，圣雄休更误黄姑。

其四

中东史迹久沉湮，指困空言枉帝秦。
重整苏河十年事，更生能自又何人？

其五

肯信男儿胜女流？金轮今亦帝西洲。
如何塔什竿前影，犹是依人貉一丘。

贺文汇报十八周年　八月三十一日

万方仰止好阳光，喜见阳光今更强。

五纬红旗翻巨浪，九秋丛菊傲繁霜。
立新破旧河山壮，牛鬼蛇神挞伐张。
正值道隆思健笔，欲如松茂为称觞。

培侨中学二十周年校庆纪念三首　十月十九日

其一

培育英才步独先，后贤应更胜前贤。[1]
携儿曾记趋山道，家长时还说谊联。

其二

昨岁新书手教研，未因书字颂蹄筌。
如今夜雨连篝火，争读南华第二篇。[2]

其三

宜有飞云忆故岑，廿年桃李借春阴。
休将叶底黄鹂语，听作疑沧鴃舌音。

[1] 湘儿毕业于培侨初中，始赴京考进贝满。
[2] 去年此时，吴康民校长曾以所编《教育问题研究》第一辑见寄，未及为写书评介绍也。而今年第二辑已杀青，将与校庆专辑同面世庆祝云。

莲池旁断句　十月二十一日

不及白莲池畔草，夜来犹带月光寒。

读曹聚仁万里行记寄题四首　十一月一日

其一

得意应须秉烛游，未妨涉世若虚舟。
能诗或有参寥子，任远宁希博望侯。

其二

柳外斜晖时晻映，酒边渔唱自清新。
载书橐笔还谁似，读史方舆纪要人。

其三

水远山长路几程，兴来何处不娱情。
卧游我亦徐霞客，一枕君书万里行。

其四

亦拟游踪遍九州，但经行处便淹留。
雨中笑问滕王阁，江上思寻黄鹤楼。

其五

曾就牧童闻大道，岂随胡马荐高秋。
何因更挹天山雪，历历星源绕绿畴。[1]

[1] 第四首第三、第四句用旧作句。一九三六年与许地山先生组织旅行团漫游湘、鄂、赣三省。到汉口，陟张公堤，望见当时长江大水灾民的生活情况，心为之戚然。过武昌，登黄鹤楼，则为一西洋式建筑物，迥非如童年时在一本杂志上的图片所见的式样。既而至南昌，适遇大雨，仅能从洪都饭店远远眺望所谓滕王阁，则简直像绘图《西游记》上所画的灌江口二郎神的神庙，未免为之失望。归时写了好几首纪游诗，其中一首云："雨中笑指滕王阁，江上空思黄鹤楼。莫道南归无足纪，杜鹃花发向韶州。"回程取道吉安，乘舟溯江而上至赣州，一路看杜鹃花盛开，诗盖纪实也。并识。

挽曾靖老　十一月二十日

艺谈三绝，能诗能画能书，矜式余风，手培华革三千士；
好义终身，爱国爱人爱道，平生知己，寿愈维摩五十秋。[1]

[1] 曾靖老曾任香港华革会副主席多年。前三年，靖老初得病，我曾寄诗慰问，其后靖老则自号维摩病叟。梁昭明太子小字维摩，然昭明太子病殁时仅三十一岁，靖老去世年逮八十，寿于昭明太子几五十年，故及之。

挽黄洁副省长

魁梧奇伟，允称一老青年，药病竟无灵，此后南海侨光，谁指枌榆稽汉使？

烈辟梯航，才见数茎白发，献身于革命，倘余死生师友，几行清泪忆何休。[1]

［1］黄洁与余妻弟郑务诚有姻娅之谊，大盖因余俊贤的关系，黄洁数为余言，欲使务诚回来一看新中国。黄又与务诚为同学，情谊甚深，共为何剑吾入室弟子，时何方为养正校长。既而何剑吴因故须离开新加坡，转赴爪哇就中华学校校长任，旋不久又为荷兰殖民地政府要把他驱逐而离境，此不觉已四十年前事矣，因并语及之。

挽曾靖老七律一首　十一月二十五日

溘逝忽惊传靖老，关情遗爱倍哀伤。
忆书八十翁存望，岂遽搀扶杖失臧？
许国步趋唯健者，移怀诗画见刚肠。
只今廿载成弹指，谁起维摩说短长。[1]

［1］去年冬，靖老为先室云卿夫人丧殡哀思纪录册书签，所题字曰八十老翁，以越月即为丙午年也。“靖老八十掉臂而行，亦不失一健者”，语出自士端兄与我一函。余于抗日战争结束后始识靖老，得与缔交，真一见如故。

致任真汉五律一首　十二月二十二日

编者注：任真汉于十二月十九日致函陈君葆称：“关于本周末（二十四日）下午三时至五时屈驾光临集古斋画廊，晚将捡近作若干于此地乞求品评，诚知涂鸦劣品，难登大雅之堂，一经汝南月旦，自当叨光增价也，幸勿吝玉，不胜企盼！”陈君葆就是用此五律答复任真汉。

不见龙眠久，空嗟饔牖尘。
肯迟斋小集，细读洗心新。
名已文章著，丝应故老亲。
南溟云水阔，为寄一枝春。

谢奥国驻港领事 Dr. Majlat 先生[1]　十二月三十一日

绿酒新醅未解醒，清歌旧曲记维京。[2]
定知雪月交光夜，还与春羊颂太平。[3]

[1] 诗写在一张画着玉瓶的明信片上。
[2] 旧曲《维也纳之夜》久已没听到了，颇怀忆不已。
[3] 农历明岁丁未，为羊年，故一及之。

一九六七年

咏菊二首　一月十四日

其一

不夸魏紫与姚黄，陶令风流意兴长。
过尽九秋思晚节，独余一朵励清霜。

其二

好花才剩一枝开，万紫千红为底来？
记得白衣曾送酒，可能留醉尽余杯。

新浴盆安装竣忽省云卿已辞世有感二首

一月二十一日

编者注：时陈君葆居于香港跑马地凤辉台四号二楼，大女云玉为之更新浴盆，因忆起妻子云卿。注释据《陈君葆日记》补。

其一

砌就瓷砖新浴盆，立新破旧众颜欢。
只怜儿欲汤铭写，回首娘亲已涅槃。[1]

其二

忆昔共游从化日，初开风气得观先。
温泉试浴曾闻语：胜似都新杜阿年。[2]

[1] 旧浴盆为收买家沽去，击碎作废铁用，闻铁质甚佳云。
[2] 往昔居吉隆坡，每喜到 Dusan Tua 去住几天，作热水浴。

遇江玉堂老同学因寄李崧三首　一月二十五日

其一

怒目金刚迹未湮，一江一李话情亲。[1]
少年同学今余几，我亦皤皤白发人。

其二

蟹行文字岂承尘，矫健犹夸踢毽身。
惨绿少年书宛在，淡如师弟更何人?[2]

其三

林下风多笑语便，道谁堪号老青年。[3]
算来只有松山子，[4]依旧青青未褪颠。[5]

[1] 杜："童稚情亲四十年。"余初识两江两李，今适四十九年。
[2] 江老为余言，旅居江门三日，与李淡如先生时相过从，谈论晨夕。玉堂擅长英文。
[3] 江玉老袖沪上吴芳菲居士诗见示，序中有"老青年"之语，故及之。
[4] 昔尝称李崧同学为"松山子"。
[5] 李崧已年逾古稀，而发仍无一茎白者。

听电台云天气持续变冷因赋　二月二日

冷风寒峭雨声中，拥被孤眠梦欲重。
听得气温才九度，几回怀想卫兵红。

挽董仲伟联　二月十三日

多才善贾，术精计然，公也应为天下士；
桑梓情亲，爱人以德，古之所谓乡先生。

二十四年前旧句　二月十九日

编者注：据《陈君葆日记》，谓此诗为二十四年前的诗句，则当作于一九二四年。

自笑曾弯七札弓，[1]也随学贾薄非攻。
只今变色河山外，无计排愁束手中。

［1］一九四一年，寇患日深，岌岌不可终日，念少年时随父习商，管理内柜的为冯达卿的第五公子，其座后悬一石弓，日必习射，因亦从而习盘马弯弓之姿势。旋冯君不知如何病逝，弓亦渐弛而不张矣。阅若干年月，亦每忆及之。太平洋风云紧急时，因有此作。

续春词四首　应大公报复刊十八周年纪念索题当贺　三月十三日

其一

去年此日写春词，酒醒人间杂沓时。
今日重题需险韵，倩谁为报与春知？

其二

一宵寒雨涨秋池，满眼生灵电露随。
还与潮儿共商略，关河万里寄春思。

其三

秋情如海复如丝，持墨还应计总持。
欲与天公重抖擞，灭私岂只冀忘私。[1]

其四

细雨和风识路歧，非关反覆断如遗。
坐看八极维堪绝，燕雀宁知天可弥。

［1］《书》："以公灭私。"《汉书·贾谊传》："国耳忘家，公耳忘私。"

侯宝璋追悼会联二副　四月一日

其一

爱国终不肯后人，毕生致力岐黄，在抱痌瘝，是真医者心仁者事；

治学原以资从政，投老益亲书画，沉吟艺海，非独秦余镜宋余窑。

其二

学称齐鲁，誉广华西，疾苦痛群生，曾闻台外秘精研，迹稽岐伯灵枢，孙思银海；

栖迟岛峤，晚掌京医，沧桑经几许，犹道公余征艺略，韵拟云林清閟，米家画船。

记梦二首　四月二十六日

其一

应是思乡切，鸡鸣埭梦萦。
妙年歌踏过，凭轼旅魂惊。
望断寒鸦集，幽寻赤阪倾。
不堪携手处，今作问花行。

其二

远挹珠流水，南山隐翠微。
兴怀洙泗逸，人似沛丰归。
父老今余几？桑麻为道谁。
尚饶争战地，疑被史家欺。

移栽杜鹃花成功　四月二十七日

淋水浇花意未阑，何时庭院得腾欢？

也知遍植江南种，娇小蓬瀛与比难。

追记梦　四月二十七日

重见奚须待梦回，沉吟咫尺意恢恢。
开封城外寒山雪，曾记凌波步步来。

为徐田波黎松曾明三烈士治丧会拟的后三副挽联　六月二十二日

其一　为华革会拟

一

上海五卅，沙基六月，旧债未清偿，又图灭迹竟焚尸，帝国主义残暴凶狼，豺虎无半分人性！

鸦片荼毒，血海沉冤，穷寇待今追，且看悲愤化雷霆，杀身成仁，前赴后继，春秋复九世之仇。

二

血债定要血偿，百三十年旧恨未销，新魃害兼鸦片烈。
斗争先言斗志，民族大义精神长在，灵躯应觉泰山轻。

其二　为华革妇女团斗委会拟

三元里，平英团，百卅年折戟起沉沙，待如君等英雄，雪耻重教磨洗；

纱厂魂，蒲岗泪，九龙岛新殇怀旧恨，凡是中华儿女，复仇岂肯迟疑。

其三

留青史，垂不朽之名，烈士斗英书抗暴；
披赤心，怀爱国思想，吾侪反帝有楷模。

徐田波黎松曾明三烈士追悼会挽联　六月二十六日

其一

香港命运取决于爱国同胞，不怕牺牲，烈士传典型具在；
阶级斗争更着于同仇敌忾，追怀往恨，平英团史迹犹存。

其二

三元里遗恨到如今，血债定须偿以血；
百卅年深仇终要报，英雄宁死誓平英。

其三

决心反帝斗争，大义凛然，不朽名垂三烈士；
高举人民旗帜，长缨在手，非常功赖一戎衣。

致徐田波黎松曾明三烈士追悼会挽联

从顾正红到徐黎曾三烈士牺牲，死重于泰山，缅怀磅礴浩气，沛然塞苍冥，民族革命斗争，终将胜利；

以沙基血溅南京条约深仇旧恨，寇穷于丁未，看我英雄人物，前赴而后继，帝国主义日子，不会太长。

寄一峰一首　七月二十六日

不关时节耐清思，楚老相逢事可悲。[1]
入梦故人明我忆，揭文安韵复奚宜。[2]

[1] 一九四一年，遐翁时到港大中文图书馆来整理寄重庆的一批善本书籍，一直至香港沦陷于日寇。

[2] 所藏《揭文安集》，仅存一本，不便查。

梦蔡渭衡兼寄答畏庐书至六首 八月四日

编者注：畏庐，曾天畏，曾靖侯之子。当年港英当局无理镇压香港爱国同胞，华革会秘书蔡渭衡被无理逮捕，关押三年，作者以诗责之。

蔡渭衡被逮已经旬，了无消息，其家人往问，亦不获见。余苦思连日，昨得于梦中见之，殆所谓“故人入我梦，明我长相忆”也欤！适畏庐自穗以书至，问所以营救之法，因成六首以报。

其一

思君不获面，问讯恨无从。
入梦明相忆，真疑在息烽。
长蛟时出没，浊浪恶排空。
华革宁违法，疯狂识寇穷。

其二

已闻系缧绁，不见对公堂。
法治言徒在，残民事益彰。
天良鹰犬丧，道义港英忘。
助纣胡为虐？甘心作虎伥。

其三

残暴同倭寇，君终作楚囚。[1]
亲朋揩愤泪，种族辨恩仇。
狱暗无天日，时穷鄙帝修。
方嗟残梦断，书道故人忧。

其四

君今在罗网，抗暴独当先。
爱国诚何罪，斗争为理权。
约盟书旦旦，革命义拳拳。[2]
反帝兴无日，原知不两全。

其五

百年遗恨在，声讨首群魔。
恶纵罗西亚，刀横直布陀。[3]
殖民供榨取，掩耳蔽讥诃。
不见黄金国，豪英黑士多。

其六

囚已多于鲫，还虞法网疏。
九条增急令，一夜阵蛟鼍。
步法西斯治，凶疑纳粹过。
最怜渠马叟，囹圄发皤皤。

［1］一九四一年，日寇入城，时蔡渭衡适服务防卫工作，役于九龙，因不知港英当局已竖降旗，其本人几为日兵捉捕，作了阶下囚。

［2］人权详载于联合国宪章条文。

［3］罗，谓罗得西亚。直，谓直布罗陀。

插高枝凝露紫薇于瓶中有句二首　八月六日

编者注：其二句一“微”《陈君葆日记》作“余”；句四“余黄”《陈君葆日记》作“昏黄”。

其一

长沟流水月明中，绝似蓬山梦忆通。
过尽千林春未老，一枝折得紫薇红。

其二

高枝凝露带微香，未许怀疑斗雪霜。
见道玉堂清昼永，稍输临水惜余黄。

书事四首　八月十一日

序：炎岛归侨某君，闻石慧、傅奇被拘，囚于摩星岭集中营，远以“怀壮士，忆奇石”之作寄示，中有句云：“摩星岭上囚双虎，帝国新编一页仇。漫说人民都怕死，中华儿女竟爬头。”读之弥增同情之感，因率成四绝，表共鸣以报。

其一

魑魅攫人应见惯，竟齐巾帼与须眉。
军中早识梁红玉，誓斩楼兰世并奇。

其二

黄姑织女睨狂飙，肯信秋来草木凋。
第一关情民族义，双星怒目视凌霄。

其三

行人戟指摩星岭，壮士横眉六月霜。
欲与要离竞肝胆，同仇岂复畏强梁。

其四

归鸿顾眼愤填胸，味尽梯航恨几重。
谈到抗争怀往事，欲将钩钝厉余锋。

漫步公园有感　八月十三日

满径松针如履席，一溪流水似闻琴。
高枝谁教调鹦鹉，输与昏鸦就木阴。

梦曹聚仁岐江旅次三首　八月十七日

其一

风雨楼头念故人，只怜多病不缘贫。
梦中最忆贻醃制，曾佐晨炊胜错珍。

其二

也知识味本来难，文字疑同芋冷残。
惆怅梧桐经雨后，几曾梨枣细堆盘。

其三

一宵泉语梦吴艭，还似西风撼客窗。

携酒意窥黄歇浦，却依南斗滞岐江。[1]

［1］前几年余有中山县城之行，曾邀曹聚仁偕往，后渠以事未果行，故有第三首之语。又年前，有一日，曹公清晨到访，持其手制的腌菜见贻，盖制与粤法异，味特可口，云卿亦以为然，今次之梦境，岐江之行，云卿与偕，同话岐江饭店，故诗及之。

梦叶遐翁用揭文安和张太一秋兴二首原韵

八月二十四日

其一

斜月依垣夜欲阑，望迷何处水云宽。
惊飙星汉仍吹浪，疏雨梧桐罢舞鸾。
别院闲愁嗟晼晚，故山余梦抱清寒。
闲来怕说当年事，未学时工病守残。

其二

淡墨时还遍九州，几回痴想绿云稠。
鸟啼花放春何价？水碧沙明又到秋。
词客有心连楚泽，霸才无计赚罗浮。
笋皮且就弹冠问，曾似栖乌得解忧。

诗成并媵一绝

名士词人独擅场，也曾经济有文章。
寻诗不惯游仙韵，墨未浓时笔已狂。

读时代周刊关于耶路撒冷特写　八月二十八日

七尺畴征圣女坟，摩西捧戒未兴军。
攻城杀将浑闲事，天下宁惟操使君。

中秋节晨外边散步风劲云密疑夜赏月不成因赋一首

九月十八日

行处看云起，今宵月有无？
阴晴谁与问：八月可乘桴。

晚饭后待月时觉月色不错续吟一首

昨夜清光已占先，天公定复损时眠。
连年佳节松间照，那有今宵月子圆。[1]

[1] 好几年来看月，总觉得最圆时不是十五夜，不是十四夜，如去年，便是十六夜，有一年甚至是十七夜。故云。

深夜醒来忆诸事欲做未做顿生悲感　九月二十二日

光阴放过一闲身，翰藻沉思讵夙因。
堪笑此生空食菽，不曾努力作诗人。

雨亭有悼亡之痛因诗以慰之　十月八日

前年我丧妻，今年君失偶。
造化胡不仁，断肠两分手。
谁能太上忘，恐落时代后。
委形安足言，际乃遘阳九。[1]
人生如寄耳，风云复何有？
嗟彼松柏姿，地岂黜培塿。
嫂昔倾同路，君则与我友。
可堪安仁诔，相望已皓首。

悬镜愁孤鸾，炊臼伤犹叟。
陨泪应及泉，倘得垂坤厚。
慰君且自解，形骸一尘垢。[2]

[1] 前年六五，今年六七，皆阳数。
[2] 末句用东坡诗句。

和一峰寄慨两律　十月十二日、十四日

编者注：据《陈君葆日记》，其一写完并有另作一首的打算“诗有未尽意，拟增一首”。所“增一首”于十月十四日写成，即其二。其一句七“运际”《陈君葆日记》作“际会”。

其一

曾王鳞族亦非龙，类虎惟闻事食充。
已见寄公浮海绌，岂疑愚叟拔山雄。
不死尚迷龟手药，可怜应笑叩头虫。
百年运际思新健，未必群居尽下风。

其二

焉用安禅制毒龙，且将真土问王充。
搏熊戮虎因时喻，刃敌锄奸并世雄。
礼璧欲教沉夏水，寒冰何以语秋虫。
长川不结常山雪，舌卷层云更运风。[1]

[1]《论衡 · 乱龙篇》：“土虎不能而致风，土龙安能而致雨。”

附：一峰原作

霜欺雪压傲虬龙，落落轮囷间气充。
凛冽翻添千顷绿，雷霆特起万夫雄。
破残岂必原孤愤，占岁何为叩二虫。
环岛乱山初梦觉，红旗如海立东风。

凌晨前有感一首　十月二十五日

渐觉秋声满暗庭，窥人斜月到窗棂。
夜深久立寒光短，薄愠华灯碍众星。

登湾仔峡谷望海偕幼文云玉子贞　十月二十七日

编者注：湾仔，系香港湾仔。云玉，作者大女。子贞，作者孙女。注释据《陈君葆日记》补。

立马湖山第一峰，少年登陟赏心同。
重来白首威风地，[1]历历秋晴望眼空。

[1] 湾仔峡谷顶，现通称为“八面威风”，忆少年时曾与胡德纯同学攀登。

得葴山愚叟赐书兼示和一峰寄慨两律仍用前韵
十月三十日

手中白笔匣中龙，已外形骸气益充。
岂谓鉏麑非国士，只应朱亥是英雄。
敌来电露思胡马，势异萧韩睨壤虫。
九万下荒殊向背，可能扬厉式余风？[1]

[1]《庄子·德充符》篇：“申屠嘉谓子产曰：今子与我游于形骸之内，而子索我于形骸之外。王懋竑曰：内外二字当互易。”《淮南子》：“今人之所以……知能别同异，明是非者何也？气为之充，而神为之使也。”又《淮南子》：“卢敖见若士入云中，敖曰：吾比夫子，犹黄鹄之于壤虫也。”壤，应作“蠰”，但写“壤”何妨！

怀汤秉达蔡渭衡两秘书次陈一峰寄慨一律原韵[1]

十一月五日

怀人尚恨未屠龙，意气何当两大充？
囹圄月高时梦白，盘铭书冷益知雄。
炎黄裔胄遭荼毒，寰海芝兰病害虫。
今日揭竿群抗反，且看雪露一追风。[2]

[1] 余前已有梦蔡渭衡之作，蔡为华革会秘书，而汤则为庆祝十一国庆筹委员会秘书，故云两秘书。
[2] 末句用语：贞观中，回纥献马十匹，号为十骥，中有皎雪骢、凝露骢。秦始皇有马曰追风。

摘夜合花六朵有咏　十一月十二日

一雨残秋未尽贫，酿花天气惜花人。
可曾醉折花枝去，解得芳心待个春。

摘夜合花四朵偶成一绝　十一月十七日

昨夜广寒宫定冷，今朝天气谱新凉。
不知玉露凝襟袖，几许低枝透暗香？[1]

[1] 昨日农历十月十五，月色好极了。迩来夜合花要寻到低枝了。

晚步即景

破晓待朝暾，重来识屐痕。
暮烟山色淡，残照鸟声喧。
翕习归无树，涓流底为源？

几回搔首问，不觉月黄昏。

午夜观星辰偶得句　十一月十九日

编者注：据《陈君葆日记》，句三、四初作“天象思胡极，星河渡可期”，句七初作“光年悲道远”，晚间作者自改如今诗。

坐对东山久，长庚得月迟。
未嫌秋露冷，初讶鬓霜欺。
星象观宁极，天河渡可期。
光年如问讯，尘世几推移。

残句

编者注：此诗未完。《陈君葆日记》云：“而这时再欲就枕，又……了，也想把这一断句写成一首诗。”

渐觉薄寒天欲晓，稍窥斜月伴鸡声。

晨早散步过短桥见翠鸟飞过孤鸣数声向林间逸去感作二首　十二月十六日

其一

今夜当头月照谁?[1]沉吟花下露滋晞。
朝暾未上浑无语，唯有孤声翠羽归。

其二

闭门非觅陈无己，披发何当笑楚狂?
不道锦囊诗句好，可无橐笔为书忘。[2]

[1] 忽忆今日为农历十一月望日。
[2] 每出，偶得句，辄忘记携笔为书，屡怅之。

晨运一首　十二月二十一日

晓行时每欲效李贺携带诗囊，而苦未能，即铅笔亦时有时忘，得句转亦置诸脑后，甚恚。今日拟力为改正习惯，识之以诗。

青草湖边秋叶黄，沉吟收句带余香。
摘花插鬓犹闲事，端为诗囊实卉囊。

挽杨历樵联　十二月二十二日

公意谓居于仁，息木可堪逢吕雉；
病岂曾媚于灶，论年差得寿杨修。

一九六八年

黄素馨初开似在报春至因口占一绝　一月二十二日

一年容易换秋光，谁解残妆理故常？
惆怅百花寒待放，长条先见素馨黄。[1]

［1］新开的黄素馨，十分好看，诗意有未尽。

春雨　二月一日

一帘新雨涨春池，满眼寒烟梦觉迟。
湿意倘教匀细草，好凭花影报君知。

寄怀黄祖芬　二月十七日

人日题诗寄，应教报早春。
岂期夸父日，犹障庾公尘。
地迥东风劲，天高仰北辰。
明时花竞发，重折一枝新。

晨散步偶得句　二月二十五日

编者注：句七“年”《陈君葆日记》作“时”。日记同时又谓：“骤得句，而意未尽也。”

一步一回忆，十步一回头。
斯人不可见，云水空悠悠。
往事争如梦，秋心有隐忧。

情知年已迈，息影复何求。

初夏有感 三月十八日

渐欲单衣换夹衣，春寒水面雾微微。
何时一霎清明雨，万顷横江看鹭飞。

偶得句 三月十九日

借花心事看花人，慰情聊胜付芳尘。
明知行处重来候，不比新思旧日亲。

晓行偶得句 四月四日

时节近清明，杜鹃红似火。
迢递子规声，山河仍故我。

晨散步有感 四月七日

谷口春回小草坪，紫荆花发又清明。
海云漠漠晴何限，迢递河山孤鹤鸣。

记梦 四月九日

编者注：注释据《陈君葆日记》补。

文字当年重柳韩，何曾好易似陈抟。[1]
少年同学今垂老，剩稿烧残惜肺肝。

[1] 凤坡与我同师区徽师，师曾授易。

断句 四月十一日

编者注：据《陈君葆日记》，陈君葆得梦，醒而有此两句，未完整。

橘心半坏缘何事，愁煞唐宫一女人。

散步时口占一绝 四月十七日

簇簇轻红似小桃，朝暾弄影惊云破。
何当折得最高枝，插向梅瓶相对卧。

记梦 四月二十日

春雨偏多梦，怀人最桂林。
依然寒水月，窥破故乡心。
粉署输长策，江山付短吟。
不堪忧百集，观海到如今。

奠边府战役 五月七日

新兰独立踞西东[1]，瓮底芒清望眼中。[2]
革命健儿挥手处，航岗流水敌途穷。[3]

[1] 新兰山在东，独立山在西。
[2] 芒清当时为法军司令部所在地，芒清机场在其北。
[3] 芒清南尚有一机场据点，沿约姆河。

寄书黄茅公三首 五月十日

邻翁麦某以白玉兰一枝见贻，供于瓶中三日始谢。当其蓄韵含芳，黄茅公适以书至，并缀玉兰、白兰、辛夷资料三篇以示。一时若有所感，卒以诗三绝报之。

其一

杜兰香去未逾时，笔意生春转教迟。
过尽湖云舟上望，几曾书客解辛夷。[1]

其二

鹅黄终拟报知津[2]，尺幅真同貌洛神。
姹紫骄红微有限，却呼烹瓣又何人。

其三

风雨春归绿意稠，幽姿尚带紫薇羞。[3]
朝褰坠露堪留醉，为酌芳心梦入秋。

［1］辛夷别名木笔，因亦谓之书客耳。玉兰属木兰科，故及之。
［2］茅公于笺末写着：“拒绝稿费!”故首句云云。
［3］今年，紫微已过四月仍未著花。

挽蔡廷锴先生　五月十六日

御寇记当年，是民族一英雄，夷老犹谈淞沪战；
论功留后世，禀嵩华之玉石，将军差及尧舜天。

云卿逝世三周年纪念　五月二十二日

三载沉思有泪痕，更于何处得逢君。
翩然可是虬髯客，月夜精魂冷断云。

窗前麻雀报春　五月二十七日

三只小麻雀，吱啁诉向谁？
可因凉未惯，欲报与春知。

朝雨中偶得句　六月八日

风雨春归绿渐肥，最怜斜日妒芳菲。
晴阴消息谁堪说，惟见寒林见雉飞。

待晴偶得句三首　六月二十日

其一

涧底繁喧池水满，蝶稀还似昨年情。
绿荫深处听蝉噪，解得人间爱晚晴。

其二

沉沉倒影蛙新跃，宛宛蜗行藓旧文。
积雨初晴微漏日，断魂根在每思君。

其三

匝月雨狂芳意歇，花须细数稀如发。
已交夏至过端阳，惆怅紫薇花未发。[1]

[1] 此间所见，大概为洋紫薇，也如有洋紫荆，然谓六月始作花，殆品种异欤！

晚步偶得　六月二十一日

青莲池畔采莲回，小雨西风特地来。
长记御花园暮过，一番心事两边开。

白鹦鹉诗九首　六月二十五日

小序：午后过公园，忽见树上有一鹦鹉，高枝闲踌，状甚自得，间作“阿姑”“阿姑”呼声，良久不去，后为一群儿童以挟弹射伤。翌晨，突闻窗外虢虢之声，显为昨日所见之鹦鹉掠过无疑，时心若有所感，念物之情，戚然赋此。

其一

雪衣玄喙影清癯，传语分明唤阿姑。
虢虢笑言疑有意，黄冠新拜蹇修图。

其二

挟弹何人掉臂嬉，长安市上酒家儿。
将军惯爱听时乐，折翼难凭慧舌医。

其三

一枝寄傲睨寒汀，趁借新晴剔羽翎。
谁分圆音支险韵，竟随残月入虚棂。

其四

生涯栖踦性偏聪，越海流沙道路通。
本不畏人知远客，岂缘金锁恋金笼。

其五

露冷栏杆湿素襟，枉偷珠眼辨晴阴。
无言定结常山舌，饮啄宁师百舌吟。

其六

晓来谁为报春归，渐讶红稀绿已肥。
解意莫辞秦吉了，柝声人远籁声微。

其七

尽卜余年见太平，夜来风雨尔凄清。
孤声划破南天去，犹是飞鸣昨岁情。

其八

忍贪香粒慰疗饥，松宾犹堪胜蕨薇。
行处莫教红烛剪，卷帘终负燕雏归。

其九

最怜零雨忆宵寒，梳洗何曾倦眼看。
慵与白鸥争浩荡，肯辞黄肉误儒冠

挽陈其瑗　七月二日

太息斯人去，萧条感旧朋。
海滨余教泽，魑魅迄凭陵。
功懋勤民事，官如拜左丞。
期颐方启圣，遽道折良肱。[1]

[1] 四十年代，抗日战争刚告结束，陈其瑗先生即于青山兴办达德学院，当时在校任教席者计有邓初民、钟敬文、黄药卢、叶启芳等，颇极一时之盛。

四首旧作　七月十七日

编者注：此数首为录旧作。今系于七月十七日。

其一

积雨每思晴日好，浮云真比乱山多。
方舟不与星河渡，赢得光年奈岁何？

其二

文采风流为底谋？变夷用楚总贻忧。
公私涂定干戈后，虎穴相随唯二刘。

其三

偶来江上忆离群，落落疏星倚断云。
二十八年如过客，那堪重整旧知闻。

其四

问君何事滞天涯，水碧山明气自佳。
岁月早教欺白发，沧桑宁复怨沈埋。

伍晋文追悼会为本港商务印书馆及星洲分馆分制挽联　七月十九日

其一　为港商务制联

鬻书市义，实践谈经，文革正高潮，报捷甫期君竟去；
力疾忘医，斗争弘道，镜湖虚夜月，舍生垂范节长存！

其二　为星洲商务制联

海天不隔崇朝，未须依北风华，伤逝便疑沉宿莽；
星港相承一脉，留得暨南声教，恸怀应共惜斯人！

望云偶成　八月十六日

望断朝云更晚云，霞光波影共缤纷。
如何夜雨秋晴敛，西海潮声不复闻。[1]

[1] 忽忆四十年前芙蓉波的新海边小住时景象，故有“波光霞影与听潮”之语也，真是往事不堪回首。

万年青二首　八月十七日

一盆连理枝的万年青，去年剪割分植后，今已新成一株独树。

其一

青青含碧淡烟遮，乍乳初花作意赊。
连理枝成孤树影，碧栏杆外月西斜。

其二

一树临风忆故姿，御园相对立多时。
可堪欲语还无语，今日倾心恨已迟。[1]

[1] 北京故宫后花园一株连理树，曾数往看。

红毛丹一绝　为廖恩德写

饮冰时节忆浆寒，味尽炎凉冷眼看。
何意红尘艰一笑，属车犹载风毛丹。[1]

[1] 诗为四十年前回忆事写也。

报载赫鲁晓夫以水石试种番茄感而赋此

曾拟禾麻遍绿洲，草原千里替边愁。
不知石种西红柿，争似青门卖故侯。

挽叶誉老七律　八月二十八日

洛阳耆旧几仍存，诗画谈禅弃夙尊。
鹏在承尘终遣累，鹤归华表不乘轩。
暮年萧瑟逢今日，文苑凋零哭此人。
闻道脱骖疑未可，沾巾宿草抑何论。

有感　九月四日

青蓑白羽野人家，一枕黄粱倚断霞。
最忆晓风残月落，昆明池畔看莲花。

贺文汇报二十周年报庆　九月九日

东海百川汇，非争一日长。
廿年司命过，几度集华堂。
文喜新承运，花应尽向阳。

由来称盛世，曾爱说虞唐。

百合花一首　九月十一日

仅一朵稀罕的夜合花被虫咬过，但香味不散，口占一绝寄意。

月斜池树影凄清，露冷莲房蝶梦轻。
何意啮余香宛在，颇因风至报秋晴。

信悉云湘肝炎将可出院复知阿婆病重亦稍愈因感赋　九月十六日

悲欢离合寻常事，忧患余生又几人。
变幻风云曾放眼，等闲光景一时新。

雨中忆往事二绝　九月十九日

其一

尚有绨袍赠范寒，在陈肯忘昧知津。
最怜周粟贻讥日，曾累夷齐作解人。

其二

一梦依稀二十年，几曾寄远得装棉。
苍生衣被诚何事，蜂蚁沦胥意惘然。

八月初四日观盆栽红玫瑰感作　九月二十五日

六十七年春梦痕，香汤凝想浴兰荪。
凭阑一朵玫瑰日，钗子疑曾揽玉盆。[1]

[1]《爱日斋丛钞》：“唐章敬吴后生代宗，玄宗临澡之。今俗以三朝浴儿，

殆古意也。”吾乡亦有此俗尚。《东京梦华录》说：“洗儿会，亲朋盛集，煎香汤于盆中，下果子、采钱、葱、蒜等，用数丈彩绕之，名以围盆。以钗子搅水，谓之‘搅盆’。观者各散钱于水中，谓之‘添盆’。”

寄黄祖芬校长 十月十七日

编者注：香港中华中学校长黄祖芬先生，当年被港英当局无理扣禁三年之久。作者寄诗致怀。

人日题诗寄无处，思君更为君纡虑。[1]
刀锯鼎镬宁足论，切齿魑魅将人去。
智愚得失事靡常，形胜势殊谁可语？
协契鹰扬意未臻，道阻且长漫沮洳。
春冰涉夏水，波谲连云诡。
十月归来积愤生，志士破涕相欢迎。
剩勇不忘在沟壑，夺拳欲碎巴士庭。
睥睨看敌馁，旧恨仍如海。
君不见圣人之徒公冶长，
鸟语能通还受绐。身在缧绁非其罪。
又不见子房椎秦博浪沙，
报韩不成焉用家！圯上老人未真喻，
高世非必赤松霞。君又不见皤皤蓬鬓罗素翁，反战抗暴惊时雄。三年囹圄横眉怒，晚鞫战犯声何洪！又不见黑人领袖卡迈克。夺取武器号召力，阶级争斗火熊熊。岂特扬眉为有色！古往今来一横绝，汉时不是秦时月。
对酒高歌岁几何？芳心莫遣花时歇。

[1]《人日诗》始终未寄出，故有起句。并注。

读 *NEWS WEEK* 极言威尔逊及史密斯之意志坚强有感因题其上　十月十九日

面壁依然是水乡，狗门宁使楚人光。
乃知风景南楼夜，明月犹分上下床。

梦醒有句　十月二十五日

绿酒红灯夜，非关我性情。
登山望秋水，原足了残生。

记梦三首　十月二十六日

其一

幽芳疏影太矜持，众草丛生忆故知。
百本阶庭前日事，梦回香去未逾时。

其二

栏杆拍遍久寻思，斜日闲窗梦觉迟。
菊影梅魂商略后，素心人远惜猗猗。

其三

紫茎凝碧萼微黄，九畹何妨傲国香。
燕婉记怀书带草，岁寒今懔楚天霜。

晓行一首　十月二十七日

编者注：诗题《陈君葆日记》有注“见凡草著浅紫色花时作”。句三“花才清淡紫”《陈君葆日记》作“著花才淡紫”。

不识秋山叶露稀，晓啼声远鹧鸪飞。
小草花才清淡紫，可曾谁为究精微。

晓行过杜鹃花丛　十月二十九日

坐对青山悲白发，疏林不间闻啼鴃。
曩时三月映山红，奚事重阳花已发。

梦过冯平山图书馆旁的林屋纪诗　十月三十一日

编者注：林屋，乃香港大学一幢古建筑。日占期间，陈君葆仍任职图书馆，但常派人巡视港大校产，包括林屋，并作了纪录。

林屋经过日几重，桃花人面又相逢。
如何绝处偏无语，插定瓶花一笑空。[1]

[1] 日寇占领香港时，C·罗拔逊教授居于林屋，其后渠因不知战争结果如何，终日愁苦，而卒跳楼自杀。

园林里观蝴蝶二首　十一月十一日

其一

草间花底惜依依，奚事芳时意转微。
风动蹁跹斜照里，欲将消息付群飞。

其二

悬厓隔叶窥危磴，侧帽搀扶忆故枝。
坐对青山还面壁，可堪华首负心期。[1]

[1] 枝外望秋山，顿忆昔年过华首台所见景。

白鹦鹉诗二绝

小序：散步时，经过一棵槐树，仰视树岭，有六只白鹦鹉群集其上，浴日啄羽，状甚自得者，旋则振翼一同向西飞。于时似尚有一鸟隐隐藏在傍另一黄槐树上。虢虢作长鸣于叶底，声略带凄厉，有所感。

其一

树头斜日望玲珑，白羽巍冠本向东。
何事退飞如六鹢，独余长唳悯孤鸿。

其二

健翮想无翎羽折，翱翔谁道别离轻？
圆音亏与调鹦鹉，聊托寒枝一再鸣。

赠杨士端三首　十二月五日

其一

杖藜笑自夸能饭，[1]七六怜君尚黑头。
休与禅床争尺地，问于何处着闲愁。

其二

大隐先生意志恢，笑谈惊座语春雷。
如何癸巳公犹长，绵上空教识介推。

其三

谁道诗穷而后工，乐天歌咏几人同？
依然九月初三夜，[2]凉露稀时月似弓。

［1］士端问我尚能饭否，告以每饭约进两碗。
［2］士端生于癸巳年九月初三。因忆白香山句。

与士端谈刘草衣近少作诗事有感

少年差解苦居夷，投老怀归转费辞。
卅载几回残醉觅，杨公书札草衣诗。[1]

［1］士端书札，饶有六朝文笔意味，极可爱。

黄昏望太白星甚亮口占　十二月八日

催冬日脚快，太白何荧荧。
眼底枫林黑，潮头一抹青。

寿廖恩德六十　十二月十三日

君欣六十庆平头，煮酒应称第一流。
侠骨冷斋霜晓话，[1]斜阳烟柳楚江秋。
论交晚更亲刘白，望道时还梦孔周。
倘得醉吟图九老，月西观海共登楼。

[1] 王冷斋与柳亚子均有诗书赠廖，王并以“侠医”称之。

改旧诗一首　十二月十六日

笑已平头六十人，知非还似自由身。
宁迟有子雏孙小，喜得回家日月新。
音稚情亲沙鸟伴，荆妻闲话故山春。
能教倚棹招垂钓，文进清漪并雅邻。

游红场花园过东麓有句　十二月二十日

斜日雨阴天，春心忒可怜。
偶从东麓过，犹得醉花前。

偶成一首　十二月二十一日

奚必惊人句，吟成一慰情。

好花能几折？啼鸟听无声。
望断春行处，空思重晚晴。
晓来清露湿，烟柳最轻盈。

晓行道经松林时作　十二月二十六日

一夜潇潇雨，松针晓径铺。
绮文争蜀锦，酣饮忆黄垆。
节劲花无语，根深道岂孤？
尚余清影在，高韵听来无！

凌晨梦丹容马林古毛道中候车旧游地也因诗

其一

落日孤城山四园，[1]车如流水运输稀。
熙来攘往缘何事？寄迹长春心意违。[2]

其二

踯躅江头道式微，半肩行李去安归？
人如荷蓧书盈载，桐屋槐阴乳燕飞。

其三

芙蓉笑靥野兰开，黄竹歌声漫海来。
鸟道猕猴曾射马，争教桃李不移栽。

其四

老圃园蔬旧识邻，[3]移怀风月景犹新。
当时百里人何在？今日宫车迹已尘。

其五

巫山东望路偏赊，[4]回雁南飞愿觉奢。
过尽千帆皆不是，沉沉星月复西斜。

［1］孤城谓古毛。

［2］南洋为长春国。
［3］余在吉隆寓次，右为彭亨王别墅。
［4］“巫山”谓马来半岛之山脉，蜿蜒北而南。

寄锡根锦涛诗　十二月二十七日

献节庸书颂，非关冷世情。[1]
雪欺三径菊，风压九秋铃。
故旧今余几，松筠自在青。
方舟烟水阔，舷倚望新晴。

［1］余即懒于寄年柬或圣诞卡，而今年所得唯自温哥华、三藩市、东京三通，与此间刘弼、锡根、锦涛几人而已。

岁暮偶书　十二月三十日

鹃声雁影夕阳边，鹤背何曾近九天。
零落故交书至少，两三张柬又新年。

有感一首　十二月三十一日

我诗已觉淡于秋，况对秋山人倚楼。
独恐时为天下笑，更从何处说风流。

又一首

寻思结发情何已，三载真同涸泽鱼。
枉涤篆流师草意，记烦新韵润诗余。
红翻被浪寒川锦，婚庆银禧厌野薯。
株守漫怜前日事，仲尼依旧赋闲居。

一九六九年

迎新年　一月一日

还似儿时守岁分，鸦雏夜想雪纷纷。
不闻远寺钟声到，虚忆新除爆竹闻。

送戊申年

斫轮老矣尚行行，不识云峰路几程？
笑遣猴儿凭寄语，可能消息报春晴？

送南圻八咏诗册与陈凡系诗二首　一月三日

小序：箱箧中有《南圻八景题咏册》一事，不记何人所寄交，及何用意，封面题字，颇似伯庸手笔，疑非曾转寄渠看后而送回，则殆为端老所致，不解缘由诗以问之，并答伯庸垂询近况。

其一

斫轮已苦簿书烦，不记何时贝叶翻。
蠹简脱余闲姓字，黄堂可得问陈蕃。

其二

槛内痛非门外病，花前痛惜鬓霜新。
尽除烦恼焉安脚，留得形骸作化身。

折花一首

雨中看迁九龙纪念碑到“殖民地坟场”重置，因到园里一行，并折得夜合花一朵，因写小诗记之。

绕遍芳丛讯绿英，只应消息辨秋晴。
一声堕地缘何事？暮雨朝烟绝续情。[1]

[1] 折花时，花顿脱手先堕地，拾回益更觉珍惜。

廖恩德府上作客有感

琉璃世界浮云影，观海楼头送夕阳。
未许四山遮远眼，独同松菊傲秋霜。

午夜有感二绝　一月四日

编者注：作者说“居此间”，即香港跑马地凤辉台。

其一

顾影凄然只共怜，[1]中庭月白损宵眠。
侧看映雪疑霜鬓，回首依稀廿四年。[2]

其二

今月当头照那边？烟横雾锁白于棉。
沉沉大梦君先觉，拍遍栏杆泪眼前。

[1] 沦陷时期，居此间只零星几人耳。
[2] 一连好多年都没有看到那一年一样的月亮，因益觉感慨系之。

晓行诗一首　一月五日

晓行，冒着微雨，路湿，践过草上雨点，折得低垂压地夜合一朵。诗以记之。

寒雨低枝带夜清，琼葩着地细无声。
也知当路车尘溷，青柳何时眼最明？

梦还故乡二首

编者注：作者生于中山三乡，平岚和鸦冈两地均在三乡。

其一

定是思乡切，鸡鸣埭梦萦。[1]
少年歌沓过，凭轼旅魂惊。
望断寒鸦集，途寻赤阪倾。[2]
不堪携手处，今作看花行。

其二

滚滚珠流水，南山陷翠微。
永怀洙泗逸，人似沛丰归。
故旧今余几？桑麻但道谁。
也称战争地，非必史家欺。[3]

[1] 此作是记梦，“鸡鸣埭”语借用，指乡东南五指山下“鸡啼山”，是为赴茅湾村所必经处。
[2] 平岚与鸦冈械斗前，闻五指山赤坑曾有过第二次崩陷一事，以前则为十八乡械斗的一次。
[3] 香山县治，本拟定于雍陌，后因石岐掘得铁砂，因转取其地，并号为“铁城”，真正史迹，仍有待商榷。

旧诗一首　一月五日

编者注：据《陈君葆日记》，此诗为陈君葆清理旧札故纸时所得，已不详作于何时。今系于此。

见说陈仓客，还曾惑曙鸡。
可怜归梦破，不复晓光啼。

晓行听喜鹊叫顿忆徐悲鸿口占一律　一月六日

鹊报谁家喜？心回大地春。

山花开落处，肠断倚楼人。
绕树知风易，营巢费苦心。
银河疑可渡，吟望到如今。

晓行有感　一月七日

晴雨分明露未干，昨宵月上倚栏杆。
如今香冷飘三径，不是春来始觉寒。

晓行时忽有所感口占　一月十六日

春去秋来秋复春，芳菲几度又成尘。
君看望岁心时切，天下犹多楼倚人。

谢廖夫人郭美球赠衣三首　一月十九日

其一

逃秦宁有绨袍赠？客楚犹怜范叔寒。
笑怕老莱披着舞，作为彭泽送春看。

其二

岁寒端复忆元元，侧想鹅儿芥有孙。
呵冻只今迟谢折，欲凭传语报推恩。

其三

半臂春衫百袷衣，襟风还似少年时。
明朝阿尔卑山雪，看踏寻梅写隽词。

桂花　二月二日

闲花细草浥轻尘，小雨朝来未当春。
别有冷香心肺透，苦寒忆遍桂冠人。

阅旧报有感[1]　二月三日

以阿闪电为谁谋？烽火今连四大洲。
一卷旧闻翻阅罢，几番滋味几家愁。

[1] 整整书报，得前年剪报一束，展读，中有关于苏彝士运河的文章，另有图片，掩卷后写此聊志感耳。

早行二首　二月四日

其一

晨登赛马场，猎猎北风凉。
夜雨街仍湿，清辉月照黄。
不期春脚快，兼带柳眉霜。[1]
望岁情应切，何须问向阳。

其二

一夜北风紧，千村春事忙。
殷勤迟暮思，心折泪盈眶。
我岂无家恕，君曾志道狂。
深知两愁绝，不为惜蒹苍。

[1] 今日立春，而大帽山上温度跌至零下三点五度，丛林树叶均出现有半英寸厚之白霜冰雪，其寒可知。

谢陈彬和寄贺年柬一绝　二月六日

年贺劳书寄，欣听竹鸟音。
不堪三尺雪，犹是岁寒心。

题树上鹦鹉二绝　三月三日

其一

不知春至几何程，唯记当时惜别情。
琪树折枝鹦鹉啄，晓烟破梦鹧鸪声。

其二

乱坠天花说道场，竟无文字润枯肠。
能言未必伤时泪，湿意偏教误国香。

在廖恩德宴席上有感二首　三月四日

席上，廖恩德说是为我饯行，我说应是“借花敬佛”为他们伉俪自东瀛归洗尘。

其一

蓬莱水浅异清时，风雨归舟话故知。
不识箱根山一夜，可曾重注任公诗？[1]

其二

涤尘人语枕流人，闲处何妨一欠伸。
索债不烦杨处士，[2]微行携手海东滨。

[1] 梁任公句：“箱根山一月，归舟稿盈筐。”

[2] 宋真宗召杨璞处士至，上问：“临行有人作诗送君否？”璞曰：“独臣妻有诗一首云：‘更休落魄贪杯酒，亦莫猖狂爱咏诗。今日捉将官里去，这回断送老头皮。’”上大笑放还。

答士端壮游诗四首　三月十九日

编者注：这是陈君葆环游世界途中写的组诗第一章，老朋友杨士端先生，在送行时曾赋诗为陈君葆壮行，陈君葆在船上写了四首答诗。

士端寄诗有“世事三丕变，情怀七不堪”之句，读后耿耿于中，不能去怀，是知非寻常送别之作也。士端长予三岁，而余今老矣，士端则黑头公依旧，知其有不能已于言者矣。

其一

见说民劳止，时还一欠伸。
可怜回马使，翻堕属车尘。
诗思难凭助，江山认未真。
孤舟天地窄，何处觅完人。

其二

息影无长策，悲生恶木阴。
远衔秋气白，老惜岁寒心。
旦暮迷三四，须弥枉丈寻。
焉知清浅后，飞梦到如今。

其三

夜雨人怀北，扁舟路向南。
汉陵秋草没，禹穴客车探。
岂惮千夫指，偏欺百不堪。
烟波随海燕，无处寄呢喃。

其四

乌托邦何有，鸡鸣破梦寻。
可能金字塔，解惑一登临。
笑语横山月，应支塞海禽。
莫教杯酒浅，客我醉时吟。

附：士端原诗

闻道将骞翥，低眉亦一伸。
远游殊丈国，问禁莫惊心。
世事三丕变，情怀七不堪。
乘桴有渔唱，梁父未忘吟。

舟过吕宋岛北追怀朱少屏 三月二十日

柳枝低亚锦屏湮，沧海扬波遽作尘。
三十八年回首处，可堪重忆寄鱼人。[1]

[1] 我认识朱少屏，系从柳亚子介绍，其后加入南社，则出于少屏动议。一九三一年我自叻赴港，舟过菲律宾，曾于泊马尼拉时登陆漫游半日。朱少屏赴小吕总领事任后，迭以书至，有一次曾以一尾贝壳或鱼骨镶制的海鲤见贻，余迄仍保存着，惜已脱去一目。

南航舟中有感三首 三月二十二日

其一

两洋鏖战缘何事？九合终亏一篑功。
至竟踏歌成告朔，到头应复笑神龙。

其二

拾贝已非前世事，金刀岂得砺余锋？
云山不解阿时好，十万潮头作鬼雄。

其三

已踏涛头赤道南，更谁禹穴与重探。
明朝酒醒经行处，且听横波乳燕喃。

寄蔡渭衡三首 三月二十三日

编者注：其三本日仅得断句，至二十四日方完篇，今并系于此。

其一

万里孤舟又向南，重逾赤道竟何探。
明朝更履长征地，折戟沉舸恐不堪。

其二

五年鏖战缘何事，今日来寻迹已迷。

不见沓歌争看客，更无人处草棚低。[1]

其三

梦后不知山近远，起来方讶水浮蓝。
朝暾未上人初定，已过重波赤道南。

[1] 同房某君于舟过 Yap 岛时持望远镜望岛上茅舍，曾无一人踏歌到岸边争看巨舶，岂见怪不怪欤！

悉尼寄书子贞　三月二十八日

暮登圆塔顶，遥望太平洋。
蓝岳疑欲雨，似秋天气凉。

次悉尼登五十层圆塔望大洋有感

海潮东去水平流，坐对蓝山宿雨收。
地是亚洲瓯脱外，氓疑唐后纵归囚。
寒芜尽处星谁辨？珊网张时客少留。
已遂燕南仍北望，迥非吾土一登楼。

悉尼看月　三月三十日

从悉尼赴纽西兰道中望海月雨后若隐若现，因忆前夜雪梨大桥望中天月色处，写此。

秋心如海复如潮，谁伴东行折翠条。
明夜月明应更好，[1]独依南望拱长桥。

[1] 明夜是指三十一日将是农历二月十四。

记梦二首　四月五日

其一

西泠艇子倚篷窗，爱上篷头送夕阳。
记得桨平秋半月，窕娘亲为系垂杨。

其二

夜半醒来尚圆月，不知谁与共婵娟。
振衣濯足疑闲事，顾影清涟益自怜。

辘轳句赴檀岛道中漫成四首

其一

平生知己垂垂老，射虎当年胡不早？
秋月春花未了情，天涯何处无芳草。

其二

天涯何处无芳草，寥廓山翁三醉倒。
柳丝系得洛阳桥，只恐归来人已老。

其三

乍见翻疑梦里逢，天涯何处无芳草？
九十春光烂漫收，杜鹃声里斜阳好。

其四

横海归时恋旧巢，蓬莱清浅畏藏蛟。
天涯何处无芳草，马龁寒沙气尚豪。

舟中偶感　四月八日

谁更青门识故侯？白堤杨柳似残秋。
当时踏遍如茵地，输与乘桴作小游。

寄二姊　四月十三日

幼文老手世无双，摄影年来更擅场。
今日古崂三尺雪，[1]倩谁圆镜射神枪。

[1] 古崂，谓 Grouse Mts，高四千三百尺。

过巴拿马运河偶成二首　四月二十三日

其一

翘足巴拿马，倾衷问海桑。
地分南北美，波漾太平洋。
疏凿谁家事？梯航固一方。
鸿沟无处画，回首益苍茫。

其二

闻道南非美，原曾共一家。
如何分手后，从此异桑麻。
兔捣姮娥误，乌沉后羿夸。
吴刚斫桂树，能几见含葩？

望别巴拿马　四月二十四日

波平还似镜，宁是大西洋。
忆自科伦布，翻成古战场。

船抵牙买加有感　四月二十五日

白首谈玄身外事，漫书名姓语何从。
摩挲三百年前物，至竟谁敲古寺钟。

船离开 kingston 时望蓝山眉峰作　四月二十六日

重峦锁翠惜来迟，坐对疑渠是故知。
终睹庐山真面目，晚云开处一低眉。

船抵迈阿美　四月二十八日

如此迈阿美，真堪一黯伤。
何曾民瘼见，空作养狙侬。
一雨江林黑，初春病叶黄。
百寻驰道尽，宁似步羊肠。

舟出迈阿美港口占　四月三十日

天涯何处无芳草，鸿爪宁教印雪泥。
别有恩情系怀抱，伯劳飞燕尚东西。

两洋杂诗三首

编者注：悲鸿，徐悲鸿。幼荷，曾幼荷，旅美华人画家。

其一　别汤卡

沧海何时变稻田？羲皇犹在太平前。
扬帆笑掠沙洲过，侧想长鲸浴日年。

其二

七海浮槎浪未平，薄游南外望觚棱。
故交健在知余几，息影贪欢话洗兵。
怀袖书翻疑易代，经过地乃忆倾城。
沉舟侧下千丝网，网得湖山恨别情。

其三

避计桃源苦自多，耕莘钓渭异时何。
书生挟策怜居蔡，壮士怀归肯画河。
笑就愚溪删旧序，且依退谷补新萝。
萧斋面壁还相对，只有悲鸿与幼荷。

舟过阿速里群岛望海时作 五月三日

好花时节又伤心，浪迹天涯若处寻。
薄泪怎将愁字了，[1]叩舷孤棹听悲吟。

[1] 时方省忆李清照《声声慢》句。

追记一首 五月五日

楮贵沽春易，终成未寄书。
石头城下饮，还共忆蓴鲈。

漫游里斯本街市登圣乔治古堡

水远孤城江岸回，大洋西岸失林隈。
冈陵极目遮云树，樯檝存遗付蜃灰。
薄晒金门桥上月，[1]木窥玉局七丛台。
登临故垒萧萧雨，废井谁曾拂砌苔。

[1] 葡京里斯本新建大铁桥飞跨退嘉斯河，萄人深感夸耀，以谓高于三藩市金门大桥，至冈陵七阜，疑与罗马古城较，尚相差一间耳。

过哥丁纳（Cortina）山城　五月十六日

坐对多罗百尺楼，夕阳红遍未全收。
如何一霎江城雨，短棹金锚向楚头

夜宿瑞士小镇旅馆

是处溪声好，真堪老一生。
窗含西岭雪，风送寺钟清。
逝者如斯去，栏杆昨夜情。
狼牙山北望，坐对几人曾。

晨漫步后作

疏雨朝晖宇气清，东流涧水独关情。
他时倘许山重别，来校丁丁伐木声。

再题

落照殷红雪，疑曾画笔挥。
吟魂随梦住，山月逐僧归。
晓色烟初白，钟声落若晞。
不关残酒醒，无寐到熹微。

威尼斯游湖　五月十七日

见道豪英会，人曾横槊歌。
可怜湖上月，时去逝骓何。
远挹千山雪，平添万顷波。

由来怀旧意，清泪落谁多。

临江仙　登 Simplon Pass 时作　五月二十二日

编者注：这是作者在瑞士旅途中寄给孙女的一首词，注中“嬷嬷”，指作者夫人。

过尽征鸿来去燕，故园消息新晴，晓风淡荡暮烟轻，几回芳草岸，坐待月华生。　　雪意冰心情未了，梦魂依旧飘零，玉山高并数峰清，据鞍书小字，名似孟云卿。[1]

[1] 孟字，孟母。嬷嬷似之。

西江月

万里征尘未洗，吟边岁月初新。饮冰踏雪句微匀，何处先生大隐？　　宝剑沉埋自笑，湖山携手伊人。指书云字唤真真，名姓他生重认。

晚居祁锡（Keswick）晚步有诗　五月二十八日

野寺钟声破夕凉，片帆湖面带秋光。
分明管领诗人事，况对黄花自在香。

游苏格兰湖区　五月三十日

匹马西风未陆沉，佳人拾翠意萧森。
百年斗草阶前语，千里横戈梦里吟。
苔藓啮余秋鹿涧，英雄劫后野猪林。
据鞍鹰集君回望，三十明湖春水深。[1]

［1］说者谓英伦之湖区 Lake District 大小廿一湖，余以为苏格兰湖又不止此数了，统以三十，亦言其大者耳。

早发达尔马 五月三十一日

其一

一夜潇潇雨，烟横雾欲穷。
尼山可不见，惆怅又苏东。

其二

昨夜许山残照，今朝歌谷寒风。
黑林烟雨路谁通，闻道战俘功共。[1]

［1］路闻为一次大战时德战俘所筑。

重过牛津寄书刘殿爵 六月九日

编者注：句四“鸟”《陈君葆日记》作“羽”。

水浅天河细浪翻，津头重过路仍难。
松枝东指君应记，不作还飞倦鸟看。

路趋 Aberstwyth 地方进发雾重夜似曾雨因口占句 六月十一日

编者注：据《陈君葆日记》，此仅得两句。

武水清溪粤北，小名春草婵娟。

过南园池（Nantwich） 六月十四日

荻水风光好，南园聚米雄。
城头观戏马，日角失真龙。

成败谁功罪，穷通一寇凶。
宝刀犹未老，谈笑剧玄宗。

游伦敦小诗一首　六月十九日

我到伦敦来，伦敦桥未拆。
含笑问行人，不知身是客。

悼刘衡仲先生　六月二十二日

百忧感更思刘八，耆旧新楸一涕零。
闻道青矜犹户限，几时明月照中庭。

废笔二律

其一

废管书蜗字，闲愁更语谁？
续完非汉帙，矜式有韩碑。
秉直宁关分，寻春意恐迟。
不堪江梦破，肠断忆修眉。

其二

冉冉孤生竹，何时变质新。
已惭毫吮力，终谢砚磨人。
别墨求原子，投竿隐钓纶。
未防毛颖脱，挥手五车尘。

卜算子　六月二十三日

编者注：此三首词，据《陈君葆日记》："草就两首词，却忘记了词牌名甚，适殿爵归自 Leeds，托为一查。迩来记性真不像样，越苦思越觉脑塞。”依词律，应为《卜算子》，今补上词牌。

其一　旅英

一

细雨湿青枝，寂寞花无语，笑问君家住那边，春色谁曾主？
草草饯春盘，但道春如许，待到栏杆月上时，又怕春归去。

二

草色绿湖边，春去春还住，烂漫风光取次收，系马谁家树？
日脚未全抽，依约来时路，底事寒烟款款飞，一任西风妒。

其二　伦敦阻雨

寒色满皇都，人道花迷处，湿尽青枝柳眼低，梦绕池边树。
一夜滴空阶，晓更连篇语，待到黄昏月上时，依旧烟如雨。

过滑铁卢车站观圣詹姆斯公园观告示禁食物饲鸟因赋一绝　六月二十四日

编者注：句三“许”《陈君葆日记》作“惯”。

浅水湖头洲渚连，刷翎照影媚清涟。
啄余未许人间粟，定是宵来待御筵。

由伦敦乘船返港途中　六月二十八日

云淡天高日丽晶，轻波荡漾远帆明。
已行二万三千浬，重话南飞第一程。

词一首　苏幕遮　六月二十六日

编者注：据《陈君葆日记》，此词在六月二十六日已写好，因其时在国外，原预计要到 CAPE TOWN 才能寄，但二十九日至 LAS PALMAS 即可寄出，故录在此日日记之下。句四“奚”《陈君葆日记》作“汤”。

晓星沉，云淡淡，春色阑珊，奚便风流散！汤酒持觞应未惯，况是交河，又道归来晚。　　悄无人，莺语乱，好梦难赓，约更谁堪换？明月楼高微步返，一吻深情，弱柳风前挽。

舟泊勒斯巴马二首　六月三十日

其一

西来昨过阿速尔，南下今穿康纳梨。
万里征帆春梦远，百年归约故山迟。
虬髯入海谁先路？马革冲寒恐后时。
见道广寒争礨地，岂从二顷问鸱夷？

其二

寻寻曾劝歌同调，莫仅苏辛意气雄。
百首新词今写就，只怜膏沐为谁容。

相见欢

其一

平生知己何人？数垂纶，立马踟蹰应笑绝芳尘。　　回望眼，风云散，是残春？别是梦中玄圃识昆仑。

其二

春山不似秋山，掩重关，望里孤鸿顾影未全闲。　　凝眸处，空云树，邈回澜，欲问天边明月几时还。

菩萨蛮

愁心还比天来大，怀人更在风烟外，春色满栏杆，未秋先意寒。　　栏杆曾倚过，愁比春山乱，奚事望秋晴，愁人心内明。

游览康纳利岛后寄怀廖恩德伉俪二首　七月一日

编者注：第一首末句“沙宣道”是廖恩德府第所在地，位于香港岛南麓，风景秀丽。

其一

笑指丹厓触眼明，东南地陷未全倾。
仍留火焰山前月，曾照阿兰海底萤。
罗马人来岩穴土，科仑布拜寺钟声。
桃源洞里花千树，不及沙宣道上行。[1]

其二

茫茫何处是沉洲？一片汪洋没白鸥。
暮霭无情看落日，飞云绝顶忆罗浮。
湾流不识古舟子，汉女空思明月楼。
我欲因之问蕉雨，秋林可许隔青丘？

［1］史家谓阿兰地洲沉没后，唯余康纳利、阿连理斯诸岛星列大洋面。市中故城西有圣安娜礼拜寺，闻科仑布扬帆西指前，曾先至其地祈祷祝福，始启行云。

辣斯巴玛诗续成一首　七月二日

编者注：句三“闻有”《陈君葆日记》作“剩有”。

浮海人称敌万夫，汉尼拔岂误修图。
寒藤闻有龙蛇骨，乔木争无猿鹤居。
涧壑笑应藏洗甲，洞云今更惜当垆。[1]
风流伊斐犹余子，[2]宁似西洋下舳舻。

［1］岛上很多岩石古窟，辟为旅居，当垆卖酒。
［2］伊谓伊利沙伯一世。斐谓西班牙斐立二世。

舟中与友谈时事书示二首　七月五日

其一

岂与铜山问邓通？英雄出处略相同。
裹尸马革犹多事，况复瓶樽作寓公。

其二

南海西洋路早通，波光云影未全同。
如何广武归来后，忘却先生义为公。

伦敦返港舟中偶成　七月七日

踏雪归来月影披，浮槎又与岁星移。
海天一线怀人日，风雨图南惜羽时。

目送意大利移民往澳洲轮船丽天号有感
七月九日

千里扬帆碧海深，投林越鸟变乡音。
最难姝丽牵裙问：谁写新词去国吟。

舟中偶书　七月十一日

昔道共工争地折，今来欲与辨蜃灰。
骑鲸拾贝三千岁，休问沧桑复几回。

南非杂诗二首　七月十二日

其一

百里横澜曲岸招，暮云重叠雨飘潇。

连城爱看湍飞雪，绝忆之江八月潮。

其二

寒雨连宵未放晴，层阴又指海云生。

南溟许比天池小，水激鹏鲲意不平。

船靠德班（Dunban）杂诗三首　七月十四日

编者注：句二“厓”《陈君葆日记》作“崖”。

其一

知是沉洲是古原，赤崖重叠浪痕存。

游人指点千山石，坐对曾来马吐温。

其二

雾锁朝晖晚断霞，蜂巢居室野人家。

狙卢异日繁增殖，待看猰貐发五豝。

其三

负戴载堪力敌牛，道旁栽蒜又何求。

嬉皮摇摆哥哥舞，如此升平第一流。

船中午睡梦见云卿得句　七月十五日

惊破思君梦，天南惑曙鸡。

夕阳连水阔，烟草忆凄迷。

路有千山谷，茶应九曲谿。

深知两愁绝，不为惜鸿泥。[1]

[1] 昔年茗于“九溪十八涧”。

过所罗门海四首

其一

风急天高向晚晴，昨宵犹梦彩虹明。
如何一霎朝来雨，十万潮头浪未平。

其二

异地山河谁管领，酒边岁月促流连。
君看人物今重数，几个曾逾博望年。

其三

冠带谁还道上台，如何羊狗白皮开。
如今掌握重兴运，可有经纶上乘才？

其四

苏英本意在和亲，不谓翻成上国沦。
一舸扬帆曾下嫁，遂令兄弟总磨磷。

犹有怀中未寄诗二绝　过蒙巴塞时作　七月十六日

其一

千山万水路迢遥，离岛回戈气尚骄。
斜日尽教藏暮霭，弄儿依旧喜秋潮。

其二

两洋跨越又西洋，海碧波深古战场。
几度咸池看落日，独余清泪润诗肠。

船过莫三鼻海峡

试看看，
天边一线无垠际，
似带还浮。

是雪岭雪峰，
横断崆峒？
一叠叠，
一堆堆，
浪涌潮生，
惊涛咽石！
那边定有仙人住处，
是蓬莱三岛，
天外桃源？
是海市蜃楼？
欲明半暗？
呵！
都不是，
那是暮霞青霭，
夕阳明灭履晴沙，
千里外，
那才是马达加斯加。

寄怀叶灵凤一首　七月十七日

游观聊为解朝酲，未许云山赚别情。
天末凉风归棹日，休从问雁问秋晴。

船上观落日二首　七月十八日

其一

千山万水路迢遥，离岛沉洲气尚骄。
斜日尽教藏暮霭，弄潮更欣喜秋潮。

其二

两洋跨越又西洋，海碧波深古战场。

几度咸池招浴日，独余清泪湿诗肠。

望巴沙博物馆明制茶罐　七月十九日

把酒狂歌百处同，争如一碗腋生风。
君看煮茗西行客，茶罐清樽两不空。

船头观日得句　七月二十一日

天池七月水云蒸，可许浮槎得上乘。
薄倦海西观浴日，且依东指看阳升。

船边观浪四首　七月二十二日

其一

晓光连巘绣成堆，浊浪排空第一回。
海燕孤飞向何处？暮云朝雨递相催。

其二

一病焉知历岁寒？相思无奈托飞翰。
浊醪妙理余曾解，欲酌天池惜肺肝。

其三

大江东去念奴娇，旋转乾坤事一朝。
休羡暖流关世运，只今人诵太平潮。

其四

两脚云端次第过，微怜海月泛秋涛。
舳舻千里当年事，欲为虹桥发浩歌。

舟泊孟买湾不许登陆因赋一绝志感　七月二十六日

浮海西来欲扣关，印洋几见浪新翻。

先生裹足留香岛，我亦舣舟孟买湾。[1]

［1］记得孙中山先生一九一二年自欧洲归国就任临时大总统新职，路经香港过，香港政府不允许他上岸出席欢迎会，我们呆在洞天酒楼直至下午三时等候，此情此景，我始终不忘，而今次自己过印境，又得同样遭遇，故不禁感慨系之。

朝看寒鸦二首

其一

数声凄厉寒鸦色，并入离人笔底吟。
屋角畏炎今苦雨，一般依旧借墙阴。

其二

骇浪鲸波迄未平，西来风雨撼新城。
寒鸦解得无穷事，噪尽苍茫感废兴。

十六夜月倚舷吟成　七月二十九日

海上生明月，危樯倚独看。
几回相坐对，清话到宵残。
故宇多愁思，孤云自往还。
可怜飞梦揽，依旧不胜寒。

船头看槟城夜月　七月三十一日

今夜槟城月，何人睡起看？
影羞娘惹舞，春惜孟牙残。
别馆听涛易，余生续梦难。
清寒高处客，宁解转永盘。

船泊巴双港口有感三首　八月二日

其一

平林尽处顾横波，浮叠纱橱别恨多。
重话海山云树改，最难忘是雪兰莪。

其二

晓泊双桥雾未开，问余何以慰离怀。
神鸦巫鼓疑看惯，不见当年笑脸堆。

其三

残照烟波淡灭明，才观塔影倏无形。
蜃楼岂必芝罘见，变幻璃璃意目成。

船泊狮城　八月三日

一雨成秋未尽寒，晚晴依旧远山看。
休从折处思垂柳，移影舢棱暂借安。

晓起舟中望七洲洋　八月四日

晓风晴浪顿清新，昨夜虚惊起暗尘。
休道九州南尽后，水浮天外更无人。

漫成一首　九月十三日

寻思终觉昧人天，不分蓬莱作散仙。
惆怅白兰花数朵，心香一瓣序华年。

晓行顾视柚子树失去有感　九月十五日

得失休论晋楚材，为而不有枉安排。

经行难免周郎顾，明日谁当陆橘怀。

闻中国驻莫斯科大使馆否认毛泽东病重消息因思而成一诗志感　九月二十三日

谣诼原非爱楚强，谷神仍在詈何伤。
信言奚必三篇老，善下斯为百谷王。
千载安危身所系，一时治乱语能狂。
唯阿相去曾无几，痴绝谁当究短长。

欣闻颜老居士剃度　十月十五日

闻道削除烦恼，从今列席三宝。
饶我杜撰伽陀，敢之善颂善祷？[1]

[1] 汝老文室里头，原放八万狮子座，今却走到殿下，任人摆布，是何道理？释迦当年树下悟道，未闻摩顶手续。千万刀下留情，还证本来面目。

晓行得句　十月十七日

折得林花别赠人，晓风云影一时匀。
白头回眼三千树，秋雨横山入梦频。

寄刘殿爵　十月二十九日

君感长安不易居，灌园无地亦愁余。
水仙欲上酬丹荔，岂谓漳泉为阙鱼。

闻双鹊噪二首　十月三十日

其一

晚色云开列水湄，黄花无那满东篱。
长河月上哉生霸，苦竹风移影拂墀。
绝忆鸽棂思子幼，敢迟秋汛涣心期。
双飞乃学寒鸦噪，迢递归来觅故枝。

其二

雕梁软语费商量，戢翼松荫谢夕凉。
万里孤舟仍作客，百年多病未相忘。
定巢岂必三珠树，伐木才歌九月霜。
鹊问乍挥闲涕泪，凤池西隔几垂杨。

寄廖恩德夫妇　十一月十三日

秋风我亦思鲈鲙，生菜虾松况及时。
安得郇厨纤手办，鸾刀细镂笋新丝。

偶书　十二月六日

寻思心印事如烟，同梦终难五十年。
记得卜花呵冻夜，已寒天气未增棉。
每惜忙闲荒此日，何曾坷坎受人怜。
重弹甲子知岁命，两袖文章不值钱。

闻卖花人语　十二月十六日

连理孤生淡影秋，青青曾倚黛眉修。
卖花人解花前语，宁解花间人白头。

依韵和黄新彦风景台之作二首　十二月二十四日

其一

两峰阙处一回眸，云影孤帆眼底收。
遮莫九州南尽望，沧波翻似洞庭秋。

其二

萋萋芳草燕归时，忍道营巢恋故枝。
犹有夕阳无限好，未妨留眼滞天涯。

偶感　十二月二十六日

昨夜春来雨潇潇，雨霁云开月更娇。
可信远人今北望，晓来休悸太平潮。

喜得止庵岭东寄诗至二首　十二月三十日

编者注：循陔、清漪老人，均系曾靖侯先生别称。

其一

三年不见君诗至，迢递乡音孰引毫？
恰是岭梅初放日，耳瓶新得味松醪。

其二

多艰天步苦心期，欲效驰驱病后时。
投老每增怀旧感，循陔书画止庵诗。[1]

[1] 循陔，清漪老人别号。

一九七〇年

为华革会和诊疗所拟邓全公祭挽联　一月二日

其一

是民族恨，是阶级仇，五卅以来，又一笔新添血债；
为抗暴死，为斗争死，继公而后，看几人挺起腰身。

其二

迫害逞凶残，虐逢地下韩擒虎；[1]
见危思授命，人以君家邓正卿。[2]

［1］隋韩擒虎："生为上柱国，死作阎罗王。"
［2］邓世昌，字正卿。

冬日登流浮山望海偕新彦博士恩德美球伉俪五首

一月五日

编者注：新彦博士，黄新彦。恩德美球，廖恩德、郭美球。

其一

流浮休误作罗浮，南渡衣冠一例羞。
犹是潜鳞耕蛎地，几回王粲怕登楼。

其二

江风吹浪卖馐声，蟹榭渔村旦暮情。
不信箓符能寿世，醉看红树点秋晴。

其三

干卿底事海微尘，隔水争夸景物新。
剩有珠娘旧时月，临江酹酒更何人？

其四

坐对青山笑放翁，蛤蜊焉用问王融。
愁来鲁酒难成醉，诗就呻吟不要工。[1]

其五

倘得陶朱十亩塘，闲鲂种竹傲秋霜。
不矜市井鱼虾贱，聊赚天寒翠袖忙。

[1] 末句用山谷句。

观红白茶花　一月二十六日

似花还似非花也，绕砌烟寒为底开？
倦眼怕挥闲涕泪，峨眉山月半蒿莱。

答止庵七律一首　一月二十八日

岁暮怀人添鬓白，书来差喜豁双眸。
藤萝得意冲霄汉，松菊何心辨斗牛。
浮世笑从章句学，此生终拙稻粱谋。
最怜伤乱登楼惯，又向闲鸥问蹇修。

金雀笼三首　一月二十九日

编者注：《陈君葆日记》所录仅二诗：“……因忽有所感触，写成金雀笼两首绝句，附覆止庵的几首诗寄云。”因字句颇多不同，今并录此。其一云：“雪衣红喙费衡量，香稻徒供舌短长。挟弹羽翰英气尽，金笼应与并弓藏。”其二云：“曹家门第爱英雄，铜雀空思饮啖工。剩与玉杯斟对浅，汉朝陵墓绕秋虫。”而在二月二十八日日记云：“关于上月覆天畏问寄存他处鸟笼应如何处置一事，写就几首诗，终改为三首。”此三首即下所录。今并系此。

因曾天畏来信提及曹聚仁寄存在曾宅的雀笼而赋

其一

群飞平野视茫茫，香稻微时适莽苍。
挟弹少年英气尽，金笼应并与弓藏。

其二

邺城移柳旧家风，铜雀非夸饮啖工。
试取玉杯低唼处，汉朝陵阙问秋虫。

其三

本是梁园惊座客，也曾相识笑腾骞。
只今谁解调鹦鹉，闲却雕笼惜敢言。

为廖恩德撰寿其夫人郭美球女史六十二首　二月二日

编者注：为郭美球撰寿联，陈君葆仅一首，其二系代廖恩德所撰，并于日记中云："诗拟就，不过'历朝文体闲征遍，宁有夫郎寿内诗？'颇觉足为一笑。"

其一

周甲春回鬓许青，去年欢溢鲤趋庭。
偶添菊谱联兰谱，闲点茶经补水经。[1]
雪里乍探黄石树，梦中时倚子云亭。[2]
韶华娱晚心无碍，重话罗敷未嫁情。

其二

剩水登临忆乱离，归来偕老笑齐眉。
称觞洛社延吴咏，绕膝天涯自母仪。
苏蕙鸳机闲锦字，绍兰燕足系新诗。
知非伯玉犹前岁，岂效寻常祝嘏词！

[1] 第一首第四句借用吴梅村句。又，"茶经"，兼指所植山茶花。

[2] 黄石公园，郭美球女士曾游，极爱其自然风景之美。子云亭在西川，郭女史亟称峨嵋山，时萦梦寐，故及之。郭绍兰，唐时人，郭行先女，

适任宗，宗为贾于湘，绍兰以书系燕足寄之。任宗得诗，翌年即归。

寿廖夫人郭美球女士六十　二月十日

六十平头称耳顺，逍遥岁月羡闲身。
吟边甫办辛盘馔，台上今留献赋宾。
郭氏西斋思颖句，[1]秦时明月倚楼人。
乐全寿学东坡老，[2]为道天涯德有邻。

[1] 黄庭坚有《郭明甫作西斋于颍尾》一诗，而欧阳公有《思颖寄常处士》之作。

[2] 东坡《寿乐全》说：“先生真是地行仙，住世因循五百年。每向铜人话畴昔，故教铁杖斗清坚。水怀冰切生秋思，倚壁蛟龙护画眠。遥想人天会方丈，众中惊倒野狐禅。”

题厅中水仙花一绝　二月二十日

春来密意费端相，冷露微分到玉黄。
剩有一枝斜倚月，水边疏影绾寒香。

初春杂诗七首　三月四日

编者注：鲤门，指香港鲤鱼门。

其一　过鲤门天后庙

庙貌新窥到碣文，佉书珠舶黑昆仑。
傅岩不处详签客，休更风波问鲤门。

其二　见较剪兰作

乞竹分花手自栽，坐观帆影出林隈。
却忘身在浮云外，时讶孤鸿独往来。

其三

漫山绚烂倚崆峒，暮雨朝暾缥缈峰。

莫问灵飞何甲子，故园松菊月明中。

其四

漠漠春阴离恨生，海云初压断霞明。
东风未解为霖雨，山北山南自在晴。

其五

翠袖香罗着泪干，去年消息凤池翰。
寒衣尚自催刀尺，湿意谁分到剪兰？

其六

奔逸何须定绝尘，光摇银海笑佯瞋。
宝刀未老王良少，旁有昭陵睨骏人。

其七

照人胆似秦时月，送我情如岭上云。
此是昔年龚子句，屏除结习意输君。

答止庵问三年不见寄诗至三首　三月二十八日

其一

遣愁曾赖簸春魂，字拟珠玑袭锦存。
偏道三年诗阙寄，此诗非指彼诗言。

其二

不关三百瓮头尘，酬应篇章义背新。
今代恐难诗史事，杜陵庾信又何人。

其三

岂云雅颂专廊庙，自是诗文有别裁。
倘得虚怀征质美，闯开新格揖高才。

晓行漫成一绝　三月三十一日

薄雾浓烟压野�，嫩寒初褪夹衣尘。
胆瓶微有啼鹃血，折得繁枝别赠人。

无题　四月二日

越南战火已连天，延燎中东爱尔兰。
寄足想无干净土，劫骑今到外交官。

漫成一首　集龚定庵句　四月九日

倦矣应怜缩手时，但开风气不为师。
湖山旷劫三吴地，收拾风花倘荡诗。

寄怀文弟　四月十一日

编者注：文弟，陈君文，陈君葆第七胞弟。

别意何方寄远洋，寻消问息九回肠。
十年鞠育曾依嫂，一手栽培共忆娘。
投老几经人事改？怀归时梦北窗凉。
怜渠瘦马西风路，旧德重宣独出疆。[1]

[1] 文弟赴美洲，首途前并未语余等以何日成行，乘何机，搭何船，至三月十五日抵三藩市后始以书至。余祖与叔祖兄弟客居美洲者先后凡七人，旧德谓是也。

喜得七弟美洲寄简三首

其一

书至仍疑路可通，去时奚事尔匆匆？
恍如望断南归雁，云树烟波刿万重。

其二

绝忆囊书禹穴探，丁宁烽火烛瀛谈。

壮游尚逊长缨岁，一苇曾教道日南。[1]

其三

松杉乔木几霜柯，红印残遗感慨多。

试上金门桥上望，浪潮西去更如何？

[1] 民十七，文赴沪升学时，取道越南。

我国发射人造卫星成功　四月二十六日

《大公报》记者来访关于成功发射人造卫星感想，有诗。

丹葩昨傍紫云开，水绕天河梦绕梅。

恰是草堂春睡觉，叩门人问晓星来。

庆贺我国第一颗人造地球卫星上天　四月二十七日

星汉曾疑路可爱，巡天今看纪游踪。

穹苍初泛乘槎意，科技还推屈指雄。

摘斗会当从我始，步蟾奚定与人同。

朝来第一开颜事，遥听东方广奏红。

台南胡姬寄生兰四首　四月二十九日

去年官文华同学过港，携得自台南寄生野兰惠余，历秋至春，其中一株届三月下旬着花，形如蜻蜓，如蝴蝶，凡十有七朵，逮今日已逾一月矣，因赋以谢之。

其一

熏风拂袂舞翩翻，露冷栏杆月影寒。

欲折一枝谁寄与？水沉香远纫秋兰。

其二

惆怅平生负所知，艺兰消息误秋期。

分携四十年前处，重到须惊世换移。[1]

其三

离菊开时远馈贻，迟迟春日挹芳姿。
幽香只解闲风月，宁与长条绾别离。

其四

郁郁青青海气涵，藤柯倒影入澄潭。
从知寄傲余根在，失土犹嗟郑所南。

[1] 余客居吉隆坡时，故友叶大池先生数与商榷艺兰秘诀，多所指示，世变多故，忽忽已四十余载矣。去年自欧返港，途经槟屿狮城，舣舟凝望，均不得一履旧游之地，不无感慨系之。

晓行观花　五月十一日

一雨洗林花，千山竞吐葩。
鸟嬉新涧瀑，云带赤城霞。
泛棹家何处？藏舟路恐赊。
可还丰沛过，重问旧桑麻。

闻考大学生阻雨临时更换试堂戏赋　五月十四日

雨打风吹一代忙，管城携袖换斋厢。
如何学得涂鸦字，惆怅槐花试卷黄。

叶林丰六五生日以赤木柱杖为寿并媵以诗二首

六月四日

其一

倚牖应堪护昼眠，烟萝风蔓识松年。
霜姿五月陪樽宴，得似东坡寿乐全？

其二

亦学东坡寿乐全，先生应作地行仙。
海南岂是无佳植？供与童心伴骨坚。[1]

[1] 次首末句是因林伯呼叶老为“小生”而起兴者。

仰止亭 六月十三日

编者注：此诗为陈君葆改正之作，其始作于何时未考，今暂系此。

先生光武之故人，何处春光系钓纶。
仰止亭边新日月，独余秋草识承尘。

绕树十余次才找到夜合花一朵有句 六月三十日

东风细雨润晴沙，忘却腰身恋物华。
绕遍芳丛寻未已，幽香竟住向谁家？

庚戌杂诗四首 得免封寄笺作 七月七日

其一

畏庐三绝迫而翁，闻道时还辩异同。
自是汉家今用法，少思奚事相王充。

其二

怒触周山绝四维，如何立极累神思。
且看九脉东流注，多少灵鼇断足知。

其三

艺兰岂不爱王香，空谷幽姿九畹霜。
谁意落花人独立，维摩小病怯新凉。

其四

潭州萧瑟燕楼空，旧忆年时惜固穷。

弹指已非闲甲子，教人垂涕又西风。

七七纪念日忆过宛平

荻花萧瑟励精魂，二十年前虎尚蹲。
不记卢沟桥晓月，否曾填好旧伤痕。

与章甫信中得诗意　七月八日

文字缘深惮网罗，些须肺腑触讥诃。
滞留篋屜疑天意，省却人间一事多。

梦旧雨新知于一堂　七月二十二日

世味时从勺水谙，萧然龙骨穴谁探？
过江今看多于鲫，激水天池又向南。

梦中得断句

编者注：此断句与《梦旧雨新知于一堂》并为梦中所得，惟断句未完。《陈君葆日记》云：“口占数首，仅忆一首和断句，似是……也就是低首沉吟到这里便突然醒来了。”

图南岂意招时誉，爝火原非避舜尧？

追慰曹聚翁丧明二首　七月二十九日

编者注：曹聚翁，曹聚仁。

其一

微语始知雍有子，可堪掐掌不闻号。

薄惭未识王戎异，长慕延陵季子高。

其二

零露春秋湿姓名，治时何少乱时盈。
浮桴倘得光年逐，谁与星河伴独行。

四号傍晚雷电曾击无线电台因书两绝志感

八月七日

其一

圣人门户几曾开？唯见飙回动地来。
定是下方言路塞，电雷下击景公台。[1]

其二

鹊巢解避风多岁，蚁聚思迁雨至时。
薄哂倭人夸博览，落帆展馆昧先知。[2]

[1]《淮南子 · 览冥训》原句："雷电下击景公台。"
[2] 今年日本大阪博览会，香港参加设展览馆，上加嵌中国船帆樯以作标帜，遇台风吹毁。

书事并用前韵三首

其一

极知天窍未尝开，求胜希望迹可哀。
不见十州迷毒雾，[1]白宫犹自筑金台。

其二

广岛长崎廿五年，美人虹气付青烟。
劫灰不共蜃灰灭，又见倭刀醉舞筵。

其三

殛鲧羽山惭德日，罪己轮台下诏迟。
首阳枉事分仁暴，历史何烦后世知。

[1] 月初，美国东海岸自波士顿为毒雾笼罩。

晓行于莲池边摘夜合花一朵口占二首

八月二十日

其一

晚节篱东意尚赊，横斜疏影忆年华。
含香不与群芳竞，独有清秋老树花。

其二

低枝接叶仍风舞，零雨闲云续小年。
惆怅落红生事改，甫能春住又秋烟。

黄端文见过一首　八月二十一日

著录尚堪金石外，[1]折腰奚任忍饥年。
枌榆才士疑无几，低首寒毡老郑虔。

[1] 端文长于书写，又能鉴别古董字画，所以诗有“著录尚堪金石外”句。

贺国庆三首　九月十一日

读中共九届二中全会公报，喜知今年“十一”国庆庆祝将更为热烈，因濡笔书怀三首

其一

会同四海望喁喁，绛阙欢腾想盛容。
九大纪成镌雪窦，[1]三秋迈进庆年丰。
怒潮反帝谈瀛客，[2]拨乱安危道景从。
时用雌雄朝夕事，[3]哲人门户几千重。

其二

举世群趋革命年，斗争支左觉余先。

巡天核运畴星卫，代鹊桥成看石鞭。
庙略戢兵无敌算，东南固圉齿唇连。
会教牧马终逾幕，肯使龙庭更蹑边。[4]

其三

五月声明在眼中，全民团结气何雄。
狺狺群犬犹西陆，滚滚长江漫海东。
岂有燎原能灭火？更无修帝可称红。
且看十月明年会，几个仍甘在下风。

[1] 去年“九大”胜利开成，时余方旅行至北意大利阿尔卑斯雪山中，闻喜讯曾于《临江仙》一词中语纪其事，过新普伦山隘时，即以手杖镌书于雪压上。其词云云。

[2] 又“怒潮”句指余寄文弟诗的第三首言。

[3] 又《淮南子·氾论训》篇：“一世之间，而文武代为雌雄，有时而用也。”

[4]《汉书·匈奴传》：“匈奴远遁，南无王庭。”

邓止庵来信提及前年丧明因以悼诗覆之 九月十六日

丧明小我违时义？[1]伯道无儿实可悲。
情至所钟仍我辈，立新破旧复奚疑。

[1]《世说》：“顾雍语：已无延陵之高，岂可有丧明之责！”

临江仙 怀旧一首 十月八日

编者注：《陈君葆日记》云：“词后半阙起句本作：‘侣伴俊游应尚在，惯看行马侯瓜。’后想意不佳，卒易之。”

九日清樽欺白发，不禁雨骤风斜。湿飞秋思更谁家？欲寻萧寺月，重倚赤城霞。　　侣伴俊游仍记否？惯窥胡马寒沙。吟鞭侧帽客京华。春来才几树，风雨又黄花。

浪淘沙　重阳已过仍风雨　十月九日

风雨度重阳，负尽荷香，黄花今也怯新凉。数遍断云重又数，几点秋光。　　时节话清觞，底死疏狂，海棠开后梦偏长。寥落枝头春苑在，肯怨严霜。

相见欢　十月二十五日

花时绕遍春丛，路微通。碧瓦朱桥行处，露初浓。　　秋林静，江潭影，思千重。流水断烟残照，又西风。

蝶恋花　为素心兰作　十月二十六日

空谷幽香烟欲暝。芳草无情，照水斜阳影。刻意伤春春又尽，素心人远天涯近。　　江上芙蓉怜独醒。笑靥墙东，醉舞谁曾省？蓦地秋晴应未准，众芳寥落闲庭静。[1]

[1] 昨过大埔时见醉酒芙蓉花，故下半阕及之。

浪淘沙　忆吉隆坡故居二阕　十一月一日

其一

风雨又黄花，疏影横斜，水边篱落似君家。最忆棠阴蝉影下，闲话桑麻。　　回首半山笆，风洞丹霞，薄游何事滞天涯？惆怅粤江连楚水，虚度韶华。

其二

回首月明中，水远山重，当年此别太匆匆。刚道沈郎腰瘦也，又诉离衷。　　秋色满长空，春恨无穷，楚宫吴苑半枯桐。织就乱云仍是梦，寒雨寒风。

桂子飘香 十一月二日

十月飘香异，天南未有梅。
隔邻消息问，花早为君开。

菩萨蛮 十一月七日

编者注：时为“文化大革命”高潮，女儿陈云湘在湛江任医生，因怕寄往香港的信，被人视为“里通外国”之嫌，故不敢与身在香港的爸爸直接通信。

尺书欲寄天涯近，梦回别恨谁相问？杨柳昔依依，月明花满枝。　　廿年诗影瘦，霜鬓时怜幼。空道最关情，袖痕清泪盈。[1]

[1] 湘儿自茂名来信说：两年了，信不曾这样直接寄到你手上来。

菩萨蛮 早开的桂花 十一月八日

小楼一夜风凄紧，珠尘玉屑崇朝陨。点点糁栏杆，几同摇落看。　　香飘薰欲醉，谁剪秋心碎。归去广寒宫，月明花影重。

遇港大旧同学成一首并示美球女士

十一月十五日

寄傲徒令钓渭滨，天涯随处识松筠。
只应龁雪终归汉，宁为偷生作美新。
不信仲尼思去鲁，何尝舜水得逃秦。
首阳采菇惟薇蕨，雨露仍沾易暴人。

诗纪旧游　十二月十九日

浅浪千重映小楼，碧桃开尽黛眉修。
徐霞不为耽山水，欲越澜沧问道由。

一九七一年

夜思　一月十三日

昨夜床前月，寻思久未眠。
浣纱溪上望，空忆五湖烟。

蝶恋花　三月四日

小序：余悼亡后六年，得小原正治自东京赐书追慰，并述其同年亦有失恃之痛，因赋此答报。

我失荆妻君丧母。六五风烟，肠断同分手。[1]我未登堂师孝友。[2]君曾识面亲齑臼。[3]　　乙巳年凶谁夭寿。[4]龙虎鏖糟，[5]厄会逢阳九。天老情荒人皓首。[6]蓬山路远书怀袖。[7]

[1] 杜甫："断肠分手各风烟。"
[2] 前人句："长记登堂拜母时。"
[3] 杜甫："画图省识春风面，环佩空归月夜魂。"
[4] "六五"，六十年代，岁次乙巳，属蛇。
[5] 云卿生于壬寅年，属虎，故云。
[6]《答苏武书》："丁年奉使，皓首而归。"
[7] 顾贞观《金缕曲》："盼乌头马角终相救，致此札，君怀袖。"

记梦　三月六日

我自耽书客醉歌，强教岁月镜研磨。
也同浪迹归旋踵，梦比人生幻更多。
浮海右文征蟹字，观鱼知乐失龙梭。
画图写尽春风面，争奈群居在网罗。

访沙田忆观谭根试飞机　三月十二日

江岸幽探石径斜，记观鸢戾履晴沙。
山中老衲犹能饭，寺后寒梅几着花。
经卷欲寻新活计，药王孤负旧烟霞。
猛追加炭缘何事？精进从来未到家。

晓望得句　三月三十日

山晻朝暾水映扉，佳人曾与赋江篱。
最怜湖上清秋日，忆向天阶问紫芝。[1]

[1] 时望山顶上晓云，酷似紫芝，是一玉如意，云边作黄金色如缕形。

辛亥杂诗二首寄曹聚仁　四月十三日

其一

光武故人歌钓处，贞元朝士几仍存？
米嘉荣喜何戡在，蓦地相逢更问年。

其二

一泓春水意偏多，莫遣声闻付短波。
沧海浮槎前夜过，望洋东望近如何？[1]

[1] 曹公近多住澳门。理报事。

得文弟书后作三首

其一

岂云春至日迟迟，风暖椰林总不如。

恰是众芳争吐艳，大洋东望读君书。[1]

其二

加州北望翠重重，西雅图西雪正浓。
桑谷未须愁地折，杉矶虚想夺天工。[2]

其三

病树丛祠看落日，沉戈鱼腹去帆新。
静窥尘网留青眼，一为钩玄一究因。[3]

[1] 书谓温哥华天气颇好，但仍比不上三藩市之四季皆春。
[2] 洛杉矶城市计划建置，终亦未能制天。
[3] 首句故乡金花庙前景。

赠麦勒博士　四月十五日

编者注：麦勒博士（Dr. Fritz Helmrich），奥地利驻港领事，和陈君葆素有交往。

有序：麦勒博士有回奥京维也纳述职之行，于其行也，自箧中出端砚一方以赠，并媵二十八字。

陶泓雅是端州重，曾客东居翰墨豪。
定识玉堂资任远，已闻星使出词曹。[1]

[1] 砚为一日本友人旧藏，故次句及之。战后砚始归于余。

闻桂花香书一绝　四月二十日

浇花理草计新凉，剩与悲观说短长。
开遍海棠春欲了，须臾犹有桂枝香。

贺叶灵凤生日二首　五月二日

其一

经笥无妨懒孝先，著书闻已续长篇。
径须佳节留青眼，头白相看老少年。[1]

其二

瀛海少年今白首，可堪重话乐游原。
寿君此外无长物，聊共清风借一樽。

[1] 其明日为五四运动五十二周年纪念日。第二句借用前句。

寄慰李崧医生二首　五月四日

编者注：冷月，指“冷月凄篁盘”，是潘达微收藏之革命文物。而李崧是潘达微女婿，故诗中及之。

其一

冷月无声贝叶翻，[1]眼前同志几苏魂。[2]
最怜蓬岛归来日，犹带余寒拭泪痕。

其二

怎堪回望唤真真，碧海潮头浪作尘。
应是少年仍惨绿，芸窗书忆更何人。

[1] 贝叶经指旧藏血写《金刚经》一事。经终亦焚去。
[2] 许苏魂，早期共产党员。

回想四十余年得此联　五月八日

四十年知己平生，可堪道蕴才华，彩云间秋色暮江分，几愧尽须眉巾帼！

咫尺地天涯消息，纵使陈思能赋，伤情处烟雨孤城望，总亏他楚水吴山。

寄文弟四首　五月十二日

其一

健足还堪度吕梁，归程奚惮路修长。
松枝东指时观变，倚棹何妨越两洋。

其二

散花天女著声闻，旧事真如一转轮。
雪爪鸿泥劳望眼，人生何处不离群。

其三

江山浮胜涤尘襟，尚忆斐伦去国吟。
惆怅南欧三杰后，最难分解是乡心。

其四

未须橘作逾淮枳，犹有虬公入海髯。
徐福岂尝乖素志，乒球今解释前嫌。

忍言九首　五月十五日

小序：友人要写关于“忍”的格言，而对于箴铭，向少研究，只猝几首绝句奉赠。

其一

小忍差贤大忍庸，何烦百忍问张公。
退思省过求真谛，宁静方知致远功。

其二

事无可忍斯高谊，诗到穷时造语工。
不见舞台悲剧好，动人深处泪千重。

其三

着眼处休从小我，批评先自我批评。

岂能唾面随干去，应与陈言作斗争。

其四

巾帼何曾羞仲达，须眉今且爱红妆。
夷风异代殊荣辱，宁与嬉皮说短长。

其五

勾践未忘尝胆日，申胥宁问沼吴年。
捧心终究怜西子，逸典谁抄越绝篇。[1]

其六

饥餐且龁苏卿雪，休羡临江忆钓纶。
忍死须臾肝胆事，[2]采薇山下更何人。

其七

胡笳悲越雁声咽，范叔犹寒况雪毡。
太息文姬归汉后，百篇坟典赖伊传。

其八

赭衣半道已亡秦，枉画鸿沟逐鹿人。
千古后难知定论。沛公能忍项王仁。[3]

其九

得丧伤生悔觉迟，劳形毁誉失操持。
不观大智惟能忍，重耳非徒去国悲。

[1]《越绝书》佚五篇。
[2] 谭浏阳句："忍死须臾待杜根。"
[3]《高祖论》："在能忍与不能忍之间而已！"

脱衣换锦诗三首　六月十日

其一

舞衫新换春来后，十万风铃情在否？
闻道长条似旧时，已教攀折佳人手。

其二

纤腰花好不知名，移自吴宫自楚庭。

兰谱漫添闲姓字，锦衣宁爱换宵行？

其三

断崖无地可容身，垂缦千重半落尘。
海燕归时曾漏日，寄闲篱下抑前因。

得谢荣滚信道韬儿已三岁感赋 六月二十八日

养子不知年纪大，日见衣襟袖短如。
闻道涂鸦时学字，问娘何日读新书。

题昙花 六月三十日

一现昙花三十年，中间消息两茫然。
繁枝借得荷兰种，岩洞何妨损夜眠。

友谈老当益壮一语有感 十月七日

瘦马西风志未穷，据鞍犹见塞云重。
老当益壮谈容易，白首宁堪种万松。

挽钟沃梅联 十月十三日

编者注：钟沃梅为致公党驻港负责人。陈君葆初拟联为："魂归定复思牛首；死讳宁辞食马肝。"送李子诵后谓联语稍晦，宜详其意一些，遂改如下。

虚语换秋心，魂归许复思牛首。
公忠邻赤胆，死讳宁词食马肝。

偶成一首　十月十五日

海外徒曾履十洲，[1]归来滋味识乡愁。
更无人处秋先到，还似花时月满楼。
春色已兼天步远，翠峰宁逐巘光收。
阑珊消息闲征遍，五十年间未几休。

[1] 十洲，谓亚、澳、海洋洲、北中南美、西印度群岛、欧、非、南洋群岛。

咏事三首　十月二十六日

其一

天下英雄更孰论？曹刘刘项并恩亲。
怜渠宁似虬髯客，入海犹能不帝秦。[1]

其二

金陵王气尽韩彭，二十余年感废兴。
恰是酒兵谈借一，寿筵开处报寒盟。[2]

其三

匹马西风醉里回，使臣唯见筑金台。
从来达变穷通事，总费痴人说梦才。

[1] 李世民为秦王。
[2] 闻今年十月三十一日为蒋介石八十五岁生日。

夜合花四首　十月二十七日

其一

冰肌玉羽耐时寒，小字还应唤小兰。[1]
肯与黄花共憔悴，移来清影长秋盆。

其二

百本含香在眼前，近来积得买花钱。
不须攀摘寻芳浦，云淡风飘月堕烟。

其三

疏枝露冷叶如油，还似承欢月满楼。
香忆祖庭芳草地，小园春色到穷秋。[2]

其四

晚香凝想岁寒枝，渺渺余怀泛玉墀。
六十五年重记省，鲤庭趋过看花时。[3]

[1] 夜合花属木兰科，因此与白玉兰为同族异支矣。
[2] 南方气候温暖，此间夜合几于全年开花。
[3] 余家小园，除梅、柏、柚子、档梓之外，还有篱菊、夜合多本，均为先大父显廷公所手植，儿时嬉戏其下，尤爱北窗下闲坐，现则数十年如一梦了。

读伍步云油画近作百帧三首　十一月九日

编者注：注释［1］［4］［5］据《陈君葆日记》补。

其一

画面何曾颜则孔，酒边容若步非烟。[1]
一从留眼秋收后，不见帆框又六年。[2]

其二

未肯随人说短长，别开生面写夷光。[3]
君看巨笔牟形象，野叟村姑更擅场。[4]

其三

寥落丹青众说纷，存神略貌旧知闻。
他时若向黄山过，记取松杉步步云。[5]

[1] 借用几个人名而已。苏、我与何曾同一饱。颜则孔，明时人。纳兰性德，字容若。步非烟，唐武公爱妾。

［2］步云先生此次展出作品，其《秋收》一帧，为一九六五年所成，故忆及之。

［3］步云用笔亦有独到处，似亦如抽象派之在找出路欤！

［4］写黄山几幅，在我看来未必尽能惬意，然亦略备一格，意其擅长处仍在人像耳。

［5］作品中有多幅写黄山，故云。

致候谭干　十二月六日

书至始惊曾却病，语详兼喜得依仁。[1]
已知勿药能强健，宁费衔盃更问因。

［1］渠来信道及湘儿事，故云。

冬至日奉覆墨君伉俪圣诞寄简兼示菲尔特女士二首
十二月二十二日

编者注：注释据《陈君葆日记》补。

其一

印巴龃龉谁争长？北爱烽烟道本同。
两地昔游憎未至，[1]又逢佳节忆乔松。

其二

不堪七海认沉戈，[2]六十年间变幻多。
圣诞岛西前夜过，射鲸吹浪奈时何。[3]

［1］前年余旅游英伦，曾拟自威尔斯省渡海至爱尔兰，观光都柏林、贝尔法斯特诸地，而终未能偿所愿。其后离英东返，道出南非，则与墨君伉俪同行，舟绕好望角，横越印度洋至孟买，欲舍舟登陆，一履天竺胜境，以形格势禁，又不能成行，何缘悭至此！

［2］第一次大战，德舰“奄颠”号，游弋于印度洋，击沉英国船舰不可

胜数。

[3] 印、巴冲突，战云密起，美第七舰队自南海驶入印度洋，情势紧张。默计苏美两国，若真的闹到在印洋争霸起来，西连中东以埃纠纷，演变起来，何难引起一场第三次大战。忆昔自西海来时，东望苏门答腊大岛，犹前夕事耳。

题海南岛风光图片寄钟华娇二首

编者注：注［1］据《陈君葆日记》补。

其一

天池南望海无波，还似椰林夕照多。
记得曩曾柔佛过，凭栏金谷尝新荷。[1]

其二

红儿不记当年句，赤雅疑堪伴岁闲。
海燕飞时春欲晚，杜兰香去意阑珊。[2]

[1] 末句指柔佛新山黄金谷园，一九二一年曾至此处看新植日本莲花，今 Biscrek 夫妇又移居新山 Kulai，Fraser Estate，地想距 Johore Bahru 不远，故笔及之。

[2] 费钟嘉媞有女名慧燕，极聪慧，费先世为波兰人，至约翰始居英，比则客马来西亚已久。末句系指任真汉赠余胡姬野兰一事。兰已萎，极惜之。

答友人寄贺年简三首　十二月三十一日

编者注：李冲，新华社香港分社前总编辑。

其一

道贺春回尺幅笺，瑶缄还数廿年前。
人生能几逢元日，恰是当头月正圆。[1]

其二

献岁清供爱景光，春山徒旅兴偏长。
红渠果许通舟楫，我欲乘风渡太行。[2]

其三

旧简乍书闲翰墨，十年回首景凄迷。
瞿唐峡口轻舟过，白帝城西晓月低。[3]

[1] 一九七二年元旦，恰值辛亥十一月十五日望日，谚语谓“人生几见当头月”，若与元旦同时，虽历法各异，然亦一妙也，故云。

[2] 李冲兄寄柬为一幅太行林县的《红旗水渠》，越林县诸山而至河北省。

[3] 这首写在一幅长江三峡图片上，而五九年我自渝下江，舟过瞿塘，适为破晓时分，故及之。

一九七二年

怀曾靖老感赋三首　一月四日

其一

高阁瓦飘怀旧雨，旅行衣借未装棉。[1]
可堪十五年前句，曾写干冬定湿年。

其二

韵待寒窗夜雨敲，味随岁月等闲抛。
何妨圣诞酬佳节，[2]已道乒乓掌外交。

其三

市馆藏书负盛名，过门还与盖同倾。
相看越秀山如画，不觉文明路已灯。[3]

[1] 一九五五年冬，余在广州开会，适上头有话至，要我陪同被邀请晋京观光之港大教授访问团一齐往京，于时匆遽间我寒衣未备，只得从曾老处借御寒大衣应付，“衣借未装棉”句，指此。

[2] 一九五五年抵京时，即于北京过耶诞节，同行者如布伦敦教授等均到礼拜堂去行礼，圣诞前夜晚会，则由楚图南等招待。

[3] 曾家延安二路，其处距市立图书馆只一箭之地。从楼上闲望，越秀山、镇海楼一带都在目前。

咏花　一月六日

花能解语听无声，来未空言别有情。
应是酿花天气好，芬芳馥郁待新晴。

忆与曾靖老谈游三门峡登华山观感　一月十五日

霞客未谙河改道，孟津车过问桑麻。[1]
不知越秀山前月，曾见河阳几树花？

[1] 一九五九年，余于国庆日到北京观礼后，即取道宛洛坐火车入秦川转蜀，路过孟津，仅凭轼问风俗，道桑麻耳，故云。

晚行得句　一月十八日

拄杖看松过曲池，学童樵妇放归迟。
暮云冻合披肩薄，数点寒鸦集秃枝。

晓行口占　一月十九日

待放春回尚履霜，花能解语意微茫。
非关顾曲周郎误，崔护重来始暗香。

忆向晓时梦有感

歌舞悲欢地，人生一剧场。
事功浑漫与，来去总苍凉。

疑梦一首　一月二十日

大堤晻蔼尽新枝，故宅仍过老子祠。
求价莫非吴季札，右文兼到没书碑。

悼念吴达表医生　二月四日

也同良相思医国，擘画公忠第一流。
正值寨城群望治，可堪惋挽过西州。[1]

[1] 吴达表病逝时，适华革会九龙城寨诊疗所成立，而渠已辞世，实深惋悼。

答小原春节贺简　二月九日

岁首如今两履端，[1]也兼春节贺春还。
何当三五邀明月，携手同歌万国欢。

[1] 农历元旦为二月十五日，故云。

题夜合花性格　二月十一日

疑非艳逊岭头梅，冷色还曾带露开。
定是苦寒香气勒，暖风晴日待春回。

送白立威大使波多黎各之任　三月一日

墨湾吹浪浪千重，几处仍存太古风。
公车定向牙南过，为问蓝山玉女峰。[1]

[1] 波多黎各在牙买加与海地以东。前年舟过牙买加，曾登陆览胜，蓝山山脉自西至东绵亘数十里，诸峰横列如屏障，其最高一峰拔海达七千四十余呎，两倍于此间大帽山。层峦耸翠，暮雨朝云，蔚为奇观，壮丽殆逾于大屿山，而形状则颇似沿湘江远望衡岳，因而时时忆念及之。

与伯益饮百年拿破仑　三月六日

一饮葡萄美，真令百感生。
履国过意北，沽酒客葡京。
味忆花都胜，风唯藩市清。
拿翁如解醉，应愧凿悬冰。[1]

［1］伯益谓此酒以不放冰入酒内为佳，故末句云。

重读再生缘退书还与李子诵赋两绝道谢
三月十二日

其一

述古从来不自由，鲛人也问客途秋。[1]
如何夜半潇湘雨，还挟熏风入小楼。[2]

其二

几回弹唱忆当年，曾损兰闺一夜眠。
肯信红楼能续梦？细宜重读再生缘。[3]

［1］适“伦大”掌教维狄克尔夫人、赖宝勤博士度假到港，觅专家为研求弹唱粤讴、南音，故云。

［2］书有“潇湘居士”“南风楼”两印。

［3］先室云卿归余时，犹心爱谈唱《再生缘》小故事。闺中常集合姊妹同学，谈唱叙谈竟夕，以是皇甫、少华、孟丽君的流风余韵之描述，我亦耳熟，只以当时自己方醉心于西洋文学，故鲜加注意，掌平山图书馆事时始加意及之。若红楼则云卿所知较余多矣。

清明近　四月四日

清明近，乡音问，雨粉风丝曾解愠。谁共繁花烂缦开，孤桐逸响连珠韵。

清明侣，微寒雨，百草千花谁与语？叶叶枝枝秋露稀，何时竞看清如许！

菩萨蛮　清明日　四月五日

编者注：《陈君葆日记》云："末句'高楼万里心'，本作'高楼宛转心'。"

宵来一霎清明雨，林花历乱黄莺语。晓起独关情，春回几日程。　可怜芳草地，未解春来意。消息又晴阴，高楼万里心。

铜锣湾五福楼与罗慕华话旧　四月九日

编者注：诗共四首，其三、其四据《陈君葆日记》补。

其一

十年松竹待春荣，秋水来时春恨生。
一醉未全舒病眼，半江微日唤新晴。

其二

何物公能慰寂寥？寒山横雨马萧萧。
笑从珥笔书秦汉，奚更衔杯论舜尧。

其三

夙行心仪楚子文，百杯深浅语重论。
还摧残酒谁同醉？且与清江泪共分。

其四

月入疏櫺宁解饮，蠹余香气尚传闻。
毫端垩漫犹堪斵，欲为先生一运斤。

蝶恋花　追忆张婉如八月桃花诗　四月十三日

还似秋晴成薄醉。疑雨疑云，人与花憔悴。九死霰零心未悔。如今解得愁滋味。　　闲检胭脂前日泪。滴碎荷衣，知有谁曾慰。静婉诗篇留韵媚。桃花流水深深坠。[1]

[1] 当时答赠诗句写道：“咏絮才高韵最幽，晚凉天气爱初秋。八月桃花诗句好，胭脂还与带春愁。”

临江仙 忆八月桃花诗　癸酉游惠州西湖归后作

八月桃花诗句在，胭脂还带清愁。旧家帘燕黛眉修。拂云南渡雁，偷眼狎江鸥。[1]　　十五年来寻梦影，丰湖烟水扁舟。桃溪西去百花洲。几回红杏醉，已识绿阴稠。

[1] “拂云”句写一九一九年春间事。时游新界屯门等地，仍只坐马车或六人旧汽车。

附：　　八月桃花诗

其一

小园芳草待春还，帘卷秋阴兴未阑。
八月桃花能几见？始知天意不曾闲。

其二

剩点胭脂故故迟，闲庭流水妒花时。
如何一簇开无主，偏向西风弄舞姿。

忆八月桃花诗又二首 四月十四日

其一

旧时月色爱秋凉，八月桃花引兴长。
恰是绿肥红瘦日，却来前度桂枝香。

其二

柳映江潭又百年，桃花有子定三千。
如何一枕邯郸梦，不为萧郎证步缘。

清理书札发现五十年代资料口占　四月二十一日

旧书重读多增感，屈指而今廿一年。
战乱可关天意事？离忧对酒烛遗编。

寄赠陈一峰　四月二十五日

咫尺孤城阙寄声，忘年还笑问钱铿。
如公合住桃源洞，黄发垂髫愧后生。[1]

[1] 晤面时，适忘其今年甲子，因问，则竟已八十四了，是我于十年以长也。

谢老麦赠花　五月十六日

冒雨冲寒一折枝，爱花成癖每归迟。
谁云晨运浑余事，苔藓闲看日影移。[1]

[1] 梅勒爱在野草中寻觅新植物本种。

夜百合　五月十八日

堆盘糁绿细端详，颗颗明珠照乘光。
龙眼记曾纤指破，雪肤尤喜饧冰藏。

谢退回书款戏答子诵　六月三日

归赵非和璧，投桃异李蕉。[1]
退飞书六鹢，[2]移柳疏千条。
未许成孤注，[3]终疑恚挟超。[4]

卷开钱不费，何以报琼瑶。

［1］用李瀚章生日南海县知事送银香蕉一梳事。

［2］六鷁退飞过宋，书是如此写耳。

［3］孤注一掷为千金，今得四十元，又不见许。

［4］挟泰山以超北海，语人曰：我不能，是诚不能者欤。

温莎城堡一首

总为当年赋洛神，蛾眉谣诼昧全因。
君王敝屣称天子，平视刘桢岂足伦。

记梦　六月七日

重寻藜杖浑何在？问道于盲口若缄。
回首故山云树远，赤鳞林外几秋帆。

接家书有感

老子毋为天下先，松枝东指柳忘年。
随流未必能归棹，路滑苔深近自然。

端午节有感三首　六月十五日

其一

怀沙怀石世何年？屈宋风流尚眼前。
得似少年吟咏事，爱看竞渡艳阳天。

其二

少年差解爱端阳，老至方思历楚乡。
长记汨罗江上过，几番寒雨又秋霜。

其三

人云五月为凶月，五色线悬五毒除。
否识飞行群罢市，飞机骑劫害能驱？

蛰居漫成一首　六月二十四日

面壁汗尘挥，西风拂愿违。
夕阳依旧好，只少挹朝晖。
水土惊流失，烟萝想翠微。
几时秋月白，思逐紫云归。

梦中读定庵句忽怀旧雨作　六月二十七日

邂逅当时绰约姿，苍生气类异吴姬。
东山定亦垂垂老，谁倚栏杆雪染髭。

公园散步有感　六月二十八日

无计留春独后开，百花齐放底迟来？
已过长夏辞丹荔，宁待深秋问早梅。
浅水横枝清影在，[1]寒蝉抱叶暮烟催。
孤芳自赏怜初白，惆怅天南晓梦回。

［1］白蝉花，与黄支子同科，人每又称之为水横枝，本于三月开，而今夏至已过。

小白猫遗粪毛毯诗以责之　七月一日

佛头着粪曾无碍，绣被沾泥亦故常。
一笑狸奴刁滑惯，不知秦汉况虞唐。

荷兰大岩洞杯花迟开诗以纪之

春归何处几徘徊？承露金茎剩一杯。
得似墙蜗沿线走，也曾华表看花来。[1]

[1] 花的枝茎脆弱，软若不胜，因插旧笔杆一枝泥中，环系花枝以固之，稍耐风吹。而蜗牛则沿线而上，至笔竿顶上作观赏状，足亦一有趣的物情也。

忆廿二年前七月四日有作　七月四日

编者注：这是作者回忆当年带领港大师生访京，同行的有妻子、女儿。那时交通不便，先乘轮船至广州，再转乘火车赴京。

二十二年前此日，与伊挈女偕行。剑门栏外晓风轻。[1]和烟招夜雨，山逐断霞明。　滚滚珠流连海雾，故园光景初晴。鸰原车马去来情。几番庄蝶梦，零露点蜻蜓。

[1] 当时由香港到广州，坐的是“剑门”号轮。

寄答任真汉　七月七日

曩昔横披寄，诗兼画并珍。
喜同双管妙，还得半生亲。
至日偏逢雨，胡姬惜委尘。
分花如可待，欲乞杜陵春。[1]

[1] 真汉所赠“胡姬”兰似萎于前年冬至节日左右。

谢真汉再赠胡姬兰一首

客以胡兰至，[1]春疑海上回。

手栽和露拭，心折倚云开。
卖炭翁何在？镂冰意未该。
紫芝天欲问，端的若为媒。

[1] 叻周家有“胡姬”兰万种。

题许地山先生一张照片　七月八日

垂发双瞳炯有光，当年何事尔栖皇。
援夷入墨还曾况，宜作人间火凤凰。

感事四首

编者注：此数诗《陈君葆日记》于本日下没有记录，然一九七三年一月九日日记却是将此数诗抄寄给叶启芳，并称为“壬子杂诗”，壬子年为一九七二年，故今仍系此。其二句一“似椽”《陈君葆日记》作“绕园”。其三句三“须”《陈君葆日记》作“潘”。

其一　书问

犹然满目悲生事，未敢高台测乱源。
闻道寄书虞不达，感时观物抑何言。

其二　问竹

问讯西湖竹似椽，近来可有芥儿孙。
�青月白秋霜夜，最忆桃花细雨村。

其三　答候

携儿上学笑伊痴，乱后重嗟久别离。
惆怅七年须鬓改，枕边惟有悼亡诗。

其四　征旧报

观理自难观势易，何曾天步识艰难。
廿年前事纡筹策，回首真同坐井观。

挽曹聚仁先生联　八月九日

月旦声沉，杨梅酒冷，轻一别，总堪悲！犹记风雨正残秋，相逢道左，问年曾笑相忘；讵云七十古来稀，守口绝谈天下事！

侵寻老病，造化不仁，奠两楹，宁足快！倘遣焦循终究易，委任自然，乐尽还从委变；浮过无常生命海，豁蒙应有雾中人！

感事二首　九月八日

编者注：其二，据《陈君葆日记》，作于一九七一年十月七日，此处已略有改动，今一并收录。

其一

一番寒雨长春苔，十亩芙蕖次第开。
闻道绝尘轻袂裳，几人乘马看君来。

其二

瘦马西风兴尚浓，据鞍时见塞云重。
老当益壮谈容易，白首宁思种万松。

悼念何香凝三首

其一

三大联扶慷慨，爱憎坚反分明。
战斗毕生事业，忧危党国豪英。

其二

革命女中俊杰，艺林老手丹青。
最忆欧游宣化，停桡士问狮城。

其三

燕台柳荫春深，萱草堂空义蕴。
他时路过孙陵，能免西州泪陨。

往事诗补记三首　九月十一日

其一

秋山落日正堪眠，未办葫芦买酒钱。
梦里欲寻彭泽宰，问渠何处足调弦。

其二

霜落时虞晚节坚，早衰蒲柳致便便。
年光最是情无奈，宁尽人间百幅笺。

其三

踯躅江头月正圆，江花无损草芊芊。
凭谁更识蓬山路，闲对秋云一耸肩。

秋日偶成　九月二十三日

晚色犹堪病眼看，未妨吹皱一池澜。
春兰秋菊如相问，月地云阶一例寒。

漫成寄兴

不薄今人重杜陵，待看野竹拂霄青。
从知突变非常变，岂必新晴胜夙晴。
平世孰陈朱郭义，诗删犹讳彻通名。
黄沙渡口曾倾盖，一字天书语上清。[1]

[1] 一字谓尚虚也。历十四年矣，犹未解“虚”义。

秋雨　十月二日

草色无边到眼迟，凝烟误认碧莲池。
凭君一辨秋行径，何似春山细雨时。

梦吉隆坡故居五首　十月十日、十一日

编者注：其二据《陈君葆日记》补。又，其三、其四、其五三首作于十月十一日。

其一

八年桃李手曾栽，日日巡檐绕砌回。
梦里却忘身是客，种花人去看花来。[1]

其二

故居重至意犹新，空屋无人尚有邻。
闲话沧桑疑昨过，不知光影似奔轮。

其三

欲与何人究乱源，两番和战祸澜翻。
如何四十年前迹，重挈髫龄幼女观？

其四

东望巫峰宿雨收，几回芳草惜淹留。
白牛邻叟仍挤奶，红树乌头独倚楼。

其五

风雨何曾耻敝庐，吟边猿鸟惯相呼。
十年小谪非秦赘，千里怀归失楚图。[2]

［1］最后一语，用许南英《窥园留草别阳春》句。
［2］居吉隆坡时，所畜犬名乌头，为叶大池所赠。

偶书 十月十五日

凭栏雨歇意萧条，晓梦回时恨未销。
赖有辟寒心事在，纸钱明烛照天烧。

偶书

编者注：句一“难”《陈君葆日记》作“谁”。

往事难堪说，星槎渡客船。
飘然向何许，回望更何年。
路有分歧日，生无不解缘。
君看秦汉宅，依旧付云烟。

九日

九日清樽未忍开，非关意失看花来。
重携晓月探秋雪，可得西风讯早梅。
寒色砌台吹夜雨，琅玕湘竹乱新栽。
洛滨岂是无归梦？输与陈王作赋才。

沙宣道望海楼闲眺一首 十月十九日

薄雾浓烟晓色开，秋晴奚事带愁来。
豁眸倘有千山雪，一抹横江十里梅。

忆故旧同学二首 十月二十日

小序：与杨蔚明话旧，忽忆六十年前少年同学潘乐天《送春》诗“借问衔泥双燕子，谁家庭院落红深”之句，不禁凄然有感，辄成二首。

其一

燕子来时絮语边，桃花流水故依然。
如今惯看秋晴淡，庭院深深又几年。

其二

伤春休复梦江南，况是题诗纪阿南。
犹似渭城歌绝唱，旧人谁尚记何戡？

大屿山东涌山上静室忆远参法师

乱离最忆一孤僧，凿道磻溪楚越行。
归去带锄还戴月，与人方便独聪明。

晓行偶得　十月二十六日

编者注：诗仅得六句，似未完整。句一“豆”《陈君葆日记》作“荳”。

似豆黄花色俨然，湖云池树碧于烟。
冲泥侧径无人到，野蝶披沙记昨年。
尚有东篱堪寄兴，争看霜菊晚风前。

题紫薇花　十月二十八日

今岁紫薇未着花，杜鹃疏影尚横斜。
不知是否秋程误，已过寒梅处士家。

半夜得句二首　十月三十一日

其一

少时略辨墙蜗字，老去还遵鸟道行。

苍狗白衣浑漫与，累他抽象写人生。

其二

沧海扬尘是亦非，秋晴仍见雨霏微。
壁丛眼底松荫下，凤侣何因得再归。

忆童年事　十一月一日

湖海不闻曾递籣，风云宁更请长缨。
如何竹报平安日，还作当头棒一声。

以手杖赠杨章甫（士端）并誊小诗二首

十一月十八日

其一

漫惜干戈世路分，低回依约小梅魂。
商山枉自饶豁壑，不数云横履齿痕。[1]

其二

访戴何妨作远游，得淹留处且淹留。
芒鞋岂必轻珠履，金马曾应锡玉鸠。[2]

［1］杨匏安为党工作时，组织派陈小梅为他的工作同志。韩昌黎诗："云横秦岭家何在，雪拥蓝关马不前。"匏安为士端之侄，只少两岁。
［2］梁燕荪给袁世凯《谢恩折》："荣过玉鸠之杖，颁从金马之门。"

读香山诗寄倬翁二首　十一月二十五日

小序：与杨士端、倬云翁英京酒家茗谈话旧，忽忆《白居易暮江吟》"可怜九月初三夜，露似真珠月似弓"之句，因用原韵集香山诗句申道其意，兼示倬翁二首。

其一

何妨中路亦相逢，[1]处处相随事事同。[2]

还似初生三日魄，[3]花开香散入帘风。[4]

其二

秋风气味似春风，[5]鱼恋江湖鸟厌笼。[6]
不道江南春不好，[7]一杯可易得相逢。[8]

［1］《喜与韦左丞同入南省因叙旧以赠之》。
［2］《醉封诗筒寄微之》。
［3］《崔侍御以孩子三日示其所生诗见示因以二绝和之》。
［4］《阶下莲》。
［5］《偶饮》。
［6］《忆微之》。
［7］《南湖早春》。
［8］《元十八从事南海欲出庐山临别旧居有恋泉声之什因以投和兼伸别情》。

暮江吟　仿白香山意一首

残秋水碧暮江清，山影浮岚浅有情。
还似往时天气好，望云楼上月微明。

桃核　十一月二十六日

桃核桃根并友仁，青枝翻怨柳成尘。
种桃道士寻何处，况是当时送核人。

晓行得句　十一月二十七日

细雨初寒后，清芬欲淡魂。
折花心事在，徙倚又黄昏。

谢高雄赠香港二十年目睹怪现状一书兼韵语序

十二月四日

其一　语序

门前剥啄云书至，欲谢闻宰予昼寝。
子不语四兹其一，诗以谢之吾岂敢。

其二

魑魅仍凭彩笔描，就中疑有董娇娆。
廿年现状看谁惯，百载繁华梦未销。
荒岛藏污成蝎岛，股潮吹浪漫新潮。
岂须尼禄冰期待，罗阙秦宫一例烧。[1]

[1] 蝎岛在希腊，为积奇莲甘乃迪与阿纳索斯所居处。

酬柯步裳李绮楝耶诞节寄简二绝

十二月十六日

编者注：注释［3］据《陈君葆日记》补。

其一

侵寻岁月烛余光，几点残秋见晓霜。
宁似熊猫偏耐冷，[1]竹尖微雪润枯肠。

其二

一春费尽买花钱，红杏枝头异昨年。
梦里湖山应更好，[2]旧游重记旧书笺。[3]

[1] 二君寄简为一幅写熊猫的图片，故诗第二句及之。
[2] 诗写在一张太湖桥上桃花的旧明信片上。
[3] 游太湖访风坡旧友曹善芬于太湖广福寺时，为一九三一年事，故每忆及。

读曹聚仁两种新出遗著后辄书二绝句[1]

十二月十九日

编者注：注释［1］据《陈君葆日记》补。

其一

卢生还许是前身，下笔千言若有神。
讵与楚旌争席地，藏山鸣世又何人？

其二

浙东飞雨过江来，流派回看愈两章。[2]
谢公梯屐烟云邈，更与何人说远长。

［1］两书为《我与我的世界》《国学十二讲》。
［2］谓章实斋与余杭章太炎先生。

一九七三年

晓行得两绝句　一月五日

其一

红树青山日欲斜，[1]布帆依旧滞天涯。
徒令炙得鲈鱼脍，不见临江宋玉家。

其二

酿花天气本无多，惜诵还宜谢鲁戈。
不道春阴才几树，又看寒雨滴秋荷。

[1] 借用渔洋句。

壬子杂诗三首　一月九日、十一日

编者注：据《陈君葆日记》，其一作于一月九日，其二、其三则作于一月十一日。

其一　谢邱文椿

一

桃源不是无耕地，输与坡翁尽和陶。
此是昨年春望句，可堪留眼到儿曹。

二

也道春来味忆蓴，君家行处足垂纶。
几时九曲仙霞路，拄杖看山遍八闽。

其二　忆杭州

故履多经吴越地，四明山水碧于烟。
梦游天姥情何极，未必蓬莱得住仙。

大寒日即事一首　一月二十日

读书归来晚，途昏识马难。
小园春乍问：飞燕几时还？
雪讶今年少，龟怜此日寒。
不和王气改，沧海又澜翻。

寄郑梓楠　一月二十七日

光武故人公最少，东归汗马迄无家。
侧身瀚海谁仍健？草檄陈琳发早华。
铜柱客惊倭穴地，珠崖路暗柳藏鸦。
将军老去谈天宝，还向青门问种瓜。[1]

[1] 第四句谓陈长乐也。长乐曾任《广州英文日报》主笔，大学教务长。

得小原正治拜年简有感六首

小序：拜年简复印的为廓庵和尚十牛图，还有序描述，因而感赋。

一解

一

年年春至负烟蓑，牧笛渔歌夕照多。
睁眼青莲能引笑，十牛差胜一头陀。

二

荆水分波处，千年卧铁牛。
如何张叔大，只为里仁谋？

二解

一

鸟道无踪宿雨收，闲愁春晚几回眸？

扣门奚便抛砖去，百二重关尚引牛。

二

宁戚终从政，齐宣耻衅钟。
庖丁不解事，游刃将毋同。
风日桃林好，何希火阵功。

三解

一

耕烟缭绕拖拉机，蜀道吴江并昨非。
汗喘只宜今后少，问渠何事更增肥。

二

癸丑民初二，东西战伐声。
一为赓革命，一为国族争。
燎原巴尔干，全陆旋鸿鸣。
悠悠六十年，谁能制侵陵。

寄杨蔚明两首　三月五日

其一

一春长欠买花钱，浅紫深红白杜鹃。
债积几时偿得了，新燕来时似去年。

其二

樽中黑糯新求醉，案上楞严久不看。
若忆故知杯酒浅，薄寒时节问春还。

悼李东海同学　三月十一日

编者注：注释据《陈君葆日记》补。

皓首研经辨二毛，读书宁肯为前茅。
最怜韶頀征歌日，曾教陈宫学骂曹。[1]

[1] 粤剧《陈宫骂曹》，当中“吕伯奢，与你底父，是百拜同年！本该要你为侄儿……”这一节，咬准字音，提腔调，与上文的“谁想你，是个假君子，又是奸雄本性……”真也是一字一咽，丝毫不苟地反覆教我。

阻雨不遇走笔寄郑梓楠翁　三月十四日

雾锁疑难辨橹摇，谁言细雨不崇朝？
君看十日家婆面，[1]泥我烟蓑过板桥。

[1] 粤谚云：“春天家婆面，一日五六变。”郑梓翁在电话与话时曾两次及此。

向晓时朦胧中诗　四月七日

久病存残赖侠医，微躯惭已负明时。
家无主妇怜如寄，况忆平生未展眉。

答叶启芳一首　六月十二日

一纸真堪敌万金，小园孤负岁寒心。[1]
直为鹊讯冲霄汉，徙倚栏杆拭客襟。
新竹影看鸦背老，旧巢痕付越凫吟。
盈盈千里思秋水，隔叶黄鹂自好音。

[1] 次句，因启芳兄谓敦谷为《老松》一幅相赠，或云。

送人赴美　六月十六日

编者注：诗仅六句，似未完整。

已过中年事远游，登山临水足离忧。

逾淮岂必知非岁，适楚仍多去国愁。
送我汪伦能几个？伤春杜老又穷秋。

廖恩德夫妇赴美成绝句五首以赠　六月十七日

其一

青山笑我昔依然，未办相逢买酒钱。
行脚定迟丹瀑步，[1]衔杯好更饯华巅。

其二

非关适楚抑之燕，出昼宁同去鲁年。
若向水门堂下过，[2]移情休问积渠莲。

其三

还似汪伦送别情，八千里外听潮声。
此行定忆鲈鱼脍，改井烹茶味恐轻。

其四

亦欲庄生知北游，重寻珠港认沉舟。
霸图美梦谁先觉，碧眼还应字仲谋。

其五

白宫不是白门楼，[3]不见貂蝉数酒筹。
莫更丑闻西伯笑，尚余鸡肋话杨修。

[1] 廖恩德谓到北美，将踏看尼阿加拉大瀑布。
[2] 以水门事件相媲美，伦敦亦发生两高级阁员恋应召女郎一丑闻。
[3] 水门置偷听器处，其邻则甘乃迪故总统的纪念堂。

代云玉挽谢幼文诗一首　六月二十六日

竹马栏杆滟滪堆，少年同学总堪哀。
君家咏絮寻常事，还许江淹作弟来。[1]

[1] 谢宅与我们山村道三十号故居为比邻，相隔仅一度栏杆，儿童嬉戏处，

也晨夕相见。之后，太平洋战争爆发，大家走避，终又集中至重庆，下江亦复险过瞿唐滟滪也，中间已不少年日。

为芷庵拟预挽联后媵绝句五首　六月三十日

编者注：此联为陈君葆替芷庵预拟的挽联，且为多年前所拟，今日方寄出。因无法确认具体拟作日期，故暂系于寄出的这个时间。陈君葆在收到芷庵信后云："预挽联中之坝月、山茶二句，意拟易为万川凉月，汇水闲云，试推敲之，看可用否？"《陈君葆日记》云："此易甚是。汇水为三河之代名，我尚未知也。"

猛回头，叹扁舟逝水共飘飖，竟何堪三河坝月，大埔山茶，扶残醉捣作春泥，将付与北借寒枝，南移剩蕊，凭谁问洞天石乳，瀛海丛祠，往昔风流能再否；

千载后，想有人蜃灰终掘起，但留得四纪孤吟，楚江渔唱，漫新声弃捐秋扇，尽暗伤醒时音歇，梦里重逢，肯便忘彭泽归来，相如老去，少年鹏赋韵依然。

其一

邓析求书预挽词，初闻欲恸觉时疑。
不观荡荡君哉义，无厚无私病语谁。

其二

柳眼病随趋势易，花须短并触时难。
参商莫更怜形似，且作寻常后素看。[1]

其三

老去诗篇浑漫与，春来消息半猜疑。
果能补得诛茅宅，还及渊明和一辞。

其四

四纪书应付后生，寻消问息盖徒倾。
告存敢尚夸能饭，聊向天涯望一程。

其五

非关河上始知鱼，烟雨池南载韵余。
讥我棹归谁预挽？休言定论更何如。

[1] 附去年革友为摄小照一帧。

重访北京有感二首　七月二十八日

其一

已遇卢沟又赵州，晓风残月似寒秋。
更谁解得乔公意，河水东西各自流。

其二

环谷苍茫锁晓烟，玉兰花发笑君前。
重来最忆寒鸦思，红叶西山十八年。

北京访史良部长未遇寄诗致歉　七月二十九日

倚装欲奏晚风前，腹疾河鱼误着鞭。
只宜回棹谋良会，重话龙塘抗日年。

哈尔滨五首　八月二日

其一

北来南雁太匆匆，软语输他细雨中。
豪气未除诗宛在，百瓶谁送夕阳红。

其二

娇花尽道春无赖，湿意差堪浅酒功。
太息换书人已杳，琳瑯十万问孤鸿。

其三

陂塘新见柳毵毵，积雨浮光浴晚岚。

凉热渐窥同此意，重来风景赛江南。

其四

防洪过后辨分洪，千戴犹怜舜禹功。
见道松花江上雪，昨年还共转秋蓬。

其五

绿泛记随春酒暖，鸟声飞度夕阳红。
当时未解秋晴意，远望河源怨小洪。

重至长春

经过此地无穷感，岂独寻兵隐祸胎。
陵谷尚窥胡牧马，疮痍初补血成堆。
日狂竟拟移都至，伪满曾思复辟回。
十七年间人事改，孤鸿海上又归来。

过山海关

其一

积雨陂塘水晻扉，青青榆柳翠微微。
只今公社营新活，云卧油田百褶衣。

其二

才观大庆新探井，又到榆关古戍楼。
不记同行多少路，喜闻丰岁夏增收。[1]

[1] 在车中听夏收报告。

大庆道中　八月四日

狼烟低处海云生，未许芙蕖泛太清。
临水欲歌瓠子韵，薄嫌诗老费经营。

滨江夜雨寄章甫　八月三日

北来南雁匆匆去，往事还宜问士端。
水暖松花江上鸭，一帘秋雨浴新寒。

参观大庆油田感赋

编者注：据《陈君葆日记》，陈君葆八月十七日收到士端信，曾据士端意见进行过改动。“属贫油”改作“缺燃油”，“远挹”改作“远浥”，“地骨镂”改为“地骨抽”，“出金流”改作“汲金流”。

钻井分荒北大州，谁云华夏属贫油。
玉门远挹河沙定，大庆真从地骨镂。
牧马草原惊焰吐，钩沉雪海出金流。
君看万派人民智，肯误迷离浪说修。[1]

[1] 北大荒非全荒地，百草繁殖，殆遍原野，俯察即见。钩沉，谓辽吉平原，其下宝藏为六千余万年之沉淀层。

诗二首和崧老青岛之作　八月七日

编者注：崧老，李崧医生。

其一

重来不见董娇娆，五十年间梦未消。
记得尔时张静婉，白衣曾与话春潮。

其二

白皙潘郎正少年，瑯琊香海也非烟。
当时若解长干意，翠羽明珰尚优然。

附：李崧医生原作

风前杨柳忆腰支，可有豪情似旧时。
一自天涯人去后，鲛珠碧海想依稀。

无题 八月八日

谈笑何人在眼前，飘流曾落暮云边。
恍如逆旅重来客，历历相看五百年。

重到青岛旧有感赋示潘怀伟四首 八月九日

其一

云雨乍疑巫峡过，烟霞谁与辨氤氲。
蓬莱远去无多路，事是浮山惜暂分。

其二

济北胶东并拱辰，鲁连宁肯帝西秦。
一从合浦还珠定，遵海而南复几人。

其三

千家杨柳自青青，夏木黄鹂啭几声。
斜日海风吹不断，虬松低处一蝉鸣。

其四

忍道新知胜故知，年前已负心期。
君家缧绁寻常事，还与云山作画余。

济南金牛山亭上望

济北胶东烟水微，青青垂柳暮鸦飞。
无人会得登临意，徒倚栏干惜落晖。

北游途中酬马万祺先生四首　八月十三日

编者注：作者是年应邀北游期间，马万祺先生曾两次以电报致诗给北游途中作者，这是作者两次给马万祺先生答酬诗。

其一

第一泉应水最清，未妨长客济南城。
只愁秉笔输班马，急就难抒爱国情。

其二

又听蝉鸣夏木清，昔人曾此望孤城。
只来第一关心事，独有吹箫澈玉清。

其三

龙树疑曾解马鸣，只今唯听夜涛声。
薄怜尚有儿翁事，未许痴聋笑向平。

其四

遵海而南履越疆，崇明岛外觉新凉。
昔游最忆吴槐老，留眼南湾东望洋。

附：马万祺先生原诗二首

其一

大明湖映济南清，绿水荷花绕半城。
不禁驰文催笔客，共酬美景与温情。

其二

屈指行程应抵沪，大江南北也亲情。
未澜雅兴陈师表，候听梅花三弄声。

鼋头渚寻项王庙不见　八月十四日

金锁沉埋截戟枪，须眉依旧认周张。
泥人�尽云台将，不见江东楚霸王。

无锡梅园

编者注：此诗当于作八月十四日，八月二十三日改定。今据《陈君葆日记》系于八月十四日。

采菱双桨剩观渔，云树烟波远入无。
始觉区区风景好，淡妆还更胜西湖。

太湖边闻笛忽忆梁宗岱二首

其一

冰海鸥波恨未平，风前芦笛与谁听。[1]
独怜舣棹浔州客，晓月啼猿下大藤。

其二

桂水东流一缕丝，疏林极目寄相思。[2]
舟中邂逅梁宗岱，踏遍青山未老时。

［1］梁《水调歌头》句："给我一枝芦笛，为汝星回斗转，冰海变柔波。"
［2］梁《蝶恋花》句云："一缕情丝何所寄，极目疏林，尽是相思处。"

小阁　八月二十四日

小阁一寻方，图史分强半。
四壁无长物，隙地仅容案。
北山当案堕，檐蔦红紫绚。
案有毗耶书，年来不复看。
闭门惟默坐，岁月从偷换。
仰视浮云有，俯喈俗尘漫。
时亦思奋飞，奈身无羽翰。

卖花声　十月十一日

编者注：此为旧作，作于何时待定。据《陈君葆日记》，此词为应士端品茗，出此“旧作”。“说是无题便有题，姑写作《重过中山公园时作》便属纪实耳。”

秋雨冷凄清，短梦谁醒？晓风残月入疏棂，絮果兰因浑未了，如此人生！　细草岸寒汀，湿意伤晴，微波荷盖恨难平，记得西池斜照影，回首觚棱。

浪淘沙　谢刘殿爵赠桂花陈酒

编者注：注释据《陈君葆日记》补。

蝉抱桂枝香，孤韵清扬。小桥烟柳送残阳，酒醒今宵何处宿？思问吴刚。　秋水远天长，春恨难忘，[1]燕辞花落又新凉，月似旧时曾顾影，草草离觞。

[1] 仍有许多字句要斟酌。句曾作“秋色远天长，春恨难忘记”。

谢温康兰松花江舟上为留影一首　十月十八日

十七年前回马处，渡河今庆水无波。
松花落照为留影，入镜君才自足多。

夜半看月　十一月九日

还似当头月，相看待字年。
白头成往事，清泪落风烟。

晓雨得句　十一月二十七日

故国云水碧于烟，菊影栏杆六十年。
不道秋晴才半月，晓阴犹是酿花天。

谢刘殿爵寄论复言四首　十二月一日

其一

扬雄识字愈相如，覆瓿宁堪陋汉儒。
自是理难观势易，矧从观义辩锱铢。

其二

致远钩深测道根，未妨思复义多元。
五经可拟谁将注，空有穷年百万言。

其三

稗秭因革变兹多，文字幽探类饮河。
得古人心且无几，复生尧舜又如何。

其四

仲由岂止略知津，鲁壁疑曾耻帝秦。
悔不录音输伏叟，豕鱼终苦接班人。

题赖宝勤英译除却了阿九三首

其一

未许南音笑触蛮，近来风气著沩山。[1]
却从裙带思元九，独有论诗纪阿南。

其二

译笔真堪第一流，兴来重谱客途秋。
佉卢不教书名姓，沧海何人识粤讴。

其三

驰马径斜看月上，息鞭亭晚爱花眠。

当时若解珠娘恨，招子何悭换贴钱。[2]

［1］唐高僧灵祐居沩山，为禅宗灵仰宗之祖。
［2］香港总督金文泰曾译招子庸《粤讴》为英文。

寄赖宝勤　十二月七日

折简唤残年，能原笑鲁连。
海西犹未雪，应不费油燃。

忆旧游集王介甫句寄杨蔚明五首

其一

有道酬君远亦同，悠悠羁旅士多穷。
平生志业无高论，却记前游似梦中。

其二

吴楚东南最上游，少时为学岂身谋。
由来要路应先据，却为丹青肯少留。

其三

闻有名花即谩栽，南州岁晚亦花开。
故情但有吴塘在，[1]一日东岗上几回。[2]

其四

扪萝路到半天穷，邂逅相逢各老翁。
但见山花流出水，听泉分手惜匆匆。

其五

碧岩后主今为客，黄菊分香委路尘。
只有月明西海上，扁舟长寄梦中身。[3]

［1］吴塘，指吉隆坡莲藕塘。
［2］东岗，谓咖啡山也。
［3］吉隆黑岩光岩，时复梦见之。“寿星从此驻天南”，不复言矣！

途遇李伯　十二月九日

戏马台西逢李伯，童颜未改髭须白。
当时冀北九方皋，今日青门兴萧索。

寄廖恩德伉俪圣诞卡并诗　十二月十八日

橘绿橙黄应胜昨，江枫红叶可如燃？
且听牛背歌长笛，[1]明岁明朝是虎年。

[1] 贺卡上李可染的牧牛吹笛，故有第三句。

谢友人寄有阳朔山水画的贺年卡四首[1]
十二月二十九日

编者注：其一及注释据《陈君葆日记》补。

其一

阳朔山水天下重，每惜丹青写未真。
四十年前行遍处，梦中还似桂林人！

其二

尺幅差堪岁月磨，未妨惆怅隔烟萝。
青山爱我应犹昨，我爱青山苦自多。

其三

海滨日脚到谁边，未办春来买酒钱。
醉欲问渠何处住，奇峰逞怪戏青莲。

其四

惯识西湖路，时清忆桂林。
霜威疑已豫，不慕岁寒心。

[1] 诗写在一张“西湖之春”的明信片上，于空白处写上五绝一首。

一九七四年

癸丑尾祃后用杨蔚老韵六首　一月十日

编者注：杨蔚老，杨蔚明。其二据《陈君葆日记》补。

其一

肯息嘘寒豹变年？尚希羸马着鞭先。
余生能几知非岁，拍遍栏杆意惘然。

其二

头颅轻掷许髫年，老子还宜天下先。
时势岂无真铁汉，不矜名字勒燕然。

其三

燕许文章薄少年，喜从谈笑烛几先。
只今廉蔺谁仍健？未必炉边尽计然。

其四

酒边岁月惜残年，闻道能源祸兆先。
广舞高台君试看，惟余净末两萧然。

其五

道隆休问汉秦年，心物交争辩后先。
观理岂如观势易，不诚无物语徒然。

其六

相逢爱道老青年，赴义身当一马先。
肝胆照人还似月，却于名利两超然。

其七

海上风云尽少年，横刀勒马力争先。
非关悖谬干时誉，至竟寒灰又复然。

看杜鹃花仍未开放　一月二十五日

春风拂槛燕初归，晓露聊能长蕨薇。
两个月来无细雨，杜鹃还未见开眉。

忆旧作一首　一月二十七日

置酒招邀别墨徒，酒残不让付当垆。
最怜北海清樽在，无复邻翁共饮呼。

答林焕平　二月二日

滨海逢佳节，怀人在桂林。
昔为柳亚子，今有马端临。[1]
廿载音书少，千山落木深。
定怜零落意，适共忆辛盦。

[1] 马端临为台州书院教授。焕平现掌教桂林师范学院。

夏历立春漫成　二月四日

立春大过年，春雨细如粉。
五十日无雨，山林胡可隐？
芳草非无情，人远天涯近。
芳草远黏天，海天成一吻。

两过尼斯湖之忆　二月五日

大雪山上居雪人，尼斯湖里巢湖怪。

不怪无如见怪难，五十年间几险杀。
湖怪生时冰几期？龙战众生如草芥。
巨浸滔天木筏漂，可有摩西分水界？
欲问湖神水浅深，岂与蓬莱共成壤。

与杨公伉俪茗谈有感　二月六日

其一

饮茶粤海最难忘，踏遍长堤天未光。
可堪卌六年前事，人海苍茫剩热肠。

其二

海幢寺后红棉树，南武钟声可得闻？
击楫渡江风欲起，晨炊烟似岭头云。

晓行过幽处竹径顿忆云栖千竿微漏日来得句　二月十八日

定识天公扫叶情，千竿顾影有余清。
扶筇更与扪青藓，还似云栖竹径行。[1]

［1］曾三至云栖竹径。

钞录几首癸丑杂诗后成一律　三月六日

此是去年句，今成梁甫吟。
可堪重抖擞，回望旧招寻。
月涌千山雪，风飘万里心。
遥岑宜可至，聊共拭尘襟。

雨中折杜鹃花一枝　三月十四日

暮雨花争发，朝云日拥迟。
一春红似火，心折最低枝。

清明植树　四月六日

野竹青霄志趣同，未妨篱畔学园工。
何时明月清风野，白首归来看万松。

贺叶林丰六十九寿辰　五月三日

一生岁月几知非，笑疾谁从问陆机。[1]
六十九年蘧伯玉，[2]圣人门户见焉稀。[3]

[1]《晋书》："陆机初诣张华，华问云何在？机曰：云有笑疾，未敢自见，俄而云至。"
[2] 借改黄山谷句。
[3] 结句改用原意。

谢梁素芬惠花生　五月十五日

剥蕉岂尚烦纤指？小勺分江待短瓶。
面壁尔时谈识味，故情最忆落华生。

送忍惭道人之東　五月十七日

卓锡西来道更东，芒鞋未了葛藤踪。
蓬莱弱水三千里，借得浮杯几断篷。

与梁絅裳聚旧感赋三首[1]　六月二日

其一

朝暾未上月初斜，酒醒骄聪路欲赊。
隔座送春传粉卷，短裙低袖为冲茶。

其二

路转莲池泛远香，月移麟影照黄昏。
小桥寂久无人到，红白棚花为底忙？

其三

梁鸿意味在茶汤，薄薄斟来浅浅尝。
却忆盏余争晓渡，五更风雨唤珠娘。

[1] 甲戌秋，与襟弟吴康南饮早茶于广州东堤，茶话后渡江往游海幢寺，寺为南武中学旧址。

寄英伦南威普敦法轮法兰西号船上廖恩德郭美球伉俪三首　六月二十二日

其一

万里游踪惜绿波，长城西去夕阳多。
且看逝水东流尽，几点闲鸥习鹳鹅。

其二

梅相拿翁并世名，重寻史迹半湮盟。
不知铁血沉沙后，曾见莱茵水复清。

其三

立马扶桑尚昨年，归来闲语话推迁。
可能心影游欧录，先为江东寄首篇？

读石遗室诗话 七月九日

刘生雄鹜孟郊材，凌纸论文怪发来。
并世欲推压元白，古人直遣媲欧梅。
宋唐区画非吾意，[1]汉魏临摹是死灰。
万卷有书真读破，吐醹弃粕快衔杯。

[1] 来诗矫矫。“唐宋”原作“有宋”。

南京长江大桥陈复礼为留影寄赠诗以谢之三首[1]

七月二十日

其一

江北江南梦昔通，如今天堑跨长虹。
凭栏放眼东流水，万里桥西望欲穷。

其二

一枝秾艳为君开，细草躅花长绿苔。
曾是旧游携手处，几回残梦被莺催。

其三

镜机子为余留影，咫尺天教雨放晴。
安得漫游观八极，隔河重见许飞琼。

[1] 余于五一、五二、五六数过金陵，均得勾留数日，领略湖光山色，观风访旧，惟今次，七三年七八月间经过仅数小时，访雨花台都未得闲，遑论燕子矶边、鸳鸯湖畔。人生机缘，可胜叹哉！“血染雨花台下过，两回挥泪湿胭脂”，谓石也。余于一九三一年亦曾到雨花台，冒风雪行。

寄曾天畏 八月二十一日

春初得寄简，拟报烦书翰。

险韵句未成，稿旋置散乱。
今又重得札，篇什起长叹。
颇似读陶诗，欲和望涯岸。
近来作诗少，掩卷笑懒汉。
悠悠江上吟，岁月复几换。
每念故情殷，夜坐为发汗。
述德附骥末，假时敢劳惮。
首唱恐非允，语或致冰涣。
且以问子云，定使思过半。

偕同伯益居士往探视忍惭道人归途集王荆公句重申慰问意寄奉道人三首 八月二十八

其一

冷云深处不闻钟，[1]陈迹山林草野中。[2]
心力长年人事外，[3]维摩虽病有神通。[4]

其二

杖藜萧飒倚沧洲，[5]世故纷纷漫白头。[6]
嗟我与公皆老矣，[7]楚天如梦水悠悠。[8]

其三

残生伤性老耽书，[9]老比颜含意更疏。[10]
耆域药囊真妄有，[11]年称甲子亦何须。[12]

[1]《赠安大师》。
[2]《书静照师塔》。
[3]《金陵极恩大师西堂方丈二首》。
[4]《读维摩经有感》。
[5]《北望》。
[6]《世故》。
[7]《示永庆院秀老》。
[8]《楚天》。

[9]《示公佐》。

[10]《次韵平甫赠三灵山人程惟象》。

[11]《北窗》。

[12] 狄梁公陶渊明俱为彭泽令，至今有庙在焉，刁景纯作诗见示继以一篇。世亮与伯益同生于丙申年，今年为七十九了。《楚天》末句云："独绕去年挥泪处，还将牢落对沧洲。"第一首陈迹句，忆往时到大屿山静室，常与远参法师语"三十余年事"了。示秀老句云："嗟我与公皆老矣，拂天松柏见栽时。"《北窗》句云："耆域东囊真妄有，轩辕经匮或元无。"此中有深义乎！

书事寄杨洁瑗　九月六日

相知未必曾相识，偶得时还过所闻。
见道汉庭今用老，到庐潮汛岂遗髡。
二十年前先鼓枻，燕云牛首两缤纷。
重回又是笙歌地，不见临津蒋子文。

悼连士升逝世一周年集王介甫句四首[1]

九月九日

其一

百年相望济时功，[2]直道酬君远亦同。[3]
忽忆初业秋尚早，[4]因君往往叹西风。[5]

其二

相逢似喜语还悲，[6]冢上秋风又一吹。[7]
谈论坐来能慰我，[8]每瞻高躅恨归迟。[9]

其三

梦想犹归寂寞滨，[10]同时诸彦略成尘。[11]
人才自古常难得，[12]老去临流辄损神。[13]

其四

杀青满架书新缮，[14]道胜邹人不更迁。[15]

谁拂定林幽处壁，[16]只疑谈笑在君前。[17]

[1] 连士逝世，忽已一周年。忆余初识连士升，系在许地山先生面壁斋座上。时为一九三八年，中日风云愈亟，士多南迁。既而士升复南渡，居留星洲，尔后参商互不相值者，垂三十六年。去岁，君乃北返，道经香港，因得与叙契阔，重话故思。未几，君复重回狮城，不意握手道别，未逮匝月，君即病逝闻。叻海为余旧游之地，怵今怀昔，一恸之哀，其何能已耶！并识。

[2]《思王逢原三首》。

[3]《送沈兴宗察院出使湖南》。

[4]《次韵祖择之登紫微阁二首》。

[5]《寄无为军张居士》。

[6]《梦张剑州 》。

[7]《思王逢原三首》。

[8]《和宋太傅服除还朝简诸明旧》。

[9]《寄张先郎中》。

[10]《度麾岭寄莘老》。

[11]《贵州虞部使君访及道旧，窃有感恻，因成小诗》。

[12]《送王詹叔》。

[13]《次韵酬邓子仪二首》。

[14]《和杨乐道见寄》。

[15]《庆老堂》。

[16]《次韵张德甫奉议》。

[17]《再至京口寄漕使曹郎中》。

题窗外夹竹桃　九月十七日

折来无意胜移栽，八月桃花次度开。
不薄春荣爱秋实，绿枝还看点苍苔。

忽得句　九月二十六日

苦闷时时有，谁为写象征？

只应红似海，不见白如冰。

答客问集王临川集句一首　十月三日

两岸水杨柳，[1]春风千万条。[2]
草堂今寂寞，[3]吟咏得逍遥。[4]
井径从芜漫，[5]青苔挟雨骄。[6]
亲朋会合少，[7]中路且回桡。[8]

[1] 王荆公集句：“春风两岸水杨柳，昔日青青今在否。”
[2]《壬辰寒食》。
[3]《草堂》。
[4]《和吴冲卿雪霁紫宸朝》。
[5]《画寝》。
[6]《雨中》。
[7]《与道原过西庄遂游宝乘》。
[8]《回桡》：“与残中路且回桡。”

观潮　十月十九日

八月观潮话广陵，南人未喻北人情。
如今吐露东南港，别有涛声著盛名。

颂台风卡曼　十月二十日

带来三尺水，一洗九洲尘。
久旱逢甘雨，应知涸辙恩。

致曾天畏二首　十月二十三日

其一

柳眼松髯各后先，秋山寒雨共余年。

拈花笑更微微问：曾许南华读半篇？

其二

述古原非惜莽榛，未宜晞发委清尘。[1]
杨章岂复阿时好，[2]除旧思新尚过人。

［1］晞发，宋谢翱，字皋羽，著有《晞发集》《天地间集》《浙东西游记》等书。

［2］后汉杨匡，一名章，字叔康，陈留人。好学，教授门徒。桓帝时大尉杜乔辟为椽。后杜乔与李固坐党祸死，暴尸城北，匡上书乞固乔骸骨归葬，太后许之。匡送固乔丧还葬后，遂隐居不仕。其为人可思也。

中秋即席口占七律　十月二十八日

太息临风酒一杯，金瓯无恙且低回。
廿年水月身如幻，万里胡尘国易衰。
桂折有人谈往事，瓜分无地着奇才。
山河倒影终摇落，莫学吴刚手自摧。

闲居

又报新秋入梦时，江湖萧瑟不胜悲。
风高雁唳排空远，月照鸡声报晓迟。
摘残茉莉两三朵，数到名兰四五枝。
知己不来天欲雨，挑灯犹制遣愁诗。

晚秋重至城门水塘赋示梁杨黄张诸子七首

十一月七日

编者注：此数诗，据《陈君葆日记》，作于一九七四年十一月七日，一九七五年二月九日曾作改定，改定后录寄杨蔚明。所录诗即改定后之诗，今据日记系于本日下。

其一

烟横水染野塘秋，乘兴过来再一游。
惆怅宋台人去后，山陬惟听唱夷讴。

其二

杖藜随水东西转，斜日青溪惨淡黄。
竹影乍迷桃叶渡，城门曾拂女垣霜。

其三

黄旗金马赤栏桥，漫与松枝拂柳条。
濯足岂嫌湖水浅，夜来曾话雨潇潇。

其四

理钓时宜适莽苍，如今水白满方塘。
扁舟倘借垂杨系，许共疏林送夕阳。

其五

尖嘴角前杯渡口，幽寻泛宅履晴沙。
不辞涉水登山意，倚棹还从问灼虾。

其六

携手同行向夕曛，居然吾道苦沉沦。[1]
海滨旧忆师兼友，头白冲泥更论文。

其七

路转东南惜暂分，肯嫌水远且穷源。
不知若个残棋局，野火犹余夕烧痕。[2]

[1] 前一夜曾下大雨。

[2] 此是写实，近来旅游者多野火会。

偶成

百事仅成一二事，千家书读两三家。
丛谈岂必无高论，病榻时看作晚花。

谢蔡渭衡延安寄简三首　十一月十五日

其一

一笺渭北霜禽下，想见棠阴小讲堂。
塔影桥东水清浅，月明还与照流黄。

其二

万里南东海运通，长城内外记游踪。
行程总逊君周遍，一月河西塞北空。

其三

不惊光景似奔轮，枣树花时尚斛尘。
河曲可无回日驭，朔云犹有射雕人。

廖恩德医生读书处漫成二首　十一月二十七日

其一

折足未妨调鼎餗，[1]绷痕岂碍雪肌肤。
薄怜问膳乘趺处，[2]红袖添香夜读书。

其二

跣子犹堪踏月华，新晴细与履平沙。
维摩小示原无病，天女徒劳为散花。

[1]《易经》："鼎折足，覆公餗。"
[2] 王维诗："輭草乘趺坐。"

奉酬乔冠华外长七律一首并序　十一月二十八日

诗序：去岁京华嘉会，耿耿于怀。今日传闻，欣欣向往。旧雨兼新，邂逅相逢，传杯届远。科协夙钦风谊，济时才今见豪英。红杏日边，岂特一方之寄；绛云天外，时宜五诏之谟。是宜额手以称觞，聊且述怀而报礼。

坛坫经纶副盛名，去年相值快杯擎。
笑语最忆经筵讲，倒履曾倾广座惊。
万里客观槎博望，九州人重璧连城。
醍醐闻道应先外，回首觚棱肯寄声。

同学会六十周年纪念赋呈江玉老二首　十二月六日

其一

燕飞时节战云酣，[1]汗马屠龙百不堪。[2]
六十年间重记省，矶头今解望江楠。[3]

其二

少年同学几仍存？去住天南虎气蹲。[4]
百里浪头看欲尽，问谁还更忆王孙。[5]

［1］燕飞，指毽子戏，江玉堂少年擅此。战云，谓一九一四年欧役爆发。
［2］陆游：“一生未售屠龙技，万里犹思汗马功。”
［3］矶，指燕子矶。
［4］今年甲寅，为虎年。
［5］同学中罗显胜留英时，就学于牛津大学，所见同学多贵胄子弟，因此他亦称“筲箕湾王子”，竟亦别有所指也。

梦中偶成　十二月十日

入梦故人明旧忆，非关李杜有文章。
大唐自有流风在，内传何烦写武皇。

闻蟋蟀声　十二月十一日

蟋蟀声闻户下，昏黄月照窗西。
晓烟低处凄迷，长记藕莲风细。

游江门有感　十二月二十九日

海气唇灰烂不收，月移江影逐星流。
宁知洞底藏蛟地，尚有骊珠照客舟。

寄怀赖宝勤

桂北湘南两寄书，未遑裁问近何如。
巴山夜雨犹前话，汉水临江忆客居。
驰马尚遗清浅意，招仁宁陋宋唐儒？
刘桢树下曾平视，岂得无心辨鲁鱼。[1]

［1］《庄子·骈拇》："招仁义挠天下。"

夜宿星湖精舍一首　十二月三十日

本是烟波侣钓徒，却来岩岬借精庐。
白云夜半清无寐，解向窗前作啸呼。

波海楼望星湖一首

山光湖色潋滟新，重来风景异隋陈。
登临纵目东南望，尚有田横入海人。

听滩头水声忆衡山一首

二夜听滩头响水，朝携行李入薇芜。
岳云岂独看回雁，最忆高斋读画图。

一九七五年

挽君文七弟联　一月三十一日

江汉慕前修，述德省躬，研理化，究精微，棠棣始华，锡名义自征民二；[1]

姊兄悲后死，寒烟秋草，眄沧波，寻远梦，鸰原寄恨，稽古谁堪论右文。[2]

［1］江，谓江户，即日本之东京。汉，谓湖北之汉口。清季咸同年代，先大父经商于汉口，业茶，而先君子亦业商，久居于日本横滨、大阪、神户等，常往来港、沪、东京间，年必数次。君文生于民国二年，即夏历癸丑九月十八日。是年初，适孙中山先生就任于南京，为临时大总统，故先君子为甫诞生之婴儿取名，即用“文”字，以表景仰一代伟人之意义。

［2］文弟居留北美洲时，数致书与我，论西方文明，殆臻于破产，深为之叹惜。以谓美国社会组织实欠健全，日形崩溃；旧道德沦丧，言行不一致，以是至为感叹。此其持论自有独到处，但亦不无偏激之嫌。

奉答叶启芳病中寄简四首[1]　二月四日

编者注：注释据《陈君葆日记》补。

其一

示病缘何脑溢血？金刀疑得愈头风。
定思药借回春力，未抵清流息脉通。

其二

昨年书字问丹黄，瓯北诗无语半行。
多恐后时铅椠误，紫云天外复参商。

其三

运动犹堪理肺肝，岂虞高处不胜寒。
君看欲尽花经眼，尚有春阴较剪兰。

其四

思苦时疑令智昏，只应怀抱阙多闻。
随园有弟皆星散，[2]谁似壶边更论文。

[1] 四首诗写在一张“浅水湾酒店”的明信片上。
[2] 叶老之女弟子张舜华，现业医于广州。

观大浪湾摩崖石刻四首　二月五日

编者注：大浪湾，在香港西贡区大庙附近。

其一

与客摩崖绝续时，佛堂重过意矜持。
蒲台南望成三角，当日东龙哪得知？

其二

镌影回纹间刀钺，汉时曾照秦时月。
得来些子尔功夫，我欲因之梦吴越。

其三

关山秋老气犹雄，遵海宁无路可通？
难遣江豚问消息，卢循楼舰石尤风。

其四

越人远下千丝网，海叟瀛谈八月程。
挥手冻云憎雾鬓，数声长笛与君听。

早春慢步写寄杨蔚明　二月十九日

其一

两脚风腰似去年，水仙曾费买花钱。

春来没个偷闲事，依旧桥东闹杜鹃。

其二

五丁开凿与云齐，路待通时望眼迷。
却忆席谈初见处，苔痕今作锦障泥。

观任真汉画不尽长江曙色中集范石湖句题一绝

二月二十三日

举头一握到孤云，[1] 自古人来到此难。[2]
剩作画图归挂壁，[3] 只教长挂水帘看。[4]

[1]《判命坡》。
[2]《九盘坡布水》。
[3]《初入大峨》。
[4]《下岩》。

观四人画展二首　二月二十八日

其一

骤雨狂飙干自如，未尝腰折赖扶持。
与君劲节为知己，不数风清月白时。

其二

携袖蛮笺带绛霞，名花倾国影横斜。
书成险韵诗三绝，低首江南老画家。

谢高雄赠台湾乌龙茶四首　四月三十日

其一

别院笙歌日又斜，彩虹散后影声赊。
廉颇老矣犹能饭，一碗时思味苦茶。

其二

风雨东南未掩兵，几时珊网释田横。
笑怜七掌鲲身地，半页新添陆羽经。

其三

听雨楼头惜羽觞，酪酱还许记初尝。
可能一勺天池水，尽洗贪泉觉爽肠。[1]

其四

龙团本是闽岩种，移植台南岁月更。
一枕黄粱乡梦觉，炭灰疑自落花生。[2]

［1］一九二一年，余抵星洲就华侨中学教职，第一次尝到以牛奶搀入乌龙茶而饮，讶为奇味，前所未有者。

［2］许地山为台南人。

公园晨运得句　五月三十一日

编者注：晨运中得句，似未完。

不到东山久，重来忆杜鹃。
折枝心宛在，滴翠影谁怜？
隔叶听啼鴂，横江理钩烟。

怀昔三首　六月一日

其一

犹有同生共患缘，濒危一语最堪怜。
伤怀五月为凶月，泪眼看花又十年。[1]

其二

寰海归来鬓各苍，也曾时也辨沧桑。
青淮杨柳长相忆，宁似琅琊大道王。[2]

其三

平生薄解自由身，故旧新添白发亲。
剩有半床明月在，望云楼上望何人。

［1］我与云卿均生于八月，又同为卯时。
［2］五一年、五二年、五六年，我与云卿三过杨柳青。

题李崧为在星湖宾馆所摄照片

恍似西湖问讯年，半江云树一湖烟。
红楼隔雨相望久，坐待星河欲曙天。

悼叶启芳十四行一首　六月二日

怀抱长遗楚宅悲，几回虞难负心期。
论年四十为知己，至竟河梁惜别离。
怅望江天徒洒泪，低回莎岸异同时。
孤生竹影寒鸦乱，残照西风病马嘶。
珥笔疾书成吉传，截流曾借考茨基。
犹余瓯北原诗意，岂与淮南受术师。
悼情恐亦非时尚，聊写余怀十四行。

闻桂花飘香　六月十三日

飘香仍未至花时，小簇鹅黄又几枝。
怪道麦秋称四月，凉风犹自向南移。[1]

［1］一连两日，低压槽自广州的北面向南移动，比已达香港以南，吹东北偏北风，天气略觉微凉，如初秋然，是花感觉实更灵敏于人，已先知了。

夹竹桃开花 六月十九日

夹竹桃花二度开，今年还比去年红。
不徒五月飘香桂，横雨西南送晓风。

香港中华中学校刊为题三绝句致贺 六月二十六日

其一

喜浔英才施教育，治疏爱国济时心。
黜夷用夏谈科技，平世应思有嗣音。

其二

缔造艰难肯便心，莘莘学子富刚肠。
嚼根羞睨胡萝卜，谋道心仪照万方。

其三

横舍经营抒特刊，更生宁复畏疑难。
将军树下时弹指，一饷微言宇宙宽。

挽陈伯益同学联 七月二日

编者注：注释据《陈君葆日记》补。

少年同学今余几？冠者五六人，谁得似国际法精研，一卷圈朱，广誉奖嘉巴博士；[1]

皓首论禅独数公，华林三次会，总饶他公羊传熟读，海滨寄傲，不求闻达柳先生。

[1] 巴博士，谓日本天皇明治年代的国际法顾问 Dr. Bates，巴氏当时为港大毕业试委员会主试官之一，担任国际法一科的阅卷者，分数由他酌定。那一届考试，伯益的试卷不特所得分数破纪录的高，而考试官传语嘉奖外，还特别寄给伯益一个数百元的殊奖，的确可称殊荣了。于是国

际法教授 Brayshay 还把卷子给我们传观一次，亦属罕有之举。又，伯益治公羊学极有心得，当时所写课文有阐明春秋大一统，尊王攘夷一作，词旨精辟极为徽师赞许，然而其后伯益似无意于仕宦，即国事亦少过问，则若干年来多觉诧异矣。当年同学“冠者五、六人”，颜世亮更与伯益为拔萃书院同学，尚早一辈，颜而外，于港大同年级的有曾镜涵、谭雅士，而王道安年最幼，若今日则“还余几人”呢！真不禁有“岁不我与”之感了。

悼陈伯益二首 七月三日

其一

少年同学今余几？皓首论禅独数君。
尘世偶然逢一笑，人生终究亦离群。

其二

曾愁北地秋先冷，卧听东山乱益纷。
七尺异前从委弃，只应无闷著声闻。

看陈律平新收书轴为赋 七月八日

澜沧云北雪山东，谁谓南人路未通。
应是湄公河畔草，绛云承露竞新秾。[1]

[1] 朱省斋《江城子》句：“浩荡南溟，天日换新红。”

波海楼闲望一首

尽拟重来望绿畴，务农秋至问丰收。
最怜六十年前话，西涨还添岁歉忧。[1]

[1] 前一乙卯年西水大涨，广州西关水深逾丈。

忆旧游寄马万祺一律

前年塞草滨江路，忆句瞿塘滟滪堆。
杨柳春风鸦背日，洞庭秋水鄂州醅。
扁舟东下辞槐去，险韵书成待雨催。
闻道毗庐才咫尺，如何不寄一诗来。[1]

[1] 一九五九年自渝州下江至夏口，吴槐老改乘舟至上海。尔后互不相值者垂二十年。

西南风至三首　七月十三日

其一

西南风至雨纷纷，鸟语池栏早不闻。[1]
剩有紫薇花褶皱，未随春去着波纹。

其二

今年季候风迟至，印北微闻有水灾。
休教热浪蒸身毒，更到东南亚地来。

其三

一雨成秋未遽寒，天心今岁测浑难。
如何暑过才初伏，已报新凉入井栏。

[1] 雨至，豢雀者亦多不来矣。

听天文台报告因赋　七月十七日

有雨还无雨，无晴似有晴。
西南风始发，屏息听秋声。

座谈后简李菊生副社长二首 七月二十六日

编者注：李菊生时任新华通讯社香港分社副社长。

其一

水滨行处一任嚣，倾盖当年忆楚翘。
岂谓项城称老棣，却同南海话归侨。
东从菊水宜天寿，家近梅峰笑隐招。
愧我客愁霜鬓改，只随连弩射秋潮。

其二

南行文化几征魂，万里梯航熟旧闻。
有弟迭劳相问讯，故交风谊孰如君？[1]

[1] 一九二一年，余南渡就星加坡南洋华侨中学教职之聘，同学李崧医生书扇面“文化南行”四字以赠，然余终愧无以当之。“有弟”句，菊生与余七弟君文为星洲时旧同学，每与吾相晤面，必以君文为问。菊生忆为梅县人，故有“家近梅峰”之语。康南海致书与袁世凯，每称项城为“老棣”，康曾旅南洋。

读陈凡出峡行 七月二十七日

我读君书下三峡，巫峰顿忆青霄插。
瞿唐文马尚飞溅，白帝城高月西压。
神女祠前初百卉，山腰细栈移新谓。
重游奚必梦西窗，[1]故人诗有人情味。
未与东坡赋嘲喧，[2]不夸百韵元和篇。
顶门开凿换凡骨，[3]驰骤直欲追青莲。
我如伏暑饮琼浆，披襟当风心清凉。

[1] 陆游《感昔》：“重游惟有西窗梦，一点灯青梦不成。”
[2] 范成大《滟滪堆》：“东坡笔端喙三尺，原与作赋评嘲喧。”

[3] 陆放翁《读宛陵先生诗》：“李杜不复作，梅公真壮哉！岂惟凡骨换，要是顶门开。”

夜宿南丫岛宝华园 八月二日

晓月偷窥夜未眠，听涛人在画帘前。
恍如波得申时梦，只少秋风到枕边。

过红园折夜合花有感三首 八月二十八日

编者注：注释［1］据《陈君葆日记》补。

其一

踯躅溪头日又斜，几回重见长新芽。
两秋不向桥东过，绿暗青枝自作花。

其二

小院风回待晚晴，年时曾许奏湘灵。
蘼芜淮凿穿云路，惆怅山塘下玉京。[1]

其三

种桃偶得延迁客，折柳疑堪赠远邻。
凄绝野塘花映月，晓风桥上话恩亲。[2]

[1] 桥东一株夜合花，植在一个名 Belinda 的墓前，故云。
[2] 忆居留吉隆坡时，每谈叙至夜深斜月西堕，与陆在山缓步至吉隆公园，倚赤栏桥赓话到向晓始各散归寓所，此情可待成追忆矣！

寄文博一首 九月十日

编者注：文博，陈文博，陈君葆侄儿。

密云东望景增新，喜见时平绝縠尘。
否识马嘶环谷草，玉兰还似去年春。

夜雨驱蚊偶成一首

偶为驱蚊怯晓寒，记同儿戏一呼韩。
燃犀未遽惊烧指，夜雨闻铃更起看。

天雨未能出外散步　十月二十八日

小语何曾达太清，未遑书意到边庭。
怀人欲跨松溪过，海雾朝零滞半程。

访苏格兰诗人司各德故宅十四行诗

十月三十一日

劫后英雄泪占臆，湖上夫人自颜色。
万里西来揽辔行，还向壶头问消息。
北国诗魂夸魅力，清词绝调句笼纱。
如何低首拜伦后，唯道文坛小说家。
湖上诗翁蕃榻下，小山重叠书插架。
连云宫馆未藏娇，奚似诛茅覆兰麝。
渺渺余怀孰与偕？萋萋芳草接天涯。

李菊生副社长欢宴参观海南岛归来客酒边成二绝　十一月六日

其一

铜柱珠崖海晏清，鹿回头处每思经。
平生最慕徐霞客，岂独仙家潘茂名。

其二

筹海人曾到极边，髫年何惜席虚前。
日南岂少隋堤树，越网千丝记系船。[1]

[1] 越南堤岸泊舟，已是一九三一年前事。

挽叶灵凤联 十一月二十五日

心眼果能通，更邀野鹤呼灵雨；[1]
火花疑未断，应与寒丹住凤凰。

[1] 上联谓王亦鹤与许地山。

当头月 十二月八日

今夜当头月，同看却与谁？
断云犹带雨，寒水欲胶池。
胡马悲秋雪，秦关照汉旗。
料天台上影，绝忆共离思。

一九七六年

偶感 一月四日

晚送行舟看夕阳，暮云时或聚欢场。
不知野竹编篱后，可许寒香度名凉。

移柏赋示云玉

节劲松荫负短吟，叶香无奈岁寒心。
不成道远移栽后，重访江都东柏林。

坐海轮有感二首

其一

岛北山南冷暖更，晓星徒令报新晴。
冻云压浪排空合，独有闲鸥傲海鲸。

其二

冷暖从来只自知，何曾衣被到当时。
苍生刻意为霖雨，至竟寒生太液池。

西江月 记梦 一月七日

晓梦迷离境界，窗前冉冉寒香。巡檐觅语问新凉：可有来时双桨？　　记得萧斋南望，沉思水远山长。排愁郯架卷书量，蜗字蠹痕三两！

得郑梓楠贺年柬题二绝 一月八日

其一

梓翁瀚北当年意，未计屠龙汗马功。[1]
今日支离看破碎，固应留眼待真龙。

其二

三晋云山冻叶翻，二陵风雨放春还。
海滨尚有闲鸥思，欲寄遥缄郑所南。

[1] 明年春节日为丙辰。陆游诗：“一生未售屠龙技，万里犹思汗马功。”

挽周恩来总理联 一月十二日

功业在人民，哀逝一为天下恸；
大名垂宇宙，遗风岂特太丘怀。

偶成 一月二十六日

向时未解巡檐好，步过红园折晓枝。
今日风巢移影乱，水心云意立多时。

偶见嵩社章程题一绝寄高贞白 二月十一日

天下纷纷竟为谁？道旁倾盖日西驰。
不堪三十年前事，重话嵩山四老时。

偶成 二月十二日

又见东风万一吹，几时微笑肯低眉？

拈花未必全无意，闲就栏杆折半枝。

理旧籍时漫成一绝　三月一日

存阙搜遗慰苦思，雨丝风片又将离。
岂知拨乱扶危后，重话春归到却迟。

寄刘殿爵　三月四日

已分三迁遂服初，耕烟时且望精庐。
凤台人暂仍兼住，未必洪乔不遽书。

残照中看红杜鹃　三月七日

吉州江岸望千回，变紫移红近水隈。
惆怅桥东看独立，无人知为杜鹃来。

偶得句　三月二十四日

薄酒欲寻千日醉，无官岂必一身轻。
持平说论谁方是，多恐前言误后生。

偶成　三月二十七日

徙倚栏杆望楚庭，如何生死问湘灵。
扪心终夜清无寐，细数童年落月星。

饮乌龙茶有句　四月四日

清明依旧客思家，蜀魄啼时雨着花。

寒食轻寒留野火，欲教邻借试新茶。

晓燕 四月二十二日

还似燕巢栖定后，数声和月画檐前。
差池羽翼损宵眠，奚事春回意悄然。

宝华园晓雨中得句三首 五月三日

编者注：宝华园，是香港南丫岛榕树湾宝华园，陈君葆时住30号B，号称“水云楼”书斋。

其一

风雨来时破岑寂，林花开尽听鹃啼。
闲愁谁解当年意，欲逐朝晖到海西。

其二

菊隐未避彭泽约，鹃啼拟报稼轩知。
蛰居未遽无余牵，日理移花护短篱。

其三

乱余未忘回春力，瓦解空陵惜故居。
犹似昔年归燕语，呢喃商略旧庭除。

偶得句 五月五日

逾梁未比登天易，处世方知吃饭难。
迁鼎倘教秦祚衍，文姬谁遣汉家还？

观凤辉台窗外夹竹桃盛开 五月十二日

夹竹花时几度开，也曾裁剪放春回。
植移记得凝眸处，可许刘郎再一来？

偶成　五月二十四日

岂云不识君，知己能几人。
幽谷凝新翠，怀归子养仁。

端阳节　六月二日

人生何处不参商，劳燕东时亦自伤。
记得去年居卜地，西南风雨又端阳。

夜雨梦境诗以记之　六月三日

往事只应怜自误，再生缘恨更何论。
二十余年成一梦，梦中重见白衣人。

惜别凤辉台　六月二十日

编者注：是指香港跑马地凤辉台四号二楼，是陈君葆旧居，二十世纪四十年代国内很多政要、文人常在此叙会。

移居一似去宗邦，宿昼辞迟未遽行。
四十三年观马地，凤台曾记话龙兴。[1]

[1] 四十年代很多次座谈会都在凤辉台我处举行，所以柳亚子有“凤辉台上陈君葆……阮借垆头证性情”之句，当时开会，有时参加者达三四十人。

忆自朝华处得 Chinese Classies 译书诗赠吴兰二首
六月二十四日

编者注：朝华，陆朝华。

其一

译笔真应首此君，余闲犹得理丝纷。
如何抗敌援朝日，草檄仍将换变文。

其二

春归长欠买花钱，已谓吴兰意我先。[1]
抛却女红巾帼事，独从灰烬剔残编。

[1] 吴兰今不知仍在人世否？朝华则于朝鲜战争中战死。

南丫岛宝华园看黄素馨花 六月二十六日

百天无雨余枯蔓，一雨高栏喜复生。
得似素馨黄耐旱，杜鹃今住小蓬瀛。

闻台风袭港

闻道台风越岛滨，断云片片不成文。
江波爱看风行径，侧想清宵入梦频。

偶书 七月七日

缔造当年冻土翻，薄怜辛苦抱余残。
已嗟佛面成瓜裂，谁道梅瓶守口难。

比利时杜鹃开花 八月八日

不待春三月，居然也着花。
如何移植后，翻与换天夸。
八月低秦树，千山感岁华。
已知风雨夕，仍欲问桑麻。

南丫岛宝华园天台雨后看景　八月十一日

雨后登楼更看山，浮凉不数十三湾。
遥思小筑横澜左，曾听潺湲镇日闲。

抵南丫岛宝华园　八月十四日

一雨经旬惯画眠，斜晖时漏草芊芊。
重来不见仙人掌，却讶秋阴发杜鹃。

偶感　八月十五日

十年松竹景凄迷，路转峰回到海堤。
万顷绿波云水地，故家尚在水云西。

夜思　八月十九日

两度东归未了情，谷风蛮雨隔边城。
如今山海长相对，可许前贤笑后生。

梯　八月二十二日

立新破旧谈容易，用古施今意转迷。
欲使化龙归北徙，此中原有上天梯。

杨士端夫人治丧联　九月一日

与杨公为道义交，手足情殷，忍听鼓盆歌薤露。
问文姬谁先后觉，江山如此，记曾扶病向都门。

寄曾天畏三首　九月六日

编者注：此诗告诉曾天畏（曾靖侯儿子），他已由香港跑马地凤辉台转往南丫岛居住的生活状况。

其一

畴昔人曾住凤台，曾颜车过喜衔杯。[1]
只今陵谷谁还认，泥挖机声响疾雷。

其二

息影真同入海移，依岩种竹自编篱。
故人借得瓜皮艇，系缆犹堪月堕时。

其三

未就粮官计禹余，敝檐遮雨暂观书。
纵然一夜风吹去，还傍渔翁水竹居。

[1] 曾颜谓曾靖老与颜忍惭居士。过从曾历一段颇长的时间。

中秋夜无月　九月八日

中秋夜无月，徙倚拭栏杆。
草木思时序，因循负羽翰。
九峰云树合，一雨暮江寒。
欲起姮娥语，何年露净看？

台风爱丽斯掠港　九月十九日

欲径华园路，风波不可行。
晚晴疑有雨，浪静入恩平。

忆无锡之旅　九月二十五日

风雪交光夜，烟波忆太湖。
薄寒应载酒，樯影淡疑无。

记梦　十月十九日

梦也亦非真，疑示我思路。
所思多故人，何能遽弃故。
集义之所生，维城远云树。
疑曾见其人，历历怀旦暮。
今日月十九，近思薄长素。
岂无素心人，戚戚向谁诉？

晓起海滨漫步二首　十一月四日

其一

顾影微嫌认未真，眉长波细翠薇新。
扁舟更欲向何处，倚棹原为一俊人。

其二

乱石穿空道未孤，秋山水远有还无。
维舟忆似鼋头渚，[1]项庙曾来楚大夫。

[1] 榕树湾山咀处极似太湖鼋头渚王庙景象，但七三年我重至已不见庙貌了。

夜望　十一月十七日

圜盖曾无半点云，凭栏欲与接星群。

拱辰闪耀微嫌远，细看终看靖楚氛。

秋夜　十一月十八日

一夜风凄紧，山南无片云。
繁星耀天末，落叶何纷纷。
低首念故交，遥遥寂声闻。
仰观长庚白，超然自出群。

梦中得句　十一月二十三日

独立寒苍背夕曛，曲池风起水成纹。
如何三尺疑仍远，鸡犬淮王有泪痕。

舟中口占　十一月二十九日

息影非关厌世情，蛰居原喻羽毛轻。
蠹鱼自晒余箱箧，[1]电话谁摆九字铃？
岂薄巴人歌下里，早从春汛问秋舲。
云山路阻南华远，欲借天风梦一醒。

[1] 借前人句。

有感而作　十二月七日

十九层城石咀西，人间天上总凄迷。
玉门关外东回望，变换终难与看齐。

一九七七年

无题　一月十七日

细雨知春意，微风动远思。
几时归梦到，一枕旧阶墀。

读何行健诗有感四首　一月三十一日

其一

一帘秋雨忆江南，好句宜张醉眼看。
顾影偶曾怜独饮，因风时复畏严滩。

其二

客梦回时百不堪，一帘秋雨忆江南。
扬帆入海诚何意？禹穴当年总费探。

其三

记得君来春已半，轻舟不系垂杨岸。
一帘秋雨忆江南，几点寒鸦深树乱。

其四

空思沸海注澄潭，水绕湖船月五三。
还似唤晴殷北望，一帘秋雨忆江南。[1]

[1]“一帘秋雨忆江南”为何行健诗句，余甚爱之，因作四首述怀。

舟中一首　二月三日

海天愁思正茫茫，南岛横栏一水航。
雾锁烟横仍北望，春兰秋菊岂相忘。

往南丫岛舟中有感二首　二月五日

其一

帆影波光耀眼前，当时情话意绵绵。
如何金钻曾期待，转眼云烟亦可怜。

其二

隔水相望是故园，十年松竹可仍存。
北山偶过频回首，绝忆桃花细雨村。

梦中往茂名口占一绝　二月七日

编者注：当年陈君葆大儿子文蔚及儿媳、孙子都在广东茂名，故常念及。

商略蓬车道不孤，两阳南岛忆修途。
乘舆只合谋溱洧，凭轼何当问鉴湖。

南丫岛看夕阳　二月九日

北望频回首，南山自往还。
夕阳无限好，只怯晚风寒。

梦故交　二月十四日

先后入我梦，怀旧何缤纷。
每思天下士，期望与时殷。

南丫岛春日　二月二十八日

雨细风微烟雾重，海上遥闻汽笛声。

非关玉宇惊时变，自是春来爱景明。

题一九五七年一照片　三月二日

爱子托人家国事，十年珍聚望承平。
敢夸夜半虚前席，一识韩荆未枉生。

晓起　三月十六日

晨兴倚高栏，风味如南海。
微凉生腋下，薄雾乱未改。
郁郁怀故知，此意在言外。

望隔江灯火二首　三月二十一日

编者注：青衣，香港青衣岛。三百钱，近青衣岛一海滩。美髯公，许地山。二十世纪三十年代末，许地山、马鉴、陈君葆常结伴到该处畅游，当年该地水清沙幼，是游泳的好地方，近因不断填海，其景色已完全改观。

其一

青衣史迹未全休，三百钱遗光汉楼。
犹记曩时风浪恶，美髯公自驾扁舟。

其二

贝壳终教问简书，可曾竿影畏樵渔。
一从散乱干戈后，穿鼻何人记望诸。

观南丫岛山火过后　四月三日

乍暖还寒春雨后，烟横雾锁海山连。
昨宵野火灰嘘湿，不用浇花向晓天。

漫成一绝

范铸何须更镌雕，直疑磨洗误招邀。
缄书欲寄毋烦寄，已识邻翁问小乔。

晓梦中作　四月七日

江水南流绕楚都，紫金山下赤麟刍。
可能汲井如弓地，月夜归来望故庐。

今日　四月十日

整日不下山，食也不兼味。
非惟饮啖贵，实亦虑肠胃。

宝华园天台远望二首　四月十八日

编者注：宝华园，是陈君葆居处南丫岛榕树湾宝华园四十号B。

其一

凤凰山北老人峰，十里青山在眼中。
一雨昨宵沙岸洗，螺洲蟹溆点孤篷。

其二

休惊野烧计余灰，嫩草娇花长绿苔。
经雨乍寒疑乍暖，也知天变费君猜。

望大屿山凤凰岭　四月二十五日

昔今望眼迴珠同，暮霭犹曾倚碧空。
除却晚秋天气好，凤凰终教在云中。

忆旧交知已漫成一绝　五月二十七日

尘怀时复负清狂，已瀹名沤入沸汤。
故旧恩亲还几在？未从松竹并相忘。

雨至转吹北风　六月三日

编者注：索罟、榕湾，香港南丫岛索罟湾、榕树湾。

晓行无奈月昏黄，索罟榕湾十里强。
听雨望云观海罢，一时转爱北风凉。

榕树湾码头望海二首　六月十日

其一

沧波转眼又珠尘，乳燕飞时笑语频。
不记海陵空对月，长洲西望更何人。[1]

其二

无眼江山行未了，海滨依旧望旌旗。
可堪迟暮征歌日，坐对青峰自咏诗。

[1] 一九五八年与清漪道人同道游海陵岛，宿闸坡，夜起望月，又八年，而曾老辞世。

偶成二首　六月十一日

其一

西北高楼控百蛮，晓霞天外见青山。
不堪醉眼东南望，琪树珠崖未可攀。

其二

琪树珠崖未可攀，石矶西畔钓船还。
何时破额山前过，一勺分江月半镮。

杂诗　六月十五日

长洲西望绣成堆，镜海珠尘梦几回。
最是古兜山下过，更无人处一低回。

十九楼望雨　六月二十二日

晓雨登楼望，应从夏至来。
迷蒙睁远目，湿润泽蒿莱。
会有云栖处，伞教竹径开。
汲僧疑未喻，屏息待春回。

晓梦中忆得旧句一首　七月七日

对泣牛衣悯热肠，麻鞋臣甫路茫茫。
望门投止知何处，载质仍难并出疆。

午休后一首　七月十五日

大梦今犹昔，星移意转迟。
草堂酣睡起，红日忽西驰。

中秋前夕高伯雨席上赋赠骆晓山　九月二十四日

浮海云萍时一遇，镂痕割取小溪蛮。
低回欲尽齐梁体，雨后登楼更看山。[1]

［1］雨后登楼看山，余所藏文彭一印。

赠何行健

平湖访戴识高情，榻下陈蕃意匪轻。
年过古稀君亦喜，药求不死我宁能。
羡鱼偶或延邻叟，汲饮时还到大坪。
惆怅远公思未达，欲成书字问严经。

舟过青洲偶得句

秋山徒旅怅回程，踯躅无涯故国情。
行处断无书在手，云中疑有雁归声。
薄游岂意长留滞，短梦宁堪酒半醒。
日照海西云脚远，可堪闲话过夷陵。

梦中与马季明谈往事得一首　十一月二十九日

西山地骨养精灵，碧瓦朱甍九子铃。
莫问万生园旧事，十三陵树草仍青。

圣诞卡寄友人卡中有齐白石作红莲因题一绝其上奉赠　十二月二十五日

照水还疑菊影新，未嫌桃李力支春。
红莲相倚浑如醉，不到风来已动人。

纪游诗　重过越秀公园三首

其一

风雨来时春寂寞，桃花开后燕翩跹。
甫从蝎色征时变，已觉流光暗换年。

其二

百粤河山兴味长，觚棱北望意凋伤。
不疑老圃秋容淡，最忆黄花晚节香。

其三

楫击中流一叶舟，低回曾与话风流。
相亲鱼鸟皆知识，倒影佳人在上头。

一九七八年

题相片　一月十九日

史迹重寻未有因，徒令韩信歌椎秦。
犹闻夜半虚前席，奚必严光是故人。

晓行桥上得句　一月三十一日

昨日清和景，今朝半晦明。
阴晴应未定，聊且问君平。

赠隐庵绝句一首　二月十二日

流花桥畔浣花时，旧苑昌华觉梦迟。
还似酒边开眼读，药亭新韵屈山诗。

有感　二月二十二日

昨日晴怀今日雨，定知天意亦如人。
萧疏不是昧思新，菡萏香时忆早春。

登楼远望有感　三月一日

平生佳句知多少，寥落沧江二十秋。
一卧真成絜略丹，几回南望独登楼。

闻雷雨有感三首　三月九日、四月二日

编者注：据《陈君葆日记》，其一、其二作于三月九日，其三作于四月二日。

其一

息影休移顾影怜，月时花貌总依然。
闻雷但解知时变，听雨听风又一年。

其二

半亩清阴两袖风，笑余无语慰孤松。
小园顿忆前宵梦，雨后登楼看晓峰。

其三

雨后登楼更看山，蒙蒙海雾还依旧。
邻翁冒雨筑围篱，剪竹不知梅影瘦。

临江仙　戊午年百花生日　三月二十日

六十年前芳草地，几番梅雨鸥风。凄迷岸柳路西东。百瓶谁送酒，还与酹春丛。　　记得野塘花发候，木棉依旧英雄。暮烟山色有无中。眉峰羞黛绿，姹紫妒嫣红。

偶书　四月十一日

爱树犹如此，浇花总赖人。
托情殊未了，孤负赖支春。

露得阜顶眺望得句　四月十八日

海气云衣两混茫，竹坡苔砌自苍凉。
登临不为游乘兴，指点河山数远航。

感事二首 四月二十五日

其一

桃李支春劫后，晓烟杨柳风前。
三十二年往事，树人一马当先。

其二

春水浴沂归泳，湿飞犹羡凫鸾。
秋涧未分南北，峰回路转东西。

海风起海云至眺望中得句 六月七日

风自西南至，长洲烟雾中。
乡亲百里外，豁蒙波万重。
念昔旅游时，就岸看青丛。
焉知二十岁，宿愿总成空。
波涛每夜惊，龙吟杂雨声。
谓兹骤过雨，宁挟不平鸣？

雨后微凉 七月十三日

风雨西南来，天气欲转爽。
登楼望长洲，一线泛清朗！

台风袭港未克参加王匡酒会因赋 七月三十一日

编者注：王匡，时任新华社香港分社第一社长。注释据《陈君葆日记》补。

三日绕行莲步碎，去来风雨鹿头回。
跌杯失箸知时变，[1]岂尚横江待雾开。

[1] 饮茶民丰时，以箸夹取饱子，却不意跌落地面去。姑纪之。

贺文汇报十周年 八月三十一日

三十文章在，覃思汇众流。
不同几学运，心绌小侯修。
慷慨怀知己，担当务远猷。
乃知筹笔驿，未肯惜阳秋。

华人文员协会四十周年志庆 九月二十日

我生四十方开始，此语何妨论事功。
眼底河山娇百二，[1]笔头书字意千重。
未须不惑矜时誉，[2]奚俟知非辨道同。[3]
记得冷翁谈笑日，[4]抚松初解忆东风。[5]

[1] 形胜之国，悬隔千里，持戟百万秦得百二焉。
[2] 四十而不惑，自就人言，此特借用。
[3] 行年四十，而知三十九年之非。
[4] 冷翁指陈君冷先生也。忆我与文员协会诸友朋第一次握手欢叙时，系于会邀请陈君冷在座谈会一次讲话上，时为四十年代后期，已忘其日矣，只略复省记的，则为陈君冷自那次讲话后，即不复在朋友集会中见到面了，其后听说为香港政府通知离境云。
[5] “日暮归来三尺雪，松枝东指问东风。”余旅京时旧句也。

谢小原正治贺生日书 十月二十三日

序：与君相别三十春，寿序未尝一阙寄。汗马牛图去住间，始悟今秋足纪事，生当尧舜时，殷忧岂未已？昆仑可截而成三，雪意云情谁曾解真真义！廉颇老矣犹能饭，安得指点河山抱明月，衔杯与你论知己！

恩怨曾难扫宿氛，百年寒水破冰轮。
喜看雁足云笺至，恰值赓盟约换文。[1]

［1］闻邓小平至东京举行中日媾和条约换文仪式，故云。

洪圣湾早望　十一月二十五日

底事鲲鹏徙北溟，迢遥万里吸深清。
低回乱石穿空处，几度人来望岁曾？

偶得句　十一月二十七日

赤鳞林北藕塘西，草染斜阳柳眼低。
记得挥鞭乘竹马，紫金山下暮烟迷。

李玉和来访谈及曹聚仁的杨梅酒因赋一绝
十二月二十六日

一饮徒惊梦若赊，月时曾傍杜鹃斜。
客来问讯曹公酒，惆怅杨梅几作花？[1]

［1］曹聚仁居留港时，有一个时期居铜锣湾道半山处，抵此地须经一水路拾级以登，径满栽杜鹃花，因谓。

杂诗二首　十二月二十八日

其一

好与春回尽一杯，不辞佳节酿新醅。
松寒已识霜姿霁，待看梅花近水开。

其二

流花桥北越台西，宫修连云柳眼低。
应是九州南望处，塔光帆影意凄迷。

一九七九年

香港中国回教协会三十周年贺诗三首　一月十二日

其一

贾客传灯迹未湮，伏波横海始椎轮。
援儒入墨非关变，用夏容回岂乱真。

其二

思想独归民族义，斗争时与战功浑。
抱残十诫辞埃及，曾是今人愈昔人？[1]

其三

汗简韦编并作尘，能源宁解靖妖氛？
且看塔影摇光处，犹记舟人望海门。[2]

［1］《出埃及记》：摩西双手捧十诫。今人谓以色列贝坚、达仁等，要之中东问题自复杂。

［2］广州光塔，回教清真寺所在处，固昔人海舶停泊所也。今则城西繁盛市区中心了。

南丫岛望海　一月二十三日

昔为独行客，今作岛居民。
禹穴控难尽，邻翁识未真。[1]
时怜柱下史，清绝属车尘。
湖水何年竭，沧桑惜暂分。

［1］邻翁句指越南而言。

昨夜得一梦颇怪特　三月十五日

思想生存在，混茫辨道根。
已知光可折，时见水成文。

梦中诗一首　三月二十四日

清诗丽句字成灰，欲写难从辨泪摧。
苦忆落花尘世事，绛云轩雨首重回。

伍锦文女儿到访忆曩时茂名晤伍锦文
三月二十五日

遂川东去揖东皇，野老还偕步野塘。
今日海棠花看发，芥孙儿女忽成行。[1]

[1] 时港居海棠方盛开盆中。

梦陈伯益二首　四月二日

编者注：注释据《陈君葆日记》补。

其一

笔底难寻岁月心，思将映碧换阴森。
钓台若识投竿意，竹影斑阑菊影深。[1]

其二

分明豪气未消沉，大地丛丛落木音。
半页绿笺书细字，一帘春雨剩孤吟。

[1] 破晓时，或者丑寅之间，梦见伯益，他要我为他写一幅画，辞不掉，

允为写四幅，其首二帧为何，不复记忆，梦中主要部分，是在画一尾鱼，可能是鲤鱼，我正在鱼身上涂上枣泥颜色的交叉十字或双十字，作为鳞，而静观色彩的变换，自己亦觉怪异，何以涂上，而形与色都会变转起来呢？最后一幅是写花卉，大约在将画成时，吟上了一首诗，首二句尚待斟酌，末二句为“钓鱼若识投竿意，竹影斑斓菊影深！”也就在这沉吟间，伯益持书来，促我快写成。我打开他的信看，浅绿色的笺，细字，笔极工，看去疑在章甫与天畏之间。我只顾看云笺的字，而伯益则促我完成几张画。我一方面解释画意，明所欲写什么，一方面又觉得诗可为两首或为一七律，欲醒来时仍未定。画意不易言，诗句似不若截为一首绝，略增改如下。

风雨中登太古城太湖阁闲眺　四月三日

繁华事歇梦匡庐，[1]息影闲居道岂孤？[2]
四面云山三面海，一城烟雨半城湖。[3]
横湄倘许怜舟楫，[4]想象谁当拭泪枯？
今日手持非玉杖，更于何处觅方壶。

[1] 战前新会一方外人过港，登太平赋诗，有句云：“百载繁华一梦消。”盖预言战祸也。事蒋法贤为予语者。
[2] 五二年余自沪归，遇穗，陈寅恪先生语余，谓渠有别业在匡庐山上，如再游旅江南，可到一住。
[3] 大明湖何子贞句：“四面荷花三面柳，一城烟雨半城湖。”云卿最喜爱。
[4] 湄公河，百象之国，均指印支半岛。

一霎清明雨　调寄采桑子　四月五日

晓来一霎清明雨，水绕孤村，梦绕遥村，夕阳红遍最销魂。　　如今勒马听鹃歇，声入江云，心似秋云，绿阴深里试啼痕。

南丫岛观潮　四月二十八日

昨日听潮处，潮平倚石眠。

今日怒潮起，五尺浪连天。
东风力不弱，奚事苦情牵。
海滨听歌声，夷音何缠绵。
夜深教歌舞，皆为青少年。
绿波泛清影，荷池媚青莲。
亭亭二十载，觉梦胡不先？

断句一首　五月一日

插架异书扪手泽，遗珍孤本寄心声。
忘怀喜更何时好，述古何当慰友情。

晓起枕上得句　五月三日

编者注：其一据《陈君葆日记》补。

其一

漠漠轻寒上小楼，似烟非雾惜穷秋。
谁怜花谢春三月，尚带横江一段愁！

其二

彩色栏杆彩色云，碧空波影自成文。
雪泥本是无情物，惆怅飞鸿指爪痕。

偶得　五月十一日

编者注：日记中仅得此两句，未完。

水边杨柳疑垂直，急得心如不系舟。

悼念陈霞子三首　五月二十一日

其一

红树青溪爱古津，当时还共拂轻尘。
风流不见秦淮海，顿觉江山少一人。

其二

尽教楚峡富兵书，神女奚能识望诸？
南渡英雄无觅处，寄奴曾驻又何如。[1]

其三

也知春去不如秋，黄鹤西边亦少留。
记得桐音征险韵，夜深传语问壶头。

[1] 一九七七年冬，与霞子同客穗垣，居东方宾馆，倚栏夜话，共论辛稼轩《永遇乐》词句，因并及时事，故有第二首语意。

记梦　六月二十六日

短梦何时断？真堪细味求。
稍知行遍处，月倘在帘钩。

寄书子贞山海关之游五首　八月四日

其一

风雨西南又极边，榆关东出忆当年。
重来讵少登临意，不与前人竞后先。

其二

辽阳书寄隔烽烟，胡骑征衣路几千。
今日维舟风雨岸，可曾观壁问前贤。

其三

收将失地缔鸳盟，人自维新我约赓。

惆怅日俄翻战纪，几回低首羡伊藤。

其四

紫塞红旗逐日新，临渝东望两辎尘。
重来定识三边策，一为长城一海滨。

其五

旅大天然海港真，辽东横绝辅京津。
定缘海陆张军备，奚啻天空妙逸群。

南丫岛漫成一绝　八月二十四日

春江水暖笑先知，碧海青天有尽时。
最是太湖三万顷，惯看秋月弄潮儿。

扑蚊作　九月十一日

醒我多次梦，吮我不少血。
惩戒群丑类，幸勿学胡越。

太古城远眺　九月二十六日

编者注：太古城，香港岛东部一个大型屋苑，原为太古船坞改建。

飘消风雨似残春，急景何当逐客轮。
太息落花风为扫，几曾还遇葬花人。

临时改变邓老登山之约有句　十月十日

编者注：邓老，邓典初。

向晓意不适，登山待来兹。
杖藜负前约，蜡屐慕清时。

述古具疑喻，投竿何足期。
因君问寥廓，残照映崦嵫。

无题

编者注：此诗系于十月十日日记中，前后似无相关联语词，且似亦未完，故名曰无题。

今日复何日，往事每堪悲。
革命六八年，统一何遥遥。
苦忆居南岛，芳草惟披离。
民国逢三五，共和从挂旗。
建设有方案，言谈示来兹。
焉知二十载，……

秋日有感

青霄竹倚秋容淡，紫蝶风摇泪眼看。
喜极转疑花欲语，故移清影倚疏栏。

旧句　十一月三日

编者注：此非成诗，应为陈君葆改诗而记入日记，故标为“旧句”。《陈君葆日记》云：“本拟改为‘团城守’，久未决。”

重来不见团城客，只有元时古柏存。

旧句

编者注：此似非成诗，应为陈君葆改诗而记入日记，故标为“旧句”。《陈君葆日记》云：“‘意’欲改为‘字’，又‘写尽相思字'。均久不能决定。"

古人道尽相思意，更看何方月满梁。

赴海滩前得句　十一月二十日

蛰居每复悲生事，鬓改何堪笑画皮。
一本南华忘未了，不关秋草惜离披。

读书偶感　十二月十五日

随园枉自编诗话，不到罗浮梦已生。
欲勤写作三千首，不道人间两沸尘。

一九八〇年

夜观当头月　一月二日

人生几见当头月？最忆昔年住凤台。
颜影每怜三两四，薄寒未忍笑颜开。

寒日得句　一月二十五日

略与春笑同景味，未捐秋扇竹莺蝉。
薄怜蕉下牛眠处，已作吟边燕语声。

晨兴偶感　二月十一日

不如意事常八九，得我心时无二三。
自是人生多苦痛，非关寒水断浮岚。
已避欲言难駃舌，未灿知己忆氈针。

闲居感赋五首　二月十九日

其一

卜筑兰成射策年，九州南望水浮天。
骑鲸别有藏舟意，不在龙吟燕语边。

其二

独坐江头拥翠微，两峰消息问晴晖。
回栏小筑应犹在，可尚春来燕子归。

其三

不知梦也意非真，错遣浮云伴此身。

坐对直疑身是月，极知无外亦无尘。

其四

错教浮云绊此身，极知无我亦无尘。
记从雁翅峰前过，七海浮舟藏石鳞。

其五

七海闲鸥为底留，晴沙石隙草含羞。
只应幻尽琉璃过，不信人间五百秋。

春雨　二月二十日

细雨黄昏路若分，北风吹雪又纷纷。
如何只见花开好，照水微香远未闻。

断句

未暗好星使成人质，终遣虞君作楚囚。

晓雨偶得句二首　二月二十五日

其一

蜗居宁遣蛰龙知？雨湿栏杆恋故枝。
花外喜晴听鹊噪，望云远似凤台时。

其二

极思春去不知归，笑问南园乳燕飞。
定是主人曾到处，白山遥望雨霏微。

经雨后作　二月二十六日

漠漠春云上小楼，半江烟雨似穷秋。
天南最是关心处，偶与时阴作小留。

偶得 二月二十七日

谈瀛说梦转经旬，欲辨微尘迹已湮。
坐待西南望东北，此生容有未知因。

向晓时得句十首 三月六日

其一

涧水西东矻石声，风霜无语惯凄清。
侈言历路菠萝密，九十寒山滞半程。

其二

消息难凭玩物华，更无人处话桑麻。
君看照眼芙蕖过，不是榴花是火花。

其三

炬火犹燃落暗庭，尽教时变话心声。
昆仑枉道分三截，丝路如今见伐冰。

其四

打窗密雨对西风，输与渔翁棹短篷。
却笑雪梨心事恶，妄教湖水作晴空。

其五

倦眼惺忪晓梦开，百瓶催更送新醅。
豁蒙印度洋西望，横海艨艟水底来。

其六

总恨身如不系舟，耻随名利逐闲鸥。
当年未必轻秦楚，肯掷头颅为自由。

其七

春蚕已死醢蚳鲜，何物东风春宿迁。
总误此身同尺蠖，寄闲篱下受人怜。

其八

宿莽洲中辨朔方，悬崖奚竟昧知刚。

当时不写芙蓉诔，千古仍思应帝王。

其九

昔年返棹须毛皤，百舸沉沙铁未磨。
惆怅凤凰凡下路，烟销雨霁出重波。

其十

幽居幻觉抑何曾，书谱今应号驿丞。
不见当年王逸少，数株篱菊作秋城。

有感三首　四月二日

其一

休诩神州尽舜尧，近来消息使心焦。
残晖岂便无威力，风盖犹堪作炭烧。

其二

太息江东子弟兵，英雄末路恨难平。
几人称帝思王霸，奚独阿瞒自许曾。

其三

落花生作白宫人，检点青衫自朴尘。
日暮为君争选票，枕边词令最清新。

夜雨　四月六日

向晓铺街湿栏杆，朝暾未上乱云寒。
清明时节仍无雨，复活花开正待看。

对两株杜鹃花作　四月八日

观成对马沉舟峡，细泪啼鹃滑铁卢。
未解当年抒壮志，倦怀悲轼过青徐。
忍看绿树痕犹在，欲断离愁泪已枯。

诗成亦欲师黄石，万壑千岩免盖藏。
本亦无言顾肃霜，自持坚白费衡量。（归黄石？）

临江仙二首　重见陈耀真　四月十四日

小序：耀真与贤伉俪毛女士赴美洲讲学道过香港，相与宴于利园酒家，利铭泽、荣森席次，别二十余年矣，晤谈至快，然人事沧桑，百年弹指间事耳，思之悄然，填二阕以赠。

其一

一雨初晴犹滞冷，晓来微怯衣单。廉颇老矣见时难，且商能饭计，休复话征蛮。　　握手均逾年八十，故交几剩曾颜，论知记侍玉清班。和风思细雨，寻梦到春残。

其二

放眼欲观浮世事，几回芳草萋萋？河汾歌咏调休低。百年心宛在，斜月堕乌啼。　　六十五年云水地，重看纸醉金迷。好凭杯酒话燕齐。无言酬蓟北，有泪拭华西。[1]

[1] 当时执教华西大学，尚有侯宝璋、马季明等人。

洪圣湾观潮有感二首　四月二十五日

编者注：注释据《陈君葆日记》补。

其一

九州南望更何人，雨横风狂落泪新。
见说海鲸迁卧处，浪花无际几成尘。

其二

踞虎登虬路几千，竹篱茅舍意悠然。
归来顿觉神清泰，始识晨兴别有缘。[1]

[1] 早起时还觉头微昏，不十分舒畅，疑此惑彼，但晓行后，身心愉快起来了。

偶得句四首　四月三十日

其一

刈草施肥取舍难，移栽时觅鸟争还。
如今解识东篱下，不似诗人写意闲。

其二

河水汤汤万仞山，南行征骑几时还。
始知玉帛仍争霸，都在湾头浅浪间。

其三

夹谷疑无路可通，谋臣如雨计何从。
运筹谁似基辛格，总逊知人尼克松。

其四

密议征戎半载余，艟艨楼艇集须臾。
出师劫质关天意，法正何曾阻伐吴。

偶成　五月六日

小字名花白玉兰，阛园疑见谢瑶环。
如今倚得栏杆遍，愁对东风仔细看。

雨后　五月九日

隐微天外见青山，杯渡疑曾涉浅滩。
自是卜居心宛在，矧教烽火耀尘寰。

有感　五月十八日

苏兰亦有金三角，世上何人更爱财。
迷幻原曾别异栽，阿芙蓉外脱凡胎。

黄丽霞携座谈会通知见示书二十八字以谢

五月二十日

编者注：黄丽霞，新华通讯社香港分社有关方面负责人。

不记当时笑吠龙，几回声影辨寒窗。
白头往事谈天宝，可许千秋注曲江。[1]

[1] 座谈会是为刘少奇平反及开追悼会。张曲江有《千秋金鉴录》，系为寿玄宗诞日写，此借以指刘少奇所著《论共产党员的修养》。

座谈会后　五月二十二日

金刀已恨埋幽草，愚叟空教集夜釭。
四海田穷谁引咎？十年丈绝更无双。

晓来倚窗望太古城边人流与车流忆北京饭店楼前事

五月二十四日

编者注：太古城，香港太古城，当年陈君葆曾居太古城太湖阁。

一阵风来一阵雨，雨风吹伞人无语。
长安街上看车流，记与雪花病徒旅。

偶题二首　六月十一日

其一

居近临江镇海楼，竹丝横路记曾游。
农忙最忆尝蜂蜜，不谓春回已到秋。

其二

南北东西乳燕飞，此情无那雨霏微。

廿年往事重回首，记与疗饥话采薇。

别昙花　六月二十四日

残蝉未怯井梧寒，愁与琼枝待露干。
今夜昙花孤影现，只宜寻梦月中看。

南丫岛宝华园　七月十日

编者注：句三“金桥”《陈君葆日记》作“云栖”。

离宫别馆且休论，避暑山庄识未真。
记得金桥青竹径，可堪回首问闺人。

得蔚儿来信　七月二十一日

赤道南归月正圆，只应秋至话团圆。
如何一纸丰台露，寒透心时寄昔年。

雨中看所植日本杜鹃花　七月二十三日

独树听啼鸠，宁仅记当年移植，杜鹃心切，十二金陵钗凤翼，悄悄折枝怀叶。　　曾几度嘘春唤雨，将泥燕语，看蓬山近处，可能伤别？

梦中有催迁出所居处　七月二十三日

千里外故家何在？枌榆风味费安排。
且看天下纷纷乱，更与谁人论祸阶。

感忆日人侵犯时

秋草墙头惊落日，野花门外吊孤魂。
何曾写尽相思字，又拂栏杆热泪痕。

洪圣湾望海　七月二十四日

编者注：洪圣湾，香港南丫岛洪圣爷湾。

扁舟疑没浪，海气欲沉山。
沙积何年始，风帆计日还。

梦中忆往事

独行踽踽欲何之，天地茫茫未敢知。
西海尚怜飞雪苦，东风仍与报春迟。

触窗破额有感　八月六日

破额山前江水流，只应追梦至穷秋。
如何一霎朝来雨，忘却当年泪未收。

偶题二首　六月十一日

其一

居近临江镇海楼，竹线横路记曾游。
农忙最忆尝蜂蜜，不谓春回已到秋。

其二

南北东西乳燕飞，此情无那雨霏微。
廿年往事重回首，记与疗饿话采薇。

感赋　九月三日

海鲸吹浪正初秋，昨夜东风入小楼。
惆怅落花人独立，满天风雨过青洲。

有感　九月七日

十里清阴入梦频，俟家桥上月如新。
不知面壁声安在，剩有平湖访戴人。

倩人扶二首　九月十九日

其一

混一车书道未孤，岂教末技笑黔驴。
下邳桥上怜黄石，终遗萧曹作懦夫。

其二

可能天更似穹庐，碧海浮尘若有无。
记得旧时游上苑，倩人扶处鸟相呼。

赠曾强　十月三日

秋山东望看朝阳，水碧林隈道路长。
肯为藩篱添积石，世间惟有一曾强。

太古城度周末　十月二十四日

江城高卧听秋雨，何似烟波望太湖。
记得洪都前日事，杜鹃声里梦匡庐。

读史 十一月九日

史过重翻又一篇，略书半页恶牵连。
辱求罪责谁非是？屏息渠奸语万千。

乘水上的士船至南丫岛 十一月二十一日

烟水愁城绕远思，晚秋天气未寒时。
凭谁更寄残鸦字，一例咿颜讵得知。

散句数事 十一月二十三日

桃源道士知何处，欲访花王问种花。
黄金已作东篱色，白酒犹赊北海樽。
黄叶满阶闲不扫，待看秋雨报新晴。
闲抽涧曲浇新植，息影东篱了半生。
春花不似秋英好，顾影篱东一日忙。

有感 十二月三日

东风吹浪动云根，池末冰胶细细纹。
记得少屏初见后，至如无语又黄昏。

宝华园感赋 十二月七日

编者注：宝华园，位于香港南鸦岛榕树湾，是陈君葆水云楼书斋所在。

忧喘犹余病十年，徙居离岛异龙眠。
故交知几还仍在，倦眼时问晓月前。

得赖宝勤寄圣诞贺简有感五首　十二月八日

其一

四海安危未可知，侧看白日复西驰。
书来陡忆当年事，寇至踉跄避祸时。

其二

六十年前孔圣餐，公孙今日并骚坛。
难忘夜雨分糕会，风透窗棂到指环。

其三

布帆东望几经秋，曲曲栏杆十二楼。
犹记剑河桥上过，柳阴直里看披头。

其四

南郡居然险要区，谁飘水柿获江输。
可怜一代豪华尽，未捋黄獐颈下须。

其五

红叶溪边细雨村，梅花无语负清樽。
最怜佳节书怀袖，幸为思归半告存。

有感　十二月二十一日

庞统竟为诸葛死，子房奚遽汉高亲。
板报未必知秦过，伐蜀何当弃魏恩。

偶有所感二首　十月二十六日

其一

万里归来仍是客，佳人重见更何年。[1]
也知世事原多变，瞬息循环路几千年。

其二

侧身东望复西行，草草人间未了情。

本谓余生无类别，又添闲语到新亭。

[1]“北方有佳人……一笑倾人城，再笑倾人国；不知倾城与倾国，佳人难再得。”此一解。“绝代有佳人，幽居在空谷，自云良家女，零落依草木……日暮倚修竹”此又一解。“更思重见李夫人”此为汉武言也；然李夫人安得复见。不禁想道：“劳劳塞上当时泪，可许人间去后思！”

有感又一首 十二月二十六日

蓬岛归来身是客，桃花依旧柳如眉。
当时未解人间世，却在春归别后思。

一九八一年

闻爱德华甘乃迪夫妇离婚 一月二十二日

二十三年缘义尽，两无牵挂亦无妨。
赤桥桥下分流月，谁照宫中白玉床。

给小原正治 一月二十三日

红叶清溪细雨村，好花无语负清樽。
却怜佳节书怀袖，半为思归半告君。

鸡年辛酉元旦 二月五日

一声鸡鸣天下白，四海升平仍是客。
主人居定在何方，我欲随归度阡陌。
梦里依稀似别时，谁意门庭异村落。
野烧曾同逐兔人，我欲乘风倚天末。

无题漫成二首 二月十日

其一

转觉余生太认真，晚来思朴属车尘。
偶看野竹成新笋，欲理寒枝赠故人。
便与耦耕询姓字，未从鱼鸟说相亲。
尽抛书剑怜幽草，倘许斯文仔细论。

其二

青年人笑沐猴冠，今日谁仍孟尝客。

举世滔滔竞自由，欲破网罗起沉舶。
淮海少年还几人，我欲乘风度阡陌。

人日一首　二月十一日

人日题诗寄何处？故交零落寥可数。
拂拭宁为世外心，燕裳不在三珠树。

写寄小原正治

沐猴冠戴乱鸣蛙，客岁谁曾学种瓜。
却喜馆藏翻旧刻，和歌夷集寄秋蛇。

遇雨难出行　三月二十二日

一天风雨露迷漫，记得浇花昨日晴。
惆怅杜鹃开已过，浅红深紫绿无边。

与友晤谈忽惦记炉边水仙　二月十四日

竹青篱落影毵毵，招手曾依俯镜涵。
欲问水仙归去处，炉边余话可还谈。

上春日三首

其一

事疑马到功成易，人似鸡鸣顾犬时。
借箸岂为秦失鹿？敢言真与世相违。

其二

君生丁未前朝事，我惜残秋恋故枝。

惆怅落花心宛转，又添寥寂寄忧思。

其三

介寿且宜春酒会，凿冰宁与夏虫言。
已辞时异肃韩老，奚尚鹏鹍论晓昏。

谢庆广馈佳酿三首　二月十五日

编者注：庆广，黄庆广。

其一

三年八月忆情亲，瓮甑还曾看拭尘。
赠我敢言图报日，又烦元亮白衣人。

其二

孤儿院北海幢东，怀酒携鱼道亦同。
淮海少年今在否？醇醪知味逊黄童。

其三

汲饮珠流酒味腴，知君笑我乐知鱼。
杯含夜雨秋灯伴，好续平生未究书。

偶得句　四月十日

蜀车道出九重滩，琪树天梯未可攀。
尚道昆明池水浅，伏波无地学征蛮。

忆往事三首　四月二十三日

其一

海国春残恍似秋，经年不见大江流。
可堪风雨西楼望，终许人间恨白头。

其二

偶思往事泪沾襟，密语终教怨到今。

太息断桥桥下水，几回斜月听孤吟。

其三　雨后书所见

河山依旧识崆峒，徙倚栏杆望欲穷。
携酒与鱼何处去？晚林斜照一长虹。

偶得句　四月二十四日

岂必灌园能食力？聊教穿径剪荒芜。
敝庐未信堪留月，且与愚公占一区。

周钢鸣先生悼词三首　五月五日

其一

已识文章老更妍，如何一病发萧然。
生逢离乱干戈际，晚惜投竿射策年。

其二

揽辔未忘书在手，论衡常遣力争先。
犹闻隽语虚前席，[1]天下英雄尽这边。

其三

故交零落几仍存，道远同归抑暂分。
事异散生惟绝粒，[2]玉楼商处漫招魂。

[1] 隽语，谓当年杜守素先生南来到港时，朋友开会欢迎，席谈间，有发言论形势，有人才都在这一边之语，言者为杜守素本人，抑或欧阳予倩，已不十分记忆，姑记其事于此。
[2] 散生句，指北爱尔兰贝尔法斯特的绝食企图一死之桑德斯。

园中观法国梧桐有感　五月九日

编者注：《陈君葆日记》云："句有未当者，写上后才发觉，往往如此，然亦有改得不当者，如上面，'入秋疏雨滴梧桐'，较切当。寒秋似更好，但我不喜欢这一字眼。”“入秋疏雨”《陈君葆日记》初作“未秋寒雨”。

忧时偶许梦崆峒，[1]欲割闲云酹碧空。
抱叶残蝉依茉莉，入秋疏雨滴梧桐。
病来岂复思鹣蝶，寇去何堪论道穷。
太息西南通辇路，未从白露借东风。

[1] 崆峒谓赣县之崆峒，一九三六年过南康，只望其处，故云梦。

雨后望赤柱三峰　五月十一日

不识蓝塘路已分，凤台还望每思君。
断云不割三峰翠，徙倚栏杆看夕晖。

偶得句

偶爱赤栏添个个，薄怜蝴蝶去双双。
愁来讵更思杨柳，聊剪黄花伴夕凉。

观园中玫瑰花　六月二十九日

玫瑰开时愁病叶，晓云无雨望秋河。
今年不见归飞燕，怪底虫儿啮害多。

凌晨狂风惊醒有感　七月三日

晓为一阵风兼雨，愁人解得愁滋味。
昨霄残梦何时断？云破月来花弄影。

又感

其一

久别十年重记省，烟树梦魂愁昼永。
一时乘月几人归，淡月微云空顾影。

其二

也惜落花风为扫，玉钩帘卷何曾到。
当年只记入山深，竹径闲云谁为报。

风姐林茵袭港　七月六日

湖水静，海潮平，诉衷情。春山眉锁，横云已断，空听鹃声。　长洲西望忆婷娉。春涨浪花生，犹似夜凉如水，斜月半窗明。

记凤凰山下过　七月十三日

凤凰山下听鹃啼，未解松枝尽向西。
几次渡头轻雨后，又骑竹马石桥西。

题昙花　七月十四日

已拼余生玩物华，未辞粉笔话桑麻。
让他化作春泥去，休遣闲愁学种花。

舟中得句　八月二十二日

西南风起荡扁舟，日月闲鸥作旅俦。
怪底老人蜂抱膝，凤凰山更似罗浮。

忆陈此生　八月二十六日

石涛诗画旧知闻，论政何曾道艺分。
太息妙高台上月，恒河沙碧吊精魂。

雷暴雨　七月二十八日

径斜泥滑滑，履湿雨涔涔。
不识陈惊座，徒为梁父吟。

乘渡轮返港途中　九月二日

疑曾下水晚清年，载客行商数万千。
缓步漫嘲晨运事，老翁今坐老爷船。

无题　九月十三日

我心胡不宁，岂缘九一八。
五十年间事，毫末病明察。
昨夜庆秋节，天涯共此月。
俯仰成古今，愧怍谁黜黠？
战乱昧先知，故旧鼎古刹。
虑多心绪思，孤意类骑瞎。

住穗迎宾馆望六榕寺二首　十月三日

其一

六榕寺塔五龙鱼，西北高楼愁日晚。
清歌一曲望秦关，百万貔貅人未还。

其二

千里故交书在手，几时谈笑暾杯酒。
了了余生极日闲，风雨残秋天末怨。

广东迎宾馆　十月九日

秋山夜雨意初长，曾理寒枝伴夕阳。
绕园竹影浮寒叶，池面香飘醉晓莲。

晓梦　十月九日

恰是晓来清梦破，红莲番在水中央。
秋山夜雨意初长，曾理寒枝伴夕阳。

偶记　十月十三日

草草吴山越水行，江南春色太伶俜。
如何下望尘寰处，不见人间信晚晴。

接旧友益彦来信有感　十月二十一日

编者注：益彦，蓝彦哉。

世逾四纪身仍在，事转乾坤意未闲。
书至肯忘怀故旅，系杨曾与话新患。[1]
偶从拙政思鲈脍，两过江陵望岘山。
侧想沧浪过黄石，倘教鸿宝驻朱颜。

[1] 系杨诗句，谓泊巴双港口时不能上岸，只在舟中与据云为苏法业的侄子，与说五月巫人反华的打斗经过情况，有时有未尽欲言者，情况恶劣可知。目前如何至为顾念。

晨听天气报告有句 十月二十四日

小序：已听到说：气温16℃了，跟着另一人则说：26℃，此君疑刚从被窝梦中扒起来，匆忙抓纸便读。此情况不止一次。不觉摘旧句咏其事。

六十九年陈述后，忽惊门户异重重。
当年讵识当前事，又见昙花指向东。

记破晓的梦 十一月二日

编者注：句五、句六据《陈君葆日记》补。

酌酒与君语，问君何所期。
君言不得意，归我南山陲。
但去应相问，白云无虚时。

岁暮故乡思 十一月四日

药栏苔砌有疑无，斗转参横泪欲枯。
秋水几时从洗井，茂陵休更问当垆。
未遑衣被苍生事，肯惜寒沟老弱扶。
多恐敝檐风雨夜，衔育犹是牧猪奴。

洪圣湾望洋三首 十一月十一日

编者注：当时港灯建电厂于香港南丫岛洪圣湾。

其一

草堂柏影梦相连，时听鹃啼月满帘。
惭愧灌园思食力，只添兰圃付耕烟。

其二

发电开荒计议成，栈桥供炭万灯明。
五丁凿道机声静，一夜滩头响水声。[1]

其三

老翁负来手携鱼，见说归途十里余。
尚愈波兰煤食事，轮班日日报终虚。

[1]“一夜滩头响水车”为诗人刘诵帚句。

渡头观晚有句 十一月十三日

五天无雨话新凉，踯躅江头待夕阳。
借问渡船何处去？晦翁携酒菊初黄。

洪圣湾望海 十一月二十三日

潮去潮来语万千，石矶西畔梦难圆。
空教望海楼西月，波涛逐浪聚相连。

远游厦门归来 十二月十九日

归来仍为稻粱谋，历遍天南六海畴。
健足未应遗闽北，远游亦以舍吾忧。

记梦四首 十二月二十二日

其一

清时无寐涨秋池，闲折花枝伴酒卮。
恰似霓裳歌舞罢，楚腰赵瑟斗新姿。

其二

芙蓉出水最轻盈，还与何人溷上清。
太液池边双玉鲤，绿章曾奏夜通明。

其三

南海归来步步联，凤台西去曲池莲。
只应晓梦迷蝴蝶，未尽空山怨杜鹃。

其四

玉关东望益情亲，十斛明珠意东陈。
得似大明湖上月，藕花深处荡舟人。

一九八二年

看日本插菊忆东坡诗　二月三日

荷尽未衰擎雨盖，菊残忍弃傲霜枝。[1]
天生骨相扶桑地，定有重馨活水时。

[1] 东坡故句：“荷尽已无擎雨盖，菊残犹有傲霜枝！”

寄林焕平　二月五日

君来我东去，舟中望桂林。
山水甲天下，悠悠河汉心。

记梦　三月十日

事真仍是假，似梦是耶非。
人本曾相识，心还半信疑。
寻思不存在，胡为入我梦？
梦境不可续，胡为我捉弄？
悠悠悲我思，宇宙与谁共？

旧作改定　三月十一日

荆州西望绿微芜，帝业时成悔伐吴。
齐楚只堪重兴地，召盟终逊管夷吾。

重过凤辉台一首并序　三月十二日

附序：凤辉台故居，三十年代末期仍为南海黄诏平大令与坤维女校校长马丽云女史旧业，至一九四二年余始徙居其处，淮海战役前后，爱国志士多过江南迁来港，间或会议定计，商酌时事。亦每在我家，其中往来过从较密的，则有翦伯赞、曾昭抡、沈雁冰、宋云彬、柳亚子诸人，而沈雁冰尤为健谈，论文学。沈钧儒、谭平山亦来过一两次，旋此二公北返较早，似与同行到哈尔滨，此过去事，记忆犹新，未能或忘，时亦梦及。凤台改建后，余亦曾数至其地，不胜感慨！

不知相去几由旬，已历严滩过渭滨。
往事怎堪重记省，凤台曾集凤池人。

答蓝彦哉七律一首　三月十四日

故人书字动乡关，卌载秋居认远山。
侧想停桡过黄石，定瞻冯宝驻朱颜。
曾期弱檄飞千骑，未解雕戈喻百蛮。
今日水深仍浪浊，益思雄略济时艰。[1]

[1] 三十年代，余与彦哉同客马来亚，彦哉执教巴双中学校，时相过从。讵知事易世迁，各复星散。迄一九五二年余参观荆江分洪工程，因至沙市；五九年自陕入蜀，旋飞三峡至夏口。是曾两经湖北，而未知昆季乃在黄石。彦哉曾任事外文出版社，略知之而不及其详。今年得彦哉书，始悉其详。屈指不觉时逾半世纪矣。又一九六九年，余曾重过巴双港口，停舟问土风，则在风云幻变之后，慷慨悲歌之事不及其详者十居八九。即当日树胶公会诸彦，亦少能道其真相，他无论已，心为之恻然，因而并识之，君葆。

春雨后一首

一雨寒江浪拍空，百花解语未全通。

栏杆倚遍知时节，木棉初发杜鹃红。

黄花岗墓前留影题照

江上精魂意可招，黄花秋尽未全凋。
最难重过西州路，苦忆孤儿院倚桥。

北非一首　三月十七日

编者注：诗仅六句，应未完。

海深没羽奈愁何，千古英雄涕泪多。
岂有当年罗末尔，断难重见穆蒙哥。
汉尼保血沉沙铁，埃后明珠暗拭戈。

提交收回香港提案建议感想　三月二十六日

杨柳依依青十亩，麦舍田园家八口。
土疆不是杨柳枝，岂得割让他人手。

近清明闻杜鹃声　四月三日

晓看一雨报新晴，草色簇开昨夜情。
且问归程向何处，清明时节杜鹃声。

看花　四月十九日

近喜栽花复自然，未必盆按胜水边。
波斯茉莉连枝美，月下盘根欲虑蠲。

看夹竹桃花盛开　四月二十九日

夹竹桃花四月开，未嫌晚至待春回。
沉思道士留观处，曾是寒梅近水栽。

南方学院旧同学见访题二首　五月十六日

编者注：南方学院，一九四八年在香港创办，是专为广大青年而设的学府，该学院董事长马鉴，院长林焕平，校董陈君葆。《赤子情深——陈君葆传》一五七页对该院亦有介绍。

其一

息影谁来访钓纶，岛居南望又扬尘。
酒边抵掌思前事，重话门徒十二人。

其二

乱余南徼但薪传，管领风光意未先。
辛苦最怜林院长，斩荆披棘记当年。

天雨有感三首　五月二十八日

其一

早行士女皆持伞，来往舟车望转晴。
我亦改期南岛去，未与浮鸥计远程。

其二

早食未完轻一饱，梦回还许续三更。
遥知花发听鹃语，驿使凭君问姓名。

其三

隧道未遑收铁臂，夜鲸曾许照银灯。
蝉鸣阴雨仍如晦，蛙学轻雷鼓吹声。

有感二首　五月三十日

其一

临崖勒马知危易，嫉恶除奸缩手难。
肯谓螺丝钉物小，绿珠楼坠岂曾还？

其二

省身差似历重滩，解纽垂纲百二关。
颇学尽诚憎未达，薄怜责己每从宽。

天续降雨　五月三十一日

满天风雨坐孤城，雾敛湖光滞短程。
闻道故乡江水涨，亟思农稼报新晴。

雅典上空黑云不散有感　六月三日

雅典黑云疑不散，出门道塞似难通。
共思掘地成新市，岂恤城崩犯妇衷。

偶得句　六月八日

风情恰似隋炀帝，瞌睡无言对教宗。
定是和平难入耳，我亦温莎作夏宫。

重游浅水湾酒店　六月十三日

细草依然绿，栏杆已寂然。
焉知风乍起，波漾夕阳天。

赤柱峰前

编者注：赤柱，位于香港岛南面一个半岛形山地。

一江春水碧潺湲，堡垒无烟色俨然。
留有夕阳斜照眼，几家新燕记当年。

附录一：《水云楼诗草（修订本）序》

陈万雄

《水云楼诗草》是香港文化教育、社会活动界名人陈君葆先生（一八九八——一九八二年）的诗作结集。“水云楼”是陈君葆先生的书斋名号。

《水云楼诗草》是网罗了先生自一九二一年到一九八二年，除缺一九二六、一九三七、一九三八、一九三九年四年外，即由二十三岁到八十四岁，几无间断，长逾六十年，为数超过千首的各种诗体创作的结集。前此，陈君葆先生的文字结集，已出版过《陈君葆诗文集》《陈君葆文集》《陈君葆书信集》和卷帙浩繁的《陈君葆日记》等。陈君葆先生的一生，正是中国国难深重、社会动荡的年代。二十世纪六十年代的诗文、日记和书信，是他蒿目时艰、系心家国的时代实录与个人思想情怀的记录。一个人能留下如此关涉中国六十多年历史的海量实录文字，其文化价值的宝贵，不言而喻。

陈君葆先生逝世后，其贤婿谢荣滚先生和先生哲嗣，安贫乐道，克尽心力，搜集、整理和奔走出版，使先生一生的文字，终得公之于世。二十年来，陈君葆先生后人，如何不顾艰苦整理出版先生大量宝贵的文字的情况，近日谢荣滚先生在《华文并茂　爱国光辉——陈君葆著作整理回顾》（见《语文建设通讯》二〇一五年四月一〇八期）一文中，有详细的记述。这项工作，为人子婿者，能追怀先人，发其潜德之幽光，耗费大量心力，已很感人。这样大量结集材料的整理、编辑出版，于香港甚至是整个中国历史文化文献的保存上，亦功莫大焉。最难能可贵的是，通过出版，彰显了陈君葆先生置身于殖民地的香港而终生不渝的家国情怀，不遗余力地推动中华文化，勇于服务社会的言行，相信会发人深省而启牖后来者。

二十世纪末，本人主持香港商务印书馆，允承担出版《陈君葆日记》时，已深知其书的价值。我自己又是研究近代史的，私心有意遍读，为文抉发其幽微。可惜事忙不果。幸得同学好友、香港浸会大学历史系主任周佳荣教授撰写了《大时代的证言——陈君葆及其日记（一九三三—一九四九）》和《新时代的期待——从〈陈君葆日记全集〉看香港与世界》附录其中，全面论述了陈君葆先生的个人事功和思想，并阐发其日记中的史迹种种。其后，再有谢荣滚先生撰写的《赤子情深——陈君葆传》的面世，加上文化学术界撰文对此书的扬誉，先生一生功业与情怀，终因留下的日记、诗文、书信而可传扬于世。

本人承谢荣滚先生一再叮嘱，要为他重新编集的《水云楼诗草》作序，实在惶恐犹豫。前此众多文章，于陈君葆先生遗文的出版，陈君葆先生的嘉言懿行，已有充分的论述。鄙人又不懂诗词，于陈先生诗词造诣和文学素养，难置一词。况逾千首的各体诗词，除可供文学欣赏吟诵外，其关涉时代既长，内容既广，吟咏所及，可供证史的材料多有，内中又大多反映了他的时代观点和感怀，亦非浅学如我等所能阐述的。以下，只能览诵一通，就个人感受较深刻者，勾勒几项略作介绍，抛砖引玉，以待高明。

首先，在文学层面来说。正如已出版的日记，先生一生诗词作品，采用传统诗词格式外，并及新诗韵语，反映了他是五四新文化运动以后，新旧并举、融合古今的文学创作特点。这在长期截然两分的近代文学创作和研究中，陈君葆先生算是别树一帜、糅合古今的文学创作者之一，很可作研究的例子。

陈君葆先生虽然专业是教育学，专职是图书馆学，自其上千首诗词的内容所见，先生邃于国学，诗词而外，谙熟中外历史、地理和掌故，浸馈功深，故能就题材所及，随手拈来，融情化景，蕴借意远，很可回味。他的诗词，咏史诗特多。从丰富的历史素养、娴熟的文史典故，可窥其学问渊博之一斑。另外，先生精读历代著名诗词名家的结集，由他引摘古人句，似尤爱读、精读陶渊明、杜甫、杜牧、苏东坡、李商隐、辛弃疾、黄庭坚、陈后山、龚自珍、王遵宪以及苏曼殊等人的诗词集，遍及历代。

其次，就题材内容言。先生的诗作，题材广泛。述交谊，诉情怀，记时事；朋友唱酬，个人行脚，社会国家，世界形势，无不在吟诵之列，眼宽胸阔，难怪他的作品可作大时代的实录和证言。

再次，读其作品，最容易让人感觉到而为之动容的，是其终生不渝、永葆其赤子之心的家国情怀。年轻时的“已是登楼伤北望，独怜去国愧南游”（《送陈友古兄归长沙时陈长乐兄既由羊城适上海》，1922 年）、“登高西海尽，不见郑和船”（《槟城西山》，1922 年）、“故乡归未得，随处一登临”（《羚江晚望》，1922 年）、“横塘烟雨还相问，多恐同乡在异乡”（《槟城行》，1922 年）、“深叹南来雁，北归犹有心”（《梦中忆五弟》，1925 年）、“可惜天涯月，都非故国情”（《春夜》，1929 年），诉尽他的去国怀乡。到中岁的内忧外患，如“残照西风白下门，更谁人约月黄昏。几家艇子都闲却，犹唱当年白练裙”（《游秦淮河六首》，1931 年）、“气象台边宅第新，螺旋路辟为财神。行人要学趋而过，风景全归宋子文”（《游秦淮河六首》，1931 年）、“破碎山河浪说亲，包胥能哭已无秦。可怜后主还祠庙，又见聪明绝顶人”（《感事一首》，1935 年）与及《岁暮闻日军欲进兵察哈尔》《在极沉闷无可伸气中愤而赋此》等，无不申诉其抗战期间，愤时局的忧患，叹民众的仓皇。此后以至仙游，先生铸作诗词，无不以家国之喜而喜、家国之忧而忧，一以贯之，不因年纪渐长而失其拳拳之心。

最后，先生一生时间主要寓居香港，几十年来，于香港人事社会，交游既广，认识也深，反映在诗作，虽只言片语，蛛丝马迹，记载和透露了香港作为殖民地时期，不见诸传媒的社会情状和人事脉络。一如他的日记和书信，是香港最鲜活的历史。善读者，若能就其书信、日记参详互补，从史料角度，可挖掘的材料更多。

（陈万雄博士系香港知名出版人、太平绅士、全国政协委员）

附录二：《陈君葆全集·诗歌集》部分人物简介

三　画

卫立煌（1897—1960），字俊和，又字辉珊。安徽合肥人。国民革命军将领，曾任师长、军长、副司令。因对蒋介石不满，一九四九年隐居香港，一九五五年回大陆，后任国防委员会副主席、全国政协常委和民革中央委员。

马万祺（1919—2014），广东南海人。东亚大学名誉博士。历任澳门中华总商会副理事长、会长，镜湖医院慈善会副主席、主席，广东省人大代表，广东省政协委员，澳门立法会议员，并任澳门多间大公司董事长，又任全国政协副主席、全国人大常委会委员。对古诗词有较深造诣，著有《马万祺诗词选》等。经常和陈君葆唱和。

马凡，东北人。二十世纪五十年代任中共广东省委统战部对外联络处处长，时与陈君葆有较多交往。

马家宝（1927—1895），广东海丰人。自幼从名家李铁夫、高剑父学画，后又习西洋画。长期从事作画艺术，硕果累累，在香港开过多次画展。

马鉴（1883—1959），字季明，浙江鄞县人。著名教育家。曾留学美国哥伦比亚大学，后任燕京大学教授。一九三六年起任香港大学教授。精通国学，并在香港任多间学校校董。

四　画

王匡（1917—2003），广东东莞人。1946 年任周恩来秘书，筹组新华社。参加刘邓大军前线记者团，发表很多著名新闻通讯。后任新华社华南总社社长，南方日报社长，中共华南分局委员、宣传部长，中共中南局委员、宣传部长，中共港澳工委书记，国家出版事业管理局局长，后任新华社香港分社第一社长。

王季友（1910—1970），笔名宋玉、酩酊大醉。香港新闻界知名人士。国学根底深厚，经常在报刊撰写专栏文章。

王统照（1897—1957），字剑三，笔名息庐、容庐等。山东诸城人。毕业于中国大学英文系。与郑振铎、沈雁冰、陈毅等有文学合作与交流。著有诗集多种，是著名散文家、小说家、诗人。历任山东省文联主席、山东大学中文系主任、山东省文化局局长等职。

韦达，陈君葆在皇仁书院和香港大学的同学。根据陈君葆日记记载，韦达对《易经》很有研究，并常与之切磋。

毛云龙，广东东莞人。香港著名律师、社会活动家。香港大学毕业，毛云龙律师行的创办人，香港太平绅士。曾被委任为保良局及东华三院总理等职。

邓典初，香港商界著名人士。曾任广东省政协委员。

邓瑞人，广州番禺人。号“南阳小庐主人”。国民革命军十九路军的领导人之一蔡廷锴将军之后勤官，香港国华银行股东。历任广东省政协委员。

五　画

卢松辉，香港西医。陈君葆好友。

叶大池，二十世纪二十年代马来亚侨领。曾任侨校校董，并获封太平绅士。陈君葆在马来亚居留期间与之常有交往。

叶启芳（1898—1975），广东三水人。曾就读燕京大学，后任东吴大学、中山大学、国民大学教授。在香港参与创办新闻学院，并曾任《新生日报》总编辑。著有《政府论》等。

叶灵凤（1905—1975），本名叶蕴璞，笔名佐木华、叶林丰、霜厓等。江苏南京人。著名作家。早年加入创造社，参与编《洪水》《幻洲》《戈壁》《现代小说》《现代文艺》等。一九三八年到香港，任多家报刊编辑。

叶恭绰（1881—1968），字裕甫（玉甫、玉虎、玉父），又字誉虎，号遐庵。广东番禺人。精国学、书法。早年毕业于京师大学堂，后留学日本。民国初，曾任北洋政府交通总长。又任交通大学校长、国学馆馆长等职。一九四九年后任中央人民政府政务院文教委员会委员、中央文史研究馆副馆长、中国国画院院长。

史良（1900—1985），女，字存初。生于江苏常州。著名律师、法律家、政治家、社会运动家。是当年“七君子”之一。中华人民共和国成立后，为司法部首任部长，曾任“民盟”常委、副主席、主席和全国人大常委副委员长等职。

冯友兰（1895—1990），字芝生。河南南阳人。著名哲学家、哲学史家。美国哥伦比亚大学博士。历任中州大学、广东大学、燕京大学、清华大学教授。

六　画

成庆生（？—1959），一九四九年起任香港中业学院院长。该学院原由我国著名教育家创办，郭沫若曾任董事长，陈君葆曾任校董，是当年爱国学院之一。

成莹犀，原在香港教界任职教授，二十世纪五十年代回内地任教。

乔冠华（1913—1983），笔名乔木、于谦。江苏盐城人。清华大学毕业后留学德国，获哲学博士学位。曾任新华社香港分社社长，后任中华人民共和国外交部副部长、部长。

伍步云（1905—2001），广东台山人。香港著名画家。在菲律宾大学修读美术，一九三六年回香港，从事美术工作和教学。

伍锦文（1922—　），广东台山人。广州中山大学毕业，一九五〇年后长期从事石油生产工作，曾任广东茂名石油公司高级工程师、深圳市石化公司高级工程师等职，是我国早期石油开发的技术人才。伍先生是陈君葆二儿陈文蔚的连襟。

伍藻池（1903—?），广东台山人。早年留学美国，获约翰·霍普金斯大学政治学博士学位。归国后，任广东国民大学法学院教授。曾当选制宪国民大会中国民主社会党代表，后任立法院立法委员。晚年移居美国。

任真汉（1907—1993），笔名忽庵。广东花县人。国画家，历史小说家。二岁失聪，七岁随母到台湾定居，九岁学画。主要作品有《西太后》等。

刘仲英，香港文化界人士。

刘国蓁，曾任职香港大学冯平山图书馆，与陈君葆合作共事多年。

刘殿爵（1921—2010），香港大学中文系毕业，陈君葆学生。后到英国深造，并任教授。回港后获香港中文大学博士学位，并任该校教授、文学院院长。一九八九年获香港大学博士学位。著有《语言与思索之间》等。

汤秉达（1907—1996），广东饶平人。曾任香港中华总商会会长，全国人大四、五、六届代表。

许地山（1894—1941），名赞堃，字地山，笔名落花生。原籍广东揭阳，生于台湾。中国现代著名小说家、散文家，五四时期新文化运动先驱者之一，也是著名学者。美国哥伦比亚大学毕业，曾任北京燕京大学教授，后任香港大学中文系主任兼教授。学养广博，在文化教育方面贡献良多。他在香港大学任职期间，与陈君葆亲密共事，友谊情深。

许爱周（1881—1966），字国仁。广东湛江吴川人。香港船王之一。年轻时在湛江经商，后来香港发展，经营房地产、航运业。

七　画

杜守素（1889—1961），原名杜国庠，曾用笔名林伯修。广东澄海人。早年留学日本，是哲学家及历史学家，曾任广东省人民政府教育厅厅长。

杨士端（1894—1977），又名杨章甫，别名林祥，广东香山（今中山）北山乡人。早年与革命烈士杨匏安留学日本，回国后任教于广州培正、华英中学。曾任中国共产党早期领导人陈独秀的粤语翻译。一九二二年加入中国共产党，列席中共三大，并领导铁路系统的组织工作。大革命失败后赴澳门，一九三〇年与中国共产党失去组织联系。此后长期在香港从事教育工作。对中国共产党早期活动有较多了解，在《陈君葆日记全集》中，亦记下很多相关回忆。

杨作甫，香港著名画家。

杨洁瑗，香港大学毕业，陈君葆学生。

李凡夫（1906—1967），广州人。著名画家。

李子诵（1912—2012），原名李诵。广东顺德人。新闻界著名人士。曾任广州《大公报》编辑，后任香港《文汇报》总编、社长。历任民革中央常务委员、全国政协委员等职。

李玉和，新华通讯社香港分社有关方面负责人员。

李东海（？—1973），陈君葆同学。

李仙根（1893—1943），名蟠。广东香山（今中山）人。一九〇八年，加入同盟会。后参与辛亥武装起义准备工作。追随孙中山，在省港从事革命活动。一九二二年陈炯明叛变，留港担任机要联络。后一直任孙中山侍从秘书、机要秘书。一度任香山县县长、江门政务专员、国民政府机要秘书。历任西南政务委员会委员、国民参政会参政员。著有《岭南书风》《小容安堂诗抄》等。

李侠文（1914—2012），广东中山人。曾就读广州岭南大学、北京清华大学，主修政治。一九三七年南下香港，加入《大公报》任翻译、编辑，先后出任重庆及香港《大公报》编辑主任、总编辑、社长、董事长、名誉董事长等，并历任全国政协委员。

李济深（1885—1959），字任潮。祖籍江苏，生于广西。年轻时入读广东黄埔陆军中学和陆军速成学堂，毕业后，进入新军任排长，后又入陆军大学，毕业后历任军长及黄埔军校副校长等要职，国民党中央执行委员。后与蒋介石意见不合，至香港组织国民党革命委员会。中华人民共和国成立后，任全国政协副主席、全国人大常委会副委员长。

李铁夫（1869　1952），广东鹤山人。我国早期留学西方的美术家，著名画家。

李流丹，香港著名版画家。作品主要表现当地中下层人民生活，画风朴实而生动。

李菊生（1911—2001），广东梅县人，生于马来亚。曾任新华社香港分社副社长、社长，中英香港问题中国政府代表团成员，又曾任中国驻印尼大使馆参赞兼雅加达总领事，并历任全国人大代表。

李萍倩（1902—1984），浙江杭州人。著名导演。上海沪江大学毕业。一生从事电影事业六十年，拍摄各类影片百余部。

李崧（1895—1989），广东新会人。香港著名医生，曾任全国人大代表。陈君葆中学和大学时同学。

李景康（1892—1960），字凤坡。广东南海人。一九一五年毕业于香港大学。曾任广东省保卫团总局参议和中学及师范学校校长、英文视学官。后历任香港汉文中学及汉文师范学校校长、广东省教育会评议员，香港大学中文学院起草委员、中文学会名誉会员、历届考试委员。擅诗文，著有《披云楼诗草》《七言律法举隅》等。陈君葆同学。

连士升（1907—1973），别号子云。福建福安人。北京燕京大学毕业，经济学硕士。新加坡著名报人和作家。著有《连士升文集》。

吴达表（？—1972），香港著名医生。曾任香港华人革新协会秘书长、副主席等职。

吴廷槐，澳门人。商界知名人士。曾任广东省政协委员。

吴祖光（1917—2003），江苏常州人。著名学者、戏剧家、书法家。曾在香港电影界任编导，后任中国作家协会副主席、全国政协委员。

吴烈，香港著名画家。

邱菽园（1874—1941），名蘐娱，号菽园，别号修原。福建漳州出生，幼时赴澳门，后转新加坡，回中国读书后再回新加坡定居。华侨商界、新闻界、文化界著名人士。

何永佶，曾留学美国，在南洋工作期间，曾主持《中华日报》，并将曹禺《日出》译成英文，是学界著名人士。二十世纪五十年代曾组织新加坡各界人士到内地观光，后留在北京工作。

何贤（1908—1983），广东番禺人。一九三六年广州沦陷后赴香港经商。一九四一年香港沦陷后到澳门，继续从事金融业，曾任澳门大丰银行董事长兼总经理、澳门银行公会筹委会主任、澳门中华总商会理事长和会长、澳门立法会副主席，并任中国国际信托有限公司副董事长、暨南大学董事长、全国人大常委会委员、全国政协常委。

何香凝（1878—1972），原名谏，又名瑞谏。广东南海人。廖仲恺夫人。精书画。与廖仲恺一道追随孙中山。中华人民共和国成立后，任华侨事务委员会主任、全国政协副主席、全国人大常委会副委员长等职。

余本（1905—1995），别名余达本，广东台山人，曾入读加拿大盛尼美术学校，毕业于多伦多省立安德里奥艺术学院。擅长油画、中国画，历任广东画院副院长、中国美术协会顾问。

佘雪曼（1907—1993），字莲裔，号莲斋。重庆巴县人。毕业于中央大学艺术系，我国著名书画家。

沈钧儒（1875—1963），浙江嘉兴人，生于苏州。晚清进士，著名法学家、政治学家。曾任民盟中央主席、中华人民共和国中央人民政府委员、最高人民法院院长。

张子宏，著名出版家。曾任职商务印书馆五十年，对出版事业贡献良多。

张铁生（1904—1979），又名张铭鼎。江苏高邮人。曾留学德国。长期从事党的新闻工作和文化工作。中华人民共和国成立后，历任中华人民共和国对外文化联络委员会副秘书长、亚非研究所副所长、中国非洲友好协会副会长、西非研究所副所长、中共中央对外联络部三局顾问。二十世纪四十年代末至五十年代初，在香港工作期间，和陈君葆有较多交往。著有《中非交通史初探》。

张菊生（1867—1959），名元济，字筱斋。原籍浙江海盐，生于广东。著名出版家。他主持上海商务印书馆，保留和出版了大量珍贵古籍。著有《涵芬楼烬余书录》等。曾任全国政协常委会委员、全国人大代表等。

张醁村（1886—1976），字杏芬。广东兴宁人。早年加入同盟会，曾参加广州黄花岗之役。辛亥革命后，任广东第四军军长、代总部参谋长。抗日战争期间，任国民政府军委会参议、战区司令部中将顾问。抗战胜利后，在香港从事民主运动。后任广东省人民政府委员、中南军政委员会监察委员、全国政协委员、广东省政协副主席。

陆在山，陈君葆任教新加坡华侨中学时同事。

陆朝华，陈君葆任教新加坡华侨中学时同事。

陈一峰，香港商界人士。擅诗词。

陈凡（1915—1997），广东三水人。著名报人。曾任香港《大公报》副总编辑。能诗书绘画。

陈子实，曾在香港大学就读。一九五二年随陈君葆回国观光。

陈友仁（1878—1944），原籍广东香山（今中山），生于中美洲英属西印度群岛的特立尼达。自小受英文教育，富有中华民族情怀。曾任交通部法律顾问、英文《京报》编辑，后任孙中山先生外事顾问及国民政府外交部部长。

陈友古，陈君葆在马来亚工作期间的友人。

陈文统（1924—2009），又名梁羽生，笔名陈鲁、李夫人等。广西蒙山人。著名武侠小说家。广州岭南大学经济系毕业，毕业后进入香港《大公报》工作。

陈此生（1900—1981），广西贵县人。复旦大学毕业。历任广东大学、广州中山大学、广西大学教授。曾参加中国左翼作家联盟，一九四七年在香港参与组织中国国民党革命委员会，任中央委员。一九四九年后，历任政务院文教委员、广西省文教厅厅长、广西省人民政府副主席、《光明日报》副社长兼总编辑。

陈芦荻（1912—　），原名陈培迪。广东南海人。中山大学毕业。著名诗人、作家。

陈伯益，陈君葆香港大学同学。

陈其瑗（1887—1968），广东广州人。北京大学毕业，追随孙中山，致力于国民革命。一九四九年后曾任中央人民政府内政部副部长、全国人大常委会委员、全国政协委员。

陈国泉（1895—1957），字孟海。广东新会人。十四岁到香港谋生，初期打工，后经商，抗日战争胜利后曾资助中共在港的活动经费。中华人民共和国成立后，投资内地建设，曾任广东省人大代表和广东省政协委员。

陈海鹰（1917—2010），香港著名画家。香港美术专科学校创校校长。

陈寅恪（1890—1969），江西义宁人。著名历史学家、语言学家、诗人。曾留学日、德、法、瑞士、美等国，任清华大学国学研究院导师，中央研究理事和英国剑桥大学、香港大学、岭南大学、中山大学教授，中国科学院学部委员等职。

陈锡根，陈君葆同学。

陈嘉庚（1874—1961），福建同安人。爱国华侨领袖、企业家、教育家、慈善家、社会活动家。对华侨社会、中国社会作了很多有益贡献。

陈霞子，香港著名报人。香港《晶报》创办人。

陈耀真（1899—1986），广东台山人。我国现代眼科医学奠基人之一。美国波士顿大学医学博士。回国后，在山东齐鲁大学任教。后又在广州岭南大学、中山大学任眼科教授、系主任和首都眼科医学院一级教授。陈君葆同学。

八　画

林栋木（？—1934），香港大学毕业，陈君葆同学。曾任香港大学教席及该校冯平山图书馆主任。一九三四年死于火灾。

林焕平（1911—2000），广东台山人。暨南大学肄业，曾留学日本。一九三〇年参加左翼联盟，二十世纪四十年代末在香港从事爱国教育，任南方学院院长，陈君葆亦任该院校董。中华人民共和国成立后，历任广西师范大学教授、系主任，中国作协广西分会名誉主席。

林霭民（1906—1964），字瑞章。擅诗文，工书法，精文物鉴定，富收藏。曾在香港助胡文虎创办《星岛日报》，二十世纪五六十年代担任《循环日报》及《正午报》社长。一生主要从事新闻事业，宣传爱国主义。

欧阳予倩（1889—1962），原名欧阳立袁，号南杰，艺名莲笙等。湖南浏阳人。我国现代剧作家、戏剧表演艺术家，中国话剧运动创始人之一。

易剑泉（1896—1971），广东鹤山人。毕业于广东礼乐局昭舞讲习所，作曲家。一九四八年到香港，一九五六年随陈君葆率领的香港大学师生观光团访问北京等地，后回广州定居，任广州音专民乐系主任、中国文联委员、中国音协广东分会副主席。

罗孚（1921—2014），原名罗承勋，笔名丝韦、柳苏、辛文芷等。广西桂林人。香港新闻界人士和作家。曾任职桂林《大公报》《大公晚报》，后来香港参加香港《大公报》复刊工作。一九五〇年参加创刊《新晚报》工作，并任总编辑。

罗慕华（1904—?），对韩非子有专门研究，精书法。北京大学中文系毕业。曾任教于天津南开中学、新加坡南洋大学、香港真光中学、澳门培正中学。

周钢鸣（1909—1981），原名周刚明，笔名周达、康敏。广西罗城人。历任左联大众文化委员、《救亡日报》记者、香港文协常委、广东省人民政府文教厅处长、华南文联副主席、广东省文化局局长、广东文联和作协主席。

郑子展，出生于南洋著名大家族，民国初年文化出版界著名人士。早年在中华书局任职。

郑柏龄，曾任广东中山县侨务局局长。

郑健庐，二十世纪三十年代出版界著名人士。曾任中华书局华南区监理及香港分局经理，郑子展兄长。著有《南洋三月记》等。

冼玉清（1894—1965），别署琅玕馆主。广东南海人。广州岭南大学毕业，后任该校讲师、教授，又任中山大学教授、广东省文史研究馆副馆长。著作甚丰。

九　画

胡春冰（1906—1960），浙江绍兴人。北京大学毕业，曾任中山大学教授，一九四九年来港定居，继续从事戏剧活动。著译有《爱国男女》等。

柯步裳（1912—　），香港大学毕业，精诗文。

柳亚子（1887—1958），字亚卢，亦作亚庐，再更名弃疾，字亚子。生于江苏吴江县。九岁开始学诗，不久又作长篇史论文章。十六岁中秀才。革命家和著名诗人。著有大量诗文，并和毛泽东唱和。中华人民共和国成立后，任中央人民政府委员、全国人大常委会委员、中央文史研究馆副馆长。

侯仁之（1911—　），山东恩县人，生于河北。历史地理学家。燕京大学毕业，曾留学英国，回国后任北京大学教授，中国科学院院士。

侯宝璋（1893—1976），安徽凤台人。医学教育家、病理学家，英国皇家病理学会终身会员、美国病理学会会员等。中华人民共和国成立前曾任山东齐鲁大学医学院、华西协和大学医学院、香港大学医学院病理学教授。在肝脏病与肿瘤病的研究上有独到贡献。一九六二年由香港回到北京定居，曾任中国医科大学副校长兼病理研究室主任、教授。

贺惠琼，上海人。北京燕京大学毕业。资深中医师，擅长针灸。著有《贺琦针灸五十年》。

十 画

莫应溎（1901—1997），广东珠海人。毕业于英国剑桥大学经济系和伦敦法律学院，并获大律师资格。曾参与香港爱国社团香港华人革新协会并任主席，一九五二年回广州，任广州市政协副主席，香港特别行政区《基本法》起草委员会委员。

钱学森（1911—2009），浙江杭州人。空气动力学专家，中国科学院及中国工程院院士，“两弹一星”功勋获得者。

高贞白（1906—1992），又名高伯雨。广东澄海人，在香港出生。曾留学英国，主修英国文学。回国后，在上海工作，抗日战争期间来港，从事写作，以谙于掌故驰誉香港文坛。

高雄（1918—1981），本名高德雄，笔名三苏。浙江绍兴人，广州出生。香港著名作家。

涂九衡，湖南人。二十世纪二十年代在马来亚任华侨中学校长。

十一画

黄永玉（1924— ），湖南凤凰人，土家族。著名画家。曾任中央美术学院教授、版画系主任，在版画、国画、雕塑、文学、建筑、邮票设计等方面有卓越成就。

黄丽霞，新华社香港分社有关部门负责人。

黄炎培（1877—1965），江苏沙山人。一九〇五年加入同盟会。民国后，历任江苏省教育司长、江苏省议员。中华人民共和国成立后，历任中央人民政府委员、政务院副总理兼轻工业部部长、全国人大常委会副委员长、全国政协副主席。

黄居素（1897—1986），自号光纲老人。广东中山人。早年追随孙中山革命，又随黄宾虹习画。一九五五年到北京，任中央文史研究馆馆员，一九五七年到香港定居。著有《光纲楼诗》《黄居素山水画集》等。

黄承燊（1914—1988），又名黄绳。曾任香港香岛中学校长、《周末报》总编辑。

黄省三（1882—1965），名思省。广东番禺人。年轻时随父习中医，后曾在广州及香港行医。中华人民共和国成立后，回广州中山医学院任教授，并被聘为全国政协委员。晚年勤于著述。

黄洁（1911—1966），自号山光。广东台山人。自幼随父赴新加坡，后赴印尼营商，任巨港华侨总会副主席。中华人民共和国成立后，任广东省人大代表、广东省政协副主席、全国侨联常委、广东省副省长等职。

黄祖芬，广东中山人。教育家黄冷观长子。长期担任香港中华中学校长。曾任全国政协委员，香港华人革新协会副主席、主席等职。香港回归后，获颁金紫荆勋章。

黄般若（1901—1968），名鉴波，字波若，号曼千。广东东莞人。著名画家。幼随叔父黄少梅习画，后与赵浩公创设癸亥合作书社、国画研究会。曾任《探海灯》编辑，任职广东文献馆，主持中国文化协会在香港举办的中国文物展览会，并在香港举办画展。

黄宾虹（1865—1955），安徽歙县人。著名画家。

黄雯，香港注册西医。

黄新彦，广东台山人。美国芝加哥大学化学博士，曾任香港大学教授、香港华人革新协会主席、全国政协委员。

萧红（1911—1942），原名张迺莹，笔名萧红、悄吟。黑龙江人。著名作家。著有《生死场》等。

梅兰芳（1894—1961），名澜，又名鹤鸣。祖籍江苏泰州。中国京剧表演艺术大师。出生于北京梨园世家，八岁开始学戏，京剧造诣极深。抗日战争期间，曾来香港，并与许地山、陈君葆等叙会。

曹禺（1910—1996），本名万家宝，字小石，小名添甲。祖籍湖北潜江，生于天津。杰出的戏剧家。著有《雷雨》《日出》等。

曹聚仁（1900—1972），字挺岫，号厅涛，小名福厅，笔名聚仁。曾任暨南大学讲师、教授。创办《涛声》周刊及《太白》《芒种》等刊物。曾任战地记者，并受蒋经国之邀，主持《正气日报》。一九五〇年到香港，任《星岛日报》编辑，后办《循环日报》。二十世纪五六十年代为中国统一事业多次奔走于北京与台北之间。一九七一年美国总统尼克松访问北京前后，美国国务院曾拟邀请曹聚仁、叶灵凤、陈君葆三位学者访美（《展望》一九七二年八月十六日第二五三期，徐訏撰《悼曹聚仁先生》），因年老体弱未成行。曹在香港期间与陈君葆常有交往。

盛家伦（1911—1957），广东中山人，生于汉口。著名音乐家。早年就读于汉口文华大学。一九三二年至上海，一九三七年为著名电影《夜半歌声》配唱主题曲。

章士钊（1881—1973），字行严，笔名黄中黄、章丘生、烂柯山人等。生于湖南。著名民主人士、学者、作家、教育家和政治活动家。曾留学英国，攻读政治经济学。曾任中央文史研究馆副馆长、全国人大常委会委员。亦曾任多间大学教授。

章汉夫（1905—1972），原名谢启泰。江苏武进人。清华大学学习后，曾留学美国和苏联。一九二七年在美国加入中国共产党。中华人民共和国成立后，任外交部副部长。

商衍鎏（1875—1963），字藻亭，号又章、康乐老人。祖籍天津。曾留学日本，专攻经济和法律。回国后，曾任北京副总统顾问、江西省财政特派员、国民政府财政部秘书。中华人民共和国成立后，任江苏省文史研究馆副馆长、政协委员。一九五六年回粤任广东政协常委、文史研究馆副馆长和中央文史研究馆副馆长。

梁宗岱（1903—1983），广东新会人。著名教育家、诗人、学者。广州岭南大学毕业后留学法国，后又往瑞士、德国学习。回国后任上海复旦大学教授，后又任中山大学及广州外国语学院教授，为国家培养了很多外语人才。

十二画

彭泽民（1877—1956），广东四会人。马来亚侨领。曾追随孙中山革命，后又参加中国共产党领导的“八一”南昌起义。中华人民共和国成立后，任全国政协委员、全国人大常委会委员、中国农工民主党中央副主席、全国侨联副主席。

曾靖侯（1886—1966），又称循陔老人、靖老。广东三水人。一九〇九年在香港任见习律师，一九一一年任香港四邑轮船有限公司翻译、经理，一九四一年在香港创办月华金属制品厂。二十世纪五十年代将该厂迁回广州以支援祖国建设，后任广东省政协委员。在港期间，曾任香港爱国社团香港华人革新协会二、四、五届副主席。

曾天畏，曾靖侯先生的儿子。二十世纪五十年代，随父将在香港经营的五金厂搬回广州，全部资产献给祖国，后被视为资产阶级，在“文化大革命”中受到不公平对待，并以诗词向陈君葆表达。

谢松山，福建诏安人。南洋侨界著名文化界人士。著有《赤雅轩忆语》等。

十三画

楚图南（1899—1994），字高寒，生于云南文山。毕业于北京高等师范学校史地部，曾任暨南大学、云南大学、上海法学院教授。中华人民共和国成立后，任北京师范大学教授、西南文教委员会主任、中国人民对外文化协会会长、全国政协常委、全国人大常委会副委员长等。

赖宝勤，香港大学毕业后，留学英国。后任伦敦大学教授，陈君葆在香港大学时的学生。

十四画

蔡廷锴（1892—1966），字贤初。广东罗定人。保定陆军军官学校毕业，曾参加南昌起义及任国民党十九路军军长兼副总指挥，在上海英勇抗日。一九四八年与李济深等在香港组织中国国民党革命委员会。中华人民共和国成立后，任华侨事务委员会委员、体委副主任、国防委员会副主席、全国政协副主席等职。

蔡渭衡（1924—2011），广东三水人。曾任职英资泰和洋行及和记国际集团，并任香港华人革新协会副主席、主席和永远名誉会长等。因为爱国，一九六七年被港英当局无理拘禁三年。曾任广东省人大代表、全国人大代表。

廖金好，旅居柬埔寨爱国华侨。一九五九年获邀回国参加庆祝国庆十周年观礼并往西南观光，更与陈君葆同行。

廖恩德，香港著名西医。曾任广东省政协委员。与何香凝、廖承志等有交往。

谭干，广东开平人。毕业于香港皇仁书院，长期担任新华社香港分社副总编辑，并主管外事等工作。一九五五年曾与陈君葆、陈丕士陪同香港大学英籍教授访京，更陪同陈君葆与陈丕士与周总理三次会面。

谭平山（1886—1956），号鸣谦。广东高明人。早年加入同盟会，肄业于北京大学。是中国共产党最早的党员之一，也是广东中共党组织的始创人。参加过南昌起义，后为中国国民党革命委员会主要始创人之一，并任中央常委。中华人民共和国成立后，任中央人民政府委员、政务院政务委员兼监察委员会主任，又任全国政协委员和全国人大常委会委员。

谭根（1889—?），广东开平人，生于美国。曾任学徒，后毕业于美国希敦飞机实验学校，并在美国制造出世界上第一架水上飞机，在飞机比赛中夺得冠军，成为当时航空界的知名人士。1911 年奉孙中山命回国参加反清活动。1915 年回国参加二次革命。后脱离航空界，转而经商。

十五画以上

黎子流（1932—　），广东顺德人。早年参加土改，曾任公社书记，后任广州市市长。

颜世亮，香港佛法大师，陈君葆好友。

颜洁龄，毕业于香港大学及英国大学。香港著名大律师。陈君葆学生。

潘范庵，活跃于一九三〇年代香港文化界人士，曾主编《大光报》副刊。曾担任香港华人革新会副主席。著有《范庵杂文》。

融熙（1888—1959），原籍浙江，落籍广东番禺。俗姓汤，字雪筠，又号九指头蛇。毕业于广东高等师范学校，以能文善辩著称。对佛学有研究，除佛经著作外，更编佛曲。

戴望舒（1905—1950），浙江杭州人。中国近代诗人、翻译家。